南亚研究丛书·薛克翘文集（二）

本文集主编　姜景奎

中印文学比较研究
（外二种）

A COMPARATIVE STUDY OF CHINESE AND INDIAN
LITERATURES

薛克翘　著

中国大百科全书出版社

图书在版编目（CIP）数据

中印文学比较研究：外二种/薛克翘著. — 北京：中国大百科全书出版社，2018.1
ISBN 978-7-5202-0214-5

Ⅰ.①中… Ⅱ.①薛… Ⅲ.①比较文学—文学研究—中国、印度 Ⅳ.①I206②I351.06

中国版本图书馆CIP数据核字（2017）第302353号

责任编辑：曹　来
封面设计：春天书装工作室
责任印制：邹景峰

中国大百科全书出版社 出版发行

（北京阜成门北大街17号　　邮政编码：100037　　电话：010-68315606）

网址：http://www.ecph.com.cn

新华书店经销

北京杰瑞腾达科技发展有限公司排版

北京汇瑞嘉合文化发展有限公司印刷

开本：710毫米×1000毫米　1/16　印张：23.5　字数：390千字

2018年1月第1版　2018年1月第1次印刷

ISBN 978-7-5202-0214-5

定价：60.00元

本书如有印装质量问题，可与出版社联系调换

南亚研究丛书编委会

主　　编：薛克翘

副 主 编：葛维钧　刘　建　姜景奎　陈　明

丛书前言

自古以来，南亚地区就是丝绸之路的要冲，是东西方物质文化和精神文化交流的中间站。中国和南亚又是山水相连的近邻，其直接交流的历史异常悠久，而且内容丰富。当前，中国与南亚各国领导人之间的互访频繁，国家关系紧密、合作空前良好。中国与南亚各国的民间交往也空前活跃，经贸往来、旅游开发，前景广阔。我们需要彼此了解、加深友谊。因此，不论从历史的角度看，还是从现实的角度看，深入开展对南亚各国的研究都显得格外重要。

恰在此时，中国大百科全书出版社决定出版一套《南亚研究丛书》，这是具有远见卓识之举。受出版社委托，由吾人出面组织这套丛书，不胜荣幸。吾人者，五人也，按印度的传统，可以叫作"般遮耶多"（Pancayata，今译潘查雅特），即五人会议或五人小组。由五人小组负责组织稿件、审查质量、决定取舍。

经与出版社协商，这套丛书拟出版两个系列：一是研究系列，二是翻译系列。吾人欢迎学风严谨、有独创性的研究专著和文集，也欢迎文笔流畅、具有出版价值的翻译作品。专著和译著的内容可以包括南亚学的方方面面，如历史、地理、宗教、哲学、语言、文字、文学、艺术、社会，以及政治、经济，等等。

长河浩荡，不弃一涓一滴；高山巍巍，不遗一草一石；广厦千寻，有赖一砖一瓦。愿吾人的工作有助于中国南亚学研究的深入，增进国人对南亚文化的了解和认识，促进中国与南亚各国人民间的友谊。

有不足之处，还望读者指教。

《南亚研究丛书》编审五人小组

2014年10月28日

自序

首先要感谢中国大百科全书出版社的领导和编辑同志们。尤其是龚莉社长、马汝军副总编和滕振微主任，他们在编辑《中印文化交流百科全书》之初就决定开设《南亚研究丛书》这个平台，也给了我出版文集的机会。四年来，几位领导对我给予热情的鼓励和有力的支持，编辑同志们也不厌其烦地予以指正和磋商，心感身受，岂感谢二字所能表达。

二要感谢北京大学姜景奎教授。是他提出将我的部分著作编辑成文集在此平台刊出，并为之作序。我原想，出文集固然好，但那应是身后之事，如能在有限的生年再出几个像样点的成果，再出文集也许更好。但景奎再三动员，说有这样一个平台，机不可失，我便活了心。其实我也知道，在我身后，若非景奎，不会再有人提出为我出版文集的事，也不会再有出版社愿意为我出版文集了。经他与出版社领导沟通，终成此事，让我提前享受到出文集的快感。此心此情，亦非感谢二字所能表达。

三要感谢多年的同学、同事和好友刘建教授，他愿意为我的文集写篇长序。我们从相识到相知，已经38年。他不仅了解我读研究生、工作及退休后的情况，熟悉我的想法和心情，也熟悉我的作品。他曾编辑、审读、修改和翻译我的作品达数十万字，从来都认真细致，热心真诚。我们中国有个传统，讲究交友之道，向来推崇友善、友诤、友多助、友多闻，刘建就是我这样的挚友。平生能得如是者一二，已是大幸。此情此谊，亦非感谢二字所能表达。

两位教授和好友的序言，使我免去了王婆卖瓜之烦。而关于文集中所收内容，我想多说几句。

《中国与南亚文化交流志》写于20世纪90年代前期，出版于1998年（上海人民出版社《中华文化通志·中外文化交流典》）。出版时，不知是主编还是编辑删掉了我写的后记，这次补上，因为后记中我表明了对老师们和同学们的感恩心迹，而这种心迹和态度是需要传承的。原书的"总序"和"内容提要"此次不再采用。本书共分11章，根据有关史料和考古实证，对上自秦汉，下至20世纪80年代中国与南亚文化交流的事实作了分门别类的记叙和分析。而其中的主要部分，则与我后来的著作《中国印度文化交流史》有所重合。我之所以愿意将它列入文集，是因为其中还有涉及南亚其他国家的内容，也许对后来的研究者会有所帮助。此次再版，除了对个别文字做了订正外，其余部分未作任何修改和调整。

《中印文学比较研究》（外二种）是我研究生毕业后早期成果的汇集。其中，《中印文学比较研究》一书出版于2003年（昆仑出版社），但其绝大部分内容均写于20世纪80年代。最初是以文章的形式发表于《南亚研究》等杂志，后连缀成篇，居然涉及汉魏以来中国文学发展的各个时期。这正说明，在古代，印度文学主要是通过佛教的媒介影响中国文学的；自从印度佛教传入中国，便对中国文学产生了影响；中国文学的各个发展阶段都受到佛教的影响；直到近现代，虽然中印文学交流的领域已经大大扩展，但佛教的影响仍然存在，因为佛教已成为中国文化的一部分，已深深地扎根于人们的头脑中。另外两种，《剪灯新话及其他》也写于80年代，最初以小册子的形式出版于1992年（辽宁教育出版社《古小说评介丛书》）。《西洋记评介》作于90年代中期，最初名为《西洋记》，亦以小册子的形式出版于1999年

（春风文艺出版社《插图本中国文学小丛书》）。敝帚自珍，如今读起这3种作品的文字，虽然常常觉得有得意之笔，但毕竟是较早的作品，也难免有唐突武断之处。今再版，照旧托出，仅供读者参考。

《中印文化交流史》原作于2004～2007年，完成于2007年8月。最初以《中国印度文化交流史》为题，作为《东方文化集成》的一种，由昆仑出版社出版于2008年初。由于此前曾写过《佛教与中国文化》和《中国与南亚文化交流志》两书，所以此书的撰写已经有了基本的纲要和素材，加上电脑文字搬家的便利，仅用三四年的时间便告完成。此次再版，对一些地方作了大段的裁剪，也对一些具体问题作了修订。希望它比原先的版本更好一点。

《印度民间文学》一书是我2007年应北京大学张玉安和陈岗龙教授之邀而作，2008年完稿，最初作为《东方民间文学丛书》之一出版于2008年12月（宁夏人民出版社）。根据当时出版社编辑的要求，此书的写作既要体现学术价值，又要有一定的知识性和趣味性。虽然当时尽力而为，但仍难以达到那种学术性与趣味性完美结合的高度。此次再版，未作改动。作为我国目前为止唯一一部关于印度民间文学的带有一定学术性的专著，也许对读者有点用处。书后的附件，也算是印度民间文学的重要内容，摘自我主编的《东方神话传说》第四卷（北京大学出版社，1999年版）。其中，《罗摩的故事》最初由我根据中文和印地文资料编写。《摩诃婆罗多的故事》最初由张钟群学长根据中外文资料编写，此次我又将它改编缩写。《黑天的故事》原先也是由钟群学长依据《诃利世系》编译，此次我又在此基础上加以改编、缩写。所以，在这里要特别感谢钟群学长。《黑天的故事》来自《诃利世系》，是钟群学长首次将它编译出来，详细地介绍给国人。这个故事的价值不仅在于它是印度民间文学研究的重要资料，而且，它对于印度教的研究也具有重要意义，甚至我们还能从中发现某些古代印度史的痕迹。《黑天的故事》里，也不乏比较文学研究的资料，那些神奇的法宝，那些斗法的情节，那些怪异的神魔，包括它们的坐骑，都很容易让我们联想到中国神魔小说中的一些情节。正因为它具有多方面的价值，所以，这次要特别把它附在书后。

《象步凌空——我看印度》算是一部散文集，或者说是一本普及性读物，最初由世界知识出版社出版于2010年。这次再版，没有改动，因为我觉得书中的内容和有关提法至今并未过时，依然有一定的知识性和可读性。

《走近释迦牟尼》收录了我独著与合著的4个剧本。其中，电影文学剧本《玄奘》发表最早（《电影创作》，1985年第2期），距今已经整整30年了。发表之后，我与合作者高树茂（笔名木君）便一面争取拍摄，一面多方征求意见，并不断修改。为寻求与印度合拍的机会，1985年，请刘建和王槐挺先生将剧本译为英文，并通过各种途径送往印度。在不断修改过程中，还曾请教过中国佛教协会佛教文化研究所所长吴立民先生和赵朴老的秘书李家振先生，并根据他们的意见于1994年作了第六次修改。现在看来，这个30年前的剧本未免幼稚，修改后的剧本也未能达到令人满意的程度。尽管如此，我仍然敝帚自珍，因为它既是一个见证，又是一个鞭策。它见证的是我30年来研究玄奘的过程，它鞭策着我像玄奘那样锲而不舍地工作。就在修改《玄奘》的同时，高树茂再次提出动议，合写另一个电影剧本《五世达赖喇嘛》，经过一段时间的学习和准备，这个剧本也于20世纪80年代末完成了。又经过长时间的周折，在没有得到拍摄机会的情况下，于2003年将它发表在《新剧本》上。2003年，我接到一个邀请，写一部七集专题片《走近释迦牟尼》。经过一番努力，终于在当年写出。该片由华艺音像有限公司与印度英迪拉·甘地基金会合作拍摄于2005年。不久即翻译成英文在中印两国电视台同时播放。影片拍摄和制作过程中对剧本有一些改动，但这里刊出的仍然是改动前的本子。1996年，受一家影视公司负责人的委托，我又写了一部25集的电视专题片《中华国粹——围棋文化》。但写完之后便泥牛入海，再无消息。尽管这是一部不成熟的剧本，但将它发表出来，也许会有益于社会。如果有哪位导演、制片人或出品人觉得可以以此为基础，写出一部电视片，更是求之不得。

《印地语文学史》两卷，是在《印度中世纪宗教文学》（昆仑出版社，2011年版）和《印度近现代文学》（昆仑出版社，2014年版）基础上剪裁、增补而成，非我独力之作，除景奎外，尚有北京大学唐仁虎、郭童、姜永红、魏丽明、王靖，以及洛阳解放军外国语学院廖波等先生的作品。此前，刘安武先生曾著《印度印地语文学史》一书。作为前辈学者的著作，我们晚辈曾悉心阅读，受益颇多。我们现将学习心得进一步整理扩充，并大幅度增加了现当代部分的比重，以期有益于后来者，有益于相关学科的建设。

除了以上7部书外，还有4部著作（《印度密教》、《神魔小说与印度密教》、《印度文化论辑》、《印度古代文化史》）和3部译著被列入文集。这后6部书，各有说明，不再赘言。

这14部书，是我到目前为止的主要著作。

薛克翘

2016年元月于京东太阳宫

序一

好几年前就有了编辑《薛克翘文集》的想法。

薛克翘先生参加过我的硕士学位论文评阅和博士学位论文答辩。不过，与他的合作始于21世纪初，当时他作为"印度中世纪宗教文学"的课题负责人邀请我和印度学者Rakesh Vats教授参与，之后又有"印度近现代文学"的合作，2012年开始《中印文化交流百科全书》的合作，目前正在合作的是"中印经典和当代作品互译出版项目"，以及"南亚研究丛书"。算起来，这类近距离的合作已十年有余。在之前接触和之后合作的过程中，我从薛克翘先生那里学到很多。在我看来，薛克翘先生为学为人兼优，堪称中国印度学/南亚学研究领域的卓越者。

薛克翘先生平时话少，属于有话则多无话则少的人。他看似不爱"闲话"，聊起来也会滔滔不绝，得看话题。谈学术谈创作，永远有结束不了的议论。跟他聊学术，你会发现，原来学术也可以海阔天空……薛克翘先生实在，爱抽烟，喜甜食，这些对身体无益，但因自由潇洒的性情，其害处似乎又被稀释到最小。由于师母近年的"管束"，他也"收敛"了不少，"节制"了许多。我曾建议他完全戒除，他说还不到时间。哈哈，难道要到90岁以后？薛克翘先生谦虚，学养深厚，却从不目中无人，对小辈饱含提携之心。我从读硕士研究生开始就得益于他的指导，现在看当时的文字议论，

1

颇显幼稚，自觉难为情，却不记得他说过什么负面的言语，反而记得他的鼓励和肯定。现在，对于我的硕士研究生和博士研究生，他也持同样态度，愈显长者风范。

在学术领域，薛克翘先生是我最佩服的学者之一。先生本科就读于北京大学东语系印地语专业，硕士就读于中国社会科学院研究生院南亚系，与印度研究/南亚研究直接关联。本科毕业后，他一直在中国社会科学院南亚研究所/亚太研究所从事印度文化和中印文化交流的研究工作，成果丰硕。2005年5月退休之前，他出版有专著6部、译著5部、工具书2部、普及读物3部、文学创作2部、学术论文70余篇；退休后至今，他发表专著6部、译著2部、工具书2部、普及读物3部、文学创作2部、学术论文40篇，行将出版的专著4部、译著2部……他仍在耕耘，我们会不断看到他的新成果。

在我看来，薛克翘先生在印度研究方面的学术贡献主要体现在三个方面：其一，印度文学及中印比较文学的研究。这方面以专著《印度近现代文学》（合著）、《印度中世纪宗教文学》（合著）、《印度民间文学》以及《中印文学比较研究》为代表，辅以《评普拉萨德的大诗〈迦马耶尼〉》《最早的印地语苏非传奇长诗〈月女传〉》《印度独立后印地语诗歌流派简评》等学术论文。《中印文学比较研究》是他在这一领域的代表成果，该著从汉代文学到当代文学，又从当代文学到少数民族文学，全面研究了中印文学的互动、影响。其中的《印度佛教文学的传入》《读〈拾遗记〉杂谈》《从王度的〈古镜记〉说起》《中印鹦鹉故事因缘》《变文六议》《〈太平广记〉的贡献》《〈大唐西域记〉与〈西游记〉》《鲁迅在印度四例》《比尔巴与阿凡提》等篇章尤令人拍案叫绝，作者从点滴议起，把中印文学放到极微极小的层面，以实在鲜活的事例探讨中印文学的关系，论述了佛教在中印文学交流中的媒介作用、中国文学中的印度佛教因素以及中印当代文学的相对平行双向的交流模式。其二，印度文化及中印文化交流的研究。薛克翘先生在这一领域的代表作有《中国与南亚文化交流志》和《中国印度文化交流史》等。这一研究在中印两国都是显学，关注者甚多，研究成果颇丰。研究者中的佼佼者有中华人民共和国建立以前的梁启超、向达、张星烺、许崇灏等前辈，有建国后不久即成名的季羡林、金克木、常任侠等大家，有改革开放后取得成就的刘安武、林承节、耿引曾、王宏纬等先生。薛克翘先生是"后起之秀"，他凭借自己深厚的语言及文化功底（古汉语、印地语、英语及佛学等），搜集研究了相关成果，在自己的著作中，前人论及的他研究了，前人没有论及的他也考察了。《中国印度文化交流史》的第七章和"后记"值得提及，前者探讨的是中华人民共和国建立后至2002年前后中印文化交流的内容，后者则把这一内容一直延续到2007年年中。可以看出，作者搜集了大量相关材料，并科学整理、合理使用，为中印文化交流史增添了全新的一页。其三，印度密教及其与中国神魔小说关系的研究。这似乎是薛克翘先生退休以后的重点研究领域，他先后发表了《印度佛教金刚乘诗歌浅谈》《印度密教大师萨罗诃及其证道歌》《关于印度佛教金刚乘八十四悉陀》《金刚乘悉陀修行诗试解》《印度佛教金刚乘成就师坎诃巴》《也谈神怪小说与密教的关涉——〈聊斋志异〉中印文学源流研究》《印度佛教金刚乘主要道场考》《牛护是否是金刚悉陀》等学术论文，并即将出版专著《印度密教》和《神魔小说与印度密教》，可谓中国学者在这方面最为扎实的学术贡献。《印度密教》从印度文献入手，使用了印度中世纪金刚乘成就师的诗作、印度教的《火神往世书》和《女神薄伽梵往世书》以及印度民间故事总集《故事海》等，对密教和印度教的关系做了多方面的探讨和阐述，为国内相关研究之先。《神魔小说与印度密教》以《西游记》《封神演义》和《华光天王传》等为研究文本，解决了前人没有关注或没有解决的问题，许多考证别开生面，打破了神魔小说研究的僵局，开拓了中国古小说研究的视野。

除研究著述外，薛克翘先生对印度文学的翻译也值得书写。他的译文有史诗（节译），如《古印度吠陀时代和列国时代史料选辑》（合译）；有小说，如《檀香树》（中篇）、《还我相思债》（长篇）、《谁之罪》（中篇）、《雷努小说选》（长短篇合集）、《人生旅途没有返回的车票》（短篇）等；有诗歌，如《伯勒萨德诗选》；有评传，如《普列姆昌德传》（合译）等。这些著作的原文大都是印地语，这恰是薛先生的长处，他精通印地语，汉语功底深厚，故译作文字精练到位，对原文及印度文化理解透彻，没有模棱之处，传达了原作的意境，展现了翻译的精准。印度现当代作品汉译不多，薛先生的翻译鼓励促进后学跟进，对丰富和发展这一领域大有裨益。

《中印文化交流百科全书》《简明南亚中亚百科全书》《简明东亚百科全书》等是薛克翘先生主编或参与编写的工具书类著述。笔者也参与了《中印文化交流百科全书》的编写工作，深知薛克翘先生的贡献和创新，他是全书主编，也是分支主编，还是执笔者。从组织团队，到编写条目，到审定条目，他不拘巨细，事必躬亲。此外，该书有部分较长的概述条是他自己撰写的，印方建议冠合写或不写著者，他都从大局出发，予以同意认可，表现了大家之风及大学者之雅量。这些著述，名为工具书，但其中表现出来的学术价值和专业水准都是非同寻常的。

薛克翘先生具作家气质，他在文学创作方面也有不少实践，已经发表电影文学剧本《玄奘》（合著）和《五世达赖喇嘛》（合著）、专题片剧本《走近释迦牟尼》（7集）及散文集《象步凌空——我看印度》等4部作品，另有大型系列片《中华国粹——围棋文化》（25集）还没有发表。2015年年初，他与动漫公司签约，其《玄奘》将被制成大型游戏软件，进军动漫市场。此外，他还应约撰写50集电视连续剧脚本《大唐玄奘》，即将踏入电视剧领域。专业知识与文化市场相结合，这是薛克翘先生的另一贡献。先生"文气冲天"，对于中印文化交流市场的冲击可谓独到。与"进军"文化市场相类似，薛克翘先生对知识普及也有兴趣，他先后发表了相关著述8部，如《围棋故事精萃》《世界智谋故事精粹》（合主编）、《东方趣事佳话集》（主编）、《东方神话传说》（合主编）、《佛教与中国古代科技》《中国围棋史话》等。作为后学，我可以想象得到薛先生爱好围棋，却想象不到他会撰写相关著述！

因此，薛克翘先生的笔墨不仅用于专业研究方面，还用于文化普及方面，一者显示先生知识博大精深，二者显示先生素养泽被后世，乃真君子也。

退休之后十余年，先生笔耕不辍。祈望先生劳作时不忘健康，以长寿辅之文章。

就年庚而言，薛克翘先生于2015年逢七十华诞。值此吉祥时机，出《薛克翘文集》十数册，志古稀，飨读者。

谢中国大百科全书出版社玉成此事。

是为序。

姜景奎

于印度加尔各答

2015年12月29日

序二

薛克翘先生是中国南亚学界素负盛名的学者，以研究中印文化关系而著称。近40年来，他在这一领域勤苦耕耘，硕果累累。即将面世的多卷本《薛克翘文集》是他半生主要著述的一个集成。由于文集中的一些作品系首次付梓，因此又可将它们视为中印文化关系研究领域的新收获。能先睹这部文集并应命作序，快何如之？

黑格尔在《历史哲学·东方世界·印度》开篇指出："印度，同中国一样，是一个既现代又古老的神奇国度，一个始终一成不变而又获得至为完善的自我发展的神奇国度。它一直是富于想象力的人们的热望之地，而且对我们而言似乎还是一个仙境，一个魔界。与只是呈现至为平实的'知性'的中国不同，印度是幻想与感性之域。"（笔者据电子图书馆英文版自译）黑格尔的论断，表明印度对他具有一种特殊的魅力，历来受到学术界的重视和传扬。在他看来，印度是一个新旧文化并存的国家，是一种自成体系的伟大文明，也是一个具有鲜明地域特色的世界。

印度与中国同为文明古国。1999年7月5日上午，季羡林先生在印度文学院授予其名誉院士学衔的仪式上发表演说，高度评价了中印文化交流的历史意义。他说："自远古以来，中国与印度就一直是好邻邦和好朋友。甚至在先秦时期，即在东周时期，我们已经能够在诸如《战国策》和《国语》

这样一些中国典籍中，主要是在神话和民间传说中，找到印度影响的一些蛛丝马迹。在屈原的诗歌中，特别是在《天问》中，我们也可以发现印度的一些影响，主要是神话方面的影响。在天文学中，我们同样可以找到中国和印度的相互影响。中国的著名发明，如造纸术、印刷术、火药、指南针等，从中国传到包括印度在内的其他国家。中国的纸和丝以及丝织品，经由丝绸之路从中国传到印度。与此同时，中国南方的海上丝绸之路也是功不可没的。在佛教从印度传入中国后，在近两千年的岁月中，印度文化源源不断地涌入中国。在各种不同学术领域中，都可以发现印度的影响。佛教在中国人民中风行起来。一言以蔽之，中印之间的文化交流有着十分悠久的历史，而这种交流促进了我们两国的社会进步，加强了我们的友谊，并给两国带来了福祉。在人类历史上，这是一个在任何别的地方都不曾发现的绝无仅有的例证。"（《南亚研究》1999年第2期）

印度文化在众多领域的辉煌成就，使之在整个世界文明中占有极其重要的地位。同时，印度文明又具有极强的辐射力，数千年来对亚洲邻国乃至世界产生了深刻的影响，为丰富人类文化和社会进步做出了卓越贡献。

作为我们最重要的邻国，印度与中国的文化交流，至少已有两千余年的历史。在许多世代，在所有外来文化中，只有印度文化对中国文化的影响最为持久和广泛。在漫长的岁月里，印度文化的许多成果，已渐次融入中国文化之中。因此，不只一代学者认为，要厘清中国文化的源流，就必须学习和研究印度文化；要弘扬传统文化和建设现代文化，也不应忽视印度文化的借镜作用。研究印度文化，深入探讨中印文化交流历史的意义，不仅有助于认识和了解今天的印度，也有益于中国民族文化复兴的大业。

在数千年的历程中，印度和中国有过不少类似的发展阶段。释迦牟尼在印度创立佛教之时，孔子在中国创立了儒家学说。印度在佛教问世之时异说纷呈，中国在春秋战国时期百家并起。阿育王统一印度不久之后，秦始皇开始统一中国。印度的笈多王朝与中国的唐朝先后成为两国政治、经济、文学、艺术、科学、技术等全面发展的黄金时代。印度的莫卧儿帝国与中国的清王朝在全盛时期占世界经济总量的一半。20世纪40年代末，印度共和国与中华人民共和国相继诞生。20世纪后期，中印两国先后推行经济改革，目前正在同时崛起。此外，两国在人口规模、发展程度等基本国情方面也存在着明显的相似之处。半个多世纪以来，无论是中国还是印度，都发生了旷古未有的深刻变化。

中国和印度两国，曾被称为"遥远的近邻"。然而，无论是崇山峻岭还是汪洋大海，都未能阻断两国人民及政府之间两个层次的双向往还。在印度古代史诗《摩诃婆罗多》（公元前4世纪~公元4世纪）和印度古代法论名著《摩奴法论》中，都曾提到中国，称之为"支那"（Cina）。根据印度学者玛妲玉推测，可能早在公元前5世纪，印度人即已知道并珍视中国丝绸。《大劫疏》和《摩诃婆罗多》中都出现过cinamsuka（中国丝绸）一词。约成书于公元前4世纪（一说公元前2世纪~公元3世纪）的印度古代政治学名著《利论》，亦有关于中国丝绸的记载。这些文献证明，尽管史乘记载阙如，但中印两国之间的丝绸贸易实际上可能早已开始。

据《史记·大宛列传》记载，张骞在公元前2世纪后期，初步凿通从中原通往西域的丝绸之路，并派副使前往印度。根据《三国志·魏书·东夷传》裴松之注引《魏略·西戎传》，在西汉哀帝元寿元年（公元前2年），即有"博士弟子景卢受大月氏王使伊存口授《浮屠经》"之事（《浮屠经》即佛经）。学术界对此说虽有不同意见，但佛陀降生的传说及其教义，至迟应于此时传入中国。据《后汉书》等典籍记载，永平七年（64），明帝曾梦见金人并向群臣索解。太学闻人傅毅对曰："西方有神名曰佛，其形长丈六尺而黄金色。"明帝于是遣郎中蔡愔、博士弟子秦景等使于印度，"问佛道法"。翌年，楚王英皈依佛教，造成轰动。永平十年（67），蔡愔等与印度僧人摄摩腾、竺法兰以白马驮经及造像抵达洛阳。翌年，明帝敕造白马寺，标志着佛教正式传入中国。汉地营造佛寺由此开始。时至今日，佛寺犹遍布城邑及无数村落。明帝对佛法东渐及中印文化交流起了关键性推动作用。

汉魏以降，中印两国以佛教为指归的文化交流全面展开。两国僧人联袂接踵，络绎于途。商人们也沿着丝绸之路频繁流动，开展经贸活动。印度的天文历算、医药、建筑、绘画、雕塑等科学知识和艺术样式以及物产随之传入中国。大量佛经由中印两国高僧合作或独立译成汉文。他们在译经的同时，总结并提出翻译理论，开创了翻译学。隋代译经家彦琮的"八备"说至今犹有现实意义。中国由此形成译介国外典籍的传统，至今长盛不衰。

起源于印度的石窟寺，经由新疆的克孜尔、甘肃的敦煌和麦积山、山西的云冈、河南的龙门，一路向东延伸，形成一条悠长而壮观的佛教艺术带。它们是中印文化交流的实证和象征，至今依然吸引着无数游人前往观瞻。

三国吴赤乌十年（247），西域僧人康僧会抵达吴都建业（今南京），吴王孙权为其敕建建初寺，使之成为江南首座佛寺。与寺院伴生的佛塔在汉末亦已开始出现。

南北朝时期，在洛阳和建业南北两大佛教中心，寺庙如雨后春笋般拔地而起。《魏书·释老志》记载："自洛中构白马寺，盛饰佛图，画迹甚妙，为四方式。凡宫塔制度，犹依天竺旧状而重构之，从一级至三、五、七、九。世人相承，谓之'浮图'，或云'佛图'。晋世，洛中佛图有四十二所矣。"《南史·郭祖深传》则记载："都下佛寺五百余所，穷极宏丽，僧尼十余万，资产丰沃。所在郡县，不可胜言。"杜牧《江南春》诗云："千里莺啼绿映红，水村山郭酒旗风。南朝四百八十寺，多少楼台烟雨中。"由此可见，时至晚唐，在风景秀丽的江南，佛教寺庙依然夺人眼目。

除帝王敕建皇家寺院外，僧尼、居士也群策群力，不甘落后。《续高僧传》描述了建康寺庙林立的盛况："钟山帝里，宝刹相临；都邑名寺，七百余所。"印度僧人参与了某些寺院的营造。宋熙寺即传为天竺僧伽罗多哆所造。从名字看，此位能够造寺的僧人当为东印度孟加拉人。罽宾寺、天竺寺等寺则专为印度来华僧人而建。富豪舍宅建刹成风。

北魏兴建寺塔之众，不亚于南朝。据《魏书·释老志》，自兴光至太和年间（454~499），"京城内寺新旧且百所，僧尼二千余人，四方诸寺六千四百七十八，僧尼七万七千二百五十八人"。"至延昌（512~515）中，天下州郡僧尼寺，积有一万三千七百二十七所"。到神龟年间（518~520），佛寺增至三万余所，蔚为壮观。

北魏杨衒之撰《洛阳伽蓝记》，以记述北魏时期寺塔营造之盛而著称。据此书记载，晋永嘉年间（307~312），此地仅有寺四十二所；北魏元宏迁都洛阳后，数十年间寺庙增至一千余所。佛寺之多，甲于天下。一时之间，洛城内外，"昭提栉比，宝塔骈罗，争写天上之姿，竞摩山中之影，金刹与灵台比高，广殿共阿房等壮"。熙平元年（516），胡太后敕造永宁寺，中立九级木构佛塔一座，"高九十丈。有刹复高十丈，合去地一千尺。去京师百里遥已见之"。另有"僧房楼观一千余间，雕梁粉壁，青璅绮疏，难得而言"。瑶光寺有五级佛塔一座，"去地五十丈，仙掌凌虚，铎垂云表，作工之妙，埒美永宁"。这些美轮美奂、富丽堂皇的佛教建筑曾令洛城熠熠生辉。

在中印两国的文化交流中，高僧、学者起了至为重要的作用。他们是一代代舍身求法和传播真谛之人。朱士行少怀远悟，出家之后，专务经典，讲《道行经》，心生疑惑，遂矢志捐身，西行求取大本。他于三国魏甘露五年（260）从今西安出发，涉流沙，抵于阗。当时于阗多印度侨民，流行佛法。他虽未曾踏上印度本土，却是汉地僧人西行求经的先行者。此后，宋云、法显等数十人次第前往印度。盛唐时期，玄奘、义净先后奔赴并长期居留印度，成为举世闻名的历史佳话。这些高僧不但取经、译经，而且留下了堪称千古奇书的著作。这些著作是研究中印文化交流的珍贵文献，也是记载印度文明历程的重要典籍。

与此同时，尽管关山难越，道阻且长，西域也不断有佛僧和商旅等不畏艰险，前来中国。据《高僧传》记载，在摄摩腾和竺法兰于公元1世纪前来洛阳之后，从吴黄武三年（224）至北周天和年间（566~572），以印度为主的西域来华名僧即达44位。他们的足迹广布于大江南北。其中鸠摩罗什等高僧成为译经大家。中印僧人在合作译经之余，时赴王宫或僧寺讲经弘法。有时采用合讲方式。例如，佛图澄与弟子道安讲经时，前者主讲，后者复述。所聚僧众，往往数以百计。译经与讲学，推进了佛教在宫廷和民间的传播。

随着佛教东渐，印度音乐样式及技法，乃至音韵学知识等也逐渐传入中国。例如，在北周（557~581）与隋（581~618）之际，由于战乱而礼崩乐坏，七声音阶失传。"七声之内，三声乖应，每恒求访，终莫能通。"（《隋书·音乐志》）周武帝时，龟兹乐师苏祇婆传入源于印度的五旦七调理论，沛公郑译"习而弹之，始得七声之正"（《隋书·音乐志》）。此乃中国音乐史上的大事。至于音韵学的兴起，对魏晋南北朝时的骈文、五言诗和唐代律诗的发达，则起了积极的促进作用。

隋唐之际，中国与印度无论在政府层面还是民间层面的交往均达到高潮。隋开皇（581~600）初，文帝杨坚"雅信佛法"。唐太宗三遣使臣访印，鼎力支持玄奘译经弘法，并撰《大唐三藏圣教序》，襄扬玄奘"引慈云于西极，注法雨于东垂"的不朽功业。印度佛教逐渐在唐代完成本土化的进程。与此同时，佛教经尼泊尔传入西藏并获得巨大成功。松赞干布在位时期，曾派遣数十位学者前往尼泊尔和印度学习梵语、佛经及其他典籍。

此时，佛教在中国达于鼎盛时期。天文历算之学，颇受政府重视。包括天文学家在内的西域僧俗，前来中国者不可胜数。他们将印度的天文学、数学、医学等科学知识传入中国。在唐代开元六年（718），印度天文学家瞿昙悉达任司天台太史监，受命编译印度的《九执历》并编撰《开元占经》。《开元占经》介绍了印度的"算字法样"，即数字写法，称"其字皆一举札而成"，便于书写。"每空位处，恒安一点"，首次引入零的书写符号，即一个圆点"·"。这就说明，书写便捷的印度–阿拉伯数字至少在开元年间已传入中国。

从北宋至明季（10~17世纪），中印文化交流虽然势头弱于公元1千纪，但总体依然处于繁盛时期。随着佛教于2千纪初在印度衰微，中印之间由求法和传法为主要动力的文化交流逐渐停息。不过，中印之间的海上交通和贸易开始发展起来。

中印两国之间以佛教为主要媒介的艺术交流的价值，历来为文化或艺术学者所重。中国历史学家柳诒徵在其编著的《中国文化史》（1932，1948）中表示，自汉以降，为中国文化中衰时期，"种族衰落，时呈扰乱分割之状……于此时期，有一大事足记者，即印度之文化输入于吾国，而使吾国社会思想以及文艺、美术、建筑等皆生种种之变化"。他在该书的多个章节中扼要阐述了印度文化对中国文化的作用、影响和意义。印度历史学家高善必在《印度古代文化与文明史纲》（1965）第五章中则说，没有在印度影响之下发展起来的佛教主题，缅甸、泰国、朝鲜、日本与包括西藏在内的中国的艺术和建筑，乃至世界艺术，都会逊色许多。事实确乎如此。中印艺术交流，成为人类文化交流史上独一无二的光辉范例。

在文学方面，中印两国交光互影，例证极多，不胜枚举。印度文学对中国文学的影响与佛经的汉译和传播如影随形，几乎同步发生。中国古代文人学者大多阅读佛经，熟悉佛教，并有与高僧结交的风习。于是，佛经中蕴含的大量充满智慧、哲理和趣味的故事不胫而走。从六朝志怪小说、唐宋传奇到明清小说，从僧禅诗歌至变文、戏剧，从文学理论到文学样式，从古至今，印度文学对中国文学的影响是多方面的。几经嬗变，不少印度故事业已中国化，以致一般读者难以辨明。"曹冲称象"就是这方面的一个典型例子。20世纪以来，泰戈尔等印度作家的作品在中国的风行，鲁迅等中国作家作品在印度的流传，都是自古以来中印文学交流传统的延续。

元明之际，中印海上交通获得巨大发展。元朝统治中国虽不足百年，但与印度互动频繁，保持了良好的外交关系。明初，中国政府即不断派遣使者前往东南亚和南亚地区。永乐元年（1403），明廷遣中官尹庆前往印度西南部的古里及柯枝两国。从永乐三年（1405）至宣德八年（1433），郑和奉使七下西洋，造访30余国，其中包括古里、柯枝、阿拔巴丹、甘巴里、榜葛剌等印度诸国，成为明初国家盛事和世界航海史上的壮举。郑和随行人员马欢、费信、巩珍分别撰写《瀛涯胜览》《星槎胜览》和《西洋番国志》，留下对印度诸国的生动记录，成为研究中古时期中印文化交流的重要文献。

与此同时，印度诸国亦与明廷互动频繁，保持了密切关系。据《皇明象胥录》卷七"榜葛剌"条载，明永乐二年（1404），国王蔼牙思丁遣使朝贡，六年（1408）上金叶表。永乐七年（1409），蔼牙思丁再度遣使朝贡，从者230余人，永乐皇帝赏赐甚厚。随后，蔼牙思丁连年入贡，旨在积极同中国修好。蔼牙思丁逝世后，其子赛勿丁（赛佛丁）即位为王，于永乐十二年（1414）遣使奉表来华，贡麒麟（长颈鹿）及名马方物。永乐十三年（1415），侯显赍诏使其国，王与妃、大臣皆有赐。

明朝的强盛甚至使得榜葛剌国王在遭遇邻国入侵时前来寻求帮助，而郑和七下西洋也得到了榜葛剌国的巨大支持。郑和宝船体积大，吃水深，无法沿沙洲众多的恒河口长驱直入榜葛剌国腹地。经榜葛剌国慨然应允，明朝得以在吉大港设立官厂，使之成为郑和船队的基地。海上交通的开拓和发展，促进了中印两国的贸易和人员往来。在印度的一些博物馆中，可以看到中国宋元明清的大量瓷器乃至中国商人赠送印度商人的礼品。

郑和在第七次下西洋归途中病逝于今印度马拉巴尔海岸的古里。这场持续28年的航海活动终结后，中印两国的海上交通逐渐减少。西方殖民者入侵南亚次大陆以来，中国与印度的往来受到阻隔，文化交流活动趋弱，海上贸易渐为葡萄牙人、荷兰人和英国人所掌控。在清代的一些著述中，留下了有关中印交往的记载。清代嘉应州（治今广东梅州）人谢清高，18岁随外商海船出洋，游历多国，习其语言，记其地理、风俗和物产等。他航海14年始告返国。他以自己的阅历和传闻的海外诸国情况口述而成的《海录》卷上即有关于孟加拉的详细记载。后来魏源（1794~1857）编著《海国图志》就直接采用了《海录》中的不少材料。

19世纪中叶，印度完全沦为英国的殖民地。清朝亦日趋衰朽，内忧外患频仍。20世纪上半叶，在争取民族独立和革命的斗争中，两国人民相互同情，相互支持。两国的有识之士努力了解对方，保持了互动关系。光绪五年（1879），学者黄懋材受官方派遣考察印度。这是近代史上官方派遣赴印考察第一人。他归国后著有《印度札记》《游历刍言》《西徼水道》等书，增进了中国对印度的了解。

20世纪以来，中印文化交流逐渐呈现全新的格局，获得了全面的发展。章炳麟、陈独秀、鲁迅、苏曼殊等大家都对印度文化表现了浓厚的兴趣。章炳麟流亡日本期间与印度革命者有所过从，表示了对印度民族独立斗争的支持。陈独秀对佛教和印度学均有一定造诣。鲁迅对印度古代文学十分推崇。他在1907年写的《摩罗诗力说》中盛赞印度古代吠陀文献"瑰丽幽夐"，梵文史诗《摩诃婆罗多》和《罗摩衍那》"亦至美妙"，并推许印度古代大诗人迦梨陀娑"以传奇鸣世，间染抒情之篇"。他在1926年写的《〈痴花鬘〉题记》中又说："天竺寓言之富，如大林深泉。"苏曼殊译述印度故事，编译梵文语法书籍，为开中国现代梵文研究先河第一人。

1913年，印度大诗人泰戈尔获得诺贝尔文学奖，对于中国现代诗歌的产生和发展产生了积极的影响。他在1916年预言中国终将崛起。他在1924年访问中国，盛赞中国文化的丰富和瑰丽以及中印之间源远流长的友好关系。他发现中印两国的先辈用生命缔造的珍贵友谊一直延续了下来。他呼吁中国人民"重新开启交流的渠道"，希望"中国走近印度，印度走近中国"。围绕泰戈尔访华，中国掀起一场泰戈尔热，成为中印现代文化交流史上的一桩大事。1937年，在泰戈尔的主持下，在谭云山的努力下，印度国际大学中国学院举行落成典礼，成为印度第一个学习并研究中国语言、文学和文化的中心。中国作家许地山、画家徐悲鸿等先后应邀在该学院讲学。1946年，北京大学东方语言系成立，教学内容包括印度语言文学。

1950年，中国与印度建立外交关系。中印文化交流从此进入一个全面发展的新时代。虽然两国关系曾因边界问题而出现波折，但两个伟大的民族终竟走向理性与合作之路。

从张骞凿通西域到谭云山协助泰戈尔创办印度国际大学中国学院，从印度僧人摄摩腾和竺法兰以白马驮经前来洛阳到柯棣华大夫为中国人民的抗日战争献出宝贵生命，无数志士仁人在两千余年间共同摹绘了中印文化交流的恢宏历史长卷。

学术界开始对中印文化交流历史自觉研究的时间并不算长。梁启超曾撰写《佛教之初步输入》《中国印度之交通》《翻译文学与佛典》和《印度与中国文化之亲属的关系》等文章，从多个角度深入考察和分析了印度文化对中国的影响。胡适曾写过《中国的印度化：一种文化借鉴的个案研究》等涉及中印文化交流的论文。他在《西游记考证》一文中，提出孙悟空形象源于印度史诗《罗摩衍那》中的神猴哈奴曼之说。鲁迅除盛赞印度古代文学外，还在《中国小说史略》中揭示了一些中国古代小说与佛教的渊源关系。艺术考古学家、东方艺术史家常任侠曾在印度国际大学讲授中国文化史，于1955年出版《中印艺术因缘》，勾勒了中印艺术交流的历史。台湾学者裴普贤（糜文开夫人）写过《中印文学关系研究》一书（1968）。此书虽篇幅不算太长，却大致梳理了中印两国文学交互影响的脉络，尤其是中国文学所受印度文学影响的各个主要方面。台湾佛教学者东初长老撰有专著《中印佛教交通史》（1968），论述了中印佛教交流和融合的历史进程。香港学者饶宗颐撰有《中印文化关系史论集——悉昙学绪论》（1990），对中印文化交流进行了深入探讨。

中国大陆向为中印文化交流史研究的重镇。佛教史家汤用彤著有《汉魏两晋南北朝佛教史》（1938）、《隋唐佛教史稿》（1982），探讨了印度佛教传入中国的历史及其对中国思想文化的影响。季羡林先生对中印文化关系进行了多方面的深入研究。20世纪50年代以来，他陆续出版了《中印文化关系史论集》（1957）、《中印文化关系史论文集》（1982）、《佛教与中印文化交流》（1990）、《中印文化交流史》（1993）、《蔗糖史》（1998）等著作，对中印文化交流史研究产生了深远影响和示范作用。金克木先生在中印文化交流研究领域也做出了突出的贡献。他撰写的《中印人民友谊史话》（1957）追溯了中印两国人民两千余年友好交往历史中的一些主要人物和事件，阐述了印度在科学、语言、文学、艺术、佛教等方面对中国的主要影响。他的《梵语文学史》（1964）、《印度文化论集》（1983）、《比较文化论集》（1984）等著述均涉及中印比较文学研究。林承节先生的《中印人民友好关系史：一八五一——一九四九》（1993）以资料的丰富和内容的新颖而著称。张星烺编注的《中西交通史料汇编》第六册初版于20世纪30年代，后曾不断再版，聚集了从两汉至明代的大量涉及中印交通的史料。耿引曾先生的《汉文南亚史料学》（1990）具有很强的史料性。她主持编写的两卷本《中国载籍中南亚史料汇编》（1994）对中印文化交流史的研究具有极大的参考价值。还有不少学者及其著作，对中印文化交流史研究做出了重要贡献，恕不一一胪陈。

印度学者师觉月也为中印文化交流史研究做出了引人瞩目的贡献。他的代表作《印度与中国：千年文化关系》（1944）记载了中印文化交流的历史，探讨了中国文化在印度的流传和影响，在国际学术界产生了重要影响。阿马迪亚·森在其有关中印文化交流历史的重要论文《中国与印度》（2004，收入其论文集《惯于争鸣的印度人》）中即曾参考并引证师觉月的这部著作。

20世纪70年代末以来，中印关系逐渐得到全面恢复和提高。在两国几乎同时崛起的时代背景下，中印文化关系史的研究获得良好机遇。然而，在前辈学者业已取得巨大成就的情况下，能够独辟蹊径，进行深入系统的研究，发人所未发，取得新成果，不但需要学术功力，也需要学术勇气，更需要坚持不懈的精神。

20世纪80年代初，季羡林先生发表重要论文《印度文学在中国》。他在文首按语中说，希望"能有更多的人在这方面（中印文学交流研究）做更多的工作。这方面的材料很多，倘加以搜集、整理与研究，会对增强中印两国人民的友谊，促进两国人民的互相了解起很大的作用"。当时，我与薛克翘都在北京大学读研究生。记得他在读过此文后曾对我说，他有心响应先生的号召，笃志从事中印比较文学的研究。后来，他逐步将自己的学术领域从中印比较文学研究拓展到中印文化关系史研究。30余年来，他手不释卷，笔耕不辍，撰写了百余篇以学术论文为主的文章，十余部专著，翻译了若干印度现当代印地语文学作品，主编了两卷本《中印文化交流百科全书》等重要工具书。这些成果数量不菲，质量尤令人称许。他在中印文化交流领域的著作不仅在国内学术界受到激赏，而且在印度等国家和地区产生了影响。

这部文集收入薛克翘先生过去30余年来在中印文化交流史方面的主要著作:《中国与南亚文化交流志》(1998)、《中印文学比较研究》(2003)、《印地语文学史》(合著)、《中国印度文化交流史》(2008)、《印度民间文学》(2008)、《象步凌空——我看印度》(2010)、《印度密教》《神魔小说与印度密教》《印度文化论辑》《印度古代文化史》。前6种此前曾由不同出版社印行,后4种则是近年来完成或整理出来的著作。

《中国与南亚文化交流志》是《中华文化通志·中外文化交流典》之一。这是一部史志性质的专著,对秦汉至20世纪80年代的中国与南亚文化交流的史实作了分门别类的记述,涉及宗教哲学、文学、艺术、民俗的交流,也兼顾了物产和科技的交流,归纳了各个历史时期中国与南亚文化交流的特点。虽然兼及南亚诸国,但重点在于中国与印度的文化交流概貌。行文简明,具有工具书价值。

《中印文学比较研究》在学科上属于比较文学范畴。研究比较文学,至少需要熟悉比较对象国家的语言和文学传统及有关文学理论。歌德关于"世界文学"的主张蕴含了比较文学的思想。作为一门学科,比较文学于19世纪后期兴起于欧洲。20世纪上半叶,注重影响研究的法国学派居于主导地位。第二次世界大战结束后,比较文学以美国为中心获得长足发展。美国学派将平行研究的概念和方法纳入比较文学的研究领域。我在20世纪80年代末期初到美国留学时,很快就感受到了一股浓郁的比较文学研究气氛。许多大学开设比较文学系。大学书店属于比较文学范畴的经典作品汗牛充栋。学生至少需要懂两门外语,需要读大量原著。我当时在课余开始翻译英国作家E. M. 福斯特的名著《印度之行》,这是比较文学系学生的必读书。我发现书店有读书笔记性质的配套读物,只有原著篇幅的五六分之一,却能让学生在短时间内认知该书的学术要点。目前,以美国为主的一些比较文学学者认为,比较文学也是一种文化研究。有的学者甚至认为,比较文学即比较文化学的概念。随着全球化的发展，美国学派的研究范围正在变得多样化，除欧美主要语言文学外，也在将其他地区的主要语言文学纳入研究范畴。德国学派也曾产生重要影响。1895年，德国学者本法伊在其为《五卷书》德译本撰写的前言中指出，欧洲文学的某些题材直接来源于印度故事，涉及东西方比较文学。虽然中国、印度的传统文学体系引起比较文学学者的兴趣和重视，但西方学者在中印比较文学方面很难深入研究并有所建树，因为同时掌握古代汉语和梵语或至少一门印度现代语言的西方学者十分罕见。

20世纪70年代末，在季羡林先生和乐黛云先生的积极倡导下，比较文学在中国本土尤其是北京大学开始兴旺起来。薛克翘先生就是在这个学术背景下开始中印比较文学研究的，《中印文学比较研究》成为他在这一领域的力作。这部专著系统梳理了上自汉魏六朝下迄近现代中印文学交流和融合的历史，揭示了印度文学在语汇、修辞、题材、体裁乃至审美取向等方面对中国文学的深刻影响，归纳了中印文学交流的主要特点。这部具有学术原创性的专著，倘若能够译成英文出版，当成为国际比较文学界的一部填补空白之作。

如果说前人和薛克翘本人早期研究的一个侧重点是中印比较文学，那么后者的《中国印度文化交流史》则是一部涵盖中印之间两千余年来文化交流各个层面的专史性著作。该书以全景式方法概括总结了各个历史时期中印文化交流的情况，以娓娓动人的笔法描述了许多重要历史事件和人物，并对之做出独立的分析和精当的评价。薛克翘将中印文化交流划分为精神文明交流和物质文明交流两大类，分别论述了各个历史时期中印两国在经济贸易、宗教哲学、科学技术、文学艺术、民间风俗等领域的互动情况，并客观地对其特点和变化予以论证。书末还设专章介绍了20世纪下半叶中华人民共和国和印度共和国规模空前的文化交流活动。这部厚重的著作超越前人之处在于它的系统性和全面性。除学术性外，该书还具有极强的可读性，在引人入胜之余令人大开眼界。

《神魔小说与印度密教》是薛克翘先生退休后的一部新作。鲁迅在《中国小说史略》中即将《西游记》定义为"神魔小说"。那么，中国的神魔小说从何而来，与印度文化有什么关系？我所看到的一些颇具盛名的中国文学史和中国小说史专著对此几乎不予落墨。前人所撰文章倒是有论及《西游记》与印度史诗《罗摩衍那》的关系的，但都不曾涉及它与密教的关系。因此，薛克翘的《神魔小说与印度密教》属于一部极富原创性的专著。此书从一个过去遭人忽视的视角出发，突破了传统神魔小说研究的局限，一扫中国古典小说研究陈陈相因的学术范式。书中的许多考证、探索和论断都别开生面。例如，作者在对《西游记》《封神演义》和《华光天王传》与密教关系的研究中，通过对有关人物、神通和法宝的考释，使中国神魔小说的研究得以深入，从而解决了前人忽略或不曾解决的许多问题。书中独到的见解异彩纷呈。例如，作者对《西游记》中的"瑜伽之正宗""金刚琢""金襕袈裟""车迟国""五行山""五方揭谛""铁扇公主与红孩儿""白龙马""木叉"等的考证，对《封神演义》中的"接引道人""毗芦仙""惧留孙""准提道人""韦护""孔雀明王""杨任""马元""番天印""五龙轮"等的考证，以及对《华光天王传》中"华光""三眼火神""五显灵官""风火轮""三角金砖"等的考证，读来均有令人耳目一新之感。

收入这部文集的《印度密教》是一部与《神魔小说与印度密教》具有学术相关性的专著。密教（Tantra），亦称密宗、秘密佛教、真言宗、金刚乘等，是一个佛教宗派，至少萌发于公元5世纪之前，兴盛于8~14世纪，对晚期佛教和印度教均产生了影响，对藏传佛教的走向起了重要作用，与汉传佛教的发展也有一定关系。

在笈多帝国和戒日王的曷利沙帝国先后崩解之后，印度出现分裂局面。一些新的王国兴起，各自控制大量属国。在这一社会发生剧烈变化的时期，10世纪或11世纪，密教传遍印度，连侵入印度的伊斯兰教也受到密教的某些影响。随后，密教传入东亚和东南亚的不少国家。

从19世纪开始，一些西方的印度学学者开始关注密教。英国东方学学者约翰·伍德罗夫是西方第一个认真研究密宗的学者，被尊为这一学科的奠基人。一些比较宗教学和印度学学者，例如奥地利学者利奥波德·菲舍尔、罗马尼亚学者米尔恰·埃利亚德、意大利学者尤利乌斯·埃沃拉、瑞士学者卡尔·荣格、意大利学者朱塞佩·图奇、德国学者海因里希·齐默尔，继而对密宗产生浓厚兴趣并从事相关研究。

其实，密教思想及其密仪在三国时期即已传入中国。8世纪时，印度密教高僧善无畏在长安被唐玄宗尊为国师。中国天文学家一行通晓梵文，亲承讲传，并与其合作翻译密教经典，在从事天文学和数学研究的同时，成为一名密教高僧。元世祖忽必烈笃信藏传佛教，践祚之初即极端重视宗教事务，命藏传佛教萨迦派五祖、国师八思巴·罗哲坚赞在吐蕃造黄金塔。尼泊尔建筑师、雕塑家阿尼哥应召先后在大都和上都营造了众多藏传佛教寺院与巨量密宗法像，带来了属于尼波罗（尼泊尔）–波罗（东印度佛教王朝，750~1150）风格的艺术样式。今北京妙应寺（俗称白塔寺）释迦舍利灵通宝塔（俗称白塔）就是这样一座密教佛塔。至元十三年（1276），八思巴命阿尼哥在涿州建护国寺，内塑密教摩诃葛剌（Mahakala，大黑天神）之像，使之面朝南宋都城临安。摩诃葛剌系藏传佛教护法神之一。忽必烈亦视之为元朝君主的保护神，深信此神会保佑元军，使之所向披靡，战无不胜。三年之后，他果然灭掉南宋。

中国具有开展印度密教研究得天独厚的条件。然而，近代以来，由于种种原因，中国学术界在这一方面建树不多。在一段时间之内，佛教研究陷入困境，遑论密教研究。因此，西方学者捷足先登，日本学者亦遥遥领先。

周一良先生在20世纪40年代发表《中国的怛特罗》一文，是中国学者开展密宗研究的标志。台湾学者张曼涛主编的《现代佛教学术丛刊》中收录密教专集4部。汤用彤先生的《隋唐佛教史稿》和黄心川先生的《印度哲学史》（1989）等著作均设专门章节介绍和探讨密教哲学思想。中国密教学者吕建福在《法音》1989年第1期发表《关于汉传密教研究中的几个问题》一文，介绍了这些情况并对当时新出的一些相关著述的浮躁学风提出批评。吕建福本人则著有《中国密教史》一书。在密宗研究方面，李南研究员近年来在《南亚研究》发表了不少颇见学术功力的论文。

要对中国密教进行深入研究，就必须对印度密教追根溯源。薛克翘先生的《印度密教》就是这样一部具有开拓性的专著。他为撰写此书，曾在印度大力搜求图书资料。此书最为鲜明的特点就是从印度文献入手，利用大量新资料对密教与印度教的关系作了多方面的阐述和论证。例如，他利用中世纪金刚乘成就师的诗作分析密教思想和修行方式，利用印度教《火神往世书》阐释密教的修行法及成就法，利用《女神薄伽梵往世书》的材料解读密教女神的地位和作用，利用包含丰富民间文学成分的印度古代诗体故事总集《故事海》中的材料考证密教神明的由来。这部著作拓宽了中国密教研究的领域，为中国的密教研究做出了宝贵贡献。

通过以上分析不难看出，《中印文学比较研究》《中国印度文化交流史》《神魔小说与印度密教》和《印度密教》堪称薛克翘先生的4部代表作。它们相互联系又各自独立，均属呕心沥血之作，对中国乃至国际相关领域的学术研究做出了具有独特价值的贡献。

这些著作的共同特点是，资料丰富，推理缜密，逻辑性强，富于创见。除深厚的古代汉语学养和包括印地语及英语的语言能力外，作者通晓佛教典籍，熟悉大量相关文献。没有数十年的读书和搜求功夫，是很难做到这一点的。精思劬学，方能发千古之覆。在学术领域的持续耕耘中，能有如此丰硕的收获，足以令人欣慰。

纵观薛克翘先生的学术生涯，让我想到学术研究中的一种带有世界性的动向。以文化交流史研究为例，宏观研究固然有自身存在的价值，但专史研究乃至微观研究毕竟标志着学术研究的深化和细化。季羡林先生的《蔗糖史》、英国学者简·佩蒂格鲁的《茶的社会史》(*A Social History of Tea*, 2001)、美国学者罗伯特·卡普兰的《一无所有：零的自然史》(*Nothing That Is: A Natural History of Zero*, 1999) 和查尔斯·赛义夫的《零：一个危险概念的传记》(*Zero: The Biography of a Dangerous Idea*, 2000) 等，都是这方面的范例。

薛克翘先生曾创作《玄奘》(1985) 和《五世达赖喇嘛》(2003) 两部电影文学剧本。《玄奘》问世后，中国电影界有人表示愿与印度合拍这部电影。为此，翻译家王槐挺与我合力将该剧本译成英文。这部电影剧本展现了作者的文学才华。然而，他的学术著述却形成了一种冲淡洗练的语言风格。这就使他的著作产生了一种娓娓道来而能引人入胜的效应，表现出一种独特的美学追求。

薛克翘先生出生于大连，少年时代在黄海与渤海交界之处度过。1964年报考北京大学中文系，却被调剂到东语系学习印地语。不过，对于天资聪颖的人而言，无论学习任何专业都只会增益自己的能力。1969年大学毕业后，由于当时的大学业已关门，社会科学研究机构基本停业，他被分配到边远地区工作。不过，他没有春风秋月等闲度，而是排除干扰，利用这段时间读了大量杂书。之后，他于1979年考入中国社会科学院研究生院南亚系做研究生。当时，中国社会科学院与北京大学合办的南亚研究所设在北京大学六院。我们都在北京大学学习，分别住在北京大学16楼的楼上楼下，因而日夕过从，不时切磋学问。研究生毕业后，我们成为同一个研究室的同事。在漫长而又如白驹过隙的30余年间，作为同学、同事和至交，我对他的学术道路和成就了然于胸。即使在退休之后，他依然焚膏继晷，笔耕不辍。无论时代如何变化，他都能保持学术定力，心无旁骛，始终坚持自己的学术追求。他惜时如金，从来不愿将时间耗费在无谓的会议和应酬上。他是一位纯粹的学人。微斯人，吾谁与归？

2016年1月，在第24届新德里世界书展期间，中国作为主宾国与印方联合举办了多种活动。印度辨喜国际基金会知名研究员T. C. A.兰加查里在《苏尔诗海》中文版首发式上发言时用英文吟诵了一首汉代乐府民歌："上邪！我欲与君相知，长命无绝衰。山无棱，江水为竭，冬雷震震，夏雨雪，天地合，乃敢与君绝！"作为山水相连的邻邦，作为文化渊源关系殊深的两大文明古国，作为处于相似发展阶段的两大新兴经济体，中印两国只有真诚合作与友好相处，才能实现共同繁荣。在这样的时代背景下，研究中国与印度的文化交流，具有不可低估的学术意义。

白乐天在"新排十五卷诗成"之后，心里产生一种豪迈的感觉，因而志得意满，赋诗抒怀。薛克翘先生在去岁年届七旬之时对我说，"我觉得我的学术生命刚刚开始"。此言可谓心雄万夫。在他的多卷本文集行将出版之际，他足以自豪，我也为有这样的同道而骄傲，故乐而为这部文集作序。

中国社会科学院亚太与全球战略研究院研究员 刘建

2016年3月8日于京师园

目 录

《剪灯新话》及其他

《西洋记》评介

中印文学比较研究

第一篇

汉魏六朝

中印两国人民的文化交流起源于何时，这是一个任何人也无法确切回答的问题。同样，任何人也无法确切回答中印文学交流起于何时。总之，在中印人民有了接触以后，物质文明的交流会首先开始，精神文明的交流也会随之展开。但由于我们的材料有限，最早期的中印文学交流只能靠推测，而这种推测往往很难使大多数人信服。不过，佛教传入中国以后，情形就不一样了，我们有文字记载可考，有考古实物的证明，资料较多，说服力就强得多了。所以，这里要从佛教的传入说起，从印度的佛教文学说起。

一、印度佛教文学的传入

在这里，主要谈两个问题：一是印度佛教文学这个概念；二是印度佛教文学向中国的传播。

在谈这两个问题之前，先谈谈"佛教文学"这个概念。

现在时常有人提到"佛教文学"这个词，但"佛教文学"本是个模糊而难以界定的概念。例如，它是指佛教徒所搜集、整理、加工、创作的文学作品呢，还是指具有佛教内容、宣扬佛教思想的文学作品？或者是两者兼而有之呢？答案恐怕会是见仁见智，莫衷一是。这个问题在中国比较难以解决，如果有人想编一部《中国佛教文学作品集》，就会遇到选哪些不选哪些的问题。举例来说，僧人的文学作品要选入是没有问题的，但居士的文学作品要不要选入？因为中国古代冠以"居士"名号的文学家很多，而他们并不一定都是真正的佛教徒。具体如东坡居士，作品极多，也确有许多与佛教相关的作品，但他实际上应当算是一名大儒。鉴于他在中国文学史上的地位，如果完全不选他的作品恐怕不行，但如果选他的作品，又将遇到具体选哪些的问题。选了苏轼的，就必须选白居易的，因为白氏比苏氏更信仰佛教。诸如此类的问题还有很多。

但同样的问题在印度就比较容易解决，因为印度古代有一套自成体系的佛教文献。文献以内的文学作品都可以算是佛教文学作品。

（一）关于印度佛教文学

佛教作为一种宗教，如同其他的宗教一样，既是一种社会现象，也是一种文化现象。作为社会现象，它是印度古代社会发展的产物，是时代演进的产物；作为文化现象，它是印度古人实践行为的产物，也是其思维活动的产物。释迦牟尼在创立佛教的时候，为宣传他的主张、他的观点，必须使自己的说教具有说服力、感染力，以便打动更多人的心。显然，他做到了这一点。他之所以能做到这一点，除了说教中包含着真理的成分，能够切中时弊以外，还必须有语言的力量、逻辑的力量以及文学的感染力。他经常运用比喻，拿曾经发生或正在发生的事例作为论据，拿人们口头流传的故事作为论据，来解释他的理论，以便于信徒们理解和接受。这样，文学便成为他传教的有力工具。释迦牟尼之后，弟子们整理了他的说教，形成了佛教最早的经典。后世，历代的印度佛教徒们又对佛教的经典不断加工、发挥和丰富，使之日益增多，日益庞杂。他们所撰辑的许多经典，有的是假借佛的名义编成的，有的是对佛的理论的进一步阐释，亦充分利用了文学这个工具，其中包含许多文学性很强的作品。对于印度佛教经典中文学性很强的这部分内容，我们称之为"印度佛教文学作品"。我们知道，印度佛教经典包括"经""律""论"三大组成部分，被称为"三藏"。可以说，"三藏"中的每个部分都有很多文学成分，经、律、论都不例外。

先说"经"。一般认为，凡是属于被称为"经"的典籍，都是佛的直接教导，是释迦牟尼当年亲口所述。但实际上显然不是这样，这其中混有许多后人的著作。这且不说。这部分内容虽然主要是宣讲佛教教义的，但其中有不少文学故事。就拿在中国南北朝时期影响较大的《涅槃经》来说，里面除了有一些很有意思的寓言、故事、神话、传说等外，还有一些华丽的文学修饰、富于想象的文学描写等。如四十卷的《北本涅槃经》卷一，对释迦牟尼涅槃时的描写极尽渲染、雕饰之能事，同时还夹杂有一些神话传说。再如卷二，使用"如""犹如""譬如"字眼引起的比喻多达四五十处，其中不少是一些小型的寓言故事，如"饥人""大力士""长者生子""贫女""被火人""巧出珠宝"等。也有个别故事较长，将近千字，如"医师"。以后各卷，亦复如是，兹不再举。《涅槃经》是如此，其他还有许多经也是如此。

次说"律"。"律"是指佛教信徒必须遵守的戒律。在一般人心目中，凡是属于"律"的典籍，大约都是一些枯燥乏味的条文。事实并非完全如此：有的律藏典籍是枯燥的，谈不上文学性，但多数典籍，特别是一些大部头的律典，却不是这样。为了使信众便于理解、记忆和执行，这部分典籍中也有许多文学性内容，如许多优美的故事、寓言和神话传说等。今仅以东晋法显与佛陀跋陀罗共同翻译的四十卷《摩诃僧祇律》为例。其卷一依次讲述了迦尸国大名称国王的故事、跋耆国长者子耶舍的故事、大地重新生成的传说、金色鹿王的故事、禅难提的故事、外道迦叶氏和鹿斑童子的故事，等等。卷二则讲述了瓦师达腻伽的故事、大地重新生成的传说、金翅鸟与龙的传说、六牙白象的故事、大身象的故事，等等。以后各卷中，这类文学故事虽不如前两卷集中，但也不时出现，尤其是记载了一些佛陀传道时遇到的具体事例，其中不少都是文学故事。其他律典，如《四分律》《五分律》《十诵律》，等等，也都是如此。

再说"论"。佛经中的"论"也不完全是对佛教教义的空洞无味的解说和发挥，其中也有不少值得注意的文学成分。今以龙树菩萨造的"论中之王"、长达一百卷的《大智度论》为例。其卷一开头便用了"须弥山王"的比喻，继而简述了释迦牟尼出生的故事、长爪梵志出家的故事。卷二开头叙述了佛涅槃时的情况、大迦叶结集经藏的情况；继而有国王为毒蛇咬伤的寓言、毕陵伽婆磋与恒河女神故事、婆罗门女谤佛故事、牧牛人问佛牧牛法故事等。卷三则讲述了王舍城的传说三则、鹫头山的传说、摩诃迦叶涅槃故事、须跋陀梵志的故事、释迦牟尼世系传说，等等。

以上的例子可以说明，佛教典籍中的确保存有许多文学作品。由于印度佛教典籍众多，数量惊人，其文学成分、文学作品的含量也大得令人无法统计。因此可以说，印度佛教典籍是印度古代的一座文学宝库，也是世界文学的一座宝库，人类智慧的一座宝库。

印度佛教文学作品的体裁是多种多样的，不仅有寓言、童话、神话、故事等，还有戏剧和诗歌。但通常人们的观念中，印度佛教文学主要是指佛经中的故事。因为，（1）佛教典籍中的文学作品，以故事所占比重为最大。（2）佛经中的诗歌大多以偈颂的形式夹杂在散文（相对于韵文而言，不是我们今天所说的散文）中，带有格言的性质，这当然也是一种重要的体裁，但不如故事重要。叙事诗在佛经中所占比重很小，而叙事诗又可以根据其情节被划分到某一类故事中去。（3）戏剧的数量更少，也可以根据其情节而划分到某类故事中。所以，这里要着重谈的是佛经中的故事文学。

人们早就把印度佛经故事划分为若干类型。笔者根据前人的意见和自己的体会，认为大致可以分为以下几类：

①佛传故事。主要是释迦牟尼的生平故事。是关于他的出生、成长、出家、学道、成道、说法、传道和涅槃的故事。

②本生故事。即是以《社得迦》为代表的那些佛陀前生累世转生为不同身份的生物的故事，实际上是贴了佛教标签的印度古代民间故事。

③神话传说。指经过佛教徒记录、加工和改造的印度古代神话传说，尤其是婆罗门教的神话传说。

④因缘故事。又可以称作譬喻故事。指佛经中在谈义理和戒律时随时拿来作例证或打比方的故事。

⑤神变故事。指佛经中保存的有关诸佛及历代弟子们的神奇故事。它们实际上是佛教徒们创造的新神话。

这里必须说明，这样的分法很难说是科学的。因为科学的分类必须是严密的、无懈可击的、界限分明的。但我们现在还做不到。例如，佛传故事在很大程度上是神奇的，无疑可以算作神话传说，但为什么要把它们单独划为一类呢？应当说，佛的生平事迹虽然神奇，但其中还是以较多的真实事件作为基础的，人们可以通过这些故事得出释迦牟尼真实的一生；而且，这样划分还有历史的原因和习惯上的原因，即从很早的时候起，人们已经在这样做了，不仅记叙他的生平，而且把它作为文学和艺术的题材加以描绘和渲染，马鸣的长篇叙事诗《佛所行赞》以及印度古代的阿旃陀壁画、桑奇大塔的浮雕等都是代表，这也反映于中国古代石窟的壁画和雕刻。所以，这里把佛传故事单独划为一类是有道理的。相对来说，本生故事比较容易划分，因为这种故事都有一个标记，即故事的开头和结尾往往要交代出故事中各个角色分别是谁的前身，如某某是佛的前身，某某是佛的对立面的前身，某某是佛的弟子的前身，某某是佛的儿子的前身等。神话传说的界限也还算比较清楚。印度古代的大地生成的传说、物种起源的传说、时代划分的传说、上古诸神的故事、古代英雄传说，等等，尽管有许多已被加工改造，但大多都可以与佛教以外的印度古代典籍相印证。因缘故事（譬喻故事）则是很难严格与其他四类故事划清界限的一类。例如，佛经中常提到佛在世时遇到了一件事，或其弟子遇到一件事，这种故事有可能是实事，也有一部分是虚构的（如寓言等）。如果一个故事没有多少神奇色彩，又不是什么大事件，那么，我们既不把它作为佛传故事看待，也不作为神变故事看待，而把它看作因缘故事。反之，举例也好，打比方也好，只要讲的明显是佛传故事、本生故事（即所谓"本生因缘"）、古代神话传说等，我们都不把它们划为因缘故事。神变故事已不用多说，其中主要是诸佛及其历代弟子们的神通故事，包括与外道斗法的故事、外道的神通故事等。因为这类故事的数量较大，所以单独列出。这种分类尽管并不十分严密，但为了研究的方便，又不得不分。

（二）印度佛教文学向中国的传播

印度佛教文学向中国传播，从传播的方式看，最初必然是口头的，然后才有书面的；从传播的地域看，大体上是由近及远；近是指临近印度，远是指远离印度。为什么说"大体上"呢？因为就我们目前所知，有例外的情况，如中国的西藏，虽然是最临近印度的地区之一，但其佛教的传入却是比较晚的。而另一些与印度接壤的地区，如现在新疆的一些地方，就属于中国最早受佛教影响的地区。

佛教传入中国内地，一般认为是在汉代。

西汉时期，武帝曾派张骞出使西域，从此开辟了丝绸之路。这是有明确记载的。至于那些没有记载的、更早的文化交流，则不知起于何时。可以推测，商路开通以后，商人的往来不仅促进了物质的交流，也促进了精神的交流。西汉时期的中国人与印度人已经有了海上的交往。另外还有一条不可忽视的渠道，就是云南通往印度的商路，它的开通也是很早的，至少早于张骞出使西域。当时的佛教已经传播到印度以外的地区，商人、使节以及百姓们的来往为佛教文学的口头传播提供了可能。也就是说，在佛教传入中国内地以前，佛教故事完全有可能以口头的形式领先传入。

西汉时，由于匈奴人的打击，月氏人西迁，后来逐渐征服了中亚、西亚和南亚的一些地区，建立了一个庞大的贵霜帝国，此时已在公元前后。月氏人在佛教向中国内地的传播过程中起了很大的作用。据《三国志·魏志》裴松之注引《魏略·西戎传》的一段记载，在汉哀帝元寿元年，即公元前2年，"博士弟子景庐受大月氏王使伊存口受浮屠经"。这里所说的"浮屠经"，据学者们推测，"很可能是如后来的《本起经》、《本行经》一类的讲佛陀生平的经"（任继愈主编《中国佛教史》第一卷第91页，中国社会科学出版社，1985年），也就是佛传故事。而"口授"二字正好说明了印度佛教文学的早期传播形式为口头传播。

又据《高僧传》卷一《竺法兰传》：竺法兰来到洛阳后不久"便善汉言"，"为翻译《十地断结》、《佛本生》、《法海藏》、《佛本行》、《四十二章》等五部。"如果记载可靠，竺法兰译经当在汉明帝在位（公元58~75年）的后半期或稍晚。而其所译经中，《佛本行》是佛传故事，《佛本生》是本生故事，它们都是最早被翻译成汉文的佛典，只是其中除了《四十二章经》外，其余都亡佚了而已。此后，东汉、三国期间陆续有佛经译出，据《出三藏记》卷二统计（不包括失译经）有96部142卷，据《历代三宝记》卷四、卷五统计有671部910卷，据《大唐内典录》卷一、卷二统计（不包括失译经）有495部631卷，据《开元释教录》卷一、二统计（不包括失译经）有493部830卷（参见《中国佛教史》第一卷，第482页）。这一时期所译佛经，不仅数量已十分可观，而且大小乘兼有，经、律、论具全。于是，印度佛教文学在中国中原地区的广泛传播已具备了坚实的基础，已成为大势所趋、无可避免的事情了。

然而，中国翻译佛经的真正高潮还在此后，即从晋代到唐宋期间。因此，印度佛教对中国的影响以这一时期为突出，印度文学在中国文学史上发生影响也以这一时期为显著。

通过中国佛教史与中国文学史的简单回顾和比较，我们会发现，印度佛教文学在中国的传播和影响，与印度佛教在中国的传播和影响大体上步调一致。

东汉三国时期是印度佛教传入中国的初期，中国人对佛教由陌生到逐渐了解，佛教主要为在中国站住脚而奋斗。印度文学对中国文学的影响也基本上开始于这一时期，桑门、浮图等词汇开始出现于中国的文学作品，中国人开始在文学作品中抄袭和引用佛经故事。

魏晋南北朝时期，佛教在中国进一步发展，影响了中国士大夫阶层，并进而影响了中国的思想界，开始具有明显的中国化倾向。印度故事也在这一时期活跃于中国小说界，出现了以宣扬轮回转世、因果报应为主要特点的"释氏辅教之书"（鲁迅语），并在佛教和佛经故事的刺激下出现了志怪小说这一小说流派，印度故事也开始具有了明显的中国化倾向。

唐代，印度佛教中国化的过程已经完成，中国佛教已经出现了若干宗派。

而印度文学对中国文学的影响也出现了新的动向，不仅佛教思想进一步深入到文学的各个领域，佛教词语典故在文学作品中大量使用，而且唐代传奇、唐代变文等新的文学体裁都吸收了若干印度的文学精华。

宋代，佛教不再像唐代那么繁荣，文学也不再像唐代那么发达，印度文学的影响虽然仍然存在，但也仅仅是唐代的延续。

元、明、清时期，中国佛教发生了一些变化，最明显的就是西藏藏传佛教开始对内地产生影响。而中国的文学界也出现了变化，元曲的出现，长篇白话小说的出现，寓言笑话的流行等，都在不同程度上接受过印度文学的影响。

在早期，即魏晋南北朝时期，佛教文学的直接影响较多，即对佛经故事的照搬和粗加工较多。到唐、宋时期，直接影响仍然存在，但那种照搬和粗加工的情况减少，而细加工和大胆改造的情况大大增加。元、明、清时期，直接影响依然存在，但已经减少，间接影响越来越多，这主要是通过佛教实现的，表现为佛教的观念、佛教的义理深入到文学作品当中。

所以，当我们回顾中国文学史的时候可以发现，印度文学（主要是佛教文学）对中国文学的影响是伴随着佛教的传入而开始的，也是伴随着佛教的发展演变而存在于各个时期，并表现出不同特点的。这里说的是中国内地（中原）的情况，至于中国少数民族文学的情况，也大致如此。这里说的又是古代的情况，至于近现代乃至当代的情况，则是另一番景象。那么，近现代及当代的情况应如何估计呢？应当说，自近代以来，印度文学对中国的影响并不少，只是不像欧美文学的影响那么强劲而已。但我们仍然可以看到印度文学影响的两条线索：一是古代通过佛教的间接影响，至今尚余音绕梁，迄未停止。二是印度近代以来新文学的影响，在许多作家的作品中都依稀可见。

我们这里谈的仅仅是一般情况、一般特点，下面我们还要谈具体的情况，具体的事例。谈的顺序基本上按照时代的先后，偶有穿插，也在所难免。

二、汉魏点滴

（一）从张衡《西京赋》说起

佛教于东汉时期已在中国传播，这在文学上也有反映。据《后汉书》卷五九《张衡传》："张衡'永元中，举孝廉不行，连辟公府不就。时天下承平日久，自王侯以下，莫不逾侈。衡乃拟班固《两都》，作《二京赋》，因以讽谏。精思傅会，十年乃成。'"永元是汉和帝的年号，为公元89~105年，张衡的《二京赋》当完成于永元后期。据《文选》卷二，张衡的《西京赋》中有这样两句："展季、桑门，谁能不营？"对此，李善注曰："桑门，沙门也。《东观汉记》，制楚王曰：'以助伊蒲塞、桑门之盛馔。'"《东观汉记》是东汉人的著作，可见，东汉时人们把沙门译为桑门。桑门出现于汉赋，昭示了佛教影响中国诗歌之始。此后，魏诗、晋诗和南北朝诗，均受到佛教的影响。如果说汉赋中仅仅出现了个别作品使用了个别佛教词汇的话，那么，魏晋南北朝的诗歌中则有较大数量的作品受到佛教的影响，其中还融入了较深刻的佛教义理。关于这一点，拙著《佛教与中国文化》一书中有较详细的论述，故不再重复。

诗歌是如此，文学故事自然不会例外。下面试举几例。

（二）应劭的《风俗通义》

应劭是东汉后期人，《后汉书》卷四八本传云："撰《风俗通》，以辩物类名号，释时俗嫌疑。文虽不典，后世服其洽闻。"《风俗通》即《风俗通义》。现据王利器先生《风俗通义校注》（中华书局，1981年）引数条于次。

1. 卷二《正失》中有"思求其政，举清黜浊，神明报应，宜不为灾"一句。卷三《愆礼》中有"无他也，庶福报耳"一句。又有"非徒徇于己，顾义报乎"一句。其中，"报应""福报""义报"等字样，似均与佛教因果报应理论有关，殆其影响。

2. 卷二《正失》"东方朔"条："俗言：东方朔太白星精，黄帝时为风后，尧时为务成子，周时为老聃，在越为范蠡，在齐为鸱夷子皮。言其神圣能兴王霸之业，变化无常。"王先生于校注中广引道家诸书，以为参考，其中大多都说老子历代变化名号为帝师事，如《经典释文·叙录》《通变经》《老子碑铭》《濑乡记》《犹龙传》《太上老君开天经》《神仙传》等，唯有《集仙传》中的一段与《风俗通义》的记载如出一辙。

老子也好，东方朔也好，其在不同时代改变名号为帝师的说法并非道家的发明，而是印度轮回转世思想的翻版。在印度教典籍中，如《摩诃婆罗多》《罗摩衍那》《薄伽梵往世书》《毗湿奴往世书》等，均说大神毗湿奴在不同时代下凡化身以不同的身份拯救世界。佛教也是一样，释迦牟尼累世转生才得以成佛，而佛也有过去、现在、未来等"三世佛"。佛教传入中国后，这无疑影响了中国人的观念，影响了道家。而在东汉以前的中国典籍中，并没有这种说法。当然，应劭并不同意这样的说法，《风俗通义》中有许多地方都表现出他的无神论思想，对此，他则认为是"后之好事者，因取奇言怪语附著之耳"。

3. 《佚文》中有这样一段故事：

> 颖川有富室，兄弟同居，两妇皆怀任，数月，长妇胎伤，因闭匿之；产期至，同到乳舍，弟妇生男、夜因盗取之，争讼三年，州郡不能决。丞相黄霸出坐殿前，令卒抱儿，去两妇各十余步，叱妇曰："自往取之。"长妇抱持甚急，儿大啼叫；弟妇恐伤害之，因乃放与，而心甚自凄怆，长妇甚喜。霸曰："此弟妇子也。"责问大妇，乃伏。

王利器先生指出，《意林》、《北堂书钞》四四、《太平御览》三六一、六三九，以及《折狱龟鉴》六、《棠阴比事》上、《天中记》二七，均引录之。可见其流传之广。这个故事可以说是世界性的。大体相同的故事情节，还记载于佛经、《圣经旧约》以及《古兰经》，世界三大宗教都将它收入宝典，其流传岂能不广？在世界各地，它还有不少变体，如藏族之《金城公主故事》、元代杂剧《灰栏记》，以及《高加索灰栏记》等，学者们多有论述，这里不去细说。这里只想强调，这所有故事变体的共同来源是印度。因为它最早出现于《佛本生经》的《大隧道本生》中，又见于《贤愚经》第四十六等。

4. 《佚文》中还有这样一个故事：

> 临淮有一人，持一匹缣到市卖之，道遇雨而披戴，后人求共庇荫，因与一头之地；雨霁，当别，因共争斗，各云："我缣。"诣府自言，太守丞相薛宣劾实，两人莫肯首服，宣曰："缣直数百钱耳，何足纷纷，自致县。"呼骑吏中断缣，各与半；使追听之。后人曰："受恩。"前摄之。缣主称怨不已。宣曰："然，固知当尔也。"因结责之，具服，俾悉还本主。

王先生指出，此故事为《意林》、《白六贴》十三、《太平御览》四九六、六三九、八一八，以及《折狱龟鉴》六、《渊海》六四、《天中记》二七所辑录，亦载于《通典》一六八和《棠阴比事》下。可见这个故事在中国古代也十分有名，流传很广。但这个故事又使我们联想到《佛本生经·大隧道本生》《贤愚经》和《杂宝藏经·弃老国缘》中的智者故事，也联想到印度莫卧儿王朝以后流传的智者比尔巴尔的故事，以及流传于世界的阿凡提故事等。虽然我们暂时还不能确切认定谁影响了谁，但很难说这中间没有影响关系。尤其是有了上面那则"二妇争子"的故事，更令人怀疑它与印度佛教文学的关系。

（三）曹植、曹冲、邯郸淳

从《三国志·魏书·曹植传》中尚看不出曹植与佛教有关系，他流传下来的作品里有《惟汉行》诗一首，其中有这样两句："神高而听卑，报若响应声。"像是与佛教的因果报应说有关，此外，再也看不出他与佛教有什么关系。但慧皎在《高僧传》卷十三《慧忍传》末尾的《论》中说："始有魏陈思王曹植，深爱声律，属意经音。既通般遮之瑞响，又感鱼山之神制。于是删治《瑞应本起》，以为学者之宗。传声则三千有余，在契则四十有二。"又说："原夫梵呗之起，亦兆自陈思。始著《太子颂》及《睒颂》等，因为之制声。"由此可知，曹植与佛教的关系很密切，其对佛教的主要贡献是在创制梵呗方面。道宣《广弘明集》卷五收有曹植《辩道论》，篇末有后人加上去的一段话，说："植每读佛经，辄流连嗟玩，以为至道之宗极也。遂制转读七声升降曲折之响，故世之讽颂咸宪章焉。尝游鱼山，闻空中梵天之赞，乃摹而传于后，则备见梁《法苑集》。"[①] 如今，梁《法苑集》已无从得见，更早的记载也无从考察，陈寅恪先生在《四声三问》中怀疑这些记载的可靠性，有一定道理。值得注意的是，曹植所作《太子颂》和《睒颂》今已不存。据慧皎的说法，《太子颂》是根据《瑞应本起》而作，从时间上看是可能的，因为据《高僧传》卷一《康僧会传》，支谦译出《瑞应本起经》是在吴黄武元年至建兴中（公元222~253年），曹植约去世于太和六年（公元232年），他在世时支谦的译本可能已经问世并为之所见。如果是这样，《太子颂》则是根据佛传故事写成的歌词，殆无可疑。但问题在于，《睒颂》所依据的是一则本生故事，这则故事现存最早的汉文译本应是康僧会译的《六度集经》卷五的"睒本生"。康僧会到东吴是赤乌十一年（公元248年），其时曹植已故十余年。当然，如果曹植真有《睒颂》，也不排除其另有所本的可能。

现在来谈谈"睒本生"。《六度集经》的故事说，睒的父母年迈而双目失明，睒非常孝顺双亲，带他们生活于山泽之中。一次，睒去汲水，被一行猎国

---

① 《广弘明集》卷第五，上海古籍出版社，1991年影印版，第124页中栏。

王误射而死，其父母哭呼天神、地神、树神、水神，天帝释为孝行所感，使睒复活。饶宗颐先生指出：“《方广大庄严经》（Lalitavistara）译作'奢摩（梵文为Syama）仙人子本生'，见卷五音乐发悟品。”并说“奢摩故事，必在三国时已曾传播各处”。他胪列吴以后睒摩本生的若干不同译本及若干不同译名，说该故事原出南传巴利文大藏经第三十八卷，编号540之Sama-jataka。又说：“在各本生故事中，睒摩以孝感动天地，由于汉代人提倡孝道，这一故事更受到重视，康僧会的译文，把孝的概念，特别加以发挥，自汉末传入中土以后即迅速流传。有人作《睒颂》，播之梵吹，是顺理成章的事。”（《梵学集》，第320~322页，上海古籍出版社，1993年）他的意见很有见地，虽然对陈寅恪先生的看法未置可否，但他的倾向是清楚的。总之，在无确凿证据否定曹植曾作这两首歌词的情况下，我们只能相信慧皎和道宣的记载。这一记载告诉我们，曹植不仅与佛教关系密切，而且还与佛教文学，包括佛传故事和本生故事，关系密切。

顺便说句题外话。饶先生文中还说：西方学者考证认为，该故事是《罗摩衍那》中十车王射死隐士独子故事演化来的。但查季羡林先生所译《罗摩衍那》，似并未发现十车王射死隐者独子的故事，也许是因为季先生是根据“精校本”译出，而西方学者所依据的是另一版本，故不能对西方学者的意见妄加评论。这里只想说，《睒摩本生》与《摩诃婆罗多》中的插话《莎维德丽传》的一些情节很相似。

陈寅恪先生早年曾著《〈三国志〉曹冲华佗传与佛教故事》一文，不仅对“曹冲称象”的故事作了考证，而且还从语言学的角度考证了华佗一名，又考证了华佗做剖腹手术的事，皆言而有据。季羡林先生在《印度文学在中国》一文中也指出了“曹冲称象”故事的印度来源。所以，这里已不必再多加议论。

曹植也好，曹冲也好，其人其事均与佛教文学有关，虽然二者性质不同，但都说明三国时期佛教文学已在中国中原地区广泛流布，且多有影响。除了二曹的例子以外，还有一个很好的例子，那就是邯郸淳《笑林》中的故事“治驼背”。

邯郸淳大约是曹植同时代人，《三国志·魏书》卷二一提到“颍川邯郸淳”，裴注又引有《魏略》中邯郸淳的小传。小传中着重记载了他与曹操、曹植父子间的关系：曹操“素闻其名，召与相见，甚敬异之”。当时正好曹植也在寻找邯郸淳，于是曹操就把邯郸淳派到曹植那里。“植初得淳甚喜，延入坐，不先与谈。时天暑热，植因呼常从取水自澡讫，傅粉。遂科头拍袒，胡舞五椎锻，跳丸击剑，诵俳优小说数千言讫，谓淳曰：'邯郸生何如邪？'于是乃更著衣帻，整仪容，与淳评说混元造化之端，品物区别之意，然后论羲皇以来贤圣名臣烈士优劣之差，次颂古今文章赋诔及当官政事宜所先后，又论用武行兵倚伏之势。乃命厨宰，酒炙交至，坐席默然，无与伉者。及暮，淳归，对其所知叹植之材，谓之'天人'。"从这段记载可知，这二人有着相似的情趣爱好，而曹植的才华似乎更高；他们当时都对西域传来的"胡舞"很熟悉，对"小说"的修养也很深。这些，都是他们接受佛教文学影响的基础。这样，我们再来看"治驼背"的故事及其印度渊源，就不会感到意外和费解了。"治驼背"的故事取于佛经故事，有关对比可参见拙著《佛教与中国文化》第二章第一节。

总之，后汉三国时期，印度的佛教文学对中国文学已经发生了显著的影响，这是前辈学者们早已注意到的。而从这些例子的比较中，我们也可以知道当时影响的特点，即主要表现为中国文学作品对佛经故事的照搬和粗加工（包括简单的改头换面）。

三、读《拾遗记》杂谈

一般来说，中国小说史上的志怪类小说兴起于魏晋时代。对此，学者们的意见比较一致，因为事实基本如此。关于这一点，我们可以看看历代著录的有关书目。魏晋时代除了有《笑林》《艺经》《博物志》《群英论》《语林》《杂语》《郭子》《说林》等从名字看不出有神怪色彩但又被收录于"小说家类"的作品外，还有相当一批从名字就一目了然的志怪书，如《列异传》《玄中记》《搜神记》《曹毗志怪》《殖氏志怪记》《神异记》《搜神后记》《甄异传》《孔氏志怪》《祖台之志怪》《灵鬼志》《鬼神列传》等。可惜的是，这些志怪书大多都已亡佚，但从仅存的《搜神记》和《搜神后记》及其他志怪书的零散故事中也不难看出，志怪书的兴起的确直接受到佛教理念的刺激和佛教文学的影响，这已不用多说。这里，要着重谈谈晋代王嘉的一部书《拾遗记》。

（一）王嘉与《拾遗记》

名叫王嘉而见于晋以前正史者凡三人：一在前汉，一在后汉，一在符秦、姚秦之际。《晋书》卷九五《王嘉传》曰："王嘉字子年，陇西安阳人也。轻举止，丑形貌，外若不足，而聪睿内明。滑稽好语笑，不食五谷，不衣美丽，清虚服气，不与世人交游。隐于东阳谷，凿崖穴居，弟子受业者数百人，亦皆穴处。""著《拾遗录》十卷，其事多诡怪，今行于世。"《高僧传》卷五《道安传》中也记载了王嘉的事迹，尤其强调了王嘉与当时名僧释道安的关系，与《晋书》本传所记大致相同。从这一记载可知，王嘉属于道家，但与佛教僧人有极密切的关系，并著有《拾遗录》十卷。

《拾遗记》的作者究竟是谁？隋以后各家著录，时有参差，间或有人提出疑问。《隋书·经籍志》杂史类记载说："《拾遗录》二卷，伪秦姚苌方士王子年撰。"又记曰："《王子年拾遗记》十卷，萧绮撰。"《旧唐书·经籍志》和《新唐书·艺文志》著录与《隋志》略同，只是把"萧绮撰"改为"萧绮录"，似乎更合理。宋代各家著录中已不见《拾遗录》，而是《拾遗记》。对这一变化，鲁迅先生评论说："《传》所云《拾遗录》者，盖即今《记》，前有萧绮序，言书本十九卷，二百二十篇，当苻秦之季，典章散减，此书亦多有亡，绮更删繁存实，合为一部，凡十卷。"(《中国小说史略》第六篇《六朝之鬼神志怪书》下)关于作者问题，齐治平先生在他校注的《拾遗记》前言(中华书局，1981年)中已予以辩证，认为《拾遗记》是王嘉撰，萧绮录。下面讨论中所依据的《拾遗记》原文，均引自齐先生的校注本，仅个别处有不同。

现存的《拾遗记》是一部什么样的书呢？齐治平先生说得好："在汉以前，已经有《山海经》和《穆天子传》的出现。前者专记八荒异物，可以说是中国古代神话的一个粗略的结集。后者则是关于周穆王驾八骏西征的故事。汉魏六朝的志怪书就是从这两个流派繁衍而来。承接《山海经》一派的，如《神异经》《十洲记》之类；承接《穆天子传》一派的，如《汉武故事》《神仙传》之类。……王嘉的《拾遗记》……就是兼综两派的一部作品。"(《拾遗记》前言，中华书局，1981年版)据此，笔者还认为，对于这两派小说，佛教传入前和佛教传入后的情况是不一样的，尤其是晋代以后出现的作品，常常可以从中找到受佛教影响的痕迹，而后汉以前的作品中，这种痕迹就比较难找。例如，《山海经》所反映的汉代以前人对世界的了解，在很大程度上是出于想象，因当时对印度的了解并不多，所以书中很难发现明显与印度有关的东西。但在《神异经》、《十洲记》和《拾遗记》中，我们就比较容易发现来自印度方面的影响。这里需要说明的是，古代著录中虽然说《神异经》和《十州记》都是东方朔所撰，但历代学者几乎都认为是假托。《神异经》是对《山海经》的生硬模仿，其

15

中较少印度成分，成书年代可能要早一些;《十州记》中受佛教影响的因素则多一些，其成书年代可能要晚于前者。以《穆天子传》为起始的另一派小说，情形有所不同，可以说从现存的《穆天子传》来看，其中已有汉代以来中西文化交流的明显迹象，若不是其成书较晚的话，则至少是后人窜入了不少东西。这一问题不在这里讨论。

《拾遗记》的出现表明，中印文化交流已经发展到了相当大的规模。当时的中国人已经对西域（包括印度）有了较多的了解。下面就让我们看看具体的例证。

（二）几个国名

1. 扶娄之国

《拾遗记》卷二曰：

> 南陲之南，有扶娄之国。其人善能机巧变化，易形改服，大则兴云起雾，小则入于纤毫之中。缀金玉毛羽为衣裳。能吐云喷火，鼓腹则如雷霆之声。或化为犀、象、狮子、龙、蛇、犬、马之状。或变为虎、兕，口中生人，备百戏之乐，宛转屈曲于指掌间。……乐府皆传此伎，至末代犹学焉，得粗亡精，代代不绝，故俗谓之婆候伎，则扶娄之音，讹替至今。

文中，扶娄国人善"机巧变化"，能"兴云起雾"，能"入于纤毫之中"，能"吐云喷火""口中生人"，能化为犀牛、狮子、大象等动物，这些都与印度有关。

《汉书》卷一二记："元始二年春，黄支国献犀牛。"学者们考证，黄支国即南印度之建志补罗。其卷九九《王莽传》又记："莽既致太平，北伐匈奴，东致海外，南怀黄支……黄支自三万里贡生犀。"卷九六《西域传》记乌弋山离国出产狮子、犀牛。乌弋山离国在当时的西北印度。从此，印度的犀牛在中国很闻名，多次出现于文学作品中，如班固《两都赋》等。同样，狮子、大象等也是古代印度驰名世界的物产。而且，说人能化为动物，亦与佛教有关，本生故事中即常说释迦牟尼的前生曾转生为各种动物。

天竺的"幻人"在魏晋时代也很出名，如《搜神记》卷二说："晋永嘉中，有天竺胡人来渡江南。其人有数术，能断舌复续，吐火。"《灵鬼志》曰："太元十二年，有道人外国来，能吞刀吐火……口吐出女子……"这便是"吐云喷火""口中生人"的来源。除此之外，天竺胡人的幻术，更在于佛经的渲染。佛经中常常提到神通、五神通、六神通等，其中有一种被称作"如意通"："大能作小，小能作大；一能作多，多能作一；种种诸物，皆能转变。"（《大智度论》卷五）《杂宝藏经》卷四说一道人："化作大身，满于虚空；又化作小，犹如微尘。以一身作无量身，以无量身合为一身，身上出水，身下出火……"《佛观三昧经》卷一则说："天见毛内有百亿光，其光微妙，不可具宣。于其光中，现化菩萨，皆修苦行，如此不异。菩萨不小，毛亦不大。"这些，都成为文中扶娄国人种种变化的依据。

再考扶娄国名。文中说它在"南陲之南"，可能与古代中国南海与西域的交往有关，这是古代中西交通的水上通道，西域许多异物奇人都是从这条通道传入，犀牛就是一个很好的例子。所以，关于扶娄国的想象很可能得于黄支国的启发。从对音看，扶娄一词，很有可能是婆罗门（brahman）一词演变来的。其中，"b"可以译为婆，即"俗谓之婆候"的婆，又可以译为扶，如同Buddha译为佛陀、浮屠。

综合以上种种迹象，说扶娄国与印度有关大约是站得住脚的。

2. 浮提之国

《拾遗记》卷三："浮提之国，献神通善书二人，乍老乍少，隐形则出影，闻声则藏形。"

这"浮提"二字无疑来自"阎浮提"三字。而阎浮提则是佛教文献中常说的四大部洲之一，被认为是世界南方的一个洲，又译为南赡部洲。"神通"一词也是来自佛典，如前所述，佛书中常出现。至于"隐形"、"藏形"，则都是诸神通中的一种。

3. 沐胥之国

《拾遗记》卷四曰：

（燕昭王）七年，沐胥之国来朝，则申毒国之一名也。有道术人名尸罗。问其年，云："百三十岁。"荷锡持瓶，云："发其国五年乃至燕都。"善眩惑之术。于其指端出浮屠十层，高三尺，及诸天神仙，巧丽特绝。人皆长五六分，列幢盖，鼓舞，绕塔而行，歌唱之音，如真人矣。尸罗喷水为氛雾，暗数里间。俄而复吹为疾风，氛雾皆止。又吹指上浮屠，渐入云里。又于左耳出青龙，右耳出白虎。始出之时，才一二寸，稍至八九尺。俄而风至云起，即以一手挥之，即龙虎皆入耳中。又张口向日，则见人乘羽盖，驾螭、鹄，直入于口内。复以手抑胸上，而闻怀袖之中，轰轰雷声。更张口，则向见羽盖、螭、鹄相随从口中而出。尸罗常坐日中，渐渐觉其形小，或化为老叟，或为婴儿，倏忽而死，香气盈室，时有清风来吹之，更生如向之形。咒术眩惑，神怪无穷。

这段文字中的若干细节都可以作为前面扶娄国实由印度发挥而来的有力旁证。清代俞樾在《茶香室丛钞》卷一三中说"此乃佛法入中国之始"，是把这一文学故事误认为是信史。其实，这不过是把佛经中所宣扬的神通作了一个形象化的敷衍，也是对古印度"幻术"的夸张描绘。文中"申毒"（身毒）即是印度，一目了然。至于沐胥一词，大约即是《汉书》卷九六《西域传》（上）所说之休循国。据齐先生本条校记："沐胥，《类说》五、《绀珠集》八作'休胥'。"休胥与休循音相近，而且地理位置也接近。

4. 千涂国

《拾遗记》卷五曰："又以玉精为盘贮冰于膝前。玉精与冰同其洁澈。侍者谓冰之无盘，必融湿席，乃合玉盘拂之，落阶下，冰玉俱碎……此玉精，千涂国所贡也。"

这里的千涂国，当即是乾陀国，又译为乾陀罗、犍陀罗等（Gandhara），在今巴基斯坦境内。所谓玉精可能就是水晶或玻璃，玻璃的可能性更大些。这两种东西在当地都有出产，也曾从那里传入中国。

5. 含涂国

《拾遗记》卷六曰："含涂国贡其珍怪。其使云：'去王都七万里。鸟兽皆能言语。'"《太平御览》卷九一八引此段则曰："人善服鸟兽，鸡犬皆使能言。"从字音看，含涂国似亦与印度有关。"鸟兽皆能言语"正与佛经中的无数寓言故事中动物说人话相应。而中国秦汉以前的作品中，动物作人言的情况较为罕见。佛经寓言中，这种例子却极多。这和中印两大民族的传统观念有关。

（三）几件物事

1. 玛瑙

《拾遗记》卷一曰："有丹丘之国，献玛瑙瓮，以盛甘露。""丹丘之地，有夜叉驹跋之鬼，能以赤马脑为瓶、盂及乐器，皆精妙轻丽。中国人有用者，则魑魅不能逢之。""丹丘千年一烧，黄河千年一清。"

《西京杂记》卷上曰："武帝时，身毒国献连环羁，皆以白玉作之。马脑石为勒，白光琉璃为鞍。"《艺文类聚》卷八四引《玄中记》曰："马瑙出月氏国。"又引魏文帝《马瑙勒赋》曰："马瑙，玉属也，出自西域。"玛瑙出产于印度或其周围，已为当时人所公认。所以，丹丘国玛瑙瓮的附会，当与印度物产流入中国有关。至于其中所盛"甘露"，亦与印度传说有关。

夜叉，不用说，是佛教传入中国的概念，至于"驹跋"，齐先生注曰"未详"，其实不难考证。夜叉，是印度教神话中财神俱比罗（Kubera，佛经中常译为俱毗罗、俱尾罗等）的从属；在佛教中，则是北方天王毗沙门的部下鬼兵。而毗沙门天王是由印度教神话中的俱比罗演化来的，故佛经中亦称北方天王为俱毗罗。佛教四大天王中的南方增长天王亦有鬼众，叫作鸠槃荼（Kumbhanda）或译为俱槃荼、拘槃荼、瓮形鬼等。驹跋，正是鸠槃荼的异译。古代翻译佛经，常把ku对译为俱、拘、鸠等，如鸡叫声kukkuta，译为俱俱罗、拘拘罗或鸠鸠吒等；又常把bha对译为跋，如跋陀罗（Bhadra）、跋提梨迦（Bhadrika）等；另外，翻译中省略音节的事也时有发生，如跋陀罗省为"跋陀"，鸠摩罗浮多（Kumarabhuta）省为"鸠摩"等。所以，驹跋即是拘槃荼。再加上它又被译为"瓮形鬼"，与"玛瑙瓮"合，更无可疑。

"丹丘千年一烧"的说法，大约也与"劫烧"有关。"劫"的概念在《拾遗记》中多次出现，如卷十之《昆仑山》条、《员峤山》条等。

2. 孔子出生

《拾遗记》卷三曰：

> 周灵王立二十一年，孔子生于鲁襄公之世。夜有二苍龙自天而下，来附征在之房，因梦而生夫子。有二神女，擎香露于空中而来，以沐浴征在。天帝下奏钧天之乐，列以颜氏之房。空中有声，言天感生圣子，故降以和乐笙镛之音，异于俗世也。又有五老列于征在之庭，则五星之精也。夫子未生时，有麟吐玉书于阙里人家，文云："水精之子，系衰周而素王。"故二龙绕室，五星降庭。征在贤明，知为神异，乃以绣绂系麟角，信宿而麟去。相者云："夫子系殷汤，水德而素王。"

读了这一段，很容易使人联想起《汉武帝内传》中汉武帝降生的故事，亦录于下：

> 汉孝武皇帝，景帝子也。未生之时，景帝梦一赤彘从云中下，直入崇芳阁。景帝觉而坐阁下，果有赤龙如雾，来蔽户牖。宫内嫔御，王阁上有丹霞蓊蔚而起，霞灭，见赤龙盘回栋间。景帝召占者姚翁以问之，翁曰："吉祥也，此阁必生命世之人。攘夷狄而获嘉瑞，为刘宗圣主也。然亦大妖。"景帝使王夫人移居崇芳阁，欲以顺姚翁之言也。乃改崇芳阁为猗兰殿。旬余，景帝梦神女捧日以授王夫人，夫人吞之，十四月而生武帝。景帝曰："吾梦赤气化为赤龙，占者以为吉，可名之吉。"至三岁，景帝抱于膝上，抚念之，知其心藏洞彻，试问："儿乐为天子否？"对曰："由天不由儿。愿每日居宫垣，在陛下前戏弄，亦不敢逸豫，以失子道。"景帝闻而愕然，加敬而训之。他日复抱之几前，试问："儿悦习何书？为朕言之。"乃诵伏羲以来群圣所录阴阳诊候，及龙图龟策，数万言无一字遗落。至七岁，圣彻过人，景帝令改名彻。

读了这两段，又使人联想起佛经中释迦牟尼降生的故事：白象入胎、二龙吐水、天女散花、空中天语、天伎音乐、婆罗门占者预言、太子少而广知，等等，已经为人们所熟悉，不必具引。

在正史的记载中，孔子和汉武帝的出生虽然也与众不同，但却没有这样神奇和复杂。通过与佛经故事的对比可以看出，它们在不少情节上都有相似点。由此可见，《拾遗记》和《汉武帝内传》中的两则降生故事，乃是受了佛传故事中太子降生故事的感染。也就是说，由于佛传故事的传入，使一些文人（尤其是道教中人）考虑重新为历史上的大人物作传，极力地神化他们，以便把他们列入道教仙班，从而壮大自己的队伍，于是，这样的故事便应运而生了。

3. 淫泉

《拾遗记》卷五曰："日南之南，有淫泉之浦。言其水浸淫，从地而出，以成渊，故曰'淫泉'。或言此水甘软，男女饮之则淫。其水小处可滥觞褰涉，大处可方舟沿溯，随流屈直。其水激石之声，似人歌笑，闻者令人淫动，故俗谓之淫泉。"

《晋书·吴隐之传》曰：广州城北二十里的石门有水名"贪泉"，传说人饮此泉便会贪得无厌。隐之到广州赴刺史任，过贪泉，酌而饮之，并为诗曰："古人云此水，一歃怀千金。试使夷齐饮，终当不易心。"

《宋书·袁粲传》中言袁粲讲一故事："昔有一国，国中一水，号曰'狂泉'，国人饮此水，无不狂。唯国君穿井而汲，独得无恙。国人既并狂，反谓国主之不狂为狂，于是聚谋，共执国主，疗其狂疾，火艾针药，莫不毕具。国主不任其苦，于是到泉所，酌水饮之，饮毕便狂。君臣大小，其狂若一，众乃欢然。"

《杂譬喻经》中有一故事：

> 外国时有恶雨，若堕江湖、河井、城池水中，人饮此水，令人狂醉，七日乃解。时有国王，多智善相。恶雨云起，王以知之，便盖一井，令雨不入。时百官群臣食恶雨水，举朝皆狂，脱衣赤裸，泥土涂头，而坐王厅上。惟王一人独不狂，服常所著衣，天冠璎珞，坐于本床。一切群臣不自知狂，反谓王为大狂："何故所著独尔？"众人皆相谓言："此事非小事。"思共宜之。王恐诸臣欲反，便自怖惧，语诸臣言："我有良药，能愈此病。诸人小停，待我服药，须臾当出。"王便入宫，脱所著服，以泥涂面，须臾还出。一切群臣，见皆大喜，谓法应尔，不自知狂。

从这个佛经故事可知，袁粲所讲的《狂泉》故事乃是采自佛经，小有不同而已。佛经中讲的本是雨水，而袁氏改为泉水。于是便在已有的淫泉、贪泉中又加一狂泉。三泉分流，其一泉已见诸佛经，另二泉则不知是否与佛经故事有瓜葛，不敢妄断，暂列于此。不过，《拾遗记》中之"日南之南"，有可能是指南印度黄支国。《汉书》卷二八《地理志》下言，自日南出海，可到黄支。《后汉书》卷八六说"日南之南黄支国来献犀牛。"

4. 双头鸡

《拾遗记》卷五："太初二年，大月氏国贡双头鸡，四足一尾，鸣则俱鸣。"

据丁福保《佛学大辞典》"命命鸟"、"耆婆鸟"等条，可知佛典中对这种一身双头之鸟多有提及："梵语耆婆耆婆迦Jivajivaka之译。《法华》《涅槃经》等谓之命命鸟，《胜天王般若经》谓之生生鸟，《杂宝藏经》谓之共命鸟，《阿弥陀经》谓之共命鸟，乃一身两头之鸟也。"《杂宝藏经·共命鸟缘》是这样说的："昔雪山中，有鸟名共命，一身二头。一头常食美果，欲使身得安稳，一头便生嫉妒之心，而作是言：'彼常云何，食好美果？果我不曾得'。即取毒果食之，使二头俱死。"《拾遗记》中说的"大月氏国贡双头鸡"，正与佛经中所记雪山中的共命鸟相合，其影响关系业已昭然。

5. 望舒荷

《拾遗记》卷六曰："灵帝初平三年，游于西园，起裸游馆千间，采绿苔而被阶，引渠水以绕砌……渠中植莲，大如盖，长一丈，南国所献；其叶夜舒昼卷，一茎有四莲丛生，名曰'夜舒荷'；亦云月出则舒也，故曰'望舒荷'。"卷九又曰："太始十年，有浮支国献望舒草，其色红，叶如荷，近望则如卷荷，远望则如舒荷，团团似盖。亦云，月出则荷舒，月没则叶卷。"

这里的南国似即前文之"日南之南"意，而浮支国似即前文之黄支国。望舒荷似为今之睡莲。

6. 火浣布

《拾遗记》卷九言"羽山之民献火浣布万定"，卷十则说方丈山通云台"灯以火浣布为缠"。《三国志》卷四《魏书》曰："景初三年二月，西域重译献火浣布，诏大将军、太尉临试以示百寮。"裴松之注言，《神异经》说南荒之外有火山，火中有鼠，鼠毛可织布；《搜神记》说昆仑之墟有火山，山上有鸟兽，鸟兽毛可织火浣布，汉世西域献此布；《傅子》说汉桓帝时，大将军梁冀以火浣布为单衣；《异物志》说，斯调国有火州，有木生于上而不消，其木之皮可织布，其布投火更鲜明。《博物志》引《周书》曰："西域献火浣布。"《列子·汤问》曰：西戎献"火浣之布"。可知，火浣布之说成为一时之尚，后世亦屡见于小说、笔记之中。火浣布可能是实有其物，如果实有，也决非出于鸟兽、植物，而必是矿物，如石棉。经过神化，便纷纷扬扬。诸家多以为出自西域。

7. 蠡发

《拾遗记》卷九曰：频斯国人"皆多力，不食五谷，日中无影，饮桂浆……发大如缕，坚韧如筋，伸之几至一丈，置之自缩如蠡"。

这里，频斯国也许是指波斯。但又说其国人之发如蠡，则使我们联想到佛像。大约三至五世纪，印度有许多佛头雕像都雕刻成螺旋状发式，这是那个时期印度佛像雕刻的一个显著特点，它对世界各地的佛像雕刻都有影响，对中国佛像雕塑的影响也不例外。人们把这种法发式称为"螺发"或"螺髻"。佛经中也有"螺髻梵王""螺髻仙人"等故事，并说佛的头发"右旋"。蠡者，螺也。王子年显然注意到了这种情形，遂加以发挥，神乎其神。此外，我们尚能举出旁证，证明《拾遗记》中所说的蠡发是得自佛像螺发的启迪。《高僧传》卷十三《竺慧达传》中写道："（慧达）晋宁康中（约374年）至京师。先是，简文皇帝于长干寺造三层塔，塔成之后，每夕放光。达上越城顾望，见此刹杪独有异色，便往拜敬，晨夕恳到。夜见刹下时有光出，乃告人共掘，掘入丈许，得三石碑。中央碑覆中，有一铁函，函中又有银函，银函里金函，金函里有三舍利。又有一爪甲及一发，发申长数尺，卷则成螺，光色炫耀。乃周敬王时阿育王起八万四千塔，此其一也。"这里所说的"发申长数尺，卷则成螺"与《拾遗记》所说的"伸之几至一丈，置之自缩如蠡"很相似，很难说是一种偶合。《慧达传》是梁朝慧皎写的。关于慧达的事迹，慧皎必有所本，不大可能受《拾遗记》的影响。慧达与王嘉算是同时代人。慧达以造像兴福而名重当时，他对佛像一定很熟悉，他发现佛发的事或许当时即有流传。再一种可能就是这两者有一个共同的来源。《太平御览》卷六五八引《宋书》亦有慧达事，文稍异："先是（指早在慧达以前），武帝改造阿育王等塔，出旧塔下舍利及佛爪发。发青绀色，众僧以手伸之，随手长短，放之则旋屈为蠡形。按，经云：佛发青而细，犹如藕茎丝。《佛三昧经》云：我昔在宫沐头，以尺自量，发长一丈二尺，放已右旋，还成蠡文。"这里明确指出佛发如蠡形，并引佛经为证。这就更加证明，《拾遗记》中蠡发的想象是受了佛像或佛经的启发。

有趣的是，这种印度佛像雕刻中的"螺发"不仅影响到中国的佛像雕刻，还影响到中国的石狮雕刻。只要稍加注意就会发现，中国今天到处可见的石雕狮子，不少都是所谓"螺发"。这种司空见惯的形象似乎已经成为一种中国特有的民族风格。但只要稍微回顾一下就可以知道，中国的石狮雕刻起源较晚，不用说比古代埃及和古巴比伦的石狮雕刻要晚得多，就是比公元前三世纪的阿育王石柱上的石狮雕刻也晚得多。中国的石狮雕刻是在佛教传入后开始的，而且开始时并不是"螺发"，后来才渐成定式，这与佛教的影响也应当有一定关系。印度古人常用狮子比喻人的威猛强大，常称英雄为"人中狮子"。佛教典籍中也是一样，常以狮子比喻释迦牟尼的神圣非凡，也常以狮子比喻佛法的无比威力。阿育王石柱雕刻的产生与此不无关系。既然释迦牟尼是"人中狮子"，一出生就作"狮子吼"，又具有右旋螺发的异相，那么石狮为什么不可以雕成螺发的"异相"狮子呢？螺发狮子固然有审美上的特异之感，但也有与释迦牟尼和佛法相关的象征意义。只是由于后来人们发扬了前者而改造了后者，把石狮当作一种艺术品、一种地位与权力的象征而已。

《拾遗记》中还提到频斯国石室壁上刻有"三皇之像：天皇十三头，地皇十头，人皇九头"。这种多头的神像，也是印度古人经常刻画的，佛经中亦有许多记载。

从以上所举国名、物事的若干例子可知，《拾遗记》的内容的确与自汉至晋的中西交通，尤其与佛教的广泛传播有密切关系。王嘉虽以隐士著称，但又以博学闻名。他与僧人的过从无疑是《拾遗记》受到佛教影响的原因之一。

四、读《幽明录》杂谈

《幽明录》（以下简称《幽》）为南朝志怪小说集，刘义庆撰。刘义庆为刘宋宗室，祖望彭城。据《宋书》卷五一和《南史》卷一三本传，义庆为宋武帝刘裕之侄，长沙景王道怜之第二子，幼年出继于临川武烈王道规，永初元年（420年）袭封临川王。曾任豫州刺史、散骑常侍、秘书监、丹阳尹、尚书左仆射、中书令、辅国将军、平西将军、荆州刺史、江州刺史、兖州刺史等职。文帝元嘉二十一年（444年）卒，"时年四十二"。

其一生虽短，但著作颇丰。据本传与《隋书·艺文志》载，著有《徐州先贤传》十卷、《世说》十卷、《集林》二百卷、《江左名士传》一卷、《幽明录》二十卷、《宣验记》十三卷和《临川王义庆集》八卷。其中唯《世说》存，余皆佚。《幽明录》至唐代尚有著录，约佚于宋代。鲁迅《古小说钩沉》据《太平广记》、《太平御览》等书辑《幽明录》265条。今人郑晚晴在《钩沉》基础上辑《幽明录》为六卷，凡273条，于1988年12月由文化艺术出版社出版。郑本的特点是新和全，且有注，提供了一些有用的资料。今据以征引。

《宋书》刘义庆本传中说，义庆"晚节奉养沙门，颇致费损"，可知其信佛。其时，佛教传入中国已三四百年，影响极大。《幽》书中的一些内容即反映出这一情况。这里即谈其与佛教，或者说，与印度有关的内容。

佛教传入中原后，对汉语产生了很大影响，其标志之一是大量新词汇的移入。这些新词汇或属音译或属义译，或属音义结合，在佛典中经常使用，也影响了小说。有许多词汇成了汉语中的常用词语，至今被使用。《幽》书中就有不少佛典中的常用词语，如佛图、沙门、比丘尼、天女、五通仙人、罗刹、呗唱、精进、旃檀、福舍、方便、欢踊、劫，等等。此处将对其中的几个作初步探讨。

佛教给中国小说带来赠礼，它将印度一些观念和故事带到中国，使许多中国故事在情节、意境、旨趣上蒙受影响，而直接推动了志怪文的发展。《幽》书中这方面例子也不少，下面亦举若干作对照分析。

（一）五通仙人

此词出现于《幽明录》卷六《海中金台》条（卷次与条题均依郑晚晴辑注本，下同），郑注曰"未详"。"五通"即"五神通"：天眼通、天耳通、他心通、宿命通、如意通。详见《智度论》卷五和《俱舍论》卷一八。佛典中为宣扬佛及其弟子的神力，动不动就说他们现五通。"仙人"多指婆罗门教出家修行者，即佛典中常说的"外道仙人"。在印度，据说佛教徒可以通过修行禅定获得五通，如后汉译《杂譬喻经》卷下："昔罽宾国中有一比丘，广训门徒数百余人。中有得四禅者，得五通者，得阿罗汉者。"但正如丁福保《佛学大辞典》"五通仙"条所释："天竺外道修有漏禅定而得五通者多。"即是说，比起佛教徒来，更多的是外道仙人获得五通。如《经律异相》卷七引《大智论》卷七："昔迦尸国，仙人山中，有五通仙……婆罗门欢喜，求与仙人作弟子，修习其法，亦得五通。"可知，"五通仙人"的说法来自印度，是指婆罗门教（印度教）仙人获得五种神通者。这种修行禅定的做法，恐怕在佛教诞生之前就早已有了，佛教只是继承了前人的方法，并在实践中加以发展而已。而通过修行所获得的五通，用今天的话说，是一种特异功能。某些特异功能的获得是可能的，但决不会像佛典中所宣扬的那样神奇。

"神通"一词在中国古代的许多文学作品中都出现过，而且早在南北朝时期以前就开始了。如前文所举《拾遗记》等。在现代汉语里，神通一词也经常被使用，如"八仙过海，各显神通""大显神通""神通广大"等。

至于五通仙或五通神，在中国古代民间和小说中的影响也是深远的。宋洪迈《夷坚志》卷二九有《五通祠醉人》一则，说"会稽城内有五通祠，极宽大，虽不预春秋祭典，而民俗甚敬畏"。卷四七又有《独脚五通》一则，皆录于下：

> 吴十郎者，新安人。熙宁初，避荒挈家渡江，居于舒州宿松县。初以织草履自给，渐至卖油，才数岁，资业颇起，殆且巨万。里巷莫不致疑，以为本流寓穷民，无由可富。会豪室遭寇劫，共指为盗，执送官。因于考掠，具以实告，云："顷者，梦一脚神来，言：'吾将发迹于此，汝能谨事我，凡钱物百需，皆可如意。'明日访屋侧，得一毁

庙。问邻人，曰：'旧有独脚五郎庙，今亡矣。'默感昨梦之异，随力稍加缮葺。越雨月，复梦其来，曰：'荷尔至诚，即当有以奉报。'凌晨起，见钱充塞，逐日以多，遂营建华屋。方徙居之夕，堂中得钱龙两条，腹满皆金银。自后广置田土，尽用其物。今将十年，未尝敢为大盗也。"邑宰验其非妄，即释之。

吴创神祠于家，值时节及月朔日，必盛具奠祭，杀双羊双猪双犬，并毛血粪秽，悉陈列于前。以三更行礼，不设烛，率家人拜祷讫，不问男女长幼，皆裸身暗坐，错杂无别，逾时而退。常夕不闭门，恐神人往来妨碍。妇女率有感接，或产鬼胎。庆元元年，长子娶官族女，不肯随众为邪，当祭时独不预，旋抱病，与翁姑相继亡。所积之钱，飞走四出，数里之内，咸有所获。吴氏告启谢罪，其害乃止。至今奉事如初。

《夷坚志》的这两条材料都说明宋代江南民间对五通神的崇拜。吴曾《能改斋漫录》卷一八有《伍生遇五通神》一则，说北宋嘉祐年间，有一伍生到卞京，遇见五个少年兄弟，其一与伍生饮酒，又写帖给伍生，说可以到郭某家取十千钱以支持生业。酒后入夜，邀伍生至其家。家有三室，使伍生寝一明室，并戒之，慎勿窥另外两室。伍生忍不住而看了另两室，见其一室中"四壁皆钉妇人婴儿甚众"，另一室"有囚无数"。天明，伍生发现自己在保康门内一大石上。然而，帖子还在，去找郭某，郭某如数给了他。故事最后说，"五少年，京师人谓之五通神也"。这说明北宋时北方也有五通神崇拜，而且五通神是指五个神（五兄弟）的集合。

清褚人获《坚瓠秘集》卷一有《东库五通神》和《五云山五通神》条。前者引《武林闻见录》，说的是南宋嘉泰年间的事，后者引《北墅手述》，说的是明末崇祯年间事。卷二又有《五通神化石柱》条，说的是清初顺治年间事。《聊斋志异》卷十有一篇《五通》，说"南有五通，犹北之有狐也"。晚清人宣鼎于《夜雨秋灯录》卷四《假五通神》中亦步此说。

从这几篇故事可知，自宋至清，中国民间多有五通神崇拜，而清代则以南方崇拜为甚。清代所谓"五通神"，仅仅是号为神明而实则是妖。五通在佛典里是指五种神通，五种神力，但在民间，五通却变成了神仙，甚至变成淫害妇女的五种妖孽。不管怎样，应当说，清代的五通仍然与佛教文献中所说的五通仙人有关。这种关系是源与流的关系。

（二）欢踊

此词出现于《幽》书卷一《卖胡粉女》条。欢踊即"欢喜踊跃"的缩写。"欢喜"一词在佛典中俯拾即是，此外还有"大欢喜""欢喜无量""皆大欢喜"等。"皆大欢喜"至今已为成语，其源盖出佛典，如《十诵律》卷四："城邑聚落，悉闻此言，皆大欢喜。"至于"踊跃"一词，亦常用于佛典，如《生经》卷一："度海既毕，菩萨踊跃，住于海边。"《经律异相》卷一四引《弘道广显三昧经》卷二："一切会者，各怀踊跃。"佛经中又常将欢喜和踊跃连在一起使用，如《贤愚经》卷十："一切人民，男女大小，睹斯瑞应，欢喜踊跃，来至佛前。"《经律异相》卷一三《度脱狗子经》："狗子得食，善心生焉，踊跃欢喜。"又引《腹中女听经》："闻佛说经，欢喜踊跃。"

以上数例已可证明，欢喜踊跃一词出佛家语。

现代汉语里，欢喜一词的含义已不必说，但在古代，特别是在元、明时代，由于受到佛教密宗的影响，此词又有另外一层含义，即指男欢女爱；踊跃一词虽形容一种动势，但更倾向于情状，如今也已成为常用词汇。

（三）方便

《幽》书卷四《新鬼觅食》条：有一新死鬼，因不得食而"形疲神顿"，遇一肥健老鬼，便向老鬼讨教："吾饥饿殆不自任。卿知诸方便，故当以见教。"《现代汉语词典》中，"方便"一词三义：①便利，如大开方便之门；②适宜，如这儿说话不方便；③婉辞，指有富余的钱，如手头不大方便。（商务印书馆1988年版，第306页。）《现代汉语词典》通常只释今义不释古义，即如此，以上三解仍不全，如，现上厕所也常叫作方便。《辞源》应以释古义见长，但仍释"方便"为三：①佛家语，指因人施教，诱导之使领悟佛之真义；②随方觅便，随机行事；③便利。（商务印书馆1984年版，第1383页。）此解仍有缺憾，不如《辞海》：①佛教名词。犹云权宜。谓对各种不同程度的人，采取各种不同的教化方式使之生信，故名。②犹方法，办法。③机会。④便利。⑤犹解手。（上海辞书出版社1979年缩印本，第1544页。）丁福保《佛学大辞典》指出，"方便"系出自梵语Upaya。Upaya一词本义即是方法、办法，今印地语中亦然。《佛说鬼子母经》："阿难问言：当用何等方便？"《贤愚经》卷五："愿得除之，作何方便？"均是方法。《新鬼觅食》条正取此义，郑注为"窍门"，是。

（四）福舍

《幽》书卷五《舒礼》、《康阿得》、《赵泰》三条均提到福舍。《舒礼》条云：

> 俗人谓巫师为道人，初过冥司福舍前，土地神问门吏："此是何所？"门吏曰："道人舍也。"土地神曰："舒礼即道人。"便以相付。礼入门，见百千间屋，皆悬帘置榻，男女异处。有念诵者、呗唱者，自然饮食，快乐不可言。

由此可见，冥司设有福舍，为道人（出家佛徒）死后的住所。

《康阿得》条云：

> （前略）于是便还，复见七八十梁间瓦屋，夹道种槐，名曰"福舍"，诸佛弟子住中。福多者上生天，福少者住此舍。

此处对福舍作了进一步解释。

《赵泰》条亦云："奉佛持五戒十善，慈心布施，生在福舍，安稳无为。"可见，未出家的佛徒亦可住福舍。

以上三条材料均证明，福舍一词与佛教有关。《大慈恩寺三藏法师传》卷二，言玄奘行至迦湿弥罗国，曾到一福舍，梵名为达摩舍罗，即dharmasala。其夹注云："此言福舍。王教所立，使招延行旅，给赡贫乏。"可知，古印度的福舍乃是一种慈善设施，并非专供佛徒居息，亦非佛弟子死后的去处。现今印度各地仍多有福舍，大约相当于中国的招待所，但条件简陋，收费极低，甚至不收费。

（五）芙蕖车轮

《幽》书卷五有《涸源池》一则，言晋末黄祖奉亲至孝，感动天神，天神约黄祖于三月间泛黄河入天汉，黄祖如期往，过"善福门"，见"涸原池"，池中"芙蕖如车轮"。芙蕖即莲花，以车轮拟之，似印度修辞。《经律异相》卷一三引《腹中女听经》："千叶莲花，大如车轮，以宝作茎，状如青琉璃。"

在印度，人们自古以来便对莲花和车轮有特殊情感，且自上古起即赋予莲、轮以神秘的象征意义。莲花象征美丽、吉祥、高洁品格、生命力等。车轮则象征时间、空间乃至于宇宙运动规律及权力等。因此，印度人首先将莲花与车轮联系起来的可能性大。佛教也是如此，充分赋予莲花和车轮以神秘的意义，佛教艺术品中有大量的莲花和车轮的题材。

此外，莲与轮又有一共同处，即均与生命有关，代表着生命的永恒。由此，我们再来看涵源池，那不仅是河汉之源，而且是生命之源。

（六）罗刹

罗刹，是印度古代神话传说中的恶魔，被归为阿修罗类，但在有些故事中，罗刹亦有优劣之分。例如，史诗《罗摩衍那》中，罗刹王罗婆那作恶多端，楞伽岛上的罗刹也大多狰狞可怖，但罗刹王的兄弟中却有善良之辈。史诗《摩诃婆罗多》中亦提到一罗刹兄妹，其兄恶，欲食般度五子，而其妹善，嫁于怖军。佛典中，罗刹亦属恶魔，又译作罗叉娑、罗刹娑等，梵文作 raksasa。《幽》书卷五有《罗刹》一条，全文如下：

> 宋有一国，与罗刹相近。罗刹数入境，食人无度。王与罗刹约言：自今以后，国中人家，各专一日，当分送往，勿复枉杀。有奉佛家，唯有一子，始年十岁，次当充行。舍别之际，父母哀号，便至心念佛。以佛威神力，大鬼不得近。明日，见子尚在，欢喜同归。于兹遂绝。国人赖焉。

此故事开头一句有疑点，"宋有一国，与罗刹相近"。宋字可能有误。此故事可能来自印度。《摩诃婆罗多》之《初篇》第145~150章，言般度五子与其母恭蒂避难至独轮城，住一婆罗门家。城中有一罗刹食人，城中百姓轮流输送一人给罗刹吃。此次轮到婆罗门家，全家大哭，恭蒂让二子怖军代替。怖军勇武前去，杀死罗刹，解脱全城灾难。这是一个古老的故事，《罗刹》可能是佛教徒借来宣扬其教义的。《法苑珠林》卷五十引。14世纪，阿拉伯旅行家伊本·白图泰去印度，奉苏丹之命出使中国，在马尔代夫滞留期间，亦听到此故事：从前岛上居民不信奉伊斯兰教。岛上每月有鬼怪自海上来害人，岛民每月选一处女献之。后有一马格里布人至岛，居一老妇家。一日，轮老妇家出女，举家大哭。马格里布人得知其详，愿以身代。至庙所，马格里布人彻夜念《古兰经》，鬼怪从此潜形。全岛人自此信奉伊斯兰教。这是被穆斯林借用传弘其教的例子。

自《幽》书《罗刹》条以降，中国小说中亦多次出现类似故事。如施耐庵《水浒传》、余象斗《华光天王传》（即《南游记》）、吴承恩《西游记》等，均有。《西游记》与《南游记》中的有关故事与佛教有密切关系，而《水浒传》中的故事尽管已相当中国化并世俗化了，但仍未完全摆脱与佛教的关系。其第四回《小霸王醉入销金帐，花和尚大闹桃花村》写鲁智深来到桃花村，住刘太公家。刘太公被迫嫁女，举家不欢。鲁智深得知原委，自告奋勇，诡称会"说因缘"，能劝打家劫舍的"魔头"新郎周通回心转意。刘太公信以为真，同意鲁智深假冒新娘坐入帐中。花和尚在帐中脱得赤条条，等周通一到，便大打出手。打服了周通，并交上了朋友。这故事写得诙谐热烈，活脱逼真，可以说是中国化和世俗化得相当彻底了，但仍以和尚为主角，以"说因缘"为噱头。

（七）轮回

前文说到古代印度车轮的象征意义，这"轮回"二字便是其一例。《幽》书中似未直接提到轮回二字，但提到了"鬼道""鬼趣""三恶道""地狱"等。卷四《鬼赡人》的故事中，鬼云："仆受已毕，今暂生鬼道，权寄君家，后四五年当去。"卷五《赵泰》中则云："生时不作恶，亦不为善，当在鬼趣，千岁得出为人。"云："人死有三恶道。"又云："今欲度此恶道中及诸地狱中人，皆令出。"鬼道与鬼趣同，为佛教"五道轮回"之一，亦是"三恶道"之一。五道亦称五趣，其地狱、饿鬼、畜生为三恶道。轮回之说基于灵魂不灭观念。世界许多民族都有此观念，古代印度人亦如此。古代印度人的发明是，把宇宙万物的运动变化都归结为一点，并将它比作车轮。万物都有生命，生命的根本即是灵魂，躯体可毁，灵魂不灭。灵魂可以自一个形体中出来而获得另一个形体。一个人今生为人，前生可能是鸟是虫、是草是木。其后世也可能为神为魔、为人为兽。其形体的获得，全由前世的业（行为）决定。这便是业报理论。印度古人发明了轮回和业报理论，佛教接受了这一理论并把它传到中国，中国人深受其影响，连长期与佛家闹对立的道家也不例外。

轮回业报的理论为中国的小说打开了一个新的局面，自六朝以来，宣扬这种理论，为佛教大造舆论的作品层出不穷。

（八）离魂与还魂

继上题而来，灵魂可以离开躯体，便产生离魂、游魂、还魂等种种说法。《幽明录》卷一《庞阿》条说：巨鹿人庞阿美仪容，石氏女心悦之，灵魂便常离开身体去会见庞阿。《捉鬼》条说：故章县老公死，余杭广守尸，广捉鬼臂令还老公"精神"，公活，广取公女为妇。此二条分别为离魂与还魂故事。

《庞阿》为中国小说史上首则离魂故事，其遗泽广被，影响深远，历代模仿不绝。如唐代有陈玄右《离魂记》、张荐《郑生》等，宋代有孙光宪《北梦琐言》卷七之《刘道济》、李宪民《云斋广录》卷七之《钱塘异梦》等，元代有郑德辉杂剧《倩女离魂》等，明代有瞿佑《剪灯新话》卷二《渭塘奇遇记》、凌蒙初《拍案惊奇》卷二三《大姊魂游完宿愿，小姨病起续前缘》等，清代有蒲留仙《聊斋志异》卷一之《成仙》《叶生》《凤阳士人》等。至于与《捉鬼》一脉相承的还魂复生故事，则更是举不胜举。

印度古代亦多有离魂之类故事。《摩诃婆罗多》之优秀插话《莎维德丽》即是其一。公主莎维德丽自选一流亡王子为夫，婚后一年夫死。莎维德丽趁丈夫尸首尚未腐坏之际，苦苦追随阎摩王，将丈夫灵魂索回，使之复生。《故事海》的《楔子》部分讲到一人，名因陀罗多德，其灵魂进入一死去国王的躯体，他本想再返回自己身体，但身体被烧，灵魂无所归附，只得继续留在国王体内。佛经中亦有离魂故事。如康僧会译《旧杂譬喻经》卷下第51个故事：一人死后，灵魂还摩挲其遗体，甚为爱惜。

《幽》书卷五《石长和》条言：石长和死，其灵魂游冥府后，又"倏然归家，前见父母坐其尸边。见尸大如牛，闻尸臭，不欲入其中，绕尸三匝，长和叹息，当尸头前。其亡姊从后推之，便蹈尸面上，因即稣。"此故事亦属受印度佛教思想影响而编造。

（九）善恶有报

佛教讲业报，讲因果，并非全是前世之业后世得报或前世之因后世结果，也常讲"现报"，或"现世报"。《幽》书所记还魂故事，多因行善积德而得复生。当属于现世报。书中还有其他形式的现世报，如卷五《姚翁》，项县县令因公正审理了一件命案，受到善报。《桓温参军》、《索元》及《无患》等条，则说作恶受恶报。《无患》中尚明确说道："善恶之报，其能免乎？"至于佛书中善恶报应的故事就更多了。

不杀生是佛教的一条最基本的戒律。杀生有恶报，不杀生有善果。《幽》书受了这一思想影响。如，卷三有《乌衣人》条，其全文如下：

> 桓邈为汝南，郡人赍四乌鸭作礼。大儿梦四乌衣人请命。觉，忽见鸭将杀，遂救之，买肉以代。还，梦四人来谢而去。

这是劝人不杀生的例子，文中未尝言报，而读者自明。读此，很容易联想到佛本生故事中尸毗王割肉贸鸽的故事。尸毗王的故事流传很广，不少佛经中都有此故事。有趣的是，这两个故事虽然相似，还有不同。尸毗王割肉贸鸽，是割自身的肉换取鸽的生命，属自残其体。而《乌衣人》中，桓子是买肉代鸭，境界上便输一等，其所买之肉乃由他人杀生，罪过落在屠者头上，桓子却留下善名。之所以有这种差别，与中印两国古人的传统观念有关。尸毗王的故事带有神话色彩，多有浪漫主义倾向，在中国人看来太过于极端，不够现实，很难实行，而《乌衣人》的故事则主要表现为现实主义和功利主义倾向，是可行的。

（十）龟、鳖、鱼

《幽》书卷三尚有《白龟》一则，全文如下：

> 晋咸康中，豫州刺史毛宝守邾城。有一军人于武昌买得一白龟，长四五寸，置瓮中养之。渐大，放江中。后邾城遭石氏败，赴江者莫不沉溺。所养人被甲入水中，觉如堕一石上。须臾，视之，乃是先放白龟。既得至岸，回顾而去。

此则故事亦宣扬佛家不杀生思想。

《经律异相》卷四十四引《阿难现变经》：

> 昔有一人名慈罗，见人卖鳖，心中怜之，向鳖啼泣。卖鳖者言："汝何向鳖啼乎？"慈罗答言："我不忍见之穷。"卖鳖者大笑："汝痴狂耳。"答言："我念此鳖，从君请买。"主言："鳖值百万。"慈罗便将之归家，倾举子息，得八十万。慈罗言："我钱尽此，假求无处。"卖鳖者言："汝钱既尽，可为作佃，以毕钱值。"慈罗言："诺。"以车载鳖，投著河中。鳖便能言语："方有大水，君当上树相呼。"后日，洪水大起，人民死尽，慈罗上树呼鳖，鳖便来至，慈罗坐鳖背上。

《六度集经》卷三《理家本生》中所讲述的富人买鳖故事与此小异：一富人花百万钱买一鳖放生，一日，鳖来啮富人门，告以洪水事，并于洪水中引富人脱险。

《白龟》与这两则佛经故事都有相似之处。不仅如此，它还令人联想起一则印度古代神话故事。《摩诃婆罗多》之《森林篇》第185章有一洪水故事，十分著名：人祖摩奴在河边修苦行，一小鱼靠岸边寻求保护。摩奴捧起小鱼置钵中蓄养，鱼渐大，又置于池中，又大，放入恒河，再大，放入大海。鱼告摩奴，洪水将至，宜备舟。洪水果来，鱼救摩奴。此故事系印度古代著名的洪水神话，在不少印度古籍中有记载。

那两则佛经故事显然是在这则洪水神话的基础上演义而成，而《白龟》的故事又显然是受了这两则佛经故事的影响。

（十一）地狱

《幽》书中有十来条故事与地狱有关。其中有几个词值得注意。

1. 司命

从字面看，司命是掌管生命的意思。楚辞中有大司命、少司命，似是一对夫妇，均为天神。《周礼·春官宗伯》："祀司中、司命。"《史记·封禅书》：汉高祖定天下后，"长安置祠祝官、女巫……晋巫，祠五帝、东君、云中、司命……荆巫，祠堂下、巫先、司命……"其中司命仍是天神。在当时看来，人的生命是由天神决定的。承袭这一观念，《幽》书卷三《神树》、卷四《易脚》、《王距》中提到的司命，均是天神。

2. 北斗

《幽》书卷四《许攸》、卷五《顾某》、《北斗君》三条提到北斗，主人生死。上古有星崇拜，故有占星之术。《史记·天官书》："斗魁戴匡六星曰文昌宫：一曰上将，二曰次将，三曰贵相，四曰司命，五曰司中，六曰司禄。"《后汉书·天文志上》注录张衡《灵宪》曰："众星列布，其以神著，有五列焉，是为三十五名。一居中央，谓之北斗。动变挺占，实司王命。"则北斗与司命有一定关系。《后汉书·天文志中》又曰："紫宫天子宫，文昌、少微为贵臣，天津为水，北斗主杀。"这恐怕是北斗主死的开端。晋干宝《搜神记》提得明确，其卷三"南斗北斗"的故事中，言大桑树下有二人围棋，一人是南斗，一人是北斗，并说"南斗主生，北斗主死"。其卷十又有一故事，言道士吕石梦上天至北斗门下，知死期已至。可见道教认为北斗主死。至此，北斗仍是天神，偶尔也到下界来下棋。

《幽》书中的有关北斗故事是与此一脉相承的。

3. 太山

太山即泰山。据楚辞《招魂》，人死后的灵魂是四方游荡的，死后的去处叫"幽都"。尚看不出幽都与泰山有什么关系。上古帝王封泰山而禅梁父凡七十二代，秦及西汉继之，似尚未将泰山与冥府等观。到了东汉，情况有些变化。《后汉书·乌桓传》言乌桓人以赤山为死者神灵归趣，"如中国人死者魂神归岱山也"。其注引《博物志》曰："泰山，天帝孙也，主召人魂。东方万物始，故知人生命。"可见，将泰山视为灵魂归宿，当是东汉以后事。相传《博物志》出晋人张华手，可知晋人尚将泰山与天神联系在一起。《搜神记》卷四有"胡母班"故事，云胡曾至太山之侧，被泰山府君召见。此后，太山便成了冥府的代称，而其主管为太山府君。其实，府君是当时对郡守的称呼，那么太山府君是否亦具有地方官的性质？抑或只是一个部门的总管？他与司命、北斗有何关系？不得而知。《幽》书中有四则故事直接提到太山，其观念当由此而来。

4. 地狱

地狱之说大约是佛教传入后才兴起的。佛经初传时，有时采用中国成说，将地狱译为太山。如《经律异相》卷十引《度无极经》卷一："尔为无恶，缘获帝位，释怀重毒，恶熟罪成，生入太山，天人龙鬼，莫不称善。"卷一一引《布施度无极经》："太山、饿鬼，众生之类……。"从此，中国人便把太山和地狱混在一起了，并且对地狱里的情况有了具体描述。

《幽》书中《舒礼》《康阿得》《赵泰》等条都对地狱中情况有描述。如《舒礼》曰："礼观未遍，忽见一人，八手四眼，提金杵逐礼……礼见一物，牛头人身，持铁叉，叉礼投铁床上，身体焦烂，求死不得。"《康阿得》曰："复前行，见一城，其中有卧铁床上者，烧床正赤。凡见十狱，各有楚毒。狱名'赤沙'、'白沙'，如此七沙。有刀山剑树，抱赤铜柱。"对地狱描写最多最细的还属《赵泰》条。赵泰年三十五死，停尸十日复苏。其魂游地府，先见一大城如锡铁崔嵬。复到泥犁地狱，见剑树。又至一大殿，见狮子座，佛坐其上，泰山府君礼佛。后复见一城，名为"受变形城"。此后又见二城，终被遣还家。

以上所说诸条中的铁叉、铁床、铁城、刀山、剑树、铜柱等诸般物事，皆可见于佛经。舒礼原本是巫，魂游地府后乃始信佛，赵泰停尸十日复苏，备说地狱之详。这些亦可在佛书中找到依据。如《经律异相》卷三十八引《弟子死复生经》：有一居士，原奉外道，后信佛法，死后停尸十日复苏，言地狱见闻。《舒礼》的故事与这则佛经故事有相同之处。其最大的相同处在于，两者都是为了宣扬佛教，鼓吹佛教的胜利。这则佛经故事中，外道因见了地狱景象而改信佛法；《舒礼》中，舒礼也因参观了地狱而改信佛法。舒礼是巫，在佛教看来，巫自然也属于外道。

　　总之，《幽》书中的一些信息表现出中国古人对于死亡及死后归宿的一些认识。从中我们可以明显看到，佛教传入后，印度的一些观念是如何影响了中国人。

第二篇

隋唐五代

　　隋朝的建立，使中国由历时三百多年的魏晋南北朝分裂局面重归大一统。隋朝历时37年，在中国历史上属于短命王朝，与秦一样，也是"二世而斩"，但它的意义却不平凡，它代表了中华民族的统一意志，统一的文化心理。正如秦的统一为汉代四百多年的大一统奠定了基础一样，隋朝的建立也为强盛的唐王朝打下了根基。这种大一统的政治局面带来了经济的繁荣，也带来了文化的繁荣。如果说三国时期的政治局面是由于内部的纷争而引起分裂的话，那么，从两晋到南北朝，则是不同民族利益的冲突和争夺，也是不同文化的冲突和竞争。因而，隋朝的统一就不仅仅是政治上的统一，也是文化上的统一。隋朝的统一标志着不同民族文化在经历了数百年的痛苦整合后，达到了一个新的阶段，这时的中华民族文化已具有更加广阔和更为丰富的内涵，是多民族文化的融合。因此，它必然成为唐代文化大繁荣的牢固基础，也必然使唐代的文化更具有包容力和吸收力。

　　隋唐五代时期，尤其是唐代，中国文学的发展达到一个空前的高潮。诗歌、散文、小说等文学领域，都取得了辉煌的成就。这些成就的取得，首先是中华民族文学传统的进一步弘扬，同时也与外来的影响有着密切的关系，是对外来文化的积极吸收，因为这一时期的中外文化交流也达到了空前的高潮。

　　本篇选择了几个切入点，通过比较，以说明这一时期中国文学与印度佛教文化和印度佛教文学的关系。

一、从王度的《古镜记》说起

　　隋代虽然仅仅历时37年，但历代著录的隋代小说却不算少。如今，成部的小说集已荡然无存，只有若干零篇流传于世。如相传为侯白所撰之《启颜录》，对后世留有较大影响。《启颜录》是一部笑话集，其最早抄本（开元十一年，公元723年）保存于敦煌卷子中，看其内容，与邯郸淳的《笑林》一脉相承，又多有与佛教相关者，也是隋代佛教广泛传播的反映。侯白，字君素，隋代开皇年间即在大兴善寺的皇家译经场从事译经。《启颜录》的有关内容将在后面谈到。总之，从隋代流传下来的小说看，基本上不出六朝窠臼。这是历代小说史家常常在隋唐间划界的原因。

小说到了唐代，情形为之一变。这一变中，既有内在的动因，也有外来的影响。被小说史家们列于唐代小说之首的，往往是王度的《古镜记》，而且，《古镜记》又是古代数量可观的古镜故事系列的枢纽，又很能体现佛教和印度文学的影响，所以，这里要从《古镜记》说起。

（一）王度及其《古镜记》

关于《古镜记》的作者，有些不同说法，笔者同意程毅中先生的意见，他在经过考证之后认为："王度实有其人，似乎已经没有疑问了。问题是他既是历史人物，又是小说人物，这种传记性的小说，正是中国古代小说的一大流派。从另一方面说，真人假事或者在真人真事的基础上加以适当的虚构，正是中国古代小说常用的一种写作方法。而且古代作家一般地并不认为自己在写小说，至少不是按照近世小说的观念去写作的。《古镜记》基本上是一篇自叙传，以古镜的奇迹为中心线索，又插叙了作者自己的一些行事。"（《唐代小说史话》第29页，文化艺术出版社，1990年）

《古镜记》的篇幅较长，据《太平广记》卷二三〇（题为《王度》），不加标点，为3 583字。其内容自然相当丰富，是由若干个小故事连缀而成。大体有以下几个部分：①古镜的由来和古镜的形制。②王度用古镜照死化为婢女的千岁老狐。③古镜对日食和月食的反应。④古镜的光辉胜过宝剑的光辉。⑤古镜与旧主人的一段因缘。⑥胡僧识宝看镜。⑦王度以古镜照死一古树中的蛇精。⑧古镜照病人使痊愈而镜精自病。⑨王度借镜给其弟，其弟带古镜出游约三年，归后备说宝镜之异（以下为其弟事迹）。⑩游嵩山少室，以镜照死龟、猿二精。⑪以镜照玉井池中蛟。⑫宝镜照死大雄鸡精。⑬宝镜平息扬子江波涛。⑭宝镜使山中当道的鸟、熊奔骇。⑮宝镜平息浙江潮。⑯山中夜行古镜有光。⑰宝镜照死鼠狼、鼠、守宫三精。⑱山中猛兽见镜窜伏。⑲其弟将古镜还给王度，古镜失踪。

从《古镜记》的内容可以理出这样几个关系：①宝镜为古器，上有龟龙凤虎麒麟等图形，而镜精又是"龙头蛇身"的形象，因而宝镜与龙有关。②宝镜上有八卦、十二辰、二十四气，因而与占卜有关。③宝镜有照妖的功能，与避邪除害有关。④宝镜与治病有关。⑤宝镜与宝剑有关。其中第三条最为突出。那么，古镜的这些奇异功能是否出于王度自编自造、独自想象呢？不是。他是在前人想象的基础上加以发挥，又将这种种奇异功能集中于同一面古镜，而写出这篇《古镜记》的。下面就让我们追溯一下前人的有关记载。

（二）溯源

先让我们看看中国早期的几部类书。

《艺文类聚》卷七十《服饰部下》有这样几条：

> 《庄子》曰：至人之用心也若镜，不将不迎，应而不藏，故胜物而无伤。

> 《韩子》曰：古之人，目短于自见，故以镜观面；智短于自知，故以道正己。镜无见疵之罪，道无明过之恶。目失镜，无以正鬓眉，身失道，无以知迷惑。

《初学记》卷二五《镜第九》又有这样几条：

> 《广雅》曰：鉴谓之镜。

> 《释名》曰：镜，景也，有光景也。

> 《吕氏春秋》曰：万乘之主，人之阿亦甚矣，而无所镜，其残亡无日矣。孰当可镜？其唯士人乎。镜明己也功细，士明己也功大。

> 《淮南子》曰：人举其疵则怨人，鉴见其丑则善鉴。

> 《淮南子》又曰：盲者不可贻以镜，乱主不可举其疵。

从这些引文可知，在汉代以前，中国典籍中有关镜子的记载，都描绘其反射影像的功能，说的是镜子可以自照面目，以便有自知、正己之明。但从晋代到南北朝，情况就不同了。除了一些诗文中仍然沿袭这些说法外，更出现了一些离奇的故事。有些说法虽不见得离奇，却与《古镜记》中的离奇记载有关。试看下面的例子。

《艺文类聚》卷七十引庾信《镜赋》曰："镜乃照胆照心，难逢难值。镂五色之盘龙,刻千年之古字。"这里显然说的是古镜的雕饰,与王度的古镜雕饰同有龙纹,因而说明古镜与龙的关系本引申于古代的工艺图案。

同卷又引江总《方镜铭》曰:"镜背图刻八卦二十八宿,仁寿殿前,无以加斯雕丽也……图星拟盖,写卦随方。"说的仍然是古镜的纹饰,与王度的古镜同,因而说明古镜与占卜的关系亦引申自古代的工艺图案。

晋葛洪《抱朴子·内篇》中记有若干关于镜子的神奇功能。其卷十五《杂应》中有这样一段话:

> 或用明镜九寸以上自照,有所思存,七日七夕,则见神仙,或男或女,或老或少,一示之后,心中自知千里之外方来之事也。明镜或用一,或用二,谓之日月镜。或用四,谓之四规镜。四规者,照之时,前后左右各施一也。用四规所见来神甚多。

这里说的是镜与占卜的关系,用镜可以预卜未来。其卷十七《登涉》又曰:

> 万物之老者,其精悉能假托人形,以眩惑人目而常试人,唯不能于镜中易其真形耳。是以古之入山道士,皆以明镜径九寸已上,悬于背后,则老魅不敢近人。或有来试人者,则当顾视镜中,其是仙人及山中好神者,顾镜中故如人形。若是鸟兽邪魅,则其形貌皆见镜中矣。又老魅若来,其去必却行,行可转镜对之,其后而视之,若是老魅者,必无踵也,其有踵者,则山神也。

> 昔张盖蹹及偶成高二人,并精思于蜀云台山石室中,忽有一人著黄练单衣葛巾,往到其前曰:"劳乎道士,乃辛苦幽隐!"于是二人顾视镜中,乃是鹿也。因问之曰:"汝是山中老鹿,何敢诈为人形!"言未绝,而来人即成鹿而走去。

> 林虑山下有一亭,其中有鬼,每有宿者,或死或病。常夜有数十人,衣色或黄或白或黑,或男或女。后郅伯夷者过之宿,明灯烛而坐诵经,夜半有十余人来,与伯夷对坐,自共樗蒲博戏。伯夷密以镜照之,乃是群犬也。伯夷乃执烛起,佯误以烛烬爇其衣,乃作焦毛气。伯夷怀小刀,因捉一人而刺之,初作人叫,死而成犬,余犬悉走。于是遂绝,乃镜之力也。

这里说的是镜与避害驱邪的关系,镜子可以使鬼魅现形。

王嘉《拾遗记》中也有关于镜子的记载。卷三曰："有韩房者，自渠胥国来，献玉骆驼高五尺，虎魄凤凰高六尺，火齐镜广三尺，暗中视物如昼，向镜语，则镜中影应声而答。"这里说的火齐镜是外来品，渠胥国则不可考。此镜的特异之处是能够对话。卷十说方丈山"有池方百里，水浅可涉，泥色若金而味辛，以泥为器，可作舟矣。百炼可为金，色青，照鬼魅犹如石镜，魑魅不能藏形矣"。这一说法与《抱朴子》的一致。

干宝《搜神记》卷一曰："（孙）策既杀（于）吉，每独坐，仿佛见吉在左右。意深恶之，颇有失常。后治疮方差，而引镜自照，见吉在镜中，顾而弗见。如是再三。扑镜大叫，疮皆崩裂，须臾而死。吉，琅琊人，道士。"北齐颜之推《还冤记》曾引此故事。

晋代还有一部《西京杂记》，学者多以为是葛洪所作（参见余嘉锡《四库提要辩证》第1007~1017页，中华书局，1980年）。其卷一和卷三有这样两条：

> （汉）宣帝被收，系郡邸狱，臂上犹带史良娣合采婉转丝绳，系身毒国宝镜一枚。大如八铢钱。旧传此镜照见妖魅，得佩之者，为天神所福，故宣帝从危获济。及即大位，每持此镜，感咽移辰，常以琥珀笥盛之。缄以戚里织成锦，一曰斜文锦。帝崩，不知所在。

> 高祖初入咸阳宫，周行库府，金玉珍宝，不可称言……有方镜，广四尺，高五尺九寸，表里洞明。人直来照之，影则倒见，以手扪心而来，则见肠胃五脏，历然无碍。人有疾病在内，则掩心而照之，则知病之所在。又女子有邪心，则胆张心动。秦始皇常以照宫人，胆张心动者则杀之。

这第一条似乎暗示了镜子的神奇功能与印度有关。第二条则说镜子与治病有关。

《太平御览》卷七一七辑录镜异更多，其中有这样几条值得注意：

> 沈约《宋书》曰：刘敬宣八岁丧母。四月八日，敬宣见众人灌佛，乃拔头上金镜以为母灌，因悲泣不胜。（1）

> 又曰：殷仲文在东阳，照镜而不见其头面，旬日而戮。（2）

> 萧方等《三十国春秋》曰：甘卓将被诛，引镜不见其头。（3）

> 《洞冥记》曰：望蟾阁上有青金镜，广四尺。元光年中，祇国献

此镜，照见魅魅、百鬼，不能隐形。（4）

《刘根别传》曰：思形状可以长生。以九寸明镜照面，熟视之，令自识己身形，常令不忘，久则身神不散，疾患不入。（5）

《神异经》曰：昔有夫妇将别，破镜，人执半以为信。其妻与人通，其镜化鹊飞至夫前，其夫乃知之。（6）

《风角要占》曰：厌贼法，三月以小形铜镜七枚埋于申地，秤七百斤土覆之，坎深二尺五寸，广二尺五寸，筑令坚固。（7）

《三国典略》曰：胡太后使沙门灵昭造七宝镜台，合有三十六户，每室别有一妇人，手各执锁。才下一关，三十六户一时自闭，若抽此关，诸门皆启，妇人各出户前。（8）

这里仅摘八条，其（2）、（3）、（6）条都属与征兆、占卜有关者。第（4）、（7）条与趋吉避害有关。第（5）条与防病有关。而（1）、（2）、（8）条又都与佛教有关。

钱锺书先生指出，镜之神异又有"见于六朝词章者，如徐陵《山斋》：'悬镜厌山神'，庾信《小园赋》：'厌山精而照镜'，可觇风俗。"又指出，《晋书·五行志》上、《甘卓传》《殷仲文传》以及《梁书·河东王誉传》《旧唐书·太宗诸子传》等都有照镜不见头的记载。（《管锥编》第729、730页，中华书局，1979年）

从以上征引的资料看，晋代以来关于镜子的神奇记录多与道教关系密切。葛洪、王嘉都是著名道士，故事中的于吉、刘根等也属于道教人物。尤其从《抱朴子》的记载可知，道士修炼时往往以镜子为法器。

但我们还必须注意印度方面来的影响，即《西京杂记》中关于身毒国宝镜的故事。同时还要注意到与佛教有关的信息，即刘敬宣和沙门灵昭事。不仅如此，其他典籍中还有一些资料也能说明镜子的神奇故事与佛教有关。

《高僧传》卷十《宝志传》曰：宝志少出家，止京师道林寺修习禅业，"至宋太始初（约465年）忽如僻异，居止无定，饮食无时，发长数寸，常跣行街巷。执一锡杖，杖头挂剪刀及镜，或挂一两匹帛。"这是僧人用镜的记载，其镜无疑有法器的作用。隋智者大师在《摩诃止观》卷八写道："隐士头陀人，多蓄方镜，挂之座后，媚不能变，镜中色像，览镜识之，可以自遣，此则内外两治也。"这说明，唐代以前的修禅僧人已多有用镜镇妖驱魔者。我们知道，"镜中像"是佛教著名的"十喻"之一，用以比喻世界的空幻。禅师们也根据此意修行禅法。如《摩诃止观》卷一曰："譬如明镜，明喻即空，像喻即假，镜喻即中。"卷二曰："如镜中像，不外来，不中生，以镜净故，自见其形。"如此，是否可以说禅家修行时使用镜子作法器是受了道家的影响呢？影响可能是有的，但禅僧还有来自印度佛教的传承。

东晋时翻译的《佛说灌顶经》卷五写道："佛告普观菩萨摩诃萨：若后末世，遭灾祸者，为诸魔魅之所伤犯，当净身、口、意……在人定之时，露出中庭，读此神咒。以青铜之镜照耀五方，使诸魔魅不得隐藏其形。"《能改斋漫录》卷一说，《唐书音训》"引《智度论》曰：天帝释以大宝镜照四大神洲，每月一移，察人善恶。"这些都说明印度古代对镜子也有神化，随着佛经的传入，会直接影响到中国僧人。

尤其值得注意的是，《灌顶经》是一部密教书籍，古镜小说是否从东晋开始即受到密教的影响，还不能断定，但唐代以后，密教影响镜子故事的迹象就越来越明显了。

王度《古镜记》的结构还与印度古代故事的叙事方式有关。对此，季羡林先生曾在《〈五卷书〉译本再版后记》中作过论证。他指出，印度古代许多书都采取了"连串插入式"的叙事方法，《五卷书》是如此，《罗摩衍那》是如此，还有不少书也是如此。"无论是婆罗门教的经典，还是佛教的经典，都常常使用这种形式。夸大一点说，这可以说是印度人非常喜爱的一种形式。"他在分析了王度《古镜记》的结构特点以后，又说："这种结构在中国小说中不算太多，但是，这一篇《古镜记》却是很典型的。根据这篇故事写成的年代和环境，受印度影响的可能是非常大的。"（《中印文化关系史论文集》第447、449页，三联书店，1982年）

这样，王度的《古镜记》就有了来自中外两方面的传承，尤其有了来自道教和佛教两个系统的影响。

（三）逐流

唐代及其以后，中国出现了许多关于古镜的小说，形成了一个庞大的镜子小说系列。王度的《古镜记》在这个系列中起着承上启下的枢纽作用。

我们从唐代及其以后的镜子小说中，同样可以看到中国（主要是道教）和印度（主要是佛教）的双重影响。

下面分别朝代，选择有代表意义的加以说明。

先说唐宋时代，而以唐代为主。

《太平广记》辑有多则镜子故事。其卷二三一《李守泰》（出《异闻录》）说，唐天宝三载五月十五日，扬州进水心镜一面，其背铸有盘龙。铸此镜时，有一老人自称"龙护"，带一童子曰"玄冥"来帮助铸镜，三日而不见二人，只留下素书一纸，上有文字小隶，暗示龙护和玄冥将入镜中。镜于扬子江心铸成，有异兆。天宝七年，秦中大旱，皇帝祈雨不灵，召道士叶法善。叶法善见镜，说此镜背上盘龙是真龙，遂祈此镜龙，得大雨。

同卷《陈仲躬》（出《博异志》）说，陈仲躬宅有一井，井中有毒龙，驱使一古镜精诱杀人。镜精名"敬元颖"，告陈于毒龙不在时淘井。陈淘井得古镜，文战连捷。

同卷《渔人》（出《原化记》）说，苏州太湖渔人网得一镜，"照形悉见其筋骨脏腑"。

卷二三二《浙右渔人》（出《松窗录》）的故事与上一条略同。

同卷《元祯》（出《三水小牍》）说唐相元祯曾于鲤鱼腹中得二镜，其背有龙饰。

同卷《陴湖渔者》（出《玉堂闲话》）说，唐天佑中有渔者网得一铁镜，携归家。一僧来，求见镜，并告渔者持此镜于得处照水下。渔者如言往照，见无数甲兵，大骇坠镜，僧亦不知所在。

这几条都是《太平广记·器玩类》所辑。主要分三类，第一类是镜与龙的关系，第二类是镜子能洞见内脏，第三类是镜子能照见异象。《太平广记》其他卷还多有镜子故事，如卷六二《鲁妙典》（出《集仙录》），言神人送古镜；卷八五《蜀城卖药人》（出《玉溪编事》），言卖药人以手破肚，纳铁镜于肚中而冉冉升空；卷三四○《卢顼》（出《通幽录》），言卢家小婢中妖，卢生以古镜照之；卷三七一《马举》（出《潇湘录》），言马举有一棋局为怪，举以古镜照之；卷三八一《赵裴》（出《酉阳杂俎》），言冥司有巨镜径丈，照生前恶行；卷三八五《僧彦先》（出《北梦琐言》），言镜子能照见生前所作所为；卷三八八《齐君房》（出《纂异记》），言一西来胡僧有镜，览之可知报应之事、荣枯之理；卷三九二《一行》（出《酉阳杂俎》），言僧一行用盘龙古镜祈雨（与卷二三一《李守泰》略同）；卷四四○《逆旅道士》（出《潇湘录》），言道士以古镜照鼠妖，等等。

从这些故事中，仍然能够看出镜子故事与道家、佛家都有关系。其中较为突出的仍然是镜子的照妖功能。此外，镜子能照见生前身后的善恶祸福，得知物理宿命的功能也很突出。

唐代有一篇很长的小说，叫作《梁四公记》，相传为张说撰。但这篇小说没有完整地流传下来，只是在《太平广记》卷八一（《梁四公》）和卷四一八（《五色石》《震泽龙》）分别辑有三段，已然相当长了。在结构上，《梁四公记》与《古镜记》很相似，也是所谓"连串插入式"。在内容上，则与《神异经》《十洲记》《拾遗记》等一脉相承。从诸多故事中，反映出当时海外交通已十分发达，许多海外奇谈在有力地吸引着广大读者。其中有关于镜子一节，引如下：

> 扶南大舶从西天竺国来，卖碧玻璃镜，面广一尺五寸，重四十斤，内外皎洁。置五色物于其上，向明视之，不见其质。问其价，约钱百万贯文。帝令有司算之，倾府库偿之不足。其商人曰："此色界天王有福乐事，天澍大雨，众宝如山，纳之山藏，取之难得。以大兽肉投之藏中，肉烂粘宝，一鸟衔出，而即此宝焉。"举国不识，无敢酬其价者。以示杰公，公曰"上界之宝，信矣。昔波罗尼斯国王有大福，得获二宝镜。镜光所照，大者三十里，小者十里。至玄孙福尽，天火烧宫。大镜光明，能御灾火，不至焚爇。小镜光微，为火所害，虽光彩昧暗，尚能辟诸毒物，方圆百步，盖此镜也。时王卖得金二千余斤，遂入商人之手。后王福薄，失其大宝，收夺此镜，却入王宫。此王十世孙失道，国人将谋害之，此镜又出，当是大臣所得，岂应入于商贾？其价千金，倾竭府库不足也。"因命杰公与之论镜，由是信伏。更问："此是瑞宝，王令货卖，即应大秦波罗奈国、失罗国诸大国王大臣所取，汝辈胡客，何由得之？必是盗窃至此耳。"胡客逡巡未对。俄而其国遣使追访至梁，云其镜为盗所窃。果如其言。

这里所说的天竺国玻璃镜也许与《西京杂记》中的身毒国宝镜故事有传承关系。汉唐时代，中国以铜为镜，而西域则用玻璃造镜。铜镜不易磨光，历久又易氧化昏暗，故磨镜得以成为一种职业。但铜镜不易破碎，可以长久保存，故有"古镜"的神奇传说。玻璃镜光洁度要强得多，照影像更清晰，但易破碎。玻璃（琉璃）又是佛经中常说的"七宝"之一，故玻璃镜常被神化为"宝镜"。古镜和玻璃镜都有被神化的理由。二者合一，愈见神奇。

此外，《梁四公记》说故事发生在"梁天监中"及其以后，所有故事都以梁武帝和四位高人（"四公"）为贯串线索。选梁武帝为故事的线索人物，是因为梁武帝崇信佛法，又因为梁时海外联系较多，这都使故事更带有神秘色彩。因而故事中受佛教影响的痕迹处处可见，印度方面的信息往往而有。例如，文中曾提到"色界天王之宝藏""乳海""水精城""勃律山之西有女国""波罗尼斯国""龙王龙女""天帝如意珠"，等等。文中甚至说四公中有一位"尝于五天竺国，以梵语精《理问论》《中分别论》《大无畏论》《因明论》，皆穷理尽妙"。这显然是当时西天取经热潮的反映。

盛唐时代，已发展到"纯密"阶段的印度密教传入中国内地，密教僧人来华译出大批密教经典，一时影响极大。密教典籍中又有对镜子的神化。

唐代翻译的密教典籍中，有金刚智译的《佛说七俱胝佛母准提大明陀罗尼经》、不空金刚译的《七俱胝佛母所说准提陀罗尼经》、地婆诃罗译的《佛说七俱胝佛母心大准提陀罗尼经》和善无畏译的《七佛俱胝佛母心大准提陀罗尼法》《七俱胝独部法》。这几部经在密教仪轨中似乎占有特殊地位，金刚智译的被称为"金刚智仪轨"，不空译的被称为"不空仪轨"。这五部经里都提到了镜子。如《七佛俱胝佛母心大准提陀罗尼法》中说："以一面净镜未曾用者，于佛像前，月十五日夜，随力供养，烧安悉香，及清净水。先当静心无所思惟，然后结印诵咒，咒镜一百八遍，以囊匣盛镜，常得将随身。后欲念诵，但以此镜置于面前，结印诵咒，依镜为坛，即得成就。……短命多病众生，月十五夜，烧安悉香，诵咒结印一百八遍，魔鬼失心野狐恶病，皆于镜中现其本身。"《七俱胝独部法》亦言："诵此真言一千遍，魔鬼失心狂走，狐擒恶鬼皆于镜中见形。"看来，镜子是密宗的一种法器。对镜结印诵咒，此镜便具神力，便能照妖驱邪。与道教的说法不同，密教使用的镜子未必古旧，其神力也非原有，而是需要经过供养和加持，似乎太烦琐。在古镜不可多得的情况下，用一面新镜供养加持，如能获得神力，似乎也值得。

宋人笔记中往往也有镜子故事。今试举几例。

《梦溪笔谈》卷二一有一故事：

> 嘉祐中，伯兄为卫尉丞。吴僧持一宝鉴来，云："斋戒照之，当见前途吉凶。"伯兄如其言，乃以水濡其鉴。鉴不甚明，仿佛见如人衣绯衣而坐。是时伯兄为京寺丞，衣绿，无缘有绯衣。不数月，英宗即位，

覃恩赐绯。后数年，僧至京师，蔡景繁时为御史，尝照之，见已着貂蝉，甚自喜。不数日，摄官奉祀，遂假蝉冕。景繁终于承议郎，乃知鉴之所卜，唯知近事耳。

这则故事说的是镜子有预知未来的占卜功能。由僧人持来，说明了佛教的影响。

《青琐高议》前集卷八《吕先生记》，说贾师容有古镜欲磨，左右推荐回处士。回处士来，又借口回去取磨镜药而不归。派人去找，得诗一首："手内青蛇凌白日，洞中仙果艳长春。须知物外烟霞客，不是尘中磨镜人。"这则故事表现了道教与古镜的关系。

《能改斋漫录》卷一八《王迪照镜见前身弃官学道》，说有一道人来磨镜，让王迪自照，乃见镜中星冠羽帔，问道人，说是王迪前身，因产生异念而堕落人间。于是王迪征得妻子同意，辞去官位，与妻一同隐居。与上一则相参观，可知当时道人磨镜似是常事。与《梦溪笔谈》的故事相参观，则知镜子不仅能预卜未来，还能逆见前身。

《夷坚志》卷二九《镜湖大镜》，说渔人于夜间在会稽镜湖网得一大古镜，能洞见肠胃，"铿然有声，光彩眩晃，湖水如昼。俄顷复跃于波心，风激浪涌，移时始定"。这与《太平广记》中的两则故事略同，并无新意。卷二八《半山两道人》说胡大本在半山佛王堂遇两道人，其一有一铜镜，"此名业镜，持以照人，可知终身贵贱寿夭"。与《太平广记》卷三八八《齐君房》一脉相承，亦无新意。卷一八《上饶徐氏女》说上饶徐氏有二女，长女出嫁，遇疾将终，遗言留其镜与妹。妹得镜归家，照镜，见姐于镜中相唤，便涂粉更衣欲随之去，装毕就枕，顷刻而亡。

总之，唐代的镜子故事很多，而且其中多有佳作，宋代主要因袭唐代，并无明显创新。

再说元、明、清三代。

元、明、清三代有关镜子的神奇故事也很多，这里只捡元杂剧《锁魔镜》，明代神魔小说《西游记》、《封神演义》等，及清代小说《红楼梦》和《聊斋志异》中的有关内容略加讨论。

元代无名氏杂剧《锁魔镜》的全称为《二郎神醉射锁魔镜》，共五折。其第一折说道，二郎神（须注意，此剧中之二郎神姓赵名昱，不是《西游记》和

《封神演义》中的杨戬）奉玉帝敕令镇守西川，经过玉结连环寨，拜访哪吒三太子。二人以兄弟相称。二人饮酒，并乘兴演武射箭。因二郎神喝醉，箭射天狱。天狱"有三面镜子，一面是照妖镜，一面是锁魔镜，一面是驱邪镜。三面镜子，锁着数洞魔君"。二郎神射破的是锁魔镜，逃出两洞妖魔：九首牛魔罗王、金晴百眼鬼。第二折，二郎神与哪吒奉命统领天兵捉拿两洞魔君。第三折，二神追赶并拿住二魔。第四折，探子倒叙二郎神与哪吒大战二魔君实况。第五折，两洞魔君被重新押回锁魔镜受罪。

在这个故事中，天狱中的三面宝镜各具功能。照妖镜和驱邪镜的功能在元代以前的故事中已有充分描述，而锁魔功能则是其引申和发挥。有关这个剧本与密教关系的问题，此处从略。这里只着重强调：以前的中国镜子故事中，古镜也好宝镜也好，不管多么神异，都是人间物品，而此杂剧中的宝镜却是天上物品。这一变化的发生，大约是由印度佛教传说促成，即如《智度论》所说的天帝以大镜照临天下，察人善恶。

鲁迅先生在《中国小说史略》中将明代小说分为"讲史""神魔""人情"和"拟宋市人小说"四种，可见，神魔小说在明代小说中是占有重要地位的。这些神魔小说中有不少都有关于镜子的故事情节。

在明代小说集成《四游记》中，《南游记》（《华光天王传》）提到镜子故事最多。例如，其第一回《玉帝起赛宝通明会》说："又有阎王天子献上孽镜一面，奏曰：'臣此宝善恶莫逃，三界如有隐逆过恶者，提起孽镜，善恶分明，前可照一万年过去，后可照一万年未来。邪魔鬼怪若见此宝，脚酸手软，气化形消。'"此所谓"孽镜"为阎王所持有，而这里的阎王被称为"天子"，与元杂剧《锁魔镜》中的"天狱"似有联系，亦似与佛教天帝镜的传说有关。第五回《华光闹天宫烧南天宝德关》说，华光的师父火炎王光佛给了华光一串佛珠，并说："你若上天，他用照妖镜亦照你不出，只说你是佛家子弟。"这里的"照妖镜"是在天上。与第十回相印证，此镜设在南天宝德关（俗说南天门）。第五回还说，北极驱邪院有"梭婆镜"，华光打破梭婆镜，被镜所镇的二鬼金晴百眼鬼和吉芝陀圣母得以逃往下界。这与元杂剧《锁魔镜》的情节有些相似。说明这里的"梭婆镜"就是"锁魔镜"，二者音相近，而"梭婆"二字更具神秘色彩，带有梵味。第八回《华光在萧家庄投胎》说，龙瑞王"用遮镜遮了千里眼"。又出了一个叫作"遮镜"的法宝。第十七回《华光三下酆都》说酆都王有照妖镜。则可知，明代传说中不仅天上有照妖镜，地下也有照妖镜。

《四游记》中的《北游记》（《北方真武祖师玄天上帝出身传》）中亦有镜子故事。其第二十一回《祖师过太保山降邪》开头有这样一段：

> 却说祖师离了龙门洞，又到紫清洞。有一妖姓副名应，把住去路。腰间有一法宝，名照魔镜，若抛起一烁，人自然头目昏花。祖师正同众人前行，那副应当头拦住去路。众将各执器械捉他，副应一见，抛起照妖镜，众将忽觉头目昏花。祖师大惊，亲自杀出，妖又用镜，祖师即将剑自南方一指，指出丙丁火炼其镜，不能用，被祖师向前捉住。

这里的"照魔镜"（亦作"照妖镜"）故事与以前所见的不同：以前是正面人物才有照妖镜，其用途是照妖，而这里的照妖镜反被妖魔所用，用以照人（神）。第二十四回《祖师收得雷电神》，雷神将"雷电镜二面"交朱佩娘收管，并说："我要打人，你先放电光，照得明白。"后来玉帝封朱佩娘为"雷部电母"。大概与《西游记》第八十七回所说的"闪电娘子"是一回事。总之，明代有若干记载说民间传说中的闪电神是个女性，手持两面镜子（参见宗力等《中国民间诸神》第74页，河北人民出版社，1986年）。

《四游记》中的《西游记》相传为杨志和编，其中未有宝镜故事。但吴承恩的《西游记》第五十七和六十一回，都讲到照妖镜，而与其他书中说法不同的是，这面照妖镜为李天王所有。《封神演义》第五回说云中子有"照妖剑"，第六十三回又说云中子有"照妖鉴"。

正如鲁迅所说，明代神魔小说的产生是儒佛道三教"互相容受"的结果（《中国小说史略》第十六篇），佛道二教对于这类小说的影响是处处可见的，而其中关于镜子的故事也不能例外。上面的例子足以证明。

到了清代，小说中的有关故事仍然很多，下面仅举二例。

《聊斋志异》卷七有《镜听》一则，说一妇人"窃于除夜以镜听卜"，后应验。镜子本来是用来看的，这里却说用于听。我们前文已提到镜子的占卜功能，至于以镜听卜，亦由来尚矣。宋人朱弁《曲洧旧闻》卷九记曰："《王建集》有《镜听词》，谓怀镜于通衢间，听往来之言，以占休咎。"可知，唐代即有以镜听卜之事。清褚人获《坚瓠补集》卷三《镜听咒》说：《贾子说林》有《镜听咒》曰：'并光类俪，终逢协吉。'法以锦囊盛古镜，向灶神，勿令人见，双手捧镜，诵咒七遍，出听人言，以定吉凶。又，闭目信足走七步，开眼照镜，随其所照，以合人言，无不验也。又，王建有《镜听词》：'重重摩挲嫁时镜，夫婿远行凭镜听。'今听识者，祷于灶神，以杓投釜中，随杓柄所向，执镜而往，谓之'响卜'，即镜听也。"这说明，直到清代民间还有听镜占卜的习俗。其中所谓"镜听咒"，似与唐代所译密教典籍中"咒镜"有关。

《红楼梦》中有一宝镜故事，十分精彩，那就是著名的"风月宝鉴"。其第十二回《王熙凤毒设相思局，贾天祥正照风月鉴》说，贾瑞病重，一道士来送他一面镜子，镜背有"风月宝鉴"四字。道士说这是"太虚幻境空灵殿上，警幻仙子所制，专治邪思妄动之症，有济世保生之功"。并嘱咐只照背面，万不可照正面。贾瑞见反面有一骷髅，遂照正面，见到凤姐在里面招他，便"荡悠悠觉得进了镜子"，与凤姐云雨。如此数次，终于丧命。在这个故事里，这个风月宝鉴是由道士送来，因此它与道教有关。但我们还注意到，曹雪芹在《红楼梦》里已将三教融为一体，书中时常出现的跛足道人和癞头和尚已是一而二、二而一的象征和符号，所以，故事中当贾瑞见到道人时呼他为"菩萨"。而且，风月宝鉴所代表的仍然如太虚幻境一般，是世界的虚幻、人生的缥缈，也正是佛教思想的核心。前文说过，镜子是佛教的"十喻"之一，风月宝鉴正是得到了"镜喻"的启发，是其引申，是其诠解，是其高度的艺术化，或可说是比喻之比喻。中国的镜子故事至此而达到了空前的艺术境界。

二、关于中国龙王龙女故事的补充

中国上古时代就有了关于龙的传说，可以说，龙是中国的土产。但是，在印度故事，主要是佛经故事传入中国以后，印度古代关于那伽的故事也传入中国，并对中国文学作品中的龙的形象发生影响，于是唐代出现了《柳毅传》这样脍炙人口的龙王龙女传奇。

中国龙王龙女故事在唐代兴盛一时，以后历代都有创作和改编，虽然仍绵绵不绝，但能与唐人传奇相提并论的实在是寥若晨星。尽管如此，中国文学史上还是有一个相当庞大的龙王龙女故事系列。在这一系列中，唐代的故事最为绚丽，也为后世的创作提供了典范。

中外学者们对龙王龙女故事与印度文学的关涉早有研究，而且有些意见已成定论。季羡林先生在《印度文学在中国》(《中印文化关系史论文集》，三联出版社，1982年)一文中指出：

龙这个东西，中国古代也有的。有名的典故"叶公好龙"可以为证。但是龙究竟是一个什么东西呢？谁也没有看到过，谁也说不清。……但是自从佛教传入后，中译佛经里面的"龙"字实际上是梵文Naga的翻译。Naga的意思是"蛇"。因此，我们也就可以说，佛教传入以后，"龙"的含义变了。佛经里，以及唐代传奇文里的"龙王"就是梵文Nagaraja，Nagaraj或Nagarajan的翻译。这东西不是本国产的，而是由印度输入的。

龙王和龙女的故事在唐代颇为流行，譬如柳宗元的《谪龙说》，沈亚之的《湘中怨》，以及《震泽龙女传》等等都是。其中最著名的最为人所称道的是李朝威的《柳毅传》。不管这些故事多么像是中国的故事，多么充满了中国的人情味，从这种故事的本质来说，它们总还是印度货色。

季先生的这两段话说得很明确，既肯定了龙是中国的旧物，也指出了龙王龙女这一文学形象产生的印度渊源。

1984年，阎云翔先生的硕士论文《论印度那伽故事对中国龙王龙女故事的影响》（见郁龙余编：《中印文学关系源流》，湖南文艺出版社，1987年）又在前人的基础上作了过细的研究。这篇论文充分关注了中外学者的研究成果，占有了相当丰富翔实的资料，次第分明地论述了印度那伽故事对中国龙王龙女故事的影响。他首先列出中外学者的一些具有代表意义的观点，然后从四个方面概括论证了这一影响的确实存在；进而他又将印度那伽故事分为八类，将中国龙王龙女故事分为五类，通过具体分析，认为中国龙王龙女故事中有四个类型是受印度故事影响而产生的；同时，他还对印度那伽故事中国化的过程作了深入探讨，也指出了中国人在吸收和创作过程中对印度那伽故事类型、主题思想的选择（吸收和摒弃）。总的说，他的论证有理有力，只是个别处还值得商榷。

阎先生在文中所列的印度那伽故事的八个类型是：

（1）降服那伽王

（2）感恩的那伽女

（3）那伽女与人婚配

（4）淘海取宝

（5）祈雨行雨

（6）那伽王护法佑佛

（7）修道的那伽

（8）金翅鸟与那伽

中国龙王龙女故事的五个类型是：

（1）感恩的龙女

（2）龙女与凡人婚配

（3）张羽煮海

（4）祈雨行雨

（5）龙王龙女助人

闫先生说："中国龙王龙女故事的（1）、（2）、（3）、（4）类型与印度那伽故事的（2）、（3）、（4）、（5）类型非常相似。"并在下文作了分析。他认为类似于那伽故事第（1）类型的故事，中国也有很多，如李冰斗龙等，但"它们的产生时间早，内容上缺乏明显的印度影响痕迹，故事中的龙仍是未曾人格化的动物神，所以可以判定这类故事是未受那伽故事影响，独立产生和发展的"。他还说："那伽王护法佑佛、修道的那伽、金翅鸟与那伽三个故事类型，在汉译佛经中占有重要位置，但在龙王龙女故事中了无痕迹，是为中国人摒弃的因素。"

对此，笔者有不同意见，故补充一些资料，以说明以下四个问题：（一）中国降服龙王故事中有印度影响的因素；（二）中国人并未完全摒弃"那伽王护法佑佛"的故事类型；（三）《白蛇传》与"修道的那伽"；（四）"金翅鸟与那伽"类型的故事在中国民间故事中大量存在。

（一）中国的降龙故事

《太平广记》卷一四《许真君》（出《十二真君传》）有这样一段故事：

后于豫章，遇一少年。容仪修整，自称慎郎。许君与之谈语，知非人类。指顾之间，少年告去。真君谓门人曰："适来年少，乃是蛟蜃之精。吾念江西累为洪水所害，若非翦戮，恐致逃遁。"蜃精知真君识之，潜于龙沙洲北，化为黄牛。真君以道眼遥观，谓弟子施大王曰："彼之精怪，化作黄牛。我今化其身为黑牛，仍以手中挂膊，将以认之。汝见牛奔斗，当以剑截彼。"真君乃化身而去。俄顷，果见黑牛奔趁黄牛而来。大王以剑挥牛，中其左股，因投入城西井中。许君所化黑牛，趁后亦入井内。其蜃精复从此井奔走，径归潭州，却化为人。先是，蜃精化为美少年，聪明爽俊，而又富于宝货。知潭州刺史贾玉，有女端丽，欲求贵婿以匹之。蜃精乃广用财宝，略遗贾公亲近，遂获为伉俪焉。……至是蜃精一身空归，且云被盗所伤，举家叹惋之际，典客者报云：有道流姓许字敬之，求见使君。贾公遽见之。真君谓贾公曰："闻君有贵婿，略请见之。"贾公乃命慎郎出与道流相见。慎郎怖畏，托病潜藏。真君厉声而言曰："此是江湖害物，蛟蜃老魅，焉敢遁形！"于是蜃精复变本形，宛转堂下，寻为吏兵所杀。

这个故事里所说的蛟蜃，是龙的一种，因此可以认为这是一则龙的故事。许真君诛杀蜃精，也就属于降龙、斩龙故事。故事里，蜃精有两个突出特点：一化为美少年，二是拥有众多财宝。根据阎先生论文中的论述，这两个特点都是印度那伽故事传入以后才出现于中国故事当中的，因此，这个故事中已具有印度影响的因素。另外，许真君化为黑牛追杀蜃精的情节也使我们联想到佛和佛弟子与外道及恶魔斗法的故事，很难说这一情节不是受佛经故事的影响。

《艺文类聚》卷九六引《抱朴子》曰："外国方士能神咒者，临川禹步吹气，龙即浮出。初出乃长数丈，方士吹之，一吹龙辄一缩，至长数寸，乃取着壶中，以少水养之。"（《太平广记》卷四一八《甘宗》亦引此故事）这里的外国方士很可能是指印度人。佛经里有不少关于释迦牟尼及其弟子降龙的传说故事，玄奘在《大唐西域记》中也曾结合他对佛迹的巡礼而讲述了若干。其中往往有收服龙，而将其纳入钵中或筒中的例子。

除了以上两例以外，这种受印度影响，或者说受佛教影响的降龙、屠龙故事在后世也并不罕见。明代的神魔小说中就有很明显很著名的例子。如，《封神演义》中哪吒闹海制服龙王龙子的故事，《西游记》中魏徵梦中斩老龙和观音菩萨将小龙变为白马的故事等，都可以算作这一类，已不用细说。

汉族民间故事《鞭击五龙》（《民间文学》1981年第2期）、《张三丰降蛟》、《张三丰宝幢镇孽龙》（《云南民族民间故事选》，云南人民出版社，1960年）等等，也都属于这一类。在中国少数民族的民间故事中，这一类型的故事还有许多，今举数例：

《黎族民间故事集》（花城出版社，1982年）中有《擒龙》，《水族民间故事》（贵州人民出版社，1984年）中有《端节降龙》，《壮族民间故事选》（广西人民出版社，1982年）中有《特甘训蛰龙》，《京族民间故事选》（中国民间文艺出版社，1984年）中有《珠子降龙》，《傈僳族民间故事》（云南人民出版社，1984年）中有《天地和人的来历·射太阳月亮》和《鱼姑娘》，《仫佬族民间故事》（漓江人民出版社，1982年）中有《凤凰山和鬼龙潭》和《北岭覆钟》，《布依族民间故事》（贵州人民出版社，1981年）中有《黄龙桃》和《苦儿根》，《白族民间古诗传说集》（中国民间文艺出版社，1982年）中有《蝴蝶泉》和《蛇骨塔》，傣族民间故事《九隆王》、回族民间故事《插龙牌》（《云南民族民间故事选》，云南人民出版社，1960年），等等，还有很多。

（二）中国的"那伽王护法佑佛"故事

"那伽王护法佑佛"的例子以释迦太子出生时有那伽王出现最有代表性。

在上一篇的第三节《读〈拾遗记〉杂谈》中，已经谈到《拾遗记》卷三"孔子出生"的故事和《汉武帝内传》中汉武出生的故事，都受到佛传故事中释迦牟尼降生故事的影响，现在则须进一步指出：孔子和汉武帝出生时，都与龙有关，与"那伽王护法佑佛"有关。

汉武帝是"真龙天子"，其出生与龙有关不足为奇，但值得注意的是，其出生时，"有赤龙如雾，来蔽户牖"，又"见赤龙盘回栋间"，这情景与如来出生时有龙在其周围遮蔽保护是一样的。同样，孔子出生之前，"有二苍龙自天而下，来附徵在之房"，又"有二神女，擎香露于空中而来，以沐浴徵在"。这一细节与如来出生时有二龙吐温凉水为太子沐浴相似。

在佛传故事中，那伽王是作为护法佑佛的使者而出现的。而在孔子和汉武帝出生故事中，龙是以保护神和吉祥物的身份出现的。两者的作用也很相似。因此，通过这两个例子可以知道，中国人在创作自己的故事时，并没有完全排除"那伽王护法佑佛"这一类型，而是做了巧妙的移植，把那伽王护法佑佛变成了龙护儒佑圣。

元无名氏《湖海新闻夷坚续志》前集卷一《龙章五色》中说，宋武帝刘寄奴出生时，祥光灿烂；其微时在寺，有五色龙章；其居处之上常有二小龙如附翼状。

这样的例子也并非仅有这么两三个，类似的情况还出现于《西游记》的故事当中。《西游记》中的白马是龙变的，这条龙是作为唐三藏的坐骑护送唐僧到西天取经的，当唐僧有难时，它偶尔也现为龙形出来与妖怪斗法，也起到了护法佑僧的作用。因此，这一情节也可以证明中国人并未完全摒弃"那伽王护法佑佛"的类型。

再举一例。第五世达赖喇嘛所写的《西藏王臣记》（民族出版社，1983年）第十五节根据《麒麟宝册》（朗族的族谱），写出了这样一段话："芒冻达赞同王妃来到神山之顶，看见那长着青蓝头发的婴孩，头顶上白气缭绕着，苍龙吐水沐浴婴孩，母狮在哺乳，鹫鸟展翅作覆蔽，有许多野兽围绕着，五彩虹霓交织成的薄幕笼罩着。"这一故事在很大程度上模仿了释迦太子出生的故事，但也表现出藏族的民族风格。这个例子也能说明中国人对"那伽王护法佑佛"故事类型的吸收与改造。

（三）《白蛇传》与"修道的那伽"

"修道的那伽"这一故事类型在中国的龙王龙女故事中的确不多见。但蛇修炼成女身与人结合的故事却有其特别著名的代表，那就是《白蛇传》。《白蛇传》有多种版本流传。总的说，《白蛇传》的故事受佛教影响很大。从思想上说，有佛教轮回转世、因果报应思想的影响（如，说许仙前世为牧童，救过一小蛇，千年后，牧童转生为许仙，而小蛇修炼成白娘子）；从情节上说，佛教僧人在故事里起着重要作用，成为矛盾冲突和情节发展的关键。

更应当注意的是，白娘子虽然是蛇精，实际上如同印度的那伽女，因为印度的"那伽"本意即是蛇。更何况，在有的版本中，则干脆就说她在喝了雄黄酒以后现原形为白龙（《金山民间传说》，江苏人民出版社，1980年）。而且，从白娘子能够"水漫金山"，调动水族与法海斗法的情节看，也表现出她所具有的龙的特征。若不是龙，便不能做出这样惊天动地的事业。白娘子之所以能够由蛇化为人形，是修炼的结果。而且，白娘子开药店治病救人，也是在积累功德，是一种修炼。因此，可以说《白蛇传》的故事受有印度"修道的那伽"故事类型的影响。

此外，笔记小说中偶尔也能看到属于这一类型的故事。如元代无名氏《湖海新闻夷坚续志》后集卷二有一则《大蛇受戒》的故事，言一大蛇听经，死后骨头变为舍利。

（四）"金翅鸟与那伽"故事的若干变体

如阎文所说，金翅鸟与那伽类型的故事早在《齐书》中就已经出现，在后来的小说《说岳全传》的开头部分也出现过。

但问题是，这一类型的故事并不是"最终还是被摒弃于外"，而是在民间广有传播。下面试举数例。

《太平广记》卷四六〇《邺郡人》（出《宣室志》）：

> 薛嵩镇魏时，邺郡人有好育鹰隼者。一日，有人持鹰来，告于邺人，人遂市之。其鹰甚神俊，邺人家所育鹰隼即多，皆莫能比。常臂以玩，不去手。后有东夷人见者，请以缯百余段为直。曰："吾方念此，不知其所用。"其人曰："此海鹆也，善辟蛟螭患。君宜于邺城南放之，可以见其用矣。"先是，邺城南陂，蛟常为人患，郡民苦之有年矣。邺人遂持往。海鹆忽投陂水中，倾之乃出，得一小蛟。既出，食之且尽。自是，邺民免其患。有告于嵩，乃命邺人讯其事，邺人遂以海鹆献焉。

这则小故事的核心，乃是鹰食蛟。虽然作者写得像真人真事，但无疑是虚构。这一故事的核心，显然是受佛经有关传说的启发而产生。也就是说，鹰食蛟即是金翅鸟食那伽的变体。

在中国少数民族的民间故事中，还有许多相似的例子：

《布依族民间故事》（版本同前，以下各书亦是）中的《铜鼓的传说》，讲布依族孤儿古杰与龙女恋爱结婚，古杰将去拜见龙王岳父，小两口下到第七层海，这里是火海，有一群凤凰在火焰上飞，古杰射下了两只凤凰作为给岳父的见面礼。这一情节在故事中比较重要，成为龙王承认古杰为婿的首要条件。仍如阎文所说，这里的凤凰当是由金翅鸟演化而来。

《仫佬族民间故事》中的《凤凰山和鬼龙潭》说：黑龙经常出潭兴风作浪，百姓受尽苦难，都在怀念金凤凰。一天，金凤凰飞来了，变成了一个美丽的姑娘。她要求百姓不要怕，要与黑龙斗争。于是她一马当先，以羽毛为剑，冲进龙宫，经过殊死搏斗，终于杀死黑龙。同上一则一样，这个故事也显示出龙与凤凰的敌对关系，所不同的是，讲故事的人所站的立场恰好相反。

《傈僳族民间故事》中的《嘎士比叶和灰雁姑娘》说：勇敢的孤儿嘎士比叶在一次打猎时看到一只灰雁被青蛇咬住，孤儿杀死了青蛇救下了灰雁。灰雁原来是天上的仙女，不小心被蛇咬住。后来仙女来与孤儿成了亲。这个故事的立场也不同。

《傈僳族民间故事》中的《石马》说：有一个孤儿到山上打猎，看见一只老鹳捉住了一条小蛇高高地飞起，孤儿追上去用箭射中老鹳的嘴，救下了小蛇。小蛇原来是龙公主，她变成了美丽的少女带孤儿到龙王的宫殿里去接受报答。这个故事里，金翅鸟变异为老鹳。

《京族民间故事选》中的《石生》说：勇敢的小伙子石生下到乌鸦精的洞里救国王的女儿，他打败乌鸦精，救出了公主，同时还救出了被乌鸦精捉到洞里的龙子，龙子帮助他从地泉出洞，并带到水晶宫去接受报答。这个故事里，金翅鸟又演化为乌鸦精。

《水族民间故事》中的《岩鹰下蛋》说：在怒尤地方有个大潭，潭里的两条恶龙时常出来作怪。好心人拱羡殷有一个打猎用的大岩鹰，它专门找恶龙搏斗。一次，岩鹰奋力与两条恶龙搏斗了七天七夜，终于打败恶龙。后来，拱羡殷就让岩鹰一直守在那里，镇住了恶龙。这个故事里，代替金翅鸟的是岩鹰。

《黎族民间故事集》中的《勇敢的打拖》说：从前有一只老鹰精，法术很大，但非常残暴，专抢美女做老婆。有一天，老鹰精出来抢亲，被打拖射伤。打拖追到老鹰精的洞里，救出了十多个美女，还救出了被抢去的龙女。

藏族民间故事集《泽玛姬》（中国民间文艺出版社，1982年）中的《龙女》说：有三兄弟，一次，老三看见一只巨大的老雕抓起一个小动物飞起，便抛物击中老雕，救下了被老雕抓住的一条小蛇。这条小蛇是个龙女，后来与老三结婚。

《白族民间故事》（云南人民出版社，1982年）中的《龙肝》说：王老二上山打柴，发现一群乌鸦在啄一条小蛇，他便救下了遍体鳞伤的小蛇，并养活它。后来小蛇长大，变成了白龙。

纳西族摩梭人的传说《月其嘎儿》（《云南民族民间故事选》）中，月其嘎儿是神鸟。因为龙王鲁帕斯腊故意不下雨，迫害百姓生灵，并对抗天神，天神便派月其嘎儿去制服龙王。经过大战，神鸟将龙王啄出海面，使之行雨。

这些例子，我们不敢说都是"金翅鸟与那伽"故事的变体。因为我们还注意到这样的事实：即自然界里，鹰本来就是蛇的天敌。印度古人已知道这一点，所以才编织出金翅鸟与那伽的故事。中国古人难道就不知道这一点吗？显然也是知道的。那么，为什么一定要说这些故事是受了印度故事的影响呢？问题的关键是，龙王龙女的形象是龙（蛇）被人格化的结果。而这恰恰是印度古人的创造。中国古人虽然有龙的概念，但在这一点上是受了古代印度人的影响。对此，阎先生在论文中有很好的论述。另外，流传以上这些故事的民族，都或深或浅，或直接或间接地受到佛教影响，所以这些故事受"金翅鸟与那伽"故事影响的可能性是极大的。其中多数都可说是"金翅鸟与那伽"的变体。

再举一个明显的例子。白族有一个《金鸡和黑龙》（《山茶》1981年第4期）的传说，主要情节是：从前，金鸡山下的江中有一黑龙。黑龙想用两座山堵住江水，金鸡劝之以理，黑龙不听。双方开始大战，最后是黑龙战败。而金鸡则胜利飞翔，一直飞到大理，落在三塔寺顶，以永镇恶龙。

在这个故事里，金鸡与黑龙作战的描述，如同唐代《降魔变文》中佛弟子舍利弗与六师斗法的场面；而这一变文，又是根据佛经故事写成的。故事中的金鸡则是从金翅鸟演变来的。其中提到大理的三塔，又称"崇圣寺三塔"，明代谢肇淛曾经这样写道："崇圣寺三塔，中者高三十丈，外方内空，其二差小，如铸金为金翅鹏立其上，以厌龙也。"（《滇略》）王昶在《金石萃编》的《跋》中也说："三塔……如铸金为顶，顶有金鹏。世传龙性敬塔畏鹏，大理旧为龙泽，故以此镇之。"

在这一节里，我们所举的例子虽然都不属于唐代的作品，但应当说，正是唐代佛教的鼎盛才有唐代龙王龙女故事的发达，也正是由于唐代龙王龙女故事的发达才有后来这若干故事的继续。

三、中印鹦鹉故事因缘

在唐人的小说中，有几篇鹦鹉故事很值得注意，现在拿来讨论一下。但在讨论之前，需要先回顾一下鹦鹉在中国唐代以前文献中，特别是在文学作品中的情况，并借此说明中国古人在观念上的变化。而在讨论了唐代小说中的鹦鹉故事之后，还要顺流而下，看看后世所出现的鹦鹉故事与印度有何关系。因此，本节文字分为以下三个部分：（一）唐代以前的鹦鹉故事；（二）唐代的鹦鹉故事；（三）唐代以后的鹦鹉故事。

（一）唐代以前的鹦鹉故事

鹦鹉，在先秦的文学作品中极少出现。《诗经》三百篇，从首篇开始，提到鸟类大约不下二十种，但没有鹦鹉。

《礼记·曲礼》上曰："鹦鹉能言，不离飞鸟；猩猩能言，不离禽兽。今人而无礼，虽能言，不亦禽兽之心乎？"这里提到"鹦鹉能言"，说明，先秦时代的人们已经知道训练鹦鹉说话。但即便能言，鹦鹉与人的界限也是截然分明、不容混淆的。这代表了先秦人对鹦鹉的认识。

《艺文类聚》卷九一引《淮南子》曰："鹦鹉能言，而不可使长言，是得其所言，不得所以言。"意在指出，鹦鹉之言与人言是全然不同的，鹦鹉因为没有思维而不知其所言，也不可能长言。这是汉代人的认识。

汉代以来，由于中国与西域的交往日益增多，不时有海外和西域人来"进贡"，而贡物中时常有鹦鹉。所以，后汉至南北朝时期，文人为鹦鹉作赋的情况很多（仅《艺文类聚》卷九一所征引的就有十五篇之多），而且在其赋中往往提到外国鹦鹉或外国进贡的鹦鹉。如《文选》卷一三有东汉祢衡《鹦鹉赋》，言曰："惟西域之灵鸟兮，挺自然之奇姿。"这说明西域来的鹦鹉在后汉时即已驰名。尽管文中没有明确指出其产地，而含糊地提到"陇坻"、"昆仑"、"流沙"，但印度是包括在西域之内的，当时很可能已有印度鹦鹉输入中国。《宋书》卷九七则更具体地记载道：元嘉五年（428年），天竺迦毗黎国国王月爱遣使"奉献金刚指环、摩勒金环、赤白鹦鹉各一头。"则可知，至迟到此时，印度鹦鹉已来到中国。当时，鹦鹉是皇家的一大宠物，很受皇帝重视。据《宋书》卷八五《谢庄传》，元嘉二十九年（452年），皇帝曾因南平王献赤鹦鹉而"普诏群臣为赋"。印度鹦鹉来华，也必然受到皇帝的优遇，引起士大夫的兴趣。这不仅为中国鹦鹉故事的产生奠定了基础，而且也使中国鹦鹉故事从一开始就与印度实物发生关联。

印度是盛产鹦鹉的地方，同时也是盛产故事的国度。由于"万物有灵论"的长期影响和强烈的宗教意识，印度民间故事中的鹦鹉很早就具有思维能力，不仅能与人沟通，与人对话，还能进行逻辑判断和情感交流，甚至还能化为人形。印度佛教文学作品中的鹦鹉也是一样。如佛本生故事中，菩萨就曾数度转生为鹦鹉。随着佛经的翻译和传入，佛经中的鹦鹉故事也传到了中国。

既有从印度传来的实物，又有从印度传来的故事，中国的鹦鹉故事便有了与印度故事发生关系的坚实基础。

事实正是如此，佛经故事的确对中国鹦鹉故事发生了影响。其最明显的例子就是著名的《鹦鹉救火》。《艺文类聚》卷九一引《宣验记》曰：

> 有鹦鹉飞集他山，山中禽兽，辄相爱重。鹦鹉自念："虽乐，不可久也。"便去。后数月，山中大火。鹦鹉遥见，便入水沾羽，飞而洒

之。天神言："汝虽有志意，何足云也！"对曰："虽知不能救，然尝侨居是山，禽兽行善，皆为兄弟，不忍见耳。"天神嘉感，即为灭火。

季羡林先生早就指出：同样的故事，在元魏吉迦夜共昙曜译的《杂宝藏经》一三和吴康僧会译的《旧杂譬喻经》二三中都有，"《宣验记》其实是抄袭了《旧杂譬喻经》，只是把一些字句润饰得更加简炼而已。"他还进一步指出，这个故事还有一个变体，也见于《宣验记》，只是把主角鹦鹉变成了雉，其来源是《大智度论》卷一六。这个故事到《宣验记》还不算完，后世仍然流传，又出现于清代周亮工《栎园书影》卷二和《鲁迅全集》卷五所收瞿秋白的《王道诗话》中。（《中印文化关系史论文集》第124~125页，三联书店，1982年）在《鹦鹉救火》这个故事里，我们看到了鹦鹉所具有的思维、意志和情感，除了形体尚属鸟类以外，它的博爱情怀完全是一副菩萨心肠。

如果说《鹦鹉救火》的故事只是抄袭的话，那么，《艺文类聚》同卷所引的另一故事则是有所发明创造（出《异苑》，《太平广记》卷四六〇亦引）：

张华有白鹦鹉。华每出行还，辄说童仆善恶。后寂无言，华问其故，鸟云："见藏瓮中，何由得知？"公复在外，令唤鹦鹉，鹦鹉曰："昨夜梦恶，不宜出户。"公犹强之。至庭，为鹞所搏，教其啄鹞脚，仅而获免。

在这个诙谐的故事里，说张华养有鹦鹉，也许是因为他以博物著称。而故事的实际产生时间，应当也在刘宋时代，与《宣验记》大体同时。这里的鹦鹉已经如佛经中的鹦鹉一样，具备了思维、记忆、叙事、对话等能力，而且能够像人一样做梦，甚至其梦会立即应验。鹦鹉告童仆的状，尽管我们现在还不能指出这一情节是模仿了哪一个佛经故事，但联想到佛经中的故事，使我们感到，《张华白鹦鹉》的创作一定是受了佛经故事的启发。下面举几则佛经故事：

（1）《杂宝藏经》第九五有一则"鹦鹉谏王"故事（亦见于《鹦鹉谏王经》）。言一鹦鹉王从行路人那里得知国王无道，便想：我虽是鸟，但尚知道是非，人类国王如经我以善道相劝，想必也能痛改前非。于是它飞到国王的花园，遇国王夫人游园，便向国王夫人谴责国王无道。国王夫人怒，命人捉拿，鹦鹉并不逃走。见到国王，鹦鹉又历数其七大恶行，国王果然惭愧，接受劝导，并奉鹦鹉为国师。

这个故事讲的是鹦鹉揭露国王的恶行，与揭露童仆的恶行有共同点。

（2）《杂宝藏经》第三六曰："过去久远，波罗奈国有王名梵摩达，作制断杀。时有猎师，著仙人服，杀诸鹿鸟，人无知者。有吉利鸟，语诸人言：此人大恶，虽著仙人衣，实是猎师，常行杀害，而人不知。众人皆信吉利鸟，实如其言。"

这里是讲吉利鸟揭露猎人违法捕猎，虽非鹦鹉，却也有异曲同工之妙。

（3）《佛本生故事选》（人民文学出版社，1985年）中有一《罗达本生》。言一婆罗门养有两只鹦鹉，大的叫罗达，小的叫波特巴德。婆罗门爱之如子。婆罗门出外经商，让两只鹦鹉留心他妻子的行为，看她是否与男人来往。婆罗门走后，其妻子便放荡起来。波特巴德看不过去，就谴责婆罗门妻子的行为，结果是遭到她的忌恨而被诱杀。罗达保持沉默，保全了生命。婆罗门回来，罗达以偈向他暗示波特巴德因说实话被杀，然后便离家飞走了。

这个故事虽然主旨在于宣扬明哲保身，但也有鹦鹉监视并揭发恶行的情节。还需要说明，我们虽然没有看到这个故事的早期汉译本，但它有可能通过各种途径传入中国。

《幽明录》卷三还有一则有趣的故事，为各家类书所广引。这虽不是一则鹦鹉故事，而是一则八哥（鸲鹆）故事，但说的也是鸟学人语，且很风趣。大抵也与佛经故事有关。

（二）唐代的鹦鹉故事

《太平广记》卷四六〇《雪衣女》（出《谭宾录》）：

> 天宝中，岭南献白鹦鹉，养之宫中。岁久，颇甚聪慧，洞晓言词。上及贵妃皆呼为"雪衣女"。性既驯扰，常纵其饮啄飞鸣，然不离屏帏间。上命以近代词臣篇咏，授之数遍，便可讽诵。上每与嫔妃及诸王博戏，上稍胜，左右呼雪衣女，必飞局中鼓翼以乱之，或啄嫔御及诸王手，使不能争道。一旦，飞于贵妃镜台上，语曰："雪衣女昨夜梦为鸷所搏，将尽于此乎？"上令贵妃授以《多心经》，自后授记精熟，昼夜不息，若惧祸难有祈禳者。上与贵妃出游别殿，贵妃置鹦鹉于步辇上，与之同去。既至，命从官校猎于前。鹦鹉方嬉戏殿槛上，瞥有鹰至，搏之而毙。上与贵妃叹息久之，遂命瘗于苑中，立鹦鹉冢。

> 开元中，宫中有五色鹦鹉，能言而慧。上令左右试牵御衣，辄瞋目叱之。岐王文学熊延景因献《鹦鹉篇》，上以示群臣焉。

这里讲述了两个鹦鹉的故事：一个白鹦鹉，一个五色鹦鹉。

先说第一个。其中有几个情节值得注意：①白鹦鹉在明皇博戏将输时乱局的情节，很像《酉阳杂俎》前集卷一所记杨贵妃在唐明皇围棋将输之际纵康国猧子乱局的故事。②鹦鹉说梦并为鹯所搏的情节，显然是张华白鹦鹉故事的改编。③教鹦鹉念《多心经》一节，恐怕也是受佛经故事的影响。佛经故事中，有"鹦鹉闻法"（出《金藏经》）的故事，也有"鹦鹉说法"（出《正法念经》）的故事，这些都可能成为鹦鹉念经故事的诱发因素。而且，在这一故事产生之前，甚至可能在南北朝时期，就有了鸟听佛经的传说。例如，唐代道宣《续高僧传》卷八《释僧范传》中说，一次，北齐法师僧范在邺都显义寺"冬讲"，"忽有一雁飞下，从浮图东顺行入堂，正对高座，伏地听法。讲散徐出，还顺塔西，尔乃翔逝。又于此寺夏讲，雀来，在坐西南伏听，终于九旬。又曾处济州，亦有一鸟飞来入听，讫讲便去。"④立鹦鹉冢的情节，也与佛教有关。《全唐文》卷四五三韦皋《西川鹦鹉舍利塔记》曰："前岁，有献鹦鹉鸟者，曰：此鸟声容可观，音中华夏。有河东裴氏者志，乐金仙之道，闻西方有珍禽，群嬉和鸣，演畅法音。以此鸟名载梵经，智殊常类，意佛身所化，常狎而敬之。"这段话主要说了这样几层意思：鹦鹉这种鸟，虽然是外来的，但它能说汉语；听说西方（印度）有珍禽，能演说佛法；此鸟在佛经中有记载，其智慧超出一般鸟类，想它曾是佛的化身（即佛本生故事中菩萨曾多次转生为鹦鹉），所以为人们所亲近和敬重。这就道出了唐代很多人，尤其是佛教徒和一部分文人，对鹦鹉的特殊感情和认识。这样，人们教鹦鹉念经，为它死后立冢起塔，也就不足为奇了。

再说第二个。这个故事又见于《酉阳杂俎》前集卷一六。开元年间宫中的五色鹦鹉，乃是来自印度。《册府元龟》卷九七一记，开元八年（720年）五月，南天竺国遣使献五色鹦鹉。《旧唐书》卷一九八也记："八年，南天竺国遣使献五色能言鹦鹉。"

五代王仁裕《开元天宝遗事》卷上《鹦鹉告事》的大体情节是：长安城有豪民杨崇义，其妻子刘氏有国色，与邻人李某私通。刘李谋杀崇义，埋尸枯井，还假意派童仆四出寻找，并报官，受牵连者数百人。县官至崇义家调查，架上鹦鹉忽然鸣冤，县官问其故，鹦鹉说：杀家主者，刘氏、李某也。县官遂捕刘、李下狱，具招认。府尹将案情上报朝廷，明皇惊叹久之，下令处死刘、李，封鹦鹉为绿衣使者，付后宫饲养。张说后为《绿衣使者传》，好事者传之。

　　这个故事中，鹦鹉能够举报案情，这大约是上面那则《张华白鹦鹉》故事的进一步发挥。它除了使我们联想到上面所提到的佛经故事外，还使我们联想起《佛本生经》中《大隧道本生》里的鹦鹉，它能够为智者（菩萨）刺探情报。刺探情报与举报案情，二者有相通之处。

　　《太平广记》卷二七七《天后》条（出《朝野佥载》）又有这样一个故事：

　　唐则天后梦一鹦鹉，羽毛甚伟，两翅俱折。以问宰臣，群公默然。内史狄仁杰曰："鹉者，陛下姓也；两翅折者，陛下二子，庐陵、相王也。陛下起此二子，两翅全也。"武承嗣、武三思连项皆赤。后契丹围幽州，檄朝廷曰："还我庐陵、相王来。"则天乃忆狄公之言，曰："卿曾为我占梦，今乃应矣。"

　　这个故事讲的虽然是一个梦，梦中鹦鹉的作用也不过是用以谐音，但这种以鹦鹉作为预兆的情节（《太平广记》卷二八八《调猫儿鹦鹉》，亦出《朝野佥载》，与此相似），似乎也与印度故事的影响有关。举个例子，《摩诃僧祇律》卷四讲了个鹦鹉故事：一个国王养有两只鹦鹉和一只猕猴，其中一只鹦鹉预言：猕猴长大以后将失去利养。结果真的应验了。这里说的是鹦鹉有发出预言的功能，与则天梦中的鹦鹉预兆，多少有点相似之处。

　　然而，唐代最有名、最具文学价值的鹦鹉故事是牛僧孺《玄怪录》卷二的《柳归舜传》（《太平广记》卷一八引为《柳归舜》，并说出《续玄怪录》）。文字较长，今仅据中华书局1982年程毅中先生的点校本简介其情节：吴兴柳归舜，隋开皇九年（589年），自巴陵泛舟，遇风吹至君山。登岸，寻小径，不觉行三五里。道旁有一大石，表里洞彻，圆而砥平，周匝六七亩。石中央生一树，高百余尺，有鹦鹉数千，翱翔其间。鹦鹉们相呼姓字，有名武游郎者，阿苏儿者，武仙郎者，自在先生者，踏莲露者，凤花台者，戴蝉儿者，多花子者等。诸鹦鹉各忆诵汉代歌赋、掌故。名武仙郎者问归舜姓氏排行后，说自己身为鸟类，无法款待人类，便招呼阿春。即有紫云数片，自西南飞来。去地丈余，云气渐散，遂见珠楼翠幕，重槛飞楹，周匝石际。一青衣（阿春）自户出，又有捧水晶床出者，归舜再让而坐。阿春呼凤花台鸟看客，即有一鹦鹉飞至，说它名叫凤花台，并为归舜唱诗一章。归舜问其师承，凤花台回答说，它先在仙人王丹左右一千余岁，后从女仙杜兰香学习，其后又曾师事东方朔，在汉武帝那里见过扬雄、王褒的作品；王莽之乱时到东吴，先属于朱然，后属于陆逊，遂得见陆机、陆云的作品，学习作文；陆机陆云被杀，便来到了现在这个地方，也不知当今的文学宗师是谁。归舜说，是薛道衡、江总，并诵其作品数篇。鹦鹉听后评论说："近代非不靡丽，殊少骨气。"接着阿春送来美食。归舜用毕，有二道士自空飞下，作术使归舜立返舟所。问舟人，归舜已走失三日。后来，归舜再经过君山，曾特意泊舟寻访，便再也见不到了。

这个长篇传奇很有意思，写的是柳归舜通过鹦鹉进入仙境并与鹦鹉对话的故事。故事中的鹦鹉不仅与神仙关系密切，经历了悠久的岁月，而且文学造诣很深。这篇传奇讲述的故事虽然与道教有关，但作为鹦鹉故事，显然是受到前人作品的启发，而前人的鹦鹉故事，如前所说，是受了佛经故事的影响，那么，也可以说它间接地受有佛经故事的影响。

唐代的鹦鹉故事比南北朝时期有所进步，如果说南北朝时期的鹦鹉故事还有明显的模仿痕迹，甚至公然抄袭的话，那么，唐代的这类故事则以《柳归舜传》为高峰、为代表，表现出很高的艺术性，并已完全中国化了。

（三）唐代以后的鹦鹉故事

唐代以后的鹦鹉故事也有不少，但具有较高文学价值的不多。下面试举数例。

宋人洪迈《夷坚志》卷三一有故事《天柱雉儿行》，其文如下：

> 舒州皖公山天柱寺廊下有巨碑，云：唐时崇惠禅师，卓庵山中。前有磐石，每日对之诵《法华经》。一野雉来倾听，略不动足，如是三年，不以寒暑辄废。一旦不至，试于草间求之，已立化矣。为用僧法荼毗之。夜梦雉来告云："以听经之故，得免禽身，今托身山下农家作男子。师不相忘，后三日愿访我。"及期而往，果见婴儿相顾而笑，左胁下尚存翎痕。师谓其父曰："善视之，到十岁后，教从我出家。"父如所戒。师名之曰定体，且呼为灵休侍者。又九岁，坐亡于西原，瘗塔故在。今天柱寺，乃庵基也。刹书记者，不知何时人，作《雉儿行》一篇，宣扬其事。

这个故事讲的是野雉听经并得转生为人，显然是受了佛经故事的影响。前文说过，《宣验记》中"鹦鹉灭火"和"野雉灭火"故事都出自佛经，"野雉灭火"不过是"鹦鹉灭火"的另一个版本。同样，这里的"雉儿听法"，也是"鹦鹉听法"之类故事的变种。《雉儿行》中有这样两句："蜀川鹦鹉持经法，舍利精荧满金匮。"可参见前文提到的唐代韦皋《西川鹦鹉舍利塔记》。明人李诩《戒庵老人漫笔》卷七有《鹦鹉事相同》一条，列出五则鹦鹉故事，其第五则引宋李昌龄讲述的一个鹦鹉故事（可能引自李昌龄《乐善录》），亦出于韦皋之文，可参考：

> 昔韦南康镇蜀时，有一鹦鹉，甚慧驯。养者晓以佛理曰："若欲念佛，当由有念以至无念。"即仰首奋翼，若听若承，及念佛，则默然不答。或诘其不念，则唱言"阿弥陀佛"一声，意有悟：以有念为缘生，以无念为际也。一日，不震不仆，敛翼委足，奄然而绝。焚之，有舍利。韦公为立塔瘗之，号曰鹦鹉塔。

《鹦鹉事相同》的另外四则是：

（1）唐武后畜一白鹦鹉，名"雪衣"，性灵慧，能诵《心经》一卷。

> 后爱之，贮以金丝笼，不离左右。一日戏曰："能作偈求解脱，当放出笼。"雪衣若喜跃状，须史朗吟曰："憔悴秋翎似秃衿，别来陇树岁时深。开笼若放雪衣女，常念南无观世音。"后喜，即为启笼。居数日，立化于玉球纽上。后悲恸，以紫檀作棺，葬于后苑。

此故事，不知李诩据何书录出。但显然是由唐代《雪衣女》故事演化而来。

（2）宋高宗宫中养鹦鹉数百，皆能言语。

> 高宗一日问之曰："思乡否？"鹦鹉曰："思乡。"遂遣中贵送还陇山。后数年，有使臣过陇山，鹦鹉问曰："相公何处来？"使臣曰："自杭州来。"鹦鹉曰："上皇安否？"使臣曰："上皇崩矣。"鹦鹉闻之，皆悲鸣不已。使臣赋诗曰："陇口山深草树荒，行人到此断肝肠。耳边不忍听鹦鹉，犹在枝头说上皇。"此诗存邮亭壁间。

李诩评曰："武后所放鹦鹉有道气，高宗所放鹦鹉有义气。"这个"义气"乃是感情。应当说，这第二个故事是继承了唐代传奇的特点。清代褚人获《坚瓠八集》卷一《鹦鹉》又复述此故事，足见其影响深远。

（3）又《春渚纪闻》亦载一鹦鹉，云：

> 有韩奉议者，为通州守。家人得鹦哥，忽语家人曰："鹦哥数日来甚思量乡地，若得放鹦哥一往，即生死不忘也。"家人闻其语，甚怜之，即谓之曰："我放你甚易，此去陇州数千里外，你怎生归得？"

曰："鹦哥亦自记得来时驿程道路，日中且去深林中藏身……夜则飞行求食，以止饥渴耳。"家人即启笼……鹦哥亦低首答曰："娘子勿懑，更各自好将息，莫忆鹦哥也。"遂振翼往西而去。家人亦怅然久之，谓必无远达之理。至数月，旧任有经使何忠者，自陇州差至京师投文字，始出州城，回憩一木下，忽闻木杪有呼急促者，忠愕然，谓是鬼物，呼之再三，不免仰首视之，即有一鹦鹉，且顾忠曰："你记得我否？我便是韩通判家所养鹦哥。你到京师，切记为我传语通判宅眷，鹦哥已归到乡地，甚快活，深谢见放也。"忠咨嗟而行。至都，遂至韩第，问鹦哥所在，具言其所见。举家惊异，且念其慧黠及能侦候。

《春渚纪闻》在上一个故事的基础上又有加工创作，使鹦鹉更加具有人情味，故事更加感人。

（4）河南《邵氏闻见录》十七卷中亦云：

有关中商得鹦鹉于陇山，能人言，商爱之。偶以事下有司狱，旬日归，辄叹恨不已。鹦鹉曰："郎在狱数日已不堪，鹦鹉遭笼闭累年，奈何？"商感之，携往陇山，涕泣放之去。后每商之同辈过陇山，鹦鹉必于林间问："郎无恙？托寄声也。"

前面三则故事中的鹦鹉都养在帝王或官吏家，而这里说的是商人家。这些故事可能都出自宋人手笔，在情感的渲染上已较唐代故事有所进步，但仍然脱离不开唐人的影响。

明人朱国祯《涌幢小品》卷一二《鹦鹉堕地》是唐代以后另一类型的鹦鹉故事：

陆纶，字理之，号南洋，归安人，为云南太守。一日之野，有鹦鹉向前哀鸣，忽堕地，则赫然死人也。就而视之，已复为鹦鹉。呼老妪问故，家先杀人，瘗尸鹦鹉笼下，掘之如生，巫召其子孙畀以杀人者。四境颂若神明。

这个故事不同于《鹦鹉告事》之类，通过鹦鹉的语言来揭发事实真相，但鹦鹉的出现也绝非偶然。从中可以看出鹦鹉的灵性，鹦鹉可以变为人，人也可以变为鹦鹉。这一情节的产生，应当也追溯到印度古人"万物有灵"的观念，如菩萨时常转生为鹦鹉。类似的化身鹦鹉故事也见于西藏的古代传说，如五世达赖喇嘛的《西藏王臣记》中写道："松赞王刚准备迎请那自然出现的大悲观音主侍各尊像到神变寺北殿去安置供养，也就在当天晚上，观音主侍各尊像自动由天宫天窗而降临到神变寺的主殿去了。……松赞王正在疑惑的时候，有一只化身鹦鹉说出了昨晚观音主侍各尊像自动走出的情形。"（民族出版社，1983年汉文版，第40~41页）由于佛教在西藏的深刻影响，这个传说无疑与佛教故事有关。

除了佛经中的鹦鹉故事以外，印度古代的另外一些梵语名著中也时常出现鹦鹉故事。下面举三个例子，或可作为参考。

（1）《鹦鹉故事七十则》："说一个商人的儿子，因为恋着爱妻而不肯出门经商，后来经一只鹦鹉劝说，终于离开家去做生意，而把妻子托付给鹦鹉照顾。他的妻子不甘寂寞，要去另觅情人。鹦鹉便说故事给她听，问她若处在故事里主角的困难境地有什么办法。这样一夜一夜讲故事，一直到丈夫回家，她也没有能出门。"（金克木《梵语文学史》第228页，人民文学出版社，1980年）

一看就知道，这个故事的主干部分与前文提到的《罗达本生》有些相似，或许即是其演变和发展。从结构上讲，它又与阿拉伯的《一千零一夜》很相似，这是印度古代民间故事的典型结构："连串插入式"。《鹦鹉故事七十则》的编定时间不会很晚，大约在著名故事集《五卷书》编定以后，与《僵尸鬼故事二十五则》《宝座故事三十二则》大体同时，至迟不会晚于13世纪。

（2）波那的《迦丹波利》：吉祥天女变化为一美丽女子向国王献一只能言而有才学的鹦鹉。应国王的要求，鹦鹉讲述了自己的来历：他本是一个孤儿，曾被猎人追捕，为林中仙人之子所救。仙人应邀讲述了鹦鹉的前世因缘，原来鹦鹉本是一个青年，在复杂的恋爱悲剧中受到诅咒而成为鹦鹉。最后，吉祥天女出现，指出国王乃天上月神被诅咒为人。于是月神上天，鹦鹉重新为人，并被立为国王。（《梵语文学史》第320~323页）

这篇小说大约写成于公元六七世纪，从中可以明显看出，在印度人的观念中，人与鹦鹉是如何互相变化的，而这变化又是多么的合乎情理。我们不能说它与中国小说《鹦鹉堕地》有直接的影响关系，但却可以说，两者间在观念上有着内在的联系。

（3）苏殷度的《仙赐传》：有一个王子，梦见了一位美丽的公主，便动身四处寻找。一夜，在山中大树下，他听到树上有一对八哥在对话，说某国公主仙赐于夜间曾梦到一位青年王子，现正派她的鹦鹉四处寻找王子的下落。得到这对八哥提供的信息，王子终于与公主相见了。

《仙赐传》大约成书于公元六七世纪，是较早的古典梵语文学作品，作者"苏般度可能比波那还要早一点"（《梵语文学史》第323页）。这个故事的最早形式可能与《佛本生经》中《大隧道本生》的主干故事有关。在《大隧道本生》中，八哥和鹦鹉为智者菩萨穿针引线。《仙赐传》的鹦鹉故事对印度后世文学故事，特别是16世纪苏非爱情传奇，有很大影响（可参见下文有关苏非传奇的部分）。

郑振铎先生生前很注意民间文学的搜集研究，他曾经提到古代中国民间流行的"宝卷"中有一《鹦哥宝卷》，并评论和介绍了它的内容（见《郑振铎文集》第6卷，第221页，人民文学出版社，1988年）：

> 此卷目的在劝孝，而借白鹦鹉的故事为劝化之工具，情节很有趣，颇与一般可厌之善书不同；我们常在观音大士的画像，见她的头上，有一只白鹦哥口衔一串念珠，在那里飞翔着。这就是这个故事中的主人翁。白鹦哥的母亲，因夫病死，悲抑成疾，思食东土樱桃，小鹦哥便欲去采来奉母。不料他飞到了东土，却坠入众猎户手中。他口吐人言，说明自己原为母亲采樱桃而来；众人颇觉心惊，鹦哥又念劝孝文，众猎户因此改恶向善。但不肯放他回去，要带他上十字街前劝化一切人。鹦哥无法，只得如言说偈劝人。那边，老鹦哥却一天天的病体沉重，终日思念孩儿，不久便亡故了。这边，小鹦哥却又为一个任员外抢去，锁在笼中，也思念母亲不已，但一面却仍不断的劝化世人。一天鹦儿挂在大门门楼，忽抬头见达摩祖师从西而来，便求他传授脱笼之计。后来，鹦哥依计，乱跳一番，死于笼中。员外把他取出，放在楼上，他却乘机一展翅飞回西域去了。到了窝巢一看，不见老母，心中苦闷，作诗一首，昏死在地。适圆通教主在庐山赴蟠桃大会，路过此地，将净瓶甘露救活了他，并超度他的父母投生人身。鹦哥自己全随了菩萨，到南海去，跟他护法把法参，"永脱轮回生死苦，不生不灭不临凡。"

关于宝卷的产生时间，郑先生说："据考证结果，弹词始于元代，宝卷则南宋即已发轫，变文虽因五代之乱僧侣西徙而掩埋于西陲之斗室，但其精灵实蜕化于诸宫调、宝卷、弹词之中，影响至今不泯。"（《郑振铎文集》第6卷，第

67

245页）

胡士莹先生《话本小说概论》引用赵景深先生的资料，说：1967年，上海嘉定发现有一批明代中叶成化七年到十四年（1471~1478）北京永顺堂刊印的13种"说唱词话"。其中一种叫作《新刊全相莺哥孝义传》，"内容与今传《鹦哥宝卷》略同。大意谓小鹦哥的母亲想吃荔枝，小鹦哥为尽孝到远方去寻觅荔枝，被人捉住放在笼中，小鹦哥想念母亲，终于逃回"。（中华书局，1980年，第390页）

孙楷第先生《中国通俗小说书目》中列明清小说中有《白莺行孝》（人民文学出版社，1982年，第98页），当与以上两种属于同一内容。

据郑先生的意见，这个鹦鹉故事是以劝善为目的的。具体地说，就是劝孝。笔者要指出的是，这个故事是在一个佛经故事的基础上演化出来的。《杂宝藏经》三《鹦鹉子供养盲父母缘》中就有这样的故事：于过去世，雪山中有一鹦鹉，其父母双盲，它便经常取好吃的花果供养父母。有一个田主种有稻谷，他愿意与众生共同食用这些稻谷。鹦鹉见他有这样的慷慨施舍之心，便经常去他的田里采取。田主巡视自己的庄稼，发现被鸟采食，便很生气，设下罗网，捕得鹦鹉。鹦鹉说："田主原先出于善心，慷慨施舍，因此我才敢来采取稻谷，可田主为什么又要网捕我呢？田地如同母亲，种子如同父亲，生长出来的稻谷如同孩子，而田主你如同国王，可以随意处置。"鹦鹉说罢，田主欢喜，问鹦鹉："你取这稻谷究竟是给谁呢？"鹦鹉说："我父母双盲，是为了奉养他们。"田主说："从今以后，你可以经常来取，不必再有顾虑。"这个故事的核心是孝养父母，与《鹦哥宝卷》等相同。所不同的是，这个鹦鹉是采稻谷（也采花果）供养父母，而宝卷、词话中的鹦鹉是采樱桃或荔枝。更有意思的是，这个故事在印度也是"影响至今不泯"。印度至今尚流传着一个故事《鹦鹉的债务》（见王树英等编《印度民间故事》，北京大学出版社，1984年），就是在这则佛经故事基础上敷衍出来的。不同的是，在《鹦鹉的债务》中，鹦鹉王到田里采摘稻谷不仅是为了供养父母，也为了养育子女。他形象地称之为"还债"和"放债"。由此可见，印度人与中国人一样，也很强调孝养父母。

鹦鹉故事在明清时代的文言小说或笔记中还有一些，有时也在白话小说中出现，而这里只举一例，即《聊斋志异》卷二的《阿宝》。《阿宝》讲述的是粤西名士孙子楚的痴情故事：有一大家女，名阿宝，娟丽无双。子楚见之，遂害相思，魂不守舍。其魂追随阿宝至家，被巫逐出。孙家养一鹦鹉，一日忽毙，子楚自念："倘得身为鹦鹉，振翼可达女室。"心方注想，身已翩然鹦鹉，遽飞而去，直达宝所。鹦鹉在阿宝处三日，阿宝甚怜之，便答应，他如能还为人形，便誓死相从。于是鹦鹉衔阿宝绣鞋归家，堕地而死，子楚即苏。二人成婚。婚后三年，子楚死，冥王使之还阳。明年，举进士。皇上闻知其事，召见阿宝，赏赐有加。

这个故事中，孙子楚的灵魂进入鹦鹉体内的情节是全篇的枢纽。此情节与《涌幢小品》中的《鹦鹉堕地》有相似处。

四、《宣室志》·唐代佛教·印度文学

《宣室志》是中国唐代的一部著名志怪与传奇小说集。作者张读，字圣用（一作"圣朋"），深州陆泽（今河北深州市）人，两《唐书》有传，均附于《张荐传》后。据高彦休《阙史》卷上和徐松《登科记考》卷二二，读于宣宗大中六年（852年）及进士第，时年十九。由此推知，张读生年当在文宗大和八年（834年）。但王定保《唐摭言》卷三云其登第时为十八岁。又据《新唐书》卷一六一，读于"中和初为吏部，选牒精允。调者丐留二年，诏可，榜其事曹门。后兼弘文馆学士，判院事，卒"。可知其卒年在中和四年（884年）以后，但确切年份已不可考。

《宣室志》是张读今存的唯一著作，共十卷，另有《补遗》一卷，计155条；1983年中华书局出张永钦、侯志明点校本，又增《辑佚》65条（其中有个别条不属《宣室志》，辑者已有说明），是目前最完善版本，其成书年代当在851年至874年（参见中华书局本《点校说明》）。

鲁迅先生指出："小说到了唐时，却起了一个大变迁。我前次说过：六朝时之志怪与志人底文章，都很简短，而且当作记事实；及到唐时，则为有意识的作小说，这在小说史上可算是一大进步。"（《中国小说的历史的变迁》第三讲）《宣室志》正反映了这一进步。它既承袭了魏晋以来志怪小说的某些特点，记佛道鬼神、妖魅灵异等事，又在六朝志怪小说的基础上前进了一步。它的许多故事都比较长，且情节曲折，带有浓厚的传奇色彩。从这些故事可以明显看出，作者是在有意识地渲染气氛，对人物（特别是神鬼妖怪）形象的刻画比较细腻，并且注意突出人物性格。

《宣室志》中固然有许多渲染宗教迷信的消极内容，但它在反映唐代社会现

实方面，又有许多可供后人参考之处。在此，拟就《宣室志》与唐代佛教的关系问题以及印度文学对《宣室志》的影响问题略陈己见。

关于《宣室志》与唐代佛教的关系问题，许多前辈学者都曾指出过，如刘叶秋先生在他的《历史笔记概述》一书第三章第一节中就已指出，《宣室志》中的一些故事"反映了唐代中叶皇帝和士大夫的信仰佛教"。现仅在前辈学者们的研究基础上作些具体补充。

中国佛教至隋唐时代"可称为极盛时期"（汤用彤《隋唐佛教史稿·绪言》，中华书局，1982年）。其时，上自皇帝重臣，下至平民百姓，信佛者风起云涌；佛教各大宗派竞相构成；佛教经文的传译已臻黄金时代；民间大开"俗讲"，佛教知识得以普及；中国僧人去天竺取经，成为千古佳话；外邦僧人纷纷来华，将唐士奉为佛学中心，等等。在此强劲风潮之中，唐代小说的发展亦蔚为壮观。当然，小说的发展是由历史、政治、经济以及文化的许多因素促成，决非佛教一己的动力。但唐代佛教之于小说的推动力，实在不容低估。仅就志怪与传奇这一小说类型本身而言，便在很大程度上受了佛教的影响。六朝志怪小说的出现是与佛教的传入密切相关的，同样，唐代志怪与传奇小说的发展也是与唐代佛教的兴盛分不开的。可以说，从情节到主题，从人物到语言，佛教都为唐代小说提供了丰富的材料。仅以《宣室志》为例，全书共有220条故事（依1983年中华书局本计），其中明显与佛教相关者，竟多达70余条，约占三分之一的比例；书中提到有名称的寺庙，多达22座；提到僧人有法号或姓氏者，多达19人，如：善无畏、不空、夜光、抱玉、辛七等，至于其他佛教常用词汇，如居士、浮图、精舍、夜叉、梵音等，更是五花八门，俯拾即是。

《宣室志》与唐代佛教的关系，可以概括为两句话：①《宣室志》在一定程度上反映了唐代佛教发展的状况，宣扬了某些佛教思想；②唐代佛教的发展影响了《宣室志》，并为《宣室志》提供了丰富的素材。至于《宣室志》与印度文学的关系，则主要表现为《宣室志》对佛经中印度故事的吸收和改造。下面分若干小题作详细讨论。

（一）《宣室志》宣扬了佛法的威力

佛教典籍中常有佛及诸弟子有"大智慧""大神通"、"大威力"的说法，佛教威力之大，变化之多，都是以天文数字描绘的。在佛教与佛法面前，什么外道敌手，凶神恶煞，毒龙猛狮，都能一一降服，使之归化。至于赴汤蹈火，移山填海，踏须弥，涉热海，更是所向披靡，无往不适。

唐代，佛教徒对佛法威力的宣扬更是有增无已，致使这一观念得以深入普通民众之心目，连许多帝王将相、士大夫之流，也都深信不疑。《宣室志》中的一些故事所反映的正是这一现实。如卷七有许文度魂游地府的故事，节录于下：

> 高阳许文度，唐大和中，侨居歧阳郡。后以病热近月余，瞑而卧于榻，若沉醉状。梦有衣黄袍数辈，与行田野，且不知几百里，是时天景已曛晦，愁思如结。有衣黄袍者谓文度曰："子无苦。夫寿之与夭，固有涯矣。虽圣人，安能逃其数？"文度忽悟身已死，忧且甚。又行十余里，至一水，尽目无际，波涛黑色，杳莫穷其深浅，文度惧不敢涉。已而有二金人，皆长五寸余，奇光皎然，自水上来。谓文度曰："汝何为来地府中？我今挈汝归生途，慎无恐。"于是金人与文度偕行数十里，俄见里门，喜不自胜。忽闻有厉声呼文度者，悸而醒。见妻子方泣于前。后旬日，病少间，策而行于庭，忽见二金人，皆长五寸余，在佛舍下。妻曰："昨者以君病且巫，妾忧不解。然尝闻佛氏有救苦之力，由是弃资玩，铸二金人之像，每清旦，先具斋祀之。自是君之疾亦除，盖其佛力也。"文度感二金人报效之速，不食牲牢，常阅佛书。因穷尽其旨，而归依于释氏焉。

与此相类的还有卷四《董观》条和卷七《宁勉》条。前者说太原人董观曾舍于龙兴寺，夜梦已故僧人灵习引董观魂魄出城而去，至"奈河"，董观方欲渡河，忽有人牵其衣曰："吾命汝阅《大藏经》，宜疾还，不可久留。"遂持董观臂以归。于是董观重返阳世。异日，董观于佛宇中见土偶神像，即牵其衣者。"观因誓心精思，诵阅《藏经》，虽寒暑不少惰。"后者说云中人宁勉因好浮屠氏，常诵《金刚经》，后在飞狐城被敌兵围困，有二金刚巨人击退敌兵解围。

《宣室志》卷七还有一则引人注意的故事，提到唐敬宗皇帝视政之余广浮屠教。敬宗崇佛，于史有征（《旧唐书》卷一七上），他甚至亲自听过"俗讲"（《资治通鉴》卷二四三《唐纪》五九）。但此条讲的是文宗故事，节录如下：

> 及文宗嗣位，亲阅万机，尝顾左右曰："自吾为天子，未能有补于人。今天下幸无兵革，吾将尽除害物者，有不能补治化而蠹于物者，但言之。"左右或对曰："独浮屠氏不得有补于大化，可以斥去。"于是

文宗病之，始命有司诏中外，罢缁徒说佛经义。诏命将行，会尚食厨吏修御膳，以鼎烹鸡卵，方措火于其下，忽闻鼎中有声极微，如人言者，迫而听之，乃群卵呼观世音菩萨也。尚食吏异之，具其事上闻。文宗命左右验之，如尚食所奏。文宗叹曰："吾不知浮屠氏之力乃如是耶！"翌日，敕尚食吏勿以鸡卵为膳。因颁诏郡国，各于精舍塑观世音菩萨之像，以彰感应。

文宗雅信释氏，亦于史有征（《旧唐书》卷一七下）。但是，群卵呼观世音菩萨，却是不可能的。《法苑珠林》第七三引《弘明杂传》说："梁时有人常以鸡卵白和沐，云使发光。每沐辄破二三十枚卵。临终但闻发中啾啾数千声鸡雏声。"这可能是文宗故事的前身。

以上各条故事的共同之处是宣扬佛的法力，企图说明佛法可以解救危厄，起死回生，目的是劝人尊佛奉法。当然，这些故事不一定是作者张读的独创，或许是得之道听途说，或许是在前人作品基础上改编。但不管怎样，这是受了当时佛教的影响，反映了当时佛教盛行的现实。

（二）《宣室志》宣扬了佛教"不杀生"和因果报应的思想

《宣室志》中的这类故事很多，现在只能举出几则有代表性的略加讨论。卷三有这样一条故事，以其不长，全录如下：

宝应中，有李氏子，亡其名，家于洛阳。其世以不好杀，故家未尝蓄狸，所以宥鼠之死也。迨其孙，亦能世祖父意。尝一日，李氏大集其亲友，会食于堂上；而门外有群鼠数百，俱人立，以前足相鼓，如甚喜状。家僮惊异，告于李氏。李氏亲友乃空其堂而纵观。人去且尽，堂忽摧圮，其家无一伤者。堂既摧而群鼠亦去。悲夫！鼠固微物也，尚能识恩而知报，况人乎。如是则施恩者宜广其泽，而报德者亦宜竭其诚。有不顾者，当视此以愧。

这很可能是一起真实的事件。现代的科学告诉我们，地震之前，动物往往首先敏感到，因而有异常表现。房倒之前，老鼠纷纷出洞，应是常事。可是作者却大作迷信的渲染，将它归结为老鼠知恩报德，并大发议论，这就不能不说他受了佛教不杀生思想的影响。中国自古以来就有知恩必报的思想。《诗·卫风·木瓜》曰:"投我以木瓜,报之以琼琚。"《论语·宪问》子曰:"以德报德。"在广施恩泽、竭诚报德这一点上,儒佛两家是一致的。这也许出自人之常情。而"不好杀",则明显是佛家"不杀生"一词的别说。儒家虽主张宽容,但远未到"宥鼠之死"的地步。佛教传入后,才以为鱼虫鸟兽皆为生灵,不杀有善报,杀之则有恶报。《宣室志》卷一有韦御史因杀白蜘蛛而身亡的故事;卷四有河东柳溆钓鱼招灾的故事。这些都属"恶报"。梁宝唱等集《经律异相》卷四四引有《杂譬喻经》一则故事:一家主人心善,供养一跛脚沙门达一年之久。沙门去后,主人在床上发现许多金宝,因此致富。邻人得知,亦想寻个跛脚沙门供养,终未寻得,便找了个身体完好的沙门来。然后折其脚供养少时便驱去。结果是全家都遭毒蛇蜂蝎螫,死后还得入地狱。这个故事中所讲的善恶报应,强调的并非"杀生"与"不杀生"的思想,而是强调对佛与佛门弟子的态度问题。《宣室志》卷二有河内守崔君挪用造佛像的金子,终不还,死后化为牛犊的故事,便是对佛的态度不好而遭恶报的例子。

佛教历来强调慈悲、放生和救厄,讲究报果。唐代,这种思想更加系统化了。道世的《法苑珠林》在这方面表现得比较突出。书中分出许多篇部,分门别类地引经典,举例证,发议论。例如,《受报篇》中,道世将果报分为若干种,分别为"现报部""生报部""后报部""定报部""不定部""善报部"和"恶报部"。书中引《优婆塞戒经》云:"佛言:善男子,众生造业有其四种。一者现报,二者生报,三者后报,四者无报。无报业又有四种。一、时定报不定;二、报定时不定;三、时报俱定;四、时报俱不定。"由此可知,所谓的"无报",并非不报,而是必报,只是个时间和方式的问题。道世强调了前三报,"夫善恶之业用,实三报之征祥",即现报、生报和后报。又考虑到"无报"不好理解,故另列"定报""不定报""善报"和"恶报"四种。对于这七种报,《宣室志》都一一有所反映。关于现报,《宣室志》卷三有李生因杀人而遇"现实之报"的例子。关于生报,卷三有县令以平生为善而得转生为郑刺史女的故事。关于后报,《宣室志·辑佚》中有侯生妻韩氏因前世有诬告罪,而今世得报的故事。关于定报,乃是指生老病死之苦不可得免,《宣室志》故事中,记病前或死前有异兆者,当属此类。关于不定报,有先苦后乐、先乐后苦等若干类型。《宣室志》卷五所记赵生隐于晋阳山苦读,后以明经及第事,当为先苦后乐型;卷六所记王生家原本富庶,后因挥霍而至贫匮,当为先乐后苦型。至于善报和恶报,前文已举数例,此不再赘。其实,道世所分的七报,亦不尽合理。

前三报是按时间顺序而分，后二报是依受报性质而分，而定报与不定报则是将时间和性质二者混合起来的分法。三种分法实际上是互相交叉的，如现报，既可以是善报也可能是恶报，既可能是定报又可能是不定报。余者亦如是。将七报一一罗列，表现了佛教思想中的烦琐哲学。

一般说来，人们普遍关心的是善报和恶报的问题。《宣室志》里的有关故事，也主要分为这样两大类。这是因为，善和恶不仅是道德观念，而且还属美学范畴。《宣室志》作为文学作品，它就不仅要宣传善的，鞭打恶的，而且要给人以美感。至于它同时也宣传了佛教的思想，那也只能认为是作者不自觉地接受了佛教思想而在作品中有所反映，因为我们到目前为止还不能证明他是一名佛教的信徒。

应当看到，"不杀生"是善恶报应理论的一块基石。《法苑珠林》卷七〇《受报篇·恶报部》开首，道世便强调指出："善恶相报，理路皎然……当知短命皆缘杀生。"又引《持地论》云："杀生之罪，能令众生堕三恶道。若生人中，得二种果报：一者短命，二者多病……当知杀生是大苦也。"这个思想在唐代大约是十分普及的，所以许多唐人笔记中都有放生得善报、杀生遭恶报的故事。在这方面，《宣室志》可以称作代表。卷一有韦御史杀白蜘蛛受报，数日而死的故事，是为短命例。卷八记王洞微少时"性喜杀"，"弱冠至壮年，凡杀狼狐雉兔泊鱼鳖飞走，计以万数"。后患病，觉室内有万数禽兽环其榻而噬之，身无完肤，多年不愈。这便是多病的例子了。

（三）《宣室志》反映了唐代佛道共存与矛盾斗争的现实

唐代，佛道两家的矛盾斗争主要反映在上层，双方的目的在于争得帝王的赏识和重用，为本人或集团争得地位和实际利益。在这一斗争中，唐朝的皇帝多数倾向于佛教，总的看，似乎佛教占有一定的上风。但道教也没有丧失自己的地位，因为李唐皇帝们向来奉老子为先祖，施政中也并不放弃对道教的利用，实际上多数皇帝采取的是佛道并重的政策。例如唐玄宗，其执政初期虽然也有过沙汰僧尼之举（《旧唐书》卷九六），但后来基本上是采取了平等对待两家的态度。他既重视僧人，如一行、善无畏、慧日、金刚智、义福、道氤等；也很重视道士，如叶法善、司马承祯、张果、李含光、吴筠、王虚真等；他既亲自为道家经典《老子》、《道德经》作注，又亲自为佛教典籍《金刚经》作注。《宣室志》卷八有《张果》条，讲的是玄宗和张果的密切关系；《辑佚》当中又有

《夜光》条，讲了玄宗与僧人夜光的关系。《辑佚》中复有《张国》条，大体上包括了卷八《张果》条中的文字，而且同时也提到了夜光，这段文字与《旧唐书》卷一九一《张果传》中文字略同，说明《宣室志》中的记叙并不是完全没有根据的。

《宣室志》卷二有一则故事，讲僧人道成的魂被赤水神缚去，后道成得脱，遂将赤水神庙毁之无遗。如果说这则故事反映佛道两家矛盾不够明显的话，卷一的一则故事却更能说明问题，今节录于下：

> 有道士尹君者，隐晋山，不食粟，虽发尽白，而容貌如童子。北门从事严公绥，好事者，慕尹之得道，每旬休，即驱驾而诣焉。后严公为北门帅，遂迎尹君至府廨，馆于官署中。日与同席，闻有异香自肌中发，公益重之。公有女弟学浮屠氏，尝曰："佛祖与黄老固殊致。"且怒其兄与道士游。后一日，密以堇汁置汤中，命尹君饮之。尹君既饮，惊而起曰："吾其死乎？"俄吐出一物，甚坚，有异香发其中。公命割而视之，真麝脐也。自是尹君貌衰齿落，其夕，卒于馆中。

这则故事说明唐时佛道两家的矛盾斗争不仅仅反映在上层，在民间也是十分激烈的，有时甚至达到了你死我活、水火不相容的程度。这种例子也许是个别的，多数情况下恐怕不是以死相见，而是唇枪舌剑的辩论或各显神通的和平竞赛。唐代有过多次由皇帝敕命佛道两家或佛道儒三教进行论辩以争座次的事实。《宣室志》中则有道士张果善幻化，而僧人夜光虽"善视鬼"而不能辨其形的竞赛。

《宣室志》中除有许多佛教内容的故事外，还有许多道教内容的故事，间接地反映了唐代佛道共存的局面。卷一里还有一个很有趣的故事：浮屠氏契虚者，本姑藏李氏子，父为玄宗时御史。契虚自孩提好佛氏法律，年二十七，居长安佛寺中。禄山破潼关，玄宗西幸，契虚入太白山，采柏叶而食。一日，有道士乔君来诣，望其风骨，预言契虚当遨游仙都。契虚请乔君导其径。后契虚果然得游稚川仙都，并且见到"稚川真君"葛洪，及另外两个得道之人。契虚自此便在太白山结庐，绝粒吸气，修炼得仙风道骨。这则故事较长，可谓《宣室志》中的巨制。文中生动地描写了仙都稚川的山光水色、城邑宫阙和稚川真君及仙人们的言谈风貌。契虚本为佛徒，由道士指点得游仙府，似乎是佛道两家在争取信徒而道家获胜。但通篇文章气氛和谐，丝毫没有佛道之间仇视对立

75

的痕迹。是否可以说，这则故事透露出唐代民间佛道两家和平共处的某些信息呢？

《宣室志》里有多处提到"会昌中，沙汰僧徒"的事件，这是与历史事实相符的（《旧唐书》卷一八上）。中国佛教史上的这一重大事件的发生，绝不是偶然的。除了政治和经济上的原因外，佛道之间的斗争也是很重要的因素。唐武宗执政之初，对佛教也还没有达到深恶痛绝的地步。后来武宗越来越相信道家的神仙之术，这是和道士赵归真之流的努力分不开的。赵归真和衡山道士刘玄靖一起向佛教攻击，又投武宗所好，说罗浮山道人邓元起有长生之术而予以举荐，深受武宗宠信（同上）。会昌五年，赵归真要求与释氏辩论，武宗令僧道会于鳞德殿，沙门知玄出面与对方辩论神仙可学与不可学，结果得罪了皇帝，被放还本寺（《宋高僧传》卷六《知玄传》）。本来这场辩论的胜负是可以预料的，赵归真是因为有取胜的把握才提出要辩论的，这可以说是个阴谋。在武宗有明显倾向的情况下，任知玄有天大的辩才，也是注定要输的。

《宣室志·辑佚》中有这样的一条：唐师夜光者，蓟门人。少聪敏好学，雅尚浮屠氏，遂为僧，居本郡。仅十年，尽通内典之奥。又有沙门惠达，家甚富，贪夜光之学，因与为友。是时宣宗皇帝好神仙释氏，穷索名僧方士，而夜光迫于贫，不得而去，惠达知之，以钱七十万资其行。并曰："为天子臣日，无忘半面之旧。"夜光至长安，得召见，上奇其辩，诏赐银印朱绶，拜四门博士，赐甲第洎金钱缯彩以千数。惠达入长安以访之，夜光以为收债于己，甚不怿。惠达悟其旨，因告去。夜光虑其再来，即密书蓟门帅，言惠达至京师诬告蓟门帅谋反。帅遂鞭杀惠达。这个故事虽然未必真实，但却很能说明一些问题。首先，唐代的许多僧人研究佛学，目的是想出人头地，博取皇帝的垂青和赏赐，获得一官半职，享受荣华富贵。这是与佛教一贯宣扬的宗旨相违背的。像夜光这样心胸狭窄、忘恩负义的僧人，可以说是罕见的。但是，唐代僧人之间的钩心斗角，各宗派之间的相互排斥与攻讦，恐怕也是司空见惯的现象。

（四）唐代佛教为《宣室志》提供了丰富的素材

唐代是中国文学发展史上的一个黄金时代。唐代文学的大发展，不仅与当时的经济发展关系密切，也与当时的开明政治有密切关涉。仅就对外政策而言，自唐太宗时起便奠定了坚实的根基，国初的一系列东讨西伐，造成了一个和平安定的局面，接下来便是和周围邻国的和睦相处。如果说玄奘当年去印度取经未被皇上允许而偷渡的话，那么在他出番之后不久，由于国力的强盛和正确的对外政策，唐王朝已经以积极主动的姿态向外邦派遣使节，实行了"开放政策"，王玄策之出使印度便是有力的证据。从此，中国僧人的外出，外国僧人的出入，各国商人的贸易往来，不仅不受政府的阻挠，反而受到鼓励和赞许。甚至胡人来华做官、定居都不为罕事。若非政治上的稳定和经济上的繁荣，若非对外政策的开明和开放，这种中外人才和文化大交流的盛况是断然不可能出现的。这一局面的出现，大大开阔了国民的眼界，也大大扩展了中国文学的视野。《宣室志》卷一有一则《消面虫》的故事（见《太平广记》卷四七六），文中的胡人说了这样一段话："吾南越人，长蛮貊中，闻唐天子网络天下英俊，且欲以文化动四夷，故我航海梯山来中华，将观文物之光。"这段话虽出在小说中，但与实际情况并不违背，它在某种程度上反映了唐朝的强大，说明唐朝文明的发达及其对周围邻国的影响，也在一定程度上反映了唐代文化交流的盛况。

在唐代的中外文化交流中，佛教起了明显的作用。以志怪与传奇文学而言，既通俗易懂，又神奇古怪，有助于阐释佛经中的玄言妙理，因此佛教从没放弃过对它的利用。佛教作为从外国传入的一种宗教，其经典中相当一部分内容是文学性很强的，对中国人来说，不仅带有"海外奇谈"的神秘色彩，而且有寄托精神和解脱灵魂的巨大诱惑力，因此也为唐代以发挥想象为特征、劝善娱人为目的的小说提供了更加开阔的背景和更为广泛的借鉴。正因为如此，唐代的小说便产生了一次飞跃，即是鲁迅先生所说的，小说的创作由不自觉进入到一个自觉的阶段。小说的数量也陡然增加。据统计，见于历代著录的唐代笔记小说至少有184种（依袁行霈、侯忠义《中国文言小说书目》统计）。其中，志怪与传奇占绝大多数。唐代作小说的人数也很多，甚至出现了小说世家，这是中国文学史上的空前现象。《宣室志》的作者张读的家族就是突出的例子。读之五世祖张鹭，字文成，自号浮休子，高宗调露年间（679~680年）进士，以辞章闻名于当世，连新罗和日本的使者都十分看重他的作品，不惜以重金购之（《旧唐书》卷一四九，《新唐书》卷一六一）。其作品有《朝野金载》《龙筋凤髓判》和《游仙窟》三种。其中《龙筋凤髓判》久已亡佚。《朝野金载》为著名笔记小说集，据《新唐书·艺文志》和《宋史·艺文志》的著录，原书二十卷，今已散佚。现流传者为六卷本。《游仙窟》是唐代传奇的杰出代表之一，但在中国亦久已亡佚，却在日本流传下来，近代才反传至中国。张读的祖父张荐，为唐代著名大臣，两《唐书》有传（同上），著有志怪小说集《灵怪录》一卷，读之外祖父牛僧儒，德宗永贞元年（805年）进士，穆宗时官至户部侍郎、同中书门下平章事（《旧唐书》卷一七二，《新唐书》卷一七四）。牛为著名事件"牛李党争"中牛派的首领，于宦海沉浮之际尚著有《玄怪录》十卷。《玄怪录》流传至今虽散佚颇多，但仍不失为唐代志怪与传奇中之佼佼者。由此可见，张读之撰写《宣室志》，尚有其秉承家风的一面。唐代志怪与传奇小说之发达，亦由此可见一斑。

佛教之于中国文学发展的一大功绩便是将印度的文学传入中国。对此，近代的许多著名学者，如鲁迅、郑振铎、陈寅恪等都有不少论述。霍世休先生于1935年便写出《唐代传奇文与印度故事》的论文，季羡林先生也于20世纪50年代撰写了论文《印度文学在中国》。前辈学者已在中印文学的比较研究方面做了许多工作，取得了许多成果。他们都令人信服地断定，印度古代文学对中国文学产生了影响，而印度文学传入中国的媒介便是佛教典籍。从《宣室志》中也能看到许多这种例子。霍世休先生曾经指出："印度人对于灵魂的观念，在哲学上有它的轮回说，这是不消说了；就在一般的人事上也有它特殊的信念。他们相信人在睡眠的时候，他的灵魂会离开他去游行，或者做什么意中要做的事情。他的身体在这种灵魂失守的时节，常有被过往的生客占住的可能。"他还指出："张读的《宣室志》有《娄师德》一篇叙娄氏魂游地府。这个不消说更是印度的故事。"（《中国比较文学》1985年第一期，第137、138页）除此之外，还可以找到一些同类的故事。如卷六有"竹季贞借尸还魂"的故事，便是一个人的躯壳被另一人的灵魂占据的例子。卷七尚有《崔君》条，言崔君为冥司所召，魂赴冥司，冥官与崔君为故交，所以在叙旧之后"命一吏送崔君归……入郡城廨中，己身卧于榻，其妻孥哭而环之。使者引崔君俯于榻，魂与身翕然而合，遂寤"。除了这类"离魂"的故事外，还有一些"胡人识宝"的故事，从中也能看出一些受佛经故事影响的痕迹。

《宣室志》卷一《消面虫》中说，南越胡人主动与吴郡陆某结识，并断言陆有食面的嗜好，陆奇之，胡人给陆一粒药，食之即吐出一虫。胡人说这叫"消面虫""实天下之奇宝也"。遂以十辆车载金玉绢帛将虫购去。后群胡至海边，以鼎盛油煎虫，终于有仙人自海中出，献巨珠。胡人吞珠，引陆入海，游龙宫，入蛟室，奇珍怪宝，尽意择取。此外，卷六和《辑佚》中尚有四则胡人识宝的故事。识宝的胡人既有南越的，又有西域的。为什么胡人独具慧眼，而中国人身怀无价之宝却不自知呢？笔者以为，这仍然是受了佛经的影响。我们知道，佛经中有许多入海取宝的故事。如《华严经》卷三十说，大海中有四种宝珠，一切众宝皆从之生。《譬喻经》卷四则有"五百人入海采宝"的说法。《生经》卷一有入海采如意珠以济贫苦的故事。《僧祇律》卷七有向龙索珠的故事。《譬喻经》卷九有沙门入海为龙治病受报，得三颗"摩尼珠"的故事等，不胜枚举。这些都和《消面虫》之类故事有共同之处。对中国人来说，佛经中的采宝者都是"胡人"，这就很容易给人们造成一种印象，即胡人知道宝物的所在，胡人知道宝是什么样子。胡人识宝的故事在中国古代的小说中有不少例子，如《太平广记》卷六三《崔书生》（出《玄怪录》）、卷六五《赵旭》（出《通幽记》）、卷四百《成弼》（出《广异记》）、卷四〇二《青泥珠》《径寸珠》《宝珠》（均出《广异记》）、《水珠》（出《纪闻》）、《李勉》（出《集异记》）、《李灌》（出《独异志》）、《守船者》（出《原化录》）、《鬻饼胡》（出《原化记》），等等，皆是。宋代到清代的小说中也往往有类似的故事，难以列举。

《宣室志》卷八《猿怪》（《太平广记》卷四四五题为《杨叟》）的故事则是对佛经中一则故事的改造和加工。为比较的方便，节录如下：

> 乾元初，会稽民有杨叟者。叟有子曰宗素，以孝行称于里人。迨其父病，罄其产以求医术。后得陈生者，曰："是翁之病，非食生人心不可以补之。"宗素闻之，以生人心固莫可得也，独修浮屠氏法，庶可以间其疾。一日，误入一山径中，见山下有石龛，龛有胡僧，貌甚老瘦枯瘠，宗素以为异人，礼而问曰："师，何人也？独处穷谷，以人迹不到之处为家，又无侍者，不惧山野之兽有害于师乎？不然，是得释氏之法者耶？"僧曰："吾本袁氏。某祖世居巴山，其后子孙，或在弋阳，散游诸山谷中，尽能世修祖业，为林泉远士。独吾好浮屠氏，在此且有年矣。常慕歌利王割截身体及萨埵投崖以饲饿虎，恨未有虎狼噬吾，吾于此候之。"宗素因告曰："师真至人，能舍其身而不顾，可谓仁勇俱极矣。然弟子父有疾已数月，进而不瘳。有医者云，是心之病也，非食生人心则固不可得而愈矣。今师能弃身于豺虎以救其馁，岂若舍命于人以惠其生乎？"僧曰："檀越为父而求吾心，岂有不可之意？然今日尚未食，愿致一饭而后死也。"宗素且喜且谢，以所挈食置于前。僧食之立尽，忽跃而腾上一高树，厉声问曰："檀越向者所求何也？"宗素曰："愿得生人心，以疗吾父疾。"僧曰："檀越所愿者，吾

以许焉。《金刚经》云：过去心不可得，现在心不可得，未来心不可得。檀越若要取吾心，亦不可得矣。"言已，忽跳跃大呼，化为一猿而去。

印度《五卷书》第四卷中的基干故事讲的是海边住着一只猴子，它和海怪交上了朋友。海怪的老婆要吃猴子心，海怪便将猴子骗下水，背着它游进了大海，并向猴子吐露了真情。猴子骗海怪说自己的心放在岸边树洞里。于是海怪又送猴子上岸取心。猴子上岸后就跳到树上，并奚落了海怪一番。季羡林先生在《五卷书·译本序》中指出："在汉译佛经里，在很多地方都可以找到这个故事，比如《六度集经》三十六，《生经》十，《佛说鳖猕猴经》、《佛本行集经》卷三十一等等。"并说，"《六度集经》是中国三国吴康僧会翻译的，可见这个故事在公元三世纪已经传到中国来了。"新近，由黄宝生夫妇译自巴利文的《佛本生故事选》已由人民文学出版社出版，其中有《鳄鱼本生》一篇，讲的是猴子和鳄鱼的故事，内容与《五卷书》中的猴子和海怪的故事大体相同。这些材料说明，这是一个十分古老的印度民间故事，佛教徒把它编到了佛教典籍中，随着佛教传入中国，它又来到中国。而且这还不算完，到了唐代，它又被改编加工为中国的故事。

经过改编的《猿怪》在寓意和审美情趣方面与《五卷书》和佛经里的这个故事有很大的不同。首先，《五卷书》中，这个故事宣扬的是智慧，旨在告诫人们如何交朋友。《鳄鱼本生》也是歌颂智慧，文中有两句偈颂，很能说明问题："鳄鱼个儿倒不小，可是智力太可怜。"文中尚有谴责欺骗行为的意思。《六度集经》里的这段故事强调的却不是智慧，而是"常执贞净，终不犯淫乱"。显得十分牵强。《猿怪》里则完全没有斗智的意思了，突出的是一个"怪"字。其中提到了"孝行"，但显然不是主题。其中虽然也有佛教的掌故和说教，但并非在宣扬佛教的思想。《宣室志》中，这是一篇较长的故事，很有艺术特色，概括地说，就是诙谐。老猿变成一个僧人蹲在石上，其相貌和衣着都很怪，宗素以为"异人"，向它行礼，称之为师，这就有几分迂腐可笑。后来老僧吃完了食物，礼毕四方，腾上高树，猿猴的习性已经显露出来，宗素还"以为神通变化，殆不可测"，就显得更加可笑了。至于僧人自我介绍的"吾本袁氏，世居巴山"之类的一大段话，都是中国关于猴子的掌故，在这里变成了一段风趣的隐语。最后念《金刚经》，说三世心不可得，乃是一种借题发挥的文字游戏。可以说，通篇故事写得既怪异又诙谐。唐代小说中固然不乏诙谐之作，但像《猿怪》这样把怪异和诙谐结合得很巧妙的作品却不多见。从文中的佛教色彩来看，从故事的情节来看，说《猿怪》取材于佛经故事殆无可非议。但作者的再创作之功亦不容忽视，他不是简单地抄袭，也没有说教的意图，他给人的是一种风趣的美，一种轻松的消遣。这个故事由印度传到中国，又从中国的三国时期传到有唐之世，经历了漫长时间和空间，也经历了从世俗到宗教，再由宗教到世俗的变化，可以说是经磨历劫，脱胎换骨，这件事例的本身就别有一番情趣。

《宣室志》与唐代佛教的关涉尚不止于此。前文谈到，《宣室志》中记叙了许多唐代高僧的事迹与传说，现将其中一些篇条列举出来，参照有关书籍，试图把问题说得清楚些。

《宣室志》卷十有《李林甫宅》条，言"有弘师者，以道术闻于睿宗时"。弘师善相宅，对李宅的预言后应验。考《旧唐书》卷一九一《一行传》末附云："时有黄州僧泓者，善葬法，每行视山原，即为之图，张说深信重之。"又据《宋高僧传》卷二九《泓师传》，所记与《旧唐书》相符，而事迹更详。张说于睿宗时进同中书门下平章事（《旧唐书》卷九七，《新唐书》卷一二五），时间与《宣室志》所记相符。而弘泓二字又音同形近，因此《宣室志》中的弘师很可能是泓师。《太平广记》引此条，弘径为泓，或可为证。此为一例。

《宣室志·辑佚》第46条云唐故兵部尚书肖昕为京兆尹，京师大旱，时天竺僧不空三藏居于静住寺，善召龙兴雨，昕遂诣不空，请致雨。于是不空转咒呼祝，有白龙出，暴雨骤降，道中之水若决渠。据唐赵迁《不空行状》，不空共祈雨两次，一在天宝五年（746年），一在大历七年（772年）。《宋高僧传》卷一《不空传》同《宣室志》中明确讲是代宗时事，则应为第二次。文中状物修辞，远较《行状》与《宋传》所载细腻生动。《宣室志》虽晚出于《行状》，但文字不同，故二者当无渊源关系。此为第二例。

《宣室志》卷十有《无畏师》条：

> 天宝中，无畏师在洛。是时有巨蛇，状甚异，高丈余，广二三尺，蜿蜒若蟠绕出于山下。洛民咸见之。于是无畏师曰："后此蛇决水潴洛城。"即说佛书义，其蛇至夕则驾风雷来，若倾听状。无畏乃责之曰："尔，蛇也，营居深山中，固安其所，何为将肆毒于世耶？速去，无患生人。"其蛇闻之，遂俯于地，若有惭色，顷而死焉。其后禄山据洛阳，尽毁宫庙。果无畏所谓决洛水潴城之应。

今考唐李华撰《善无畏行状》与其《碑铭》，均无善无畏责蛇之说。但《宋高僧传》卷二《善无畏传》中却说："邙山有巨蛇，畏见之，叹曰：'欲决潴洛阳城耶。'以天竺语咒数百声，不日蛇死，乃安禄山陷洛阳之兆也。"此为第三例。

综上三例，可见《宣室志》所记的僧人，大多数都是实有其人；其事迹虽未必真实，但也非完全出自杜撰。就第三例而言，《宋传》将善无畏咒蛇事写得简短扼要，是作为纪实来写的。而《宣室志》中则写得形象逼真，描绘了蛇的大小形状，运用了比喻的手法，显然带有创作的性质，是在写小说。

《宣室志》在记叙唐代僧人事迹与传说方面，还有一个有趣的现象，即有些篇条与《宋高僧传》中的有关传文大同小异，甚至有许多句子都一字不差。下面举四例。

《宣室志》卷九有《亡僧神游》一则，《太平广记》卷九七收有此条，题为《鉴师》，与《宋传》卷一八《道鉴传》前半部分文字小有出入。

《宣室志·辑佚》第16条，《太平广记》收在卷九六，题为《辛七师》，与《宋传》卷一九《辛七师传》的文字略同。

《宣室志·辑佚》第17条，《广记》引作《抱玉师》，与《宋传》卷一九《抱玉传》中部分文字大体一致。

《宣室志》卷九《休璟门僧》，与《宋传》卷一九《惠安传》文字大同小异，只是《宣室志》中多了一些细节描写。

这就产生了两个问题：其一，《宣室志》成书在前，《宋传》成书在后，是否为后者抄了前者？其二，《宣室志》中的这些条目都为《太平广记》所收，是否为《广记》误记了出处，致使它们窜入了《宣室志》？

首先，窜入的可能性不大。《广记》误记出处的可能性虽有，但不可能误记这样多。《广记》编于太平兴国年间，其时《宣室志》十卷足本尚在（参见中华书局本《点校说明》），编者既用足本，《广记》中自然会保留一些后世残本所没有的条目。再者，《宋传》成书与《广记》大体同时，既然《广记》用了《宣室志》的故事，《宋传》自然也可利用，赞宁在主持编完《宋传》之后，于端拱元年（988年）上表，表中说："自太平兴国七年，伏奉敕旨，俾修高僧传与新译经同入藏者。臣等遽求事迹，博采碑文，今已撰成三十卷。"《宋传序》中亦云："循十科之旧例，辑万行之新名，或案诔铭，或征志记……"可见其搜求资料之广泛。这就不能排除赞宁等人在编集《宋传》时看到《宣室志》并采用其中某些材料的可能性。但值得注意的是，《宋传》中的有关传文往往比《宣室志》中有关条目的文字多，有些内容显然是《宣室志》作者所不知道的。如唐休的故事中，《宣室志》没有写其门僧的法名，《宋传》则直书为慧安。鉴此，则又不能排除二者共同依据另一材料来源的可能性。总之，无论哪种可能，唐代僧人的事迹或传说进入了《宣室志》总是事实。这一方面说明唐代佛教为《宣室志》提供了素材，另一方面也说明了《宣室志》在反映唐代佛教状况方面是有一定参考价值的。

五、从《酉阳杂俎》看中印文化交流

《酉阳杂俎》（以下简称《酉》）是晚唐段成式撰辑的一部书，自问世起，颇受学界重视。尤其近代以来，中西学比较之风鼓荡，《酉》书更为世界瞩目，征引者络绎不绝。这里将重点探讨其有关中印文化交流的内容。

（一）《酉阳杂俎》其书

1. 性质特征

《酉》书二十卷，续集十卷，自《新唐书·艺文志》以下，历代著录皆入小说家类。其实，将它列入杂家类或类书类亦未必不妥，这是因为《酉》书所涉门类既多，内容又极为丰富，天上地下，古往今来，海内海外，几无所不包。南宋嘉定十六年刊本邓复序中言："考其论撰，盖有书生终身所不能及者，信乎其为博矣！"陈振孙《直斋书录解题》卷一一云："所记故多谲怪，标目亦奇诡。"明人李云鹄于万历本序中言："尔其标记唐事，足补子京、永叔之遗……无所不有，无所不奇。"李氏一语中的，准确地道出了《酉》书的两大特点：博杂与奇异。

2. 史学价值

《酉》书虽怪，所记似多涉荒唐，然而其真实可信的信息并不少，这是历代多为学者征引的原因所在。概括地说，如撰写南北朝至唐代的政治史、经济史、外交史、科技史、佛教史、道教史、文学史、艺术史、民族史、民俗史等，均可从《酉》书中找到宝贵的资料，甚至连撰写某些外国的历史，也可以从中找到有用的资料。下面仅举一个与印度有关的例子。

卷一四《诺皋记》记有"乾陀国"一条，云迦色迦王神勇多谋，讨袭诸国，所向悉降，至五天竺，得上好细麻布衣二条，一自留，一与妃。妃穿此细麻布衣去见王，王见其胸前有郁金香手印，因问妃："你忽然穿着这带手印的衣服来见我是怎么回事？"妃答："这是大王赐给我的。"王又问藏臣，藏臣说本来就有手印，不关他的事。又找到商人追问，商人说，这东西出自南天竺，南天竺娑陀婆恨王有夙愿，每年所赋细麻布衣都重叠放于一处，用手染郁金香印上，手印可透千万重，男人穿它，手印在背，女人穿它，手印当乳。王令左右披之，果如所言。王发誓要割掉娑陀婆恨王手足。派人前去，其国王与群臣谎报说国内无君，并无娑陀婆恨王。迦色迦王发兵进攻，其国以金人迎之，而匿王于地窟中。迦色迦王断金人手足，窟中娑婆陀恨王手足自落。

因这条材料带有神话传说性质，故不大为史家注意。其实，这里所说的乾陀国，即通常所谓犍陀罗国（Gandhara），迦色迦王即迦腻色迦（Kaniska），娑陀婆恨即今译之萨达瓦哈那（Satavahana）。这条材料可以作为研究印度贵霜王朝历史的佐证，证明迦腻色迦曾征服过南印度的萨达瓦哈那王朝。

3. 版本问题

现存《酉》书版本，据《中国文言小说书目》（北京大学出版社，1981年），以明本为早，有琅环斋本、万历三十五年本等，清代有《津逮秘书》本、《学津讨原》本、《稗海》本等，1931年又有上海扫叶山房出过排印本。而1981年中华书局出版的方南生先生点校本为目前最新版本。由于自宋以来，转抄与刊刻的本子脱误较多，给校刊带来很大的困难，故最新的点校本亦存在不少问题。如书之第24页，"晚年肌肉始尽，目有紫光"，"始"为"殆"之误。第97页，"劫化他"国当为"劫比他"国。第98页，"东迦毕诚国"当为"东迦毕试国"。此类，当属印刷致误。第33页，"瞿陀尼"条，句读似有问题。第31页，"天妃舍友"，方先生虽出校记，而未作校改，"舍友"当为"舍支"之误。舍支，梵文Saci，又名因陀罗尼（Indrani），天帝之妃，汉译佛经或作舍脂。第107页，"西域书"条，参观《佛本行集经》卷一一，得知："莲叶书"当为"莲花书"（puskarasari），"石旋书"当为"右旋书"（daksinalipi），"鸟音书"当为"乌音书"（kakarutalipi）。此类问题，还有一些。但方先生的校本采用了较好的底本，参校了几个较完备的刊本，纠正了一些脱误，书后附了历代主要刊本的序跋和评论，同时又为新本写了前言并附有《段成式年谱》，这都为研究《酉》书及其作者提供了很大方便。因此，本文所引《酉》书原文，均依此本。

（二）段成式其人

有关段氏家世与生平，方先生点校本前言和《段成式年谱》中有翔实的叙述与考证，这里仅就段氏与佛教的关系问题略陈己见。

1. 段氏与佛僧

段氏与佛僧往来很多，这在《酉》书中多有记载，方先生《段成式年谱》中亦有罗列。段氏所记故事，有不少系直接闻诸僧人，这说明段氏与僧人的关系很不一般，因为在一般的接触中是不会讲故事的，讲故事必在相当熟悉了之后。《全唐诗》中收段氏的诗56首（《全唐诗》卷五八四），《全唐文》中收段氏文11篇（《全唐文》卷七八七），从这些诗文亦可看出，段氏与僧人的交往是很密切的。

2. 段氏与佛寺

段成式与佛僧频繁交往，自然少不了要入佛寺。他入寺不仅是为同僧人接触，也不仅为了听经学法，有时还为了观览，为了开阔视野和增加知识，有时是为了写书。他在《酉》书续集中专列《寺塔记》一门，是他在武宗毁佛前夕（会昌三年）游长安17座佛寺的记录。他有意模仿《洛阳伽蓝记》，对这17座寺院的建寺掌故、寺内建筑、塑像、绘画、有关传说等都一一做了记叙，为后人研究唐代佛教、佛寺留下了宝贵的资料。另外，《酉》书他卷的一些条目中，还涉及一些别的佛寺。

3. 段氏与佛学

段氏与佛僧、佛寺的关系，说明他对佛教极感兴趣，不仅如此，段氏还精通内典，颇为人称道。如，段成式曾撰过《安国寺寂照和尚碑记》，收在《全唐文》卷七八七中，《金石文补》中评论这篇文字说，"碑文险怪，内典极伙"。（转引自方南生《段成式年谱》）在《酉》书《寺塔记》中，段氏记下了自己的诗句，这些亦是他精通内典的明证。

在此，有必要说明的是，段氏不仅对佛教感兴趣，而且对几乎所有的事情都感兴趣。他幼时就善于观察事物，见到蚂蚁活动，竟觉得它们可能有语言；他27岁在扬州时，当地有个叫石旻的人，有怪术，段氏欲从之学（《酉阳杂俎》卷一七和卷六，中华书局本第167、62页）。长大后读书，博闻强记，《太平广记》卷一九七博物类引《南楚新闻》说，他"词学博闻，精通三教。复强记，每批阅文字，虽千万言，一览略无遗漏"。又引《玉堂闲话》，说他长大后喜欢打猎，其父担心他荒废学业，但看到他写的东西后，方知他学问很大。从《酉》书看，说段氏精通三教一点也不夸张。他平时除与僧人交往，还结交道流，听过一些道人讲故事，此外还结交了不少山人、处士等，这些人则非儒即道。

段氏精通三教，但却偏重于佛教，《酉》书所记，与佛教相关涉者占比例很大。或者可以说得更明确些，段氏相信佛教。这一点，除有前述段氏与佛僧、佛寺、佛学的特殊关系可为基本证据外，还可以列出一些事例作为理由：

（1）《酉》书卷一九《草篇》有"异菌"条，云段氏在长安修行里私宅书斋前有一紫荆，因虫咬被他伐去，留下一尺来高的桩子。后来，开成三年（838年）秋天，桩子上生出一特大蘑菇，五条腿。成式常置香炉于木桩上，"每念经"。这里只说他念经，未说何经，但多半是佛经。

（2）《酉》书续集《金刚经鸠异》序中云："……先君念《金刚经》已五六年，数无虚日，信乎其诚必感，有感必应……先君受持此经十余万遍，征应事孔著……太和二年，于扬州僧栖简处听《平消御注》一遍。六年，于荆州僧靖奢处听《大云疏》一遍。开成元年末，于上都怀楚法师处听《青龙疏》一遍。复日念书写，犹希传照冈极，尽形流通，掇拾遗逸，以备阙佛事，号《金刚经鸠异》。"成式父段文昌雅信释氏，是为家庭影响，而段成式集《金刚经鸠异》，一方面是慰父遗愿，一方面也出之木人信仰。

由于段氏与佛学的特殊关系，使他对天竺故事关心尤切，亦使《酉》书成了研究中印交通史的重要资料来源。

（三）《酉阳杂俎》所记之中印交通

1. 政治往来

唐代，中印交通达到了一个高潮，其标志之一是政府间的使者往来。王玄策作为大唐使者出使印度，堪称中印关系史上的一件大事，学者们对此也颇为注意。《酉》书卷七《医》门记有王玄策事，可与《旧唐书》卷一九八、《新唐书》卷二二一、《唐会要》卷一百等相参观，此不赘言。

2. 宗教往来

唐代长安已成世界一大文化中心，在东方，由于佛教的传播，长安已是最大的佛学中心之一。其时，以玄奘为先导的大规模求法活动在进行，天竺僧来华空前频仍，亦有不少日本等东国僧假唐土西行求法的事例。这些，在《酉》书中都有所反映。

首先，玄奘赴印度取经一事影响极大，有力地促进了中印文化交流，对此，前人评述甚多，季羡林先生在《大唐西域记校注》（1985 年中华书局版）的长篇前言中做了全面评价。段成式对《大唐西域记》非常熟悉，《酉》书屡有提及，并征引数处。如卷三"那揭罗曷国"条、"犍陀罗国"条，均引自《大唐西域记》卷二；卷十"齿"条、"石柱"条、"旃檀鼓"条、"舍利"条、"虮像"条，分别出自《大唐西域记》卷一、四、十二、一、二；卷一六末条，言"玄奘至西域，大雪山高岭下有一村，养羊大如驴"。此语不见于《大唐西域记》和《慈恩传》，盖采自传闻。卷一八"异果"条，不见于《大唐西域记》而见于《慈恩传》卷四；同卷"菩提树"条见于《大唐西域记》卷八；续集卷四则引了《大唐西域记》卷七之"烈士传说"，等等。其次，《酉》书对来唐印度僧亦有记载。如，卷三提到不空事三条，可与《宋高僧传》卷一《不空传》参阅。再如卷一七，梵僧菩提胜亲口对段成式言井（鲸）鱼事，卷四云梵僧菩提胜言阇婆（爪哇）国有飞头者，疑二僧为同一人。卷一八提及摩伽陀国僧提婆，似亦与段式相识。

再次，《酉》书还记有日本僧人金刚三昧事，分别见于卷三和续集卷二。卷三云，"成式见倭国僧金刚三昧，言尝至中天竺……"可知，金刚三昧系假唐赴印度之僧人，且与段相识。

3. 物质文化交流

《酉》书涉及中印物质文化交流方面的记载颇可观，今仅举数项如下：

（1）天文历算

《酉》书卷一云："释氏书言，须弥山南面有阎扶树，月过，树影入月中。"此说本自《长阿含经》卷二二及《楼炭经》《起世经》等，虽属神话而非科学，但却反映了印度古人对天体的观察。卷三列出二十八宿梵名，与中国之二十八宿名并举，可供天文学研究参考。卷五言及一行造《大衍历》事，而一行的天文历算本领，尝得力于印度古代科技。

（2）化学医药

《酉》书卷七提到婆罗门国有药名畔荼佉水。此事颇受英国人李约瑟重视，认为这是关于无机酸的记载（李约瑟《中国科学技术史》第一卷，第七章第九节）。

（3）文学艺术

《酉》书中有不少印度佛教神话传说的记载，或取之佛典，或闻诸梵僧。这对开展中印文学的比较研究很有帮助。

《酉》书续集卷五和卷六记长安塔寺，其中关于造像、绘画的记载颇详。这些艺术品绝大部分出自中国人之手，但表现的神明和故事却是印度的，这无疑是中印文化交流的结果。

（4）语言文字

《酉》书卷一一有关于西域六十四书的记载，而在"百体"中又提到"天竺书"。卷一八云："贝多，出摩伽陀国，长六七丈，经冬不凋。此树有三种：一者多罗婆力叉贝多，二者多梨婆力叉贝多，三者部阇婆力叉。多罗、多梨并书其叶，部阇一色取其皮书之。贝多是梵语，汉翻为叶，贝多婆力叉者，汉言叶树也。西域经书，用此三种皮叶，若能保护，亦得五六百年。"这段话是当时对贝多的一种权威解释，后世辞书往往引以为据（见《辞源》与《佛学大辞典》"贝多"条）。

同卷"菩提树"条还说："此树梵名有二：一曰宾拨梨婆力叉，二曰阿湿曷他婆力叉。"这些都给人一种印象，似乎段成式是懂梵语的。他究竟懂不懂梵语无关大旨，此处仅想说明，他对印度的语言文字很有兴趣，他的记载是中印文化交流的一例。

（5）动物植物

《酉》书中这类例子不少，主要有以下数条：

紫矿，《酉》中凡三出，分别见于卷一一、一八和一九。其卷一八曰："出真腊国，真腊国呼为勒佉。"真腊固非印度，但却是印度古代的殖民地。勒佉一词，正是来自印度，梵文作laksa，俗语作lakha，即紫胶或虫胶。

同卷尚有：

"阿魏，出伽阇那国，即北天竺也，伽阇那呼为形虞。"伽阇那，今译加兹尼（Ghazni），在阿富汗，《大唐西域记》卷一二作鹤悉那。形虞，据劳费尔考证，为梵语hingu之音译（见《中西交通史料汇编》第三册，第186、187页，中华书局，1978年）。

"胡椒，出摩伽陀国，呼为昧履支。"昧履支，梵文为marica，实有二义，一指红辣椒，二指胡椒。今印地语为mirca，并冠以红、黑二词加以区别，红辣椒为lal mirca，胡椒为kali mica，而单提mirca，则指红辣椒。

"荜拨，出摩伽陀国，呼为荜拨梨。"荜拨梨，梵文作pippali，即胡椒，因产于摩伽陀，故又称摩伽地（magadhi）。

卷一六记曰："玄宗时，有五色鹦鹉能言。"证之《新唐书·西域传》，"开元时，中天竺遣使者三至；南天竺一，献五色能言鸟"，可知，《酉》书所说五色鹦鹉即来自南印度。同卷又有"天铁熊"条，"高宗时，加毗叶国献天铁熊，擒白象师子"。加毗叶国，即《大唐西域记》卷一之迦毕试国，梵文为Kapisaya，叶、试古音同。但天铁熊竟为何物，不得而知。

（四）《酉阳杂俎》所记之密宗影响

《酉》书中有不少密宗对唐代社会发生影响的材料，这是很值得注意的。

所谓密宗，是指佛教中的一支，或称密乘。它是在印度婆罗门教和印度教的影响下产生的。密教作为婆罗门教和印度教的主要派别之一，其起源很早，可以说是上古生殖崇拜文化的遗存，或者说是其畸形发展。唐代，当中国佛教大发展时，印度一侧的佛教则处于日趋衰落的状态之中。密宗的兴旺便是其迹象之一。密宗传入中国亦很早，而在唐代形成高潮。唐玄宗开元年间，印度密教僧人善无畏、金刚智和不空金刚先后来唐，号称"开元三大士"。

在印度，密教以崇拜性力、进行男女交合为主要特征。但这在中国的唐代社会是行不通的。由于中国有儒教和道教的牵扯，再加上大乘佛教的地位已牢固确立，故密乘传入中国不得不委曲求全，顺应时势。它不仅不能触犯儒家和道家，而且还需与大乘佛教取得一致。这样，传入唐土的密乘就将重点放在了背诵经文和念诵咒语上。开元三大士的工作的重点亦是翻译和介绍密乘经典，尤其是陀罗尼经咒。其中以不空译密藏经典为最多，凡91部112卷（据吕澂《新编汉文大藏经目录》密藏类统计）。

由于印度佛教密宗僧人大举来唐和大规模译经活动的开展，密宗对唐代社会产生了显著影响。据《酉》书所提供的材料，可分三个方面来谈。

第一，密宗僧人影响了皇帝。唐代皇帝多数是既崇道教又信佛教，唐玄宗时，善无畏、金刚智和不空三人均曾受到皇帝的特殊礼遇，据《宋高僧传》卷一卷二，这三人都曾为皇帝祈雨。《酉》书中提到玄宗令金刚智、不空求雨，令道士罗公远与不空互校功力（皆见卷三），事情虽带有很浓的迷信色彩，但至少能说明玄宗与不空等密宗僧人的关系是很密切的。《酉》书卷一、三、五、一二还四次记叙了一行的故事。一行是中国古代著名的科学家，精通天文历算，但他是个和尚，曾随善无畏、金刚智学密法和译密典。他和皇帝的关系也很密切，"睿宗、玄宗并请入内集贤院，寻诏住兴唐寺"。并有"天师"之号，意为天子之师（《宋高僧传》卷五《一行传》）。《酉》书卷一记曰："一行心计浑天。寺中工役数百，乃命空其室内，徙大瓮于中。又密选常住奴二人，授以布囊。谓曰：'某坊某角有废园，汝向中潜伺，从午至昏，当有物入来，其数七，可尽掩之，失一则杖汝。'奴如言而往。至酉后，果有群豕至，奴悉获而归。一行大喜，令置瓮中，覆以木盖，封于六一泥，朱提梵字数十，其徒莫测。诘朝，中使叩门急召。至便殿，玄宗迎问曰：'太史奏昨夜北斗不见，是何祥也，师有以禳之乎？'一行曰：'后魏时，失荧惑。至今帝车不见，古所无者，天将大警于陛下也……释门以嗔心坏一切善，善心降一切魔。如臣曲见，莫若大赦天下。'玄宗从之。又其夕，太史奏北斗一星现，凡七日而复，成式以此事颇怪，然大传众口，不得不著之。"（此文与《一行传》中文字略同）这个故事说了一行懂梵文密咒，还说了他与玄宗的关系，玄宗称他为师，他则以佛家的道理警诫玄宗。文中末句段成式的话也值得注意，一行的神奇故事大传众口，很可能与他修习密法有关。

第二，密宗影响了唐代民俗。《续世说》卷三有这样一件事，说中宗曾举行宴会，命群臣各效技艺以为娱乐，群臣中有人跳起了西域的浑脱舞，有的念诵起婆罗门咒语。可见，唐代有的大臣也受了密宗的影响。上行下效，民间自然也少不了这种影响。《酉》书卷五有两条材料："雍益坚云：'主夜神咒，持之有功德，夜行及寐，可已恐怖噩梦。'咒曰：'婆珊婆演底。'""宋居士说，掷骰子，咒云：'伊谛弥谛弥揭罗谛。'念满万遍，彩随呼而成。"这说明密咒在民间已有影响。卷八又有两条材料："蜀市人赵高好斗，常入狱。满背镂毗沙门天王，吏欲杖背，见之辄止，恃此转为坊市患害。""成式门下驺路神通……背刺天王，自言得神力"。这里说的是唐代民间有刺青的习俗，而所刺图案有毗沙门天王像。毗沙门天王为密宗崇拜之神。

第三，密宗影响了唐代文学艺术。在这方面，《酉》书也为我们提供了材料。续集卷二讲了一个故事，说姚司马有二女，为妖魅所惑。上都僧瞻善于念咒治妖，为二女治好了病。僧瞻驱妖时曾使用"伐折罗"。"伐折罗"即金刚杵，梵文vajra，是密宗僧人惯用的法器。续集卷三复有一故事："世有村人供于僧者，祈其密言，僧绐之曰驴，其人遂日夕念之。经数岁，照水，见青毛驴附于背。凡有疾病魅鬼，其人至其所立愈。后知其诈，咒效亦歇。"这是文学故事受密宗影响的例子。续集卷五还有雕塑绘画受密宗影响的例子：大兴善寺有不空三藏塔，又有曼殊堂，堂上"工塑极精妙，外壁有泥金帧，不空自西域赍来者。"其天王阁中有天王像，经久不损。续集卷六讲保寿寺"有先天菩萨帧，本起成都妙积寺。开元初，有尼魏八师者，常念大悲咒。双流县百姓刘乙，名意儿，年十一，自欲事魏尼，尼遣之不去，常于奥室立禅。……有僧杨发成，自言能画，意儿常合掌仰祝，然后指授之，以近十稔，工方毕。后塑先天菩萨凡二百四十首，首如塔势，分臂如蔓。"又说静域寺："门内之西，火目药叉及北方天王甚奇猛。"密乘仪轨，多言结坛画像事，所画像不外诸佛、菩萨、天王及药叉等。

（五）《金刚经》与传奇文

《金刚经》为大乘佛教主要经典之一，在唐代受到特殊重视。玄宗于开元年间曾亲注老子《道德经》，令士庶家有一部（《册府元龟》卷五一、《旧唐书》卷八等），继而又亲注《金刚经》，颁诏天下，普令宣讲（《宋高僧传》卷一四《玄俨传》）。玄宗注《金刚经》是经过考察的，他曾诏沙门道氤抉择经之功力，剖判是非（《宋高僧传》卷五《道氤传》）。由于《金刚经》短而精，适于记诵，再加上对其功力的渲染，它几乎在众佛经中取得了至尊的地位。《宋高僧传》卷二四《洪正传》中说洪正默念《金刚经》，鬼使不得近，与洪正在一起的守贤便放弃《弥陀经》而改诵《金刚经》。《酉》书续集卷七说，什邡县有百姓王翰，暴死三日而复活，言因杀狗而被冥司追去，须做功德。王翰欲转《法华经》和《金光明经》，冥官皆曰不可，王翰请持《金刚经》一日七遍，冥官曰"足矣"。可见《金刚经》在一些佛徒心目中有压倒一切的功力。

《金刚经》在唐代取得特殊地位，应与密宗在唐代的传播有一定关系。中国早期的译经大师鸠摩罗什、菩提流支等，在介绍大乘佛典的同时也译过密乘典籍。唐代初期，玄奘曾重译《金刚经》，但他也译过一些密乘典籍。之后的义净则更进一步，不仅重译了《金刚经》，还大量地介绍了密宗典籍。是密宗的忠实信徒。前文说过，密乘在唐代大举传播首先要与大乘取得一致，密宗僧人正是这样做的。不空在狮子国广求密藏，至天宝五载还京，进"般若梵夹"，然后大传密法（《宋高僧传》卷一《不空传》）。智慧（般刺若）在印度修大小乘的同时，又兼修密法，来华后颇受赏识（《宋高僧传》卷二《智慧传》）。佛陀波利来华译出《佛顶尊胜陀罗尼经》后隐于五台山，传说其隐处为金刚窟，藏有《金刚般若》并一切经法（《宋高僧传》卷二《佛陀波利传》）。如此，一些中外高僧大德兼修显密，在推崇《金刚经》的同时不废密法，在宣扬密法的同时又不忘

《金刚经》，遂使《金刚经》的地位日益显赫。再者，由于《金刚经》便于持诵，密宗又十分强调念诵经咒，这无疑有助于夸张持诵《金刚经》的神力。

《金刚经》的特殊地位使它对文学产生了巨大影响，段成式的《金刚经鸠异》就是这一影响的结果。除《金刚经鸠异》外，唐代还有不少志怪与传奇受其影响。这些文学作品所宣扬的，主要是《金刚经》的神圣功力。而这些功力归结起来主要有以下四点：①免灾；②医病；③起死回生；④延年益寿。所有关于《金刚经》的志怪与传奇文几乎都无例外地宣扬了这种神力。其实，这与《金刚经》的主旨完全是两回事。《金刚经》的主旨在于揭示世界与人生的空幻，强调通过般若而达到解脱。它之所以能在文学作品中被描写成具有无比神力的至上经典，其原因大抵来自僧俗人众对神秘力量的崇拜与追求。其中，密宗自然也起到了某些推波助澜的作用。

宋代早期编成的《太平广记》中，专记《金刚经》神秘功力的故事共七卷（第102~108卷），专记《法华经》神秘功力的故事仅一卷（第109卷）。在《太平广记》的七卷《金刚经》故事（共103篇）中，辑自《报应记》的为最多，共53篇，约占总数的51%；辑自《酉》书《金刚经鸠异》的次之，共18篇，约占总数的17%；辑自《广异集》的有15篇，约占总数的15%；辑自《法苑珠林》的有9篇，约占总数的9%；辑自其他书如《宣室志》、《冥报记》等的有8篇，约占总数的8%。《金刚经鸠异》集于《冥报记》、《法苑珠林》和《广异集》之后，而在《报应记》和《宣室志》之前，其承前启后的作用是明显的。这些书都是唐人的作品，不用说，唐代宣扬《金刚经》神力的志怪与传奇达到了一个空前未有的高峰。自宋以来，这类故事仍绵绵不绝，如，宋洪迈的《夷坚志》、元无名氏的《湖海新闻夷坚续志》、清蒲松龄的《聊斋志异》、纪昀的《阅微草堂笔记》、袁牧的《子不语》等书中，都能见到。

（六）《酉阳杂俎》与中印文学比较

印度文化一经东传，便对中国文学产生了巨大影响。对此，季羡林先生在《印度文学在中国》、《五卷书译本序》、《五卷书译本再版后记》和《罗摩衍那在中国》等文章中均有精彩论证。的确，由于中印两国文化交往的历史悠久和丰富文献的保存，开展中印文学的比较研究大有可为。段成式就是开展这一研究的先驱者。数年前，卢康华、孙景尧在《比较文学导论》一书中追述中国比较文学的渊源时曾指出："最能体现综合比较特色，比较文学意味的素材最多而影响也大的，当推段成式的名著《酉阳杂俎》。"他们认为，《酉》书中包含了比较文学研究的方方面面，有"译介学因素"、"渊源学因素"、"平行研究因素"和"综合比较因素"，认为段氏对比较文学研究"独具慧眼"（《比较文学导论》第212~214页，黑龙江人民出版社，1984年）。

在《酉》书续集卷四，段氏指出梁代吴均《续齐谐记》中的鹅笼故事出自释氏《譬如经》。继而又指出，道士顾玄绩的传说来自《大唐西域记》所载的印度故事"烈士池传说"。这两组比较颇为确当，无可辩驳，为后人留下了宝贵的启示，使后世的研究更加深入。如"鹅笼故事"，鲁迅先生曾据段氏之说，指出"助六朝人志怪思想发达的，便是印度思想之输入"。（《中国小说的历史的变迁》第二讲）他还补充了两条材料，一是《观佛三昧海经》卷一"白毫菩萨"故事，二是《法苑珠林》和《太平御览》引《灵鬼志》的"外国道人"的故事（《中国小说史略》第五篇）。钱锺书先生在《管锥编》中又补充了大量材料，并进行了细致深刻的研究（《管锥编》第二册，第764页，中华书局，1979年）。至于"烈士故事"，段氏之说在明代已受到重视（李诩《戒庵老人漫笔》卷三《西域记一事相类》）。钱锺书先生则又据《太平广记》补《杜子春》《萧洞云》和《韦自东》诸材料，并说此类故事后启《绿野仙踪》第七三回《守仙炉六友烧丹药》（《管锥编》第二册，第655页）。

段成式独具慧眼，能追寻出上述故事的印度渊源，其原因不外是博学与多思。然而，他在《酉》书中，却也自觉不自觉地使自己记的故事与印度故事发生了某种渊源关系。下面试举几例。

（1）《酉》书卷一四《诺皋记》中有龟兹国王阿主儿御龙故事。周连宽在《大唐西域记史地研究丛稿》中说这个故事是从印度史诗《摩诃婆罗多》的故事演变来的（《大唐西域记史地研究丛稿》第52页，中华书局，1984年）。可惜周先生语焉不详。阿主儿故事中，龙化狮子、龙作人言等情节是受了印度故事的影响，这大约不会错。但若凭阿主儿即阿周那（Arjuna）这一点便断定这故事是从《摩诃婆罗多》中直接演变而来，则根据不足。

（2）《酉》书卷一二记一故事，说宁王李宪打猎，在草丛中发现一个柜子，中锁一少女。少女说自己是被二恶僧劫持至此。李宪救出女子，另将一熊锁入柜中。后恶僧来将柜子搬入另一客栈，开柜欲调戏女子，却被熊咬死。印度古代文献《故事海》Ⅲ.1.30~53颂中也有一类似故事：某镇住着一位出家人，他化缘到一吠舍种姓的人家，见到主人的女儿，便起了淫心。他骗主人说，这女儿不洁，一旦结婚就会毁掉全家，应当把她装入箱子放到恒河中漂走。主人便这样做了。出家人命徒弟到下游将箱子捞上岸。在徒弟到达之前，一个王子将箱子捞取，救出少女，并将一只猴子装进箱子。出家人得到箱子后，屏去徒弟，打开箱子准备受用，却被猴子跳出来咬掉了鼻子。

（3）《酉》书续集卷三说，荆州人郝惟谅晚上喝醉酒，走到一家讨水喝，看到一妇人正在缝衣。妇人告诉郝惟谅，说自己是鬼，因尸骨未埋而成为游魂，不得超生。她请郝代她操办掩埋，郝应允。《经律异相》卷四六引《譬喻经》、《福报经》云，迦夷国王梵摩达出猎于旷野，见一屋，进去求饭食，见一女裸身。女子说她是鬼，因生前阻止丈夫施舍衣服而获罚，不得衣穿，不得升天。她请求国王向沙门布施衣物，使她得穿衣服并升入天界。

（4）《酉》书卷一六讲到猎人射鹿的故事，说猎人因射了仙鹿一箭而坠崖折足。此类故事亦属受佛经故事影响，如著名的九色鹿故事等。

（5）《酉》书续集卷五："旧传云，隋帝嗜蛤，所食必兼蛤味，数逾数千万矣。忽有一蛤，椎击如旧，帝异之，置诸几上，一夜有光。及明，肉自脱，中有一佛、二菩萨像。帝悲悔，誓不食蛤。"《杜阳杂编》卷中记唐敬宗事，情节相类。《宋高僧传》卷一一《恒政传》则说是唐文宗事。这个传说影响很人，自宋以后颇有道者：《夷坚志》卷二五有"蚌中观音"条；《湖海新闻夷坚续志》后集卷二有蛤像故事；清褚人获《坚瓠续集》卷一有"蚌珍"和"物现佛像"二条；李庆辰《醉茶志怪》卷三有"蛤佛"条，等等。这类故事的出现，是由中外两方面因素促成的。首先，中国方面对蛤的神化是古已有之，形成了一个"蛤雀互化"说，《大戴礼》、《月令》、《论衡》、《说文》等典籍均有记载。如，《说文》："蜃，大蛤，雉入海所化。蛤，蜃属，有三，皆生于海。牡蛎，千岁雀所化。海蛤者，百岁燕所化。魁蛤，一名复累，老服翼所化。"《御览》引《淮南子·时则篇》许注："雀……随阳下藏，故为蛤。"《论衡·无形篇》："岁月推移，气变物类，虾蟆为鹑，雀为蜃蛤。"此说影响到文学作品，如，《广记》卷四六五引《述异记》："淮水中黄雀，至秋化为蛤，至春复为黄雀。"《夷坚志》卷四十"郭二还魂"条：郭二入地府，见著白布衫小辈可万人上前索命，牛头王云是蛤蜊化身，郭念阿弥陀佛千声，白衫者悉化黄雀飞去。"蛤雀互化"说的本质是阴阳互化说，可能源自上古之性崇拜。其次，外来因素也很明显，那就是佛教的影响。一方面，佛、观音等进入蛤蚌显灵，表现了万物均有佛性的思想；另一方面，反对吃蛤蜊，体现了佛教不杀生的思想。另外，佛经中亦有神化蛤的例证，如《经律异相》卷四八引《善见毗婆娑论》卷四，说蛤蜊听佛说法，得了须陀洹果，升上三十三天。

六、变文六议

敦煌文学与佛教、与印度文学关系之密切，是人们有目共睹的。可以说，敦煌文学作品的发现，为中印文学比较研究开辟出一片新的沃野。前人在这方面已经做了许多工作，已是成绩斐然，但可做的事情还有很多。笔者深受前辈学者们的启发，在这里仅就几个小问题发表一点浅见。

由于敦煌文学作品很多，所以历来就有各种不同的分类方法（参见颜廷亮主编《敦煌文学概论》第二章，甘肃人民出版社，1993年），但不管怎样分类，笔者仍然只采用人们已经习惯了的笼统说法，不仅将其中的变文，也将一些其他说唱类作品统称为"变文"，如下面将提到的《茶酒论》等。因为笔者同意项楚先生的意见，"变文"这一名称是无法用其他名称替代的（项楚《敦煌变文选注·前言》，巴蜀书社，1990年）。

敦煌变文中有相当一部分是为佛教服务的，也有相当一部分是直接以佛经为基础加工创作的。在以佛经为基础加工的这部分作品中，我们看到，印度的东西占据着主要地位，如故事情节、故事角色、思想内容等；但由于这些作品是经过中国人的手加工的，其服务对象又是中国人，所以也必然要受到中国传统文学的一些影响，如文体、文风、语言、修辞，甚至包括一些掌故等。对此，这里不作具体讨论，而只讨论几篇以中国人物为主角而展开情节的作品，以考察其与佛教文学乃至印度文学的关系。文中凡直接引用的变文文字，均依据项楚先生的《敦煌变文选注》，并参考了王重民等先生的《敦煌变文集》（人民文学出版社，1957年）。

（一）《董永变文》

现今所见《董永变文》如同一首叙事诗，但据推测，它既名之变文，即应有说有唱，而不应只唱不说，从种种迹象看，其说的部分可能已经散佚（参见《敦煌变文集》第113页校记一）。根据仅存的部分，我们已不难看出，其中有佛教的影响。

《董永变文》实际上可以分为两个部分，分别讲述董永及其子董仲两代人的故事。这两个故事对后世的影响都很大，董永的故事经后世逐渐扩展演化，终于出现了黄梅戏《天仙配》这样完整丰满的样式；而这两个故事的某些重要情节又被《牛郎织女》所吸收，成为当今中国家喻户晓的民间传说。此外，在少数民族民间故事中还有董永故事的变体（参见邢庆兰《敦煌石室所见〈董永董仲歌〉与红河上游摆彝所传借钱葬父故事》，见周绍良白化文编《敦煌变文论文录》，上海古籍出版社，1982年）。

《董永变文》开宗明义，强调的是一个孝字，但同时也把中国传统的伦理观与印度佛教的善恶报应理论紧密结合起来，说人的善恶行为全部都被"善恶童子"记录在案。"善恶童子"出自佛经，可参见《敦煌变文选注》第228页注三。

此外，文中还使用了若干佛教常用语汇，如"多生"、"发善愿"、"知识"、"天堂"、"浊恶"、"帝释"、"天女"、"阿耨池"等。这些都足以说明佛教对这篇变文的影响。

不过，还应当注意，"帝释"、"阿耨池"等的出现，恐怕不仅仅是当时中国民间把印度佛教的神明当作了天堂的主宰，把佛教传说中的地名用于一则中国故事，也许还暗示了这个故事的情节与印度的传说有关。

据《法苑珠林》卷六二，董永的故事最早见于刘向的《孝子传》，在敦煌发现的句道兴抄本《搜神记》中则说出自刘向《孝子图》，二者都已具备变文中的大体情节。但检《汉书》之《刘向传》和《艺文志》，有关其著述的记载颇详，却无《孝子传》或《孝子图》。而后世之所以将《孝子传》强加于刘向，大概是因为他曾根据《诗经》等编出过《列女传》（《艺文志》著录为《列女传颂图》）。赵景深先生曾说过："最早记载这故事的恐怕是在六朝，所谓晋干宝《搜神记》卷一中……《太平广记》卷五十九亦载此条，云出《搜神记》……守野直喜的《中国俗文学史研究的材料》认为所谓刘向的《孝子图》（《汉学堂丛书·子史钩沉》中作《孝子传》），《太平御览》卷四百十一，也引用着《孝子图》的文字。他认为刘向是前汉人，决不会也称董永为前汉人的。他猜想所谓《孝子图》当比干宝《搜神记》为晚出，我也这样想。我们从故事的繁简上也可以得出这样的结论。"（《董永故事的演变》，见《敦煌变文论文录》）但有趣的是，在敦煌发现的遗书中，恰恰有《搜神记》和《孝子传》两书残部（均见《敦煌变文集》卷八），而且其中都有董永故事。敦煌本《搜神记》又称"句道兴本《搜神记》"，因它与世传干宝《搜神记》实在有很大差异。

一般认为，董永是实有其人，认为他是后汉人，但于正史无征，其行事均见于小说杂录。所以，董永其人未必真有，视为小说家言可矣，董仲亦然。敦煌本《搜神记》前明确标有"句道兴撰"字样，从仅存的部分看，只能认为此书是句道兴摘抄加工汇编，并非始作俑者。无论如何，句道兴为何人已不可考，且其书并非全本，更难据以断定成书或抄书年代。但从书中"田昆仑"等故事的笔法看，是相当口语化的，与变文产生的时间应相差无几。至于敦煌本《孝子传》，也是一种摘抄加工本，其成书至早不过唐明皇世，因书中有开元二十三年（735年）以后事。然而，摘抄者所抄录的故事中有几条来自另一种叫作《孝子传》的书，其中包括董永故事。还有一条"吴猛"，说是"晋时人"，显然可证明其成书不在晋，而在其后。

干宝《搜神记》卷一的董永故事，使人们相信它产生于晋代。但我们知道，六朝以来，中国志怪小说的兴起与印度佛教文学的传入关系很大。董永故事受这种影响的可能性也是存在的。因为，在印度古代，天女与凡人结合的神话传说很多，凡女与天神结合的故事也很多。相比之下，在中国，汉代以前几乎没有这种故事。那时的中国神话中甚至没有勾画出天堂的基本轮廓。而在同一时期，印度的典籍中已经有了天神和凡人的明确分野，神与人的结合也已成为故事的母题。

《董永变文》中董仲的故事，显然是后加入的部分。这个故事类型，恐怕也是受了印度故事的影响。这个问题在本书的最后一篇还将提到，这里就不说了。

（二）《舜子变》

《敦煌变文集》中的《舜子变》是由两个残卷凑成的，另一个叫作《舜子至孝变文》，并记有抄写日期（949年夏五月十四）。

在敦煌本《孝子传》中，有舜的故事，言出《太史公本记》，但实际上已不是《史记》中的原文，而是经过附会加工，远远超出了《史记》的内容。其大体情节倒是与《舜子变》很相似。

《舜子变》也受有佛教的影响。可以说，这一变文的出现具有佛教文学的背景。下面分几个小题来谈。

（1）从语汇上看，文中有"五毒嗔心""方便"和"帝释"等佛教用语。关于"五毒嗔心"，项楚先生解释为"恶毒嗔怒之心"，从大意上讲无疑也是对的。单解"五毒"二字，引《周礼》为出典，似乎也无可厚非，但仍嫌稍远

（参见《敦煌变文选注》第254页）。如果把它与佛教中的"三毒"联系起来，可能更为贴近。"三毒"是佛教常用语，指贪心、嗔心和痴心。《大智度论》卷三一曰："三毒为一切烦恼根本。"文中"五毒"大约是由此而发，故与"嗔心"连在一起。也许是民间的创造。关于"方便"，前面《读〈幽明录〉杂谈》已经说过。关于"帝释"，上文已提到。

②从情节上看，帝释在关键时刻两次助舜摆脱危机，与佛教故事中天帝释护法佑佛故事很相似。此外，佛经中还有不少孝子故事，如《杂宝藏经》卷一之《王子以肉济父母缘》，《弃老国缘》卷二之《波罗奈国有一长者子共天神感王行孝缘》，《六度集经》卷五之《睒道士本生》等等，甚至还有大象和鹦鹉孝敬父母的故事，如《杂宝藏经》卷一《鹦鹉子供养盲父母缘》和卷二《迦尸国王白香象养盲父母并和二国缘》。其中，"睒子本生"最为有名，所以它又被敦煌本《孝子传》所摘录。这些故事无疑会使《舜子变》蒙上佛教的影响，使天帝释很自然地进入情节，并无外来文化的格格不入之感。

③从舜的传说本身看，《史记》中的记载已经具备了附会曲折情节的基础，再加上佛经故事中也有一些父母流放和谋害儿子的故事，就更加剧了《舜子变》的情节演义。如《太子须大拿经》中说国王流放了须大拿，《六度集经》卷五《童子本生》中首陀罗设计杀养子，《杂宝藏经》卷二《梵摩达夫人妒忌伤子法护缘》中国王与王后杀其独子。这些故事都可能对《舜子变》起到推波助澜的作用。同时，我们还注意到一种巧合，即舜的父亲是盲人，而佛经孝子故事中也常常有盲父母。还有一个有趣的巧合，即印度大史诗《摩诃婆罗多》中，持国王是个盲人，他的弟弟般度王死后，他代替弟弟摄政。但他偏袒自己的一百个儿子，而不把王位让给般度的五个儿子。持国百子多不肖，多方设计杀害般度五子。般度五子经过多次磨难，逃离本国，在外过流放生活，后来战败持国百子，并妥善安置了老王持国。这个故事与《舜子变》有相似的地方，虽然只是巧合，但用作平行比较也是饶有兴味。

（三）《韩擒虎话本》

《韩擒虎话本》（以下简称《话本》）中的故事情节主要依据《隋书·韩擒传》。韩擒虎实有其人，因避唐讳，《隋书》将其名省为韩擒。《话本》中的有些情节是根据其他人的事迹演义而成（参见《敦煌变文选注》第298页）。但是，并不能据此而认为它是纯粹的国产，因为其中有明显的外来影响，即印度佛教的影响。这影响主要表现在《话本》的开头和结尾部分。

在开头部分，作者首先加上了一个楔子，完全是佛教的内容。这个楔子很有意思，大意是：周武帝毁佛（文中误为唐武宗会昌法难），天下僧尼还俗。有一法华和尚隐居山内，日日诵经。八大海龙王化为老人前来听经。一日，七龙王先来，一龙王后到。和尚询问，后到龙王说：杨坚百日之内将称帝，为了使杨坚的脑袋戴稳平天冠，特地去为他更换脑盖骨，所以迟到；现杨坚正患头疼，无人能治，这里有一盒龙膏，和尚拿去，涂在杨坚头盖上，病便痊愈；还要告诉杨坚，以后为皇帝，一定要再兴佛法。法华和尚按照龙王的话去做了，后来杨坚果然当上了皇帝。

从这个楔子可以知道，佛教创作这个《话本》的目的完全是为弘扬佛教服务的。文中不仅出现了和尚，而且出现了龙王。杨坚之所以能够顺利当上皇帝，和尚和龙王起到关键的作用。如本篇第二章所说，这里的八大海龙王起的是护法佑佛的作用，这是印度佛教文学中龙王故事的一个类型的变体。

《话本》的结尾部分也很有意思。韩擒虎为杨坚立下赫赫战功，最后，一日，当他神思不安之际，有一"五道将军"从地下"涌出"，说是奉天命请韩擒虎去做"冥司之主"。于是，韩擒虎拜别隋文帝及满朝大臣，安排下妻儿老小而去。这个情节是根据民间传说安排的。《隋书·韩擒传》里也记载了当时人们的一些传说："无何，其邻母见擒门下仪卫甚盛，有同王者，母异而问之。其中人曰：'我来迎王。'忽然不见。又有人疾笃，忽惊走至擒家曰：'我欲谒王。'左右问曰：'何王也？'答曰：'阎罗王。'擒子弟欲挞之，擒止之曰：'生为上柱国，死作阎罗王，斯亦足矣。'因寝疾，数日竟卒，时年五十五。"《隋书》毕竟严肃得多，只是记载了时人的传说，并没有说他真的当上阎罗王。然而《话本》则不同，说得活灵活现，极尽夸饰之美。其"五道神"从地"涌出"的细节描绘，更是带有佛教的色彩。说起"五道神"或"五道将军"，显然是从佛教"五道轮回"说而来。而"涌出"一词，有时又作"踊出"，也是佛经中常用的词汇，南北朝至唐为雅俗共用（参见钱锺书《管锥编》第1516页，中华书局，1979年）。而本文中的细节，可参见《经律异相》卷八《为听〈法华经〉大地震裂踊现空中》（出《法华经》第五卷）。

（四）《叶净能诗》

叶净能为唐中宗时道士，景龙四年（710年），李隆基起兵，被诛。文中的故事乃集其他若干道士传说而成（参见《敦煌变文选注》第332页注一）。

从故事情节可知，这篇变文宣扬的是道教，也可以算是一篇志异小说。然而，宣扬道教的《叶净能诗》也避免不了佛教的影响，其痕迹在故事中往往可见。下面试举数例。

变文开头说，叶净能在观中勤苦修道，"感得大罗宫帝释"派一神人送来符书一卷，令他学习。不用说，其中的"帝释"是道教从佛教中借来的神灵。同样，道教还模仿佛教的"三十三天"说造出"三十六天"说。佛教的三十三天又称"忉利天"，由帝释掌管。而道教袭用佛教说法，将天界分为三十六重，或六重，大罗天为最高一重。《云笈七签》卷二一引《元始经》曰："大罗之境，无复真宰，惟大梵之气包罗诸天。"但此变文代表了民间的看法，认为印度传来的神明天帝释即大罗天的主宰。按《元始经》的说法，"大罗"即"大梵之气包罗"的意思，而这个"大梵"也是从印度的"大梵天"转化来的。

文中说："行经数日，大罗王化作一河水，其河阔五里已来，又无桥船渡人之处，而试净能。"这里的"大罗王"即是帝释，他利用变化来考验叶净能，如同佛经中天帝释考验菩萨。

文中，叶净能把一瓮子变为道士与唐玄宗饮酒的情节，与《酉阳杂俎》前集卷五《怪术》中"梵僧难陀"的故事很相似，也许是受其影响。中国古籍对印度古代的幻术多有记载，《酉阳杂俎》中的"梵僧难陀"即是来自印度的僧人，说他"得如幻三昧"，实指他懂得幻术。

文中，叶净能带唐玄宗到月宫，有这样一段描述："直到大殿，皆用水精琉璃玛瑙，莫测涯际。以水精为窗牖，以水精为楼台。又见数个美人，身着三铢之衣，手中皆擎水精之盘，盘中有器，尽是水精七宝合成。见皇帝皆存礼度。净能引皇帝直至娑罗树边看树，皇帝见其树，高下莫测其涯，枝条直覆三千大千世界。其叶颜色，不异白银，花如同云色。"这里，"七宝""娑罗树"和"三千大千世界"等词汇都来自佛经，而月宫由七宝合成的说法，更使我们想起佛经中关于日宫和月宫的描绘（参见《长阿含经》卷二二）。娑罗一词本是梵语音译，据传，释迦牟尼在娑罗双树间涅槃。当时的民间传说，把月中桂树称为娑罗树，如《敦煌变文集》第227页《下女夫词》中即有"月里娑罗树，枝高难可攀"这样的诗句。

以上数例，说明佛教对《叶净能诗》的影响。这一影响的产生，自然有当时当地的背景，但从根本上说，道教在发展过程中始终得力于佛教的启发、刺激和竞争，佛教缜密的思辨、浩瀚的典籍、奇异的神话等，都成为道教吸收利用的素材。

（五）《燕子赋》

敦煌变文中有《燕子赋》七种，《敦煌变文选注》选出二种并分为甲乙，今据以议论。

《燕子赋》（甲），讲的是雀儿强占了燕子的巢，二人找凤凰裁判的故事。其中，雀儿在被囚禁时说了这样一段话："古者三公厄于狱卒，吾乃今朝自见。惟须口中念佛，心中发愿，若得官事解散，验写《多心经》一卷。"这段话说明，当时民间相信念佛、转经可以避祸得福，积功增德。如《太平广记》的《报应类》，几乎全属此类。关于写《多心经》，已有故事，《太平广记》卷一一二《孟知俭》就是一例（出《朝野佥载》）。另外，唐郑处诲《明皇杂录》中说到杨贵妃养一鹦鹉，会念《多心经》，与这只雀儿发愿写《多心经》可相辉映。

《燕子赋》（乙），讲的也是雀儿强占燕子巢穴的故事。其中，燕子说："真成无比较，曾娉海龙宫，海龙王第三女，发长七尺强。"这是龙王龙女故事，与印度佛教故事有关，前文已经说过。雀儿说道："一种居天地，受果不相当……恒思十善业，觉悟欲无常。饥恒飡五谷，不煞一众生。"这里，"受果"（受果报的意思）、"十善业"、"无常"、"不煞一众生"（即不杀生），都是佛教用语。可见，雀儿满嘴的佛家道理，而实际上却是霸道的强梁。最后，凤凰做出裁判，令雀儿归还燕巢，雀儿唱道："凤凰住佛法，不拟煞伤人；忽然责情打，几许愧金身。"凤凰以佛家的慈悲心化解矛盾，并没有责打雀儿。

《燕子赋》是一篇寓言，以鸟类争巢寓人类社会的财产争端。这种鸟儿间进行长篇对话的寓言，在古代的中国寓言中是很罕见的，但在佛经文学中却比比皆是。因此，说《燕子赋》这种寓言的出现是受到了佛经寓言的影响并不为过。

（六）《茶酒论》

敦煌《茶酒论》写本有六，其伯2718号前标有作者，为乡贡进士王敷，文后留有抄写人阎海真题记，抄写时间在"开宝三年壬申岁"（三年似为五年之误，因五年为壬申岁，即972年）。

《茶酒论》是一篇由文人写作的游戏文章，但仍不失为一篇构思奇特、妙趣横生的寓言。它通过茶和酒的辩论，以及水的总结，说明了一条道理：任何人，不能只见己长不见人长，更不能只见枝叶而不见根本；对任何事物，都不能只强调其个性而忽略其共性。但同时，我们还从这篇寓言中看到了当时儒佛道三教并存，相互排斥并相互吸收和融合的文化格局。

辩论伊始，茶先发言，自称为"百草之首"，"贡五侯宅，奉帝王家"，"自然尊贵"。酒乃驳论，曰"茶贱酒贵"，自称为君王、群臣、三军饮用，"和死定生，神明歆气"。在头一回合的辩论中，似乎酒占了上风。于是酒在第二回合中又提出"玉酒琼浆，仙人杯觞。菊花竹叶，君王交接"。把自己同道家和最高统治者相联系。然而，在以后的几个回合即遭到茶的有力反击。茶的武器主要是佛家的观点："名僧大德，幽隐禅林。饮之语话，能去昏沉。供养弥勒，奉献观音。千劫万劫，诸佛相钦。酒能破家散宅，广作邪淫。打却三盏已后，令人只是罪深。"把饮茶与佛家的清净修行相连，把饮酒与世俗的邪淫罪恶相连。又说："君不见生生鸟，为酒丧其身……即见道有酒黄酒病，不见道有茶疯茶癫。阿阇世王为酒杀父害母，刘伶为酒一死三年。"引用佛教典故历数饮酒之弊。又说，饮酒取咎，最终还得求助佛门，"烧香断酒，念佛求天"。辩论到这里，似乎茶占了上风。

在相争不下之际，水终于发言，它首先强调水在天地间的地位和作用："人生四大，地水火风……万物须水，五谷之宗。上应乾象，下顺吉凶。"然后，劝和茶酒："从今以后，切须和同。酒店发富，茶坊不穷。长为兄弟，须得始终。"又劝诫世人："若人读之一本，永世不害酒颠茶风。"这里，"人生四大，地水火风"是印度古代哲学（包括佛教哲学）的基本范畴，可见，水的发言是站在一个更高的立场上，居高临下，融合三教，更加权威。而最后二句对世人的劝诫，正如郑振铎先生所说："这二句话恐怕是受了印度作品的影响。像这样的自赞自颂的结束方法，在我们文学作品里是很少见的。"（《中国俗文学史》第139页，东方出版社，1996年）

第三篇

宋辽金元

　　从总体上看，宋辽金元时代的文学似乎不如唐代发达繁荣，但这一时期的文学有自己的特点，也有许多突出的成就，而在有些方面显然比以前有很大的进步。例如，唐代的诗歌很繁荣，宋辽金元的诗无法与之相比，但宋代的词和元代的小令却很有特色，可以说是独树一帜。再如，唐代的传奇有声有色，脍炙人口，宋辽金元的传奇也无法与之相比，但宋元话本和元代杂剧却另辟蹊径，柳暗花明。

　　本篇也同前两篇一样，笔者无力照顾到这一时期文学的方方面面，而只能就某些作品、某些专题发表愚见。

　　《太平广记》是宋代初期结集的一部大型小说集，虽然其中的作品绝大部分都是宋代以前的，但由于它编订于宋代，所以本篇首先要谈谈编辑这部书的意义和贡献，尤其是对中印比较文学的贡献。

一、《太平广记》的贡献

（一）《太平广记》的成书

　　宋朝平定天下以后，到太宗即位，定国号为太平兴国。当时的经济有所发展，于是朝廷着手编修书籍。据宋代学者陈振孙《直斋书录解题》卷十一："太平兴国二年，诏学士李昉、扈蒙等修《御览》，又取野史、传记、故事、小说撰集，明年书成，名《太平广记》。"又据《四库全书总目》卷一四二："以太平兴国二年三月奉诏，三年八月表进，六年正月敕雕版印行。凡分五十五部，所采书三百四十五种。古来轶闻琐事、僻笈遗文咸在焉。卷帙轻者往往全部收入，盖小说家之渊海也。"

从这里可知，《太平广记》是宋太宗于977年下诏修《太平御览》时的副产品，于978年编成，历时不到一年半，成书时间早于《太平御览》。

《太平广记》的出现也是水到渠成的事。一是因为，中国历代都有记载历史的传统，不仅记载当朝所发生的事件，而且编修前朝国史，这就促使中国历史典籍在二千余年里从未间断，使了解和研究中国历史有了充足的文献根据。后来这一传统又进一步扩大，那就是由皇帝下令，朝廷出钱，文人出力，编修大型工具书。如三国曹丕于延康元年（220年）下令诸儒撰集经传，黄初三年（222年）由刘劭等人完成的八百余万字的《皇览》，首开中国类书编修的先河。到了唐代，又纂辑出《艺文类聚》、《初学记》、《册府元龟》等。宋代模仿前朝，开始编修《太平御览》和《文苑英华》等。这些类书的编辑，为《太平广记》的出现奠定了技术基础。二是因为，中国小说虽然成气候较迟，但早就有了产生的基础，自后汉以降，中经两晋、南北朝、隋唐，到五代，约九百年时间，中国小说的发展业已相当辉煌，有十分丰富的材料。其中不乏娱乐性、艺术性、思想性、教诲性俱佳的作品。这些作品虽然还没有经、史、诗、赋那样的正统地位，但在文人中已经出现了创作热潮，在民间的影响似乎更大。作为一种文学力量，已经不可抗拒地走上文坛。这就需要给以汇集、整理、保存。有了丰富的材料，有了汇集整理的必要，于是，《太平广记》应运而生。

（二）《太平广记》的贡献

鲁迅先生在《中国小说史略》第十一篇中写道："《广记》采摭宏富，用书至三百四十四种，自汉晋至五代之小说家言，本书今已散亡者，往往赖以考见，且分类纂辑，得五十五部，视每部卷帙之多寡，亦可知晋唐小说所叙，何者为多，盖不特稗说之渊海，且为文心之统计矣。"从鲁迅先生的这段话可知，《太平广记》对中国小说史的贡献是很大的，它的贡献主要表现在它的特点上，而它的特点则主要有两条：一是"采摭宏富"，二是"分类纂辑"。这两条对于后人研究五代以前的中国古代小说，提供了极大方便。正因为"采摭宏富"，保存了许多原本失传的内容，才使我们能够得知古代小说的大体面貌。又因为"分类纂辑"，使我们在研究中有了比较相同类型和不同类型、中国故事与外国故事的便利。

实际上《太平广记》不仅是一部巨型小说集，而且也保存了其他门类的若干资料，如历史、诗文、天文、地理、医药、卜筮，等等。为各方面的研究提供了便利。

下面举几个例子，着重谈谈它对中国小说的贡献。

鲁迅先生在《中国小说史略》中说，《太平广记》成书并雕版后，由于有人认为该书"非后学所急，乃收版贮太清楼，故宋人反多未见"。先生的这句话其实不确，虽然常为后世小说史家所引用。首先，宋人所撰《崇文总目》《郡斋读书志》《直斋书录解题》等均有著录，说明当时的著录者都已看到此书。其次，南宋金盈之《醉翁谈录》之《小说开辟》中讲到宋代说话人的基本功，"幼习《太平广记》，长攻历代书史"。这一方面说明，宋代，至少是南宋时代，《太平广记》在民间已经相当流行；另一方面说明，《太平广记》作为基础读本，曾对宋代以来的话本创作起到过促进作用。至于以《太平广记》中的故事为基础而演义出话本、杂剧乃至白话小说的例子，就更多了。

自明代以来，许多书商都从《太平广记》中选取小说刊印。出现了如《古今逸史》《说海》《五朝小说》《龙威秘书》《唐人说荟》等小说集。20世纪20年代，鲁迅先生讲授中国小说史，依据《太平广记》选辑了一部《唐宋传奇集》。30年代，汪辟疆先生又在此基础上增加数量，选编出《唐人小说》。如今，不仅辑录唐代及其以前的小说必须依靠《太平广记》，而且，整理、校刊古代小说，甚至一些非小说文献，也要依靠《太平广记》。例如《殷芸小说》，本是南朝殷芸编纂的一部小说集，《隋书》曾经著录，唐人刘知几《史通·杂说》中记载有"梁武帝令殷芸编为小说"字样，其后历代均有著录，但到了明代，此书已经失传。到20世纪初期，鲁迅先生曾经辑录过（见《古小说钩沉》），后来余嘉锡先生也辑录过（见《余嘉锡论学杂著》），80年代，周楞伽先生的辑注本由上海古籍出版社出版，都得力于《太平广记》。至于20世纪80年代以来整理出版的许多唐代及其以前的其他小说集，也都少不了对《太平广记》的依靠。

如前所说，给文献资料分类，不是《太平广记》的发明，那是古代编纂类书就已经创立了。至于按内容为小说分类，唐代人也做过，如段成式在其《酉阳杂俎》中所做。尽管如此，《太平广记》对小说分类的贡献也是空前的。它的分类以多和细见长，共有92类，且不包括21个附类。这样分类不一定十分合理，但的确给人们带来了极大的方便。例如，中国的武侠小说自清末民国以来风行至今。我们在读《史记》时，每到《游侠列传》，便觉大侠朱家的故事脍炙人口，每每会有慨叹：中国的武侠小说，由来尚矣。而当我们打开《太平广记》

时，则会发现，其卷一九三至一九六为"豪侠"类，凡四卷24条。读了这一部分，我们也会得到一个印象：中国的武侠小说，清流旷矣。但我们还必须注意到，《史记》中的故事是历史人物传记，是真实的事件，之所以具有可读性，是史家的文学手笔所致，而《太平广记》中的豪侠故事则是小说，是虚构出来的。《广记》中，虬冉客的豪气、红线女的义气、京西店老人的剑术、聂隐娘的神通，等等，无不令人感到新奇；至于和尚侠、尼姑侠、道士侠、美女侠、少年侠、外国侠，甚至动物侠等等，更是令人眼花缭乱。正是因为有了这样一批小说，中国的武侠小说才有了后世的发展。《太平广记》将这批小说集中起来，无疑会给一些文人以创作武侠小说的冲动。同时，也为我们研究中国武侠小说的发展提供了资料。

总之，《太平广记》自问世以后，对于中国小说的创作、编纂、校刊、研究等都有过不可磨灭的贡献。

（三）《太平广记》对中印文学比较的贡献

这里要单独说说《太平广记》对中印比较文学的贡献。这一贡献同样是由它的两大突出特点，"采摭宏富"和"分类纂辑"而来。

《太平广记》对中印比较文学的最主要贡献，就是提供了非常丰富的资料。当今，我们对中印古代文学做比较研究时，实在是离不开《太平广记》。就拿中国当代对中印比较文学做出突出贡献的两位大家来说吧，季羡林先生是如此，钱锺书先生也是如此。例如，季先生在《印度文学在中国》一文中，就使用了《太平广记》中的若干资料。他文中提到和引用的《宣验记》《湘中怨》《震泽龙女传》《柳毅传》《南柯太守传》《枕中记》《离魂记》《灵怪录》《独异志》等南北朝至唐代的小说和小说集，都见于《太平广记》。同样，他在其他中印文学比较研究的文章里也经常使用《太平广记》中的资料。钱先生也是一样，他的《管锥编》第二册，大部分是读《太平广记》的笔记，其中有相当多的内容是属于中印文学比较研究的。

除了大家们引用过的资料外，还有许多未曾被利用过的可用于中印文学比较研究的资料。下面举一个例子。

《太平广记》卷六〇有一则《张玉兰》的故事（出《传仙录》），录于下：

> 张玉兰者，天师之孙，灵真之女也。幼而洁素，不茹荤血。年十七岁，梦赤光自天而下，光中金字篆文，缭绕数十尺，随光入其口

中。觉而不自安，因遂有孕。母氏责之，终不言所梦。唯侍婢知之。一旦，谓侍婢曰："吾不能忍耻而生。死而剖腹，以明我心。"其夕无疾而终，侍婢以白其事，母不欲违，冀雪其疑。忽有一物如莲花，自劈其腹而出，开其中，得素金书《本际经》十卷。素长二丈许，幅六七寸，文明甚妙，殆非人功。玉兰死旬月，常有异香。乃传写其经，而葬玉兰。百余日，大风雷雨，天地晦暝，失经。其玉兰所在坟圹自开，棺盖飞在巨木之上。视之，空棺而已。今墓在益州温江县，女郎观是也。三月九日，是玉兰飞升之日，至今乡里常设斋祭之。灵真即天师之子，名衡，号曰嗣师。自汉灵帝光和二年己未正月二十三日，于阳平化白日升天。玉兰产经得道，当在灵真上升之后，三国纷竞之时也。

这是一则道家故事。由于《太平广记》中取自《传仙录》的故事唯此一则，也无从断定故事产生的时间。但从其最后一句话可知，其产生年代必在两晋或更晚。这一时期，正是佛教在中国盛传的时代，也是各种神奇怪异故事大量产生的时代。道教受到佛教的冲击，在此期间也模仿佛教，为自己编出了许多神话。这则故事就是其中之一。为什么说这则故事是受了佛教故事的影响呢？有故事情节为证。故事中说，从张天师的孙女张玉兰腹中生出一枝如莲花一样的花，花上有经书一部。这种腹中生莲花的故事常见于印度的婆罗门教经典，史诗中有之，往世书中亦有之。说的是大神毗湿奴行将创造世界，从他的脐中生出一枝莲花，莲花上坐着梵天，梵天按照毗湿奴的命令创造了世界。在婆罗门教的传说中，梵天的手中通常是拿着《吠陀》经书的。当然，我们很难证明当时婆罗门教的这个故事直接影响了《张玉兰》的构思。但我们可以在汉译佛经中找到这个故事。至少有这样三则：

其一，《大智度论》卷八：

> 劫尽烧时，一切皆空。众生福德、因缘力故，十方风至，相对相触，能持大水。水上有一千头人，二千手足，名为韦纽。是人脐中出千叶金色妙宝莲花，其光大明，如万日俱照。花中有人结跏趺坐，此人复有无量光明，名曰梵天王。此梵天王心生八子，八子生天地人民。

其二，《经律异相》卷一引《诸杂譬喻经》卷六：

劫烧将尽时，一切皆空。众生福德、因缘力故，十方风至，风风相次，能持大水。上有一千头人，二千手足，名为违纽。是人脐中生千叶金色莲花，其光大明，如万日照。花中有人，结跏趺坐。此人复有无量光明，名为梵天王。心生八子，八子生天地人民。

其三，《提婆菩萨释楞伽经·外道小乘涅槃论》：

围陀论师说，从那罗延天脐中生大莲花，从莲花生梵天祖公。彼梵天作一切命、无命物。

以上三段文字中，前二段基本相同，显然同出一个版本。围陀即吠陀，印度最古老的文献，为婆罗门教根本经典，此处指婆罗门教。韦纽、违纽、那罗延天均指印度教大神毗湿奴。由此可知，《太平广记》中的这则故事是通过佛经而受到印度教神话影响的。

除《张玉兰》外，类似的例子还有不少，可参见本书其他章节。

《太平广记》的分类也同样为中印文学比较研究带来了便利。本书在撰写过程中，就充分享受了这种便利。例如，我们在前面谈到镜子的故事时，就曾得益于《太平广记》"器玩类"中辑录的故事；在谈到龙王龙女故事时，曾得益于"龙类"中辑录的故事；在谈到鹦鹉故事时，曾得益于"禽鸟类"中辑录的故事；在谈到《酉阳杂俎》时，曾得益于"报应类"所辑录的故事。下文还将谈到狐精故事，得益于"狐类"中所辑录的故事。这里着重谈下面几类。

《太平广记》有"幻术类"，自卷二八四至二八七，共四卷44条。卷二八四有《天毒国道人》和《扶娄国人》，均出自《拾遗记》，本书第一篇已经谈过。

还有《阳羡书生》，出《续齐谐记》，自唐代段成式在《酉阳杂俎》中将它作为中印比较文学的资料后，它便成为典型例证，经鲁迅、季羡林等先生的论证，现已被人们所熟悉，所以这里不再细说。卷二八六有一篇《胡媚儿》，出《河东记》，据"胡媚儿"这个名字，像是一篇狐狸精故事。但其中的主要怪异乃是胡媚儿能将车、马、人等巨物盛入一小琉璃瓶中，这与《阳羡书生》所表现的新奇的空间概念有相似处，因而可以认为是在《阳羡书生》一类故事的基础上创作的，是间接受有印度佛经故事的影响。卷二八四又有《天竺胡人》一篇，出《法苑珠林》，言晋代一天竺人来华，有幻术，能"断舌吐火"。卷二八五又有一篇《梵僧难陀》，出《酉阳杂俎》，讲的是印度和尚善于幻术。卷二八四的《赵侯》（出《异苑》）不大引人注意，但实际上也受有佛教的影响。现录于下：

> 晋赵侯，少好诸术，姿形悴陋，长不满数尺。以盆盛水作禁，鱼龙立现。侯有白米，为鼠所盗，乃披发持刀，画作地狱，四面为门，向东啸，群鼠俱到。咒之曰："凡非啖者过去。"盗者令止。盗者十余，剖腹看脏，有米在焉。曾徒跣，须屐，因仰头微吟，双屐自至。人有笑其形容者，便阳设以酒，杯向口即掩鼻不脱，仍稽颡谢过，着地不举。永康有骑石山，上有石人骑石马。侯以印指之，人马一时落首，今犹在山下。

这个故事里有两点迹象说明它与佛教有关。一是赵侯画地狱，二是以印指落石人石马首级。"印"当是佛教中常用的手印，地狱也是佛教传入中国后产生的概念。

总之，从后汉以来，人们对以印度为代表的西域幻术留有深刻印象。佛教在其间起到重要作用，因而古代许多关于幻术的故事都与佛教有关。

《太平广记》中有两卷（卷三五六、三五七）15条故事属于"夜叉类"，而其中《颜浚》应入"鬼类"，非"夜叉类"；《张融》则属罗刹故事。

夜叉又译为药叉，本为印度教传说中财神俱比罗的随从，有男有女，同俱比罗一起住在喜马拉雅山，是一种比较可爱的小神灵。在佛教中，夜叉是北方天王毗沙门的随从，是跟随毗沙门天王保护众生的。不过，佛教文献中，夜叉往往又同罗刹一样，一律被认为是魔鬼的一种，又被翻译为"捷疾鬼"、"能啖鬼"等。佛教传入中国，也把夜叉带了进来。所以，在中国人的心目中，夜叉不是好东西。尤其是唐代，出现了一批夜叉故事，从《太平广记》中的这类故事可以看出，在中国古人，特别是唐代人的心目中，夜叉的形象一般有这样两条：一是身材高大，常被描写为"身长丈余"；二是面目狰狞，常被描写为"目光如电"。在唐代的寺庙中时常画有夜叉的形象。此外，多数夜叉具备两个特点：其一，多数夜叉都有吃人或动物肉的习性，夜间活动而白天隐匿；其二，有不少夜叉会飞，有时被叫作"飞天夜叉"，他们能够像大鹏一样飞翔，捉拿人和动物。应当说，夜叉的这些形象和特点都来自佛经。

夜叉这一来自印度的概念深入人心以后，再加上《太平广记》对夜叉故事的结集，宋代以后的文言和白话小说中便时常出现夜叉故事，所以，把中国有关夜叉的故事收集起来，也能编成一本厚书。夜叉终于成为中国神魔殿上引人瞩目的角色。

《太平广记》中还有三类故事很值得注意，那就是"神魂类"、"再生类"和"悟前生类"。"神魂类"仅一卷（卷三五八），"悟前生类"二卷（卷三八七、三八八），而"再生类"多达十二卷（卷三七五至三八六）。这类故事中，有离魂故事、地狱故事、镜子故事等，但它们都有一个共同特点：宣扬人是有灵魂的，灵魂可以离开人体独立存在，又可以重新获得形体而再生；人不仅有今生，还有前生和来世。应当说，这三类故事的出现，在很大程度上是受有印度灵魂观和轮回思想的影响。

总之，《太平广记》对中印比较文学的贡献，主要表现为两个方面：一是保存有大量可供比较的资料，二是它将若干同类故事集中在一起，带来了检索的方便。

二、读《青琐高议》杂谈

（一）关于《青琐高议》

宋代人的笔记小说很多，而《青琐高议》可以说是宋代早期的一部规模较大的笔记小说集。上海古籍出版社1983年点校本搜罗最全，除了有《前集》十卷、《后集》十卷和《别集》七卷外，还有《补遗》若干条。本文以下引用有关段落，均据此点校本。

关于《青琐高议》的作者，点校本的《出版说明》中曾加以说明，认为是刘斧"撰辑"，也就是说，其中有一部分是属有作者名字的，是前人的作品，而余下的，有的是刘斧所作，有的可能是经过了他的加工改编。因此，将《青琐高议》定为刘斧撰辑，是比较准确的。

至于刘斧其人，史书中并无记载，据《青琐高议》中的某些文字，可以大体推知其生活年代在北宋后期（参见点校本《出版说明》）。而根据孙副枢的《青琐高议序》，则知他撰辑成此书时是个秀才。

关于《青琐高议》书名的来历，其中"青琐"一词，出典大约本自《汉书》、《后汉书》等。《汉书》卷九八《元后传》曰："曲阳侯根骄奢僭上，赤墀青琐。"颜师古注曰："青琐者，刻为连环文，而青涂之也。"《后汉书》卷三四《梁冀传》曰："冀乃大起第舍……窗牖皆有绮疏青琐，图以云气仙灵。"李贤注曰:"青琐谓刻为琐文,而以青饰之也。"由此可知,青琐乃是古代建筑中的一种雕刻文饰,本为皇家建筑所特有,人臣的建筑有此,乃有僭越之嫌。但到了晋代,人臣的居所往往也用青琐文饰,如《世说新语》下卷《惑溺第三十五》与《晋书》卷四〇《贾充传》记贾充宅有青琐,似乎并无犯上的意思。那么,《青琐高议》的书名命以青琐,又附以"高议",其义何在?笔者以为,大约是指豪华建筑物中的高谈阔论。而书中一些篇什之后又确有"议曰"引出的短评,当是"高议"之所由来。

(二)《青琐高议》与佛教

《青琐高议》中的小说与佛教的关系还是比较密切的。下面分若干小题目谈。

1. 因果报应

自佛教传入以后,中国小说中便逐渐出现了专门谈因果报应的一派,从魏晋到明清,此类小说的数量很大,难以统计。即使到如今,许多小说中仍然难免要有意无意地表现因果报应。宋代的小说,自然是在潮流之中。在《青琐高议》中,就有许多篇属于此类。

因果报应故事可分为多种类型,但一般都可以分为两大类:一类是善报;一类是恶报。《青琐高议》中的故事也可以分为这样两类。如善报类,有《前集》卷一的《葬骨记》《丛冢记》《彭郎中记》,《后集》卷一的《大姆记》、卷二的《时邦美》、卷九的《朱蛇记》等。与善报类故事相比,恶报类故事要多得多。如《前集》卷七的《赵飞燕别传》,卷八的《何仙姑续补》,《后集》卷三的《化猿记》《杀鸡报》《猫报记》,卷四的全部(七篇),卷七的《张宿》,等等。

从这些故事中不难看出,作者有明显的劝善动机。鲁迅先生曾经说过:"传奇小说,到唐亡时就绝了。至宋朝,虽然也有作传奇的,但就大不相同。因为唐人大抵描写时事;而宋人则多讲古事。唐人小说少教训;而宋则多教训。"(《中国小说的历史的变迁》第四讲)《青琐高议》所反映的情况正是如此。其中劝善的内容正是所谓"教训",这也是"高议"的目的。

鲁迅先生还说过:"宋代虽云崇儒,并容释道,而信仰本根,夙在巫鬼。"(《中国小说史略》第十一篇)这就指出,中国小说到了宋代还是免不了要反映出有关佛教的信仰。如《青琐高议》中的故事,之所以大谈因果报应,与社会上的佛教信仰和影响关系很大。到宋代,佛教在中国已传播了一千年,其因果报应的思想,不仅影响了道教,也早已深入民众的心里,文人学士中也不免有相信者。而因果报应学说，正好与儒家的思想相辅相成，对世风教化有帮助。这就是《青琐高议》中大谈因果报应的原因。

与因果报应紧密相关的就是佛教的轮回转世思想。也可以认为，轮回转世也是一种因果报应。在《青琐高议》中，轮回转世的思想也得到了充分的反映。如《前集》卷四的《王寂传》、卷八的《希夷先生传》、《后集》卷三的《化猿记》、卷四的《陈贵杀牛》、《别集》卷六的《大眼师》等，都是例子。陈贵杀牛，所以转生为牛，曹尚的父亲杀猿，所以转生为猿，这似乎是很公正、很合理的。正如后来人们所说的笑话那样，既然杀什么就转生为什么，那就不如杀人。这是对这种轮回转生说的辛辣讽刺。但在宋代，还是有许多人相信轮回转生。从《王寂传》和《希夷先生传》可知，这种思想已经为道教所吸收、所深信，早已成为其基本理论。至于《大眼师》中所宣讲的一套轮回观，正是印度佛教的基本思想与中国传统思想相结合的产物。

同样，关于地狱的种种说教，也是因果报应和轮回转生思想的一个组成部分。《青琐高议》中有关地狱的故事也有若干则，如《前集》卷一的《紫府真人记》，《后集》卷三的《程说》，《补遗》中的《从政延寿》《张女二事》等，都是。关于地狱的故事，在前文《读〈幽明录〉杂谈》中已经论及。但从《青琐高议》的地狱故事中，我们又看到了宋代人的地狱观。如果说南北朝时期小说中的地狱与佛教传说中的地狱还比较接近的话，那么到了宋代，人们心目中的地狱则发生了一些变化，变得更像是一座官府。

2. 僧人故事

《青琐高议·别集》卷六有五则故事，全是僧人故事，它们是《顿悟师》、《成明师》、《大眼师》、《自在师》和《用城记》。此外，《前集》卷一的《慈云记》、《后集》卷一的《胡僧善相》、卷十的《僧卜记》、《别集》卷五的《董遵》、卷七的《异梦记》、《补遗》的《崇德遇僧》等，也都是僧人故事。

《青琐高议》中僧人故事这样多，说明了北宋时代佛教在社会上的广泛影响，也说明佛教的某些神秘主义因素在社会上享有很大的市场。

《顿悟师》中，法师顿悟"因一言半句，即悟至理"，这位法师大约是禅宗的一派。《成明师》中，提到六祖慧能，则显然是禅宗的一派。《自在师》和《用城记》讲的是两个奇怪的僧人，一个是"不修寺宇"，一个是"不诵经"，然而都是有道之人。他们的奇特之处在于离经叛道、标新立异，这也基本上是属于禅宗的一派。这里重点谈谈《大眼师》一篇。

《大眼师》的不同之处在于，其中提到了"九天秘法"，因此怀疑大眼师是属于密宗僧人，或者说至少受有密宗的影响。大眼师说："吾常极九天秘法，用五明水洗目，即皆见世人之异同。"也就是说，他通过秘法可以看到普通人看不到的东西，即人在轮回中的进展情况等。譬如，刚刚由动物转生来的人，在他眼中，这人的头脸是人的，而四肢则是动物的。在密宗典籍里，有许多关于秘法的仪轨，如结坛、结印、诵咒、和香、配药等。据说，按照其规定去做，就可以获大神通、具大光明、得大无畏、除一切障、断一切业、灭一切罪、消一切殃、去一切鬼、却一切邪、愈一切病，并能洞察三界、逆知前世、预料未来。具备了这样的神通，自然可以看到常人看不到的东西。文中提到的"五明水洗目"，可能与密宗典籍《龙树五明论》有关。此论收在《大正藏》第二十一卷《密教部四》的最后，文前有注曰："平安时代写石山寺藏本。"日本的平安时代为794~1192年，大体相当于中国唐代晚期到南宋中期这段时间。但这《龙树五明论》则可能在唐代即已有之。唐代大诗人白居易有《眼病二首》，其后一首中有这样两句："案上谩铺《龙树论》，盒中虚捻决明丸。"这里的《龙树论》有可能就是《龙树五明论》。又据《隋书·经籍志》载，当时有《龙树菩萨药方》、《龙树菩萨和香法》和《龙树菩萨养性方》三书流传中国，可知龙树是印度古代的一名医学家。但印度古代叫龙树的人较多，大乘佛教的一位大师也叫龙树，而日本密宗创始人空海和尚在《真言付法传》将龙树奉为密宗第三祖（杨曾文：《日本佛教史》第130页，浙江人民出版社，1995年），可见龙树在密宗中的重要地位。由于种种原因，人们时常把不同的龙树混为一人。而这部《龙树五明论》，明显受到过道教的影响。但其主要内容，还是印度传来的。其作者并非龙树，而是后人介绍和评论龙树的秘法。此书卷下写道："净山中一净室内安置道场，用墨沈水香木方一寸、宾铁刀子一枚，于净室中安置，莫令人见，供养礼拜木及刀子、龙树菩萨……此神印持行，印额上，令人不见身；印两足渡海河水，如地不异；印口说法，闻者皆信；印发尺寸（疑有脱字）；印眼，过去未来五道受苦众生分明得见。"又说，用香料做香汤加咒，洗面洗目，可得神效。这大约就是所谓的"九天秘法"。但"九天"之说本起源于中国，未见于佛典。这大约又是道教影响密宗的例子。

其余的几则僧人故事都以离奇见长。如《慈云记》，讲了一个类似唐传奇《南柯太守传》的故事（参见拙著《佛教与中国文化》第二章第二节，华侨出版社，1995年），同时还对宋代佛教的情况有所反映；《胡僧善卜》《僧卜记》，说的是僧人预言吉凶而有效验；《董逋》中强调了《金刚经》的神奇力量；《异梦记》说的是朱温梦中见到僧人；《崇德遇僧》中的僧人则指出了程崇德未能升官的原因是从前杀过人。总之，这些故事都反映出佛教在宋代社会的地位，也利用佛教而营造出一种神秘气氛。

3. 动物故事

《青琐高议》中有不少有关动物的故事，如鱼、蛇、鹿、猴、鸟、狐等。当然，这些动物大多都不是一般意义上的动物，而是具有灵性的动物，是一些精怪或者神物。从总体上说，这些故事的出现与佛教的传入关系很大，是对魏晋南北朝以来志怪小说的继承。

一则最具代表性、明显与印度故事有关系的故事是《青琐高议·后集》卷九的《仁鹿记》。在这则故事中，鹿具有人的语言和思维，是佛经中鹿王故事的改写。对此，拙著《佛教与中国文化》第二章第二节已经作了比较和说明，这里不再重复。

关于狐狸精的故事，如《青琐高议·后集》卷三的《小莲记》等，虽然不能找出其与印度故事的直接关系，但中国狐精故事在发展和流传过程中是受到过佛教影响的，《小莲记》等作为中国狐精故事的一个环节，应当说与佛教的影响是分不开的。关于中国狐精故事的问题，本书的后面还将专门论述，这里也不重复。

《青琐高议》有几则鱼、蛇故事是属于龙王龙女故事的，如《青琐高议·后集》卷三的《异鱼记》、卷九的《梦龙传》和《朱蛇记》等，都是所谓"报恩型"故事。前文已谈论过一些龙王龙女故事，是在别人研究的基础上作些补充。龙王龙女故事受有印度的影响，已经成为定论。

《青琐高议·别集》卷四的《王榭》是宋代传奇中的名篇。它是根据唐代诗人刘禹锡"旧时王谢堂前燕"的诗句敷衍出来的。说王榭到了燕子国，并在那里经历了一段风流韵事。这个故事和我们在谈到鹦鹉故事时所说的一样，人到了鸟的世界，鸟和人混为一体。佛经故事中常有这种取消人和动物界限的故事。

这里只强调一点，《青琐高议》中的动物故事，虽然已经中国化了，但与印度佛教的影响仍然有密切的关系。

4. 宝镜故事

前文已经说到镜子的故事，而且已经举过《青琐高议》中的例子，但言犹未尽，这里还要说说。

《青琐高议·前集》卷八《吕先生传》在前文已经提到，是一则与道教有关的镜子故事。卷四的《王寂传》中也提到了镜子，也是与道教有关：一日，有一道人来见王寂，从袖间拿出一面镜子，这面镜子照出了王寂前生的事情，并说镜中"有坐藤床上若今佛家所为入定者"，勉强与佛教有点关系。《王榭》中还提到用灵丹起死回生的方法，"其法用一明镜致死者胸上，以丹安于项，以东南艾枝作柱，灸之立活"。这是镜子治病的神奇功能，与前文提到的佛教密宗用镜子获得神力的方法有些相似。

《青琐高议·补遗》中有一条《张女二事》，是一则地狱故事，文不长，录于下。

> 赵州赞皇县张銮女，治平四年二月七日死，三日而苏，语音忽变为河东人，曰："我乐平县王琏侄女也，十七归阎氏，夫性酷暴，自经而死。见二鬼导至大城，有王当殿，曰'秦广王也'。王问所以死，左右取大鉴如车轮使我照之。因命一吏曰：'此妇尝剔股肉救母病，又尝燃香于臂，祈姑疾安愈。此二事可延十二年寿，宜令还还。'吏送至家，喉已断，乃复告王。王许借尸，因得至此。"又说冥间地狱无异人间画者，作善作恶，报如影响，可不畏哉！

在中国，地狱这个概念是由佛教从印度传来的，前面的《读〈幽明录〉杂谈》中已经论述过。到了宋代，地狱的情形有了些变化，但还是有印度佛教影响的明显痕迹。这则故事就是很好的例子。王氏女子的两件"善事"，实际上是很残酷的，也是受到印度影响才在中国佛教徒间流行一时的。而其中关于地狱中的"大鉴如车轮"，正如前文所说，是来自佛教典籍的记载。

5. 两个比喻

《青琐高议·前集》卷五《长桥怨》中描写一女子的美丽，说她"垂螺浅黛，修眉丽目"。

《青琐高议·前集》卷六《骊山记》中说杨贵妃"眉若远山翠，脸若秋莲红。"

《青琐高议·别集》卷四《张浩》中描写一女子"秋莲著脸，垂螺压鬓，浩齿排琼"。

在这三处描写当中，以秋莲比喻女子的脸，以垂螺比喻女子的头发，这是两个有趣的比喻。

在《读〈拾遗记〉杂谈》里，我们已谈到"蠡发"或"螺发"的问题，证明那与佛经中关于释迦牟尼头发的传说有关。同时也提到，佛像雕刻中也广泛运用螺发的样式。《青琐高议》中"垂螺"的比喻是否也与此有关呢，尚无确凿的证据。女子的"垂螺"显然与释迦牟尼的"螺发"是不一样的，顾名思义，"垂螺"是指下垂而卷曲为螺形的头发。我们又知道，中国人（除了当时西域一些民族外）的头发是不卷曲的，最初也并不以卷曲为螺形为美。但大约到了晋代，情况就发生了变化，晋崔豹《古今注·鱼虫》曰："童子结发亦谓螺髻，言其形似螺壳。"而"螺髻"在佛经中亦多有，如《大智度论》卷一七曰：释迦文佛本为螺髻仙人，"常行第四禅，出入息断。在一树下坐，兀然不动。鸟见如此，谓之为木，即于髻中生卵。"因此，螺髻在当时流行，恐怕与佛教有一定关系。如同晋代人有许多以佛、僧等字样命名一样，梳螺髻沾佛气以讨吉利，或许可能。唐代女子多梳髻，有宝髻、云髻、高髻、双髻，等等，样式繁多。其中，"双髻又称双螺髻……有梳于头顶之两侧者，也有梳于额的左右，或垂在耳的两旁"。（高国藩《敦煌民俗学》第378页，上海文艺出版社，1989年）由此可知，垂螺的发式在唐代已经很流行，并有敦煌的图画为证。到了五代和宋，这种情形大约没有多少改变，所以《青琐高议》才两次出现这样的比喻。

"秋莲"的比喻，大约也与印度的修辞方法有关。以莲花比喻人的容貌乃至脸面、眼睛、手足等，在印度古代的文学作品中是经常可以看到的。在佛经中也时常可以看到诸如"莲花面"、"莲花色女"、"莲花眼"、"莲花手"等词汇，都是用莲花比喻人和人体某一部分的美。这种比喻不仅佛经中屡屡出现，在印度古代的婆罗门教文献、耆那教文献及各类文学作品中都司空见惯，所以说，这与印度古代的莲花崇拜有关，与印度古人的审美情趣有关。而《青琐高议》中以莲花比喻女人的脸，或多或少与佛经在中国的传播有些关系，因而可以说与印度的影响有些关系。

三、宋元平话中的佛教影响

宋代民间有"说话人"，"说话"就是说书、讲故事。"说话人"讲故事所依据的底本被称为"话本"。其实，如果抛开"说话"的形式而单从文字看，"话本"是小说的一种，是当时流行于民间的白话小说。宋、元时代的话本，分为"小说""诗话""平话"和"词话"等数种，虽然各自有各自的含义，但都可以笼统地称为话本。

大约到了元代，人们开始把宋代旧编和元代新编的讲述历史故事的话本（即所谓"讲史话本"）称为"平话"。"平话"中的"平"字，目前主要有两种理解，一种认为"平"即是"评"，"平话"即是"评话"，"讲说历史故事而加以评论"（胡士莹《话本小说概论》第166页，中华书局，1980年）；一种认为是只用"口语讲述而不加弹唱"（《宋元平话集·前言》，上海古籍出版社，1990年）。笔者倾向于前者。

目前，保存下来的宋、元平话不多，大约只有九种，而丁锡根先生点校的《宋元平话集》收有八种，它们是：《梁公九谏》《五代史平话》《宣和遗事》《武王伐纣平话》《七国春秋平话后集》《秦并六国平话》《前汉书平话续集》和《三国志平话》，除个别篇什外，其余的都收了进来。

下面略举数例，谈谈宋元话本中的佛教影响。

（一）《宣和遗事》

《宣和遗事》大约写成于宋代，分前后两集，分别以徽宗和钦宗二帝的行事为纲，讲述了北宋末年的一段耻辱史。前集主要讲宋徽宗即位以后的故事，后集主要讲宋钦宗即位以后的故事。从文中可以看出，《宣和遗事》不是一般意义上的小说，而是带有野史性质的小说。也就是说，它在很大程度上不是对历史故事的演义，而是如纪实一般，将一些事件按照时间顺序加以叙述，作者虚构的成分很少。举个例子，文中有这样一段话：

> 靖康二年正月初一日，粘罕遣人入城朝贺，颇不为礼。十一日，粘罕遣人入城请车驾军前议事。廿一日，金人遣使入城，出榜通衢曰："元帅奉北国皇帝圣旨，今者兵马远来，所议事理，今已两国通和，要得金一百廿万两，银一百五十万两。"于是金人执开封府尹何㮚，分厢拘括民户金、银、钗、钏、环、钿等，星铢无余。如有藏匿不赍出者，依军法，动辄杀害，刑及无辜。

宋人黄冀之的笔记《南烬纪闻》中有很相似的记载：

> 靖康二年正月初一日，金遣人入城朝贺，君臣不成礼。
>
> 十一日，粘罕遣人请车驾至军中议事。
>
> 二十一日，金人遣人入城。出榜市中曰："元帅奉北国皇帝圣

旨，今者兵马远来，缺少犒犒。既两国通好，得金一百二十万两，银二百五十万两。"于是金人拘执开封府尹何㮚，分厢收括民户金银钗环等，星铢无遗。如有藏匿者，刑及全家，动辄杀害十余人。

通过对比，《宣和遗事》与《南烬纪闻》如出一辙。这样的例子绝不止一处，可见，《宣和遗事》的大部分内容是以宋人的笔记为根据的，演义的成分较少。

至于其中关于佛教的内容，也基本上与历史事实相符。文中有这样两段话：

> 大观四年，禁燃顶、炼臂、刺血、断指之类。……毛注奏言："天下僧尼增旧十倍，凡数十万人；祠部岁给度牒三万。乞权住三年。"帝从之。

> 宣和二年三月，诏改佛号为大觉金仙，余为仙人、大士；僧称德士，行称德童，而冠服之。以寺院为观，改女冠为女道士，尼为女德。

这两段话很有意思，正好与宋徽宗崇奉道教的前后两个阶段相关。宋徽宗赵佶是历史上有名的崇奉道教的皇帝，他在位时间为1101年至1125年。1110年以前，他作为一个普通的道教信徒，虽然轻视佛教，曾下诏"令道士序位在僧上，女冠在尼上"（《续资治通鉴》卷九〇），但尚未对佛教采取太过分的举动。即使在大观四年（1110年），禁止僧人的自残行为似乎也是无可厚非的；至于限制天下僧尼的数量，停止发放度牒三年（与《佛祖历代通载》卷二八记载相符），也不算过分。但在政和、宣和年间（1111~1125年），他崇奉道教的举动就逐渐发展到了狂热的程度。政和三年（1113年），道士王老志和王仔昔先后得到徽宗的宠信；政和六年（1116年），道士林灵素受到宠信；政和七年二月，徽宗在林灵素的策划下，宣称见到了上帝的弟弟青华帝君。四月又说："朕乃昊天上帝元子，为大霄帝君，睹中华被金狄之教，焚指炼臂，舍身以求正觉，朕甚悯焉。遂哀恳上帝，愿为人主，令天下归于正道。帝允所请，令弟青华帝君权朕大霄之府。朕夙昔惊惧，尚虑我教所订未周，卿等可上表章，册朕为教主道君皇帝。"（《续资治通鉴》卷九二，亦见于《宣和遗事》，略简）在成为天下道教最高首领的同时，徽宗也开始了向佛教的进攻。宣和元年（1119年）正月，徽宗正式下诏："佛改号大觉金仙，余为仙人、大士之号；僧为德士，易服饰，称姓氏；寺为宫，院为观；即主持之人，为知宫观事。"（《续资治通鉴》卷九三)《宣和遗事》将此事说在宣和二年三月，可能有误，因为《佛祖历代通载》卷二八所记与《续资治通鉴》同。

此外，《宣和遗事》中宋徽宗崇奉道教及林灵素的行事，都于史有征。作者在这篇平话中对此作较详细的叙述，并不说明作者站在佛教一方，而是着重表现徽宗奉道误国。

（二）《武王伐纣平话》

如果说《宣和遗事》基本上属于野史的话，《武王伐纣平话》则属于小说，其虚构的内容要多得多。《武王伐纣平话》成书于元代，分上中下三卷，又题《吕望兴周》。上卷主要讲纣王选美，妲己入宫；中卷主要讲纣王与妲己残害百姓，文王被囚；下卷主要讲姜尚拜将，武王伐纣。

《武王伐纣平话》中没有很明显的佛教影响，但有以下几点值得注意：

①其卷上讲到，有一九尾狐精吸去了妲己的神魂，自己进入妲己的身体，进宫去迷惑纣王。这种借尸住魂的情节，在古代印度故事里很多见，中国的这一类型故事在一定程度上是受了印度故事的影响，这是前辈学者早已论述过的，此处不必再说；至于中国狐精故事受佛教影响的问题，本书后面还要提到，这里也不细说。

②《武王伐纣平话》卷中说到文王之子百邑考为纣王、妲己抚琴，"弹一曲名曰《太子忿怒曲》"。这一曲名，很容易使人联想起佛经的品名和唐代变文、佛曲的名称。佛经中常见的有《太子出行品》《太子成道品》《忿怒品》等，这些佛经品名早在唐代即已进入中国俗文学领域，为民众所熟知，很有可能成为平话作者信手拈来的素材。

③其卷中讲到武吉误伤人命，向姜尚求救，姜尚告诉他禳解之法："买粳米饭一盘，令食不尽者，拈七七四十九个粳米饭在口中，至南屋东山头，头南脚北，头边用水一盘，明镜一面，竹竿一条长一丈二尺……"这里，"七七四十九"这个数字与佛教有关，是做道场超度死人灵魂的天数；而明镜一事（卷下末尾还讲到姜太公用降妖镜照出妲己真形），也与中国古代将镜子神化的民俗信仰有关，对此，可参见本书第二篇第一节。

④其卷下讲到文王于三更做了个梦，"梦见一美人从外而来，见恒檀公（姜尚封号）大哭，言：'我是东海龙王之女，嫁与西海龙王之子为妻。今为姑舅严恶，请假去觑双亲，到恒檀公境内。我是龙身，去处有狂风骤雨……'"这是一

个龙女故事，有关龙王龙女故事与印度故事的关涉，可参见本书第二篇第二节。

（三）《七国春秋平话后集》

《七国春秋平话后集》全名为《乐毅图齐七国春秋平话后集》，又称《后七国春秋》，分上中下三卷，也出自元代人之手。上卷主要讲燕齐交战，燕王拜乐毅为帅；中卷主要讲乐毅破齐，孙膑与田单兴齐；下卷主要讲鬼谷子与黄伯杨斗法。这部平话的神奇荒诞要超过《武王伐纣平话》，其中有受佛教影响的明显痕迹。

卷上说到齐将袁达一斧砍死石丁："金盔倒卓，便似一轮明月沉西海；绣靴踢空，有如天王托塔落云轩。"

卷中说燕齐对阵，齐国布的是"七星八斗阵"，燕国布出"黑杀天王阵"。

卷下又写道："五匹马混战，如黑杀神真武贤圣斗毗沙门托塔李天王。"

从以上三条材料可以看出，"天王"、"毗沙门"、"托塔李天王"出现在先秦七国争雄时代的故事里是很荒唐的，因为这都是受佛教故事，尤其是密宗故事影响而出现的人物，而在先秦时代，佛教并没有传入中国。毗沙门天王的故事，出自佛经，在唐代民间有广泛的影响，对此，笔者在《佛教与中国文化》一书的第二章第三节、第五章第一节（华侨出版社，1995年1月）和本书第二篇第五节已有论述，本书第四篇第一节还将谈到，所以这里不再重复。这里要说的是，至迟到元代，毗沙门天王不仅出现于中国白话小说中，而且已经有了汉姓，开始姓李了。这说明毗沙门天王这一印度神明在此期间正在中国化的过程中。在元代杂剧中，我们也能看到托塔天王和哪吒三太子的故事，说明元代这两个神话人物在民间的确有着普遍影响，比唐代有过之而无不及。这些材料还说明，明代编成的《四游记》中的《北游记》（全名《北方真武玄天上帝出身志传》）故事至少在元代已经有了若干片段，具备了雏形。而《北游记》中的故事，则正如鲁迅先生所说，"亦时窃佛传"（《中国小说史略》第十六篇），深受佛经故事的影响。

（四）《前汉书平话续集》

《前汉书平话续集》又名《吕后斩韩信》，也是由元代人编成、刊印的。分上中下三卷。卷上主要讲刘邦与吕后杀韩信、征陈稀、捉季布的故事；卷中主要讲刘邦杀彭越、英布，吕后杀赵王、戚夫人；卷下主要讲吕后专权、刘泽起兵和文帝登基。

这部平话中受佛教影响的地方很少，只是偶尔能发现一点蛛丝马迹。如卷上有这样一段话："周勃领圣旨，即排一阵，名蛟龙混海……陈稀闻言罢，不语，又见蛟龙阵，心生怒了，即便排一阵，名大鹏金翅阵。"大鹏金翅鸟是印度神话传说中的角色，与龙蛇之属为敌。佛经中也每每提到大鹏金翅鸟捕食龙，如《长阿含经》卷一九、《华严经》卷三六、《大智度论》卷二七等；而且佛教把金翅鸟纳入自己的范畴，说金翅鸟归依了佛门（如《菩萨处胎经》中所说），并成为"天龙八部"之一。龙与金翅鸟的敌对关系，在中国颇有影响，《前汉书平话续集》中的这段话就是很好的例证。有关金翅鸟与龙的中国故事很多，有许多变体，可参见本书第二篇第二节《关于龙王龙女故事的补充意见》。

（五）《三国志平话》

《三国志平话》也分上中下三卷，元代人编刊。《三国演义》的故事已经为人们所熟悉，而《三国志平话》则是其先驱和雏形，对《三国演义》的成书起到重要作用。三国时期，佛教已经传入中国的中原地区，这是历史事实，但《三国志平话》反映的并不是当时的佛教情况，而是作者所处时代的民间信仰。下面来谈几点。

第一，卷上的开头部分，言一书生司马仲相在读有关秦始皇的书时进入幻境，有八个人送来皇帝的行头让他穿上，并坐上九龙椅。继而来到一个去处：

> 仲相抬头，觑见红漆牌上，书着簸箕来大四个金字："报冤之殿"。仲相低头寻思半晌，终不晓其意。仲相问："卿等，朕不知其意。"八人奏曰："陛下，这里不是阳间，乃是阴司。适来御园中看亡秦之书，毁骂始皇，怨天地之心。陛下道不得个随佛上生，随佛者下生。陛下看尧舜禹汤之民，即合与赏；桀纣之民，即合诛杀。我王不晓其意，无道之主有作孽之民，皆是天公之意。毁骂始皇，有怨天公之心。天公交俺宣陛下，在报冤殿中交我王阴司为君。断得阴间无私，交你做阳间天子；断得不是，贬在阴山背后，永不为人。"

这里是一段关于地狱的说教，是佛教用来规范人和社会道德的工具。地狱的概念是由佛教从印度传来的，到了中国以后，与中国原有的观念相结合，出现了无数有关地狱的故事。对此，本书第一篇第四节已经讨论过了，可参考。

第二，司马仲相断西汉初年汉高祖刘邦诛杀有功之臣的案子，之后，书中写道：

> 各人取讫招伏，写表闻奏天公。天公即差金甲神人，赍擎天佛牒。玉皇敕道："与仲相记，汉高祖负其功臣，却交三人分其汉朝天下：交韩信分中原为曹操，交彭越为蜀川刘备，交英布分江东长沙吴王为孙权，交汉高祖生许昌为献帝，吕后为伏皇后。交曹操占得天时，囚其献帝，杀伏皇后报仇。江东孙权占得地利，十山九水。蜀川刘备占得人和。刘备索取关、张之勇，却无谋略之人，交蒯通生济州，为琅琊郡，复姓诸葛，名亮字孔明，道号卧龙先生，于南阳邓州卧龙冈上建庵居住，此处是君臣聚会之处；共立天下，往西川益州建都为皇帝，约五十余年。交仲相生在阳间，复姓司马，字仲达，三国并收，独霸天下。"

在这段文字中，汉高祖时期的一批人物被一一安排转生为三国时期的主要人物，显然是佛教轮回转世思想的反映。关于佛教这一思想对中国小说的影响，可参见本书第一篇第二节。

卷上还有一段文字："学究随蟒入洞，不见其蟒，却见一石匣。学究用手揭起匣盖，见有文书一卷。取出看罢，即是医治四百四病之书。不用神农八般八草，也不修合炮炼，也不为丸散，也不用引子送下，每一面上有治法，诸般证候，咒水一盏，吃了便可。"这里，"四百四病"的说法来自佛书。印度古人认为，世界是由"四大"，即地、水、火、风四种要素组成。佛教接受了这一说法。印度古代的医学理论认为，人体也是由四大元素组成的，人生病的原因是四大不调造成的。所以佛经中说，一大不调，生一百一病，四大不调则生四百四病（《法苑珠林》卷九五引《佛说医经》和《智度论》）。印度古代医学理论因佛教而传入中国，并对中国医学发生了影响，如南朝梁代的著名医学家陶弘景、唐代著名医学家孙思邈，都曾在自己的医书中提到四百四病（《补阙肘后百一方·自序》和《千金要方·序例》）。至于文中提到的"咒水"，以及后文中所说的"取净水一盏，咒了"，也可以从佛书中找到来源，如《高僧传》卷九《耆域传》中就有用净水加咒语治病的详细叙述。

第三，卷上和卷中，至少有三处描写刘备的相貌，均说他"面如满月"。如卷上是这样写的："众官皆觑为首者一将，面如满月，耳垂过肩，双手过膝，龙准龙颜，乃帝王之貌。"这个面如满月的比喻最初来自佛经。如《方广大庄严经》卷九，说释迦牟尼"身如融金，面如满月"；《胜天王般若波罗蜜经》卷八，说佛"面圆净如满月"；《须摩提女经》说女子须摩提"面如白月初圆"，等等。这一词汇遂为中国人所用，常见于文学作品中。如唐代变文《庐山远公话》，《三宝太监西洋记》一、二十四等回，《金瓶梅词话》二十九回，《广阳杂记》卷三，等等，均使用了"面如满月"一词。段晴女士有一篇《面如满月——浅谈中印审美观的差异》，可参见（1996年《北京大学学报》东方文化研究专刊）。

四、"回回石头"小考

元代人陶宗仪《南村辍耕录》卷七有"回回石头"条，历来为研究中西海上交通史者所重视，但解说往往不尽其义。为便于议论，现录于下：

> 回回石头，种类不一，其价亦不一。大德间，本土巨商中卖红剌一块于官，重一两三钱，估直中统钞一十四万锭。用嵌帽顶上。自后累朝皇帝相承宝重，凡正旦及天寿节大朝贺时则服用之。呼曰剌，亦方言也。今问得其种类之名，具记于后。
>
> 红石头（四种，同出一坑，俱无白水）：剌（淡红色，娇）、避者达（深红色，石薄方娇）、昔剌泥（黑红色）、苦木兰（红黑黄不正之色，块虽大，石至低者）。
>
> 绿石头（三种，同出一坑）：助把避（上等暗深绿色）、助木剌（中等明绿色）、撒卜泥（下等带石，浅绿色）。
>
> 鸦鹘：红亚姑（上有白水）、马思艮底（带石，无光，二种同坑）、青亚姑（上等深青色）、你蓝（中等浅青色）、屋扑你蓝（下等如冰样，带石，浑青色）、黄亚姑、白亚姑。
>
> 猫睛：猫睛（中含活光一缕）、走水石（新坑出者，似猫睛而无光）。
>
> 甸子：你舍卜的（即回回甸子，文理细）、乞里马泥（即河西甸子，文理粗）、荆州石（即襄阳甸子，色变）。

这里首先要指出的是，以上各种名目的宝石，与古代中国和南亚诸国的贸易关系很大。宋至明初，中国与南亚海上贸易发达，南亚物产输入中国者颇多，宝石是很重要的一项。宋代的《诸蕃志》，元代的《大德南海志》《岛夷志略》，明代的《瀛涯胜览》《星槎胜览》《西洋番国志》和《西洋朝贡典录》等书，对南亚诸国宝石出产和输入中国，多有记载。尤其是元明以来，诸多文献上都有一些关于南亚所产宝石名目的记录，如《瀛涯胜览·锡兰国》记当地物产"红雅姑、青雅姑、黄雅姑、青米蓝石、昔剌泥、窟没蓝等一切宝石皆有"。而后世之《西洋朝贡典录》卷中、《明皇四夷考》卷下、《殊域周咨录》卷九、《咸宾录》卷六、《续文献通考》卷二三六和《明史》卷三二六等，均有相似记载。因此，我们在阅读"回回石头"这段文字时，似应多从南亚方面考虑。

张星烺先生在《中西交通史料汇编》第三编第七章《矿石》（第169~171页，中华书局，1959年版）中，在外国学者研究的基础上对陶氏所记"回回石头"的名称作了注释，为便于讨论，亦引于下：

（1）剌

剌者，波斯语 lal 之译音。用以称巴拉斯红玉矿石（balas ruby），此石大抵皆色如红玫瑰。

（2）避者达

波斯文 bidjade 之译音。用以称印度所产红宝石。

（3）昔剌泥

锡兰之转音。锡兰岛产各种宝石，自昔驰名，《明史·锡兰山国传》亦载之。

（4）古木兰

马来语 kumala 之译音，最美宝石也。

（5）助把避

阿拉伯语 dsobab 之译音，原为绿翼蝇，阿拉伯人用以称最上等深绿玉。波斯人亦沿用之。

（6）助木剌

波斯及阿拉伯语 zmerud，samurad 之译音，绿色宝石之普通名称也。

（7）撒卜泥

波斯语 sabni 之译音，劣等淡绿色宝石也。

（8）鸦鹘

阿拉伯及波斯语 yakut 之译音，今欧洲人所称之鲁贝（ruby）及科伦德姆（Corundum），波斯人及阿拉伯人皆称为鸦鹘。回教著作家多区别为红蓝黄白四种鸦鹘。《明史·锡兰山传》作亚姑。

（9）马思艮底

不可考。

（10）你蓝

欣都斯坦语 Nilan 之译音，蓝宝石也。

（11）屋朴你蓝

屋朴，希腊语 Opalios 之译音，半透光之一种石头也。

（12）猫睛

此类宝石对光视之，与缩小猫睛相同。今代西人亦有猫眼（Cat's eye）之名。

（13）走水石

今代西名克里斯拜利尔（Chrysoberyl），又名锡摩风（Cymophane），希腊语浮光（Floating light）之义。其义亦与中国"走水"二字相同。

（14）你猞卜的

即乃沙不尔（Nishapur，地名，见《元史·地理志·西北地附录》）之转音，其地产玉，驰名四海。

（15）乞里马泥

即起儿漫之转音，《明史》作乞力麻儿。其末尾之儿字读音，或同于倪字，古代二字音相同也。1510年时（明武宗正德五年），巴波撒（Barbosa）亦称起儿漫为乞里马泥（Quirimane）。（见白莱脱胥乃窦《中世纪研究》第一卷第173~176页）

应当说，以上注释很多都是对的，但仍有值得商榷和补充处。下面就其中几例作简单讨论。

剌，即lal一词，似应为阿拉伯语源，而非波斯语源。既然用以称埃塞俄比亚巴拉斯的红玉，则更应是阿拉伯语源。今印地、乌尔都等印度通行语言中皆用之，词典学家均以为阿拉伯语源（参见《标准印地语词典》等该条）。在印地文中，它有两个语源，由阿拉伯语而有"红宝石"、"红色的"等义；由梵语而有"儿子"、"孩子"（宝宝）等义。

古木兰，即《瀛涯胜览·锡兰国》和《明史·锡兰山传》等所记之"窟没蓝"。张先生文释为马来语kumala，似有道理，但其词尾无鼻音，而陶文与《瀛涯胜览》等所记均有鼻音，故仍觉未得其要。愚以为，komalang即komal+anga（梵语语源，意为"细美之块"）也许更为近切。而锡兰人使用梵语词汇本属正常，马来语受其影响也未可知。

助木剌，即祖母绿，印地、乌尔都语为zumurrad，阿拉伯语源。

鸦姑，印地、乌尔都语亦作yakut，阿拉伯语源。

马思艮底，张先生曰"不可考"，愚以为，应即印地、乌尔都语中之maskanati，意为"次等的"，此义与陶文不背，阿拉伯语源。

你蓝，印地、乌尔都语作nilam，而非nilan，波斯语源。

屋朴你蓝，似应为upanilam。upa为梵语前缀，有"副"、"次"、"准"意，与陶文原注"下等"意合，证以希腊文未免舍近求远，且读音相差亦远。问题是，波斯语源的nilam前面加上一个梵语前缀是否说得通。我们注意到，nilam是一种蓝宝石，其词根nil在梵文中正是"蓝色"之意，这说明了古波斯语与梵语之间亲密的血缘关系；我们还注意到，印地文中有nilam-mani一词，意思也是蓝宝石，这正是波斯词与梵语词结合的例子；而波斯词nilam又很可能是由nila+mani变成的。因此，在波斯词前加梵语前缀也是行得通的。

走水石，"水"指宝石上的白色条纹，盖由其花色得名。

你猞卜的，释为Nishapur所产之宝石似乎已成定论，但仍有疑问，根据语言规律，"Nishapur所产之宝石"应为nishapuri，与你猞卜的的读音不甚切合，而来自梵语的nishapati在读音上似更切当，nisha意为夜晚，pati意为主人，"夜主"意为月亮。那么，你猞卜的就是"月亮宝石"了。

乞里马泥，虽然可以释为地名，有一定的文献依据，但梵文jharimani亦可作为参考，jhari意为裂纹，与陶注"文理粗"合；mani古译"摩尼"，即宝石，屡见于佛经。

总之，陶宗仪所记宝石种类，较另几种文献更细致更有条理，带有珠宝鉴定人的口气。而其大多数种类在南亚，尤其斯里兰卡，均有出产，并进口中国。其名称之所以多为阿拉伯与波斯语源，又被总称为"回回石头"，这是因为：①阿拉伯和波斯商人历来比南亚商人活跃，商界更流行他们的语汇；②其时南亚沿海地区贸易基本为阿拉伯人控制；③其时印度北方已建立了伊斯兰政权，南方有大量穆斯林移民，而兰卡亦活跃有大批回回商人。

第四篇
明代清代

一、《大唐西域记》与《西游记》

唐玄奘的《大唐西域记》（简称《西域记》）和明吴承恩的《西游记》是性质完全不同的两部书。《旧唐书·经籍志》对《大唐西域记》未加著录，《新唐书·艺文志》入丙部子录道家类，自宋以后，各著录家多入史部地理类（如晁公武《郡斋读书志》、陈振孙《直斋书录解题》《宋史·艺文志》《四库全书总目》等）。而吴承恩的《西游记》则是一部地地道道的小说。那么，《大唐西域记》与《西游记》有什么关系呢？胡适先生在《西游记考证》中说，这两部书之间"有点小关系"（《中国章回小说考证》，上海书店，1982年）。下面，在谈这个"小关系"之前，先谈谈《大唐西域记》的文学价值。

（一）《大唐西域记》的文学价值

《大唐西域记》被古人列为史部地理类书籍是相当合理的。在研究中国、中亚和南亚的古代历史地理方面，它确实具有极高的价值。当然，它还具有很高的佛学价值。这些都是毋庸置疑的。至于它的文学价值，尽管人们没有给以全面的估价，但在各种文学场合，仍然不时有人提起。笔者以为，其文学价值可大致归结为以下三个方面。

1. 语言文字方面

《大唐西域记》中的语言文字十分简约而优美，读起来铿锵有力，节奏感强。例如卷一《序论》（引文均依季羡林等《大唐西域记校注》）中写道：

> 我大唐御极则天，乘时握纪，一六合而光宅，四三皇而照临。玄

化滂流，祥风遐扇，同乾坤之覆载，齐风雨之鼓润。与夫东夷入贡，西戎即叙，创业垂统，拨乱反正，固以跨越前王，囊括后代。同文共轨，至治神功，非载记无以赞大猷，非昭宣何以光盛业？

这段文字上承汉赋之余绪，下禀六朝之遗风，骈四俪六，抑扬顿挫，极为华丽。诚然，这是在为大唐皇帝歌功颂德，必尽其奢华靡丽之能事。而在《大唐西域记》的正文中，作者也尽可能地大量使用四字句，这当然又与魏晋以来汉译佛经的文体一脉相承。总之，《大唐西域记》无论是在记叙风土人情方面还是在描绘山川风物方面，都能以精练的语言、简约的文字作生动而逼真的记录。例如，卷九《摩揭陀国下》条记鹫峰曰："……接北山之阳，孤标特起，既栖鹫鸟，又类高台，空翠相映，浓淡分色。"卷一《跋禄迦国》条记凌山及大清池曰："至凌山，此则葱岭北原，水多东流矣。山谷积雪，春夏合冻，虽时消泮，寻复结冰。经途险阻，寒风惨烈，多暴龙，难凌犯。行人由此路者，不得赭衣持瓠大声叫唤，微有违犯，灾祸目睹。暴风奋发，飞沙雨石，遇者丧没，难以全生。"卷十一《摩诃剌侘国》条记当地风俗民情曰："土地沃壤，稼穑殷盛。气序温暑，风俗淳质。其形伟大，其性傲逸，有恩必报，有怨必复。人或陵辱，殉命以雠。窘急投分，忘身以济。将复怨也，必先告之。各被坚甲，然后争锋。临阵逐北，不杀已降。兵将失利，无所刑罚，赐之女服，感激自死。"类似文字，所在多有，充分体现了《大唐西域记》的文字功力及其美学价值。

2. 文学故事的记录

《大唐西域记》记录有大量的传说故事，初步统计，约有一百七八十则，其详略不一，这些故事可以大体分为如下几类：①本生故事，②佛传故事，③佛教传说，④历史传说，⑤当地风物传说。其中，本生故事为数不少，约二十则。在汉译佛经中虽然能够找到这些故事，但《大唐西域记》的记载毕竟不同，有的甚至差异较大。例如，卷七《吠舍厘国》条记有一个"千佛本生"，与《杂宝藏经》卷一《莲花夫人缘》和《鹿女夫人缘》均属同一个故事，但也颇有差异。无疑，《大唐西域记》为我们提供了一个新的版本，这对研究同类故事的流变具有一定的参考价值。《大唐西域记》所记的佛传故事较多，约五十则。佛传故事是指佛陀释迦牟尼的生平传说和故事，在汉译佛经中，专门讲述佛传故事的经典不少，主要有《修行本起经》二卷、《太子瑞应本起经》二卷、《普曜经》

八卷、《方广大庄严经》十二卷、《过去现在因果经》四卷、《佛本行集经》六十卷、《佛所行赞》五卷，等等。这诸多经典对释迦牟尼生平的记载并不完全一致，而玄奘巡礼印度期间，多采访当地耆旧，记录当地传闻，所以《大唐西域记》中常有"闻诸先志"的字样，这就无形中丰富了原有佛经的记载。在《佛本行集经》中，收有大量如来弟子们的故事，而在这里，我们则把如来弟子们的故事归入第③类，并把释迦牟尼遗物、遗迹的灵异故事也归于此类，再加上马鸣、龙树（猛）、提婆、清辨、陈那、无著、世亲、护法、戒贤以及一些不知名的僧尼故事等，统称为佛教故事。这类故事数量最多，有六十余则，它们的文学价值不一定很高，但对于研究印度佛教史却是极其宝贵的资料。《大唐西域记》中记录的历史传说数量也不少，约二十条，其中有的与佛教有关，有的无关，但都十分有价值，时常为史家所引用。特别是阿育王、迦腻色迦、戒日王的传说以及僧伽罗、迦湿弥罗的开国传说，等等，既具有史料价值又具有文学性。最后一类是当地的风物传说，其数量也在二十条以上。其中有关印度教的传说故事尤其引人注意。如卷二《健驮逻国》的独角仙人故事、大自在天妇毗摩天女像的传说、波你尼仙人故事、卷五《羯若鞠阇国》的曲女故事、卷七《婆罗痆斯国》的烈士池传说、卷十《瞻波国》的天女游恒河怀孕生子的故事，等等，均与印度教的神话传说有关。

3. 比较文学价值

正因为《大唐西域记》记叙了大量的佛教和印度教传说故事，所以它对比较文学研究，尤其是对中印比较文学的研究，具有重要意义，为这一研究的开展提供了丰富的资料。

根据现代比较文学的概念，中国最早从事比较文学研究的人要算是唐人段成式（约803~863）。他在《酉阳杂俎》续集卷四《贬误》中指出，道士顾玄绩炼丹的故事是由烈士池传说而来。明人李诩也许受了《酉阳杂俎》的启发，在他的《戒庵老人漫笔》卷三中也作了记载。当代中国比较文学大师钱锺书先生在《管锥编》第二册第655页（中华书局，1979年）又进一步指出：《太平广记》卷一六的《杜子春》、卷四四的《萧洞玄》和卷三五六的《韦自东》"皆前承《大唐西域记》卷七记婆罗痆斯国救命池节，后启《绿野仙踪》第七三回《守仙炉六友烧丹药》。"

钱先生在《管锥编》第二册第819页又写道：《太平广记》卷四四一"《阆州莫徭》（出《广异记》）老象足中有竹丁，乞人拔之。按同卷《华容庄象》（出

《朝野金载》）事类。刘敬叔《异苑》卷三记始兴郡阳山县有人行田，遇象，被卷入山中，为病象拔脚上巨刺；《大唐西域记》卷三《睹货罗国》节详载群象负载沙门入大林为病象拔枯竹刺事。"（按：事在《迦湿弥罗国》一节，非《睹货罗国》）刘敬叔为南朝刘宋时人，不可能取《大唐西域记》故事，而《广异记》与《朝野金载》均为唐人作品，取《大唐西域记》故事的可能性很大，所以，程毅中先生在《唐代小说史话》第三章论及《广异记》这则故事时曾将《大唐西域记》的此则故事全文引出（《唐代小说史话》第65页，文化艺术出版社，1990年）。

季羡林先生在《印度文学在中国》一文中提到一个《鹦鹉救火》的故事，说这个故事源出《杂宝藏经》十三和《旧杂譬喻经》二三，而《宣验记》抄袭了《旧杂譬喻经》。季先生还进一步指出，这个故事还有一个变体，也见于《宣验记》："野火焚山。林中有一雉，入水渍羽，飞故灭火。往来疲乏，不以为苦。"只是把鹦鹉换成了野鸡，并说"《大智度论》卷十六就有这个故事。唐玄奘《大唐西域记》卷六，拘尸那揭罗国说：'精舍侧不远，有窣堵波，是如来修菩萨救火之处。'这里讲的也是雉王，而非鹦鹉。"（《中印文化关系史论文集》第124页，三联书店，1982年）钱锺书先生《管锥编》第二册第828页亦写道："《鹦鹉救火》（出《异苑》）。按《艺文类聚》卷九一引作《宣验记》；《大唐西域记》卷六《拘尸那揭罗国》节群雉王救火事类此，释典如《旧杂譬喻经》卷上言鹦鹉救火，《大智度论》卷一六言雉救火，殆一鸟二译名异耶？"

季先生在同一篇文章里还说，屈原《天问》里有"顾菟在腹"的话，"月亮里面有一只兔子的说法在中国可以说是由来久矣了。""从公元一千多年的《梨俱吠陀》起，印度人就相信，月亮里面有兔子。"他列举了一些梵文辞为证，又列举佛经为证，并提到"唐朝的和尚玄奘还在印度婆罗痆斯国（今贝拿勒斯）看到一个三兽窣堵波，是纪念兔王焚身供养天帝释的"。（事见《大唐西域记》卷七）

宋人刘斧撰辑的《青琐高议·后集》卷九有一篇《仁鹿记》，讲楚元王大猎于云梦之泽，逐群鹿，一巨鹿至王前跪拜人语，要求楚王止猎，愿日输一鹿以供王庖，王乃禁杀鹿。后，吴王侵楚，楚失利，群鹿夜出驰绕吴营，吴王以为楚之救兵，遂遁去。《大唐西域记》卷七《婆罗痆斯国》详细叙述了《鹿王本生》的故事，并说这就是鹿野苑名称的由来。同一个故事又见于汉译佛经，如《六度集经》卷三、《大智度论》卷十六、《杂譬喻经》《出曜经》卷十四等。《仁鹿记》的故事很可能直接受了《大唐西域记》的影响。因为，两个故事中都有"日输一鹿"的字样，而且《仁鹿记》的结尾也讲了"仁鹿山""仁鹿谷"和"仁鹿庙"的名称由来。

以上这些例子足以证明《大唐西域记》在比较文学研究中的价值。

（二）《大唐西域记》与《西游记》

玄奘去印度取经，历时十七年，行程数万里，是旷古未闻的伟大事件。这一事件震撼了唐太宗，震撼了长安城，也震撼了全体大唐百姓。其历史遗响，如黄钟大吕，久鸣不歇，至今犹存。它不仅是佛教史上的大事，也是人类文化史上的大事。对于这样一件大事，唐代以来，民间一直传为佳话，以至到明代出现了吴承恩的大手笔《西游记》。

鲁迅先生把《西游记》一类作品称为"神魔小说"，也有人称之为神话小说。这样，《西游记》中的一切都是在某些事物的基础上想象和虚构的。在《西游记》成书之前，早在唐代，就出现了不少关于玄奘西行取经的传奇，如《酉阳杂俎》《大唐新语》《独异志》等书均有记载。宋代，又出现了话本《大唐三藏取经诗话》，已经具有了神魔小说的性质。宋金元时代还出现了一些以唐僧取经为内容的杂剧。这些无疑都是《西游记》小说的先驱。关于《西游记》的成书过程，历代学者做过许多考证，一时难以详述。这里仅谈《西游记》与《大唐西域记》之间的若干小关系。

在通读了《大唐西域记》之后，再读《西游记》，会产生一个感觉：吴承恩在创作《西游记》的过程中可能并没有读过《大唐西域记》。如果这个感觉是对的，那么《大唐西域记》便没有对《西游记》发生过直接影响，而一切影响都是间接发生的。

下面列小题逐条讨论。

1. 江流儿

现通行本（人民文学出版社本）《西游记》第八回后附"陈光蕊赴任逢灾，江流僧复仇报本"一回，已经成为《西游记》的有机组成部分。其中讲到玄奘之父渡江遇害，其母将初生儿置木板上使其沿江流下，金山寺长老法明救起小儿，并为他取名"江流"，长大后取法名为玄奘。《大唐西域记》卷七《吠舍厘国》也有一个江流儿的故事：鹿女夫人生一莲花，花有千叶，叶坐一子，以为不祥，投于恒河。千子沿江流下，被下游一国王救起抚养。宋朝周密《齐东野语》卷八中的江流儿故事更接近《西游记》中的情节。这类江流儿的故事起源很早，古埃及有之，古印度有之。古印度的故事随佛经传入中国，前文已经说过，而玄奘的记载则加剧了它的流传。但是，玄奘万万没有想到，数百年后这个故事竟加到了他自己的头上。

2. 丈六金身

《西游记》第七、十二等回多次提到释迦牟尼的"丈六金身"。《大唐西域记》卷九《摩揭陀国下》记曰："有婆罗门闻释迦佛身长丈六，常怀疑惑，未之信也。乃以丈六竹杖，欲量佛身，恒于杖端出过丈六，如是增高，莫能穷实。"关于佛的身长，汉译佛经中亦多有记载，可参见丁福保《佛学大辞典》之"丈六"和"丈六金身"条。而《大唐西域记》中的故事则更为有趣。

3. 比丘洗业

《西游记》第十三回写道："次早，那合家老小都起来，就整素斋，管待长老……三藏方敲响木鱼，先念了净口业的真言，又念了净身心的神咒……吃了午斋。又念《法华经》《弥陀经》。各诵几卷，又念一卷《孔雀经》，及谈比丘洗业的故事。"吴承恩在这里用了一个典故，事出《四分律》卷二八、《增一阿含经》卷四十、《生经》卷三、《大毗婆沙论》卷十一。《大唐西域记》卷六《室罗伐悉底国》也讲述了这个故事。

4. 密宗信息

《西游记》受佛教影响很大，这是没有问题的。而佛教密宗对《西游记》的影响尤为突出。盛唐时期，印度佛教密宗大举进入中国中原地区，大批密宗典籍被翻译过来，在中国佛教界和民间产生了深远的影响。到了元代，密宗再次在中原扩大影响。这便是《西游记》受密宗影响的大背景。密宗崇拜的大日如来（毗卢遮那）、观音、毗沙门天王、哪吒等神灵在《西游记》中都有所反映。至于密宗所强调的真言、咒语等在书中更是比比皆是，上一条（比丘洗业）中的引文就是例证。对于这一问题，上一节已作详细探讨。这里要指出的是，《大唐西域记》中也透露了密宗的信息，再加上玄奘曾翻译过密宗典籍，如《十一面神咒心经》《持世陀罗尼经》《诸佛心陀罗尼经》《六门陀罗尼经》《胜幢臂印陀罗尼经》《八名普密陀罗尼经》（见《大正藏》第十九、二十、二十一等卷），等等，说明玄奘对密宗在中国的传播起过重要作用。

那么，《大唐西域记》中透露了密宗的何种信息呢？这也许是人们不屑注意的问题，罕有论述，所以要在这里多说几句。卷一《缚喝国》讲述了毗沙门天王夜间托梦可汗的故事，卷十二《瞿萨旦那国》又讲到其国王自称为"毗沙门天之祚胤"，这个毗沙门天王又称多闻天王，四大天王之一，掌北方，尤受密宗尊崇，有《毗沙门仪轨》等密宗经典为证，这里不必多说。卷十二还讲了一个毗卢折那阿罗汉的故事，毗卢折那即毗卢遮那的另一译写，这和毗沙门天王一样，与当地当时的信仰有关。卷八有一条材料，弥足珍视："中精舍佛立像高三丈，左多罗菩萨像，右观自在菩萨像。"卷十讲到清辩论师于观自在菩萨像前诵《随心陀罗尼》，菩萨乃现妙色身，让清辩至诚诵持《执金刚陀罗尼》，"论师受命，专精诵持，复历三岁，初无异想，咒芥子以击石岩壁，豁而洞开。"同卷《秣罗矩吒国》曰："池侧有石天宫，观自在菩萨往来游舍。其有愿见菩萨者，不顾身命，历水登山，忘其艰险，能达之者，盖亦寡矣。而山下居人，祈心请见，或作自在天形，或为涂灰外道，慰喻其人，果遂其愿。"从这些记述中，都可以看出密宗的信息。

我们知道，印度佛教密宗的形成受到印度教，尤其是印度教湿婆派和性力派的很大影响。在湿婆派和性力派中，湿婆是宇宙的最高实在和最高灵魂，是宇宙的创造者和毁灭者。湿婆林伽是生殖能力的象征，代表着无限的创造力。在印度教神话中，湿婆有三只眼、四只手和五个（或四个）头，手持各种神器，身着兽皮裙，颈挂髑髅串。他有极大的威力，降魔诛神，无所不能。他有1 008个名字（称号），大自在天是其中之一。他有各种形象，两性一体是其中之一，左边男性右边女性。其妻子雪山神女也有若干不同的形象和名字，又叫优摩、迦梨、杜尔伽、准提、毗摩、多罗、提毗、摩诃提毗，等等，亦极有降魔能力。密宗的观音上承《法华经》三十三化身（《普门品》）的传统，旁取印度教诸大神的形象，既为男身，又有女相，降魔除妖，济难救厄，大有取代如来之势。原先，观音三十三身中有梵王身，其形象为四面八臂。后来出现了十一面观音、千手千眼观音，都是受印度教大神形象影响的产物。密宗观音中有准提观音，其形象为三眼十八臂的女性，显系雪山神女的变体。至于多罗菩萨，也是此类。多罗居左，观自在居右，正与湿婆两性一体相一致。多罗在密宗里又被称为度母，唐宋以降中国、日本的三十三观音像中的多罗尊观音应即是玄奘所说的多罗菩萨。清辩所念的《随心陀罗尼》即《千手千眼观音大士大悲心陀罗尼》，即民间盛传之《大悲咒》，与《执金刚陀罗尼》同为密宗神咒。清辩咒芥子击石壁使之洞开的细节也无疑属于密宗。密宗将芥子视为辛坚之物，以为加以咒语便可以

获得神力。《秣罗矩吒国》的那条材料则暗示了观音与大自在天的关系。

5. 天王、哪吒

与第四小题一样，本题亦属密宗信息。《大唐西域记》中有关毗沙门天王的记载已见上文，而《西游记》中的托塔李天王、哪吒，在上一节已作讨论。

6. 龙、龙马、九头龙

中国自古有龙，印度亦自古有龙，中国龙与印度龙有所不同。但自佛典传入中国后，中国龙便吸收了印度龙的一些职能，龙王龙女的故事越来越多，特别是唐代，出现了以《柳毅传》为代表的长篇传奇，此后便绵绵不绝。《大唐西域记》记龙王、龙女、龙池的故事很多，尤其是龙池，几乎是有池塘就有龙，所有的池塘都可以叫作龙池，真正是所谓"水为龙世界"。中国后来也是一样，湖海川泽，均为龙所统治。《西游记》里就充分表现了这一点，四海由老龙管辖，江河归龙子龙孙管辖。

《西游记》里唐三藏的坐骑是匹白龙马，为龙王太子所变。《大唐西域记》卷一《屈支国》记大龙池与金花王故事，言龙与马交合产龙驹。《西游记》第六十二回，万圣老龙生有一女，招了个驸马，叫九头驸马。第六十三回写道："那怪物，九个头颅十八只眼"，"现了本象，乃是一个九头虫"。《大唐西域记》卷三《乌仗那国》："龙女宿业未尽，余报犹在，每至燕私，首出九龙之头。"卷八《摩揭陀国上》：如来初成佛，七日入定，龙王警卫，绕身七匝，化出多头，俯垂为盖。

7. 猕猴献蜜

《西游记》中的孙悟空是个猿猴。关于其形象的由来，有多种说法，但归结起来，一般认为他是中印故事传说中多种猿猴形象的集合与发展，其中《大唐西域记》卷四《秣菟罗国》的猕猴献蜜故事起到一定的作用。其文如下："在昔如来行经此处，时有猕猴持蜜奉佛，佛令水和，普遍大众。猕猴喜跃，堕坑而死；乘兹福力，得生人中。"卷七《吠舍厘国》又记："石柱南有池，是群猕猴为佛穿也，在昔如来曾住于此。池西不远，有窣堵波，诸猕猴持如来钵上树取蜜之处。池南不远，有窣堵波，是诸猕猴奉佛蜜处。"两个记载相类似。此故事又见汉译佛经《四分律》卷二、《杂阿含经》卷四二、《贤愚经》卷十二等处。《西游记》第九十四回还说，唐僧等人到天竺国后，三藏被招驸马，阴阳官择日成亲，说："今日初八，乃戊申之日，猿猴献果，正宜进贤纳事。"

8. 玉兔

前文说过，印度和中国古人都认为月亮里面有个兔子。中国民间称月中为玉兔，于是，玉兔又是月亮的代名词。《西游记》第九十五回讲玉兔下凡至天竺国假冒公主，要与唐僧配合。《大唐西域记》卷七《婆罗疸斯国》有三兽窣堵波，是个本生故事。说如来在修菩萨行时曾经为兔，天帝释化为一老夫来考验兔子，兔子投火焚身以示其诚。天帝释深受感动，将兔子"寄之月轮，传乎后世"。顺便说一句，大约在辛亥革命爆发后不久，胡适先生曾对鲁迅先生说起《西游记》第八十一难太简陋太寒碜，应该大大的改作。十年后，他果真完成了此举，写出了 6 000 余字。其中心就是《大唐西域记》当中的这则本生故事。（见《胡适论学近著》第一集，商务印书馆，1925年）

9. 罗刹女

《西游记》第五十九回《唐三藏路阻火焰山，孙行者一调芭蕉扇》中讲到，牛魔王妻铁扇公主乃是一个罗刹女。《大唐西域记》卷十一《僧伽罗国》讲了个佛经中的故事：楞伽岛的大铁城中住有五百罗刹女，化为美女引诱过往商人。有五百商人入海采宝漂至此岛，与罗刹女婚合，各生一子。其中一小商主名僧伽罗，乘海滨天马逃逸。罗刹女追至其家，不纳，遂至王宫，残害宫人。僧伽罗推为国王，率兵攻楞伽岛，击败罗刹女，救出其余商人。此事出《佛本生经》之《云马本生》，又见汉译佛经《六度集经》卷六、《佛本行集经》卷四十九、《中阿含经》卷三十四。此故事与印度史诗《罗摩衍那》有几个共同点，其一便是《罗摩衍那》中亦说楞伽岛的居民为罗刹。

10. 四圣试禅

《西游记》第二十三回讲到观音请来黎山老母和文殊、普贤，幻化出一座豪华庄院，又化成母女四人，考验唐僧师徒的禅心。"却说三藏、行者、沙僧一觉睡醒，不觉的东方发白。忽睁睛抬头观看，那里得那大厦高堂，也不是雕梁画栋，一个个都睡在松柏林中"。《大唐西域记》卷九《摩揭陀国下》记阿修罗宫异事，说有一术士约十三名同伴前去探访阿修罗宫："行三四十里，廓然大明，乃见城邑台观，皆是金银琉璃。是人至已，有诸少女仁立门侧，欢喜迎接，甚加礼遇。于是渐进，至内城门，有二婢使各捧金盘，盛满花香，而来迎候。谓诸人曰：'宜就池浴，涂冠香花，已而后入，斯为美矣。'唯彼术士宜时速进。余十三人遂即沐浴。既入池已，恍若有忘，乃坐稻田中，去此中北平川中已三四十里矣。"

11. 灭法国

《西游记》第八十四回讲到一个灭法国。这应当说是若干历史事件的曲折反映。中国历史上曾经发生过多次毁佛灭法的事件，印度的历史上又何尝不是如此。玄奘在《大唐西域记》卷三《迦湿弥罗国》记曰：迦腻色迦死后，讫利多种复称王，毁灭佛法。卷四《磔迦国》又记：大族王毁灭佛法，堕无间地狱。

12. 车迟国

《西游记》第四十五、四十六回讲到唐僧师徒来到车迟国，孙悟空安排唐僧与外道斗法。故事中的外道指的是道教徒，而实际上虎力大仙等人是些妖怪。佛教史上佛祖佛徒与外道斗法的故事很多，《大唐西域记》中也有若干记载，其中有的带有神话色彩，有的则是历史事实。如卷六有舍利弗降伏外道，卷四有提婆使外道改邪，卷五有护法降伏外道，卷八有马鸣胜鬼辩婆罗门、提婆挫外道、德慧胜外道、戒贤挫外道锋，卷十有沙门折服外道，卷十一有贤爱挫败婆罗门，等等。

13. 狮驼国

《西游记》第七十六、七十七回讲到狮驼国，有狮、象、大鹏为怪。这与《大唐西域记》卷十一的师子国传说可能有某种关系。

14. 西梁女国

《西游记》第五十三回，一个婆子说："我这里乃是西梁女国。我们这一国尽是女人，更无男子，故此见了你们欢喜。"《大唐西域记》卷四提到一个东女国，国中男女都有，而以女人为王。卷十一《波剌斯国》条写道："拂懔国西南海岛有西女国，皆是女人，略无男子。多诸珍货，附拂懔国，故拂懔王岁遣丈夫配焉。其俗产男皆不举也。"这个西女国与西梁女国就很相似了。

以上14小题，罗列了一些材料，也还不完全。通过对比，我们可感到，胡适先生说《大唐西域记》与《西游记》之间有些小关系，是很有道理的。我们前面说过，吴承恩可能没有读过《大唐西域记》，因此，在以上材料的罗列对比中，有的地方难免会显得牵强，但仔细想想，也难说其中没有某种内在的联系。

二、《西游记》中的密教影响

《西游记》是中国的一部长篇神话小说，在中国具有广泛而深刻的影响，男女老少人皆知之。此书的作者是吴承恩，他大约生于16世纪初年，卒于16世纪80年代。在吴承恩写成《西游记》之前，关于唐僧去西天取经的故事早已在民间广泛流传并出现了若干文学作品。例如，宋代有话本《大唐三藏取经诗话》，元代有吴昌龄的杂剧《唐三藏西天取经》，明初有杨景贤的杂剧《西游记》，等等。也就是说，自从唐玄奘于公元645年完成了他的伟大旅行之后，他的动人事迹便一直在民间流传，并作为文学素材为历代文人所演义所夸张。从7世纪到16世纪，这长达八九百年的漫长历史时期，便是吴承恩《西游记》的孕育期和成熟期。这部伟大著作在它的成长发育过程中吸收了各方面的营养，受到了各方面的影响。这些影响既有来自中国传统的因素，也有来自外国的因素。其中，佛教的影响最为突出。

在佛教传入中国之后，佛教密宗也随之传入，而且在中国发生了深刻影响，其中不乏对文学的影响。这一影响从《西游记》中可以明显看出。《西游记》受密宗影响不是偶然的事件，这与《西游记》在其成长发育过程中密宗在中国的广泛传播有很大的关系。先从玄奘说起，他在去印度之前、旅印过程中和回国以后，都有受密宗影响的表现。去印度之前，他学习过密宗典籍；旅印期间，他不仅学过密宗典籍，还听到过、见到过与密宗紧密相关的传说和事物，后来，他把这些都记录在他的名作《大唐西域记》里；回国以后，他又翻译了不少密宗典籍。（有关事实可参见下一节）玄奘受密宗影响的事实无疑将对《西游记》内容产生影响。玄奘之后，唐代另一位大和尚义净又往印度取经，义净受密宗影响就更为突出了，他也翻译了许多密宗典籍。唐代开元年间（713~741年），佛教密宗在中国的传播达到了一个空前的高峰。著名的"开元三大士"——金刚智、善无畏和不空金刚陆续来华，他们从印度、斯里兰卡等地带来了大量的密宗典籍，并把它们翻译成汉文。他们在唐期间十分活跃，广收门徒，屡建道场，深受朝野人士的重视。自开元三大士之后，中国佛教密宗又盛传了一个时期，然后便渐渐衰落。但密宗的影响已经深入民间，深入到文学领域。到了元代，藏传佛教密宗随着蒙古人入主中原而大举进入汉地，并制造了广泛影响。这在当时的文学作品中亦有充分反映。需要说明的是，印度佛教密宗向中国的传播是依附于大乘佛教的。玄奘和义净都是把密宗经典当作大乘经典来进行翻译的，而三大士也是打着大乘佛教的旗号进行宣教活动的。另外，由于中国皇帝历来把儒家的原则作为维持统治的根本大计，儒家的伦理道德观念又已深入民众头脑，印度佛教密宗传入中国汉地时便不能不有所保留。而且，密教所传之密法又不足为外人道，所以，广大民众所受到的影响主要表现在对密宗神灵的崇拜和对密咒神力的信仰上，中国古代小说中所反映的也主要是这些方面。下面就让我们看看《西游记》中的例子。为了叙述的方便，现将这些例子分为两组，然后逐条加以说明。

（一）人物

1. 观音

在《法华经》的《观世音菩萨普门品》中，已经有了对观音化身的详细叙述，说他既可以为男身又可以为女身。在密宗的典籍中，观音的形象进一步发展变化，出现了十一面观音、千手千眼观音、马头观音（又译何耶揭利婆或贺野纥哩缚观音，Hayagriva）、不空绢索（Amoghapasa）观音、准提（Candi）观音等。与此有关的经典在南北朝时期以后被大量翻译过来。从中可以看出，这些观音的形象明显是受了印度教的影响。例如，何耶揭利婆本是印度教大神毗湿奴的化身之一，相关故事在两大史诗和若干种往世书中有所描述。再如准提，《摩根德耶往世书》中有700颂专门叙述了她的故事。她是众神为消灭阿修罗兄弟——松波和尼松波而创造出来的，被认为是大神湿婆之妻杜尔伽的化身。唐代以后，中国民间出现了各种名目的观音，如海岛观音、送子观音、鱼篮观音、杨枝观音，等等，也都是在密宗的影响下出现的。

《西游记》第十七写道："尔时菩萨乃以广大慈悲，无边法力，亿万化身，以心会意，以意会身，恍惚之间，变作凌虚仙子"。讲的是观音有无数化身。第九回写道："一个女真人上前，将那杨柳枝一摆，那没有头的龙，悲悲啼啼，径往西北而去。原来是观音菩萨。"第二十六回写道："菩萨将杨柳枝，蘸出瓶中甘露。"讲的是杨枝观音的形象。第四十九回写道：观音从紫竹林出来，手提鱼篮，到通天河用鱼篮将金鱼精捞出水面。第五十五回，又提到观音的"鱼篮之象"。第十四回，观音给孙悟空的头上套了个紧箍儿；第四十二回，又说观音有"金紧禁"三个箍儿。这似乎又与不空绢索有某种联系。总之，《西游记》中的观音形象是受了密宗的影响，这是事实。

2. 孙悟空

孙悟空是《西游记》中最主要的角色。关于他的形象来源，学术界曾发表过各种看法，并发生过一些争论。这些看法都有一定的道理，难以强求一致。但笔者以为，《西游记》既然是一部以历史上的一次佛教重大事件为题材而演义成的神话小说，那么它就必然要受到佛教的深刻影响，其主要角色的形象也必然带有浓厚的佛教色彩。这一点恐怕没有人反对。现在的问题是，孙悟空的形象到底是否受到过佛教密宗的影响。

《宋高僧传》卷三有《悟空传》，说历史上真有一个叫悟空的和尚，而且也是一个历尽艰辛去西天的取经者。刘荫柏先生在他编的《西游记研究资料》第297页上写道："此中悟空，生于唐代，不仅往西域出家、求佛、取经、译经，还在回归本土途中遭龙神劫阻，历尽磨难，与《西游记》中悟空之经历有相似处。"（上海古籍出版社，1990年）也就是说，孙悟空这个名字不是吴承恩胡乱编造的，而是有其历史依据的。唐僧悟空，曾"证梵文并度语，翻成《十地》《回向轮经》"。（《悟空传》）说明他翻译过密宗典籍，也就是说，他受过密宗的影响。

日本学者矶部彰对孙悟空形象受密宗影响一事给予了充分关注。他为此写了一篇文章——《元本〈西游记〉中孙行者的形成——从猴行者到孙行者》（收在赵景深先生主编的《中国古典小说戏曲论集》，上海古籍出版社，1985年）。刘荫柏先生说："密教护法神猕猴的事甚多，且与观音往往有关系，故日本学者认为宋本中的猴行者作为护持者的作用，取材于作为密教神将的'猕猴'故事而衍成。"（《西游记研究资料》第299页）宋代释法护译的《佛说出生一切如来法眼遍照大力明王经》中描绘了大力明王和忿怒金刚的形象，据此，矶部彰先生指出："追本溯源，孙行者的火眼金睛是基于大力明王的朱眼，牙齿突出、眉头皱起的容貌是金刚手秘密主的容貌，孙行者穿的虎皮直裰也是秘密主穿的虎皮。变化自如的金箍棒似也可看作其实是金刚棒和宋本的金环杖的混合物。一纵十万八千里的筋斗云也是大力金刚所踏的莲瓣的小说手法的表现。驱使龙王降雨的能力也是秘密主所持有的佛力的体现，那是从《请雨经曼陀罗》挪用到故事中去的。后代所说孙行者从须菩提祖师学习法术的这种师徒关系的由来，跟《大力明王经》里须菩提出场的事也不是没有关系的。"刘荫柏先生认为"此论可备一说"。（均见《西游记研究资料》，第300、301页）矶部彰先生的观点之所以可备一说，是因为他的论据比较充分，能够自圆其说。孙悟空的形象有多种来源，这是不可否认的，其中有密宗的影响，这也是不可否认的。

3. 沙僧

沙僧在《西游记》的四个主角中位居第四，到第八回才出场，说他项下挂着九个髑髅串。沙僧的这一形象很特别，与密教的影响有关。

在印度教中，大神湿婆的装饰物之一就是髑髅。这在佛教密宗的经典中亦有反映。《金刚萨埵频那夜迦天成就仪轨经》卷二，"……作大自在天像，四臂二目，顶戴天冠，垂发髻。右第一手持数珠，第二手执满髑髅血……"又言"……作频那夜迦天像，十二臂十二目六足。髑髅为庄严，人皮为衣"。又言"用尸骨作频那夜迦天像，长八指，四臂三目。右第一手作施愿印，第二手执满髑髅血"。又言"用人肋骨作频那夜迦天像，二臂一足一目，髑髅为严饰"。等等。大自在天，又译作摩醯首罗天（Mahesvara），即是印度教大神湿婆。频那夜迦，又译作毗那夜迦（Vinayaka），即是湿婆与雪山神女之子——象头人身神群主（Ganapati或Ganesa）。正如《大圣欢喜双身大自在天毗那夜迦王归依念诵供养法》中所说："大圣自在天是摩醯首罗大自在天王。乌摩（又译作优摩，Uma，即雪山神女）女为妇。所生有三千子。其左千五百，毗那夜迦王为第一，行诸恶事，领十万七千诸毗那夜迦类。"沙僧项挂髑髅串恐怕正是受了密典中大自在天父子二人的影响。

4. 李天王和哪吒

《西游记》中，托塔李天王和哪吒三太子出现多次，第八十三回里又对哪吒的身世作了较详细的追述。

佛典里有"四大天王"之说，其中北方毗沙门天王在中国最受重视，至唐代曾在民间受到相当普遍的崇拜。其主要原因是密宗在唐代十分盛隆，毗沙门天王是密宗崇拜的主要神灵之一。毗沙门天王的原型是印度神话中的财神俱比罗（Kubera），毗沙门（Vaisravana，又译作多闻天）在史诗《摩诃婆罗多》的《初篇》中被说成是俱比罗的一个名号。《罗摩衍那》中则说他是楞伽岛十首罗刹王罗婆那的弟兄。这些神话传说被密宗所吸收，创造出了一个毗沙门天王的形象。正如《古今图书集成·神异典》卷九一引唐人卢弘正《兴唐寺毗沙门天王记》所说："毗沙门天王者，佛之臂指也。右扼吴钩，左持宝塔，其旨将以摧群魔，护佛事……在开元则玄宗图像于旗章，在元和则宪皇交神于梦寐，佑人济难，皆有阴功。自时厥后，虽百夫之长，必资以指挥，十室之邑，亦严其庙宇。"这里说出了毗沙门天王在唐代受崇拜的情况。宋代法护译《出生一切如来法眼遍照大力明王经》卷上提到"北方俱尾罗"，即俱比罗之意译。唐代不空译《毗沙门仪轨》中说："天王第三子哪吒太子捧塔常随天王。"道出了毗沙门天王与哪吒的父子关系。但是，毗沙门天王如何在《西游记》中变成了托塔李天王，其演变过程如何，这是一个难解之谜。李天王本名李靖，李靖是唐初的大将，唐杜佑《通典》卷一四八至一六二《兵典》中数引《大唐卫公李靖兵法》，可知其著有兵书，是历史上著名的军事理论家。宋代早期编成的《太平广记》有关于李靖的故事数则。卷一九二《虬髯客》，讲的是李靖年轻时遇到异人虬髯客以及李靖见到李世民的传奇故事，故事中有浓厚的神秘色彩。卷二九七引《国史补》曰："卫公李靖，始困于贫贱，因过华山庙，诉于神，且请告以官位所至。辞色抗厉，观者异之。伫立良久，乃出庙门。百许步，闻后大声曰：'李仆射好去！'顾之不见人。后竟至端揆。"卷四一八引《续玄怪录》，说李靖未发达时，曾在灵山打猎，迷路后到一家借宿。夜间，那家人要求李靖代为行雨，李靖便按照那家人教给的办法代龙行雨。卷二八九引《谭宾录》说，李靖出奇制胜，在西域大败突厥，使颉利可汗狼狈西逃。卷二十九引《原仙记》说，大历（766~779 年）中，苏州常熟元阳观道士以清在船上遇到一个身发异香的人，这个人给以清讲了一个故事，说他少年时曾得一怪病，眉发尽落，入深山遇一老人，老人以药服之，使之眉发复生且得长生人间，老人还说："子不闻唐初卫公李靖否？即吾身是也。"以上这些故事中，除《谭宾录》一则而外，其余的大多与道教有关。特别是《原仙记》的一则，直接把李靖说成是仙人，但还看不出与毗沙门天王有什么关系。《谭宾录》中的故事于史有征，可参见两《唐书》本传。不过，那也只能说明李靖当年与西域有一定的关系，与毗沙门天王则风马牛不相及。但是，以上故事对李靖变成托塔李天王或多或少要起些作用。关于托塔李天王受密宗影响的问题，张政烺、徐梵澄、金鼎汉等先生均有专文论述，张文《封神演义漫谈》载 1982 年第 4 期《世界宗教研究》，徐文《关于毗沙门天王等事》载 1983 年第 3 期《世界宗教研究》，金文《封神演义中几个与印度有关的人物》载 1993 年第 3 期《南亚研究》。

5. 地藏王菩萨

《西游记》第三回和第十回中都有对地狱情形的较详细描写，并罗列了"十代冥王"的名字：秦广王、初江王、宋帝王、仵官王、阎罗王、平等王、泰山王、都市王、卞城王、转轮王。其中，阎罗王和转轮王无疑都是从印度来的。而在十代冥王之上，还有一个"幽冥教主"地藏王菩萨。

《三教源流搜神大全》卷七对地藏王的来历作了辩证说明：说他是佛陀的弟子目连，曾作盂兰盛会，救母于饿鬼群中，死后当上了地藏王；并指出，那种把唐代来华的新罗僧地藏当作地藏王的说法是误传。书中还说，地藏王是"职掌幽冥教主，十地阎君率朝贺成礼"。这一说法与《西游记》相吻合。《古今图书集成·神异典》卷七八引《地藏菩萨本愿经》说，过去时有一婆罗门女，其母不信因果，死后堕入无间地狱。婆罗门女卖家宅而供养先佛，并一心念佛，遂使其母解脱地狱。"婆罗门女者，即地藏菩萨是"。这里，婆罗门女的情形与目连的传说差不多，应即是目连故事的翻版。又据密宗典籍《地藏菩萨陀罗尼经》：地藏菩萨在弥勒、文殊、观音、普贤等恒河沙诸大菩萨之前，"若人于百劫中礼敬供养，欲求所愿，不如于一食顷礼拜供养地藏菩萨，功德甚多，所愿速得悉皆满足。何以故？此地藏菩萨于一切众生能大饶益，为如意宝故。此族姓子若欲成就众生，故能发坚固大悲伏藏，令满一切众生心愿。是故，善男子善女人，应当供养地藏菩萨。"还说，如果有人为饥渴、欲望、疾病、牢狱、刀兵、猛兽、财利、恶业等所困扰所逼迫，只要念地藏菩萨的名号，一心归依，都可以得到解脱。地藏菩萨为成就一切众生，可以化身为梵天、大自在天、帝释、天王、辟支佛、转轮王、婆罗门、刹帝利、吠舍、首陀罗、男人、女人、乾达婆、紧那罗、天龙、夜叉、罗刹、狮子、虎狼、牛马、鸟类，还可以化为阎罗王身、地狱卒身和地狱身，等等。这种对地藏菩萨救苦救难、大慈大悲，以及他能以种种化身现身说法的描述，与《法华经·普门品》中对观音普萨的描述大致一样，因而可以认为是对后者的沿袭和发挥。但密宗把地藏菩萨抬得很高，这就使他在唐代以后在中国民间产生了较大的影响，于是出现了《西游记》中的描写。

6. 大鹏、孔雀

《西游记》第七十四至七十七回讲的是唐僧师徒狮驼山遇青狮、白象、大鹏三魔的故事。关于大鹏，第七十五回写道："金翅鲲头，星睛豹眼。振北图南，刚强勇敢。变生翱翔，鹍笑龙惨。抟风翮百鸟藏头，舒利爪诸禽丧胆。这个是云程九万的大鹏雕。"毫无疑问，这里是使用庄子《逍遥游》的典故。问题决不这样简单。第七十七回，如来佛有一段话，说出了大鹏的身世："自那混沌分时，天开于子，地辟于丑，人生于寅，天地再交合，万物尽皆生。万物有走兽飞禽。走兽以麒麟为之长，飞禽以凤凰为之长。那凤凰又得交合之气，育生孔雀、大鹏。孔雀出世之时，最恶，能吃人，四十五里路，把人一口吸之。我在雪山顶上，修成丈六金身，早被他也把我吸下肚去。我欲从他便门而出，恐污真身，是我剖开他脊背，跨上灵山。欲伤他命，当被诸佛劝解：伤孔雀如伤我母。故此在灵山会上，封他做佛母孔雀大明王菩萨。大鹏与他是一母所生，故此有些亲处。"这段话虽说对佛有所亵渎，但却极具文学上的想象力和幽默感，且有深刻的文化内涵。作者把中国传统的东西和印度佛教传说熔于一炉，寓谐于庄，产生了极佳的艺术效果。大鹏的身上既有中国传统的因素，又有印度的外来因素。所谓中国因素，是指庄子对鲲鹏的浪漫描绘，已经深入人心，为中国读者普遍接受。而印度因素，是指大鹏在印度上古即是一种图腾，即是神话中的重要角色。史诗《摩诃婆罗多·初篇》中讲了一个故事：在远古时代，天神生主（Prajapati）生有二女，二女都嫁给大仙迦叶波（Kasyapa）为妻，大女生下的是一千条蛇，次女生下了大鹏金翅鸟。二女因赌博而结怨，大鹏与蛇也成为仇敌。这个故事通过自然界鹰与蛇的天敌关系暗示印度上古两个分别以鹏鸟和蛇为图腾的氏族部落间的对立和仇杀。在印度古代神话中，大鹏有一个族系。如史诗《罗摩衍那》中就曾提到若干个大鹏，甚至还介绍了它们的世系。大神毗湿奴的坐骑就是一只大鹏。关于大鹏的神话也影响到佛教密宗。《文殊师利菩萨根本大教王经金翅鸟王品》为唐代不空所译，其中写道："金翅鸟王与无量金翅鸟围绕，从座而起，往诣于文殊师利大菩萨前，头面礼足，长跪合掌，而白文殊师利言：我住大菩萨位，于此教王利益安乐诸有情故，说过去百种法，唯愿大菩萨随喜许说。文殊师利菩萨言：为有情利益故，汝今说之。时金翅鸟王以佛威神力故，从座而起，欢喜踊跃。文殊师利言：汝应宣说过去百种法并其深密法要。尔时金翅鸟王即说真言……"然后介绍了如何召龙、调龙、捉龙和召蛇、罚蛇、谪蛇的方法，并说，"于河岸侧，五色粉建立六肘曼荼罗，画八枚八叶莲花，中央画佛作说法相；佛右以粉画大圣文殊师利菩萨，作合掌瞻仰佛相；佛左画那罗延天，四臂持四种标帜器仗；近那罗延，画金翅鸟王，作极可威怖形。"从这里可以看出：密宗已经把金翅鸟列入了菩萨位，且有很大的神通法力；金翅鸟能制服龙蛇，同时又与那罗延（毗湿奴）有密切关系，这又与印度古代神话传说相一致。《西游记》中的大鹏金翅雕之所以能同如来拉上关系，显然与密宗的影响有一定的因缘。

至于《西游记》中提到的"佛母孔雀大明王菩萨"，亦与密宗有关。唐代不空译有《佛母大孔雀明王经》和《佛说大孔雀明王画像坛场仪轨》，此前义净译过《佛说大孔雀咒王经》，再前姚秦鸠摩罗什和梁僧伽婆罗各自译过《孔雀王咒经》，还有不知何人所译的《大金色孔雀王咒经》和《佛说大金色孔雀王咒经》等。孔雀是印度的国鸟，盛产于印度，所以在印度的古代文学作品中时常有所表现。密宗典籍对这一国鸟予以神化已不足为怪。

以上所举的例子只是《西游记》人物中的一部分，还有一些人物身上也有受密宗影响的蛛丝马迹。

（二）事物

1. 真言与咒语

《西游记》里关于真言和咒语的例子多得很。这当然是佛道两家影响的结果，而相比之下，佛教的影响更大一些。密宗以真言和咒语为其一大特色，所以密宗又被称作真言乘。密典中有许多陀罗尼，陀罗尼（dharani）在古代意译为"持"或"能持"，用现代汉语来解释，就是"掌握住"的意思。对于佛法，要用心思去掌握，不但需要记住，而且还要理解，还要化为自觉的行动，这就是陀罗尼的一般概念。陀罗尼还有一个意思，那就是"咒"。咒在梵语中为tantra，只是佛教一系把陀罗尼也叫作咒。古代印度人认为咒语有一种神秘的力量，在禅定的状态下念诵咒语就更有神力。其实，那只不过是一种迷信，一种愿望。正如鲁迅先生所说，当列强的炮舰入侵中国的时候，没看见有谁能用咒语咒翻他们的铁甲船。但上古的人们不同，他们相信巫术，相信巫术中所使用的咒语。特别是在古代印度，人们普遍相信语言具有一种神力。我们从印度教的神话传说中可以看到许多例子，婆罗门的诅咒具有无比的威力，可以改变一个人的命运，甚至连天神也常常是他们诅咒的受害者。婆罗门的诅咒不是这里所说的咒语，而是一种使对方陷于灾难而不能自拔的预言。至于咒语，可以说是密宗把它发挥到了极致境地。除了咒语以外，密宗还有所谓真言。真言，梵语叫作mantra。在印度，tantra 和 mantra 经常被作为对偶词连用，写作tantra-mantra 。可见，这两个词的含义是相互接近的。在佛教典籍里，有时也把真言和陀罗尼合在一起使用，称"真言陀罗尼"。

《西游记》第七回，如来以五指化为五行山镇压孙悟空，并以六字真言贴在五行山顶。这个六字真言是密宗最重要、最普遍使用的六个字，是"摩尼宝放在莲花上"这句梵文的六个音节的汉语音译。第十四回，玄奘西行，在五行山下收了孙悟空做徒弟，观音菩萨为了使孙悟空听命于唐僧，化为老母，教会唐僧"紧箍儿咒"，这紧箍儿咒又叫作"定心真言"。这个例子证明，在许多人看来，真言就是咒。此外，《西游记》中提到真言的地方很多，如第十三回，说玄奘"先念了净口业的真言，又念了净身心的神咒"。真言和神咒并举，是为了句子的工整对仗，作者把真言和神咒看作是一回事。其实，真言和咒语还是有差别的。真言是一种秘密语，比一般的咒语更加神秘，因而也被认为更具威力。"净口业""净身心"，这 都是些"行话"，说明作者对密宗的东西相当了解。

2. 多头神与多头怪

"三头六臂"在现代汉语里是个成语，意思是本事很大。《西游记》里的哪吒和孙悟空都曾现三头六臂之相。第六十一回，哪吒与牛魔王斗法，用斩妖剑斩下牛头，"那牛王腔子里又钻出一个头来……一连砍了十数剑，随即长出十数个头"。第六十三回，"那怪物，九个头颅十八只眼"，"现了本相，乃是一个九头虫"。第九十回，"老妖把头摇一摇，左右八个头，一齐张开口，把行者、沙僧轻轻地又衔于洞内"。这又是些多头妖魔的例子。下面分别来谈。

多头神在印度教神话里是很多见的，几乎各位大神都能够显现多头形象。佛教密宗里的神灵也常有多头的法相，这在前文已经举有例子，此处无须赘言。

哪吒斩牛魔王头的细节，与《罗摩衍那》中罗摩用箭射掉十首魔王罗婆那的情节很相似。另外，在印度教神话里，大神湿婆的坐骑就是一头白牛。在《湿婆往世书》里，湿婆之妻杜尔伽诛杀妖魔的某些细节与哪吒斗牛魔王以及孙悟空斗九头狮子的情节相似。尽管我们现在还不能立即从密宗典籍中找到中间环节来证明故事情节方面的影响关系，但多头妖魔的形象几乎可以肯定与密宗的影响有关。下面的例子可以作为旁证。《西游记》第九十三回的"九头虫"是个九头龙。《大云经祈雨坛法》说："于东方画一龙王，一身三头……于南方画一龙王，一身五头……于西方画一龙王，一身七头……于北方画一龙王，一身九头"。《大云轮请雨经》卷上列有三头龙王、五头龙王、七头龙王和千头龙王等。《大摩利支菩萨经》说："诵此真言，以泥作龙，身长八指，具有九头……"《佛说大孔雀咒王经》卷中所列的"一百八十大龙王"中有一首龙王、三首龙王和多首龙王。这些例子可证明九头龙的来历。总之，多头神与多头妖魔与佛教密宗有关，这是可以肯定的了。

3. 人参果树事件

《西游记》第二十六回《孙悟空三岛求方，观世音甘泉活树》，讲观音大士来到五庄观，救活被孙悟空捣毁的人参果树："菩萨将杨柳枝，蘸出瓶中甘露，把行者手心里画了一道起死回生的符字，教他放在树根之下，但看水出为度……须臾，有清泉一汪……菩萨将杨柳枝细细洒上，口中又念着经咒……只见那树果然依旧青绿叶阴森，上有二十三个人参果。"《高僧传》卷九《耆域传》写道："寺中有思惟树数十株枯死……域即向树咒……树寻荑发，扶疏荣茂。"耆域有点像观音，曾经以"净水一杯，杨柳一枝"为人治病。他使枯树复活的故事可以看作是《西游记》中这个故事的直接来源。但是，还应当说，密宗对这个故事也有一定影响。例如，唐代善无畏译的《七俱胝佛母心大准提陀罗尼法》中说："至心诵持，必当自证；能令枯树生花，何况世间果报。"其所译《七俱胝独部法》中亦言："佛法言，此陀罗尼有大势力，移须弥山及大海水，咒干枯木能生花果。"此外，还有不少密宗经典也都提到使枯树复活的事。

4. 车迟国祈雨争胜

《西游记》第四十五和第四十六回讲的是唐僧师徒在车迟国与三个以道教徒面目出现的妖魔斗法的故事。这个故事的人物和情节可能与密宗的影响有关。首先看人物，那三个妖魔的名字分别叫作虎力大仙、鹿力大仙和羊力大仙。《佛母大孔雀明王经》卷中有"虎力师子力，并大师子力"的字样；《大孔雀咒王经》卷下则提到"鹿顶大仙""独角大仙"等。这很可能影响到虎力大仙和鹿力大仙的命名。至于独角大仙，《西游记》中则有犀牛精"独角大王"。再说祈雨，古人遇到天旱就要向神灵求雨，这是常事，许多民族都做过。但中国古代的祈雨有自己的特色。中国古代，皇帝和大臣时常出面求雨，有一整套的传统礼仪，有专门场所。民间也有自发的求雨活动，多在龙王庙进行。唐代，这些活动照常进行，而密宗的影响显得格外突出。那时不仅译出了一批关于祈雨的密宗经典，而且密宗僧人也积极参加祈雨活动。有关经典前文已经列举过两部，不必再列。《宋高僧传》卷一《金刚智传》说金刚智祈雨有验，为玄宗所重。此事《唐语林》亦有所记。《宋高僧传》卷一《不空传》说，天宝五年（746年），不空祈雨有验；大历七年（772年），京师春夏不雨，皇帝下诏令不空祈雨。不空的弟子惠果和尚也擅长求雨，据《青龙寺大德行状》，惠果曾于贞元中（公元800年前后）"数入禁祈雨"。在唐代的密宗僧人中，不空祈雨是最著名的，其故事不仅见于僧传，也见与唐人的笔记和小说。例如，《酉阳杂俎》前集卷三曰："玄宗又尝召术士罗公远与不空同祈雨，互校功力。上俱召问之，不空曰：'臣昨焚白檀香龙。'上令左右掬庭水嗅之，果有檀香气。"不空与道士在御前祈雨互校功力，这与孙悟空和唐三藏在车迟国君前祈雨争胜有些相似，其中或许有影响关系。

5. 李天王的照妖镜

《西游记》五十七和第六十一回，都讲到李天王有一个照妖镜。这个照妖镜恐怕也与密宗有某种瓜葛。中国古代小说，特别是志怪和传奇小说中，有一批是关于镜子的，唐代王度的《古镜记》是其中的突出代表。这些小说的绝大部分都赋予镜子以神秘色彩，原因何在，令人难以琢磨。在读了一些密宗典籍以后，似乎可以说，其中的部分原因已经找到。唐代翻译的密宗典籍中，有金刚智译的《佛说七俱胝佛母准提大明陀罗尼经》、不空金刚译的《七俱胝佛母所说准提陀罗尼经》、地婆诃罗译的《佛说七俱胝佛母心大准提陀罗尼经》和善无畏译的《七佛俱胝佛母心大准提陀罗尼法》《七俱胝独部法》。这几部经在密宗仪轨中似乎占有特殊地位，金刚智译的被称为"金刚智仪轨"，不空译的被称为"不空仪轨"。这五部经里都提到了镜子。如《七佛俱胝佛母心大准提陀罗尼法》中说："……以一面净镜未曾用者，于佛像前，月十五日夜，随力供养，烧安悉香，及清净水。先当静心无所思惟，然后结印诵咒，咒镜一百八遍，以囊匣盛镜，常得将随身。后欲念诵，但以此镜置于面前，结印诵咒，依镜为坛，即得成就。……短命多病众生，月十五夜，烧安悉香，诵咒结印一百八遍，魔鬼失心野狐恶病，皆于镜中现其本身。"《七俱胝独部法》亦言："诵此真言一千遍，魔鬼失心狂走，狐擒恶鬼皆于镜中见形。"看来，镜子是密宗的一种法器。对镜结印诵咒，此镜便具神力。时下中国民间尚有挂镜于门额者，意在驱邪避灾，是否亦与密宗的这一说法有所关涉呢？

6. 存疑

《西游记》第四十七和四十八回，通天河金鱼精每年要吃一对童男童女，孙悟空和猪八戒变成童男童女去作牺牲，最后请来观音收服了金鱼精。这个故事与印度史诗《摩诃婆罗多》中的一则故事在情节上有相似之处，其中间环节可能是《幽明录》中的《罗刹》（参见前文《读幽明录杂谈》）。现在的问题是，《西游记》中的这则故事如果不是直接来源于《罗刹》，则很可能与密宗的影响有关，这只是一点怀疑，暂列此备考。

《西游记》第七十二回，盘丝洞的七个女妖到温泉池中沐浴，孙悟空化作老鹰盗走女妖的衣服。这一情节与民间故事《牛郎织女》中牛郎盗走织女衣服的情节有相似之处。而这个盗衣情节也与印度故事有关（参见后面有关印度16世纪印地语苏非爱情传奇诗与东西方民间文学一文）。至于它是否与密宗的影响有关，也只是一点怀疑，故亦列此备考。

三、中国狐精故事源流及其印度影响

中国的狐精故事源远流长，可自成一类，若辑成专书，即便不汗牛充栋，亦可谓洋洋而大者也。因而，进行狐精故事的专题研究，可促进中国在小说研究方面的深入。至今，对这一专题的研究工作已进行不少，但多局限于艺术形象分析及纵向的比较，似不大有人注意其发展演变的全过程及此过程中的外来影响因素。本文是对这方面研究的初步尝试。

（一）先秦的狐狸是好狐狸

在先秦的文献里，狐和狸是两种动物，古人是分得很清楚的，但也常有狐和狸并举的情况，导致后来狐和狸连在一起成为一个概念。

先秦的典籍中，关于狐的记载已经不少，归结起来大体有这样几种情形：

1. 狐有优质皮毛，是狩猎对象。

狐皮可制高级裘衣，狐肉可食。《离骚》："羿淫游以佚畋兮，又好射夫封狐。"《周易·解》："田获三狐。"说的都是猎狐行为。《诗·七月》："取彼狐，为公子裘。"《诗·旄丘》："狐裘蒙戎"，《诗·终南》："锦衣狐裘"，《礼记·玉藻》："锦衣狐裘，诸侯之服也。"说的都是以狐皮为裘事。《礼记·内则》中还提到用狐肉，有"狐去首"的记载。如是，狐在上古已被人们充分利用。

2. 先秦人以狐为姓氏，以狐为人名地名的亦不少见。

《左传·成公十一年》："……温，狐氏、阳氏先处之。"据说狐氏为周平王之子狐的后代，或说为晋国唐叔的后代（《通志》卷二八《氏族》四）。《左传》中屡次提到狐突、狐毛、狐偃等人，狐偃为晋文公重耳之舅父。以狐为名者，最早的可能是寒浞的妻子，叫纯狐，楚辞《天问》："浞娶纯狐。"此外还有不少叫狐的人，如董狐等。先秦以狐为地名的亦不少，如狐父（《荀子·荣辱》）、狐人（《左传·定公六年》）、狐骀（《左传·襄公四年》）、令狐（《左传·成公十一年》）等。令狐后来成为姓氏。这些情况表明，先秦人对狐并无恶感。

3. 狐为仁兽。

《礼记·檀弓上》："古之人有言曰：'狐死正丘首'，仁也。"楚辞《哀郢》亦曰："狐死必首丘。"不仅仁，且有灵性。

4. 狐为瑞兽。

相传为魏国史书的《竹书纪年》中有夏伯东征，"得一狐九尾"的说法。《竹书已佚》，其说保存在《稽瑞》《太平御览》卷九〇九、《山海经·海外东经》郭璞注中。《艺文类聚》卷九九引《吕氏春秋》说：禹娶涂山氏时，有白狐九尾的瑞应。今检1986年吉林文史版《吕氏春秋译注》并无此事，《太平御览》卷九〇九说出《吴越春秋》，似是。九尾狐的说法可能是后人的伪托。

5. **狐性多疑。**

《离骚》中两次说到"心犹豫而狐疑","狐疑"一词遂为成语。

6. **狐性聪明。**

《战国策·楚策一》中有著名的狐假虎威故事，后世用之以贬义，而原典并无此义。

以上数端，主要反映了先秦人对狐的认识和利用，人们对狐的印象基本是好的。其中，狐假虎威一则表明，狐狸作为文学人物，第一次登上小说的舞台。而九尾狐的说法，又对后世的文学作品有着深远的影响：《御览》卷九〇九引崔豹《古今注》："章帝元和二年，白狐九尾见信都。"又引《魏略》："文帝受禅，九尾狐现于谯郡。"《太平广记》卷四四七引《瑞应篇》："周文王拘羑里。散宜生诣涂山，得青狐以献纣。"这便成了《封神演义》中九尾狐附妲己体助纣为虐的本事来源。《魏书·灵征志》中亦多有记载。

（二）秦汉之狐为妖狐

秦汉典籍中，关于狐的文字亦不少，从中可以明显看出人们对狐狸看法的转变。

1. **狐狸被施以神秘色彩，与迷信相关联。**

《史记·陈涉世家》记，陈涉、吴广举大计时，吴广作狐鸣呼曰"大楚兴，陈胜王"，以此威慑并号召群众。

2. **狐狸成为妖怪。**

《焦氏易林·萃》："老狐多态，行为蛊怪。"《说文》："狐，妖兽也。"《风俗通》卷九说，汝阳西门亭有怪物，夜里在那儿过夜的人，有的死了，有的"亡发失精"。后来郅伯夷到那里，天不黑而灯火自燃。夜，搏得老狐，遂烧杀。天明后于楼屋发现"髡人髻百余"。《风俗通》的这则故事可视为前二则记载的具体说明，说明其"妖"，"蛊怪""多态"。这则故事在魏晋以后流传较广、又见于《抱朴子·登涉篇》《搜神记》《续搜神记》等书。其内容有三点值得注意：①狐怪能幻化；②与火相联系；③狐怪截取人的发髻。关于幻化，后世多有发挥，今暂不论。狐与火的联系，今举数例如下：《三国志·魏志·管辂传》裴注中说，有个地方常闹火灾，后发现是狐作怪，杀之，里中不复有灾。《太平广记》卷四四七引《小说》一则，同此。《续搜神记》卷二："高悝家有鬼怪……器物自行再三发火。"《太平广记》卷四四八《何让之》："一狐跳出，尾有火焰如流星。"《酉阳杂俎》前集卷一五："旧说野狐名阿紫，夜击尾火出。"狐狸导致火灾，这是狐狸被认为是妖兽后的早期罪状之一。其另一条早期罪状为"截发"：《北齐书·后主纪》："武平四年正月，邺都、并州，并有狐媚，多截人发。"《魏书·灵征志》："太和元年，狐魅截人发。"截发故事亦见《洛阳伽蓝记》等。详见下文。狐截人发的目的何在？《列异记》有云："旧说，狸髡千人，得为神也。"

总之，秦汉时的狐狸已成为妖兽，人们对它的好感几不复存在。其幻化媚人、纵火、截发等特点对后世狐精故事影响很大。

（三）两晋至唐，狐狸幻化媚人

《太平广记》以整整9卷（卷四四七至卷四五五）专辑狐事，多达82条，他卷尚有零星故事未予计算。此82条，绝大多数出自晋至唐代的典籍。其中除个别条外，绝大多数是狐狸幻化媚（魅）人的故事。其实，《太平广记》所辑，远非晋至唐代狐精故事的全部，寻诸他典，往往更有所得。

《太平广记》卷四四七开首便是《说狐》（出《玄中记》）："狐，五十岁能化为妇人。百岁为美女、为神巫；或为丈夫，与女人交接；能知千里外事，善蛊魅，使人迷惑失智。千岁即与天通，为天狐。"这一说法似乎是对这一时期狐精故事的概括，又像是这一时期狐精故事的编写纲要，绝大多数故事都与此相符，狐化妇人者有之，化美女者有之，化神巫者有之，化丈夫者有之，与天通者有之。由于资料很多，在此不一一分辨。

《搜神记》卷十八引《名山记》曰："狐者，先古之淫妇也。其名阿紫，化为狐，故其怪多自称阿紫。"这一说法对后世影响也很大，所以，狐狸化为妇人或美女与男人乱搞两性关系的故事很多。尤其是唐代，狐精故事发展到极盛时期，不仅数量多，而且质量高。狐精故事不再停留于志怪的水平，而是向传奇小说发展，出现了《任氏》这样情节曲折、形象感人的狐精传奇。在《任氏》中，狐精化成的美女具有人的品格，享有与人同等的地位，使读者相信，那美女不是狐狸，而是有血有肉的人；她不是害人的精怪，而是善良贤惠的妇女；她不是与男人淫乱，而是与男人恋爱的贞节女性。

《太平广记》卷四四七引《朝野佥载》："唐初已来，百姓多事狐神，房中祭祀以乞恩，食饮与人同之。事者非一主。当时有谚语曰：无狐魅，不成村。"这一记载告诉我们，唐代之所以大昌狐魅之说，原因有二：一方面，人们在行动中供养狐狸，使狐狸得以大量繁殖，狐狸越多，狐狸的故事就越多；另一方面，人们在心理上敬畏狐狸，把许多奇异之事解释为狐狸作怪，也促使狐魅故事日益增多。唐人毕竟是唐人，故事多了，总不能让它们千篇一律，于是，出现了《任氏》这样的优秀作品。即便是志怪，那故事也怪异得饶有风趣。试举一例，《太平广记》卷四五三《裴少尹》（出《宣室志》）：唐贞元中，江陵裴少尹有个十多岁的儿子，聪敏而明秀，裴少尹非常喜欢他。儿子后来得了病，长时间不愈。有一高某主动上门，说孩子因狐而生病。高某治了孩子的病，但孩子却变得癫狂，哭笑无常了。继而有一王某又来治病，并怀疑高某为狐。高王二人相遇，互相指骂对方为狐。裴少尹左右为难时，又来一道士。道士说高和王皆为狐，高、王骂道士为狐。三人闹得不可开交，索性关上门大打出手。裴少尹在门外着急，等到天快黑了，才听见屋内殴斗声平息，便唤人打开门。只见三只狐狸趴在地上不能动弹，直喘粗气。裴少尹便杀了它们，孩子的病也渐渐好了。这个故事一波三折，颇出人意料，而且含有很深的寓意，暗示了人间社会的险恶。

（四）宋元明时代的狐狸与唐代的差不多

在宋元明时代，中国小说已向前发展了一大步。这一时期，中国的白话小说在宋元话本的基础上迅速发展，到明代形成了一个高峰，出现了《三国演义》《水浒传》《西游记》等成熟而不朽的长篇巨著，也出现了一大批富有感染力的短篇小说。而在文言小说方面，这一时期的作品基本上承袭了唐代志怪和传奇文学的传统，虽然其艺术成就不见得像唐代那样辉煌，但数量却很可观。即便如此，宋元明时代文言小说的成就仍然是不可忽视的，有不少篇章是可以同唐传奇中的佳作相媲美的。有一些狐精故事就属于这样的篇章。

宋元明时代的狐精故事随着当时的小说总潮流也分为文言和白话两支而平行发展。

1. 宋元明时代的文言狐精故事

宋代见于著录的文言小说很多，但其中有相当一部分已经散佚。现存的作品中，有不少关于狐精的故事，现选出几篇略作分析。《青琐高议》是北宋人刘斧撰辑的一部分文言小说集，其中载有四则狐精故事。四则中，有两则都属传奇，颇值得一读。其后集卷三有《小莲记》一篇，写狐女小莲与人的恋爱故事。小莲的不幸遭遇和她的善良心地令读者同情和怜爱。其别集卷一又有《西池春游》一篇，属长篇传奇，故事情节亦曲折。其狐女是一个美丽而有才气的年轻女子形象，她以诗通情，情深意浓，颇令人喜爱。这两篇故事中的狐女都不是害人的精怪，像《任氏》中的狐女一样，都是善良而柔弱的女性化身。两则故事都是悲剧的结局，读后不免使人深感凄凉，这也同《任氏》一样，使读者感到人与狐之间所存在的鸿沟是无法逾越的，这似乎在暗示：封建礼教就是横亘在男女青年间的鸿沟，自由恋爱的结局必将是悲剧。因此，这两则故事也和《任氏》一样，包含着民主性的精华。

《云斋广录》是北宋晚期李宪民大约于公元1111年撰集成的一部文言小说集。这部小说集是模仿唐人的笔记小说写成的，作者在本书自序中明确地提到了这一点。其卷五有《西蜀异遇》一篇，是一篇相当精彩的人狐恋爱故事。狐女宋媛亦是一美丽多情的少女形象，她擅长作诗填词，颇具文采。在冲破重重阻挠之后，她得以与李生结合，并生有一子。但是，就在此时，她却因"冥数已尽"而不得不带着儿子离去了，给李生留下的是一首七言绝句和无限的缅怀。这结尾仍然是充满悲凉气氛的。

洪迈（1123~1202）是南宋时期中国著名的大学问家和文言小说家。他的《容斋随笔》共五集七十四卷，是一部读书札记，从中反映出作者渊博的学识和严谨的治学态度。他的《夷坚志》据说有四百二十卷之巨，但现存最全的辑本仅二百余卷，不及原书之半。即便如此，此书仍是中国小说史上最大的一部文言小说集，存有小说2700余篇。不过，洪迈在这部巨著中也辑录了一些前人的成品，至少有700人为他提供了素材，而大部分作品是他根据各种民间传闻写出的。这部巨著中自然也少不了狐精故事。如卷六《管秀才家》写一狸怪，卷七《衢州少妇》写狐与人淫，《夷坚乙志》卷二《蒋教授》写一狐女复仇，《夷坚三志》己卷二《东乡僧园女》写狐女惑僧，等等。然而，洪迈写的狐精故事基本上都比较短小，属于志怪性质，传奇色彩不浓，因而，在艺术成就上不及前面提到的三则传奇。

《夷坚志》的影响是巨大而深远的，且不说它对明代白话小说的影响（如《三言》《二拍》等），仅在宋、金、元三代就有用它命名的作品，如《夷坚别志》（王质撰）、《续夷坚志》（元好问撰）和《湖海新闻夷坚续志》（无名氏撰）等多种小说集出现。

金人元好问（1190~1257）的《续夷坚志》仅有四卷，有狐精故事两则：《狐锯树》和《胡公去狐》（均在卷二）。这两则故事都不长，但在本书中都算是较长的篇什了。其中《狐锯树》的故事较有新意，可以视为一篇寓言。

元代无名氏《湖海新闻夷坚续志》的《精怪门》中记有六则狐精故事:《狐精嫁女》《狐称鬼公》《狐恋亡人》《狐精媚人》《剥皮狐狸》和《妖狐陈状》。这六则故事中的狐狸都不是好狐狸。

到了明代，瞿佑力挽传奇小说的颓势，撰辑出《剪灯新话》五卷，对后世产生了较大影响。随之，李昌祺写成《剪灯余话》五卷以响应，起到推波助澜的作用。《余话》卷三有《胡媚娘传》一篇，可作为明代文言狐精故事的代表。其主角胡媚娘具有双重品格：一方面，她是精怪，与男人交合，使之"面色萎黄，身体消瘦，所为颠倒，举止仓皇"；另一方面，她又是贤惠妇人，"赋性聪明，为人柔顺"，"事长抚幼，皆得其欢心"。本篇中还提到若干关于狐的典故。

2. 宋元明时代的白话狐精故事

唐代的俗文学已颇有规模，其时已有市井"说话"，且有话本小说出现。至宋元时代，话本小说已经发展起来，只可惜其保存情况并不理想。那时的"说话"也算是一种文学创作，但多半是再创作，说话人须在两种材料上下功夫，即罗烨《醉翁谈录》甲集卷一《小说开辟》中所说:"幼习《太平广记》，长攻历代史书。"如此，话本小说多为演义，分为两个方向，一是演古代小说，二是演史。尽管《小说开辟》中将当时的说话分为八类，但大体不离这两个方面。所以，话本小说大多都有其"本事来源"。而据八类之首的，即是"灵怪"。其中包括狐精故事。

《醉翁谈录》不仅将小说分为八类，而且还列出了宋人小说108种。灵怪类有16种，其第四种叫《李达道》，可惜已经亡佚。但学者们公认，这是一篇狐精故事，其本事来源为前面提到的《西蜀异遇》，讲的是李达道与狐女宋媛的恋爱故事。

董解元《西厢记》卷一有一段"断送引辞"《柘枝令》，列举了《崔韬逢雌虎》《郑子遇妖狐》《井后引银瓶》《双女夺夫》《离魂倩女》《谒浆崔护》《双渐豫章城》和《柳毅传书》。西谛先生认为:"在这里，我们可以得到不少诸宫调的名目。"即是说，《郑子遇妖狐》是诸宫调之一。他还指出，"郑子遇妖狐事，见于《太平广记》卷四百五十二《任氏》条……这故事颇为人知，然宋、金、元之间的作者们以此为题材者则绝少……即宋、元、明的戏文、传奇，以此为题材者也没有。只有此诸宫调一本耳。"(《郑振铎文集》第六卷，第104、109页，人民文学出版社，1988年)谭正璧先生则说:"金代有《郑子遇妖狐》诸宫调……当即取《任氏传》为题材。但原作已佚，即佚文亦已不可见。"（谭正璧《话本与本剧》第73页，上海古籍出版社，1985年）

到了元代，出现了一个演史话本，叫《武王伐纣书》，此书在中国长期失传。20世纪30年代，孙楷第先生《日本东京所见中国小说书目提要》出版，说东京内阁文库藏有元本《新刊全相平话武王伐纣书》，中有九尾狐假形苏妲己的情节。并认为此书为《封神演义》的最初形式。40年代，赵景深先生的《中国小说论集》由永祥印书馆出版，书中，他将《武王伐纣书》和《封神演义》的主要情节列表对比，从中可以明显看出二者间的渊源关系。

明代，除《封神演义》有狐精故事外，还有许多白话小说中有狐精故事。今仅举数例：周楫《西湖二集》卷二十《巧妓佐夫成名》的入话中讲到李师师是狐精，事出宋人郭彖的小说集《睽车志》卷一。同书卷二一《假邻女诞生贵子》的入话叙狐事数项，有阿紫故事（出《搜神记》卷一八）、顾旃得狐淫册故事（出《搜神记》卷九）、许贞娶狐女故事（《太平广记》卷四五四引《宣室志》）等。正文则叙罗慧生与狐女交欢的故事。同书卷三十《马神仙乘龙升天》穿插有一狐精故事。《醒世恒言》卷六《小水湾天狐贻书》是一篇精彩的狐精故事，演《太平广记》卷四五三《王生》（出《灵怪录》）。《幻影》（《三刻拍案惊奇》）第二十回《良缘狐作合，亢俪草能偕》前半为狐化美女故事。其第二十三回《猴冠欺御史，皮相显真人》入话，说到张华与老狐事。长篇小说《平妖传》（冯梦龙增补本）中有三个重要角色都是狐精所幻化。《西游记》中也有狐精故事。

总之，宋、元、明时代文言小说中的狐精故事大体上是取法唐人作品；白话小说和戏剧中的狐精故事有相当一部分是对前人作品的演义，而另一部分，如《封神演义》《平妖传》等，则属借用狐精典故，将书中反面人物演义为狐精所幻化。由此可见，在当时人们的心目中，狐狸基本上仍是妖兽。

（五）清代出了一大批好狐狸

清代，有一大批笔记小说和白话长篇小说传世，而许多小说中都有狐精故事，其例子已不胜枚举。特别是《聊斋志异》问世以后，谈狐说鬼几乎成了文人的时尚，继作者纷至沓来，遂使狐精故事达到唐以后的又一高潮。由于作品太多，现仅据《聊斋志异》和《阅微草堂笔记》对清代狐精故事的特点做些分析。这两部书在清代有关狐精故事的书中具有代表性。其中，后者晚出，且直接受了前者的影响，作者纪昀对蒲松龄也十分佩服，他曾说过："《聊斋志异》盛行一时，然才子之笔，非著书者之笔也……留仙之才，余莫逮其万一"。（见《阅微草堂笔记》卷一八末盛时彦跋）从这段话可知，纪昀所佩服的只是蒲松龄的文学才华，他不认为《聊斋志异》是"著书者之笔"。在他看来，著书者之笔应当是《阅微草堂笔记》这个样子，即博引经义，阐发名理。所以，《阅微草堂笔记》虽也谈狐说鬼，但风格与《聊斋志异》迥异，其文学性亦不及《聊斋志异》。

《聊斋志异》中的狐精故事极富文学鉴赏价值，许多人物都给人以深刻印象，如娇娜、青凤、莲香、红玉、辛十四娘、阿绣、小翠等。在这一点上，《聊斋志异》是继承和发扬了唐宋传奇的遗风，其狐精实际上是人。她们的悲欢离合影响着读者的情绪，她们的美丽善良启发着读者的良知。当然，《聊斋志异》中的狐精并非全是好的，也有害人的。但可以看出，作者在那些好狐精身上用笔最重、用功最深。

《阅微草堂笔记》中的狐精故事，从条数上讲，要大大超过《太平广记》的9卷82条，是任何他书所不能与之相比的。其故事一般都比较短小，且夹杂着作者的评论或引用他人的评论。这些故事多数都可被视为寓言，有一定的现实意义，但有时作者的评论也不免显得牵强。显然，作者是想通过这些故事说明某些道理，重点不在故事本身，而在于由故事所引发的议论。

联合《聊斋志异》和《阅微草堂笔记》，可对清代狐精故事的特点归结为一句话：清代出了一大批好狐狸。如：

①侠义狐。《聊斋志异》卷二《红玉》末尾，蒲松龄说："非特人侠，狐亦侠也。"红玉便是这种狐侠。卷四《念秧》后半之狐友，亦有侠义行为。《阅微草堂笔记》卷七，有狐知恩图报，亦属此类。

②慈悲狐。《聊斋志异》卷二《莲香》中莲香及卷九《张鸿渐》中舜华皆宽宏大量，当属此类。《阅微草堂笔记》卷七，群狐为受鞭捶女奴而失声痛哭，极具同情之心。

③诙谐狐。《聊斋志异》卷四有《狐谐》一篇，曰："狐之诙谐，不可殚述。"卷五《狐梦》中亦多有诙谐之狐，如卷二狐戏陈双、卷四之群狐哄笑等皆是。

④风雅狐。古有狐化书生、狐做诗词之说，而《聊斋志异》卷二《狐联》有狐赠焦生对联。《阅微草堂笔记》卷八亦记雅狐颇好诗书，不欲与俗客为伍。

⑤谋略狐。狐狸多智，先秦人已有记载。《聊斋志异》卷四《辛十四娘》，狐妇颇善料理门户，有大将风度。《阅微草堂笔记》卷七亦有远虑之狐。

⑤理性狐。《聊斋志异》中狐女，往往重感情，而即通请又知礼者亦往往有之。

相比之下，《阅微草堂笔记》中的狐精，多有谈名理宣宏论者。如卷一有一狐女，大谈空幻之说；卷四亦有一狐大论三教短长；卷十八有一狐，与术士论辩，大屈之。

此外，还可列善狐多种，恕从略。

（六）中国狐精故事中的印度影响成分

如上文所述，中国狐精故事确实是源远流长，异常丰富，这恐怕是其他国家所无法比拟的。那么，读者也许会问：既然中国狐精故事有源有流，自成一系，怎么还会有印度影响的成分呢？是的，不善于吸收的民族便不善于创造。中华民族是富于创造性的民族，因而也少不了要吸收外来影响。对狐精故事的创作也是如此。

1. 六朝志怪的影响

佛教自东汉晚期传入中原地区，随后即逐渐站稳脚跟。佛教的传入，对中国文学产生了巨大影响，最显而易见的，就是对六朝志怪的影响。对此，前人已有定论，此处不必再说。狐精故事正是随着这一志怪潮流而兴起，自然与佛教影响有关。

2. 狐与佛、菩萨

《太平广记》中有狐化佛、菩萨故事数例，如《唐参军》和《僧服礼》中，狐幻成佛、弥勒；《大安和尚》《千阳令》《代州民》《长孙甲》中，狐幻为菩萨以魅人。这样，狐精故事便与佛教有了密切关系。

3. 狐与僧

《太平广记》中有若干狐精故事涉及僧人，后世狐精故事也是如此。这种例子也说明，中国狐精故事在发展过程中受到了佛教影响。

4. 狐与梵书

《太平广记》卷四五四《张简栖》（未著出处）条：南阳张简栖行猎，于一古墟中见狐精读书册，其册子"皆胡书，不可识"。《林景玄》（出《宣室志》）条：林景玄行猎至一墓穴，见一老狐读书，其书似梵书。这三例亦是受佛教影响的佐证。

5. 狐与胡

中国狐精故事中，狐化成的人往往姓胡。如《太平广记》中之《胡道洽》《李元恭》《焦练师》《杨氏女》《李令绪》等，其狐精均姓胡。这种情况在唐以后的小说中也很多见。先秦，中原即有胡姓，如魏国的胡亥。其时，北方的少数民族亦被称为胡人，如赵武灵王胡服骑射，便是学习胡人。秦汉之际，中原与西域的联系增多，西域人亦被称为胡人，其中既有中国的少数民族，也有外国人。佛教传入中原后，天竺胡人尤为著名。有一些反佛教的人常称佛为"胡神"，称佛经为"胡经"，称佛僧为"胡妖"，称佛教义为"胡言"（均见《魏书·释老志》）。狐与胡同音，《晋书》卷八七张显疏中说，"狐者，胡也。"这样，狐与胡被扯到一起，狐便成了骂胡人的话。《旧唐书》卷一〇四《哥舒翰传》中说，哥舒翰与安禄山等人的关系不大和谐，安禄山便以同是胡人的关系与哥舒翰套近乎。哥舒翰引用古人的话，"野狐向窟嗥"，本是好意，安禄山却大怒，认为他是在骂自己。幸亏高力士在一旁使眼色，哥舒翰才未与计较。由此可见，狐既可以用来骂胡人，也可以用来骂佛教。那些狐化为诸佛菩萨及僧人的故事是否是在骂佛教呢？恐怕多半都是。且看，《太平广记》中《何让之》条：有狐化为西域胡僧，文中亦明说，"此僧亦是妖魅"。又有《叶法善》（出《纪闻》）条：有狐化为一胡僧（婆罗门僧），被道士叶法善识破，提至圣真观。叶法善令其恢复原形，胡僧乃弃袈裟于地，变为老狐；老狐受鞭打后，穿上袈裟，又变为婆罗门僧。在这个故事里，婆罗门僧即是胡僧，胡僧即是狐僧，僧即是狐，狐即是僧，这不是骂佛骂僧又是什么？

6. 狐与道士

若干狐精故事中，有道士（或术士）镇伏狐妖的情节，上文《叶法善》即其例。《太平广记》中尚有《长孙无忌》《杨伯成》《王苞》《辛替否》（均出《广异记》）等例，似乎是道家编出来骂佛教的。当然，《太平广记》中也有狐化道士的故事，如《李自良》《裴少尹》等。前文叙述过《裴少尹》的故事情节，从中似乎可以看出某些世人的观点：道士也不是好东西。

7. 狐魅截发

前文曾提到狐魅截发的故事，并举有数例。《太平广记》中另有其例，如《孙岩》（出《洛阳伽蓝记》）："后魏有挽歌者孙岩，娶妻三年，妻不脱衣而卧，岩私怪之。伺其睡，阴解其衣，有尾长三尺，似狐尾。岩惧而出之，甫临去，将刀截岩发而走。邻人逐之，变为一狐，追之不得。其后，京邑被截发者一百三十人。"《靳守贞》（出《纪闻》）："……或官吏家，或百姓子女姿色者，夜中狐断其发，有如刀截。"《崔昌》（出《广异记》）：狐化为一老人，因醉酒被扶到崔昌家，"老人醉吐人之爪发等"，崔昌斩之，是一老狐。"爪发"之说常见于佛典，这则故事无疑是受了佛教的影响。那么，其余截发故事是否也与佛教有关呢？也许是。前面举过骂佛僧为狐的例证，印度佛僧又恰恰是"髡头跣足"的，中国僧尼出家也要剃头，这样，僧人为门徒剃度就有可能被演化成狐魅截发的故事。诚然，髡在古代是一种刑罚。古人很看重自己的头发，认为头发是"根"（见《说文》），头发被剃光自然是奇耻大辱；而自髡则被认为是疯狂（屈原《涉江》）。正因为如此，僧尼剃度出家的做法，恐怕要经过很长时间才能为中国古人所忍受。在未能忍受时，说那是狐魅截发，也是可能的。即便忍受了，也不时有人骂僧人为"秃驴"。

8. 狐与火

前文还曾提到狐与火的问题。《太平广记》卷四四七引《小说》："魏管辂常见一小物，状如兽，手持火，向口吹之……狐也。"《搜神记》卷二说天竺胡人的幻术，"其吐火……取火一片……再三吹呼，已而张口，火满口中。"那个纵火的狐与天竺吐火的胡人有些相似，但二者是否有关系，尚不能结论。姑列以备考。

9. 狐与髑髅

《太平广记》卷四五四引《酉阳杂俎》曰："旧说，野狐名阿紫，夜击尾火出；将为怪，必戴髑髅拜北斗，髑髅不坠，则化为人。"卷四五一《僧晏通》（出《集异记》）："忽有妖狐……取髑髅安于其首，遂摇动之，倘振落者，即不再顾，因别选焉。不四五，遂得其一，岌然而缀……须臾化作妇人，绰约而去。"钱锺书先生注意到这一材料，并列出以下同类材料：①赞宁《宋高僧传》卷二四《志玄传》，所记志玄于月夜遇狐事同僧晏通事；②《剑南诗稿》卷五八《悯俗》："野狐出林作百态，击下髑髅渠自作"；③《续金岭琐事》卷下，屠夫陈元嘉见二狐取髑髅加顶拜月，变为二妓；④《平妖传》第三回，猎户赵壹见狐戴髑髅拜月。（见《管锥编》第二册，第821页，中华书局，1979年）此外，《太平广记》卷四五四《韦氏子》（出《宣室志》）中，韦氏子遇一妇人，妇人从衣中拿出一酒卮请韦饮酒，时有猎者引数犬至，妇人化为一狐逃走。韦视手中卮，乃一髑髅。《剪灯余话》卷三《胡媚娘传》：黄兴夜归，于林下"见一狐拾人髑髅戴之，向月拜，俄化为女子"。《三刻拍案惊奇》卷二十《良缘狐作合，伉俪草能偕》：有一通天狐，在中秋夜将一个骷髅顶在头上，"向北斗拜了几拜，宛然成一个女子"。《醉茶志怪》卷二《杜生》：有二狐，夜间各以白髑髅戴头上，化为美女。关于狐精与髑髅相关的例子，恐怕还不止这些。那么，这与印度的影响有关吗？有。

狐与髑髅发生联系，最早见于唐薛用弱的《集异记》。薛于唐穆宗时（公元823年前后）任光州刺史（《新唐书·艺文志》），大和中（公元831年前后）自仪曹郎出守弋阳（《太平广记》卷三一二《徐焕》条）。这个时间很值得注意。此时，唐代佛教已发生了一些变化。其变化之一，就是印度密宗已大举传入。"开元三大士"——印度密宗僧人善无畏、金刚智、不空金刚，来华传教，并译出众多密宗经典，有不少中国僧人投其门下，并参与了翻译工作（如僧一行）。当时，密宗对中国上上下下影响很大，这一影响也波及唐代的文学艺术等领域。在密宗的一些经典中，关于髑髅的记载很多。如不空译的《大药叉女欢喜母并受子成就法》中说："欲成就役使法者，先持诵真言，令功业成已，然后拣取一髑髅……先于所见处加持自身，又一真言加持彼髑髅一百八遍……从此以后，驱使无不应验。"又唐阿质达霰译《大威力乌枢瑟摩明王经》卷上说："取白净髑髅满盛白色芥子，置尸口上加持之，芥子尽隐，执髑髅腾隐自在，为一切腾空隐者之首。"又吴支谦等译《摩登伽经》卷上："又婆罗门，犯前四罪（案：指杀婆罗门、淫师妻、盗金、饮酒），至心忏悔，还可得灭。手持床足，著敝坏衣，以髑髅悬其首上，如是忏悔，满十二年，戒还具足，成婆罗门。"又宋法贤译《妙吉祥瑜伽大教金刚陪罗缚轮观想成就仪轨经》："画持明人……以髑髅为冠……获最上成就。"可见，密宗很重视髑髅，以为通过密咒加持髑髅或将它悬于头顶可获得神秘力量，这力量可以役使鬼神，可以隐身，也可以涤除罪孽而重新为人，至于那"最上成就"，当然包括变幻形体。正如《大摩里支菩萨经》卷三所说："用一男一女死尸，同烧为灰，取此灰及熟迦卑他果子为末、萨惹罗娑香水、马汗、佛舍利少许，就鬼宿直日同合为丸，观想此药如在日月火中，对摩里支菩萨前，诵真言加持，含药口中，即得药叉神力，能变身相行世间中。"这里虽然没提到髑髅，却提到骨灰、死尸等；没提到拜月或拜北斗，却提了鬼宿、观想日月火等；没提到化为妇人，却提了能变身相。总之，这些例子已足可证明狐戴髑髅化妇人的故事是受了印度密宗的影响。

10. 狐幻美女

狐狸幻化为美女的故事亦见于佛经。三国吴康僧会译《六度集经》卷四讲有一个故事：从前，菩萨跟随商人渡海采宝，以救济穷人。他们来到大海边，发现那里有座城，城中的女子都很漂亮。经不起美女的诱惑，商人们都留下居住，一住就是五年。菩萨思念亲人，出城登山。他看到一座铁城，里面有一人，样子不俗。这人对菩萨说："你们都被迷惑了。以鬼魅为妻，而抛弃了父母亲属，将被鬼魅吃掉。你们晚上别睡觉，偷偷察看，就知道她们是假美女了。到时候有神马飞来，你们可乘神马逃命。如果依恋鬼魅从妻，后悔就来不及了。"菩萨听从他的话，于夜里装睡察看，果真如其所说。第二天便把事情告诉了商人们。他们于夜间看到，妻子变为狐狸，争相吃人，都吓得要命。神马终于来了，商人们喜出望外，纷纷随神马离开。

这是一则本生故事，是南传佛教巴利文《佛本生经》中《云马本生》的另一个版本。

四、官吏与国王——明清寓言与印度故事比较研究之一

中国的寓言文学到明清时期出现了一个灿烂的高峰，不仅寓言的数量大，而且质量也高，这一现象在中国的文学史上可以说是空前绝后的。

至于印度寓言的情况，还是鲁迅先生的老话："尝闻天竺寓言之富，如大林深泉，他国艺文，往往蒙其影响。"（《集外集·痴华鬘题记》）

中国寓言受到过印度寓言的影响，这是没有疑问的。但是，中国明清时代的寓言是否也受到过印度寓言的影响呢？季羡林先生在《印度文学在中国》一文中曾经指出过："在明代也有印度故事整个地搬到中国来的。"他以明人刘元卿《应谐录》中的一篇寓言《猫号》为例，说"这样一个故事在世界各处都可以找到，但是大家都公认，它的故乡是印度"。（《中印文化关系史论文集》第130页，三联出版社，1982年）

我把所收集的资料分了类，想分门别类地讨论一些问题。本篇要讨论的是明清寓言的现实主义倾向和印度文学的浪漫主义传统问题。

下面先看两组寓言。

第一组：

1.《两人一心》（宋濂《宋文宪公集遗编·燕书》）

　　越人甲父史与公石师交，甲父史能计而弗决，公石师善决而计疏，各合其长，事无留行，人两而一心也。因语相侵，离去，政辄败。密须

奋泣谏二人曰："君不闻海虫有水母乎？水母无目，资虾以行，虾亦资水母食，两不能无也……又不闻西域有共命之鸟乎？枳首一体性多妒，饥则争啄，一俟其暝，飡毒草害之，及下嗌，皆毙，亦两不能无也。"

2.《九头鸟》（刘基《诚意伯文集·郁离子》）

孽摇之虚有鸟焉，一身而九头，得食则八头皆争，呀然相衔，洒血飞毛，食不得入咽，而九头皆伤，海凫观而笑之曰："尔胡不思，九口之食，同归于一腹乎？而奚其争也？"

3.《二头鸟》（《佛本行集经》卷五九）

尔时佛告诸比丘言：我念往昔，久远世时，于雪山下，有二头鸟，同共一身，在于彼住。一头名曰迦喽茶鸟，一名优波迦喽茶鸟。而彼二鸟，一头若睡，一头便觉。其迦喽茶，又时睡眠。近彼觉头，有一果树，名摩头迦。其树华落，风吹至彼所觉头边。其头尔时作如是念："我今虽复独食此华，若入于腹，二头俱时得色得力，并除饥渴。"而彼觉头，遂即不令彼睡头觉，亦不告知，默食彼华。其彼睡头，于后觉时，腹中饱满，咳哕气出，即语彼头，作如是言："汝于何处得此香美微妙饮食，而啖食之，令我身体安稳饱满，令我所出音声微妙？"彼头报言："汝睡眠时，此处去我头边不远，有摩头迦华果之树……"。而时彼头闻此语已，即生嗔恚嫌恨之心。……而彼二头，至于一时，游行经历，忽然值遇一个毒华。便作是念："我食此华，愿令二头俱时取死。"于是语彼迦喽茶言："汝今睡眠，我当觉住。"时迦喽茶……即便睡眠。其彼优波迦喽茶头寻食毒华。

4.《共命鸟》（据《杂宝藏经》卷三摘译）

[简介] 从前雪山上有鸟名叫"共命"，一身二头。一个头吃了美好的果子，另一个头便生嫉妒之心而吃有毒的果子，结果两个头都死了。

第二组

1.《两头蛇》（刘基《郁离子》）

吾尝行于野，见两头之蛇，其首一东而一西，二首相掣，终日不能离其处。吾观而悲焉。

2.《虺》(《韩非子·说林下》)

虫有虺者,一身两口,争食相龁也。遂相杀,因自杀。

3.《蛇头尾共争在前》(《百喻经》卷三)

譬如有蛇,尾语头言:"我应在前。"头语尾言:"我恒在前,何以卒尔?"头果在前,其尾缠树,不能得去。放尾在前,即堕火坑,烧烂而死。

4.《头尾争大》(《杂譬喻经》第二五)

昔有一蛇,头尾自相与争。头语尾曰:"我应为大。"尾语头曰:"我亦应大。"头曰:"我有耳能听,有目能视,有口能食,行时最在前,是故可为大。汝无此术,不应为大。"尾曰:"我令汝去,故得去耳。"遂以身绕木三匝,三日而不已,头遂不得去求食,饥饿垂死。头语尾曰:"汝可放之,听汝为大。"尾闻其言,即时放之。复语尾曰:"汝既为大,听汝在前行。"尾在前行,未经数步,堕火坑而死。

第一组中《两人一心》的故事径言西域共命鸟,是直取佛经中的典故,显然是与印度故事有关。《九头鸟》的故事虽略有变异,但仍是受了佛经故事的影响。

第二组中第1则寓言与第2、3、4则似乎都有关系。两头蛇的记载,中国早有,除韩非的"虺"以外,《尔雅·释地》中还提到了"枳首蛇",郭注:"歧头蛇也。或曰今江东呼两头蛇为'越王约发',亦名'弩弦'。"《博物志》卷三:"常山之蛇名率然,有两头。"刘基的《两头蛇》写"二首相掣",旨趣与佛经中的两则相近。钱锺书先生认为,这两则佛经中的寓言"旨同韩非,谓分必至于相争,争且至于同尽。释书大行,韩非'虺'喻相形减色,遂掩没不彰"。(《管锥编》第二册,第556页,中华书局,1979年)由此看来,刘基的《两头蛇》受佛经影响的可能性极大。

这两组寓言有一个共同的特点:一物两头或多头,佛经中的蛇虽非两头,但蛇尾也有自家的主见,有独立的灵魂,虽无二头,却有二"脑",可视为同类。这种多头动物的想象是奇特的,但有现实的根基。"共命鸟",又名"命命鸟""生生鸟",是梵语jivajiva的意译,音译为"耆婆耆婆",在佛经中多处提到(参见丁福保《佛学大辞典》第679页,文物出版社,1984年)。jiva是"生命"的意思，在现代印地文中也如此。jivajiva就是"生命生命"，《标准印地语词典》中将它译为cakora，是一种体格较大的鹧鸪，多见于尼泊尔、旁遮普和阿富汗一带山林中。我认为，jivajiva可能是由这种鹧鸪的叫声模拟出的名字，就像中国古人说鹧鸪的叫声是"行不得也哥哥"一样。印度寓言家以音拟义，又进一步想象，说它有两个生命，两个灵魂，两个脑袋。同样，"两头蛇"也是客观存在的，今中国江南许多省份都有，其拉丁文名称是Calamria septentrionalis，由于其尾也酷似一个脑袋，且有像头部一样的活动特点，故得名。寓言家把这种客观存在的蛇想象成了真的具有两个头的蛇。

从这两组寓言可知，寓言虽短小，不乏奇特的想象。寓言家运用想象虚构出故事来，再通过故事来说明一条现实生活中的道理。这两组寓言就是如此，故事虽离奇，却说明了团结才能生存的道理，反映了人类社会的群体意识。

这样，我们就从这两组寓言中看到了一条文学创作的基本方法：从现实到想象，再由想象到现实。对于创作者来说，不仅要以现实为根据编造故事中的人物和情节，而且还要以现实为根据阐发道理，现实既是依据又是归宿。对于接受者也是如此，产生联想的最终依据是现实，离奇可以促进联想，增加审美情趣，但最后仍要回到现实中来，通过作品加深对现实生活的理解。在文学创作中，现实和想象是相互依存密不可分的，同样，在审美过程中，现实和想象也是相辅相成，不可或缺的。没有不运用想象的创作，也没有完全与现实绝缘的想象。任何文学作品，不管它怎样超越现实和脱离现实，但都不可否认，现实是它唯一的根。想象在创作和审美过程中占有极为重要的地位，没有想象就谈不上审美，甚至可以说想象就是创作过程和审美过程本身。

由此，我们可以引出现实主义和浪漫主义的问题。其实，现实主义作品和浪漫主义作品之间并没一条严格的界限，只不过前者中的现实因素多一些，后者中的想象因素多一些罢了。作为寓言，其创作方法基本上是浪漫主义的。因为它不是直接地反映现实生活，而是较多地使用想象、比喻、拟人、夸张、讽刺等艺术手法，间接、曲折甚至是隐晦地反映生活。

前面两组寓言中有两个作者很值得注意，那就是宋濂和刘基。这二人都是元末明初人，不仅年岁相若，且都学力深厚，身怀经国之才。有趣的是，这二人都写有寓言专集，宋濂的叫《燕书》，刘基的叫《郁离子》。这两部书都是他们在元代末年隐居时写的。这里把它们作为明清寓言来讨论，是因为两位作者一生中的辉煌时期在明朝初年。二人一起辅佐朱元璋夺取天下，是有明一代开国元勋。《明史》卷一二八有二人合传，说宋濂自幼英敏强记，通《五经》，曾任郡学《五经》师，后又为朱元璋的太子讲经。"自少至老，未尝一日去书卷，于学无所不通。为文醇深演迤，与古作者并"。说刘基"所为文章，气昌而奇，与宋濂并为一代之宗"。我们仔细阅读二人的寓言，也会发觉《明史》对他们作品的评价是十分精当的。他们的寓言文风古朴凝重，文中所拟人名地名多离奇古怪，使读者觉得故事发生在十分古久的年代和十分偏远的地点，增加了故事的神奇色彩。这大约是先秦寓言的笔法，或者叫《山海经》遗风吧。两位大学问家为什么竟会不约而同地写起被一般人视为雕虫小技的寓言来了呢？这原因恐怕来自他们对生活的敏锐洞察力，来自他们对元末社会现实的强烈不满。其时，元朝统治者实行民族压迫政策，对汉人，尤其对南人实行残暴统治。宋刘二人写寓言的目的乃是讥刺现实，为规避文字狱而托古讽今。不仅宋刘二人如此，明清两代不少寓言家都是如此。由于有洞察力，有不满情绪，明清寓言家们在反对现实方面表现了高度的自觉性和进攻意识。他们往往在寓言中或寓言末申明见解，点破寓意，发感慨和议论，许多议论都尖辛刻薄。对于这种情况，我把它叫作明清寓言的现实主义倾向。

明清寓言现实主义倾向有两个最突出的表征：第一，明清寓言中有相当一部分的矛头直接指向陈腐的思想观念、伦理道德及风俗习惯。特别对风行一时的宋明理学以及佛教、道教中的迷信和腐败现象作了无情批判和揭露。这种例子很多。第二，明清寓言中有相当一部分的矛头是直接指向封建官吏的。这里着重讨论第二点。

我们看到，明清寓言中有不少都是以官吏为主要角色，也有相当一部分虽未以官吏为角色，但作者在发议论时却点出了官吏，把官吏作为主要讥讽和批判对象的写法，是印度古代寓言中罕见的。因此可以说，与印度古代寓言相比，这是明清寓言的民族特色。同时，这种写法又是中国古代其他朝代寓言中很少采用的，因此，与其他朝代的寓言相比，这又是明清寓言的时代特征。

请看下面这组例子。

第三组：

1.《医驼》(江盈科《雪涛小说·催科》)

　　昔有医人，自媒能治背驼，曰："如弓者，如虾者，如曲环者，延吾治，可朝治而夕如矢。"一人信焉，而使治驼。乃索板两片，以一置地下，卧驼者其上，又以一压焉，而即殒焉，驼者随直，亦复随死。其子欲鸣诸官，医人曰："我业治驼，但管人直，那管人死"。呜呼，世之为令，但管钱粮完，不管百姓死，何以异于此医也哉！

2.《治伛》（三国魏邯郸淳《笑林》）

平原人有善治伛者，自云："不善，人百一人耳。"有人曲度八尺，直度六尺，乃厚赁求治。曰："君且卧"。欲上背踏之。伛者曰："将杀我"？曰："趣令君直，焉知死事。"

3.《医治脊偻》（《百喻经》卷三）

有人卒患脊偻，请医疗治。医以酥涂，上下著板，用力痛压，不觉双目一时并出。

《百喻经》中的这则寓言是为佛教宣传教义服务的，而邯郸淳《笑林》中的故事讲的是主观动机与客观效果统一的道理。唯有江盈科的《医驼》这则寓言直刺世间官吏横征暴敛之行，具有鲜明的政治色彩，因而更现实，更具有攻击性。

明清寓言中，除这种讽刺封建官吏不顾百姓死活横征暴敛的以外，还有一些嘲笑封建官吏不学无术昏聩无能的，如江盈科《雪涛小说》中的《鼠技虎名》、浮白主人《笑林》中的《堵子助阵》、赵南星《笑赞》中的《责人诬告》等。还有揭露封建官吏巧取豪夺、敲诈勒索的，如石成金《笑得好》中的《剥地皮》、冯梦龙《广笑府》中的《衣食父母》《直走横行》等。还有揭露封建官吏欺下媚上、阿谀奉承的，如冯梦龙《笑府·刺俗》中的《奶奶是属牛的》、沈起凤《谐铎》中的《贫儿学谀》、方飞鸿《广谈助》中的《一士见冥王》等。

再看下面这组例子。

第四组：

1.《判官材》（石成金《笑得好二集》）

有张、贾二姓，合网得一尾大鱼，各要入己，争打扭结到官，官判云："二人姓张姓贾，因为争鱼厮打，两人各去安生，留下鱼儿与我老爷做鲊！"因而逐出。两人大失所望，俱各悔恨，共议假意同买一棺材争打到官，料官忌讳凶器，决不收留，只看他如何决断。官判云：

"二人姓张姓贾，为买棺材厮打，棺盖与你们收去，将棺材筐底送与我老爷喂马。"

2.《野干分鱼》(《十诵律》卷五八)

　　过去世河曲中有二獭在是中住，河边得一鲤鱼，无能分者，二獭守住。有野干来饮水，见已，问言："阿舅，汝作何等？"獭言："外甥，我等得此大鱼不能分，汝能为我分否？"答言："能，此中应依经书语分，不得直尔分。"时野干即分鱼作三分，头为一分，尾为一分，中间肥者作一分。作三分已，问言："谁喜近岸行？"答言："此是"。"谁喜入深水行？"答言："此是。"时野干言："汝一心听说，经书言：近岸行者与尾，入深水行者与头，中间身分与知法者。"尔时野干口衔是大鱼身归去。

3.《豺分鱼》(黄宝生等译《佛本生故事选》第243页，人民文学出版社，1985年。本节凡提到佛本故事均依此书)

　　有两只水獭，一只名叫深水行，一只名叫沿岸行，正站在岸边找鱼。深水行看见一条大红鱼，便迅速潜入水中，抓住鱼的尾巴。这条鱼力气很大，拖着水獭逃跑。深水行向沿岸行叫喊道："这条大鱼足够我们两个吃的。来吧，帮帮我的忙！"……他们两个合力把红鱼拖出水面，放在地上，把它弄死。接着，它们为了分鱼发生争吵，互相嚷嚷道："你分吧！你分吧！"由于分不成功，便放下鱼，坐在那里，这时，豺来到那里。它们两个看见豺，便行礼道：

　　"……我们两个一起抓到这条鱼，但我们不会分鱼，发生争执。你为我们两个平分一下吧！"……豺听了它俩的话，便夸耀自己的能力，念了这首偈颂：

　　　　　　我向来公正，断过许多案，
　　　　　　我会平分鱼，解决这争端。
　　然后，它开始分鱼，又念了一首偈颂：
　　　　　　深水行吃头，沿岸行吃尾，
　　　　　　中间这一段，应归仲裁者。

在这一组中，石成金的《判官材》把人作为主角，把官吏当作攻击对象，他在寓言后面还有评论，说："官要假装官体，当人面前，不便将棺材全具留下，背着人即配上盖子，自己受用。"可见作者对贪官污吏的深恶痛绝。而佛经中的两则寓言以动物为主角，野干满嘴的"经文"，指的并不是佛经，而是婆罗门教的经典。看来是佛教借此故事攻击"外道"，攻击婆罗门教的。两方面相比，印度的两则故事"隐"，带有明显的浪漫主义色调，是名副其实的寓言。而中国的这则故事"显"，更带有现实主义倾向，很像是笑话。

还有一组例子。

第五组：

1.《钱临江断鹅》（褚人获《坚瓠广集》卷二）

> 万历中，钱若赓守临江，多异政。有乡人持鹅入市，寄店中他往。还索鹅，店主赖之云："群鹅我鹅耳"。乡人讼于郡。公令人取店中鹅，计四只。各以一纸，给笔砚，分四处，令其供状。人无不惊讶。已退食，使人问鹅供状否，答曰："未"。少顷出，下堂视之，曰："状已供矣。"因指一鹅曰："此乡人鹅"。盖乡人鹅，食野草，粪色青。店鹅食谷粟，粪色黄。店主伏罪。

2.《智者断牛》（《佛本生故事选·大遂道本生》）

> 一个村民准备犁地，他从另一村买了几头牛，牵回来放在家中。第二天，他把牛牵到草地喂草，他坐在草地上睡着了。这时，一个贼把牛牵跑了。这人醒来，发现牛不见了，四下一望，看见了逃跑的贼。他飞步追上，问道："你干么牵走我的牛？""这是我的牛，我要把它们牵到我的地方去。"听到他俩的争吵声，众人围了过来。智者听到声音，把他俩召来，问道："我能秉公断案，你们愿意服从我的判决吗？""愿意服从。"他首先问那个贼："你给这些牛吃什么？""我给它们喝牛奶粥，吃碎芝麻和菜豆。"然后，他问牛主人，牛主人说道："我给他们吃草。"智者让人记下他俩的话，然后叫人取来催吐药，放在石臼里捣碎，掺上水，给牛喂下。这些牛呕吐出来的全是草。智者说道："大家请看吧！"让众人看过之后，问那个贼："你是贼不是？""我是。"

钱若赓断鹅的故事为一个"好官"张目。明清时代有不少歌颂"好官""清官"和"青天"的小说和戏曲，这反映了某些实际情况，因为历史上却有一些官为百姓做了好事。但是，文学作品里的"好官"无疑是被理想化了。从另一方面看，这些作品的出现也反映了当时政治的黑暗。豺狼当道时，人民格外盼望好官；世风污浊时，人民更加盼望清官；乌云密布时，人民尤其盼望"青天"。这是很自然的。明清两朝的政治都不很开明，各种冤狱遍于国中，人们在文艺作品中寄托理想、寻求精神安慰是必然的。

总之，明清寓言中牵涉官的地方很多，而印度古代寓言中这类情况却很少，倒是牵涉国王的地方很多，这是为什么？首先，这些印度古代寓言产生的那段时期，印度没有形成过中国明清时代那样大一统的帝国，也没有那样严密完备的官僚体系。印度古代小国林立，多数国家是以城市为中心的城邦国家。城里的事物常常是国王亲自过问，而乡下的事务则由村中的"五老会"处理。民众斗争的主要对象往往是国王和种姓制度。乡间出现诉讼时，先在"五老会"解决，"五老会"由村中有身份、有地位的五位长者或智者组成，他们通常是婆罗门。智者断牛的故事就是很好的例子。在城里，国王的大臣们多半是负责处理王室内部事务的，因此，对民众来说，大臣远不如国王和长者来得亲近。所以，在印度古代的神话、史诗、民间故事中，国王、王后、王子和公主很容易成为故事的主角。这种情况在世界许多地区都一样。其次，我们还应从印度古代社会的经济关系中寻找答案。在古代印度，百姓生活在王国之中，他们同国王的关系既是剥削和受剥削的关系，同时也是保护和受保护的关系。国王多出身于刹帝利种姓，属能征善战的武士阶层。一个平民要想安居乐业，不能不仰仗国王的武力。这样，国王就成了百姓的保护神，国王的命运就同平民的命运紧密地联系在一起了。久而久之，国王和王家的成员就渐渐成了故事中的主角，"国王"这个词也渐渐地带上了传奇色彩。所以，当母亲或老奶奶为孩子讲故事时，总是这样开头："从前啊，有一个国王……"这时，我们发现，"国王"的意义变了，由现实中的国王变成理想中的国王了，人们不再对他怀有敬畏之情，而是觉得很亲切了，甚至故事中的国王变成了听故事人自己。

在中国，情况就很不相同。中国从很早就形成了中央集权的帝国，版图辽阔，机构严密。"天高皇帝远"，百姓间有了纠纷，鸣诸官，问题也就解决了，告御状的情况极少。所以百姓对官吏熟悉，对皇帝陌生。再则，明清时期的文学作品虽然也可以写写从前的皇帝，但要十分小心，免得与当朝皇帝挂上钩，惹得诛戮九族。所以，百姓的一肚子火，只好全撒在官吏身上。

印度文学有两大传统很突出，那就是民间文学的传统和浪漫主义的传统。前者是内容和体裁问题，后者是风格和手法问题。两个传统浑然一体，形成了一股滔滔的洪流，数千年奔流不息。印度寓言就是这洪流中光彩夺目的浪花。

印度的民间文学十分丰富，这早已是举世公认的事实。印度民间自古以来就有爱说故事的人，更有许多爱听故事的人。这是印度民间文学长盛不衰的原因之一。印度人爱听故事，尤其爱听神话故事，一部《罗摩衍那》，可以反复地听，废寝忘食地听，通宵达旦地听。乡村里如此，城市里也如此。在今天，人们用现代手段叙述神话故事，电视里播放《罗摩衍那》连续剧时，收视率最高，大街小巷为之冷清，车辆减少，行人稀疏。出现这种现象的很大原因来自宗教。印度社会里，印度教教徒占绝大多数，他们把古代的神话传说当作经典崇拜，神的事迹对他们有很大的吸引力。听神话故事对他们来说不仅仅是一种娱乐，一种艺术享受，而且是一堂宗教课，是对人生和世界的认识课，是对心灵的一次净化。因此他们听得虔诚笃信，以至忘却了自我。可以说，印度民间文学传统的延续和发扬，在很大程度上得力于宗教。反过来，宗教又利用民间文学来充实和发展自己，利用民众的心理，以民间故事为说教的教材。这样，宗教和文学之间就形成了一种强有力的关系，相互作用，共同发展。

民间文学一个很重要的特征是它的口头性。印度古代很晚才有纸张，很晚才懂得印刷术，再加上自然条件等关系，写在树叶上的文字很难长久保存，因此主要靠口头传授文化知识。这样，民间传说和故事之类口头作品就有了蓬勃发展的机会。任何一个讲故事的人都可以即兴发挥，更改和扩充前人的作品。这是印度民间文学发达的又一个原因。

印度文学的浪漫主义传统与它的民间文学传统是一致的。《吠陀》是印度目前所知的最古老文献，既是印度最早的民间文学作品，又是印度上古人民生活的反映。但是，与中国的《诗经》相比，《吠陀》中的神话成分占据了主导地位，其中幻想和虚构的内容很多，而《诗经》则显得真实可信得多。《吠陀》以后的两大史诗也是一样，是民间文学的汇集，也是浪漫主义的杰作。《吠陀》和史诗为印度民间文学和浪漫主义文学的发展树立了典范，开创了先例，奠定了基础。其后又有各种名目的《往世书》出现，也是民间神话传说的海洋。这些作品中的故事代代流传几乎成了后世文学家进行创作的一个源泉。历代都有在这些古代基础上改写和再创作的作品。这种情况一直延续至今。宫廷诗人迦梨陀娑利用古代故事作素材，写出了千古流芳的《沙恭达罗》《优哩婆湿》等剧本，从而成为印度古典浪漫主义戏剧和诗歌的典型代表。而另一方面，印度古代的现实主义作品却寥若晨星，像《小泥车》这样的作品更是凤毛麟角。印度近现代许多大作家都曾利用古代神话传说和民间故事改写新作，就连大名鼎鼎的泰戈尔和普列姆昌德也不例外。这种不惮其烦、津津有味地改写古代故事的情况，也是印度文学史上特有的现象。这一现象不仅是印度民间文学传统的一个表现形式，也是印度浪漫主义文学传统的一个表现形式。

前面说过，印度民间文学传统的延续和发扬得力于宗教，同样道理，印度浪漫主义文学传统的发展也得力于宗教。宗教不仅把上古的神话传说统统纳入自己的经典，而且还把民间故事也收集起来作为自己教义的诠释。宗教使自己的信徒们生活在对来世的幻想和期望当中，在相当程度上脱离了现实生活。这就不可避免地使文学作品也产生了脱离现实的倾向，使之与宗教气氛相吻合。宗教鼓励幻想，夸耀神力，不啻是一副添加剂，为浪漫主义之火助燃。

印度浪漫主义文学传统的形成，也有自然条件的因素。人们常说，印度古人善于幻想，想象力丰富，与印度古人相比，中国古人更注重实际，即所谓的"尚功利"。这话有道理。印度的自然地理条件与中国很不相同，印度的许多地区处在亚热带，土地肥沃，雨量充沛，利于各种动植物生长繁衍。粮食年可二熟三熟，鲜花水果六时不断。在这种条件下，有一些人便不劳而食，或者到劳动者中间要求布施，或者到林中"净修"，与各种动物为伍，以野果和植物根茎花叶为食；有了这些物质基础，不少人不劳动或少劳动也能维持生命，有更多的闲暇去思辨，去冥想，去编故事和听故事。在中国就不同了，特别是北方，古人整年为衣食奔忙，春种夏锄，秋收冬藏，显得十分繁忙和劳累。伯夷和叔齐不食周粟，上了首阳山，他们在那里也许有过深邃的思辨和奇美的幻想，但后人不知道，只知他们很快就都饿死了。孔子在陈绝粮，有"君子固穷"之叹，大约他想到的是身家性命，而不是神奇的故事。

小　结

综上所述，本文谈了以下几个基本观点：①寓言虽小，却能反映出文学创作的基本模式：从现实到想象，再从想象到现实。现实是创作和审美的依据与归宿，想象是创作和审美的过程。②寓言的创作手法基本是浪漫主义的。但中国明清寓言具有明显的现实主义倾向。这一倾向的突出标志之一是把官吏作为揭露和讽刺的对象。这种写法和印度古代寓言相比是明清寓言的民族特色，与中国古代其他朝代相比，是它的时代特色。③印度文学的两个引人注意的传统：即它的民间文学传统和浪漫主义传统。这两大传统是一致的，浑然一体的。《吠陀》文学和史诗为这两大传统的发扬开创了先例，树立了典范，奠定了基础。④印度文学两大传统形成的原因是复杂的：有社会政治的原因，即小国林立、城邦国家的局面使国王成为民间文学作品中的重要角色，"国王"一词在文学作品中渐渐产生了新的内涵，具有了传奇和浪漫主义色彩；有宗教的原因，即宗教利用文学，又促使文学出现脱离现实的倾向，两大传统的发扬得力于宗教；有自然条件的原因，即因无可永久保存的书写材料而促进了口头文学的发达，因容易生存而有闲暇发展想象力。

五、幽默与悲悯——明清寓言与印度故事比较研究之二

寓言作为艺术的一种，自有其独特的美学价值，这主要表现在以下几个方面。

（一）

在形式上，寓言短小精悍，但内蕴深广，发人深思；情节简单，却一波三折，引人入胜。寓言是散文体文学作品中最短的一种，读者可以在很短的时间里读完一则寓言，但往往能在很大程度上获得美的感受和有益的教训。

一则优秀的寓言，读后会觉得余味无穷，颇耐咀嚼。这是因为这则寓言中蕴含着深沉的哲理和放之四海而皆准的定律。这哲理和定律往往又不在文字的表面，而潜伏在字里行间，即所谓"意在言外"。读者必须在经过一番思索之后才能体味到，有时甚至有豁然开朗的感觉。这思索的本身也是一种快感，一种享受。思索而有所得，就会更加感到愉悦和满足。好的寓言，其情节又常常是曲折起伏的，并不简单乏味，从而能引起阅读者的阅读欲望。正因为如此，我国先秦诸子中有不少人都在长篇巨制的政论文章中不时地穿插几个寓言故事，这一方面有助于立论的成功，增强说服力，另一方面也能提高读者的兴趣，唤起美感。

随之而来的问题是，寓言在很大程度上反映了美与真的关系。有些寓言能流传数千年，至今读来仍有教益，这种寓言的生命力在于它们道出了人生和世界的某些真理。寓言的真不在于故事情节本身是否有真实感，而在于故事以外的寓意，在于它说明的道理是否真实可信。寓言美的产生在很大程度上取决于寓意。寓意是语言的灵魂和核心，如果没有寓意就无所谓寓言，也就不能给人以耐人寻味、言在此而意在彼的美感。

请看一组寓言。

第一组：

1.《因梦致争》（明乐天大笑生纂集《解愠编·风怀》）

　　贫士梦拾银三百两，既觉，谓其妻曰："若果得此，以百两买屋，以百两买田，又以百两聘二小妻，其乐何如？"妻即大怒曰："你只好冻，才有些钱，便思讨小。"争闹不已，就床打起，惊动四邻，急来相劝，问知其故，四邻笑曰："幸得是梦，你家若真有钱讨小妻，岂不打出人命，连累我邻右耶？"

2.《夫妻争度金》（明冯梦龙《古今谭概·专愚部》）

　　里中有富家行聘，盛筐篚而过公门者。公夫妇并观之，相谓曰："吾与尔试度其币金几何"。妇曰："可二百金"。公曰："有五百"。妇谓必无，公谓必有。争持至久，遂相詈殴。妇曰："吾不耐尔，竟作三百金何如？"公犹诟谇不已，邻人共来劝解。公曰："尚有二百金未明白，可是细事？"

3.《妄心》（明江盈科《雪涛小说》）

　　一市人贫甚，朝不谋夕。偶一日拾得一鸡卵，喜而告其妻曰："我有家当矣"。妻问："安在"持卵示之，曰："此是。然须十年，家当乃就。"因与妻计曰："我持此卵，借邻人伏鸡乳之，待彼雏成，就中取一雌者，归而生卵，一月可得十五鸡，两年之内，鸡又生鸡，可得鸡三百，堪易十金。我以十金易五牸，牸复生牸，三年可得二十五牛；牸所生者，又复生牸，三年可得百五十牛，堪易三百金矣。我持此金举债，三年间，半千金可得也。就中以三之二市田宅，以三之一市僮仆，买小妻，我乃与尔优游以终余年，不亦快乎？"妻闻欲买小妻，怫然大怒，以手击鸡卵碎之，曰："勿留祸种"。夫怒挞其妻，乃质于官，曰："立败我家者，此恶妇也，请诛之。"官司问家何在，败何状，其人历数自鸡卵起，至小妻止。官司曰："如许大家当，坏于恶妇一拳，真可诛。"命烹之。妻号曰："夫所言皆未然事，奈何见烹？"官司曰："你夫言买妻，亦未然事，奈何见妒？"妇曰："固然，第除祸欲早耳。"官笑而释之。

4.《骑马败家》（清石成金《笑得好二集》）

有一人极贫，将破酒瓮做床脚。一晚，夫妻同睡，梦见拾得一锭银子，夫妻商议，将此银经营几年，该利息许多，可以买田，可以造屋，一旦致富，就可买官，但既然富贵，须要出入骑马，只是这马，我从不曾骑惯，因对妻曰："你权当做马，待我跨上来一试何如？"不觉跨重了，将破酒瓮翻倒了，床铺同身子一起都倒在地上。夫妻嚷闹不已。邻人问之，妻应曰："我本好好的一个人家，只为好骑马，把家业都骑坏了。"

5.《瓮算》（宋施元之《施注苏诗》）

有一贫士，家惟一瓮，夜则守之以寝，一夕，心自惟念：苟得富贵，当以钱若干营田宅、蓄声妓，而高车大盖，无不备置。往来于怀，不觉欢适起舞，遂踏破瓮。

6.《婆罗门的幻想》（《五卷书》卷五）

在某一个地方，有一个婆罗门，名叫婆跋波俱利钵那。他用行乞得来的吃剩下的大麦片填满了一罐子，在夜里幻想起来："这个罐子现在是填满了大麦片。倘若遇上俭年，就可以卖到一百块钱，可以买两头山羊。山羊每六个月生产一次，就可以变成一群山羊。山羊又换成牛。我把牛犊子卖掉，牛就换成水牛。水牛再换成牝马，牝马又生产，我就可以有很多的马。把这些马卖掉，就可以得到很多金子。我要用这些金子买一所有四个大厅的房子。有一个人把他那最美最好的女儿嫁给了我。她生了一个小孩子，他总喜欢要我抱在膝上左右摆动着玩。

我拿了书躲到马棚后面，但他立刻看见了我，就从母亲怀抱里挣扎出来，走到马群旁边来找我。我在大怒之余喊我的老婆：'来照顾孩子吧！'她因为忙于家务，没有听到；我于是立刻站起来，用脚踢她。"这样，他就从幻想中走出来，真的用脚踢起来。罐子一下子破了，盛在里面的大麦片也成了一场空。

这里顺便说明一下，这一组共罗列了六则寓言，它们之间存在着亲缘关系。《五卷书》中的这则故事出现得相当早，与之相对应的是佛本生故事中的《小商主本生》（见《佛本生故事选》），讲一个家道中落的青年拾到一只死耗子，送给一个店主喂猫，换取一枚小钱，又以这枚买糖浆换鲜花，赚取八个铜币。就这样，青年开动脑筋，倒买倒卖，四个月就挣了20万块钱，并娶了商主的女儿为妻。这两个故事是不同的，但思路大体一致。《五卷书》里的这则故事至今还在印度民间广为流传。北京大学出版社1984年出版的《印度民间故事》中有一则《婆罗门谢克吉里的梦》，与《五卷书》里这则故事基本一样。《瓮算》一则，出《施注苏诗》。苏轼诗《过于海舶，得迈寄书酒作诗远和之，皆粲然可观，子由有书相庆也，因用其韵赋一篇，并寄诸子侄》中有"中夜起舞踏破瓮"句，南宋人施元之注云："世传小话"有"瓮算"之事，"故今俗间指妄想妄计者谓之瓮算"。（参见公木等《历代寓言选》下册，第70页，中国青年出版社，1985年）南宋人韦居安《梅磵诗话》中也收了施元之注中的这则故事。郑振铎先生在《寓言的复兴》（《郑振铎文集》第六卷，人民文学出版社，1988年）一文中提到韦居安书中的这则故事和明人江盈科《雪涛小说》中的《妄心》，季羡林先生在《五卷书译本序》中录下这两则寓言后指出："谁读了上面这两段记载，都会想到《五卷书》第五卷第七个故事。"《瓮算》与《五卷书》的这则故事很相似，前者简而后者繁。《瓮算》的故事在南宋已是"世传小话"，而北宋的苏轼已在诗中据以为典，可见，《五卷书》的这则故事至迟在北宋时已传入中国。明清时代，这则故事又进一步演化，出现了本组1至4则寓言。有趣的是，《五卷书》和《瓮算》的故事里主人公是个单身汉，而明清时期的四则故事中的主人公是夫妻二人。夫妻间的争执成了故事的又一个中心，而且把四邻和官吏也拉了进来，故事的幽默感大大增强了。

这个来自印度的故事能在中国长期流传并不断演化，原因有二：首先，它具有很高的审美价值。它使读者跟着故事主人公一连串逐步升级的空想而不断联想，最后又因梦幻的突然破灭而跟着主人公回到现实的土地上。故事虽短，却大起大落，起伏有致，妙趣横生。其次，它隐含着一条深刻的人生道理，即空想不能代替现实，不付出劳动而幻想得到幸福不仅是无益的，而且是有害的。这样，这组寓言就充分地体现出寓言短小精悍而内蕴深广，情节简单又一波三折的审美特征，同时也体现了寓言在很大程度上反映出美与真的高度统一关系。

（二）

寓言在反映美与善的关系方面来得更明显更紧密。寓言的寓意都是要说明某条道理的，也就是说，寓言的作者创作寓言的目的之一是要给人以教益。这教益就是功利，就是善。值得注意的是，美学中讲到的善与伦理学中的善在概念上是有差别的。伦理学中的善是指道德的善良，是一种善良的心态和行为，而美学当中的善则不仅包括了道德的善良，还泛指一切功利，一切益处。寓言中有相当一部分是有关道德的，颂扬善良的心态和行为，讽刺和批判可恶的思想和操行。学者们把这类寓言称为"道德寓言"。这类寓言无疑都体现了美学中的善。而除此以外的其他寓言也都有寓意，也都含有作者的劝诫目的，都涉及某种利害关系，因此说，这些寓言也都体现了美学中的善。前面举的第一组寓言就是很好的例子，其中涉及夫妻关系、邻里关系，甚至有些还涉及官民关系，可以说是涉及了道德问题，是劝人为善的。而更重要的是，它们还讲了空想与现实努力的利害关系，这也是劝人为善的。这样，这组寓言就反映出寓言中美与善的统一关系。

寓言都是由作者站在客观的立场上讲述一件事。有的作者发表评论，指出其中的正误善恶；有的作者则根本不表示任何意见。即使不表示意见，读者也不难从事件的本身看到作者的鲜明态度。因而，尽管寓言中的善隐含在寓意当中，是隐晦的，但它还是要比许多其他艺术作品表现得明显而直接。假如我们欣赏一幅美术作品，或者一首乐曲，往往就不像欣赏一则寓言那样容易发现其中潜伏着的善，那样容易觉察到作者的功利目的。美术品、乐曲和寓言都给人以美感，都能起到赏心悦目的作用，但美和善的关系在寓言中表现得更明显更紧密。

至于道德寓言，其中作者劝善的动机就更加突出了。下面请看一组例子。

第二组：

1.《雀投僧袖》（明赵南星《笑赞》）

> 鹞子追雀，雀投入一个僧袖中，僧以手搦定，曰："阿弥陀佛，我今日吃一块肉。"雀闭目不动，僧只说死矣，张开手时，雀即飞去，僧曰："阿弥陀佛，我放生了你罢。"

2.《狼本生》（《佛本生故事选》）

> 有一只狼住在恒河岸边的岩石上。恒河发洪水，包围了这块岩石。狼爬上岩顶，躺在那里，既无食物，也无寻食物的去路。狼想："我躺在这里无事可做，不如实行斋戒吧！"那时，帝释天化作山羊下凡，站在离狼不远的地方。狼一看见山羊，就想："我改天再实行斋戒吧！"跳将起来，扑向山羊。但是山羊蹦到东，蹦到西，不让狼抓住。狼抓不到山羊，转身回来，重新躺在那里，自言自语道："我总算没有破坏斋戒。"

这两则寓言简短而曲折，以生动而风趣的笔触，通过僧和狼前后语言的变化，展示了他们内心暗藏的杀机。作者态度鲜明，锋芒所向，直指僧与狼的伪善，这两则寓言利用了读者同情弱者、善者和憎恶强暴伪善的心理，提醒人们去识别伪善者的面目。

（三）

寓言给人的美感主要是滑稽。寓言具有诙谐的品格，这几乎是寓言与生俱来的特征之一。有相当多的寓言都是对迂腐愚蠢的思维方式和行为作巧妙的冷嘲热讽，引出教训，从反面揭示人生、社会与世界的哲理。中国的寓言如此，外国的寓言也如此。这就使许多寓言都带有强烈的幽默感。

当然，也有少数寓言不给人以幽默感，而是其他。例如，《拉封丹寓言诗》和《克雷洛夫寓言》中都有一则著名的寓言，叫作《狼和小羊》。狼要吃掉小羊，编造了种种借口，小羊也尽了最大努力来为自己辩护，但最终狼还是吃掉了小羊。这则寓言告诉人们什么道理呢？我以为就是中国人所说的"欲加之罪何患无辞"，或者叫"弱肉强食"。小羊在狼的面前表现得那么无能为力，它的辩护虽然很合理，但终不免一死。看起来，它的死是命中注定的，因为它是羊，是天生的弱者。这样，这则寓言就有宣扬宿命论的嫌疑了。如果仅仅如此，这则寓言决不会流传得这样久远。它一定还有别的东西。我认为，那就是这则寓言本身具有的一种极强的艺术魅力，悲剧美。在心理上，它能唤起读者的悲悯和惋惜之情。在道理上，它告诉读者应当同情什么，憎恨什么。不过，这种类型的寓言毕竟太少了。

尽管大量的寓言都以滑稽为基本风格，但有趣的是，这种滑稽常常不是独立存在于一篇寓言之中。那么为什么读者在读了这类寓言之后，只感到滑稽，感到好笑，而不感到悲悯呢？这是因为悲悯作为前提和基础被滑稽掩盖了。请看下面的例子。

第三组

1.《道士救虎》（刘基《郁离子》）

苍筤之山，溪水合流，入于江。有道士筑寺于其上以事佛，甚谨。一夕，山水大出，漂室庐，塞溪而下。人骑木乘屋，号呼求救者，声相连也。道士具大舟，躬蓑笠，立水浒，督善水者绳以俟。人至，即投木、索引之，所存活甚众。平旦，有兽身没波涛中，而浮其首，左右盼，若求救者。道士曰："是亦有生，必速救之。"舟者应言往，以木接上之，乃虎也。始则蒙蒙然，坐而舐其毛，比及岸，则瞪目视道士，跃而攫之，仆地。舟人奔救，道士得不死，而重伤焉。郁离子曰："是亦道士之过也。知其非人而救之，非道士之过乎？"

2.《藏虱》（蒲松龄《聊斋志异》）

乡下某甲，偶坐树下，扪得一虱，片纸裹之，塞树孔中而去。后二三年，复经其处，忽忆之，视孔中纸裹宛然。发而验之，虱薄如麸。置掌中审顾之。少顷，掌中奇痒，而虱腹渐盈矣。置之而归。痒处核起，肿数日，死焉。

3.《鸟兽不可与同群》（清袁枚《续子不语》）

荆州寺僧某，颇精禅诵。一日，有猎徒获一虎子，归途憩寺门。僧劝勿杀，众即以虎舍寺中。僧给以饮食，颇驯服。随僧起居，每课诵，虎亦从众后作顶礼状，课毕乃退。日渐长大，客至方丈，虎伏座下初甚骇怖，继察其状无恶意，亦不甚畏，狎玩之，虎亦不怒。一日，有客访僧，入方丈。僧以足蹴虎令去，曰："毋惊我佳客"。虎作欠伸状，瞠目而视，良久始出。已而又来伏脚下，气粗而有喘声，客愈恐。僧以手批虎。又瞠目视良久，一若有所思状，僧以足踹之乃去。俄而又进，作怒容，直前一口，衔僧头而去，僧犹坐而不仆。寺中人见虎口有血，奔出山门，乃共逐之，入深山去，卒不可获。

4.《竹蛇本生》(《佛本生故事选》)

一天，一条小蛇按照自己的习性出来爬游，爬到一位苦行者的净修屋里。这位苦行者对小蛇产生了亲子之爱，将它收养在一个竹笼里。由于这条蛇居住在竹笼里，人们便称它为"竹蛇"；而这位苦行者待蛇如子，人们也就称他为"竹蛇爹"。

几天后，所有的苦行者都去采集果子。他们到达一个地方，见那里的果子长得特别茂盛，便在那里住了两三天。"竹蛇爹"也跟他们一起去了。他把"竹蛇"安置在竹笼里，关好了竹笼门。这样，两三天后，他与苦行者们一起回来，心想："我要给竹蛇喂点食了。"他打开竹笼，伸进手去，说："来，孩子，你肯定饿了。"这条蛇因为两三天没有食吃，怒不可遏，一口咬住伸进来的手，苦行者顿时丧生，跌倒在竹笼旁。这条蛇逃进了树林。

读了这组寓言，我们还会联想到《伊索寓言》中《农夫和蛇》的故事。蛇、虎、虿等动物常常危害人，对它们不应当发善心。这是人们长期生活中积累的经验，违反了它，就会落得一个可悲的下场。这些寓言中的人非死即伤，结局是很悲惨的，但读者读了这些寓言后，倒并不怎么同情他们，反而觉得他们咎由自取，愚蠢得可笑。无疑，这组寓言都给人们以滑稽感，而这滑稽感是建立在悲悯感基础上的。正因为这些人可悲，所以他们的行为才可笑，滑稽和悲悯就是这样共同存在于这组寓言之中。

还有一组例子。

第四组：

1.《劳山道士》(清蒲松龄《聊斋志异》)

（此则篇幅长，且为读者熟知，故从略）

2. 《桑耆沃本生》(《佛本生故事选》)

　　古时候，菩萨转生在一个婆罗门富豪家，长大成人后，在怛叉始罗学会一切技艺，成为婆罗奈全城闻名的老师，教授五百个学生。其中有个学生名叫桑耆沃，菩萨教给他起死回生的咒语。他只掌握起死回生的咒语，没有掌握解咒的反咒语。

　　一天，桑耆沃与同学们一起去森林里捡柴，看见一只死老虎，便对同学们说道："嗨！我能叫这只死老虎活过来。"同学们说道："这是不可能的。"

　　"你们瞧着，我能叫它活过来。""如果你有这本领，你就叫它活过来吧！"

　　同学们说完，纷纷爬上树去。桑耆沃念诵咒语，并用石子扔向死老虎。老虎复活，蓦地扑过来，咬住桑耆沃的喉咙。桑耆沃倒地而死，老虎也倒地而死，两具尸体横在一处。

3. 《四个婆罗门》(《五卷书》卷五)

　　在某一座城市里，住着四个婆罗门，他们之间结成了友谊。其中三个精通一切经书，但是缺乏理智。其中一个根本不管什么经书，他只有理智。

　　他们在一片森林里看到了一堆死狮子的骨头。其中一个说道："哎呀！我们以前学了些知识，现在是考验的时候了。这里有一只死动物，我们要利用我们学习得很好的知识让它活转来。"第一个人于是就把骨头都凑在一块，第二个人添上了皮、肉和血；但是正当第三个人想让它活转来的时候，那一个有理智的人就警告他，说道："这是一只狮子呀！如果你让它活了，它就会把我们都杀死。"那个人说道："呸，你这个傻瓜蛋！我学了知识，不能不用。"另外的这个人于是就说道："那么，请你等一会儿，我要先爬到附近那一棵树上去。"

　　他这样做了。狮子一活转来，立刻就跳起来，把三个人全都咬死。

这组故事中的后两则可能是一个故事的两种变体，情节上与《劳山道士》完全不同，但三者有一个共同特点，那就是都在讥讽那种弄巧成拙的人。这组故事比前一组有更强的幽默感。特别是《劳山道士》，简直就是一则笑话。幽默感掩盖了悲悯感，这组寓言就是很好的例证。回想一下中国古代的寓言，如著名的《揠苗助长》《刻舟求剑》《守株待兔》《南辕北辙》等，都有极强的幽默感，同时，这种幽默感又是建立在愚人的可悲行为基础上的。《百喻经》中的故事也多数如此。这说明，寓言中有这样一大类别，它们巧妙地利用了读者悲悯和滑稽这对心理矛盾的转化，把悲剧变为喜剧。这类寓言的共同美学特征是：悲剧的结局，喜剧的效果。

与中国历代寓言相比，明清寓言在审美情趣上有着显著的特点：其讽刺意味更浓，幽默感更强。所以有的学者根据中国不同时期寓言的特点，将明清寓言称为"诙谐寓言"（陈蒲清《中国古代寓言史》第9页，湖南教育出版社，1983年）。这一时期的寓言为什么会出现这样的特点呢？原因自然是多方面的。如政治的变迁，经济的起落，文化的融合，文学潮流的冲击，等等。这里打算从考察几位寓言家创作的态度和创作宗旨入手来分析明清寓言这一特点形成的原因。

清人石成金在他的《笑得好初集》开首写了四句诗："人以笑话为笑，我以笑话醒人，虽然游戏三昧，可称度世金针。"又在《笑得好自序》中写道："予谓沉疴痼疾，非用猛药，何能起死回生？若听予之笑，不自悔改而反生怒恨者，是病已垂危，医进良药尚迟疑不服，转咎药性之猛烈，思欲体健身安，何可得哉？但愿听笑者，入耳警心，则人性之天良顿复，遍地无不好之人。方知苦毒语言，有功于世者不小。"石成金讲明了他创作笑话的宗旨是"以笑醒人"。他认为，笑话虽是一种供人娱乐的"游戏"，但又是"金针"，是"猛药"，是"良药"，可以"醒人"，可以"警心"，可以针砭沉疴，使人起死回生，又可以复人天良，使遍地都是好人。在这里，他表达了美好的愿望，良苦的用心。我们虽然不能同意他"人性天良"的伦理观，也不认为在那种世道里会有"遍地无不好之人"的局面出现，但却不能不承认，他清楚地讲出了自己的功利目的，并把美和善紧密地统一起来了。他讲的虽是笑话，但他"以笑醒人"的观点却与17世纪法国诗人拉封丹创作寓言的观点不谋而合。石成金在"以笑醒人"的宗旨下创作的笑话，很多却意味深长，带有深刻的寓意，这种笑话实际上就是寓言。明清时代出现了许多笑话集，如果开列书目，有六七十种之多。其中既有前人作品的辑录、改写，也有新的创作。其优秀者，自然大都可视为寓言，当今的寓言选本也往往将它们收入。

一方面，滑稽是寓言的固有品格，另一方面，好的笑话都带有深刻的寓意。

这样一来，寓言和笑话的界限便很难划分了。所以，有的学者认为，明清时代出现了"寓言与笑话进一步合流的趋势"（《中国古代寓言史》第221页），这是很有道理的。

明人赵南星在《笑赞·题词》中说："书传之所纪，目前之所见，不乏可笑者。世所传笑谈，乃其影子耳。时或忆及，为之解颐，此孤居无聊之一助也。然亦可以谈名理，通世故，染翰舒文者，能知其解，其为机锋之助，良非浅鲜。"这里，赵南星认为笑话的功能有二：一是"解颐"，二是"谈名理，通世故"。他的观点与石成金的稍有不同。石成金的"以笑醒人"是建立在"人性皆善"的观点之上的，所以他过高地估计了笑话的作用，说明他对现实社会还抱有幻想。赵南星把笑话当作社会生活中的一种辅助品，认为它有助于说明一些大道理。所以他在《笑赞》中每列一则故事都要有几句评论性质的赞词，试图通过诙谐的故事来说明严肃的问题。这就清楚地说明了他的创作态度和宗旨。赵南星的观点大约是传统的看法，明清以前的寓言作家基本上是这样做的。这一观点在今天看来仍然是比较正确的。

冯梦龙是明末人，他在《笑府序》中写道："古今来莫非话也，话莫非笑也。两仪之混沌开辟，列圣之揖让征诛，见者其谁耶？……经书子史，鬼话也，而争传焉。诗赋文章，淡话也，而争工焉。褒讥伸抑，乱话也，而争趋避焉……古今世界，一大笑府，我与若皆在其中，供人话柄。不话不成人，不笑不成话，不笑不话不成世界。"这里，冯梦龙表现出一种对人生、对社会的玩世不恭态度，仿佛整个社会、整个世界只有笑话，只是大家笑来笑去，从而否定一切，诅咒一切，似乎是看破了红尘。但是，他的《笑府》《广笑府》与《古今谭概》中所收的多数故事都有极强的针对性，具有重要的社会意义，并不像他在序言里说的那样只是笑笑而已。这说明冯梦龙收集和创作笑话是别有目的的。

前面两位寓言家与冯梦龙不同。石成金生活在清朝早期康熙雍正年间，算是盛世。赵南星虽生活于明代晚期，但一生主要为官，仕途还算比较顺利。唯有冯梦龙一生科场不得意，到57岁时才补了一个贡生，这怎么能不使他对经史子集、诗赋文章满腹怨怒呢？他遭逢末世，又生性放浪，自然要设法发泄心中的不满乃至绝望。

这三位寓言家的创作态度和创作目的很有代表性，反映了不同阶层不同境遇文士的心理状态。他们都对现实不满，都在笑话和寓言中揭露社会上的种种弊端，但是，他们的态度和目的不同，有的是以笑醒人，有的是以笑说理，有的是以笑宣泄。笑既是娱乐的手段，又是斗争的武器。这就使明清寓言具有了它的又一时代特征——诙谐。

印度人民也是富于幽默感的民族。从《五卷书》《嘉言集》和《故事海》这类世俗性较强的作品看，其中引人发笑的故事确实不少。佛经中的故事有一些仍保持着一定程度的世俗本色，很幽默。但是，这种幽默感受到了压抑和节制。原因很简单，在大法师讲经的时候，弟子们要端坐聆听，要保持虔诚肃穆的心态和表情，遇到了可笑的事情也不能尽情地笑。讲故事是为了宣扬佛法，并不是为了娱乐。所以，佛典里的大量寓言虽然也有幽默感，却不如世俗作品里的寓言那样风趣。例如，《五卷书》第四卷中《猴子和海怪》的故事，叙述得十分生动诙谐，而同一个故事到了佛经里就起了很大变化，如在《六度集经》三十六中，首尾都加上了佛教的内容，幽默感被一本正经的宗教说教冲淡了。这种例子还有很多。反过来，明清寓言中有些故事是从佛经故事演变来的，我们前面已经举出一些例子，以后还将举出一些，这些寓言在哲理性方面往往不如佛经中的寓言，但在幽默感方面却大大超过了佛经寓言。从寓意的角度看，这也许是一种退步，但从另一角度看，它们摆脱了宗教束缚，显现出世俗的本色，这又是一种进步。

六、报德与报怨——明清寓言与印度故事比较研究之三

寓言中有一大类是反映道德问题的，被称为"道德寓言"。自然，明清寓言和印度寓言中也有一批属于这一类。

本文试图通过几组寓言的比较，谈谈中国古人和印度古人在道德观念上的异同。当然，因为我们很难抓住某则中国寓言的作者和某则印度寓言的作者对他们的道德观念做具体比较，而只能对中国古代某些具有代表意义的道德思想做些比较，所以，这种比较会显得笼统一些。尽管如此，我们还是能从中看到一些规律性的东西，从一个侧面去深入了解这两大民族的古代思想文化。

在任何道德思想体系中，报德与报怨的问题都是十分突出的、十分引人注目的。因为，迄今为止，可以称为体系的任何道德思想都是在阶级社会里产生的，而在阶级社会里，任何两个人都不可能是绝对平等的，这种不平等就必然导致人际间形形色色的恩怨，如何对待这些恩怨就成为道德研究的重要问题之一，成为划分不同道德思想体系的分水岭之一。因此，研究报德与报怨的问题

是探讨不同道德思想所必须把握的关键之一。

在道德问题上，中国古代和古代印度都有一些不同的思想体系，它们分别来自不同的世界观、人生观和方法论。单凭通过几组寓言来详细阐明这些思想体系是不可能的，所以只能从实例出发去涉及有关思想。请看一组例子：

第一组

1.《二技致富》(《五杂俎》卷一六《事部四》)

> 有人以钉铰为业者，道逢驾幸郊外，平天冠偶坏，召令修补，讫，厚加赏赉。归至山中，遇一虎卧地呻吟，见人举爪示之。乃一大竹刺，其人为拔去。虎衔一鹿以报。至家语妇曰："吾有二技，可立致富。"乃大署其门曰："专修补平天冠，兼拔虎刺。"

2.《张鱼舟》(《太平广记》卷四二九引《广异记》)

> 唐建中初，青州北海县北有秦始皇望海台，台之侧……有取鱼人张鱼舟结草庵，止其中。尝有一虎，夜突入庵中。……鱼舟惊惧，伏不敢动。虎徐以足扒鱼舟，鱼舟心疑有故，因起坐。虎举前左足示鱼舟。鱼舟视之，见掌有刺，可长五六寸，乃为除之。虎跃然出庵，若伏拜之状。至夜半，忽闻庵前坠一大物。鱼舟走出，见一野豕脂甚……自后每夜送物来，或豕或鹿。

3.《李大可》(《太平广记》卷四三一)

> 宗正卿李大可尝至沧州。州之饶安县有人野行，为虎所逐。既及，伸其左足示之，有大竹刺贯其臂。虎俯伏贴耳，若请去之者。其人为拔之。虎甚悦，宛转摇尾，随其人至家，乃去。是夜投一鹿于庭。如此岁余……其人家渐丰，因洁其衣服。虎后见改服，不识，遂啮杀之。家人收葬讫，虎复来其家。母骂之曰："吾子为汝去刺，不知报德，反见杀伤，今更来吾舍，岂不愧乎？"虎羞愧而出。然数日常旁其家，既不见其人，知其误杀，乃呼号甚悲。因入至庭前，奋跃折脊而死。

4.《阆州莫徭》(《太平广记》卷四四一引《广异记》)

> 阆州莫徭，以樵采为事。尝于江边刈芦，有大象奄至，卷之上背，

行百余里深入泽中。泽中有老象，卧而喘息，痛声甚苦。至其所，下于地。老象举足，足中有竹丁。莫徭晓其意，以腰绳系竹丁，为拔出，脓血五六升许。小象复鼻卷青艾，欲令塞疮。莫徭摘艾熟捼，以次塞之，尽艾方满。久之病象能起，东西行立，已而复卧，回顾小象，以鼻指山，呦呦有声。小象乃去，顷更得一牙至。病象见牙大吼，意若嫌之。小象持牙去，顷之又将大牙……然后送人及牙还。

5.《华容庄象》（《太平广记》卷四四一引《朝野金载》）

上元中，华容县有象入庄家中庭卧，其足下有槎，人为除之。象乃伏，令人骑入深山，以鼻揞土，得象牙数十以报之。

6.《佛牙伽蓝传说》（《大唐西域记》卷三）

有一沙门游诸印度，观礼圣迹，申其至诚。后闻本国平定，即事归途，遇诸群象横行草泽，奔驰震吼。沙门见已，升树以避。是时群象相趋奔赴，竞吸池水，浸渍树根，互共排掘，树遂蹎仆。既得沙门，负载而行，至大林中，有病象疮痛而卧。引此僧手，至所苦处，乃枯竹所刺也。沙门于是拔竹傅药，裂其裳，裹其足。别有大象持金函授与病象，象既得已，转授沙门。沙门开函，乃佛牙也。

7.《比丘拔象刺》（《大恩寺三藏法师传》卷五，其文与《西域记》卷三中所记小异，从略）

8. "刘敬叔《异苑》卷三记始兴郡阳山县有人行田，遇象，被卷入山中，为病象拔脚上巨刺"（转引自钱钟书《管锥编》第二册第819页）

9.《宽心本生》（据《佛本生故事选》第97页缩写）

有五百个木匠在森林里伐木。有一只大象的脚上扎了木刺，红肿化脓。它走到木匠那里。木匠们用尖刀划开木刺周围的皮肤，系上一根细绳，将木刺拔出来，挤出脓水，涂上药。大象的伤口愈合后，为报答木匠们，帮助他们采伐木材。

这组故事里的虎和象都是受了人的恩惠，知恩报恩。这九则故事是否都有渊源关系，不好断然结论，但从"拔刺"这一细节看，九则故事全同，很难说是巧合。其中,《宽心本生》的故事可能出现最早,其次是《异苑》卷三中的故事。《大唐西域记》的记载是玄奘直接从印度拿来的,《慈恩传》又袭用之。其余五则均晚出,或源于印度,或源于中国,有待进一步考察。前三则故事将为象拔刺改为为虎拔刺,原因大抵有二:一是改编者有意增加故事的刺激性,因为虎比象凶猛残忍,敢为虎拔刺,需要有绝大的勇气和超乎人道的同情心;二是更突出动物的灵性,增强说理的力量,如此凶兽尚知报恩,何况人乎?

还有一组例子,其中虽无拔刺的细节,但与此组有相类之处,二者或有关涉,也未可知,故列以备考。

第二组:

1.《象》(据《聊斋志异》卷八缩写)

　　粤中猎者挟矢如山,象来鼻摄而去。群象四面旋绕,若有所求。猎者会意,攀援而升树巅。有狻猊来,众象皆伏战栗……无敢逃者。猎者发一弩,狻猊立毙。诸象瞻空,意若拜舞。猎者乃下,象复伏。猎者跨身其上,象乃行。至一处,以蹄穴地,得脱牙无算。

2.《安南猎者》(据《太平广记》卷四四一引《广异记》今译并缩写)

　　安南人以射猎为业。一猎者在深山被一象卷走,至一大树下,象示意人上树。猎人带弓矢在大树上过夜。天明时,有一黑色巨兽来,食象两头。猎者射杀巨兽,象驮猎人至一所,有象牙数万枚。

3.《淮南猎者》(据《太平广记》卷四四一引《纪闻》今译并缩写)

　　群象将一猎者负入深山,使之带弓矢上树。一青兽来,群兽刚要食象,猎者射杀之,群象跪谢。象背猎者出山,至一处,破土出象牙三百余根给猎者。

4.《蒋武》(据《太平广记》卷四四一引《传奇》缩写)

　　蒋武善射。一日,有白象驮猩猩来。猩猩告蒋武,白象有难相求:上南二百余里处有一岩穴,中有巴蛇时常吞象。蒋武去岩穴将巴蛇射死,十大象献蒋武十枝红色象牙。

"以德报德"大约是人间通例，尽管各时代各阶级"德"的标准和内容不尽相同，但都主张以德报德，以上两组例子都能说明这一点。反之，以怨报德就要受到普遍的谴责，试看下面的例子。

第三组：

1.《衣冠禽兽》(《燕书》)

> 齐西王须善贾海，出入扶南、林邑、顿逊群峦中，贸迁诸宝，若毒冒、颇黎、火齐、马脑之类，白光煜煜然。遇东风覆舟，附断桅。浮沉久之，幸薄岸，被湿行夷阴山中。山幽不见日，常若雨将压地。西王须自分必死，寻岩窦绝气，庶遗骸不为乌鸢饭。未入，猩猩自窦中出，反复视，意如怜之者。取戎叔、菎葖、委菱诸物，指之食。而西王须方馁，甘之。窦右有小洞，栖新蕘，厚尺余，甚温，让西王须，猩猩独卧于外，大寒不自恤。语言虽殊，朝夕喔咿作声，似慰解状。如是者一年不懈。忽有余艎度山下，猩猩急挟西王须出，送之登。及登，则其友也。猩猩犹遥望不忍去。西王须因谓其友曰："吾闻猩血可染罽，经百年不蒨。是兽也腯，刺之可得斗许，盍升岸捕之？"其友大骂曰："彼兽尔人，汝则人而兽也！不杀何为？"囊石加颈，沉之江。

2.《猕猴救人》(《六度集经》卷五)

> 昔者菩萨，身为猕猴，力干勘辈，明哲逾人，常怀普慈，拯济众生。处在深山，登树采果。睹山谷中有穷陷人，不能自出，数日哀号，呼天乞活。猕猴闻哀，怆为流泪曰：吾誓求佛，唯为斯类耳，今不出此人，其必穷死，吾当寻岸下谷负出之也。遂入幽谷，使人负己，攀草上山，置之平地，示其径路，曰："在尔所之，别去之后，慎无为恶也。"出人疲极，就闲卧息。人曰："处谷饥馑，今出亦然，将何异哉？"心念：当杀猕猴啖之，以济吾命，不亦可乎？以石椎首，血流丹地。猴卧惊起，眩倒缘树，心无恚意。

3.《神猴救人》(《菩萨本生鬘》第二四章，梗概)

> 从前，菩萨为神猴，住在深山峡谷中。一个人寻找丢失的牛而迷路于深山。他为摘果子充饥爬上悬崖边的树，树断坠入深谷，无

法走出。绝望之际，神猴发现并救了他。救出人后，神猴因疲劳而睡去。那个人心生歹念，想打死神猴，以其血肉维持自己生命。神猴被击伤，惊醒过来。它没有发怒，而是流着泪劝那人改恶从善，并将他送出森林，指给他回家的路。那人悔恨不已，很快就得了麻疯病，周身流脓。

不消说，第二三两则故事是同一个故事的不同演化。而第一则与它们很相像。《衣冠禽兽》的作者宋濂是熟悉佛经的，这一点，在《官吏与国王》一节已经提到，因此，这则寓言有可能是对佛经故事的改写。另外，这则寓言中西王须这个名字可能是受神话中西王母一名启发而来，增加了故事的神奇色彩，使之带有"海外奇谈"的性质。这就透露出这则寓言的海外关系，加之文中贸迁的货物和地点又与印度、东南亚有密切关系，因此可以说它受外来故事影响的可能性极大。

《衣冠禽兽》与两则佛经故事反映了两种截然不同的道德观念。西王须以怨报德、忘恩负义，虽未得逞，却足见其内心的污浊，所以受到友人的严惩。也许在宋濂看来，这是公平合理的结局。从法律上看，友人对西王须的惩罚是过重了，因为他虽有动机和言论，却并未造成后果。但寓言毕竟是寓言，作者借以表达的是一种疾恶如仇的强烈情感和一种道德理想，反映的是人情世态。佛经中的两则故事不同，其主旨在于宣扬佛教的道德理想，所以这两则故事主要不是针对人的忘恩负义，而是着重宣扬猴的以德报怨。佛教以德报怨的道德原则使我们联想到老子《道德经》中的话，"报怨以德"。（《老子》六三章）

这种理论在春秋时代大约已相当有影响了，所以有人问孔子："以德报怨何如？"而孔子的回答很有意思："何以报德？以直报怨，以德报德。"（《论语·宪问》）他毫不含糊地认为应当以德报德，至于以德报怨，他似乎不大同意，但又不主张以怨报怨，因而说了"以直报怨"的话。什么叫以直报怨？首先必须弄清"直"的含义。"直"是孔子道德思想中的一个重要范畴，《论语》中多处提到，如《阳货》《子路》《公冶长》《雍也》等篇，有直率、坦然、真诚等意思，可以引申为公正、合理。这样，"以直报怨"便既不像以德报怨那样显得迂腐而无原则，也不像以怨报怨那样锋芒毕露和偏狭，而显示出一种坦荡的君子风范。其实，"以直报怨"的说法是含糊的，令人无所适从。

这组故事反映了一个事实，就是社会上确实有忘恩负义、报德以怨的人存在。佛经中还有一些故事与此相类，如《佛说九色鹿经》，讲的是一个人掉进了恒河，九色鹿救了他，他却恩将仇报，带领国王去捉九色鹿。再如《佛本生故事选》中的《有德象本生》，讲一个人进入喜马拉雅山迷失了方向，一头象背着他走上了大路，此人不思报答，反而默记路途标志，后来又拿着锯子回来索取象牙。在中国的明清时代也是这样，社会上道德沦丧，许多人都见利忘义，对有恩于己的人尚且要加害，遑论他人。所以清人梁树珍在评论《衣冠禽兽》这则寓言时愤慨地说："利欲熏心，虽至亲如陌路，毒杀之而不顾者多矣。兽而人，人而兽，二语勘破世情，真好大骂！"（转引自公木等《历代寓言选》下册，第132页）

以上所举的故事中，都以动物为主要角色，尤其是第三组，动物和人形成了鲜明对照。道德本属于思想的范畴，是人类社会特有的东西，是人类区别于动物的重要标志。可是，这些寓言故事的作者们硬是把动物和人拉到一起，把二者的位置颠倒过来，这就尖锐地指出了社会上一部分人的丑恶心地，从而更能激起读者对真善美的向往和对假丑恶的痛恨，也更能使读者加深对社会和人生的认识。

《六度集经》卷第三中还有一个《鳖、蛇、狐与漂人》的故事，讲一个人买到一只鳖放生，后遇洪水，又救一蛇、一狐和一个漂浮在洪水中的人。鳖、蛇、狐一一报恩，唯有那个漂人恩将仇报。同一个故事又见于《六度集经》卷第五、《佛本生故事选》中的《箴言本生》和《五卷书》第一卷。

在《六度集经》和《五卷书》的故事中都有一句值得注意的话。前者中，当那个人去救漂人时，遭到鳖的反对，它说："慎无取也！凡人心伪，鲜有终信，背恩追势，好为凶逆。"后者中，当婆罗门要去救那个金匠时，三个动物一起反对说："人这玩意儿，不管他是谁，总是万恶的集中地。想到这一点，不要把这家伙拉出来吧！也不要相信他！"（季羡林译《五卷书》第85页，人民文学出版社，1981年）读了这两句话，读者也许会以为，作者似乎是站在动物的立场上去了。其实不然，作者这是通过动物的口，说出自己对社会上人际间险恶关系的痛苦感受。且不说作者的这种观点有多大的合理性，这里只想说，这一观点与传统的印度教关于人性的观点不一致，也与佛教的有关观点相抵牾。《摩奴法论》中说："在万物中，有气息者最优秀；在有气息中，有理智者最优秀；在有理智中，人最优秀。"（蒋忠新译《摩奴法论》第13页，中国社会科学出版社，1986年）显然，这里把人和其他生物区别开了，认为人是有理智的，优越于其他生物。在佛教理论中，则有著名的"六道轮回"之说：地域、恶鬼、畜生、阿修罗、人间、天上。这是一个由低级到高级的排列顺序，人比畜生优越，也是很明显的。可是，《六度集经》的故事里都包含着与此不同的观点，这只能说明这则故事是从民间采摘来的。

攻击"人心伪"也好，攻击人是"万恶的集中地"也好，寓言家的最终立场总是站在人一边的，因为他们的故事是说给人听的，写给人看的。动物虽然在故事中有人的思维和语言，但实际上它们既看不懂佛经也读不了《五卷书》，故事中的动物其实是人的化身。寓言家们对人和动物的区别是清楚的。请看下面的例子。

第四组：

1.《中山狼传》（马中锡《东田集》，梗概）

> 赵简子在中山国打猎，有狼当道。简子驱车逐之。墨者东郭先生到中上国去谋求官职，赶着驴，驴背上驮着装着图书的口袋。狼逃到东郭先生的面前，请求救命。东郭先生倒出图书，让狼蜷缩着钻进口袋。这样瞒过了赵简子后，放出狼，狼却要吃东郭先生。双方争持不下，找人评理。先找杏树，杏树说该吃；又找老牛，牛亦说该吃；最后问到一位老丈，老丈用计使狼又回到口袋里。老丈在嘲笑了东郭先生的迂腐之后，帮助他一起杀死了狼。

2.《婆罗门和狮子》（引自纳利潘德拉·普拉萨德·瓦尔马《〈莲花公主传奇〉的民间因素研究》，巴特那1979年印地语版第247页。书中说该故事出自《五卷书》，而汉译《五卷书》中无此故事，当指另一版本）

> 一头狮子被猎人关进了笼子。一个婆罗门可怜这头狮子，打开笼子把它放了出来。但狮子出来以后却要吃婆罗门。婆罗门说："怎么能以怨报德呢？"狮子说："不应当放弃自己的食物。"双方争执起来，便去找人评理。最后找到了豺，豺说："你们俩现在再恢复到原来的状况让我看一下，然后我才能想出公证的评判。"狮子又回到了笼子里，婆罗门得到豺的暗示，赶紧把笼子门关上了。

这个类型的故事流传很广。郑振铎先生在《中山狼故事之变异》一文中列举了七则同类故事，并制了一张表，指出其"可惊的类似"（郑振铎文集》第六卷）。这七则中有的流传于印度，有的流传于西欧、北欧、西伯利亚和东北亚。中山狼的故事在中国中原地区早已流传，到明代形成《中山狼传》这样的寓言鸿篇，到清代，曹雪芹则作为典故引入《红楼梦》。在中国西南傣族民间故事中有一则《老虎死了还是睡了》，也属这个类型。

《中山狼传》在批评和讥讽墨家"兼爱"理论的同时，划清了人与其他生物的界限，尤其是人与兽的界限，作者站在人的立场上揭露凶兽的残忍和像兽一样忘恩负义的恶人。寓言中的角色也各自立场分明，人与人为一方，其他生物为另一方。印度的这则寓言虽稍有不同，但作者也分明站在人的一方。其实，所谓恩仇报德、善恶是非，都是人的观念。即使像《摩奴法论》中说的，世界上的生物都是由生主创造的，"那位主最初派定哪一种生物做哪一种行为，在一次又一次被创造出来的时候，那一种生物就本能地遵行那一种行为。有害或无害，温和或凶残，法或非法，真实或虚妄，他在创造时把其中哪一品行赋予哪一种生物，那一种生物就本能地获得那一种品行。"（《摩奴法论》第6页）也是人为划分的，并非天神的意志。在人与动物的关系上，人们比较容易取得一致意见，动物的善和恶取决于它对人有益还是有害，有益的被认为是益虫、益鸟、益兽，有害的被认为是害虫、害鸟和害兽，在大倡生态平衡的今天，可以冠以害字的动物已经大大减少了。在人类的内部，善和恶、益与害的问题就复杂得多了。在印度教中，婆罗门具有至高无上的地位，善和恶是以婆罗门的利益为基准的。印度教典籍又往往都是婆罗门写的，所以婆罗门的利益自《梨俱吠陀》以来便见诸文字，成为金科玉律。在佛教中，划分善恶的重要标准之一是看一个人对待"三宝"的态度，尊佛为善，毁佛为恶；向僧布施为善，不布施为恶。中国封建社会里，儒家的伦理道德思想占据统治地位，从一开始，人性的善恶问题就是激烈争论的热门题目，但善恶的最终的分水岭是统治阶级的利益。符合统治阶级的为善，违背的为恶。

随之而来的是"报应"的问题。在古代印度，印度教和佛教都讲究果报。例如，《五卷书》第二卷第四个故事中说："善有善报，恶又有恶报，命运早已经安排得妥妥当当。"还说："他做的是好事，还是坏事，这一切都要得到报应。"《摩奴法论》第12章里也说："任何人只通过思想尝受思想行为的善报或恶报，通过语言尝受语言行为的，通过身体尝受身体行为的。"报应的形式多种多样，分为若干品级。佛教更是大谈报应，这是中国人熟悉的。中国魏晋以来的笔记小说中写报应的多得很，主要是受了佛教的影响。可是，明清寓言一反魏晋以来笔记小说中大写报应的做法，不仅很少写报应，而且还将"报应"作为讽刺和批判对象。印度教和佛教故事中，"报应"一般不发生于人力，而是发生于神力和"业"力。如《神猴救人》的故事中，被救的人由于忘恩负义和杀害恩人的罪孽，遭了报应，患了麻风病，这显然发生于神力。而《衣冠禽兽》中，西王须为友人所杀，完全是人为的惩罚，与那些宣扬宿命论的宗教故事有着根本的不同。印度也有反对宿命论的故事，带有鲜明的世俗色彩，它们着重表现的是世俗的善恶爱憎，而不鼓吹"业报"。

第五组：

1.《禽侠》(《聊斋志异》卷八)

天津某寺，鹳鸟巢于鸱尾。殿承尘上，藏大蛇如盆，每至鹳雏团翼时，辄出吞食净尽。鹳悲鸣数日乃去。如是三年，人料其必不复至，而次岁巢如故。约雏长成，即径去，三日始还。入巢哑哑，哺子如初。蛇又蜿蜒而上，甫近巢，两鹳惊，飞鸣哀急，直上青冥。俄闻风声蓬蓬，一瞬间，天地似晦。众骇异，共视，乃一大鸟，翼蔽天日，从空疾下，骤如风雨，以爪击蛇，蛇首立堕。连撧殿角数尺许，振翼而去。

2.《乌鸦杀蛇》(《五卷书》第一卷第五个故事，梗概)

在某一个地方，有一棵大无花果树。在这里，一对乌鸦搭了窝，住了下来。它们生了小雏，在这些小乌鸦能够活动以前，有一条盘踞在树洞里的黑蛇就把它们吃掉了。这对乌鸦的许多孩子都被吃掉了，为了继续在这棵树上住下去，它们就去请豺狗帮助想办法。豺狗告诉它们，到富人家去偷一串项链丢到蛇洞去，人们寻找项链，自然会把黑蛇杀死。它们用这个办法果然报了仇。

在这组寓言里，蛇的死是罪有应得，如果说是报应也未尝不可。但为了同宗教意义上的报应相区别，还是称作报复或惩罚为恰当。受到严重损害乃至危及生命安全，进行报复，这大约是人之常情，尤其是弱者受到强者的欺凌，"卑下者"受到"高贵者"的侵伤，更其不平，更加不堪忍受。所以，《五卷书》里有这样的话："以德报德，以怨报怨。"（《五卷书》第390页）反映了古代印度世俗的道德观，与宗教中一味忍让的哲学针锋相对。

　　总之，报德与抱怨是人们日常生活中时常要遇到的问题，中国古人和印度古人在这个问题上都有一些相同和不同的观点，这些观点在寓言故事中得到充分反映，很值得研究。

第五篇

近代现代

一、泰戈尔与中国

泰戈尔是近代中国与印度文化关系史上具有特殊地位的重要人物。"直到1924年，中印两国人民重建友谊的努力主要集中于政治方面；在文化方面，虽然中国知识界已开始翻译介绍印度文学作品，两国文化人士间仍无正常交往。1924年，印度著名诗人泰戈尔访华是个转折点。这次访问打开了两国文化交往的通道。自此以后，两国人民发展友谊的内容大大拓宽了"。（林承节《中印人民友好关系史》第150页，北京大学出版社，1993年）的确，泰戈尔与中国的关系实在太多太密切。下面按时间顺序分三个阶段来谈。

（一）二十年代的"泰戈尔热"

泰戈尔于19世纪80年代开始写作，20世纪初进入黄金时代。1912年，由诗人自译为英文的《吉檀迦利》轰动欧洲，1913年获诺贝尔文学奖。对此，中国文学界立即做出反响：1913年，《东方杂志》第10卷第4号上刊登出钱智修的文章《台莪尔氏之人生观》，是为中国最早介绍泰戈尔生平和思想的文章。1915年，陈独秀在其主编的《青年杂志》第1卷第2期上译介了泰戈尔诗四首，是为中国对泰戈尔著作之最早译介。1917年，《妇女杂志》第3卷第6~9期上连载了天风、无我译的三篇小说。1918年，《新青年》第5卷第3期上刊出刘半农译的泰戈尔诗二首。1920年以后，泰戈尔的诗歌、小说、戏剧、论文、书信、讲演、自传等被大量译介过来。据张光璘先生统计：当时"登载泰戈尔著作的杂志约有三十余种。其中主要有：《小说月报》《东方杂志》《文学周报》《晨报》副刊、《少年中国》等。译者主要有：郑振铎、赵景深、施蛰存、刘大白、叶绍钧、沈泽民、沈雁冰、许地山、徐志摩、瞿世英等。从1920～1925年，短短的五六年时间里，泰戈尔的主要著作几乎都有了中译本，包括诗集：《吉檀迦利》《采果集》《新月集》《园丁集》《游思集》《飞鸟集》及其他诗歌杂译。戏剧：《齐德拉》《邮局》《春之循环》《隐士》《牺牲》《国王与王后》《马丽尼》等。小说：《太谷尔小说》《泰戈尔短篇小说集》等四十余篇短篇小说；长篇小说《家庭与世界》《沉船》。自传、论著：《我底回忆》《人格》《创造与统一》《国家主义》《海上通信》《欧行通信》等。我国评论家写的介绍泰戈尔生平、思想的文章和作品评论，在刊物上比比皆是。其中重要的论文有：瞿菊农《泰戈尔的思想及其诗》、王统照《泰戈尔的人格观》、郑振铎《泰戈尔传》、张闻天《泰戈尔对于印度和世界的使命》、愈之《泰戈尔与东西文化之批判》等。泰戈尔的重要作品有三种甚至五种以上的译本。"（张光璘：《印度大诗人泰戈尔》第116页，蓝天出版社，1993年）

当时的中国思想界和文坛上之所以出现这股"泰戈尔热"，主要是由外部世界和中国国情决定的，其直接的原因则是泰戈尔于1924年来华访问。在其来华之前，他曾到欧洲和日本访问过，并萌生了访华的想法。1923年，他先派恩厚之来华联系，得到中国学界的热情邀请。于是，当年的《小说月报》于9月和10月刊出"泰戈尔专号"（上、下），刊载了翻译他的一些作品，并登出了十余篇欢迎和介绍性文章。其文章有郑振铎的《欢迎泰戈尔》《泰戈尔传》《关于泰戈尔研究的四部书》、徐志摩的《泰山日出》《泰戈尔来华》《泰戈尔来华的确期》、王统照的《泰戈尔的思想及其诗歌的表象》、周越然的《给我力量》、得一的《泰戈尔的家乘》、樊仲云的《音乐家的泰戈尔》、徐调孚的《泰戈尔的重要著作介绍》等。1924年4月8日，泰戈尔乘船抵达香港，孙中山派专使带去其欢迎信。12日，船抵上海，泰戈尔受到文学研究会等团体的欢迎，前来欢迎的还有郑振铎、瞿世英、徐志摩等若干社会名流。《小说月报》专辟《欢迎泰戈尔临时增刊》。泰戈尔在中国逗留近50天，去过7个城市，会见了许多人，其中有溥仪、梁启超、胡适、沈钧儒、梅兰芳、汪大燮、熊希龄、范源廉、张逢春、杨丙辰、梁漱溟、林长民、张相文、梁思成等。5月30日泰戈尔离华赴日。

泰戈尔这次来华在中国的思想界引起了一场争论。张光璘先生对这场争论总结道："关于泰戈尔访华的争论，是从他访问前夕开始的。大家知道，一九二四年前后，我国文化战线上正在进行一场新文化阵营同封建复古派和资产阶级右翼文人的斗争……他此时此刻来到中国，自然会给这场争论带来一些影响。复古派妄图利用他的唯心主义思想为自己张目；革命文化界的先进人物，为反击复古派，就不能不对泰戈尔的思想局限有所批评，从而在客观上就不由自主地站到了反对泰戈尔访华的一边去了。当然，还有一些人，他们出于对泰戈尔艺术的崇拜而热烈欢迎他。这样一来，对泰戈尔访华这件事，当时我国思想文化界大体上就形成了三种不同的态度，即：欢迎、反对、利用。"（《印度大诗人泰戈尔》第121~122页）林承节先生认为，当时中国正处在军阀混战时期，帝国主义趁机扩张在华势力；孙中山在南方改组国民党，提出"三大政策"，准备北伐；泰戈尔对此不了解，讲话中对爱国主义、民主主义突出不够，再加上一些人的利用，于是引起争论；当时的一些进步的人物（如陈独秀、瞿秋白、恽代英、萧楚女、沈雁冰等）主要对泰戈尔提倡东方精神文明，反对西方物质文明不赞同，因而提出质疑和批评（《中印人民友好关系史》第169~172页）。

泰戈尔这次来华对我国文学界的影响是深远的。张光璘在举例证明了泰戈尔对郭沫若和谢冰心文学创作所产生的影响之后，说："泰戈尔对我国现代作家的影响，从郭沫若和冰心两位作家身上可见一斑。除他们两人外，郑振铎、王统照、徐志摩等人也程度不同地受过泰戈尔的影响。"（《印度大诗人泰戈尔》第129页）

（二）五十年代的作品译介

在20世纪20年代的泰戈尔热之后，30和40年代仍有泰戈尔作品的译介，有的是重译，有的是新译，有的是再版。到了50年代，由于中印关系的密切，译介泰戈尔作品之风再度兴起。同样，这次译介高潮中也有重译、新译和再版三种情况。

先说诗歌：1954年，郑振铎译的《新月集》再次出版。1955年，谢冰心重译的《吉檀迦利》出版。1956年，石真译的《两亩地》发表，吴岩译的《园丁集》出版。1957年，石真译的《一对孟加拉夫妇的情话》、高粱译的《山塔尔族的一个妇女》、《婆罗门和不可接触者》发表，汤永宽译的《游思集》出版。1959年，郑振铎译的《飞鸟集》再版，石真译的《自悼》发表，石真、谢冰心合译的《诗选》出版，石真译的《两亩地》出版。

再说戏剧：1958年，石真译的《摩克多塔拉——自由的瀑布》出版。

1958~1959年，《泰戈尔剧作集》（1~4册，分别由瞿菊农、冯金辛、林天斗、谢冰心译）出版。

小说：1956年，谢冰心译的《喀布尔人》《弃绝》《素拔》发表。1957年，石真译的《生日》发表，黄雨石译的《沉船》出版。1959年，谢冰心译的《夜中》《吉莉巴拉》发表，黄星圻译的《戈拉》出版。1961年，唐季雍译的《摩诃摩耶》发表。

自传、散文等：1954年，金克木译的《我的童年》出版。1955年，金克木摘译的《俄国书简》发表。1961年，谢冰心摘译的《孟加拉风光》发表。

在泰戈尔著作的汉译本臻于完备的情况下，1961年又出版了10卷本的《泰戈尔作品集》，其中诗歌二卷、短篇小说二卷、中篇小说一卷、长篇小说三卷、戏剧一卷，是19位译者共同劳动的结晶。

50年代到60年代初对泰戈尔作品的译介情况告诉我们：①新中国读者对泰戈尔的著作非常喜爱；②译介者们在经过时代的变迁之后，对泰戈尔的作品有新的认识；③孟加拉文的学者参与了翻译工作。

（三）八十年代的研究

应当说，进入80年代以后，中国对泰戈尔作品的译介工作仍在进行，而且在数量上要超过50年代（包括再版和重译）。值得提出的是，在此期间，由刘建先生翻译的泰戈尔散文集《孟加拉掠影》，首次被译为中文出版（上海译文出版社，1984年）。但相比之下，中国在这一时期对泰戈尔的研究却显得更为突出。因为文章太多，下面介绍几篇有代表性的论文和两部著作。

继1961年发表《纪念泰戈尔诞生一百周年》《泰戈尔短篇小说的艺术风格》，1979年发表《泰戈尔与中国》之后，季羡林先生于1981年又发表了《泰戈尔的生平、思想和创作》一文（载《社会科学战线》1981年第2期）。在这篇文章中，他从泰戈尔的哲学思想入手，追根溯源，找到了理解泰戈尔思想和作品的关键：首先是印度古代从《吠陀》到《奥义书》的"梵我同一"思想，即我与非我的关系问题；其次是人与自然的关系问题。然后指出："既然梵我合一，我与非我合一，人与自然合一，其间的关系，也就是宇宙万有的关系，就只能是和谐与协调。和谐与协调可以说是泰戈尔思想的核心，他无论观察什么东西，谈论什么问题，都是从和谐与协调出发。"但是，泰戈尔的思想中又有一些东西是自相矛盾的，"这种思想上的矛盾也必然反映到他的性格上。我觉得，他是有双重性格的：一方面是光风霁月，宁静淡泊，慈祥肃穆；但是另一方面却是怒目金刚，剑拔弩张，怒发冲冠。这种情况表现在各个方面：表现在文艺创作上，表现在待人接物上"。季先生鞭辟入里的分析为泰戈尔研究的深入奠定了基础。

1981年，金克木先生的论文《泰戈尔的〈什么是艺术〉和〈吉檀迦利〉试解》发表于第3、4期合刊的《南亚研究》上。文中，他认为，《什么是艺术》是泰戈尔的艺术理论，而《吉檀迦利》则是其艺术实践。"泰戈尔的这篇论艺术的讲演和这本诗集透露出他的思想感情中心是，在分歧中求统一，在对立中求和谐，企求以人的感情来创造艺术，解决世间的矛盾"。金先生以他对印度文化和哲学研究的深厚功力，对《吉檀迦利》作了深入浅出的解说，这对于中国读者理解这部诗歌，透过神秘去领悟泰戈尔的思想、人格和艺术是很有益处的，可以说，他为中国读者读懂《吉檀迦利》提供了一把入门的钥匙。

继1979年在《哲学研究》上发表《略论泰戈尔的哲学和社会思想》之后，黄心川先生在他的《印度近现代哲学》一书中辟出专章，更加全面地论述了泰戈尔的哲学、美学和社会思想。他认为，泰戈尔虽然自谦地说自己不是一个哲学家，"他的哲学虽然没有形成完整的纯理论体系，但是他对哲学问题一直保持着美学的探索，带着艺术的情趣，是从艺术的大门进入哲学殿堂的"。接着，他分析了泰戈尔对世界和人的认识。在美学思想方面，他分析了泰戈尔在美感的来源，对真善美的看法，对艺术的任务、艺术的形式和内容的关系等问题的认识。在社会思想方面，他着重分析了泰戈尔对殖民主义和封建主义、未来社会、民族主义、民众的历史作用、东西方文化关系等问题的看法（《印度近现代哲学》第九章），很有独到见解。

1986年10月，中国印度文学研究会在广州召开学术讨论会，会上，刘建先生宣读了长篇论文《论〈吉檀迦利〉》，后来此文摘要发表于1987年第三期《南亚研究》。作者从思想、艺术、结构及英文本与孟加拉文本间关系等几个方面作了论述，是中国第一篇全面分析、鉴赏和评价泰戈尔《吉檀迦利》的长篇论文。作者在读研究生期间攻读了孟加拉文及有关印度历史文化的课程，不仅能够从英文、孟加拉文两个方面占有资料，阅读泰戈尔的原著和有关研究著作，而且对印度社会文化的背景有较深理解，从而能够从整体上认识泰戈尔的思想和人格，对泰戈尔的作品亦有相当全面和深刻的理解。因此，作者的这篇论文可以说是对前人研究的总结和发展，代表了中国新一代泰戈尔研究者的水平。

宫静先生的《泰戈尔》一书定稿于1986年，1992年方由台湾东大图书公司印行。这是一部全面介绍和分析论述泰戈尔哲学思想的专著。全书分12章，第一章、第二章介绍泰戈尔的生平和著作，三至十一章分别论述泰戈尔哲学的思想来源及特点、世界观、方法论、真理观、人生观、爱国主义、教育思想、宗教观和美学观。最后一章讲述泰戈尔与中国的关系。这部书是在大量阅读泰戈尔的各种著作和尽量占有国内外各种重要研究资料的基础上写成的，在一定程度上，它的印行代表了中国80年代对泰戈尔思想研究的整体水平。正如作者在书的前言中所期望的那样，通过她的研究，可以加深对泰戈尔文学作品的理解和研究；可以通过泰戈尔的思想透视出印度传统思想与西方思想的交流和融合。

完成于80年代的另一部有代表性的泰戈尔研究专著是张光璘的《印度大诗人泰戈尔》。此书亦由于种种原因至1993年方由蓝天出版社出版。这是一部着重从文学的角度去研究泰戈尔的著作。全书分三大部分：第一部分介绍泰戈尔的生平、思想和著作；第二部分是对泰戈尔的思想和创作、泰戈尔与中国文学的因缘、泰戈尔作品中反封建主题等的评论；第三部分是对泰戈尔诗歌的鉴赏。书中客观公允地评价了泰戈尔和泰戈尔作品的审美价值、思想意义。

进入90年代以后，中国对泰戈尔的研究仍在进行，对他的作品仍在翻译出版。

二、鲁迅在印度四例

鲁迅先生与印度文学的关系，前人早有论述。他不仅重视印度文学，给印度文学以高度评价，而且还编印过佛经中的故事。早在1907年，他就说过："天竺古有《韦陀》四种，瑰丽幽夐，称世界大文；其《摩诃婆罗多》暨《罗摩衍那》二赋，亦至美妙。厥后有诗人加黎陀萨（Kalidasa）者出，以传奇鸣世，间杂抒情之篇。"他还说过："尝闻天竺寓言之富，如大林深泉，他国艺文往往蒙其影响。即翻为华言之佛经中，亦随在可见。……佛藏中经，以譬喻为名者，亦可五六种。"（《鲁迅全集》第1卷，第56页，人民文学出版社，1973年）除此之外，他本人的作品也受到过佛经文学的影响。在这方面，季羡林先生曾举过一个很有说服力的例子，他说："熟悉汉译佛典的人都会发现，鲁迅在运用词汇的时候很受佛典的影响"，并举出《〈华盖集〉题记》里的话作为证据："我知道伟大的人物能洞见三世，观照一切，历大苦难，尝大欢喜，发大慈悲。"（季

羡林《中印文化关系史论文集》第132页）

然而，我们这里要谈的是鲁迅在印度的情况。在这方面，过去很少有人做过较全面的资料整理和研究，笔者只能根据自己80年代在中国和印度的有关见闻谈几个实例，略加评说，以弥补中国此项研究之不足。

近代以来的中国作家中，鲁迅在印度的影响最大。

中国于1950年元月创办了英文杂志《人民中国》，此后又陆续创办了《北京周报》《中国文学》《今日中国》《中国画报》等。其中《中国画报》有印地、乌尔都等印度文种的版本，向印度发行。英文版杂志也在印度发行。印度知识界人士一般都精通英语，从这些杂志上读到中国文学作品是情理中事。而这些报刊介绍鲁迅的作品也是情理中的事。此外，我们还从一些报道得知，印度的一些文学杂志有时也译介中国文学作品，甚至出版中国文学专号，其中也往往有鲁迅的生平和著作的介绍。

中国外文出版社曾将鲁迅的作品如《鲁迅全集》（共4卷）和《鲁迅短篇小说选》翻译为英文，也曾将鲁迅的一部分作品翻译成印地、乌尔都、孟加拉、泰米尔等印度文字，使其在印度流传。在印度，中国外文出版社有代理机构，一些大城市的书店里往往能见到中国外文出版社出版的书籍（笔者旅印期间就曾见过）。

在印度本国学习中文或被派到中国学习中文的印度学生一般都要学习鲁迅的作品，有些学生的毕业论文就以鲁迅的作品为研究对象。

由于资料较少，下面只举出四则小例，试图说明鲁迅在印度的影响，及其在印度人民心目中的地位。

（一）一首诗歌

印度有一位印地语诗人S.瑟克赛纳先生。他在读了鲁迅的《社戏》之后，写了一首诗，题目是《乡村耍蛇人——读鲁迅的〈社戏〉有感》。这首诗分两个部分，共240行。对中国人来说，这已经是一篇很长的诗了。

我的老师刘国楠先生生前曾将这首诗译为中文，现根据他的遗稿（稍有改动）做些讨论。

诗中使用第一和第二人称，以作者与鲁迅对话的形式，亲切地回忆了40年前自己家乡耍蛇人的生活情景。诗的开头这样写道：

> 来吧，鲁迅，
>
> 我想让你看看
>
> 我们村里的耍蛇人，
>
> 四十年前，
>
> 我与他有过交情。

接着，诗人带着鲁迅，也带着读者，沿着一条漫长难行的砂石路，来到耍蛇人的住处。尽管那里今非昔比，当年的景物已荡然无存，但诗人将自己的记忆唤醒，清晰地描绘出耍蛇人的生活起居、音容笑貌。读者仿佛跟随诗人越过了时间的隧道，置身于40年前的现场。那情景的真实使人感到，诗人小时候是耍蛇人的常客，并对耍蛇人有深厚的感情。同时读者也可以强烈地感到，诗人与鲁迅在感情上的沟通，心灵上的默契。诗人写道：

> 你所说的涓涓溪流，
>
> 月辉，清晨，
>
> 晴空，雾霭，
>
> 农田，渔民，
>
> 小船，树林，
>
> 丑角，儿童，
>
> 还有那用碗送豆的农民，
>
> 全都是我们村耍蛇人
>
> 那活脱生动的背景。

这使我们想到，中印两国人民虽然远隔千山万水，有着很不相同的文化和社会背景，却有着惊人的相似之处，有着相似的经历，相似的命运。这就是数千年来沟通我们两国人民的牢固纽带。

读过鲁迅的《社戏》之后，读者也许能够体会到一种久远的江南水乡的生活气息，也许会体会到鲁迅童年的情趣，引起一些童年的遐想，但还不一定受到太深的感动，不一定由此而感到鲁迅的伟大。但当读完S.瑟克赛纳的这首诗以后，与《社戏》联系在一起，我们就不能不感到一种强烈的震撼，一种情感的升华。因为，此时我们已经站到了一个更高的境界，如同孔子"登泰山而小天下"，我们则登喜马拉雅山而小世界了。鲁迅写的是自己的童年，江南的水乡，却在异国引起反响，引起共鸣，这不正说明鲁迅对生活的深刻体验吗？不正说明他道出了人类共同的美好情感吗？不正说明他不仅属于中国而且也属于世界吗？

（二）一次会议

时间之轮已经运转到20世纪80年代。中印文化交流进入了一个新的时期。

1981年11月9日，印度纪念鲁迅诞生一百周年学术讨论会在新德里尼赫鲁大学开幕。会议共进行了三天，计划宣读论文40篇。这只是一条简短的报道（见郭书兰编《中印关系大事记》第136页，1987年中国社会科学院亚太所内部资料），我们不知道这次会议的具体情况，也不知道这大约40篇论文的具体内容。但可以推断：既然一次会议有大约40篇论文能够发表，说明至少有40人参加了讨论会，也说明印度关心、熟悉和研究鲁迅的人也必不少于40人，那么，读过鲁迅作品的人自然就更多了。所以，40这个数字不是一个简单的数字，一次历时三天的会议也不能小视，这说明鲁迅在印度人民中的地位和影响。

（三）一个剧本

1985年，印度国莲出版社出版了一部印地文剧本，剧本的题目是《昌德拉马辛赫，别号查马库》（Chandramasinh Urf Chamaku），剧本版权页标题下尚有一行字："有感于鲁迅的世界著名小说《阿Q正传》"。这个剧本是印度著名戏剧家巴努·巴拉提（Bhanu Bharati）撰写的。他1947年7月出生于拉贾斯坦邦的阿贾梅尔，青年时代毕业于印度国家戏剧学院。后曾去日本学习日本传统戏剧。曾发表诗歌和短篇小说，执导过话剧和电影。在若干大学从事过戏剧艺术研究，还曾发表过由日本一小说改编的剧本《一棵燃烧的树讲述的故事》。1982年，由他执导的话剧《查马库》被派遣去农村演出，给人们留下深刻印象。同年5月9~12日在新德里作首次演出，获得成功。剧本的前面有关于鲁迅的简介，其中有这样两段话："鲁迅通常被称作'中国的高尔基'。在印度，则通常把他与孟西·普列姆昌德和沙拉昌德拉·查托帕迪雅耶相提并论。其原因不仅在于这些作家是同时代人，而且还在于他们像鲁迅那样在自己的作品中揭露了社会现实。""在读了《阿Q正传》之后，任何人都会觉得，我们大家就是阿Q。鲁迅无情地揭露反人民的势力，向那些人民的压迫者发起进攻。同时又满怀热情地描写人们的向往、追求和他们的创造力。'改造社会是唯一的出路'，这就是鲁迅著作的根本旨意。"仅从这些话里就可以看出印度文学界和普通读者对鲁迅的了解和评价。

该剧本反映的是印度北方农村的故事，从其主人公查马库的身上，我们可以明显看到阿Q的影子。

剧本中，查马库是个雇工，住在神庙的一间小屋里。他给富人打工，经常遭到村里人的任意嘲笑、戏弄、辱骂和殴打。每当他挨打之后，总是喃喃自语道："这是什么世道，儿子竟然打起老子来了。"他欺软怕硬，在强者面前，他忍受屈辱，靠"精神胜利法"度日，但在弱者面前，他又不失时机地显示自己的强大，调戏女人，并以此为乐，以此为荣。他虚荣，曾夸耀自己与富人家有亲戚关系，也曾因进了一次城而向村民大谈他在城里的所见所闻以自我炫耀。在他愚昧的头脑中偶尔也闪现过朦胧的革命要求，他甚至高喊要跟随甘地造反，在喝醉酒的时候大唱被他篡改了的革命歌曲。村里的革命派"红色军队"杀了人，他立即受到感染，大喊"革命万岁"。当然，他既不是革命者，也不是杀人犯，而只是一个替罪羊，一个牺牲品，最后被当作"暴徒"，死在警察的枪口下。总之，从剧本可以看出，查马库和阿Q极为相似，无论是他的地位、处境，还是他的性格、命运，都与阿Q如出一辙。连剧中的某些细节描写也与《阿Q正传》里的相似。尽管在剧本的《前言》中，作者写道："最后，我想明确地说，这部作品不是鲁迅小说的话剧改编，而是受了他的启示所写成的我的工作剧本，是我的演员和舞台工作者的集体创作。"但无疑，作者对《阿Q正传》是非常熟悉的，在一些地方也是有意识地将阿Q的性格移植于查马库身上，而且作者的意图也在于通过查马库这个角色揭示自己民族的劣根，启发民众的觉悟，以表达变革社会的愿望。

读了这个剧本之后，又使我们再一次感到鲁迅的伟大，感到他不仅属于中国，属于印度，也属于全世界。

（四）一本杂志

印度中央邦首府博帕尔市刊印一本杂志，名叫《开创》（*Pahal*），到1987年5月，这本杂志已经出了32期。就是这第32期，是"中国当代文学"专号。80年代在中国国际广播电台工作过的印度专家特里奈特拉·乔希先生为该"专号"的特邀编辑。这本杂志介绍了一些中国当代的作家和作品，如诗人艾青、雷抒雁、袁可嘉等，小说家周立波、秦兆阳、王蒙、刘绍棠、张洁、冯骥才等，以及他们的作品。这看来与鲁迅并无关系，但在乔希先生撰写的杂志《前言》中却谈到了鲁迅。杂志后面的广告中还提到印度北方邦江普尔市有一家书店，专门出售中国出版的印地文和英文书刊，其中就有《鲁迅短篇小说选》。

乔希先生撰写的《前言》中简要地回顾了中国文学的历史，其中有这样几段话："在汉语里，短篇故事和长篇小说都叫'小说'。中国现代最著名的作家鲁迅曾考证过'小说'一词的中国来源，他说：'小说'一词作为故事的意义首先使用于《庄子》……在《汉书》中被叫作'街谈巷语'。""1919年的五四运动被认为是奠定中国当今文学的基石……1921年，一个文学组织建立了，其中的主要成员有鲁迅、茅盾等作家……1930年，鲁迅、茅盾、郁达夫、田汉在上海成立了左翼作家联盟。"在谈到中国诗歌的发展史时，他说："鲁迅也写诗歌，但他的散文（印度人所说的散文是相对于诗歌而言的非韵文作品——笔者）更为流行。"

从这里不难看出，乔希先生在向印度读者介绍中国当代文学的时候，始终没有忘记鲁迅，在他的《前言》中反复提到鲁迅，着重强调了鲁迅在中国文学史上的地位。从这个侧面也可以间接了解鲁迅在印度人心目中的地位。

三、季羡林先生对比较文学的贡献

季羡林先生的学力深厚，学术成就也是多方面的。我感触最深的，是他在比较文学方面的贡献。读得最多的，也是他关于比较文学的文章。

先生对于比较文学的贡献，可以分为实践和理论两大部分，具体地说，大体有以下几点。

第一，他是中国比较文学屈指可数的先行者之一。

先生曾说，吴宓先生是中国比较文学的先驱。在二三十年代，中国文学界出现过一阵比较文学热，研究者也有不少，而且大多是中国近现代文学史上的名人，吴先生是其中之一。而先生自己又何尝不是中国比较文学的先行者之一呢？尽管先生比更老的一辈起步稍晚，但在40年代中后期，先生已发表了许多篇名副其实的比较文学论文。尽管先生谦虚地说他的某些早期论文"现在几乎只配去盖酱坛子"，但实际上，我们今天读了仍然会深受启迪，会觉得其中有许多真知灼见。也就是说，先生是中华人民共和国建立前就加入比较文学行列并取得成就的学者，而那时的中国比较文学并没有发展到今天这样相对成熟的程度。

我们知道，从中华人民共和国建立到"文化大革命"结束后的30来年里，比较文学在中国受到冷落和压抑，这片土地几乎是一片荒凉，耕耘者寥若晨星。而先生在50年代仍然写出了《印度文学在中国》《印度寓言和童话的世界"旅行"》等具有开拓意义的重要论文，从而成为这"晨星"中的一员。

总之，在今天，在比较文学重新在中国热起来的今天，对于我们绝大多数人来说，他是中国比较文学界无可争议的前辈学者，是当之无愧的先行者。中国比较文学有今日之繁荣，岂无先生筚路蓝缕、以启山林之功。

第二，他是"文化大革命"后中国比较文学最积极的倡导者。

"文化大革命"结束后，自改革开放以降，中国迎来了科学的第二个春天。比较文学也如再生的春草，在中国日益繁荣。先生以其独具的智慧和敏锐再度为天下先，于70年代后期写出了论文《〈西游记〉里面的印度成分》和《漫谈比较文学史》。打开先生的《比较文学与民间文学》一书，我们看到，其中收有先生70年代末期至90年代初的有关论文和谈话40篇，而这还不是他这一时期关于比较文学的文章和谈话的全部。直到辞世前，先生是一有机会就在各种场合谈论比较文学，在北京谈，在香港谈，在杭州谈，在新疆谈，从北到南，从东到西，奔走乎天下，呼号于八方。其间，于1981年初，北京大学率先成立比较文学研究会，先生是责无旁贷的会长。1984年，中国第一个专门研究比较文学的学术性杂志《中国比较文学》创刊，先生又是责无旁贷的主编。此外，北京比较文学研究会、中国比较文学研究会、北京大学比较文学研究所等纷纷成立，先生都是积极的发起者和拥护者，他自己也受到众口一词的拥戴。中国比较文学之有今日，岂无先生身先士卒、极力倡导之功。

第三，他科学地界定了比较文学的研究领域，充分肯定了比较文学研究的意义。

先生在1982年5月的一次答记者问时说："什么是比较文学？顾名思义，比较文学就是把不同国家的文学拿来加以比较。这可以说是狭义的比较文学。广义的比较文学是把文学同其他学科来比较，包括人文科学和社会科学，甚至自然科学在内。"先生在这里说的是比较文学的一般定义，既有狭义的也有广义的，是各国学者比较一致的意见。但问题是，先生如果只是把别人的成说拿来说说，不加辩证，不加发挥，人云亦云，那就不是先生，也绝对不符合先生的人格和作风。果然，先生又突出地提出了两条：一是针对"西方中心论"强调"以东方文学为基础的比较文学研究"；二是强调把民间文学和少数民族文学研究纳入比较文学的轨道。先生之所以强调东方，不仅仅因为许多西方人历来只重视西方而忽略东方、歧视东方，也不仅仅因为先生自己是生于斯长于斯的东方人，而且还在于人类最古老的四大文明，古埃及文明、古代两河流域文明、古代印度文明和古代中国文明，都发生和发达于东方，东方具有源远流长文学传统的历史事实。因此，反对"西方中心论"并提出"以东方文学为基础的比较文学研究"是从实际出发，是完全站得住脚的。东方有许多国家，有许多民族，像中国和印度这样的大国，更是民族众多，民间文学和各民族文学都异常丰富。正是基于这样的事实，先生提出：在多民族的国家，如中国、印度等，对于不同民族的文学进行比较研究，也属于比较文学研究的范畴。这就打破了那种"只有不同国家文学间的比较才算是比较文学研究"的旧论，开阔了比较文学的研究领域。但是，尽管扩大了比较文学的研究领域，先生还是为"可比"和"不可比"划清了界限，他反对那种"海阔天空，不着边际"的简单生硬而无意义的比附，反对那种认为所有文学现象都可以拿来比较的"无限可比"倾向。他认为，比较文学研究并非为比较而比较，比较要有目的，有意义。

那么，比较文学研究的目的和意义是什么呢？这是先生反复强调的问题。例如，他在为《中国比较文学》写的《发刊辞》中指出："比较不是目的，而是手段。我们是想通过各国文学之间，特别是中国文学同其他国家文学之间的比较，东方文学和西方文学之间的比较，探讨出规律性的东西，以利于我们的借鉴，更好地继承和发扬我们民族传统中的精华，更好地创造我们社会主义新文艺，同时也有利于加强我们人民同其他国家人民的了解与友谊。"为此，他还特别强调了比较文学与文化交流之间的关系。如在1986年《中国比较文学年鉴》的前言中，他说："比较文学的研究属于文化交流的范畴。我们过去对文化交流的重要意义认识不够，对比较文学的重要意义认识更差。""比较文学所要探索的正是文学方面的文化交流。"他再次强调："研究比较文学，最主要的目的就是给我们的借鉴活动找出一些可遵循的规律，达到事半功倍的目的。""从对比中吸取对我们有用的东西……从影响研究和平行研究中得出来的切实可靠的理论，又可以帮助我们对人类共同思维规律加深认识。"这些，无疑都是正确的，也无疑会对正在蓬勃兴起与发展中的中国比较文学研究起到指导作用。

第四，他对比较文学的研究方法提出若干精辟见解。

既然叫作比较文学，其研究方法自然首先是比较。西方主要有影响比较和平行比较两大学派。先生在为《中印文学关系源流》一书写的序言中说："对于上述两大流派，有一些学者的意见是，专研究直接影响，失之太狭；专研究平行发展，又失之太泛。而且两者在过去都有点轻视东方文学。他们的所谓比较几乎只限于同一文化体系内的比较，都是近亲，彼此彼此，比来比去，比不出什么名堂。在这一方面，两者又同有一失。"在肯定了两大派优点的同时，也指出了各自的不足。先生不否认平行比较的长处，但相比之下，先生更注重影响的比较。这是与先生的学风和他的博学紧密相关的。他一再强调要从资料工作做起，一再强调切切实实的读书和积累，一再强调考据的重要，一再强调深思熟虑和艰苦的探索。他说："我强调搜集资料，但是有的人却嗤之以鼻，认为搜集资料是低级脑力劳动，仿佛资料就摆在那里，唾手可得，用不着费多大力量。有这种想法的人，我怀疑，从来就没有搜集过资料，一点也不了解其中的甘苦。一个比较文学研究者要想在两个国家的文学中，包括书面的和口头的文学都在内，搜集资料，搜集有关直接影响的资料，起码要对两个国家的文学有深厚的功力，博览群书，有很强的记忆力，然后才能在两个方面发现主题相同、情节相同、语言相同的材料。有时候简直是可遇而不可求。"在强调搜集资料的同时，先生还强调了学习理论的重要性，特别是对唯物主义和辩证法的学习运用："没有唯物主义，没有辩证法，比较文学的研究决不能走出新路子，开创新局面。即使能哗众取宠于一时，必将失败于永久。"在《比较文学随谈》一文中，先生除了强调马克思主义理论的学习外，还强调了学习中国古代的文艺理论、外国古今的文艺理论，同时"还要学一点心理学，特别是文艺心理学，学一点艺术史，学一点有关的自然科学。知识面越广越好。"

　　总之，先生所强调的一整套比较研究的方法是符合科学原则的，是行之有效的。

　　第五，他为比较文学中国学派的建立提出了正确主张。

　　1981年，先生在《新疆与比较文学的研究》一文中说："我们有条件建立一个比较文学的中国学派……我们当前首先要做的工作就是急起直追，把我们过去忽略的东西弥补起来，逐步达到创立一个比较文学中国学派的水平。"同年，他在为"北京大学比较文学研究丛书"写的序言中又说："以我们东方文学基础之雄厚，历史之悠久，我们中国文学在其中更占有独特的地位，只要我们肯努力学习，认真钻研，比较文学中国学派必将能建立起来，而且日益发扬光大。"在1982年的答记者问中，先生又说了类似的话。人们不能不承认，先生说的是实情。在当时，中国的比较文学还是处于"起步走"的阶段，处于落后的状态，但我们有条件建立自己的学派，前景是灿烂的。

从那以后，先生又多次谈到比较文学的中国学派问题，归结起来，大体有这样几条：①为了急起直追，我们必须加强学习，学习理论（包括理论的学习和方法的学习），积累资料。这就不仅需要做好翻译介绍工作，对好的东西实行"拿来主义"，同时还要广收博取，大量读书，而且还需要"广通声气""博采众长"。②必须打破"西方中心论"的狭隘圈子，把对中国文学（包括民族文学及民间文学）和东方文学的研究作为基础。③不能对西方五花八门的新理论"一概接受，拜倒在它们的脚下"，"不做任何新奇理论的俘虏"，而应该在对中国、印度、欧洲这三个文学传统充分研究的基础上建立起自己的新体系。

这里还要顺便说一下，有些人对先生一谈起比较文学就常常提到印度而不以为然，以为先生是学这行的，干这行的，于是就吆喝这行，是情有可原。其实问题并不这么简单。我们可以回顾一下近现代中国学术界的情况，一些卓有成就的学问家，一些学贯东西的前辈学者，大多都要把印度学（包括佛学）作为世界和中国学术的一个重要领域。魏源是如此，康有为是如此，梁启超是如此，王国维是如此，章太炎是如此，鲁迅、陈寅恪、胡适、郭沫若、许地山、郑振铎、钱锺书等等，也莫不是如此。这说明印度学在世界学术中的地位确实非常重要，进行东西方的比较研究，特别是中国学者进行这种研究，印度学又格外重要。因此，先生在这方面的所言所行并不是发明创造，也没有什么偏激和过火的地方。倒是有些人对印度学了解不够，对先生的学识不知深浅，是情有可原的。

第六，他为后代研究者做出了榜样。

先生不仅在理论上发表自己对比较文学的看法、见解，而且在实践中身体力行，写出了许多重要的比较文学文章。这些文章都无一例外地与先生所提出的比较文学研究目的、意义、方法等相一致，相辉映。因此我们可以说，先生在理论和实践两个方面都为后代的比较文学研究者做出了榜样。我们要学习先生的，至少有这样几点：

①活到老学到老，力求多知。

②学风严谨，脚踏实地。

③注重考据，实事求是。

④不囿于成说，敢于创新。

这是比较文学研究中不可缺少的美德，其实也是从事一切科学研究所不可缺少的美德。

今天，我们在庆祝先生的八十五岁诞辰时，回忆先生的言行，赞美先生的品德，并不是要神化先生，或者仅仅为使先生高兴。先生是凡人，唯其是凡人，其行止才愈显崇高，其学识才愈显深奥，其示范才愈应效仿。先生是中国人，唯其是中国人，其气质、精神、情操、才华，无一不基于中华民族的传统文化，又无一不体现着中华民族的传统美德。因此，赞美先生，为的是要赞美中华民族的传统美德，效仿先生，为的是要发扬中华民族的传统文化。

第六篇

民族民间文学

一、比尔巴尔与阿凡提

（一）缘起

阿凡提的故事在中国可以说是家喻户晓、尽人皆知。无论是在电影、电视里，还是在舞台、书刊上，都不时有阿凡提的身影出现。他奇特的形象，机智的话语，幽默的个性，赢得了亿万人的喜爱，也引起了一些民俗学研究者的重视。阿凡提故事最早在中国新疆一带（尤其是维吾尔人中间）流传，后来被译为汉文，开始在汉族人中间流传。而关于阿凡提故事更深更广的国际背景却很少有人提及。在中国，到目前为止，从对阿凡提其人、阿凡提故事研究情况看，成绩突出的要首推戈宝权先生。他阅读了苏联、东欧以及日本一些学者的文章，早在1963年（第1期《民间文学》）就发表过研究文章，还从俄文译出了《纳斯列丁的笑话（土耳其的阿凡提故事）》（中国民间文艺出版社，1983年），提出并解答了下列问题：①阿凡提是个人名吗？②有没有阿凡提这个人？③怎样看待阿凡提和他的笑话与故事？④阿凡提的故事是怎样流传至今的？（见该书序言《霍加·纳斯列丁和他的笑话》）

戈宝权先生还在万曰林等译自阿拉伯文的《朱哈趣闻轶事》（中国民间文艺出版社，1982年）一书中写了一篇题为《从朱哈、纳斯列丁到阿凡提》的序言，指出，"朱哈的趣闻轶事，实际上就是纳斯列丁·阿凡提故事的前身"。"当朱哈的笑话流传到土耳其以后，经过多年的发展和演变的过程，就和13世纪流传的纳斯列丁的笑话混合起来，到了17世纪当纳斯列丁的笑话再被译成阿拉伯文时，大家都把纳斯列丁称为'鲁米利亚的朱哈'了。"

我们从戈宝权先生为这两本书写的两篇序言中得知：

①阿凡提的故事在阿拉伯、土耳其、伊朗、苏联中亚地区、东欧的地区和国家，以及中国新疆等地广泛流传。

②阿凡提并非人名，而是一个称号，源自突厥语Efendi，人们常称阿凡提为霍加·纳斯列丁，或纳斯列丁·阿凡提，或毛拉·纳斯列丁·阿凡提。在阿拉伯地区，他又被称为朱哈、朱希、杰哈等。

③土耳其历史上可能真的有过一个叫纳斯列丁的阿凡提，阿拉伯的历史上也可能真的有过一个叫朱哈的人，但关于他们的故事和笑话，是各地区各民族的集体创作，是长期文化交流的结果。

④阿凡提的故事不仅在上述地区和国家流传，而且还被译成多种语言文字，在世界其他地区和国家流传。

由此，我们可以认为，阿凡提已经不是一个真实历史人物的形象，而是聪明、机智和幽默的象征。我们知道，世界各国几乎都有这样的情形，人们往往把一些机智幽默故事集中到一个比较著名的人物身上，强化这一人物形象，给读者和听众以更强的感染、更深的印象。但像阿凡提这样影响到世界几大洲的艺术形象却不多见。

戈宝权先生在《霍加·纳斯列丁和他的笑话》一文中引用了苏联东方学学者高尔德列夫斯基《霍加·纳列斯丁》中的一段话："零星的、重复霍加言行的笑话，在印度，在西欧，在苏联也时常可见；但土耳其人根据他的言行创造出来的笑话，却是无可比拟的。"这中间特别提到了印度，那么，阿凡提故事究竟怎样在印度流传的？印度的阿凡提故事有什么特色？它与流传于土耳其及中国新疆等地的阿凡提故事有什么关联？下文就试图回答这些问题。

在印度，可以和阿凡提相提并论的人物是比尔巴尔（Birbal）。笔者旅印期间曾在街头书摊上见到过三种关于比尔巴尔趣闻轶事的印地文小册子。其中以潘卡贾（Pankaja）辑的《阿克巴、比尔巴尔趣闻轶事》（Akbar Birbal Ke Latife，梅拉特新袖珍书社，1987年6月第3版）为最全最佳。另外两个小册子，一是由阿哥拉明灯书社出版于1987年，一是由德里先锋书社出版于1986年。印度的情况是，一个深受民众喜爱的读本往往会被译成若干通行文字（印度现行主要文字有14种）出版。我虽然没见到别的文本，多数是见到也不认识，但从印地文本这样新这样多的情况看，比尔巴尔的故事在印度是相当普及、相当受欢迎的，我还在电视里看到了根据比尔巴尔故事改编的电视短片，也在画报上看到过同类内容的连环画。这样，几乎可以肯定，印度也有其他通行文种的比尔巴尔故事书。印度还广为流传着一个叫谢赫·奇里（Shekh Chilli）的人的笑话，这个人物与阿凡提也有一定的关联，但为了避免枝蔓，这里就不提他了。

像阿凡提故事常常与帖木儿相联系一样，比尔巴尔故事是和阿克巴相联系的，不同的是后者的联系比前者要紧密得多。阿克巴（1542~1605）是印度"莫卧儿王朝最伟大的皇帝。"（《简明不列颠百科全书》第1卷，第81页，中国大百科全书出版社，1985年）故事中的阿克巴皇帝作为民间文学中的艺术形象，与历史上的阿克巴既有联系又有区别。故事中的比尔巴尔是个印度教教徒，宰相身份。据说历史上阿克巴的宫廷中确有一个叫比尔巴尔的印度教教徒大臣，当然故事中的比尔巴尔与这位历史人物也是既相联系又相区别。

（二）比尔巴尔故事受了阿凡提故事的影响

根据前面提到的三个印地文小册子，可以看出，比尔巴尔故事确实是受了阿凡提故事的影响。

从时间上看，故事中的阿克巴与比尔巴尔既然是以历史上的真实人物为依托，那么，这些故事中的大多数自然都应当是阿克巴时代以后形成的。而此前，朱哈的故事早在10世纪就开始流传于阿拉伯地区，纳斯列丁·阿凡提的故事则从13世纪起就开始流传于土耳其及中亚地区。比尔巴尔故事比这二者晚出，不会早于16世纪后半叶。从10世纪到17世纪初，正是穆斯林大举进入南亚次大陆的时期，也是伊斯兰文化大举进入印度的时期。这样，随着伊斯兰文化的进入，阿凡提故事进入印度便是很自然的事情了。我们有理由相信，印度教教徒创造的比尔巴尔故事是受了阿凡提故事的启发。这一点，下文还将详细论及。

如果这还仅仅是一种推测的话，那么，从故事内容上看，我们可以找到不少确凿有力的例证。如：

①比尔巴尔故事中有《和驴差多少》一则，说有一次，阿克巴皇帝同比尔巴尔开玩笑说："比尔巴尔，你和驴相差多少？"比尔巴尔没有立即回答，而是量了量自己与皇帝间的距离，然后才说："陛下，相差不远，只有六尺。"这和《纳斯列丁的笑话》（戈宝权译本，下同）第54则《霍加和帖木儿互相讲客气话》中的部分内容很相似，也与中国新疆的《阿凡提的故事》（1963年中国儿童出版社本，下同）中《离驴子两尺》相似。

②比尔巴尔故事中有《煮粥》一则，说皇帝问比尔巴尔："有谁能在冷水里

站一个通宵？"比尔巴尔找来了一个洗衣匠，说他能。皇帝不信，比尔巴尔就让洗衣匠站在皇帝对面的河水里。次日，皇帝狡辩说，洗衣匠之所以能在河里站一个通宵，是因为他夜里望着皇帝的灯火取暖。比尔巴尔为回敬皇帝，便找机会竖起一根长竿，顶端系上锅，在地面点火煮粥。皇帝看了，说比尔巴尔很蠢，火离锅这样远，粥是煮不熟的。这正好等于反驳了皇帝自己先前说的话。这则故事同《纳斯列丁的笑话》第256则《这就等于用蜡烛把锅子里的水烧热》相似，也同《阿凡提的故事》中《月光和井水》一则有相似之处。

③比尔巴尔故事中有《大地的中心》一则，与《纳斯列丁的笑话》第52则《霍加同三个僧人的辩论》相似，也同《阿凡提的故事》中《再也难不倒他》相似。

④比尔巴尔故事中有《只有我是公鸡》一则，与《纳斯列丁的笑话》第33则《在母鸡旁边总应该有只公鸡啊》相似。

⑤比尔巴尔故事中有《两头驴驮的东西》一则，与《纳斯列丁的笑话》第392则《两头驴子的重量》相似，又同《阿凡提的故事》中《两头毛驴驮的东西》一样。

⑥比尔巴尔故事中有《谁是骗子》一则，与《纳斯列丁的笑话》第408则《大树作证》很相似。

⑦比尔巴尔故事中有《锅生子》一则，与《纳斯列丁的笑话》第24则《"锅死掉了"》相似，也与《阿凡提的故事》中《锅生儿》相似。

⑧比尔巴尔故事中有《杧果核》一则，在《阿凡提的故事》中有《谁的嘴馋》一则，只不过讲的不是吃杧果而是吃哈密瓜。

以上举了8组例子，实际上可能不只这些。这些例子又大多见于朱哈的故事中。由于阿凡提的故事形成于前，而比尔巴尔的故事形成于后，所以，这些例子证明，比尔巴尔的故事是受了阿凡提故事的影响。

（三）阿凡提故事受了印度古代故事的影响

印度是个故事大国，从前西方的一些学者曾认为世界上的许多故事都源于印度，这种说法虽然不很科学，但印度故事影响面很大却是事实。我们知道，阿拉伯的故事集《卡里来和笛木乃》是从古波斯巴列维文译成阿拉伯文的，而其本源是印度古代的故事集《五卷书》，后来的《一千零一夜》中也有受印度故事影响的因素，这些都是学者们公认的。同样，流传于中亚、西亚和欧洲的某些故事也最早见于印度古代的典籍，这也是学者们公认的。因此，说阿凡提故事中也有受印度故事影响的成分，这就不足为怪了。还是让我们举例说明。

①《纳斯列丁的笑话》第97则《霍加怎样从井里把月亮捞出来》，是受了盛传于民间的猴子捞月亮的故事的影响而创作出来的。而猴子捞月亮的故事屡见于佛经，如《涅槃经》卷九、《摩诃僧祇律》卷七等。

②《纳斯列丁的笑话》第38则《既然大家尊敬的是皮大衣，那就让皮大衣吃个饱吧》，以及《阿凡提的故事》中《请衣裳吃》一则，也是受了佛经故事的影响。《大智度论》卷十四有这样一个故事："罽宾三藏比丘，行阿兰若法。至一王寺，寺设大会，守门人见其衣服粗敝，遮门不前。如是数数，以敝衣故，每不得前。便作方便，假借好衣而来，门家见之，听前不禁。既至会座，得种种好食，先以与衣。众人问言：'何以尔也'？答言：'我比数来，每不得入：今以衣故，得在此坐，得种种好食，实是衣故得之，故以与衣。'"

③《纳斯列丁的笑话》第122则《霍加建议挖掉那只有毛病的眼睛》，与《百喻经》卷四的一则故事相似：

> 昔有一女人，极患眼痛。有知识女人问言："汝眼痛耶？"答言："眼痛"。彼女复言："有眼必痛。我虽未痛，并欲挑眼，恐其后痛。"傍人语言："眼若在者，或痛、不痛；眼若无者，终身长痛。"

④《纳斯列丁的笑话》第159则《谁先开口说话呢》，与《百喻经》卷四的《夫妇食饼》的故事相似：

> 昔有夫妇，有三番饼。夫妇共分，各食一饼；余一番在。共作要言："若有语者，要不与饼。"既作要已，为一饼故，各不敢语。须史，有贼入家偷盗，取其财物，一切所有，尽毕贼手。夫妇二人以先要故，眼看不语。贼见不语，即其夫前，侵略其妇。其夫眼见，亦复不语。妇便呼贼，语其夫言："云何痴人，为一饼故，见贼不唤？"其夫拍手笑言："咄，婢！我定得饼，不复与尔。"世人闻之，无不嗤笑。

从以上四组例子可以明显看出两者间的影响关系。下面还有四组例子，虽然不那么明显，但也很难说它们之间没有影响关系，故亦列出备考。

⑤《纳斯列丁的笑话》第219则《霍加贤明的判决》、第226则《谁出卖食物的热气谁就回收钱的响声》、第236则《霍加充当影子法官》和《阿凡提的故

事》中《饭钱》，都说阿凡提用"钱的响声"对付了财迷心窍的人。同样的故事
又见于比尔巴尔故事《还钱》。《百喻经》卷三《使儿作乐喻》讲了这样一个故
事：有一个乐伎为国王奏乐，国王听得很高兴，说要赏给乐伎一千钱。后来乐
伎向国王索取奖赏，国王不给，说："你奏乐，使我听了悦耳；而我说给你钱，
也是为了让你听了悦耳。"

⑥《纳斯列丁的笑话》第96则《霍加爬到别人家的杏树上去吃杏子》中
说，阿凡提在人家的杏树上偷吃杏子，树的主人发现了，问："你在那里干什
么？"阿凡提答："我是一只夜莺，在树上唱歌。"说完便模仿着夜莺的声音唱
了起来。又是在《百喻经》卷三里，有一则《贫人能作鸳鸯鸣喻》：有一个穷
人为给妻子偷花而进了国王的花池，守池人问："谁在那里？"穷人边学鸳鸯叫
边回答："我是鸳鸯。"

⑦《纳斯列丁的笑话》第116则《霍加把淡水倒入大海》中说，阿凡提很
渴，但大海的水又不能喝，他找到淡水，用小花帽舀了淡水倒进大海，说："你
用不着在人们面前炫耀自己，你尝一尝，真正的水是什么味道！"与此相似的
故事又见于《法句譬喻经·华香品》：

　　时有贾客大人名曰波利，与五百贾人入海求宝。时海神出掬水，
问波利言："海水为多？掬水为多？"波利答曰："掬水为多。所以者
何？海水虽多无益时用，不能救彼饥渴之人；掬水虽少，值彼渴者，
持用与之，以济其命。"

⑧《纳斯列丁的笑话》第237则《霍加判给原告人"没什么"》中说，甲背
柴走路摔倒，请过路人乙帮忙扶起，乙问有什么报酬，甲说"没什么"。乙帮助
了甲，又向甲索要"没什么"，甲拿不出"没什么"，乙就去告状。阿凡提机智
地把"没什么"判给了乙。与此相似，《百喻经》卷三有一则《索"无物"喻》，
说一人推车到坎坷路上，请二过路人帮忙，过路人问给什么报酬，推车人说
"无物"。于是，二人帮车夫把车推到平地，又向车夫索要"无物"。

以上举了8组例子，从中可以看到，阿凡提的故事与印度古代故事之间的
某种联系。这是研究者应当给以注意的。

（四）比尔巴尔故事的印度特色

这里所说的比尔巴尔故事的印度特色，是相对于阿凡提故事而言的。我们

知道，阿凡提故事主要流传于广大伊斯兰教国家的诸民族中间，可以说，阿凡提故事是伊斯兰文化的产物，是伊斯兰文化的一个部分。因此，要深入考察阿凡提故事的某些特征，就不能离开伊斯兰文化的大背景。阿凡提故事带有浓厚的伊斯兰教的宗教特色，这是阿凡提故事区别于其他故事和笑话的重要特征。同样，要考察比尔巴尔故事不同于阿凡提故事的某些特征，也要首先着眼于印度特殊的历史环境和特殊的文化背景。下面分三个方面来谈。

1. 印度民间文学传统的遗泽

印度自古以来就有自己庞大的民间文学体系，各种神话、传说、故事、寓言、笑话、民歌、谜语等都十分丰富。这些民间文学作品不仅影响了印度以外的国家和民族的文学，同时也给本国的文学提供了丰富的营养。印度近现代著名的文学家，都曾从古代的民间文学中吸取营养。比尔巴尔故事是印度民间文学这棵古老而繁茂的大树上结出的果实。它的发生和发展，必然受益于印度民间文学的传统。

印度两大史诗《罗摩衍那》和《摩诃婆罗多》是人们所熟知的，印度人也常常以此为自豪。比尔巴尔故事自然也受益于这两大史诗。例如，比尔巴尔故事中有一则《石头也漂起来》，说阿克巴皇帝心血来潮，想有一部像《罗摩衍那》那样的史诗来为自己歌功颂德。他把这个想法告诉比尔巴尔，比尔巴尔立即表示赞同，但同时又提出了一些难题，像如何使石头漂起来等，终于使阿克巴打消了请人写史诗的念头。与此相似的是《摩诃婆罗多》那样的书，说阿克巴读了《摩诃婆罗多》以后，于是阿克巴把这个重任交给了比尔巴尔，叫他在一年之内写出一部《阿克巴婆罗多》来。比尔巴尔只好表示遵命。之后，他巧妙地利用了皇后的忌妒心，迫使阿克巴收回了成命。

我们还可以举出两则比尔巴尔故事，简直就是印度古代故事的翻版：

①比尔巴尔故事《公牛奶》中说：一次，阿克巴皇帝想试试比尔巴尔的智慧，命令他弄些公牛奶来。比尔巴尔回到家，嘱咐女儿在夜里到皇帝对面的河里洗衣服，并且要故意把声音弄得很响。皇帝被吵得睡不着觉，就命令去把河里洗衣服的少女抓进宫。皇帝问："你为什么要深更半夜地洗衣服？"少女答："我爸爸生孩子了…"皇帝问："你爸爸是男人吧？男人怎么能生孩子？"少女反问："既然公牛能产奶，男人为什么不能生孩子呢？"阿克巴恍然大悟。同样一个故事又见于《佛本生故事》（见黄宝生等译《佛本生故事选》第413页，人民文学出版社，1985年）。

②比尔巴尔故事《一半阳光一半荫凉》中说：由于宫廷里有人忌妒比尔巴尔，他辞去宰相职务到乡下去隐居，住在一个偏远的农村。日子久了，阿克巴皇帝感到很没趣，便设法找他。皇帝想出一个难题，发布全国。结果，全国只有一个村里的村民解决了皇帝的难题，于是，皇帝认定比尔巴尔就在这个村子里。他又专对这个村的居民发布命令，让他们把村里的水井都送到皇宫去。村里人按照比尔巴尔的主意，给皇帝送去一封信。信上说，该村的水井都同意到皇宫去作客，但条件是皇宫的水井必须亲自出来迎接它们。如果皇帝不派水井到村里来，那么村民们很难说服村里的水井主动前往。与此相似的故事亦见于《佛本生故事》（《佛本生故事选》第415页）。

以上例子都说明了比尔巴尔故事受益于印度古代民间文学的传统，有的比尔巴尔故事是在印度古代民间故事的基础上借题发挥，有的则是直接把古代故事拿来稍作加工。印度古人爱讲故事，也爱听故事，这是印度民间故事发达的基本原因，也是比尔巴尔故事得以产生的首要条件。具备了这个条件，当阿凡提故事传入印度后，比尔巴尔故事便应运而生了。

2. 印度独特思想观念的反映

比尔巴尔故事的另一个特色是它的民族特色。

比尔巴尔故事流传在印度这片古老的土地上，要为更多的印度人所接受，就必须带有印度的作风、印度的格调，否则它们就不是比尔巴尔故事，而是阿凡提故事了。事实上，比尔巴尔故事的绝大多数都与流传于各伊斯兰国家的阿凡提故事不同，读起来另有一种味道。其中很重要的原因就是比尔巴尔故事反映了印度民族，特别是印度教的某些思想观念。

下面让我们举出两则比尔巴尔故事作具体说明。

①《这里和那里》：一天，皇帝阿克巴向比尔巴尔提出了四个问题：a.谁在这里不在那里？ b.谁在那里不在这里？ c.谁不在这里也不在那里？ d.谁既在这里又在那里？ 第二天，比尔巴尔把四个人带到宫廷：一个妓女、一个苦行僧、一个乞丐和一个慈善家。比尔巴尔说，妓女在这里不在那里，因为她只贪图今生的快乐而得不到来世的幸福；苦行僧不在这里而在那里，因为他今世受苦而来世幸福；乞丐既不在这里也不在那里，因为他今生和来世都得不到幸福；慈善家既在这里又在那里，因为他今生幸福，来世也将幸福。

②《婆罗门的脚是圣地》：一次，阿克巴问比尔巴尔："你们婆罗门把母牛叫母亲，可为什么还要穿皮鞋呢？"比尔巴尔说："婆罗门的脚是去朝拜圣地用

的，因此是圣洁的，触摸婆罗门的脚可以免去生死轮回之苦，所以我们要穿牛皮鞋。"

以上两则故事都宣扬了印度教的思想观念，一个是与种姓制度相对应的等级观念，一个是与"轮回转世"理论相联系的因果报应思想。我们知道，轮回转世说是古代印度正统派哲学吠檀多哲学体系的两大支柱之一，为印度教教徒所信奉。同时它也是印度古代其他宗教的信条之一，如佛教、耆那教等，都把轮回转世思想当作自己的哲学基础。因果报应思想便是对这一理论的直接引申。上面第一则故事反映的就是这一观念，是典型的古代印度教教徒的人生观和道德观的反映。这一观念影响很大，在很早的时候就随着佛教的东传而入中国，也传到了亚洲的其他地区。现今的印度人中仍有许多人坚信这一点，所以这则故事仍充满了活力。种姓制度也是印度的特产。第二则故事除讲到生死轮回外还涉及种姓问题。比尔巴尔是个婆罗门，所以极力维护婆罗门的尊严，把婆罗门说成是神圣的阶级，连他们的脚都是神圣的，这正是印度教所极力主张的。印度教教徒还崇拜牛，以牛为神物，禁止杀牛（水牛除外），尤其是母牛，甚至被称为母亲，这是印度以外其他民族的人所难以理解的，但事实就是如此。由上述两则故事可见，印度教的特殊观念给比尔巴尔故事打上了特殊的印记，使之区别于阿凡提故事。

3. 历史与现实：印度教徒心态的写照

这里有必要回顾一下印度中世纪的历史。随着伊斯兰教的创立和阿拉伯人的崛起，大约在公元637年，便有一支阿拉伯人的军队到了印度孟买附近的塔纳（R.C.马宗达等《高级印度史》上册，第195页，商务印书馆，1986年）。其后不久，阿拉伯人攻占了俾路支的莫克兰地区。8世纪，攻占信德，并在那里统治了数百年之久。"从文化观点来看，这次征服还是有意义的。除了促进思想的交流以外，它还有助于将印度文化的种子散布到异国。阿拉伯人从印度那里得到了一些有关印度宗教、哲学、医学、数学、天文学以及民间传说方面的新知识，不仅带回本国，而且传入了欧洲"。（《高级印度史》第289页）12世纪，突厥穆斯林更是大举入侵南亚次大陆，到1206年，他们在德里建立了苏丹国。德里苏丹国的统治长达320年，直到1526年结束。同样，突厥穆斯林统治期间，也大大促进了印度文化和伊斯兰教文化的融合。其后统治印度的是莫卧儿人。莫卧儿一词是"蒙古"一词的音变，他们自认为是蒙古成吉思汗的后裔，并借用"蒙古"一词在当时当地民众心理上产生的威慑力夺取了政权。其实，莫卧儿王朝开国皇帝巴卑尔（1483~1530）虽有成吉思汗方面的血统，但其父亲方面应追溯到中亚突厥人帖木儿，因此，莫卧儿皇族仍应认为是突厥人（参见恩克·辛哈等《印度通史》第二册，第547页，商务印书馆，1973年）。莫卧儿王朝最著名最有成就的皇帝是阿克巴。他在位期间，采取了一系列具有历史进步意义的民族政策和宗教政策，从而扩大和巩固了大莫卧儿帝国的统治。阿克巴采取了比他以前和以后任何一个印度穆斯林统治者都要开明的政策。他同印度教徒联姻，让印度教教徒在宫廷任要职。他甚至已经着手创立一个能把伊斯兰教和印度教捏和在一起的宗教，尽管这一努力失败了，但他的政策在促进穆斯林和印度教教徒和睦相处、促进两种文化融合方面起到了巨大作用。比尔巴尔故事就是在这样的历史背景下逐渐形成的。

前面，我们已经通过具体例子说明了阿凡提故事对比尔巴尔故事的影响，也说明了阿凡提故事受到了印度古代故事的影响。因此，可以说比尔巴尔故事是伊斯兰教和印度教两大宗教文化相互结合的产物。但这只是问题的一个方面。另一方面，故事中的第一主人公比尔巴尔是印度教教徒，第二主人公阿克巴是穆斯林统治者，他们在一起，彼此问答，互相开玩笑，甚至互相斗智，互相辱骂，既有和谐又有斗争。其中和谐的一面反映了两大民族、两种信仰和两大宗教文化的和平共处和相互融合，斗争的一面则反映出两大民族、两种信仰和两大宗教文化的相互对立和相互撞击。

从13世纪到18世纪的数百年间，印度（尤其是北印度）的统治权基本上一直掌握在穆斯林手中，广大印度教教徒的社会地位低下，政治上和经济上都受到不平等待遇。如果说有哪一个异教统治者能被印度教教徒所接受的话，那只有阿克巴一人了。所以，在对待阿克巴的态度上，印度教教徒表现出一种矛盾心理：一方面拥护他，感戴他，另一方面又怀有戒心和抵触情绪。比尔巴尔故事就微妙地反映了印度教教徒的这种心态。下面请看例子：

①《厕所里的画像》：阿克巴派比尔巴尔出使外国，那个国家的国王为了羞辱比尔巴尔，就命人把阿克巴的画像倒挂到厕所里。对此，比尔巴尔机智地说，国王之所以这样做，是因为他大便困难，出于对阿克巴皇帝的恐惧，见了画像就吓得屁滚尿流，这样就可以减轻国王因疾病带来的痛苦。

比尔巴尔的回答使国王很狼狈，从而既维护了皇帝的尊严，也维护了国家和他本人的尊严。这说明，尽管在国内，印度教教徒与穆斯林之间是有矛盾的，但在国外，这一矛盾便降至次要地位；印度教教徒对阿克巴皇帝是拥护和尊敬的，他们不能容忍外国人对自己皇帝的亵渎。

②《改变信仰》：一天，阿克巴突然劝比尔巴尔改信伊斯兰教。比尔巴尔找来最低种姓的印度教教徒，通过他们强烈反对改变信仰的实际例子婉转拒绝了阿克巴的劝说，使皇帝同意他继续信奉印度教。

这则故事说明，在穆斯林统治下，印度教徒最担心的是被迫改变信仰。因为历史上确实屡次发生穆斯林强迫印度教教徒改变信仰的事，他们不能不存有戒心。

③《我们都白，而比尔巴尔黑》，这则故事反映了历史上印度穆斯林对印度教教徒的种族歧视。印度教教徒为维护尊严，为求得心理平衡，就只有乞求于自己的智慧和古老的文明了。

总之，比尔巴尔故事的基本立场是在印度教教徒一方，处处表现比尔巴尔的聪明才智，颂扬印度教的文明。而对穆斯林皇帝阿克巴，则是既有肯定又有贬低，既有爱护又有嘲讽。

当今的印度社会，印度教教徒占绝大多数，但仍有相当数量的穆斯林。在一般情况下，印度教和伊斯兰教这两大宗教的信徒都能和平共处，但矛盾冲突也时有发生。比尔巴尔故事之所以能至今流传不衰，大约原因之一是宗教情绪在起作用。故事虽然以历史的真实作为背景，讽刺的对象是最高统治者，但今天，印度的穆斯林对比尔巴尔故事的喜欢程度远不及印度教教徒。

二、十六世纪印地语苏非爱情传奇诗与东西方民间文学

（一）引语

突厥穆斯林对北印度的进攻和德里苏丹国的建立是13世纪南亚次大陆最重大的历史事件，突厥穆斯林的胜利使伊斯兰教徒大规模移居印度，并促进了印度同西部伊斯兰教国家的交往。相当一部分印度教教徒改信伊斯兰教，又使印度的穆斯林社会日益扩大。于是，印度在很长的时间里一直处于印度教和伊斯兰教两种文化并立、斗争和融合的复杂局面中。印地语文学中的苏非爱情传奇诗就是这种局面的产物。

伊斯兰教传入印度后，其苏非派亦随之而入，并在印度特殊的社会条件下得以发展，形成了一种强劲的运动。所谓印地语苏非爱情传奇诗，是指穆斯林统治印度期间，苏非派信徒用印地文写成的反映男女恋爱故事的叙事长诗。

到目前为止，中国对印地语苏非传奇诗介绍不多，主要原因是，这些作品中的多数艺术成就不高，给人以千篇一律的感觉，因袭的痕迹随处可见。因此只有个别作品在文学史上享有较高的地位。但是，若从比较文学和比较文化的角度看，它们的价值似乎要大得多。因为它们是苏非的作品，反映出苏非派的某些思想理论，又在印度这块土地上生成，因而它们是伊斯兰教和印度教两大宗教文化主潮撞击的结果，不仅闪烁着这两大宗教文化灿烂的光泽，而且也呈现出五光十色的东西方文化混合景象。

这种文化混合现象是不能通过一两篇文章说清楚的。因此，这里只能对16世纪苏非传奇诗中的部分作品加以介绍，并就其与东西方民间文学的关系问题略发议论。

（二）16世纪印地语苏非爱情传奇诗简介

据说，到20世纪60年代已发现的印地语苏非爱情传奇诗有三四十部（帕尔舒拉姆·恰图维迪《印地苏非爱情传奇诗》第27页，孟买，1962年）。但其中较为主要的有20部左右（西沃颂帕尔·米西拉《库图本的鹿女公主传奇》书前附表，阿拉哈巴德，1962年）。现存最早的苏非传奇诗是毛拉·达乌德的《月女传奇》（*Candayan*），作于1379年，最晚的是法齐尔·沙的《普莱姆——拉坦》（*Prema-Ratan*），作于1848年。作于16世纪的有6部，列于下。

①《萨提娅瓦蒂》（*Satyavati*）伊什瓦尔达斯作于1501年。

②《鹿女公主传奇》（*Mrigavati*）库图本作于1503~1504年。

③《莲花公主传奇》（*Padmavati*）贾耶西作于1540年。

④《摩杜马尔蒂》（*Madhumalti*）门秦作于1545年。

⑤《茹帕曼杰莉》（*Rupamanjari*）南德达斯作于1550年前后。

⑥《马德瓦纳尔与卡姆南德拉》（*Madhavanal-Kamanandala*）阿勒姆作于1591年。

为节省篇幅和比较的方便，现仅将其中最重要的两部作简要介绍。

1. 库图本的《鹿女公主传奇》

1962年，印度西沃戈帕尔·米西拉博士根据民间抄本整理的《鹿女公主传奇》在阿拉哈巴德出版。书的前60余页为米西拉撰写的前言，介绍了各种抄本的发现情况，并对成书时间、作者生平、作品技巧等问题做了考证和研究。这是目前为止研究《鹿女公主传奇》的最权威著述。关于库图本的生平材料极少，只知他是伊斯兰教苏非派奇什提支派信徒，曾受江普尔王公侯赛因·沙的庇护，生活于15世纪后半叶至16世纪初期。《鹿女公主传奇》大体情节如下：

从前，月峰城国王无子，因其乐善好施，品德优秀，上天赐子。小王子由奶娘抚养，一岁能言，五岁知书，长大后英俊博学，酷爱打猎。一日，王子于林中行猎，与同伴走失，遇一七色母鹿。王子追鹿，鹿跃于湖中消失。王子心中怅然，不禁流泪，决心守在湖畔。国王闻知，前来为王子造四柱画宫于湖滨，供王子守候。奶娘告诉王子：每逢斋戒日，鹿女都要同女伴来湖中沐浴，届时取衣裳，她便不得离去。其日，王子依言伏于树丛间，果见诸女解衣入湖戏水。王子窃得鹿女羽衣。诸女纷纷着衣化鸟飞去，唯鹿女裸形水中。王子以另衣给鹿女，同入画宫。鹿女自称为某国公主，要王子发誓终生爱她。二人完婚不久，王子入城见父王，奶娘独伴鹿女公主。鹿女得羽衣告奶娘："我能飞，如果王子真爱我，会到金城国去找我。"说罢化鸟飞去。王子化装为修士上路，至海上，遇风浪，漂到一陆地。王子于岸上花园里见一宫殿，中有一美女。美女说她是某国王女，名茹帕米妮，为一罗刹劫持至此。王子杀死罗刹，救茹帕米妮。茹帕米妮父王一定要召王子为驸马，并分给半壁江山，王子被迫同意。居留数日，王子思念鹿女，又化装为修士上路。途中，王子遇一牧人，牧人施计将王子关入一石室。室中尚关有若干人，牧人每日从中选一人吃掉。王子趁牧人熟睡，用火钳刺瞎其双目。牧人摸王子不到，便坐在室门把守。王子以羊皮披身，混入羊群中得脱。王子经千辛万苦，终于来到金城国。他了解到：鹿女回国后亦思念他，后来其父王死，鹿女为王。又经一番周折，二人相见。鹿女将王位让于王子，二人幸福生活，生有二子。不久，月峰城国王来信命王子回故国继承王业。王子将金城国位传给儿子，带鹿女动身。途中又带上茹帕米妮，同回月峰城。最后，王子因打猎被猛狮咬死，二夫人殉死。

2. 贾耶西的《莲花公主传奇》

贾耶西全名为马立克·穆罕默德·贾耶西，于15世纪后期至16世纪前半叶生活于印度北方小镇贾耶斯（今属赖伯雷利县）。16世纪时，贾耶斯为苏非奇什提支派圣徒聚居地，贾耶西因地得名，为该派信徒。据说其作品很多，现仅存三部，《莲花公主传奇》为其中最主要者，在印地语文学史上占有重要地位。拉吉纳特·夏尔马的《贾耶西集》（《莲花公主传奇》）校注本是目前为止最完备和审慎的校注本，今据其1975年阿格拉第五次印刷本，将故事梗概介绍如下：

狮子岛国莲花公主美貌绝伦，她养一只能言鹦鹉，名希拉曼。莲花公主思寻佳偶，向希拉曼诉说心曲，希拉曼为主人寻佳偶飞走。不巧，捕鸟人于中途将希拉曼捕获，带到集市出卖。一商人购得希拉曼，带到契托尔城卖与国王宝军。宝军王出猎，王后龙珍于宫中与希拉曼对话，问世上是否有比她更美者。希拉曼答：狮子岛国莲花公主极美，比之王后，乃天上地下。龙珍后怒，命女仆杀希拉曼。女仆怕宝军王怪罪，未杀。宝军王归，果然寻鹦鹉。希拉曼将实情告诉宝军王，又告以莲花公主美貌。国王心向往之，化装为修士，带1.6万青年修士同赴狮子岛，希拉曼为向导。千辛万苦来到狮子岛，在湿婆神庙里住下。希拉曼飞去向公主报信。公主去湿婆庙拜神，宝军王见之，惊其美貌，晕厥过去。宝军进城堡欲见公主，不期为国王甘德瓦森捉住，欲将其绞刑。1.6万名修士围城，湿婆、哈努曼等大神前来助阵。甘德瓦森王被迫同意嫁女给宝军。二人完婚，幸福生活。龙珍后思念夫君，托飞鸟传信。宝军得信，携莲花公主启程返国。途中又遇海神与吉祥天女考验，历经艰辛，终于回到契托尔城。宝军王宫廷有一祭司因练成母夜叉术被逐出城邦。祭司怀恨，带上莲花公主手镯去献给德里皇帝阿拉乌丁，并极言莲花公主之美。阿拉乌丁心动，修书命宝军王送莲花公主进德里。宝军怒，拒不送妻。阿拉乌丁率兵攻打契托尔城，大战八年，久攻不克。阿拉乌丁诡称议和，诱出宝军王，掳往德里关押。莲花后悲痛之余，与二勇士设计救宝军王。二勇士名戈拉和巴德尔，他们率众抬七百乘轿子抵达德里，轿中藏有武装士兵。二勇士通知皇帝阿拉乌丁：莲花后必欲先见夫君，尔后才能入皇宫。皇帝同意。于是，一乘轿子被抬至宝军王的囚室，藏于轿中的铁匠为宝军王除掉镣铐，宝军王骑马逃出。戈拉率众截击皇家追兵，巴德尔护送宝军王返回契托尔城。此后，邻国一王遣人下书索取莲花后，宝军率兵与邻国国王大战，二王双双战死。焚烧宝军尸体时，二王后一同殉夫。此时，阿拉乌丁攻至，唯见一堆灰烬。

印地语苏非爱情传奇诗与民间文学的关系非常密切，有的印度学者认为，印地苏非传奇诗"是民间文学的一部分"（帕尔舒拉姆·恰图维迪《印地苏非爱情传奇诗》第9页）。这并不过分，因为这些作品虽然是文人所作，但它们主要是以民间传说和故事为基本素材加工而成的。作者的创作重点不是放在情节的编排上，而是放在一些细节的铺张描写上和以隐喻的手法宣传宗教教义上。因此，印地苏非传奇诗带有民间文学的若干特征。

印地语苏非爱情传奇诗中，16世纪的作品最为突出；16世纪的作品中，又以上面介绍的两部为最有代表性。下面仅以这两部作品为例展开讨论。

（三）16世纪印地苏非传奇诗与印地史诗

史诗最初总是以口头形式传播的，是许多分散故事的汇集与串联。因此，史诗的产生是以民间故事为诸天母体的，从这一点讲，史诗就是民间作品。印度的两大史诗就是这种情形。苏非传奇诗在形式上同史诗近似，只是不具备史诗那样宏伟壮观的规模和丰富驳杂的内容。

16世纪印地苏非传奇诗同印度史诗的关系主要表现在以下三个方面：

1. 16世纪印地苏非传奇诗作者有意无意地模仿了史诗的故事情节

如《莲花公主传奇》，其前半部分为宝军王历尽艰辛去狮子岛娶回公主，这与《罗摩衍那》中罗摩去楞伽岛救回悉多的情节很相像。尤其是1.6万修士围攻狮子城的情景，很容易使读者联想起罗摩率领猴军攻打楞伽岛的场面。贾耶西对此也并不隐晦，屡屡提起罗摩的故事，用罗摩比宝军，用悉多比莲花公主，用罗婆那比莲花公主的父亲。诗中第20章写道："仿佛是罗摩包围了罗婆那的城堡……仿佛是洗劫了楞伽岛，哈努曼把罗婆那的花园焚烧。"（第202节）如是，在第21、23、25、26、27及以后数章中，不时提起《罗摩衍那》的故事。贾耶西作为伊斯兰教苏非派信徒，对《罗摩衍那》如此熟悉，可见《罗摩衍那》的影响之大。早在《莲花公主传奇》产生之前，印度北方就流传着一部印地语的长篇叙事诗《地王颂》，这也是一部史诗式的作品，也分为两大部分，前半部分是地王娶公主的故事，后半部分是地王抗击穆斯林苏丹的故事。《莲花公主传奇》恰恰也是这样两部分，整体结构相当，而且在个别情节上也有相似之处。如《地王颂》苏丹夏哈布丁用计将地王囚禁起来，同《莲花公主传奇》中阿拉乌丁用计囚禁宝军王相似。而在《地王颂》产生之前，印度北部又有梵语作品《地王的胜利》存在，因此书已残缺不堪，后人已无法知道《地王颂》在多大程度上模仿了《地王的胜利》。但有一点可以肯定，《地王颂》是印度史诗传统的延续，它"继承了《摩诃婆罗多》和其他史诗或长诗的传统。"（刘安武《印度印地语文学史》第33页，人民文学出版社，1987年）同样，也可以说《莲花公主传奇》也继承了这样的传统。

2. 16世纪苏非传奇诗因袭了印度史诗和其他长诗的描写手法

如《莲花公主传奇》第10和41章，作者不惜笔墨，集中描绘了女主人公的美丽，两章中的词句大同小异，从头发开始，依次是额、眉、唇、颈、乳、腹、脐、背、腰、臀、腿、足，运用了大量比喻，并大肆夸张，竭力渲染。这种写法叫作"通体描绘"，或者叫"从头到脚的描绘"（Nakhashikha）。这种手法也是源远流长的，《罗摩衍那》中关于悉多美貌的描绘就是这样（季羡林译《罗摩衍那》第三卷，第196~197页，人民文学出版社，1982年），可以说这也是印度古代长诗的传统之一。如果这种描绘手法在《罗摩衍那》中还不够烦琐的话，那么到了中世纪，这种程式化的描写就几乎达到了令人生厌的程度。12世纪胜天的梵语长诗《牧童歌》就是典型的一例（金克木《梵语文学史》第369页，人民文学出版社，1980年）。《莲花公主传奇》中对月份、季节的描写，也和《牧童歌》一样使人感到陈旧而单调，这也是与印度古代史诗传统一脉相承的。

3. 16世纪印地苏非传奇诗中大量引用史诗中的故事为典故

如《莲花公主传奇》第6章中说，鹦鹉希拉曼是"像广博仙人一样的优秀诗人，是像偕天一样的学者"（第18节）。我们知道，广博仙人被认为是史诗《摩诃婆罗多》的作者，而偕天是这部史诗中的般度五子之一，被认为是五子中最有学识的。《莲花公主传奇》第31章还提到一个典故，"怖军献出自身以解救他人苦难"（第384节）。说的是《摩诃婆罗多·初篇》里的一个故事：般度五子和母亲贡蒂一起逃脱了难敌王的毒手来到独轮城避难，住在一个婆罗门的家里。独轮城有一个吃人罗刹，城中百姓要每家轮流送人给他吃。这天正好轮到这个婆罗门家，一家人悲伤不已。恭蒂让怖军代替婆罗门家的人去送给罗刹吃，怖军高高兴兴地前去，并杀死罗刹解救了全城人的苦难。

《莲花公主传奇》第21章还提到了沙恭达罗的故事，这是一个古老的故事，既见于《摩诃婆罗多·初篇》，又见于《莲花往世书》，《佛本生经》中的《拾柴女本生》的基本情节与笈多时代伟大诗人迦梨陀娑的世界名著《沙恭达罗》的故事情节基本相同。这些情况表明，沙恭达罗的故事在印度流传很久，贾耶西也深受其影响。

《莲花公主传奇》第21章又提到那罗和达摩衍蒂的故事，《鹿女公主传奇》中也有与这个故事相关的情节。这个故事叫《那罗传》，是史诗《摩诃婆罗多·森林篇》中的优秀插话之一，又见于月天的《故事海》（第56~75章）。这个故事与沙恭达罗的故事一样，都是以爱情为主题的民间传说。苏非们选择这样的故事为典故，说明史诗中的传说故事已经深入人心。他们虽然身为伊斯兰教教徒，对印度教文化也十分熟悉；然而，更重要的是，苏非们的做法是有其深刻的思想根源的。根据苏非派的理论，人生的最终目的和最终归宿是同真主合一，而达到这一目的的重要途径便是爱；真主是唯一完美的实在，是至爱者，信徒必须爱真主，像痴心的情人去追求亲爱者那样。这一理论成为苏非们创作爱情传奇诗的重要动机之一，也是他们采摘民间爱情故事入诗的缘由目的之一。

（四）16世纪苏非传奇诗与往世书等印度民间文学作品

印度民间文学作品之丰富，在世界上首屈一指。除了史诗以外，还有许多大部头的著作，如《五卷书》《本生经》《故事海》等等。此外还有各种往世书，它们既是印度教的一部分，也是民间神话与故事的汇集。往世书的成书时代各不相同，但大多都产生于苏非传奇诗之前，对苏非传奇诗有着巨大的影响。从16世纪苏非传奇诗中可以找出许多例证。

《莲花公主传奇》第33章里有这样一句话："白鹭为得到食物而去为鱼服务"（第420节）。这里暗示了这样一个故事：一只白鹭为了吃池塘里的鱼，欺骗说它知道灾难就要降临这个池塘，它为了救鱼类性命愿意不辞劳苦地把鱼一条一条地衔到安全的地方去。一些鱼听信了它的话，被它衔走吃掉了。一只螃蟹识破了它的诡计，钳断了它的脖子。这个故事是《五卷书》第一卷第六个故事，又见于《佛本生故事》（《苍鹭本生》）。

在印度，超日王的故事十分流行，其勇敢慷慨、乐善好施的美德几乎尽人皆知。关于超日王的古代故事专集有《宝座故事二十三则》和《僵尸鬼故事二十五则》等，而其中的大多数又保存于11世纪月天编纂的《故事海》中。《莲花公主传奇》第6和25章中都讲到"超日王后悔"的故事。这个故事既见于《故事海》又见于《宝座故事》，其大致情节是：超日王养了一只名叫希拉曼的鹦鹉。一天，希拉曼为国王弄来一只果子，并告诉国王，吃了这个果子可以长生不老。超日王命令老园丁把果子种下，后来长出树，树上又结果。一个果子被毒蛇咬过，园丁不知，拿去给国王，国王给王后。王后用一块果肉喂狗做实验，狗中毒而死。超日王以为是鹦鹉的罪过，下令杀死它。后来园丁的老伴同丈夫闹别扭想自杀，吃了树上的果子，结果立即变得年轻美丽了。此时，超日王得知真相，才知自己误杀了希拉曼，后悔不已。

《莲花公主传奇》第21章还提到"春炎和爱金"的故事。春炎是个有才能的青年，但由于狂妄自大而不受国王赏识。一次，他来到一个国家，在王宫外听出宫廷乐师敲鼓的毛病，使国王很佩服，留其在宫廷。因春炎爱上宫廷舞女爱金，国王恼怒，将春炎逐出。春炎又来到超日王宫廷，超日王为帮助他得到爱金而向原国王提出请求，遭拒绝后双方开战。超日王趁机向双方报告死讯以

225

考验其爱情，结果二人闻讯都昏死过去。超日王很满意，为二人完婚并留他们在自己宫廷供职。这个故事既见于《故事海》又见于《宝座故事》。

《鹿女公主传奇》和《莲花公主传奇》中都提到了"乌沙之梦"的故事，这个故事保存于《伟大的故事》中：少女乌沙为得到一个理想丈夫而向雪山女神祈祷，神女告诉她，在梦里与她交接的男子便是她的丈夫。乌沙果然梦到与一美少年相爱野合。乌沙害了相思，女友画天下美男子肖像让她辨认，又帮助她找到丈夫。这个故事又见于《故事海》《诃利世系》《薄伽梵往世书》《梵天往世书》《梵转往世书》《毗湿奴往世书》和《火神往世书》等，情节大同小异。

优填王是《故事海》中的一个重要角色。他娶有二妻，娶第一个妻子时，他被一强国国王用计俘虏，命他戴着锁链教公主鼓琴。机智的大臣化装前去营救，并安排军队接应。这一情节也与《莲花公主传奇》后半情节相似。此外，优填王的母亲名叫鹿女，他的故事又与库图本的《鹿女公主传奇》多少有些渊源关系。印度古代关于鹿女的故事很多，光汉译佛经中就能举出不少。但与《鹿女公主传奇》关系最密切的恐怕要算耆那教文学中的鹿女故事了。在耆那教文献中，鹿女公主被认为是古代十六贞节女子之一，因而受到崇拜。现存最古老的耆那教经典是《十二支经》，其中《薄伽梵经》里有这样一个故事：鹿女是吠舍离国公主，嫁给乔赏弥国百峰王为后，怀孕。一次，她出浴时被一巨鸟误认为是肉块衔走，在山林中生下优填。百峰王寻找14年未果。一日，一商人带一比尔人（印度古代一高山民族）来王宫，说比尔人出卖的手镯上有百峰王的名字。比尔人说，多年前他在山上要杀死一蛇，一小孩阻止，并以此镯为报答。百峰王让比尔人带路，找到了鹿女夫人和优填。回国后，一画师为鹿女夫人画像，他有法力，能看到一个脚趾便画出全身，结果连鹿女夫人大腿上的一颗黑痣也画出来了。百峰王以为画师不轨，断其右手逐出。画师又用左手画出鹿女夫人像，献给优禅尼国王明光。明光爱上画中人，遣使向百峰王索取，遭拒绝，开战。此时，百峰王病死，鹿女夫人用计缓兵，教优填修兵固城。明光王二次来伐，耆那教主大雄来到乔赏弥，度鹿女夫人入教。这一故事前半又见于《故事海》第二卷，后半又见于《宝座故事》。从情节看，这个故事与《鹿女公主传奇》不同，却与《莲花公主传奇》有相似之处。但这里只想说明，这类故事在印度以多种形式传播，而许多故事的女主人公名字都叫鹿女，正是这一点使苏非传奇诗也蒙受了影响。《莲花公主传奇》第23章说："王子为得到鹿女公主而去了金城，因对她的相思而当了修士。"（第238节）这有可能是指《鹿女公主传奇》，因为贾耶西的这部书比库图本的作品晚出30年，但也不能排除另有所指的可能性，因为在同一诗节中作者还提到了另外五个爱情故事，说明它们都是当时流传于民间的。

往世书的故事在16世纪印地苏非传奇诗里时有反映，这里再举二例：《莲花公主传奇》第14章和第30章中分别讲到了毗湿奴化身为鱼和化身为侏儒的故事。这两个故事均在《薄伽梵往世书》中，又分别见于《鱼往世书》和《侏儒往世书》等。前者说，由于梵天睡去，天下洪水横流，一个叫海格里沃的阿修罗将梵天口述的吠陀经偷走了。为拯救世界，大神毗湿奴化身为鱼，杀死海格里沃，夺回吠陀经。后者说，阿修罗王巴力获得了三界的统治权，连天王因陀罗都对他无奈，毗湿奴化身为侏儒向巴力索取三步之地，巴力上当，答应给他三步之地，结果毗湿奴两步就跨过了天堂和人间，只把地狱留给了巴力。

以上材料表明，16世纪印地苏非传奇诗确实受到了印度往世书及其他民间文学作品的影响，承受了印度教文化的恩惠。

（五）16世纪苏非传奇诗与中亚、欧洲民间文学

16世纪印地苏非传奇诗与中亚民间文学有着天然的联系。这是因为，印度的伊斯兰教苏语非派是直接由中亚传入的，早期的印度苏非诗人都是用波斯语写作，后来才渐渐用乌尔都语和印地语写作。这样，波斯语文学的传统就延伸到了印度，随之而来的是中亚、阿拉伯乃至欧洲民间文学的流入。

《鹿女公主传奇》中，王子寻找鹿女公主过程中曾被一食人牧人关押，王子与同伴们用火钳将牧人双眼刺瞎，又披羊皮从牧人手下逃脱。这一情节显然是荷马史诗《奥德赛》中俄底修斯遇独眼巨人的翻版。不过，荷马史诗中独眼巨人的故事并不是直接由欧洲传入印度的，而是通过中间站转运而来的。这个中间站就是波斯语文学。古代波斯语民间故事中有一则《西瓦特殊宝商萨里姆的故事》，其中有这样的情节：萨里姆来到一大平原，有一个"身材魁梧、外貌可怕的老人，正在看放着四千来头羊"。（《九亭宫：古代波斯故事集》第53页，上海译文出版社，1982年）那老牧人把萨里姆关进山洞里，后来萨里姆设法杀死吃人魔王——老牧人后逃跑了。在另一个民间故事《水手和珠宝商的故事》（《九亭宫：古代波斯故事集》第85页）里有更详细的描述：水手阿卜尔·法瓦列斯脱离海难以后，来到山下一片草地上，一个高大的牧人带他到自己家作客。水手不知是诈，被关进一座大门里，那里已然关着一些遇难商人。水手目睹了

牧人吃人的凶相，便与难友一起设法把两支烧肉的铁叉烧红，刺瞎牧人的双眼。牧人把住大门，把羊往外放，想捉住水手。水手剥下一张羊皮，披在身上，混出大门。显然，这一情节与《奥德赛》和《鹿女公主传奇》中的情节都很相似，可视为二者的中间状态。

《莲花公主传奇》第1章第13节中，贾耶西赞美当时统治北印度的德里皇帝舍尔沙·苏尔说：

> 舍尔沙是德里苏丹，
> 其业绩如阳光灿烂。
> 华盖与宝座为他生辉，
> 所有国王都俯首唯唯。
> 他美德具备，智慧超群，
> 是苏尔族勇士，剑的主人。
> 他征服了全世界的英雄，
> 七大洲都在他面前称臣。
> 如双角帝王伊斯坎达，
> 他用利剑讨平天下。
> 如同苏莱曼手上的戒指，
> 他给全世界以不竭的恩施。

这里用了两个典故，其一，"双角帝王伊斯坎达"是指公元前4世纪欧洲马其顿帝国的亚历山大。亚历山大于公元前336年登上马其顿帝王宝座，两年后率马其顿—希腊雇佣军东侵，先挫败波斯军，又转而南下，攻入埃及。"双角帝王"即是他在埃及获得的称号。其后，亚历山大又自埃及东侵，于公元前327年在印度河大战，损失巨大，退回巴比伦。亚历山大在印度逗留时间很短，其大军亦未能深入印度腹地，但这次入侵却给中亚和印度带来了古希腊罗马文明，一部分希腊人在那里安家落户。这在中亚和印度的历史上产生了深远影响。印度人至今称亚历山大为斯坎达尔或伊斯坎达，印度中世纪的几个穆斯林统治者也以伊斯坎达为名，这也是亚历山大留下的痕迹。诗中"双角的"（Julakarana）一词多义，有人说是"征服东西方者"，有人说是"执政20年者"，有人说是"双星高照者"，但多数意见认为释为"双角的"更合适（拉吉纳特·夏尔马校注《贾耶西集》第20页注解）。因为这涉及一段史实：亚历山大攻入埃及后，确曾去阿蒙神庙礼拜过（阿里安《亚历山大远征记》第85页，商务印书馆，1979年）。阿蒙是古埃及的太阳神，头上有一双羊角。相传，亚历山大到阿蒙神庙后，神庙长老称他为"阿蒙之子"，并在他头上装饰上一双羊角。亚历山大的一些钱币上也有这种形象。从词源学上说，这个词来自波斯，波斯词Ju-l-karanain正是"双角的"意思。这就说明，亚历山大的这个故事发生在埃及，又流传于波斯，然后到了印度。贾耶西引以为典，说明当时民众是熟悉这个故事的。

其二，关于素莱曼的故事，这在穆斯林中是家喻户晓的。《古兰经》就说他受真主的恩惠，制服了有各种能力的恶魔（马坚译《古兰经》第250、350页，中国社会科学出版社，1981年）。相传，素莱曼继承其父达五德为王，他有一神奇戒指，靠它的法力，他将一些恶魔关进了铜罐，有一个恶魔曾帮助他得到了赛百邑地方的女王巴勒基斯的政权，后他与女王结了婚。这是个民间传说，与《古兰经》的说法有出入（《古兰经》第289页；《古兰经的故事》第151页，新华出版社，1983年），倒很像《天方夜谭》里的故事。

我们知道，印度的故事很早就传到了中亚、阿拉伯和欧洲，并在那些地方产生了深远影响。现在，我们又从16世纪印地苏非传奇诗看到，中亚、阿拉伯和欧洲的故事又回传到了印度，这是一个有趣的文化交流现象，是不自觉的投桃报李。

（六）16世纪印地苏非传奇诗与中国民间故事

《鹿女公主传奇》讲的是王子在湖边盗衣而得与公主结合，后鹿女得衣化鸟飞去，王子又历尽艰辛寻找，终得团圆的故事。一目了然，这与中国傣族民间叙事诗《召树屯》非常相像，又与汉族民间故事《牛郎织女》有不少相似点。

近年来，中国一些学者在比较文学风潮的推动下开始注意将《召树屯》与东南亚、印度、中亚一些同类型故事作比较研究，其中有相当一部分是影响比较。有些人认为，《召树屯》故事的雏形首先产生于印度。他们同意一些外国学者的意见，同时又补充了一些新材料（谢远章《〈召树屯〉渊源考》，《傣族文学讨论会论文集》，中国民间文艺出版社，1982年）。

下面仅提供三条材料供感兴趣者参考。

①《薄伽梵往世书》第10篇（总226章）有黑天克里希纳少年时代与牧女们嬉戏的故事：说牧女们脱衣下河洗澡，克里希纳将她们的衣服偷走躲到树上，

闹了一场恶作剧。在这里，克里希纳的形象是一个吹笛子的牧牛少年，可称为牛郎。《薄伽梵往世书》的成书年代虽难确定，但无论如何也在《鹿女公主传奇》产生之前。

②古代波斯民间故事《瓦西特殊宝商萨里姆的故事》里有这样一段：萨里姆在一片沙漠中看见一棵大树，树下有一个池塘。早晨，他发现树上有三只小白鸽忽然间变成丽衣美女，解衣下池游水。萨里姆将其中最美少女的衣服偷走。那个美女把他带到一个神奇国度结了婚。

这两条材料都是关于"盗衣"这一细节的，由于第②条更接近于《鹿女公主传奇》中的有关情节，再加上苏非作者的特殊关系，因此，《鹿女公主传奇》中的这一情节可能与波斯方面的故事更为密切。

③在印度，与《鹿女公主传奇》内容大体相似的作品还有一些，这些作品的成书时间多在库图本的《鹿女公主传奇》之后，有的则是对《鹿女公主传奇》的直接模仿（西沃戈帕尔·米西拉《库图本的鹿女公主传奇》第6、7、25页）。

《莲花公主传奇》第23章说，宝军化装为修士到狮子岛后，在城下与甘德瓦森的使者相见，提出娶莲花公主的要求，使者说："公主是要嫁到国王家去的，像你这样的出家人只配被猴子咬。"（第225节）这里，"出家人只配被猴子咬"是个典故，暗示的是《故事海》中的一个故事：一天，一个出家人到一个商人家化缘，看上了商人的女儿，萌生歹念。他对商人说："你的女儿不吉利，她一结婚就会毁掉你的一切，因此你应该把她装进箱子里，让她顺水漂走。"

商人信以为真，照出家人的办法做了。一个王子在河里发现箱子，放出女子，又装进一只猴子扔进河里。出家人在下游见箱子漂来，便命徒弟捞起，然后独自偷偷地打开箱子。那只憋急了的猴子一出来就咬下了出家人的鼻子。

同类故事在中国也有流传，按ＡＴ分类法，它属于"896好色的圣者与盒中的少女"型（丁乃通《中国民间故事类型索引》第95页，春风文艺出版社，1983年）。唐人段成式《酉阳杂俎》前集卷十二中也写了这样一个故事，今据《太平广记》卷二三八《宁王》条转述如下：宁王李宪曾在户县林中打猎，见草中有一紧锁的柜子，打开一看，里面装着一个美女。美女说她是良家女子，夜间被强盗劫到此地，盗中有二人是和尚。李宪命人将捕获的熊装进柜里，锁好，带走美女。那两个和尚用重金租下一家客店，说是要作法事，把柜子抬进店里。次日，店主见房门不开，便去开门，一只熊冲出，两个和尚已死，剩下了一堆骨头。

段成式，两《唐书》有传（《旧唐书》卷一六七，《新唐书》卷八九），大约生在803年，卒于863年（方南生《段成式年谱》，见《酉阳杂俎》，中华书局1981年排印本附录）。就是说，这个故事是这期间写成的，比《故事海》成书早200年左右。段成式的《宁王》像是纪实，地点和人物（宁王、玄宗、莫才人）多为实有，时间也大体可考。但段氏生时，离玄宗朝已有百年，所记显系采自传闻，故段氏不大可能是这个故事型号的发明者。不管怎样，这是一个很古老的型号，其诞生至今，至少已逾千年。至于《宁王》故事与猴子咬出家人的故事是否有渊源关系，尚有待于考证。

（七）结语

以上情况表明，16世纪印地苏非爱情传奇诗与东方和西方的民间文学都有某种联系，这些联系证明了印地苏非传奇诗的民间性。印度民间文学有着悠久的历史，其传统在世界文学之林中尤为突出发达。印地苏非传奇诗就是这传统的一个环节。印地苏非传奇诗中包含着大量民间文学资料，对民间文学研究和比较文学研究有重要意义。

16世纪印地苏非爱情传奇诗中反映出东西方多种文化的因素，但其主要是印度教和伊斯兰教两大宗教文化的因素。印地苏非传奇诗是这两大宗教文化的统一体、融合体。伊斯兰教最初是以商业贸易的形式进入印度次大陆的，继而是以武力征服的方式进入的。在德里苏丹国建立以后，穆斯林在政治上占有优势，但在人数上还不如印度教教徒众多，两种宗教文化势力旗鼓相当。这时，两种宗教文化之间关系的主要表现形式便由对抗转向融合。在文化融合过程中，宗教苏非诗人们起到了很大作用。苏非派理论在其形成之初就受到了印度教哲学的影响，因此在其进入印度以后很容易与印度教理论一拍即合，起到了两大宗教文化间的纽带作用。印地苏非诗人们把印度教神话传说和民间故事拿来加以改编，保留了一些印度教思想理论，如梵我同一和轮回转世等，同时又加进了苏非派的观点，婉转地宣扬了他们的理论。这样做既能为广大印度教教徒所接受，又能受到穆斯林统治者的鼓励。在这种情况下产生的这批印地苏非传奇诗就成为研究印度伊斯兰教苏非派理论的重要资料，同时对研究当时两大宗教的相互关系和文化状况有着重要的意义。

《剪灯新话》及其他

一、《剪灯三话》与作者诸谜

明代，中国小说得到空前发展。元末明初出现了中国最早的长篇小说《三国演义》和《水浒传》，中叶又出现了《西游记》和《金瓶梅》等长篇巨制；短篇小说集《三言》和《两拍》亦在明代编成，并享有盛名，足以流传千古。这些，都是明代小说发达的标志。但是，人们过分注意这些白话小说，而往往不大重视明代的文言小说。这是因为明代的白话小说确实是成就卓著，是中国小说长河中的巍然浪峰，而文言小说则相形见绌，其光芒亦掩而不彰，致使文学史家在论及明代小说时，对白话小说津津乐道，不惜笔墨，而对文言小说一笔带过，惜墨如金。

随着历史的发展，文明的进步，白话小说取代文言小说是一种必然。从白话小说产生、发展，直到它最终取得一统天下，这是一个漫长的过程。当中国社会跨进现代文明的门槛时，这一过程才告结束。我们应当注意，在中国小说发展的这一漫长历程中，文言小说是贯穿首尾的，并且一直是对白话小说的发展起着积极作用。即使在明代，文言小说已明显呈衰败景象时，它对白话小说仍然有巨大影响。我们知道，中国小说在唐代形成了以唐传奇为代表的高峰，可以说，这时中国小说发展几乎到了极致阶段。物极必反，就在这一高峰崛起的同时，俗文学已经为白话小说的发展奠定了基础。唐传奇之后，清代出现了以蒲松龄《聊斋志异》为代表的另一高峰，然而它却同时宣布了文言小说的衰亡。但不管怎么说，唐传奇和《聊斋志异》是中国文言小说的两个高峰，这是文学史家的公论。

任何一个高峰的形成都不是偶然的。它必然是一种能的凝聚，力的结集，是量变到质变的过程所使然。《聊斋志异》的出现也非偶然，其中有天时，有地利，也有人和，诸多因素的汇合，遂使异峰突起，蔚为壮观。这中间，明代文言小说的积蓄之功，其过渡性的桥梁作用是不可低估的。

（一）何谓《剪灯三话》

明代文言小说，就其数量而言，也足以汗牛充栋，而其间的佼佼者，要算是《剪灯三话》（以下简称《三话》）。《三话》是三种小说集的合称，其第一部，也是最突出的一部叫《剪灯新话》（以下简称《新话》），其次是《剪灯余话》（以下简称《余话》），和《觅灯因话》（以下简称《因话》）。

"剪灯"二字中的灯，是指烛灯而不是油灯。古时人们用以照明的灯主要是烛灯和油灯两种。人们有这样的常识，每当油灯暗下来时，把灯芯拔高一些，灯光会变亮。每当烛灯暗下来时，把灯芯顶端的"开花"剪掉，烛光就会变亮。由此可知，在夜晚，一面说话还要一面不时地剪灯，其所谈论的内容一定是很吸引人的。作者将自己的小说集命名为《剪灯新话》，用意正在于此。而《剪灯余话》中的余字，是剩余的意思，引申为"继续"，意思是《剪灯新话》的续作。至于《觅灯因话》中的因字，则是"由……而引起的"的意思。《因话》作者自己对他的书名作过解释，他说：他书房的桌子上有一本《剪灯新话》，客人来访，非常喜欢这部书，一直读到半夜。这时，客人又为他讲了一些故事，他叫人重新找来灯点上，把客人的故事有选择地记录下来。因灯灭而重新找灯点，又因《剪灯新话》而引起这事，所以命名为《觅灯因话》。

《三话》中以《新话》出现最早，也最有成就，分为五卷，收作品凡二十一篇。《余话》仿照《新话》，亦分为五卷，作品二十二篇。《因话》仅二卷，作品八篇。这三部书问世以后，历尽沧桑，尤其是前二种，曾因被禁而散佚颇多，后因得到日本流传的足本，才使我们今日得睹原貌。现在的版本，以周夷（楞伽）先生校注、上海古籍出版社1981年新版为最佳。书名为《剪灯新话》，而另两种编在其后。这样，《三话》合一，很便于阅读。下面凡引《三话》原文，皆依此本。

（二）灯与话的回顾

在现代汉语中，"话"的意思是口头表示的声音，是话语的意思。但现在要讨论的"话"不同，是指故事或小说。"小说"一词出现较早，最早见于《庄子·物外篇》，但最初并不是指一种文学体裁，而是指小的、不重要的话语和事理。"故事"一词最初也不是一种文学体裁，而是指"过去的事情"。后来，大约汉晋时代的《汉武故事》一书问世后，"故事"一词才开始有成为一种文学体裁的迹象。至于"话"，成为一种文学体裁则是较晚的事。唐代出现了"说话"，这个"话"就是故事。这些变化，从古代小说集的命名上也可以看出一些端倪。隋以前的小说集通常不使用"话"字，而是使用意义相近的"说"和"语"字。例如《汉书·艺文志》著录有《伊尹说》《鬻子说》（均失传），南朝刘义庆有《世说新语》，殷芸有《小说》十卷等。隋以前的小说还常以"记""录""传""志"等字命名，如《玄中记》《搜神记》《幽明录》《近异录》《灵鬼志》《冤魂志》《东方朔传》《列异传》等。这些恰好证明了鲁迅先生在《中国小说的历史的变迁》中所做的"当时并非有意做小说"论断的正确。他还认为，中国古人开始有意识地做小说是在唐代。也正好是在唐代，"话"字开始被用于小说集名称。题为唐人刘𫗱撰的《隋唐嘉话》一书，首次使用了"话"字，不久，又有了赵璘的《因话录》、韦绚的《刘公嘉话录》，同时，"谈"字也开始使用于小说集总名，如韦绚的《戎幕闲谈》和《佐谈》等。

由此可知，《三话》中的"话"字是从唐代因袭下来的，是唐人开始有意做小说的结果，而其前身，"说"和"语"字作为小说的意义，则可以追溯得更远。

我们还应注意到，《剪灯三话》中又都有一个"灯"字。为了说明灯与话的关系，同样需要从古代小说集的命名上寻找些线索。唐代小说集没有以"灯"字命名的，宋代才出现了一部无名氏的《灯下闲谈》，灯和谈同时并举，"谈"就是"话"。其后，一个叫惠洪的和尚撰写了《冷斋夜话》，夜与灯似乎关系密切。可知，将"灯"与"话"同时用于书名的，《剪灯新话》并非首次。然而，在《新话》之后，却有一大批继作，形成了洋洋可观的灯话系列小说。例如，明代有周礼的《秉灯清谈》和《剪灯余话》（与前述《余话》同名）、丘燧的《剪灯奇录》、周八龙的《挑灯集》、陈钟盛的《剪灯纪训》、无名氏的《剪灯续录》；清代又有戴延年的《秋灯丛话》、王械的《秋灯丛话》、蒋坦的《秋灯琐记》、宣鼎的《夜雨秋灯录》，等等。

到这里，人们也许会问：把灯和话拉到一起来谈，有什么意义呢？我们说，仅从书名来看，至少能说明以下几个问题：①《三话》的出现，是受了唐宋传奇的影响，是唐宋传奇在明代的继续；②《三话》是中国小说史上的重要一环，应认真加以分析和评介，而不应当受到忽视和冷落；③灯和话的关系还告诉我们，这类故事都是夜间讲的，夜晚是人们整日劳作后需要休息和消遣的时刻，当时又没有影视节目和酒吧、夜总会之类去处，听故事便是一种好的享受，而在夜晚讲一些灵怪粉脂类的故事，更容易创造出一种扑朔迷离、不阴不阳的氛围，使听者进入一种幽深玄秘的境界，从而激发情趣，展开联想。

（三）《三话》作者诸谜

《三话》成书以后，曾遭禁止，再加上一些记载不详，所以给后人留下了一些不解之谜。

1.《新话》的作者是谁?

从现在已掌握的资料看,《新话》所收二十一篇作品似乎并不都出于一人的手笔。多数史料上说《新话》的作者是瞿佑(字宗吉),但明代即有人提出疑问。都穆在他的《都公谈纂》中说:

> 予尝闻嘉兴周先生鼎云:"《新话》非宗吉著。元末有富某者,宋相郑公之后,家杭州吴山上。杨廉夫在杭,尝至其家。富生以事他出,值大雪,廉夫留旬日,戏为作此,将以贻主人也。宗吉少时,为富氏养婿。尝待廉夫,得其稿,掩为己有。唯《秋香亭记》一篇,乃其自笔。"今观《新话》之文,不类廉夫。周先生之言,岂别有本耶?

这条材料只是记下了周鼎的话,连都穆本人都表示怀疑。周鼎认为《新话》的作者是杨廉夫,而都穆却认为《新话》的文笔不像是杨廉夫的。事实上,杨廉夫在杭州逗留仅旬日,似乎也不大可能一口气写出二十篇作品。

时隔不久,明人欣欣子在《金瓶梅词话·序》中又提到"卢景晖之《剪灯新话》",似乎《新话》的作者是卢景晖。

今人戴不凡先生在他的《小说见闻录》中又提出一条材料,说他有一明刊小说残本,书根有"剪灯"二字,残留的第一至第七篇均见于《新话》和《余话》,且各自标明作者如下:

芙蓉屏记:庐陵李桢
秋千会记:庐陵李桢
联芳楼记:阙　名
聚景园记:山阳瞿佑
牡丹灯记:元　陈愔
金凤钗记:元　柳贯
绿衣人传:元　吾衍

由此,戴先生认为,"《剪灯》并非一人之作,实系编辑成书者也"。

与戴先生材料相印证的是谭正壁先生《古本稀见小说汇考》中所载:董康《书舶庸谈》卷八下,说有日本藏明刻《剪灯新话》十二卷,其卷三前七篇题目、作者皆与戴先生藏本同。

相反,认为《新话》是瞿佑作的也大有人在。明代郎瑛的《七修类稿》、高儒的《百川书志》、胡应麟的《少室山房笔丛》，以及清钱谦益《列朝诗集小传》等，都说《新话》是瞿佑所作。尤其是为《新话》写序的几个人，如凌云翰、吴植、桂衡及《余话》作者李桢，为《余话》写序的曾綮、张光启等，均与瞿佑大体为同时代人，且都属名士，皆以《新话》为瞿氏手笔而不疑。

那么《新话》到底是不是瞿佑的作品呢？我们觉得，说《新话》是杨廉夫所作，而瞿佑只是将杨作"掩为己有"，言近于诬，且证据不足；说《新话》是卢景晖所编，则仅有欣欣子的只言片语，亦不足为凭。如果说《新话》是瞿佑编辑加工，中间掺杂着他个人的作品，似乎比较可靠。因为瞿佑自己在《新话·序》中明确声称，"余既编辑古今怪奇之事，以为《剪灯录》……"可见他并没有贪天之功据为己有的意思。

2. 瞿佑小传

明清两朝，关于瞿佑生平的文字材料不算少，但其中仍有一些谜。明人的资料有郎瑛的《七修类稿》、万历年间的《杭州府志》，清代的资料有钱谦益的《列朝诗集小传》、朱彝尊的《静志居诗话》、徐釚的《词苑丛谈》及《浙江府志》《钱塘县志》《四库全书总目提要》等。这些书中对瞿佑均有提及，但都很简略，且有不少属因袭前人成说。归结上述资料，介绍瞿佑生平如下：

瞿佑，字宗吉，钱塘（今杭州）人，元末至正元年（1341年）生，明宣德二年（1427年）卒，终年八十七岁。他自幼聪慧，受过良好教育。十四岁时，当时的一些名士让他即席作诗，他便引出《鸡》绝句一首："宋宗窗下对谈高，五德名声五彩毛，自是范张情义重，割烹何必用牛刀。"四句各出一个关于鸡的典故，备受称赞。洪武中（约1382年前后），瞿佑由贡士被推荐为仁和县训导，后又任临安教谕；洪武末（约1389年）任河南宜阳训导，不久又升任周王（朱橚）府右长史。永乐中（约1415年），他因诗蒙祸，被流放保安十年。洪熙元年（1425年），因英国公张辅奏请，皇帝赦免瞿佑。于是他回到北京，在英国公府上主持家塾三年，而后被放回杭州，不久即死去。

瞿佑一生坎坷，虽满腹文章，多有著述，但始终不得志。他当过训导、教谕之类不入流的小官，实际上是教书匠；他所得的最高官位是王府右长史，充其量不过是个正五品的官。他因诗蒙祸的具体情况亦不可知，十年的流放生活也记载很少。据《列朝诗集小传》记载，瞿佑谪戍保安时，"当兴河失守，边境萧条，永乐己亥（1419），降佛曲于塞下，选子弟唱之，时值元宵，作《望江南》五首，闻者凄然泪下。又有《漫兴诗》及《书生叹》诸篇，至今贫士失职者皆讽咏焉"。据记载，瞿佑一生著述颇丰，达一二十种之多，其中有诗作，有小说，也有研究专著。但可惜的是多已散佚，今存的除《新话》之外，还有《香台集》《归田诗话》《天机云锦》《咏物诗》《四时宜忌》等几种。

瞿氏生平中有这样几个小问题需要辨明：

①瞿佑到底是钱塘人还是山阳人？

许多材料上都说瞿佑是钱塘人，这当是没有问题的。但瞿佑本人却自称"山阳瞿佑"，桂衡在《新话·序》中称他为"山阳才人"，戴不凡藏本《剪灯》中也称他为"山阳瞿佑"，这似乎又证明瞿佑确实是山阳人。

瞿佑为钱塘人，这有许多证据。凌云翰在《新话》的序中称瞿佑为"乡友"而他自己的署名也是"钱塘凌云翰"。瞿佑的家在杭州，他的《新话》自序就写于杭州吴山大隐堂。他十四岁在杭州，这是确定的，而当时其父、其叔祖都在杭州。其家当时曾建传桂堂，与许多名流交接，说明瞿氏是杭州有名望的家族，而这不是经营三年五载就可以达到的。瞿佑在谪戍保安时写过《望江南》五首，这显然是模仿白居易《望江南》而写，白诗有"忆江南，最忆是杭州"句，这又可以作为瞿佑怀念故里杭州的旁证。

明代山阳有二，一在今陕西商县南，一在今江苏淮安，瞿氏的山阳为后者的可能性很大。古人有个习惯，署名时习惯把自己的籍贯署在名前。古人称籍贯为"郡望"，是祖上的出生地和居住地。瞿佑正是这样，自署山阳，是把籍贯列于名前，表示自己不忘祖先故地，这是旧时宗族观念的反映。由此可知，钱塘是瞿佑的故里，瞿佑是钱塘人。

②瞿佑流放的保安今在何处？

明代的保安有二，一是今陕北保安县，二是今北京西北河北境内的新保安一带。瞿佑是永乐中被流放到保安的，当时元朝覆灭不久，北方边陲不安宁，朱元璋时曾在北京四周设立四卫，以保北京安全，其中之一称"保安卫"。《列朝诗集小传》中有"兴河失守，边境萧条"字样，其兴河当为兴和之误。兴和地处今内蒙古靠近河北宣化的地方，又确于永乐年间失守，而宣化、保安一带成为边境，这是符合史实的。今查陕北保安周围并无一个叫兴河或兴和的地方，因此，瞿佑所戍之保安应在今河北新保安一带。

③瞿佑说"余既编辑古今怪奇之事，以为《剪灯录》，凡四十卷矣"。其中，《剪灯录》当为《剪灯新话》之别称，而非另有《剪灯录》一书。"四十卷"当为"四卷"之误。

3. 李祯小传

李祯，字昌祺，明庐陵（今江西吉安）人。其父李伯葵有诗名，号盘谷钓叟。可见他出身于书香门第。李昌祺生于洪武九年（1376年），卒于景泰二年（1451年），终年七十七岁。永乐二年（1404年）进士，被选为翰林院庶吉士，参与撰修《永乐大典》，当时，同事们都认为他学问渊博，每有疑难便找他请教，往往都能得到正确答案。后来，他被提升为礼部主客郎中，因才能和名望突出又被派往广西任左布政使。在广西因事犯法，被贬官服役，不久遇赦。但事隔七年，他又被流放到房山（今北京房山区）服役。遇赦后，于洪熙元年（1425年）被官复原职，派往河南任左布政使。在河南，他与右布政使萧省身一起，法办当地豪猾，割除贪残，疏滞举废，救灾恤贫，在数月之间使政化大行，深受百姓拥戴。但不久，因父母丧事归故里居丧。当时按古礼守丧，一般三年，其间不出外经商或为官。但因朝廷大臣们以他为政廉洁，待民宽厚，河南百姓非常怀念为理由，请求朝廷尽早起用他，所以明宣宗又特地命他停止守丧赴河南上任。正统四年（1439年），他因病坚决请求辞官归乡，当时他还不到告老还乡的年纪。回乡后，家居二十年，从不在官场抛头露面，他家的房子简陋得仅可遮蔽风雨，生活并不富裕。

李昌祺所获最高官位为左布政使，为从二品官阶，相当于一省之长，时人称之为"方伯"。他自幼有才情，弱冠之年便文誉蔚起。其著作除了《剪灯余话》外，还有《运甓漫稿》《客藤轩草》《侨庵诗余》等。他虽然做过高官，但用他自己的话说，是"两涉忧患，饱食之日少"（《余话》自序），可见其一生并不顺利。然而，戏剧性的事情发生在他死去之后。当时，韩雍巡抚江西，要在学官祭祀先贤，而当地的故老以李昌祺写过《剪灯余话》为由，坚决反对把他列为先贤。

根据李昌祺的有关史料，其生平中也有几个小问题：

①《明史》本传和《听雨纪闻》中都说李氏为永乐二年（1404年）进士，而《列朝诗集小传》中说他为永乐癸未年（1403年）进士，孰是孰非？《余话》王英序中曾提到他与李为同年进士，查《明史》卷一百五十二《王英传》，记王英为永乐二年进士；又《明史》卷七十《选举志》二中亦记王英、曾綮等为永乐二年进士。由此可证，《列朝诗集小传》有误。

②《列朝诗集小传》乙集《李布政祯》条还写道："父丧服除，改河南。丁内艰归。宣宗命夺丧乘传赴官，风疾增剧，不待引年，坚乞致仕。"而《明史》

本传记曰："……命夺丧赴官，抚恤甚至。正统改元，上书言三事，皆报可。四年，致仕。"前者说李昌祺不到引退之年而坚决辞职的原因是"风疾增剧"，这与《明史》所记有出入。据《明史》，李昌祺从赴官到致仕，中间至少隔了四年，这期间，没提他病情增剧的事，反而说他屏迹乡里后"家居二十余年"，看来他致仕后身体相当不错。如果不是因病重退休，那么他为什么会过早引退呢？这恐怕与他的人生哲学有关。明人叶盛在其《水东日记》卷十四中说李昌祺"为人耿介廉洁，自始仕至归老，始终一致，人颇以不得柄用惜之。尝自赞其像曰：'貌虽丑而心严，身虽进而意止；忠孝禀乎父师，学问存乎操履；仁庙称为好人，周藩许其得体；不劳朋友赞词，自有帝王恩旨。'盖亦有为之言也。"这里，"身虽进而意止"就是李昌祺人生哲学的概括。他大约从数十年的仕宦生涯中看到了些什么，适可而止，毅然引退。

4.《因话》作者邵景詹

有关邵景詹生平的资料极少，今只有书前《小引》一篇，其开首写道："万历壬辰，自好子读书遥青阁。"从这句话可知，邵景詹生活于明万历年间，《因话》作于公元1592年，他自号为"自好子"，遥青阁是他的书斋。但邵氏为何许人，生平如何，有何亲朋好友，是否有其他著作，一概不得而知。据《因话》所写的故事发生地来看，邵景詹有可能是江浙一带人。但在没有发现新材料的情况下，这一切都只是些谜。

二、《剪灯三话》的产生与天时地利

凡文学作品，都是应运而生。也就是说，文学作品都是时代的产儿，它们属于自己所产生的时代，也反映时代的风貌和特征。因此，离开了时代氛围而单纯探讨作品的思想意义、艺术特征和美学价值，是得不出正确公允的结论的。

那么，《三话》产生于什么样的时代呢？这里有必要介绍一下元末明初社会的状况，即通常所说的时代背景。

（一）元末明初的社会大动荡

十三世纪后期，中国北方的蒙古人秉承成吉思汗的余威，相继灭掉了盘踞于中原的金朝和偏安江南一隅的南宋，建立起南北统一的元帝国。在元帝国统治的近百年时间里，各地反对元朝统治者的斗争一直没有停止过。终于，元朝末年爆发了大规模的农民起义，各地义军纷纷揭竿而起：先是白莲教领袖刘福通在颍州（今安徽阜阳）起义，并很快攻占了河南南部，继而是徐寿辉在蕲水（今湖北浠水）起义，郭子兴在濠州（今安徽凤阳）起义。他们都称为红巾军。此外，张士诚也在江苏起兵。其中，刘福通的队伍发展壮大很快，分四路在北方作战，沉重打击了元朝的统治。同时，徐寿辉的红巾军攻占了长江中下游的广大地区，队伍也很快发展到了百万人。朱元璋于1352年参加了郭子兴的红巾军，郭死后，朱元璋取代，并趁机大力发展自己的势力。后来，刘福通因遭降元的张士诚围攻，英勇战死；徐寿辉则被部下陈友谅杀死取代。此时，朱、张、陈等实际上已成为各据一方的军阀，互相攻伐混战，只为争当皇帝。朱元璋经过十多年战斗，先后灭掉了陈友谅和张士诚的势力，控制了长江中下游地区，一跃而成为封建地主阶级的代表。他残酷地镇压了其他义军的残部，并于1367年发布讨元文告，向北进取中原。1368年，他在应天（今南京）称帝，建立了明朝，改年号为洪武。同年，明朝大军攻占了大都（今北京），元朝覆灭。此后，朱元璋在大约二十年的时间里，连续用兵，先后攻占了西北、西南和东北的广大地区，完成了统一大业。朱元璋在位三十一年，除了东征西伐，统一中华以外，在经济上，他还鼓励农耕，减免赋税，发展了农业生产；在政治上，他集天下权力于一身，改革中央和地方行政机构，对一批开国功臣实行大规模杀戮，使冤狱遍于国中；在文化上，他一方面建立了一整套科举和学校制度，加强封建教育，培养封建知识分子，另一方面又大兴文字狱，使文人动辄得咎，用以限制知识分子的思想和言论。明成祖朱棣夺得皇帝宝座以后，也与朱元璋一样，严刑屠戮，利用恐怖手段以巩固其封建专制的集权统治。朱氏父子的所作所为一方面发展了经济，促成了社会的安定，另一方面又对思想文化严加控制，造成了一种沉闷的思想政治空气。

元末明初的社会大动荡，是产生优秀文学作品的土壤，血与火中包含着无数的流离失所和弱肉强食，无数的悲欢离合和喜怒哀乐。这仿佛是一座巨大的宝藏，只要愿意，便可以从中拾取大量活生生的材料，稍加文饰，便可以成为感人的佳作。《三国演义》和《水浒传》的最后定型，便与这土壤有关。《三国演义》的故事虽以东汉末年农民起义和魏、蜀、吴三国互相攻杀吞并为事实依据，但这和元末明初的社会动荡有许多相似之处：张角的起义与红巾起义相似；魏、蜀、吴的斗争又与朱元璋、陈友谅、张士诚间的相互兼并相似。《水浒传》以北宋末年的农民起义为背景展开故事情节，这也与元末农民起义有一些相似之处。我们在数百年后读这些作品尚深受感染，试想，它们在元末明初的广大民众中该会引起多么大的共鸣！因此，可以说《三国》和《水浒》能在元末明初最后定型，形成现在所看到的那种规模，是历史促成的。除长篇小说外，短篇小说在这一时期有所发展变化也是情理中的事。就文言小说而言，在唐传奇后，经过了一个长时期的衰落，此时又得以重振和复兴，出现了《三话》这样的作品，不能不说它们的产生也基于这样的土壤。在那样的时代里，在那样的社会环境中，文人多心灰意冷，拾掇素材、闭门造书变成了他们的精神寄托，人生乐趣。于是乎，前朝人物传奇、烟粉故事、阴曹地府及妖魔鬼怪的故事便一涌而出，而这些故事又深受读者欢迎。因此可以说，《三话》的产生，在很大的程度上得益于天时。

（二）《三话》与地利

《三话》是时代的产物，属于一个特定的历史时期，这是不容怀疑的。只有把握住这一点，我们在阅读它们的时候，才能客观公正地评价它们，既不苛求于前人，也不讳言其糟粕。同样，《三话》又是与地区、人事有密切关系的，这一点也很重要。因为，任何文学作品都产生于特定的国度，特定的地区，特定的民族，出于某些特殊人物之手，这样，作品本身就带有地方特色，也反映作者的风格和特征。这里所说的地利，就是从这个意义上说的。

《三话》中的故事发生地大多在南方，即长江中下游地区或者更南面。《三话》的作者瞿佑为浙江杭州人，李昌祺为江西吉安人，邵景詹虽不知其乡籍，也多半属江浙一带人氏。那么，为什么《三话》的作者都是那一带的人而不是北方人呢？这是偶然的巧合还是有什么特别的原因？

《三话》之得地利，以《新话》更为突出。瞿佑为杭州人，而杭州以其地理上的特殊条件，气候宜人、风光秀丽、物产丰富、交通便利等，抚育了许多名人，瞿佑应算其中之一。又有许多名人到过杭州，使本以得天独厚的杭州锦上添花，声名远播。这里不妨作个简单回顾：传说大禹治水成功后，要到会稽（今绍兴）山去大会诸侯，路过杭州时在那里"舍杭登陆"，杭州由此得名。春秋时吴越争霸，杭州当时虽然还是沙滩，但已属吴越之地。秦始皇统一中国，在吴越旧地设会稽郡，在灵隐山下设钱塘县，这就是杭州的前身。西汉武帝时，钱塘曾一度为会稽郡的治所。南北朝时，杭州以钱塘江入海口而成为东南重镇。隋炀帝时开凿的大运河，北起涿郡（今北京），南至杭州。唐代李泌曾任杭州刺史，兴修水利，促进了杭州的繁荣。唐代大诗人白居易亦曾任杭州刺史，在那里做了几件有口皆碑的好事，并写下了赞美杭州和西湖的不朽诗篇，如其中一首曰《钱塘湖春行》：

> 孤山寺北贾亭西，
> 水面初平云角低；
> 几处早莺争暖树，
> 谁家新燕啄春泥。
> 乱花渐欲迷人眼，
> 浅草才能没马蹄；
> 最爱湖东行不足，
> 绿杨荫里白沙堤。

白居易的诗为杭州赢得了更大的声誉。北宋时苏东坡被贬官到杭州任通判（太守的副手），体察了民情，后来他又第二次到杭州，任知州，并为杭州百姓做了三件好事。同白居易一样，他写的关于杭州与西湖的诗篇也是千古绝句，使杭州和西湖名扬四海，其《饮湖上初晴后雨》曰：

> 水光潋滟晴方好，
> 山色空蒙雨亦奇；
> 欲把西湖比西子，
> 淡妆浓抹总相宜。

但是，这时的杭州虽然繁华，北方的广大土地已成为金国的领土了。1127年，北宋王朝灭亡。1129年，宋王朝建立，升杭州为临安府，1138年，定临安为行都。这时，北方的文人、富商、官僚等南迁的很多，临安不仅成了政治中心，也是全国最大的文化中心。南宋灭亡后，杭州的地位下降，但仍然是文物荟萃的大都市。元末明初的大文学家施耐庵、罗贯中似乎都与杭州有一定的关系，有的材料甚至说他们就是杭州人。瞿佑在这样的文化都市中成长，编出《新话》这样的作品，无疑是深得地利之便。

《余话》的作者李昌祺是江西人，而江西的地理、人事状况，在唐以前，已由唐代大诗人王勃作过简明介绍，他在《滕王阁序》中写道：

豫章故郡，洪都新府。星分翼轸，地接衡庐。襟三江而带五湖，控蛮荆而引瓯越。物华天宝，龙光射牛斗之墟；人杰地灵，徐孺下陈蕃之榻。雄州雾列，俊采星驰……

南宋以后，江西一带出了许多名人。如南宋时出自江西的著名学者、文学家、医学家和民族英雄有：胡铨、汪应辰、洪迈、周必大、杨万里、陆九韶、朱熹、陆九龄、陆九渊、陈自明、姜夔、文天祥等；元代则出现了著名理学家吴澄、史学家马端临、地理学家朱思本、医学家危亦林、农民起义首领彭莹玉、航海家汪大渊等；明初（李昌祺之前）又有名人危素、罗复仁、张羽、黄子澄、杨士奇、金幼孜、解缙等。而永乐二年与李昌祺同登进士第的，有好几个都是江西人。这说明，李昌祺来自文物之邦，江西的人杰地灵造就了李昌祺，也造就了《剪灯余话》。

（三）《三话》对社会动荡的反映

元末的社会大动荡，给江南一带百姓带来许多不幸。尤其是朱元璋、陈友谅、张士诚三方势力的兼并战争，长达十年，且都是在长江中下游进行的。如果说，是动荡的时代赋予了《三话》的生命，那么，《三话》对社会现实的反映则是它对历史的回报。

1. 《三话》新在何处？

综览《新话》各篇，多为仿前人之作：故事结构并无多少创新；故事类型自魏晋以来多已有之；人物刻画亦往往有因袭痕迹；语言则更少有新奇之处。那么，《新话》何以备受当时读者的欢迎？何以使读者赞赏其新奇？周楞伽先生在《新话》的《前言》中说："因为内容都是烟粉、灵怪一类的故事，在当时文网严密、文坛冷落的情况下，大足新人耳目，所以很受读者的欢迎。"周先生指出时代的原因，是很正确的。瞿佑在《新话·序》中说："好事者每以近事相闻，远不出百年，近止在数载，袭积于中，日新月盛……"这大约是《新话》命名的原因之一。曾棨在《余话》的序言中指出："近代前塘瞿氏，著《剪灯新话》，率新奇希异之事，人多喜传而道之，由是其说盛行于世。"瞿、曾二人都谈到了新的问题，前者是从编著者的角度出发谈素材之新，意思是指新近发生的事；后者是从读者的角度发议论，认为故事新奇。二者殊途同归。《三话》所记，或前朝遗闻，或当朝新闻，反映的都是元末明初的社会现实，加之当时明朝的集权统治，读者从这些作品中获得了一种新鲜感，而这种新鲜感正是时代感。

2. 元代的弊政与元末动乱

《新话》卷三《富贵发迹司志》中写道："近因旱蝗相继，米价倍增，邻境闭籴，野有饿莩。""至正辛卯之后，张氏起兵淮东，国朝创业淮西，攻斗争夺，干戈相寻，沿淮诸郡，多被其祸，死于兵者何止三十万焉。"《爱卿传》中亦写道："至正十六年，张士诚陷平江。十七年，达丞相檄苗，军师杨完者为浙江参政，拒之于嘉兴。不戢军士，大掠居民。"卷四《太虚司法传》中亦写道："至元丁丑……时兵燹之后，荡无人居，黄沙白骨，一望极目。"

这些记载，都真实地反映了元朝末年的饥荒和官兵给人们带来的灾难，也真实地反映了元末军阀混战荼毒百姓的史实。

《余话》卷二《青城舞剑录》则通过两个道士之口道出了元代的弊政："官里老而昏，奇氏宠而横，哈麻、雪雪之徒，又以演搽儿法蛊惑君心。贿赂公行，是非颠倒，天变于上而不悟，民困于下而不知，武备不修，朝政废弛，小人恣肆，君子伏藏，殆犹一发之引千钧，祸在旦夕，甚可畏也。"这段话中，官里指元顺帝妥欢帖木儿；奇氏是顺帝第二皇后，深受宠爱；哈麻和雪雪是兄弟二人，握朝中实权；演搽儿法是一种类似气功的延年益寿方法。这段话道出了皇帝的昏聩和大臣的骄横，历数了朝廷弊端，指出了大动荡的根源所在，是符合历史真实的。其实，这种情况在整个封建社会中是屡见不鲜的，多少带有一些人民性的作者，都能看到。但是，要把这些情况如实地写出却不容易，即使写前朝流弊，也有可能被扣上"影射"的帽子而招致大祸。因此，这种记录是难能可贵的，它代表着《三话》人民性的一面。

3. 对桃花源的向往

自从晋人陶渊明写了《桃花源记》，桃花源一词便成了成语，成了人们心目中理想国的代名词。在《桃花源记》中，作者有声有色地描绘了一个世外桃源，在那里，人们自给自足，和睦相处，安居乐业。这是陶潜想象中的境界，是他对当时社会不满的外泄，也反映了广大民众在动荡不安年代里对安定生活的希冀。

同样，《三话》中也有类似的一篇。《新话》卷二《天台访隐录》中讲，徐逸在端午日入天台山采药，迷路，沿涧水走入一巨石门，忽见另一天地，"有居民四五十家，衣冠古朴，气质淳厚，石田茅屋，竹户荆扉，犬吠鸡鸣，桑麻掩映，俨然一村落也"。这段话显然是模仿《桃花源记》而写。徐逸遇见了一个老人，自称姓陶，是宋朝避难逃到这里的。这和《桃花源记》中所说避秦难而入桃花源的说法相同。陶翁说他"止知有宋，不知有元，安知今日为大明之世也"。这又与《桃花源记》中所谓"不知有汉，无论魏晋"语相似。《天台访隐录》的作者是有意在模仿《桃花源记》，他之所以不怕后人说他效仿拙劣，是因为他在这效仿的同时还加进了一些别的内容，如大量用典，与古代神话相联系，又道出了一段南宋遗事等。但这些恐怕都不是作者的主旨。作者的本意是借此表达一种愿望、一种理想，也借此表现自己对现实的厌恶之情。正因为如此，作者才把那里描写得那么恬静和谐，写得那么生动逼真。文中有两句诗很值得玩味："相逢不用苦相疑，我辈非仙亦非鬼。"这两句诗似乎在告诉读者，这篇小说的全部秘密都在于现实之中。

（四）《三话》所记社会民俗

《三话》在反映社会动荡的同时，也反映了一些社会民俗情况。其中有些资料比较零碎，而有的民俗情况只是简单提及，但也足以说明问题，因此值得注意。

例如，在四时节日方面，《新话》卷二《牡丹灯记》记了元宵节情况，说方国珍在浙东时，"每岁年夕，于明州（今　县）张灯五夜，倾城士女，皆得纵观"。反映了当时浙东人闹元宵的盛况。《余话》卷二《连理村记》中则提到"上元节，闽俗放灯甚盛，男女纵观"。卷五《贾云华还魂记》中还提到了寒食、清明扫墓及七夕乞巧等民俗活动。

在婚丧嫁娶方面，《余话》卷四《洞天花烛记》中说，元时秀才文信美出游遇洞府中神仙，被邀请去做婚礼的司仪。其中写婚礼过程较详，如迎新郎、催妆、合卺、撒帐、宴宾等。写的是神仙的婚礼，实际却是人间婚礼的反映。至于婚前六礼，沿袭古风，《三话》中亦多有涉及。《新话》卷三《爱卿传》和《余话》卷二《秋夕访琵琶亭记》等篇中，还讲到办丧事及建水陆道场等事，此不详说。

在游戏娱乐方面，书中曾多次提到秋千、围棋、双陆等。如《秋千会记》、《绿衣人传》《贾云华还魂记》《至正妓人行》等篇中均有叙述和涉及。可知，这类游艺在宋、元、明之际已自成风，尤其在富贵人家，几乎成了不可缺少的活动项目。

当然，《三话》中反映社会民俗情况的资料毕竟有限，而且这些材料比之其他书籍记载未必翔实，也未必有多大民俗学价值，但作为对社会一个方面的反映，却足以说明《三话》是来自生活，来自现实的。

三、《剪灯三话》的道德观与因果论

如果在思想成就的天平上衡量《三话》价值的高下，可以说，《三话》在对待善与恶的态度上是爱憎分明的。就创作动机而论，作者在很大程度上不仅是为了娱乐读者，给人以饭后茶余的谈资，而且还寓教于乐，使人从中受到启迪，取得鉴戒。正如瞿佑在《新话》的自序中所说："今余此编，虽于世教民彝，莫之或补，而劝善惩恶，哀穷悼屈，其亦庶乎言者无罪，闻者足以戒之一义云尔。"凌云翰也说："是编虽稗官之流，而劝善惩恶，动存鉴戒，不可谓无补于世。"《因话》作者在《小引》中说自己所写的故事"非幽冥果报之事，则至道明理之谈；怪而不欺，正而不腐；妍足以感，丑可以思；视他逸史述遇合之奇而无补于正，逞文字之藻而不免于诬，抑亦远矣。"

总之，《三话》的作者们都有自己的动机，这动机可以简单地概括为"劝善惩恶"四个字。而为《新话》和《余话》写序的人，作为这两部书的第一批读者，也都认为它们有劝善惩恶的功效。因此，与一些古典名著一样，劝善惩恶是《三话》的思想特征和思想成就之一。在今天，我们读了这些作品以后，难免与古人的观点不尽一致，这是因为我们与古人的善恶观念不尽相同。道德是一个历史的范畴，是随着社会形态的发展变化而变化其内容和标准的。明人的道德尺度与今人的道德尺度不同，但今人的尺度又不是凭空产生的，是在古人尺度的基础上发展演变来的。《三话》中所讲的善和恶并不完全适用于今天，但《三话》的基本内容，在今天仍有鉴戒意义。因此，我们在评论《三话》的这部分内容时，仍应采取历史唯物主义的态度，采取具体分析的方法。

下面让我们举例作些分析。

《新话》卷一《三山福地志》中比较集中地讲了善恶道德问题。山东人元自实家境好的时候曾借给同乡人缪君银两，缪君南下福建做了官。元自实因至正末年的动乱而倾家荡产，便带着妻子儿女到福建去投奔缪君寻求生路。缪君果然已经富贵，当官弄权，门户豪奢。在缪君骑着高头大马出门时，元自实上前拜见。但缪君开始假装不认识，后来勉强相认，也只是以主客之礼相待，一杯清茶把他打发走。第二天元自实又去拜访，缪君仍毫无帮助元自实的表示，也绝口不提借银两的事。第三天，缪君才说了借钱的事，并要元自实拿出证据来。元自实当年借钱给缪君，因是同乡同里人，又自幼有交情，根本没想到要立字据。元自实拿不出字据，缪君便推说以后再说。到了年关，元自实的处境十分狼狈，妻子儿女都在饥寒交迫之中，他只好前去跪求缪君帮助。缪君诡言帮助，让元自实回去等待，而实际上并不理睬。除夕，元自实一家空等外援，望眼欲穿。元自实愧悔交加，怨恨顿生，便磨白刃欲前去刺杀缪君。但走到半路，转念一想：缪君也有一家老小，"宁人负我，毋我负人"，便又折回来。路上有个小庵，庵主轩辕翁问明了元自实的处境，便拿出少许钱米周济。但元自实仍闷闷不乐，晚上便投入三神山下八角井中。这时，奇迹发生了，井水突然让出一条小路，元自实沿墙壁来到另外一个世界——三山福地。他进入一个大宫殿，看见一个道士。道士告诉元自实，这都是因果报应，因为他前生曾经当过官，以文才自傲，不提携后进，所以今生不识字；又因他前生居官自尊，不肯接纳游士，所以今生要受长途跋涉、穷困潦倒之苦。元自实问：当今的达官贵人，如某某丞相，贪婪无度，行贿受贿，今后要受到什么样的报应呢？道士说："他当受幽囚之苦。"元自实又问：某某人是平章（副丞相或丞相助理），不严格要求部下军士，而杀害无辜良民，以后应当受什么报应？道士说："当受割截之殃。"又问：某人当监司（监察州郡的官），不能很好地掌管刑罚；某人为郡守，不能平均徭役；某人为宣尉（掌一道军政大权的官），而从来不称职；某人当经略（掌一路军政大权的官），却从来不做事……这些人以后将受到什么报应呢？道士回答说："这些人已经死到临头，不值一提了。"元自实又问：缪君这样的人以后会怎样？道士说：他将是王将军的刀下鬼，他的财产也都将归王将军所有。并说："不出三年，世运变革，大祸将至。"元自实请求指点避难办法。道士说，居住福宁村可以躲过灾难。元自实离开"三山福地"之后，便携妻子儿女到福宁村去开荒种地以维持生计。此后三年，张士诚的弟弟张士信夺得江浙右丞相达识帖木尔的相印，达氏被拘，平章陈友定被浮，其余大小官吏大多被杀，而缪君被一个姓王的将军所杀，家产被占。道士的话一一应验了。

这篇小说中，元自实因前生行为不够端正而造今世之苦，缪君因忘恩负义而遇杀身之祸，而那些达官贵人则因作恶多端和不行善事而受到各种惩罚。这里宣扬了善恶有报的思想，同时也有一些迷信、定数、宿命等消极内容。但小说中还有两点进步意义：第一，小说借主人公元自实之口，历数了丞相以下大小官吏的罪过，实际上是站在百姓的立场上揭露了上层统治阶级的贪赃枉法、杀害良民、尸位素餐等各种腐败不堪的内幕。小说表面上说的是元代社会的现象，其实是讲出了物极必反的道理，可以推广到一切封建社会。第二，小说对社会上忘恩负义之徒的嘴脸作了入木三分的刻画，鞭笞了不道德的灵魂和为富不仁的行为。我们看到，像元自实这样一个平头百姓，一个流落他乡的落魄之人，在受到当权者的欺骗和捉弄之后，虽有愤愤然而欲拼命的想法，却终因内心的善良而忍气吞声。在那弱肉强食的社会，他有理无处讲，有冤无处诉，有恨无处泄，又能到哪里去寻求正义和支持呢？其最后的结局必然是一死了之。然而，让恶人寿终正寝，让善人半途夭折，这又是多么的不公！身为文人的小说作者，面对这可憎的现实，又怎样去表示愤慨？面对无助的百姓，又怎样去表示同情呢？这时，因果报应的学说便可以派上用场。作者希望有一种超常的外力来改变这一切，既不破坏主人公的善良形象，同时又能置恶人于死地。

与《三山福地志》相似的是《因话》卷一《桂迁梦感录》。故事说，桂迁因经商遇祸而倾家荡产，少年时的同窗施济慷慨相助。桂迁感激涕零，表示愿为犬马报答恩人。就在桂迁在外地渐渐富裕起来时，施济死了，留下施氏母子，生活每况愈下。施氏母子在无法生活的时候便前去寻找桂迁。桂迁初不相认，后不得已相认，又要施子拿出字据。没有字据，桂迁便拖延时日，哄骗施子，最后给少许钱打发施子归去。施母一气之下病倒，不久即死去。桂迁越来越富，然而他并不满足，为了逃避赋役，他不惜出重金委托刘生为他买官做。刘生骗得钱财，自己做了官，不把桂迁放在眼里。桂迁受骗，恼羞成怒，买匕首欲刺杀刘生。这时，桂迁做了一个梦，梦见自己变成了一条恶狗，走进了一座殿堂，堂上坐着施济，桂迁羞愧万分，摇尾乞怜，施济不理。又梦见他的妻子和儿子也都变成了狗，并责备他忘恩负义。惊骇之际，桂迁醒来，深深悔恨自己从前对施家的行为，以为是神明警告，并因此推知刘生不会有好下场，便放弃了刺杀刘生的念头，转而去寻找施子，又将自己的女儿许配给施子。不久，刘生果然遭到报应，被逮捕入狱，备受拷打之苦。

这篇小说的前半截与《三山福地志》的前半截基本相同。二者都有借债、初不相认、索要字据、推托迁延、欲持刀报复等情节，讲的都是忘恩负义的故事。鉴于《因话》与《新话》的关系，可以认为是后者模仿了前者。所不同的是，前者中，被负的一方得到神明的指点，得到避祸，而负人的一方遭到报应，身首异处；后者中，负人的一方自己又被负，经神明点化而幡然悔悟，痛改前非，弥补过失，得到善终。从思想性讲，前者对社会、对统治阶级进行了无情的揭露和批判，痛快淋漓，比较深刻，有一定认识价值。而后者虽然也写出了世态炎凉、人心不古的社会现实，但强调的是有些忘恩负义者内心也有善良的种子，一旦条件成熟便可以萌发。前者着重强调的是善有善报、恶有恶报，如书中所说："一念之恶，而凶鬼至；一念之善，而福神临。如影之随形，如声之应响，固知暗室之内，造次之间，不可萌心而为恶，不可造罪而损德也。"这是直接、正面的说教，与后者相比，显得单一了些。后者也主张善恶有报，不可欺心，但却对做了恶的人进行了分析，分别做出安排：有的人做了恶还能改恶从善，会受好报；有的人则不知改悔，终受恶报。这符合具体问题具体分析的原则，因而也有一定的认识价值。

从这两篇小说中所反映的道德观可以看出，明代社会一般人的观念中，认为能在危难中慷慨助人的为善，能在被负后忍耐而不以怨抱怨的为善，能知过必改的为善，反之则为恶。这样的善恶观在今天也没有丧失其存在的理由。

道德与法是有密切关系的，恩格斯在《反杜林论》中生动地阐明二者的关系。在元、明时代的封建社会里，统治者的法律是维护其社会秩序和人际关系的根本准则，而道德只是法律的补充。法律只有一个，那就是王法，而道德则因人而异。问题是，在那种社会里，钱可以通神，钱也可以买通法律，贪官污吏横行，普通百姓只有受压迫受欺凌的权利。作为无权势无钱财的百姓，通常得不到法律的保护，只好乞求道德的保护，而道德又缺乏法律那样的严格标准、强制力量和权威性，其可依靠性自然微乎其微。小说中的情况正是如此，被负者沦落到社会最底层，而负人的一方又都富贵有势，被负者无法依靠法律。作者为了维护道德的威严，不得不抬出神灵，不得不通过幻想的超社会超人力的因果报应来劝善惩恶。这样，《三话》的道德观便与因果报应思想紧密地结合在一起了。

因果报应的理论最早形成于印度，在佛祖释迦牟尼创立佛教以前即已有之。佛教创立以后，佛教徒也拿起了这一思想武器，用以解释人生、社会和自然界的现象。从事物发展的规律讲，任何事物的发生、发展和变化都有一定的因果关系，因和果作为两个既对立又统一的哲学概念，是符合辩证法的。有因必有果，有果必有因，没有无因之果，也没有无果之因，这是一般的哲学道理。而因果报应理论则是在这一哲学道理的基础上加上了唯心主义的内容，是普通因果论与轮回观念相结合的结果。所以，因果报应又称轮回报应。印度古人的轮回观念很有特色，在世界各文明古国中独树一帜。他们认为，宇宙间的一切事物的演变都像一只轮子一样周而复始地旋转，没有起点，也没有终点。黑天白日周而复始，一年六季（印度古人分一年为六季）周而复始，谷物生长周而复始。他们还认为，世界万物都有灵魂，而这些灵魂又都在轮回当中。人是有灵魂的，人身只不过是灵魂的临时栖息之所，人死灵魂不死，仍然可以转生，获得新的形体。因此，人的生命也是周而复始的，一代一代地转生，永无休止地轮回。于是，每个人都有前生、今生和来世（合称三生或三世），前生的行为（业）决定今生的果（报），今生的行为又决定来世的果。这个思想逐渐发展完善，就形成了一套完备的因果报应、轮回转世的理论。佛教又接过这一理论加以发挥，提出了所谓的"五道（或说六道）轮回"说。东汉以后，佛教从印度辗转传到中国中原地区，并很快发展起来，于是，佛教的因果报应思想便深入到中国人的心目中，并起到重要作用。这一点，从魏晋以后的历朝小说中都可以看到大量的反映。佛教因果报应理论对中国传统的道德观念影响很大，在中国近二千年的漫长历史上持续地起着不可忽视的作用。元、明时代自然也排除不了这种影响。

《三话》中有不少篇什都是谈道德的，而其中大多都与因果报应有关，不妨再举些例子。

①《新话》卷二《令狐生冥梦录》中，主人公令狐生因反幽明果报之事而被带到冥府，冥王让他写供状，他在供词中道："盖以群生昏聩，众类冥顽，或长恶以不悛，或行凶而自恣。以强凌弱，恃富欺贫。上不孝于君亲，下不睦于宗党。贪财悖义，见利忘恩。天门高而九重莫知，地府深而十殿是列，立锉烧舂磨之狱，具轮回报应之科，使伪善者劝而益勤，为恶者惩而知戒，可谓法之至密，道之至公。然而……"这段话中明显地讲到社会上的不道德现象，提到轮回报应问题，认为轮回报应的作用应是惩恶扬善。这篇小说的思想价值不亚于《三山福地志》。

②《新话》卷三《富贵发迹司志》中，穷困潦倒的书生何友仁到地府看到判官如何判罪，如某官贪赃枉法残害良民，被判遭灭族之祸，某人兼并他人田产，仗势欺人，被判死后托生为牛。讲到阴间"褒善罚罪"，"明彰报应"。然而此篇亦宣扬"定数"，宣扬消极的宿命论，这正是因果报应的实质。

③《新话》卷四《修文舍人传》中，说到阳世社会的不公，认为冥司："黜陟必明，赏罚必公，昔日负君之贼，败国之臣，受穹爵而享厚禄者，至此必受

其殃；昔日积善之家，修德之士，阨下位而困穷途者，至此必蒙其福。盖轮回之数，报应之条，至此而莫逃矣。"这里，作者明显地不满于现实社会的黑暗和不平，寄希望于阴间。

④《余话》卷一《两川都辖院志》中讲，吉复卿因生时做善事，得到寿终正寝，而且死后还在阴间做了高官。

⑤《因话》卷一《唐义士传》中，讲唐珏为保护南宋帝王遗骨而得到好报。唐珏的行为，在今天看来纯属愚忠，但在当时人，尤其是封建士大夫眼中，这却是莫大义举。这里可能还有民族情绪在起作用，因为元朝统治者是异族，而唐珏则属于所谓"南人"。但归根结底，这篇文章宣扬的是封建社会的忠孝节义，即封建社会伦理道德观念。

⑥《因话》卷二《卧法师入定录》中说："不受报于人间，则受罪于阴世。盖天之生人，初本无意，既生之后，善恶始分，乃有报应阴官之置，正补阳之不及耳。"这里强调的仍是报应有定，是受了佛教因果报应思想的影响。佛教典籍中讲报应有若干种，其中最主要的有两种：一为"现报"，即通常所说的现世报，指今生做好事或坏事今上即受报。如，行善的，可发财致富、高官厚禄、多子多孙、无病无灾、安享天年等；为恶的，可倾家荡产、多病多灾、无家可归、被刑受戮等。二为"后报"，即死后得报。如，行善的，可得超生，来世享受荣华富贵等；作恶的，须在地狱受苦，来世转生为畜类或受苦受难等。

从以上的例子可以看出：第一，《三话》宣扬的道德观基本上是封建统治阶级的忠孝节义之类观念，但其中也有一些民主性的精华。如，宣扬定数、宿命、一味地容忍以及忠君等思想，都是对统治阶级有利的；而那些反映社会现实，为民请命，批判黑暗，揭露丑恶的部分则是进步的。第二，《三话》的道德观是与佛教因果报应理论紧密结合的。因而它既有封建迷信的内容，又包含着作者对善和恶的鲜明爱憎；它一方面让人们听天由命，忍受现实，起着精神麻醉剂的作用，另一方面也表达了一种要求正义的愿望，使人们得到了某些心理平衡。

四、《剪灯新话》的婚姻观与悲剧美

上面我们谈了《三话》的道德观问题，可知道德观问题是《三话》的主题之一。《三话》的另一个主题是婚姻与爱情，这也正是传奇小说的一大特点。因此，这里有必要对这一问题加以探讨。

要谈婚姻与爱情问题，必须首先谈谈妇女问题。封建社会，中国妇女的地位是十分低下的。儒家向来不给妇女以应有的地位，《论语》中有所谓"唯女子与小人为难养也"的著名言论，把女人和小人作同等看待。汉代，封建体制确立以后，"三纲五常"便成了人伦关系的最高准则。三纲之一便是"夫为妻纲"。女人在婚前要服从父母，没有父母则服从兄长；结婚以后要服从丈夫，丈夫死了要服从儿子。这样一来，妇女的一生始终受到严格的限制，不得有任何非礼的举动，不得按自己的主张行事。因此可以说，封建社会的绝大多数妇女是处在男人的权力之下，或者是传宗接代生儿育女的工具，或者是男人随意玩弄的对象。男人可以娶三妻六妾，而女人却没有选择自己丈夫的自由，只能是嫁鸡随鸡，嫁狗随狗，听凭命运安排，至死不得改变。

元明时代的妇女，也基本属于这种状况，这一点在《三话》中有明确反映。如《因话》卷一《翠娥语录中》，淮扬名妓李翠娥曾一针见血地指出："夫闺阃之中……乃视妻妾为狎客，闺帷为乐地。谈道义于朋友，而恣非僻于妻孥；正容止于昭明，而丧廉耻于幽曲。"这段话说出了元代社会妇女的地位和处境，男人可以为所欲为，女人则被视为掌中玩物。它还揭露了所谓正人君子们丑恶虚伪的嘴脸，矛头指向封建礼教。

《三话》不仅反映了当时的妇女的社会地位，而且还在婚姻和爱情问题上发表了一些真知灼见，对传统的世俗观念提出了挑战。对这些民主性的精华，我们应当予以充分开掘和肯定。

（一）婚姻与礼教

在婚姻与礼教的问题上，《三话》中有几篇小说反映了作者婚姻观中积极进步的一面。

1. 对父母之命的反抗

《余话》卷四《秋千会记》中塑造了一个刚烈女子的形象——速哥失里（蒙古族）。开始，父母为她选婚，但大礼未成而男家遭祸。此时，速哥失里之母提出悔婚，而速哥失里坚决反对，说："结亲即结义……寸丝为定，鬼神难欺，岂可以贫贱而弃之乎？"但是，父母最终还是要把她嫁给一个有权势之家，于是，速哥失里在去往男家的轿中自缢。她身为元朝贵族豪门之女，能如此重爱情，讲信义，以死反抗父母之命，实在是值得赞赏。

2. 追求爱情婚姻

《新话》卷三《翠翠传》的开头部分，写刘翠翠与金定少年同学时的相互爱慕之情，长大后，父母为翠翠议婚，她表示已爱上邻家金定。她的父母比较开明，说："婚姻论财，夷虏之道，吾知择婿而已，不计其他。"成就了二人的姻缘。这里，刘翠翠能大胆向父母表示自己已爱上金定，这是一种反潮流的行动，是对爱情婚姻的勇敢追求。其父母能支持女儿的主张，并能破除"门当户对"的陈腐观念，亦属难能可贵。

3. 重人品轻财物

《余话》卷三《琼奴传》中，讲王琼奴成人之后，继父为她议亲。当时有二人请婚迫切，一贫一富。应将琼奴许配给谁？继父一时拿不定主意。此时，"有识者"为之策划："但求佳婿，勿论其他。"经考察，继父替琼奴选中了其中才德兼备但家境贫寒的一个。作者在这里所强调的婚姻对象的选择标准是与当时的世俗观念格格不入的，这同样是值得肯定的。

4. 以礼教反礼教

《琼奴传》的故事情节比较曲折。继父为琼奴选中佳婿徐苕郎，不意那个落选的富家子弟由羞愧和嫉妒而成仇，陷害徐家。苕郎被流放到辽阳，而琼奴一家被流放到岭南。继父突死，琼奴与母亲无依无靠。当地军官吴指挥以势压人，要娶琼奴为妾。母亲屈于压力，又念苕郎毫无音讯，便劝女儿嫁给吴某。琼奴说："徐门遭祸，本自儿身，脱别从人，背之不义。且人之异于禽兽者，以其有诚信也，弃旧好而结新欢，是忘诚信，苟忘诚信，殆犬彘之不若；儿有死而已，其肯为之乎？"这段话说得大义凛然，表现出琼奴不图富贵、不畏强权、忠于爱情的高风亮节。但我们也注意到，这段话中的义、诚、信等，都是封建道德的范畴，表面上看，这段话讲得过于理性化，没有提到爱情问题，而是强调"从一而终"的礼教观念。但是，这在当时的社会里是出于不得已，也可以说是时代的局限。试想，如果让琼奴大谈爱情，便会被时人认为是不守女人之道，而且也不会有说服力，何况作者也达不到这种水平。因而，只有从礼教的角度去维护爱情才符合实际，才能够成功。琼奴以礼教为武器，同强权抗争，同父母之命抗争，这才是问题的关键。

（二）婚姻与爱情

前面我们已经涉及一些婚姻与爱情的问题，但鉴于这一问题的重要性和

《三话》对这一问题的重大反映，这里有必要把它拿出来单独讨论一下。

我们知道，中国封建社会的一整套礼教观念是在儒家学说的基础上形成的。而正统的儒家从来都是站在理性原则立场上看待婚姻问题的。打开儒家的典籍，我们可以很容易地看到关于婚姻的论述、关于家庭的论述、关于夫妻关系的论述，但却很难发现一条关于爱情的论述。谈情说爱在儒家那里几乎成了一条禁忌。那么，儒家是否都是些没有七情六欲的人，是否都不知道生活中有爱情存在呢？显然不是。那么，上述情况该作何解释呢？我们说，上述情况的形成，与中国两千余年的封建帝制有关。封建帝王要集天下权力于一身，需要有一个统一的伦理道德准则，三纲五常便是他们的法宝。他们要使自己的帝业传之永世，就必须有一个"一成不变"的伦理规范，所谓"纲常"就是不能改变的意思。儒家学说是维护封建秩序、封建纲常的最得力武器，因此历朝历代的帝王都知道崇儒，都要给儒家以首席地位。儒家的学说是在不断发展变化的，但万变不离其宗，一旦偏离了为维护封建统治者服务的宗旨，便不成为正统的儒家了。儒家为保持其思想界的至尊地位，必须为帝王服务。这样，儒家就必须坚决地维护三纲五常，站在绝对的理性高度来审视人伦关系，而不讲什么爱情。

然而，爱情这个东西是人性的一个方面，是掩盖不了的，是压抑不住的。因此，随着时代的发展与进步，描写爱情的文学作品日益增多。

《三话》中所写的爱情，仍然是封建婚姻制度下的爱情，自由恋爱极少。这也是符合当时历史条件的。在当时的社会，女子出嫁须经父母之命、媒妁之言，男女间私相爱恋通常被视为伤风败俗。新郎、新娘只有结婚以后才能知道对方如何，即使是自己不喜欢的人，也要与之长相厮守，直到永年。这是对人性的扭曲，对爱情的压抑，它不知使多少好男好女的真情实感遭到掩埋，使多少有血有肉的青年变得像动物一样，只知生儿育女传宗接代而不知爱情为何物。那个时代，绝大多数家庭都是这样生拼硬凑起来的，人们虽偶有异辞，或做出反抗，却不能扭转大势。因此，《三话》中涉及自由恋爱的篇什更显宝贵。除了上文提到的《翠翠传》外，还有几个例子值得一提。

①《新话》卷四《绿衣人传》：天水赵源游学钱塘，住在南宋权臣贾似道的旧宅近旁。他每日见一绿衣女子走来走去，不由得生出爱慕之情。二人同居，情意甚浓。这时，绿衣女为赵源讲述了他们二人前生的故事。当年，绿衣女因善下围棋入侍贾府，每日陪贾似道下棋。赵源当时为贾府仆役。两人私下相爱，贾发觉，双双被赐死于西湖断桥之下。赵源今已再世为人，而绿衣女仍在阴间

为鬼。前世姻缘使他们再度相聚，然而人鬼殊途，三年期满，二人不得不分离。诀别之际，绿衣女说："海枯石烂，此恨难消，地老天荒，此情不泯！"赵源感念绿衣女的一片深情，到灵隐寺出家为僧，终身不娶。

这个小故事写得情真意切，楚楚动人。两个青年因自由恋爱而被残暴处死，又因爱情的刻骨铭心而再度结合。故事中有故事，怨恨中见真情。作者显然是站在自由恋爱者的立场上，揭露封建当权者的残忍，赞美新生，赞美爱情。

②《新话》附录《秋香亭记》：元代末年，有商姓少年随父到姑苏（苏州），居住在祖母商氏宅第旁边。商氏有孙女名采采，常与商生一起玩耍，两小无猜。商氏很喜欢这两个孩子，便叫商生好好读书，表示将来要把采采许配给他。由是，两个孩子的感情越来越深。当他们稍大些后，相见的机会少了，但私下里仍相互传递诗文表达爱慕之情。后苏州一带发生战乱，两家各迁南北，十年未通音讯。明朝建立，才有消息。商生得知，采采已经嫁给了太原王氏，并且生了孩子。商生非常绝望，便派人给采采送去了礼物。采采睹物思人，悲痛万分，写信和诗表达自己的内心情感。商生得信，始终珍藏在身边，每读一次都伤心得难以寝食。

这篇小说情节不算曲折，但写出了真情，是一曲自由恋爱的颂歌。

③《余话》卷二《鸾鸾传》：赵鸾鸾爱上邻家才子柳颖，但因柳家破败，赵母将她嫁给富室缪生，柳颖只好别娶。赵、柳二人都觉自己的婚姻不美满，闷闷不乐。不久，缪生死，柳颖亦丧偶。柳颖要求再续前好，得父母同意，二人终成眷属。然而，正当他们恩爱有加之时，战乱爆发，夫妻离散。鸾鸾被抢掠至山东，她托人传书柳颖，颖得书前去寻找，费尽周折，终于团聚。他们在山中过着隐居生活，相敬相爱。谁知柳颖在外出背米时被造反士兵杀死，鸾鸾哭着背回丈夫尸体，点火自焚。

这篇小说的故事情节三起三落，曲折有致，写出了当时社会有情人成眷属是多么不容易。

④《余话》卷五《贾云华还魂记》：魏鹏生于官宦人家，父亲在杭州做过官，父死后，母亲带魏鹏回襄阳。鹏幼时聪敏，有神童之称，长大后累试不第。其母为让他消愁，写信一封，打发他到杭州读书，并寻找贾似道的夫人莫氏，因当年魏母曾和莫夫人指腹为婚。魏鹏到杭，托人通消息，得见莫夫人。莫夫人对魏鹏很热情，但却不提婚约的事。莫夫人生女贾云华，即当年指腹为婚者，如今已成窈窕淑女。莫夫人使二人相见，以兄妹相称，并不打算把

女儿嫁给魏鹏。但二人一见钟情，私下由婢女往来传信，加深了了解。进而又由婢女帮助幽会，海誓山盟，如胶似漆。这时，魏母来信，命魏回襄阳参加乡试（考举人），二人只得暂时离别。魏鹏回去即中举，又在京城皇帝面前的廷试中荣登甲榜，被任命为应奉翰林。第二年，又当上江浙儒学副提举，他趁机到杭，拜见莫夫人，打听贾云华情况。魏鹏与贾云华二次聚首，又是一番柔情蜜意。二人在一起或赋诗写字，或下棋弹琴，行为无所顾忌，夫人亦未觉察。过些时日，襄阳来信说魏母辞世，魏鹏不得不归。行前，他托人正式说媒。莫夫人虽满意魏生，却怕女儿远嫁，便宛然谢绝。魏鹏无奈，只得含泪踏上路途。云华知道母亲不许自己嫁给魏生，痛不欲生，终日不食，达旦无眠，日见憔悴，不久即病死。魏鹏在家服丧，又闻魏华噩耗，当即晕厥。醒后大哭，誓不再娶。三年服丧期满，魏鹏来到云华墓地，哭诉情思。当晚，云华阴魂来见魏生，说将还魂于某地某家。魏鹏上任为陕西儒学正提举。长安县丞宋家一女暴死而复苏，不认其父母，而自称为贾云华。于是魏鹏与借尸还魂的贾云华结为夫妻。

这是《三话》中最长的一篇小说，在描写男女爱情方面也最为细腻，情节也较曲折。通篇的主旨是宣扬纯真的爱情，控诉了封建礼教对纯真爱情的扼杀。

从以上的例子可以看出，《三话》中所有描写爱情的小说，都有父母之命的参与，否则恋爱就不能发展为婚姻。这说明了两个方面的问题①作者反映了当时的实际情况；②作者的思想仍然没有突破封建婚姻制度的藩篱。但《三话》的婚姻观至少有两点是可取的：一是大力描写婚姻和爱情的悲剧，反证出美满婚姻必须以爱情为基础的道理，并有宣扬自由恋爱的倾向；二是强调选择婚配对象不应以门第财产为条件，而应看重人才本身。这两点在当时是具有进步意义的，在今天也不过时。

（三）《三话》的婚姻悲剧

婚姻本是人生的大礼，男女青年的喜庆，可是，在婚姻问题上却产生过许多悲剧，这不能不说是社会的弊病。《三话》中凡涉及婚姻问题的作品，极少有以美满团圆为结尾的，相反，倒是悲剧成了《三话》婚姻的特点。

从前面的例子中可知，《三话》所描写的婚姻悲剧，可按其形成原因大致分为两类：一类是封建礼教导致的悲剧，其中包括父母之命、门第观念、社会舆论、族法家规等因素。其结局往往是相思而死、自杀、赐死、出家、终身不娶等。一类是因动乱造成的悲剧，其中包括天灾和人祸两种因素。其结局是离散、被虏、自杀、出家等。

《三话》中可以称得上悲剧故事的有十六篇之多，约占全书总篇数的三分之一。既然《三话》中有这样多的悲剧故事，悲剧美就成了《三话》的艺术特征之一。通常认为，美是与真和善密切相关的，不真不善的东西很难被认为是美的。而悲剧的美感往往是利用读者心理上对真和善的追求，把真和善的一方作为弱者，把伪和恶的一方作为强者加以描绘塑造，集中突出强弱双方矛盾的冲突，渲染弱者的失败，从而震撼读者的心灵，唤起强烈鲜明的爱憎之情，使之或由压抑而哀伤沉痛，或由不平而义愤填膺，并由此引起深刻的思索。《三话》中有的篇章就能给人以这样的美感，达到较好的悲剧效果。

例如，《琼奴传》中，苕郎和琼奴可谓郎才女貌，琼奴的继父又不计钱财而选中苕郎为婿，眼看美满婚姻即将成就。谁知横祸飞来，有钱有势的刘家竟无耻构陷，使一对佳人天南地北不得相见。这一离散就是五年，苕郎未娶，琼奴未嫁，意外相逢，二人才喜结良缘。正当读者以为这对恋人可以从此苦尽甘来、白头偕老之际，谁知横祸又起，久已垂涎于琼奴的军官吴指挥将苕郎抓去处死，并逼娶琼奴。琼奴报夫仇后，自杀身亡。夫妻合葬一处，这才算是永远地结合在一起了。

在这篇小说中，恶势力两度破坏了苕郎和琼奴的美好姻缘，作为弱者，苕郎和琼奴只有死路一条。作者先通过对苕郎和琼奴品貌才德的描写，使读者喜欢上这两个人物，接着又使故事情节急转直下，使读者同情主人公的命运。当读者看到他们二人重新聚合时，会感到由衷的欣慰，使缺憾得到某种补偿。最后，故事以悲剧为结局，使读者的心理再次失去平衡，深深地感到震动，久久不能平静。这时，读者爱和恨的情绪也达到高潮，并会情不自禁地从这悲剧中寻找某些问题的答案：究竟是什么造成了这场悲剧？邪恶势力为什么会如此猖狂？善良的人为什么不得好报？答案是，黑暗的社会现实是这一切罪恶的根源。

同样，我们从其他悲剧故事中也能获得类似的审美感受，这里不一一列举。

五、《剪灯三话》的鬼神观与佛道影响

《三话》基本上属传奇小说类，其中虽有志怪的内容，但多数是被揉在人物传奇故事中。如果把《三话》中包含灵怪情节的篇什统计一下，可得四十一篇，

占全书总篇数的五分之四。由此可知，灵怪故事在《三话》中占有很重要的地位。这样，我们就不能不就《三话》的鬼神观问题作些介绍和评价。

（一）《三话》的志怪内容

为了弄清《三话》的鬼神观问题，须先将其志怪内容作些分析。《三话》所记志怪故事，大致可分为五类：

1. 幽冥相通类

主要是讲活人同死人（鬼魂）打交道，如遇见古人的鬼魂（《田洙遇薛涛联句记》等），遇见已故亲朋好友的鬼魂（《华亭逢故人记》等），同女鬼谈情说爱（《绿衣人传》《牡丹灯记》等），等等。

2. 神明点化类

主要是讲人和神仙打交道：或进入神仙境界，如《天台访隐录》《幔亭遇仙录》等；或帮助神仙做事，如《水宫庆会录》《洞天花烛记》等。

3. 妖怪化人类

主要讲动物、物品化为人，同人打交道。动物化为人的例子有《听经猿记》《胡媚娘传》等；物品化人的有《武平灵怪录》《江庙泥神记》等。

4. 游行地府类

主要是讲人（常常是魂梦）到阴间走一趟，然后回转阳间，重点写阴间的所见所闻，如《令狐生冥梦录》《何思明游丰都录》等。

5. 还魂转生类

主要讲人死之后又得再生。其中包括借尸还魂（如《贾云华还魂记》）、起死回生（如《秋千会记》）、投胎转世（如《爱卿传》）等。

以上五类的分法只是依《三话》的内容而进行的大体划分，不一定十分严密合理，而且，类与类之间也很难断然区分，一篇小说中也可能兼有两类或两类以上的内容。但这一分类对我们了解《三话》志怪内容有帮助，有助于我们认识作者的思维方式。

（二）作者的志怪动机

本书第一部分说过，根据鲁迅的意见，中国从唐代开始才有意识地从事小说创作。由此推知，明代小说作者也是在有意写小说，这样，便有了一个创作动机的问题。那么，《三话》作者志怪的动机是什么呢？经过具体分析，其动机可以归结为五点：

①从思想意义分析，作者的目的首先在于劝善惩恶，即告诉人们什么是善，什么是恶，善有善果，恶有恶报。作者通过志怪的办法容易把善恶报应区分清楚，一些在现实社会中得不到解决的问题，在阴间、在神明面前、在来世得到了公平的裁判，作者希望以此来启迪读者的良知，维护社会公德。

②借以表达自己理想和愿望的动机。由于人们都对真善美抱以追求和向往，而在现实社会中，这些真善美的东西往往不能实现，通过志怪则可弥补缺憾，使事物达到一个完美的境地。所以，对《三话》中某些志怪小说或情节不能一概认为是宣扬迷信，而应该看作是一种理想的表达。

③发泄对现实的不满。现实社会中存在着许多丑恶，尤其是统治阶级的骄奢淫逸和横行霸道，对这些现象如果作正面揭露批驳，未免政治色彩太浓，容易陷入文字狱而不保性命，而通过志怪的手法，则可以曲折地达到目的，避免政治风险。

④在艺术上，作者为了追求新奇的效果，也喜欢采取志怪手法。这样可以把古人今人，天上地下，今生来世，水府龙宫，人兽物件等轻而易举地拉到一起，进行对话和情感交流。大幅度地突破时间、空间和人与物的界限，使读者有更大的余地去驰骋想象力，获得审美感受。

⑤自我寄托和娱乐他人。人们可以把这些故事当作一般的谈资，姑妄谈之，姑妄听之，有心者可以得到教益，受到启发，无心者亦可娱乐一时，听之任之。至于作者自己，则可以从志怪中寄托情志，获得慰藉，也可以以此展示才能，留名后世。正如李昌祺在《余话》的自序中所说："《高唐》《洛神》，意在言外，皆闲暇时作，宣其考事精详，修辞缛丽，千载之下，脍炙人口；若余者，则负谴无聊，姑借此以自遣。"吴植于《新话》序言中亦说："宗吉家学渊源，博及群集，屡荐明经，母老不仕，得肆力于文学。"可见，作者志怪的动机中也有为自己的目的，他们往往把创作本身当作一种乐趣，这大约是许多作者都有的癖好。

（三）儒家鬼神观对《三话》的影响

《三话》的作者是在有意地志怪，这一点已经毫无疑问。那么，他们是否相信鬼神的存在呢？也就是说，他们是否有神论者呢？

这个问题很难笼统地回答，只能在具体分析后得出结论。为了搞清这一问题，我们必须首先对儒家的鬼神观有所了解，因为《三话》的作者们都是儒士，自幼受的是正统的儒学教育，学的是《诗》《书》《易》《礼》《春秋》和《论语》《孟子》《中庸》等书，稍大后才开始博览群书，接受更多的学说。他们的鬼神观应当是在其接受基础教育时开始形成雏形，并在以后逐渐确立起来的。

在孔子创立儒家学派以前，中国古人是相信天地鬼神的，这一点已经由中国早期的神话传说所证实。当时的人类缺乏科学知识，对自然界的现象如生命现象等作神话解释，崇拜祖灵、相信巫术、进行各种祭祀活动等，这都说明他们相信鬼神的存在，并且敬而畏之。到了孔子的时代（春秋末期），由于社会生产力的发展，人的地位和价值变得越来越高，鬼神是否存在的问题便被提了出来。孔子本人似乎并不相信鬼神，因为《论语》中有"子不语怪、力、乱、神"的记载，孔子还说过"未能事人，焉能事鬼"，"未知生，焉知死"之类名言。但是，孔子并没有明确地否定鬼神的存在，而且也不正面否定祭祀的作用。我们只能说孔子具有无神论思想的倾向，而不能说他是真正的无神论者。到了孟子时代（战国中期），人的地位和价值被进一步肯定，孟子也提出了"民为贵"的思想。他把"天命"和民意一致起来，把"我"和"神"化为一体，即所谓"君子所过者化，所存者神，上下与天地同流"。到了战国末期，儒家学说的最杰出代表是荀子。他的学说对孔孟儒学有了很大发展，他的名著《天论》是儒家早期的唯物主义著作，具有很高的认识价值。在《天论》中，他把"天"正确理解为客观存在的物质世界，否定了前人关于"天"的种种唯心主义解释，击破了"天"的神秘主义外壳，而认为天是可以认识的，"天道"（即自然规律）也是可以认识并加以利用的。他还反对迷信，认为星坠木鸣、日月之食、风雨不时、怪星傥现等都是正常的自然现象，可以认为是奇怪的，但不应当感到恐惧。他认为占卜无非是一种虚饰，而并非有什么神灵。在另一篇名著《劝学篇》里，他把"神"解释为人的一种高级精神境界，而不再是高于人的天神。这样，荀子就为后世儒家学派中的无神论思想打下了牢固的基础。到了汉代，中国思想界各派别间的论战空前尖锐，汉武帝时用大儒董仲舒以"独尊儒术"，使儒学成为"正宗"。但董仲舒没有沿着荀子的思想路线发展，却把儒家学说中的"天"解释为宇宙间有意志的主宰，使汉代出现了一整套的神学体系。而另一方面，东汉出现了伟大的思想家王充，他大反"正宗"，公然升起无神论和唯物主义的旗帜。他不仅批判汉儒，也批判孔孟，也批判汉代社会上存在的一切有神论。

佛教的传入和道教的创立，对儒家学派的影响很大。儒家虽然仍保持着正宗的独尊地位，但已受到相当严重的挑战。在这种情况下，儒家学说的内容显得比以前更宽泛了，一些过去被认为是儒家以外的学派被包括进来，这些学派也因为反对佛、道两家而甘心并入儒家，并不另立门户。到了唐代，儒家则成为与佛学、道学相区别的一大学派，甚至被称为"儒教"。这样，由于儒学的涵盖面扩大，各种学说都兼而有之，更呈现出有神论与无神论并存的局面。比较有代表意义的是韩愈和柳宗元的学说。韩反对佛教，是很著名的大儒，但他是有神论者；而柳宗元则相反，基本上坚持了无神论思想。与此相似的是北宋时期的司马光和王安石，他们二人分别属于唯心与唯物两大思想阵营，且对后世都有很大影响。

在中国古代，所谓正统的儒家，即使是有神论者，也把"语怪"视为"邪僻"，把语涉怪异的作品视为末流，认为不可登大雅之堂。所以，李昌祺因写有《余话》而被排除在先贤名位之外，而瞿佑在编著成《新话》之后，仍然顾虑重重，因此他在《新话》自序中写道："既成，又自以为涉于语怪……藏之书笥，不欲传出。"后来他认为《诗》《书》《易》《春秋》等怪笔所记，其中也难免言怪，再加上求观者众，他这才决定拿出来付梓。瞿佑的这番话，说明他深知一般文士儒子对志怪是有看法的，为了对付别人的指摘，他不得不预先做出解释。为《新话》写序的三人，凌云翰、吴植和桂衡，也都深知这一点，所以都在这一方面为瞿佑开脱。桂衡说得最清楚："余观昌黎韩子作《毛颖传》，柳子厚读而奇之，谓若捕龙蛇，搏虎豹，急与之角，而力不敢暇……及子厚作《谪龙说》与《河间传》等，后之人亦未闻有以妄且淫病子厚者，岂前辈所见，有不逮今耶？亦忠厚之志焉耳矣。余友瞿宗吉之为《剪灯新话》，其所志怪，有过于马孺子所言，而淫则无若河间之甚者。而或者犹沾沾然置喙于其间，何俗之不古也如是！"他抬出韩愈、柳宗元的作品为《新话》的志怪辩护，同时也抨击了那些指责《新话》"语怪诲淫"的人。

在读《三话》的序言时，我们可以隐约发觉，《三话》的作者们未必相信真有鬼神，但读《三话》中的小说时，又觉得他们是在宣扬有神论。这一状况，再加上前面对他们志怪动机的考察，使我们初步得出结论，《三话》的鬼神观首先是受了儒家鬼神观的影响，而典型的儒家鬼神观则是孔子的鬼神观，既不承认鬼神实有，也不宣布鬼神实无。

可贵的是，《三话》还描写了几个无神论者。这几个人物虽然都否认鬼神的存在，但都不得不和鬼神打交道，这也可以认为是儒家鬼神观的一个反映。下面请看具体例子。

①《新话》卷二《令狐生冥梦录》中，开首介绍主人公令狐撰是"刚直之士也，生而不信神灵，傲诞自得。有言及鬼神变化幽冥果报之事，必大言折之"。他的近邻有一大富翁乌老，平时作恶多端，死后因广为佛事、多烧纸钱而三日复生。令狐生对此愤愤不平，说："始吾谓世间贪官污吏受财曲法，富者纳贿而得全，贫者无赀而抵罪，岂意冥府乃更甚焉！"又作诗讥讽神佛。冥王知道了这件事，便派鬼使把令狐生拘到阴间，加以审问。令狐生不服，仍认为阴间和阳间一样不公平。他在供状上慷慨陈词，表现了大无畏的精神。冥王见了他的供状，也不得不认为他"持论颇正，难以加罪，秉志不回，非可威屈"。便下令将他放回阳间，而将那乌老重新追回。

这篇小说的最精彩部分是令狐生的供词，文笔犀利，大义凛然，矛头直指社会弊端。令狐生作为一个无神论者，在同鬼神的正面冲突中，以崇高的精神境界和刚正不阿的英雄气概赢得了胜利。小说的主旨固然不是宣扬无神论，而是针对社会现实的，作者采用的是象征的手法，以鬼神、阴间隐喻现实的黑暗，无神论者则是正义的代表。

②《新话》卷四《太虚司法传》是一篇有趣的小说，其情节离奇曲折，表现了作者奇特的想象力。小说开头写道："冯大异，名奇，吴、楚之狂士也。恃才傲物，不信鬼神，凡依草附木之妖，惊世而骇俗者，必攘臂当之，至则凌慢毁侮而后已，或火其祠，或沉其像，勇往不顾，以是人亦以胆气许之。"冯大异外出，到林中避雨过夜，地上八九具僵尸突然闻雷声而起立，将大异围住。大异上树。又来一夜叉将群尸的头摘下吃了，像吃瓜一样。大异趁机逃往一座废庙，钻进大佛像的肚子里。佛像突然鼓腹大笑，说今夜有送上门的点心，不用吃斋了。大异一听，又立即外逃。在荒野，大异见到灯火，走近一看，原来是些无头鬼，大异又逃，涉水躲过无头鬼，却掉进了"鬼谷"。众鬼将大异抓到鬼王跟前，鬼王谴责道："汝具五体而有知识，岂不闻鬼神之德其盛矣乎？孔子圣人也，犹曰敬而远之。大《易》所载鬼一车，《小雅》所谓为鬼为蜮。他如《左传》所纪，晋景之梦，伯有之事，皆是物也。汝为何人，独言其无？"于是，众鬼开始折磨大异，一会儿将他搓成长条，像竹竿一样，一会儿又将他按扁，像个大螃蟹。大异不胜其苦，要求放归。众鬼又将大异打扮成鬼模样放回。大异无法见人，愤懑而死。死后他到天上告状，天府因他正直，命他为太虚殿司

法，并将众鬼夷灭。

这个故事中，冯大异与鬼做斗争，失败而死，死后借助于"天"才得复仇，暗示了人间鬼蜮的猖獗和英雄人物的悲剧命运。加之艺术上构思新奇、情节紧凑、语言形象诙谐等特点，可以说它是一篇成功的好作品。但在鬼神观问题上，小说受到儒家唯心主义天道观的影响，宣扬的是"天"的意志高于一切。

③《余话》卷一《何思明游丰都录》中写一个儒士何思明信"天理"而不信鬼神，尤其不信佛教和道教。他曾著《警世》三篇，"推明天理，辨析异端，匡正人心，扶植世教"。他提出了"天即理也"的命题，说"以其形体而论，谓之天；以其主宰而言，谓之帝；帝即天，天即帝。非苍苍之上，别有一天"。他还认为，世人只知天上的天，"不知有己之天焉，己之天，即天之天，是故丹扃（指身）煌煌，天之君也；灵台（指心）湛湛，天之帝也"。何思明病危时，仍反对亲友为他祷告，反对以酒肉祭祀鬼神。然而，他死去后，灵魂却到了丰都，游了地狱。复上后他大谈阴间情形，并告诉弟子要相信鬼神，相信佛道二教，他说："子不语怪，固然，亦不可不使汝曹知果报之不虚也。"

这篇小说与前两篇小说相比，无论从思想上还是从艺术上看，都远远不及。从鬼神观说，它宣扬的是佛道迷信的果报思想。但从中亦可看到儒家天道观和鬼神观的影响，尤其是受了宋代理学的影响。何思明所说的"天理"，与宋代大儒二程的观点极为相似，程颢说过："天者，理也……帝者，以主宰事而名。"程颐说过："大而化之，只是谓理与己一"，"心是理，理是心"。（《二程语录》第十一、第二、第十三）小说让何思明魂游地府，死而复生，思想顿变，说明作者是站在佛道有神论的立场上，以佛道因果报应思想去指责何思明理学观念的偏颇。

（四）佛教对《三话》的影响

佛教传入中国后，对中国人的思想、政治、社会、文化等方面都产生了巨大影响。中国历来对佛教的功过利弊评价不一，但谁都不能否认它的存在和影响。佛教的传入，也给中国小说带来一份丰厚的赠礼，它直接影响了魏晋南北朝时期的志怪小说，也直接影响了唐代的小说如变文、传奇等，宋元的话本、笔记中也到处可见其影响，明代小说自然也逃不出这层干系。产生于明代的长篇小说《西游记》《封神演义》都与佛教关系密切，可以说，没有佛教的传入便没有这两部作品的产生。《三话》中的佛教影响随处可见，总结一下，这影响主要表现为以下四种情况：

1.《三话》中经常使用佛教的词语、典故

如夜叉、罗刹、兜率、伽蓝、金刚、罗汉、三昧、阎浮提、铁围城、三千世界……举不胜举。如《余话》卷一《听经猿记》一篇，就使用了禅、兰若、檀施、妙义、诸天、雨花、僧、空、释、业、缘、轮回、菩提、涅槃、般若、慈悲、和南、法门、跏趺、观音、袈裟、戒、《楞严》、解脱、定慧、梵、《圆觉》、万法、毗卢、偈、觉、悟、三生、无生、荼毗、菩萨、法轮等数十个佛教用语，其中有人名、书名、地名、术语等，有不少词是直接从印度梵语音译的，也有一些是意译的，当时多数已成为百姓常用的词汇了。

2. 佛教的寺庙时常是故事的发生地或男女主人公的避难场所

例如，《牡丹灯记》中，杭州西湖的湖心寺是故事的发生地之一，《余话》卷三《武平灵怪录》以归全庵为故事发生地，《余话》卷四《芙蓉屏记》中，女主人公王氏以尼姑院为避难所等。

3. 僧尼、普通信佛者或坚决反佛者成为故事中的重要角色或主人公

如《余话》卷一《听经猿记》，以和尚袁逊为主人公；《因话》卷二《丁具丞传》中，和尚为第二主人公；《余话》卷一《何思明游丰都录》中，反佛的何思明为主人公；《新话》卷二《令狐生冥梦录》中，以反佛的令狐生为主人公。

4. 佛教的教义成为小说的思想内容

《三话》中有不少篇都宣扬佛教的因果报应、轮回转世思想，本书第三部分已经作过介绍，此不再叙。

归结以上四点，可知《三话》从语言到内容，从取材到构思，都曾得益于佛教的影响。这影响的产生可能是直接的，即作者本人信佛或读过佛教典籍，但更可能是间接的，即社会上佛教的现实反映到了小说中。

我们知道，在元末明初的社会大动荡中，普通百姓的生命财产得不到安全保障，生活极不安定，许多人家破人亡，许多人流离失所，许多人受尽凌辱。在他们没有能力改变这一切的时候，有的人绝望，有的人听天由命，有的人厌倦人生。这时，佛教所宣扬的看破红尘、断绝欲望、脱离苦海、为来世善积德等，便很能打动人心，使相当多的人心向佛法，寻求精神解脱，寻求佛法护佑。再加上战乱一般很少危及寺院，寺院生活相当稳定，又可逃避徭役，逃避强权暴力，所以有不少人愿意出家入寺，宁肯守着青灯黄卷，伴着晨钟暮鼓度过余年。《三话》便在一定程度上反映了这一社会现实。

还应当注意到，在当时的社会里，佛教界也始终存在着一些败类和丑恶现象。《三话》中的一些篇什也反映了这一实际。《新话》卷四《太虚司法传》中写佛像大笑时说的话："今夜好点心，不用食斋也！"这显然是对佛的大不敬，隐晦地讥讽了佛教界某些人物的贪婪。《新话》卷二《令狐生冥梦录》中，说令狐生在地府看到一些裸体僧尼，阴间鬼卒用马牛之皮将他们一一蒙上，把他们变成畜类。说："此徒在世，不耕而食，不织而衣，而乃不守戒律，贪淫茹荤。"一针见血地指出了佛教的弊端。《因话》卷二《唐义士传》记载了一个真实的故事，其中提到了元代僧人杨连真伽，他为江南佛教总管，横行霸道，做尽坏事，伙同爪牙靠发掘南宋君臣陵墓大发横财。这在一定程度上说明了元代佛教界的腐败。

（五）道教对《三话》的影响

大家知道，道教是中国土生土长的宗教，但在它的发展过程中，却受到了佛教的很大影响。佛教是外来宗教，在中国站稳脚跟后，便同道教展开了激烈的竞争。道教的发展在很大程度上受益于这一竞争。道教是一个能兼收并蓄的宗教，它从佛教中吸取了不少东西为己所用。而且，它不仅把中国上古世代的三皇五帝拉进自己的宗教，还把古代许多神话传说和民间故事都一股脑地吸收进去，甚至把天文、历算、医、农、兵等各种书籍都纳入自己的典籍——道藏。道教还有一个特点，就是炼丹以求长生不老、羽化飞仙。它的这一特点对封建帝王很有吸引力，往往是佛教所不及的。一般封建帝王都想自己能万寿无疆，永远享受特权。他们不惜工本，或请道士入宫为他们讲道炼丹，或役力百姓为道教徒大修宫观。皇帝求长生，相信术士的谰言，秦皇汉武都是先驱。到了宋代，有几个皇帝特别崇信道教，使道教有了很大发展。元朝建立前，成吉思汗曾召全真道首领丘处机问道，求长生之术，遂使道教全真派盛极一时。明代皇帝对道教都相当崇拜，早期明成祖朱棣即崇奉真武神，在武当山为道士营造宫观，耗资巨大，还多次派人寻访著名道士张三丰。由于宋元明时期道教的发展，上自帝王，下至百姓，都深受其影响，因而《三话》受道教的影响便不是偶然的了。

《三话》中的道教影响似乎比佛教影响还大。在涉及志怪内容的四十一篇小说中，多数与道教有关。下面举几个例子。

①《新话》卷四《鉴湖夜泛记》中，讲元代人成令言卜居于鉴湖（即镜湖，

在今浙江绍兴南）之滨，一夕，泊舟于千秋观下，仰视银河，扣船舷而歌，"飘飘然有遗世独立，羽化登仙之意"。这时，小舟忽然自动如飞，瞬间千里，来到一处寒气袭人、清光夺目的境地。原来这里是天河。织女引他如"天章之殿""灵光之阁"。成令言与织女谈论起许多神话传说，有牛郎织女、嫦娥奔月、巫山神女、湘君夫人、张骞乘槎、后土夫人、上元夫人、蓝桥捣药、兰香度张硕、彩鸾配文萧等。织女认为其中一部分是真实的，而另一部分则是无聊文人的胡编乱造，是诬蔑神灵、欺心惑世。因此，她要求成令言到人间去为之辩白。成令言得织女所赠瑞锦回到人间，二十年后得道。

这篇小说从头到尾都与道教有关。开头，说成令言卜居镜湖，这使我们联想到李白的诗《梦游天姥吟留别》，这首诗描绘了仙境的美好，其中有"我欲因之梦吴越，一夜飞渡镜湖月"的名句。李白被后人称为"诗仙"，亦被道教徒列入仙班。小说继而提到千秋观，这是唐代诗人贺知章故宅改成的道观，贺知章晚年因病上疏，请求当道士，唐玄宗批准，遂改其宅为千秋观。小说中提到的神话传说、民间故事，多数都为道教所接受，世人往往也把这类神话与道教联系在一起。小说结尾处，没有明言成令言成为仙人或道士，但他的容貌服饰、行为举止都使人深信他是道家。

②《余话》卷三《幔亭遇仙录》中，讲隐士杜儆成隐居于福建建阳山中，一日，于溪中泛舟，在一奇异去处登岸。杜儆成忽见一石门洞开，便入洞前行，二里许，见一大城，叫"幔亭真境"，是武夷君的治所。有童子将杜儆成引至"清碧道院"，见到清碧先生杜本。杜本自称是杜儆成的先人，要求他到人间去保护其遗著《春秋诸传正义》，使之免于流落俗人之手。杜本以胡麻、黄精、玄芝等仙品招待杜儆成，又邀集十一位仙人为儆成题字、作画、赋诗。诗中涉及道教教义和一些神话典故。儆成持归，完成杜本所托之事。后数年，儆成弃家入山，与龙虎山道士卢大冶交往最密，卢死不久，儆成亦化于山中，识者以为遇仙尸解。

这篇小说中有两个问题值得注意：第一，小说宣扬了道教清静无为、离尘脱俗的思想。主人公杜儆成为隐士，远离社会政治生活，得到仙人点化，最后也成了仙。这条故事主线告诉读者，隐居——遇仙——成仙这三个步骤是通向天国、得列仙班的捷径。小说中所列出的仙人，其实都是宋元时代著名的道人，他们的诗无疑洋溢着道教的气息。其中开府真人王溪月的诗是劝杜儆成早日入道的："因兹得至清虚境，好断尘缘发深省。莫向人间恋火坑，幻身浑似浮沤影。"指出了世俗生活之苦，好比处于火坑之中，而自身的存在只是幻影。这既是对社会的不满，也是对人生的否定。圆一道人李玉成的诗说："至人收视息，恬澹养希夷。万物皆刍狗，此身真若遗。大道无终始，时运有盈亏。寄言学仙子，试向窍中窥。"这是典型的宣扬道教教义、劝人入道的诗。第二，小说中对《春秋》等书的议论，暗示了道家与儒家的微妙关系。文中有两段议论，首先肯定了孔子的圣人地位，接着便是对后世儒者的褒贬。这固然是作者借小说表达自己对问题的看法，但也反映出道家力图把儒家的某些思想纳入道教教义的历史事实。道教如果对儒家不敬或干脆反儒，则无法获得立足之地，而要发展道教理论，则必须有知识分子入道。中国古代教育都以儒家经典启蒙，道教要吸取知识分子入道就必须先同儒家拉上关系。这种关系有其天然的条件，道教始祖老子和儒家始祖孔子是同时代人，道教学说与儒家学说一同在中国文化的土壤上发展起来，道教又常常拉着儒家共同反对外来宗教佛教。小说中的议论体现了道教学说与儒家学说的这种亲缘关系。道教徒从道教的立场出发解释儒典，这又是为儒士入道铺平道路。

（六）《三话》中的佛道杂糅现象

《三话》中有的篇章出现了佛道杂糅的现象，即一篇小说中既有佛教影响又有道教影响，两种因素并存。例如，《新话》卷一《水宫庆会录》，主要表现为儒家的影响，其中有龙王广利、黄巾力士、西王母、仙山蓬莱、九转丹、通天犀等，都是道家使用的词汇，有关传说也都被列入道家典籍。但小说中也使用了几个佛教词汇，如罗刹、兜率，都是由梵文音译来的。《新话》卷二《牡丹灯记》中的人物有僧人也有道士，文中除有黄巾力士、九天、急急如律令等道教用语外，还有五百年欢喜冤家、十地、夜叉等佛家用语。《余话》卷一《何思明游丰都录》中，除有道家常用的九天、九帝、丹扃、灵台、天妃等词汇外，还有佛家常用的地藏菩萨、六道、四生、十方、三十三天等概念。《因话》卷一《翠娥语录》中提到房中乐、《道德经》《黄庭经》、蓬壶仙界、养丹炉、三清、阴阳等道教内容，也提到了色、空、善男子、三生、护法伽蓝等佛教用语。

《三话》中出现这种佛道杂糅的情况，并非由作者混淆了佛道二教的基本概念所致。像瞿佑、李昌祺这样的人，少年时即有文名，长大后学识渊博，如果连他们都分不清哪些东西属于佛教，哪些东西属于道教的话，那就几乎没有什么人能分得清了。那么《三话》这些篇什中出现佛道杂糅局面的原因是什么呢？原因大抵有二：第一，当时社会上的普通百姓，特别是劳动阶层的人，对佛和道的概念不甚清楚，而且他们也不需要辨别清楚。他们处在无文化的状态下，遇到三灾八难时，往往不分佛道，遇庙就烧香，见神就磕头，他们以为，心诚则灵，谁能救助他们，他们就拜谁。这样，佛道的基本概念被混淆，已是社会积习，不是几个文人所能划一的。第二，《三话》中佛道杂糅现象的原因还在于佛与道的相互影响和渗透。佛教传入中国后，印度佛教的原始成分日益减缩和改变，逐渐形成了中国自己的佛教，它与印度佛教既相联系又有区别。道教在发展过程中，也深受佛教的影响，从佛教中吸收了不少内容，如兜率一词，本出梵语，兜率天是佛教六欲天之一，而道教将它搬过来，加以改造，说兜率天是太上老君的住所。再如，因果报应、轮回转世等佛教理论，也被道教借来，加以改造利用，成了道教教义的一部分。前文提到的《幔亭遇仙录》中王溪月的诗，是道人的作品，但其中明显存有佛教教义的影响。喻人间为"火坑"，显然是受了佛教视人生"一切皆苦"思想的影响；而把自身视为幻影，则是大乘佛教"一切皆空""一切皆幻"思想的流变。

六、《剪灯三话》的人物与精神分析

关于《三话》的艺术成就，历来都评价不高。鲁迅在《中国小说史略》中写道："明初，有钱唐瞿佑字宗吉，有诗名，又作小说曰《剪灯新话》，文题意境，并抚唐人，而文笔殊冗弱不相副，然以粉饰闺情，拈掇艳语，故特为时流所喜，仿效者纷起，至于禁止，其风始衰。"（第二十二篇）这段话为后人评价《三话》定下了基调。

《三话》的艺术成就前不如唐传奇，后不及《聊斋》，但作为二者间的过渡性作品，也有可取之处。其可取之处除本书第四部分所谈的悲剧效果外，还有人物塑造和心理描写上的某些成就。

在人物塑造方面，《三话》中塑造了几种类型的人物，给人留下了较深刻的印象。下面重点介绍两类。

（一）理想人物的塑造

这里所说的理想人物，专指封建士大夫心目中的青年男女楷模，即最佳婚配对象，而不涉及其他。在封建社会里，人们选择配偶的标准大体上有四项：

德、才、貌和门第。其中，对男方的要求主要在才，对女方的要求主要在貌，故有郎才女貌之说。

《三话》所塑造的青年男女形象中，有几个较成功的。他们虽然都符合上述四项标准，但也有只具备前三项的，这是作者突破门第观念的结果。于是，塑造出德才貌兼备的人物形象的作品，成为《三话》中最感人的篇章。

《新话》卷三《爱卿传》中的罗爱爱就是典型的一例。罗爱爱为嘉兴名娼，身份低下。但"色貌才艺，独步一时。而又性识通敏，工于诗词，以是人皆敬而慕之，称为爱卿"。接着，作者又写风流之士对爱爱的追求，从侧面突出爱卿的才貌。既而又写爱爱与郡中名士玩月赋诗，"爱卿先成四首，座间皆搁笔"。反衬出爱爱的非凡才艺。她嫁给赵子之后，"妇道甚修，家法甚饬，择言而发，非礼不行。"她一方面鼓励丈夫立场扬名，另一方面又谨慎侍奉婆婆。这部分描写较细，突出了她的德。婆婆死后，战乱爆发，刘万户见爱卿姿色出众，便欲恃权逼娶。爱卿机智周旋，好言拖延，突出了她的敏。写爱卿被逼，自缢而死，又突出她的贞。作者的描写繁简得当，处处表现主人公的德才貌，成功地刻画了封建社会理想女性的形象，给人以较深刻的印象。

再如，《余话》卷二《鸾鸾传》中的赵鸾鸾，也是这类理想人物。小说中，作者首先介绍赵鸾鸾的身世，然后即正面介绍她"有才貌，喜文词，尤精于剪制刺绣之事"。她婚前爱上邻居柳颖，而母亲偏把她嫁给富室缪生。嫁三月而缪生死，议再嫁，她写信表达自己的心愿。她信中以自己的德才貌自诩，表现出异乎寻常的自信和自尊。与柳生婚后，她对公婆孝敬，对平辈和睦，对下人恩慈，对亲戚有礼，对乡邻有助。作者极力称道其贤惠品德。战乱中赵鸾鸾被掠，历尽艰难而始终保持贞节。她于被掠过程中曾写下《悲笳四拍》，表达了她对时事、对人生的看法，也表现了她高出普通女性的非凡才智。与丈夫重聚后，她建议夫妻暂时隐居山中避难，表现了她的远见卓识。隐居后，与丈夫同甘共苦，又表现了她的贤德。最后，她在丈夫死后含恨自焚，则表现出她无比刚烈的个性。

仅从以上两例就可以看出，《三话》中所刻画的理想女性形象，基本上符合封建社会一般士大夫的标准，但在门第观念上有所突破，却有积极意义。艺术上，作者对这类女性的描绘显然没有采用什么新的手法，但人物性格仍然被突出了出来，这是因为，作者所选择的是大动荡的社会背景，以大起大落的情节变化来表现人物的性格是可以事半功倍的。

（二）叛逆人物的塑造

《三话》中还塑造了几个具有叛逆性格的人物形象，这也是《三话》不可忽略的艺术成就之一。

①在《新话》卷二《令狐生冥梦录》中，作者通过对令狐生言论的记叙来突出他的叛逆个性。作者写了他个性的两个方面：一写他不信神佛、不怕鬼神、威武不屈的坚定信念；二写他光明磊落、仗义执言、至死不渝的刚正精神。虽不免平铺直叙，但言辞锋锐，脍炙人口。

②《新话》卷二《太虚司法传》中的冯大异也是一个具有叛逆精神的人物。他受到群鬼的百般折磨而不屈服，直到死后仍顽强同恶鬼做斗争，是正义和意志的化身。

③《余话》卷五《贾云华还魂记》中的女主人公贾云华是另一类具有叛逆性格的人物。她的叛逆性格主要表现在她对自由爱情的大胆追求上。她敢于违背母命，私自向自己所爱的人倾吐爱情，并委身托体，这在当时是一种大逆不道的行为。她最后因郁闷而死，死后又还魂，都表现她对自由爱情的执着追求。

④《因话》卷一《翠娥语录》中的李翠娥是淮扬名妓，但她也是一个个性突出的女性。她身虽沦落而心志高洁，在权贵面前不卑不亢，侃侃而谈。她对人生、对社会的认识超出了当时一般女性所能达到的水准，也超出了许多士大夫的水平。她对堕落世风的评论，表现出一种反潮流的精神。她坚持不嫁人而出家为女道士，又表现了她出淤泥而不染的高洁情操。

（三）性格变化与精神分析

《三话》塑造了大大小小的人物形象一二百个，前面所举的是个性较为突出、形象较为鲜明的几个。然而这几个人物的性格又显得比较单一，作者所强调的是他们个性的始终如一，写他们生来便如此这般，而很少写其性格的发展变化，也缺乏对他们的多层次全方位的描绘。如写爱情的专一，则贞烈到底；写不畏强暴，则至死不渝，等等。因此，《三话》中涉及人物性格转变的例子不多。

《因话》卷二《丁县丞传》中的主人公丁县丞是个值得分析的人物形象。小说先介绍他的身世，然后说他性格豪爽，"好结交权势，不事生业"。一日，他在将北上谋生时遇到一个和尚，二人"性格相似，遂相契合"，便同舟共渡，相见恨晚。和尚带有银两，并不回避丁某。丁某见财心动，想：自己到了都城以后，经济上会遇到很大困难，而这个和尚所带的银两肯定不是正道来的。他为自己谋财害命找到了借口，便伺机将和尚推下水，占有了钱财。事情做得虽然隐秘，但丁某心中却始终感到内疚，在睡梦中时常梦见那个和尚。这样过了一年，丁某终于病倒了，恍惚中总见那个和尚在眼前。他又惭愧又害怕，生命已危在旦夕。这时，他才把实情告诉妻儿，说自己一生从没做过亏心事，只有这件事对不起那个和尚。他还告诫儿子将来不要做坏事。他儿子很孝顺，到关帝庙磕头流血，祈祷神灵，表示愿意代替父亲去死。数日后，那个和尚来求见，丁氏子将他带到父亲床前，丁某大骇。和尚笑着说：你的病不是真病，我也不是真鬼。那年在船上，因我识水性而没有死。我途经关帝庙，睡梦中见到关帝神君，他让我速来救你。丁某表示了悔恨歉疚之情，又偿还了银两，病就好了。

我们知道，中国古典小说艺术以白描手法见长，很少作心理描写，而文言小说尤其如此。《丁县丞传》中偶有一二句心理描写，对表现人物性格变化极有补益。丁县丞本是善良之辈，但见了钱财却突发杀人之心，这是他性格的突变。此后，他自愧自悔，积郁成疾，几不能生，是因为内心有难言之隐。作者在这一段中没有直接描写他的心理活动，而是通过梦幻间接地反映他的心情，这实际上是巧妙地采用了精神分析的方法。这个故事使我们联想到《杯弓蛇影》的典故。《风俗通》卷九记载，应彬赐酒给杜宣，杜宣见杯中有条小蛇，又不敢不喝长上所赐之酒，喝后心内狐疑，得了场大病。后来知道那不是蛇，而是墙上挂的弓倒映在酒中，病才痊愈。这两个故事讲的都是因难言之隐而引起心理障碍，并由此导致身体疾病。丁县丞的心理障碍是由对亏心事的愧悔引起的。一旦心理障碍消除，身体自然康复。《丁县丞传》通过这种心理分析方法来表现人物性格转变，是很有特色的。

与《丁县丞传》相似的有《新话》卷一的《三山福地志》和《因话》卷一的《桂迁梦感录》。这几篇小说都写了道德问题，作者通过对主人公内心深处的思想冲突和心理矛盾的表现，揭示了善与恶的对立转化，从而刻画出人物性格的双重乃至多重特征。

（四）梦幻法的功能

《新话》卷二《渭塘奇遇记》是一篇短小而优美的爱情故事。文中首先介绍王生其人，继而笔锋一转，开始正题，写王生收租经过渭塘。作者以轻松自如的笔致将读者带到一家酒店跟前："青旗出于檐外；朱栏曲槛，缥缈如画；高柳古槐，黄叶交坠；芙蓉十数株，颜色或深或浅，红蕊绿水，上下相映；百鹅一群，游泳其间。"寥寥数笔，把那酒店的环境描绘得有声有色。王生在酒店坐下，面对桌上的佳肴，"斫巨螯之蟹，鲙细鳞之鲈，果则绿橘黄橙，莲塘之藕，松坡之栗，以花磁盏酌真珠红酒而饮之"。到这里，作者已写出了环境之美和酒食之美，只差人情之美了。果然，店主的女儿出现了，她"年十八，知音识字，态度不凡，见生在座，频于幕下窥之，或出半面，或露全体，去而复来，终莫能舍。生亦留神注意，彼此目成久之"。二人一见钟情。用当时的道德规范衡量，二人都不是轻浮之辈，虽已目成心会，但决无越轨言行。王生没有上前搭讪，而是若有所失地离开酒店。由于爱恋深切，至日有所思，夜有所梦。他梦见自己又到了酒店，与店主的女儿在一起谈情说爱。店主的女儿也做着同样的梦。二人在梦中神交达一年之久，第二年王生再过渭塘，才得成佳偶。

这篇小说中，王生与店女的梦恋很有趣。一方面，这说明古代社会青年男女的恋爱很不自由，他们受旧道德规范束缚，无权自己做主选择配偶，只能于梦中相会。而梦恋却可以摆脱世俗的约束，使世人以为是"神契"，以为是神灵玉成了他们，自然不能非议，不敢阻挠。假借神的意志使自由恋爱合法化，这是对封建礼教的迂回反对。另一方面，通过梦幻的描写以表现人物情感和内心活动，这也是精神分析法的运用。前文所提到的《桂迁梦感录》和《丁县丞传》等都采用了梦幻法，因此，这是研究《三话》艺术成就时应当重视的题目。在中国封建社会，虽然很早就有人提出关于梦的科学解释，但都是只言片语，始终没有形成完整的理论体系，更谈不上创立出心理学这一学科了。相反，从封建帝王到平民百姓，绝大多数人对梦怀有一种神秘感，于是，圆梦成了巫卜之流的谋生手段。他们把梦和鬼神联系在一起，对梦进行种种迷信解释，而越解释越使人糊涂。《三话》中所写的梦幻，都带有浓厚的迷信色彩，这是可以理解的。但在艺术上，《三话》使用梦幻法却可以使作品产生一种特殊的效果。

《三话》中使用梦幻法的例子不少，这里据以归结梦幻法的功用如下：

①如前所述，梦幻作为心理活动的折射，采取梦幻描写对表现人物精神世界的状态和变化有特殊功用。它是不作心理描写的心理描写，或者叫作白描式的心理描写。

②梦幻法是通过作者的想象实现的，它能突破现实、超越时空，把读者带入一个神秘莫测的世界，给读者以神奇恍惚之美，光怪陆离之美。

③作为沟通人、神、鬼的媒介，梦幻可以引起情节的转变和起伏，丰富故

事内容，弥补情节缺陷。

④由于梦幻与真实的对立关系，梦幻法又有强化主题、激化情感的功能。

七、《剪灯三话》的诗词与文人处境

关于《剪灯三话》的语言，自鲁迅说《新话》"文笔殊冗弱"后，各家均评价不高。《三话》在语言上的弊病主要表现在诗词上。然而，以诗词入小说，非自《三话》始。自佛教东传，华夏文化蒙其影响，佛教的韵散相间体式便影响了中国文学作品的文体结构。故六朝小说中已有诗文混出的现象，而至唐代形成固定程式。由于佛教在唐代空前发展，民间大开"俗讲"，即以群众喜闻乐见的通俗方式解说佛经的教理精义，"变文"这种说唱文学体裁便应运而生。变文即典型的韵散相间体式，其中韵文部分用以唱颂，散文部分用以讲述。这样有说有唱，说说唱唱，很受当时群众欢迎。唐代说唱文学直接影响了宋代话本，又使话本小说形成了韵散相同的定式，直至明清世代，白话长短篇小说几乎无一不受这一定式的影响。在文言小说系列，唐宋传奇的许多篇什中也往往杂以诗词，这固然同唐诗和宋词的发达有关，但也不能排除其形式上受唐宋说唱文学影响的因素。

《三话》中大量掺杂诗词，而其中以《余话》为甚。仅《贾云华还魂记》一篇，所出现诗词竟多达四十八首。《三话》中出现这样多的诗词，有一些确实与故事情节关系不大，成为一种疣赘，妨害了读者阅读中的情趣，甚至破坏了故事情节的连贯性和整体感。但《三话》中诗词的情况也并非完全如此不得体，也还有一些可取之作。这样，我们就应当对《三话》中的诗词作些具体分析，以便能正确评价其利弊得失。

（一）文字游戏

鲁迅有诗曰："有病不求药，无聊才读书。"我们面对《三话》中的大量诗词，似乎也可以说，"有才寻泄处，无聊才作诗"。因为，《三话》中的许多诗词是属于文字游戏和学识卖弄，而这与当时的文人处境关系甚大。刘敬在《余话》的序言中说："此特以泄其暂尔之愤懑，一吐其胸中之新奇，而游戏翰墨云尔。"这句话的前半说得婉转，但点出了文人李昌祺的处境和心态，而后半之"游戏翰墨"则击中要害。《三话》的作者确实是搞了不少文字游戏，今条贯如下：

1. 联句诗

《余话》卷二《田洙遇薛涛联句记》中，说广州人田洙随父到成都，后偶经一所，遇美人，欢会之际，便相互联句作诗。其诗二首，第一首题为《落花》，共四十八句，第二首为《月夜联句》，共百句。所谓联句，即二人对吟，你一句我一句，连缀成篇。这两首联句诗，实际上与小说情节、人物性格关系不大，有了它们反使故事拖沓，使读者不胜其烦，往往跳过不读。故此等联句，纯属文字游戏，无多大艺术价值。

2. 集句诗

《余话》卷一《月夜弹琴记》中出现诗凡三十首，皆以唐宋人诗句拼凑而成。除了表明作者熟悉唐宋诗以外，对小说本身不仅未能增色，反而有损。况且，这样断章索句，形似巧妙，实则破坏了唐宋原诗的意境旨趣，殊不可取。故此类集句诗亦纯属文字游戏和学识卖弄。

3. 回文诗

所谓回文诗，是指正读逆读皆成诗。《田洙遇薛涛联句记》中有八首，试举其中一首写冬天的诗为例。

正读曰：

> 天冻雨寒朝闭户，雪飞风冷夜关城。
> 鲜红炭火围炉暖，浅碧茶瓯注茗清。

逆读曰：

> 清茗注瓯茶碧浅，暖炉围火炭红鲜。
> 城关夜冷风飞雪，户闭朝寒雨冻天。

可见，回文诗正读逆读皆成韵，均对仗，但却没有翻出新意。游戏毕竟是游戏。

4. 隐谜诗

《余话》卷三《武平灵怪录》讲齐仲和在一座废庵中遇见诸怪，诸怪各作一诗，皆为隐谜诗。如其中自称毛原颖的怪物作诗曰：

> 早拜中书事祖龙，江淹亲向梦中逢。
> 远夸秦代蒙恬巧，近说吴兴陆颖工。

鸡距蘸来香雾湿，狸毫点处腻朱红。

于今赢得留空馆，老向神龛作秃翁。

诗中典故皆与毛笔有关，是一首毛笔的隐谜诗。这类隐谜诗是一种文字游戏，但诗中兼有谜语，因而有一定的价值。

5. 打油诗

打油诗得名于唐人张打油，张打油曾作《雪》诗曰："江山一笼统，井上黑窟窿。黄狗身上白，白狗身上肿。"因之又称为"打狗诗"。此类诗意义不大，但以其通俗诙谐而别具风味，可供戏谑消遣。后人把一些通俗诗称为打油诗，概念已有所变化。《因话》卷一《姚公子传》中有姚公子诗二首，其一为其有钱时所作：

千年田土八百翁，何须苦苦较雌雄？
古今富贵知谁在，唐宋山河总是空。
去时却似来时易，无他还与有他同。
若人笑我忘先业，我笑他人在梦中。

其二为其穷困乞食时所作：

人道流光疾似梭，我说光阴两样过。
昔日繁华人慕我，一年一度易蹉跎。
可怜今日我无钱，一时一刻如长年！
……

这两首诗都很通俗，也有一定的思想意义，其中隐含着一种苦涩的幽默，姑且把它们算作打油诗。这类诗当不属于普通文字游戏，权列于此。

6. 翻改民歌

《新话》首篇《水宫庆会录》中有短歌六首，是据民间盖房上梁时所唱歌翻改，失却了原来的质朴，反变得华而不实。同样，《余话》卷四《洞天花烛记》中有《撒帐歌》，其一曰：

撒帐东，
罗帏绣幕围春风（唐李贺）。
红绽樱桃含白雪（唐李商隐），

元精耿耿贯当中（唐李贺）。

如是集唐宋诗句，按东西南北上下六个方位成诗六首。这使我们想起了元代关汉卿的戏剧《山神庙裴度还带》，其中亦记有《撒帐歌》，大抵为元代民俗。其辞曰："好撒东方甲乙木，养的孩儿不要哭，状元紧把香腮搵，咬住新人一口肉……"如是按东西南北中五方（配以天干、五行）边唱颂边撒"五谷铜钱"，取富贵多子之意。两相对照，可知《余话》以唐诗集句翻改了民歌，既损害了唐诗的典雅，也损害了民歌的犷放，成了不伦不类的东西。

（二）规模唐宋

从艺术上讲，唐人大约把诗做到了一个极高的境界，后人很难达到。宋诗虽然继其绪风，偶有所成，而整体上却始终不及。不过，宋词却别开生面，成就斐然。中经元代词曲、小令的转变，到了明代，其诗词则成为末流，几乎只有模拟唐宋的份儿了，佳作极为罕见。《三话》中的诗词正反映出这种规模唐宋的状况。下面举出几个例子：

①《新话》卷一《联芳楼记》中有诗十七首，其中一首云：

> 门泊东吴万里船，乌啼月落水如烟，
> 寒山寺里钟声早，渔火江枫恼客眠。

一看便知，这是分别模仿了几首著名唐诗中的句子。岂止是模仿，简直是抄袭。按瞿佑的诗名和学识，不宜如是。这也许正好可以当作本篇非瞿氏所做的证据。

②《新话》卷二《渭塘奇遇记》中明确宣称前面的四句诗是"效东坡四时词"而作，后面的诗是"效元稹体，赋《会真诗三十韵》。元稹《会真记》中有诗曰："待月西厢下，迎风户半开，拂墙花影动，疑是玉人来。"而《渭塘奇遇记》的诗中则有"待月又如崔"，"迎人户半开"之类句子；《会真诗》中"留连时有恨，缱绻意难终"句，《渭塘》则有"良夜难虚度，芳心未恳摧"句；《会真诗》有"衣香犹染麝，枕腻尚残红"句。如是等等，多有模仿痕迹。

③《余话》卷四《秋千会记》中有《菩萨蛮》一阕，其后半云：

> 牙床和困睡，一任金钗坠。
> 推枕起来迟，纱窗月上时。

这和温庭筠描写闺房生活的词在意境、文笔上都有相似之处。

④《余话》卷四《至正妓人行》的长诗，自然是模仿白居易的《琵琶行》而作，李昌祺以"元、白遗音"自许，而为其写跋者亦大加赞誉。这里，我们不否认李昌祺在诗中表达了对社会动乱的痛恨和对沦落妓人的同情，但事实上，《琵琶行》为千古绝唱，其艺术感染力在唐诗中亦罕有匹配，而《至正妓人行》怎可以同日而语？

（三）吟花弄月

《三话》有不少艳诗艳词，多为男女传情之作，大抵风花雪月之类。仅举二例：

①《余话》卷四《江庙泥神记》中有诗九首，其一曰：

> 兰房悄悄夜迢迢，独对残灯恨寂寥。
> 潮信有期应自觉，花容无媚为谁消？
> 愁颦柳叶凝新黛，笑看桃花上软绡。
> 夙世姻缘今世合，天教长伴董娇娆。

此诗以闺情和性爱为内容，卿卿我我，平平淡淡。而小说中长诗《峨眉古意》一篇，更是无病呻吟，大写男女间的柔情蜜意，又大量用典，但读后却了无印象。

②《余话》卷五《贾云华还魂记》的四十八首诗词中也绝大多数是这类作品，其《如梦令》云：

> 明月好风良夜，梦到楚王台下。云薄雨难成，佳会又成虚话！误也，误也，青著眼儿干罢！

这样的诗词多了，势必影响读者的阅读情绪，削弱全篇小说的感染力。

（四）勘破人生

《三话》受佛道教义影响很大，其诗词自然也在劫难逃。因而，《三话》中有些诗是勘破人生、宣传出世的。这些诗从总体上讲是消极的，因为它们宣扬唯心主义哲学，唱着人生的低调。但其中也包含着某些积极因素，如对社会的不满情绪和辩证法等。

①《新话》卷二《天台访隐录》中有《金缕词》一首：

> 梦觉黄粱熟。怪人间、曲吹别调，棋翻新局。一片残山并剩水，几度英雄争鹿！算到了谁荣谁辱？白发书生差耐久，向林间啸傲山间宿。耕绿野，饭黄犊。市朝迁变成陵谷。问东风、旧家燕子，飞归谁屋？前度刘郎今尚在，不带看花之福，但燕麦兔葵盈目。羊脬光阴容易过，叹浮生待足何时足？樽有酒，且相属。

这首词写得老练，具有宋代风韵。其中，把人生比作黄粱梦，对荣辱视之漠然，主张遁世，主张今朝有酒今朝醉等，无疑都是消极因素的反映。但其中残山剩水、英雄争鹿等语，表现了作者对战乱的恶感，而棋翻新局、陵谷交替等，又道出了某些辩证法的思想。

②《余话》卷三《武平灵怪录》中有这样的诗句："三千世界都成幻，百二山河尽属空。""庄严未必成三昧，游戏何妨运六通。"每句都用了佛教术语，前二句宣扬佛教的教义，是勘破人生的典型例子，后二句则带有玩世不恭的态度，也可算是勘破人生的例子。

③《因话》卷一《翠娥语录》中有一段"檄文"，骈四俪六，不妨划入诗词类。文中"打开老病生死关，识尽悲欢离合幻"。"既不作人梦朝云暮雨，也须撇等闲秋月春风。若教了蒲团上工夫，识透本来面目；便可到蓬壶中境界，修成方外神仙"。虽是玩世不恭的戏谑性文字，但也说明了社会上却有一些人勘破人生的现实。

（五）不平之鸣

《三话》的诗词中也有些不平之鸣、肺腑之言，属有感而发，非无病呻吟，对此，我们也应当给以充分肯定。

①《新话》卷一《华亭逢故人记》中的几首诗，有些特色，值得赏玩。如：

> 四海干戈未息肩，书生岂合老林泉！
> 袖中一把龙泉剑，撑住东南半壁天。

这是一首言志诗，表达了某些知识分子对社会的责任感，文字并不十分讲究，但字里行间却奔腾着一股豪迈正气，这比那些鼓吹对世事袖手旁观，乃至逃避现实的诗要积极的多。再如：

漠漠荒郊鸟乱飞，人民城郭叹都非。
沙沉枯骨何须葬，血污游魂不得归。
麦饭无人作寒食，绨袍有泪哭斜晖。
生存零落皆如此，唯恨平生壮志违。

这也是一首言志诗。诗对战乱造成的悲凉景象作了描绘，对人们所受的痛苦深表同情。诗的作者把这一切同自己的责任连在一起，为自己未酬壮志而痛心疾首。

②《新话》卷二《令狐生冥梦录》中有令狐生的诗一首：

一陌金钱便返魂，公私随处可通门！
鬼神有德开生路，日月无光照覆盆。
贫者何缘蒙佛力，富家容易受天恩。
早知善恶都无报，多积黄金遗子孙。

这是一首反佛和谴责阴间冥王贪赃枉法的诗，更是揭露社会不公和鞭笞贪官污吏的诗。令狐生站在穷人一边，以非凡的胆识向佛教、向死神、向强权挑战，其精神、气节都可歌可泣。

③《新话》卷三《翠翠传》中有刘翠翠的一首诗，其前半为：

一自乡关动战锋，旧愁新恨几重重。
肠虽已断情难断，生不相从死亦从。

这是一首健康、纯真的爱情诗，艺术上并不见有何高明之处，却表达了一个贞烈女子对战乱的憎恶和对爱情的坚定追求。

④《新话》附录《秋香亭记》中也有类似的一首诗：

好姻缘是恶姻缘，只怨干戈不怨天。
两世玉箫犹再合，何时金镜得重圆？
彩鸾舞后肠空断，青雀飞来信不传。
安得神灵如倩女，芳魂容易到君边！

这是一个已婚女子给自己从前的恋人写的诗。她因社会动乱而未能同自己所爱的人结合，虽期望有朝一日能破镜重圆，但在当时的社会条件下，离婚再配几无可能。为此，她只能幻想自己的灵魂永远陪伴着恋人。诗中有怨恨，有期盼，有幻想，有思想，是真情实感的抒发。

⑤《因话》卷一《翠娥语录》中有李翠娥《梅树》诗一首：

> 粲粲梅花树，盈盈似玉人。
>
> 甘心对冰雪，不爱艳阳春。

作者以梅树自拟，仅二十字，辞藻朴素而意向高洁。

（六）才学标准

我们从上述五种情况中看到，《三话》中的诗词多数属平平之作，有些甚至是无聊之作。但其中也有一些较好的作品，有思想上的认识价值和艺术上的鉴赏价值。出现这种情况并不奇怪，这与作者们的生活处境及心态是相一致的。他们的生活经历在那个时代的文人中有一定代表意义。他们受过良好教育，又有相当才华，在刚刚经过社会大动荡之后，所见所闻和自身坎坷往往使他们对人生的苦难和社会的不公有较深刻的认识。但在封建时代，政治的专制必然导致文化的专制，文化的专制则必然束缚文人的手脚，使他们既无法实现其政治抱负，又无法正面宣泄其内心的苦闷。瞿佑做过小官，曾因诗蒙祸；李昌祺做了较大的官，也坐事贬役。就是在他们受到政治打击、心态荒落的情况下，仍然技痒弗已，著文作诗，这正是旧时文人难改的癖好。但他们所著之文和所作之诗必然远离当朝政治现实，这就是《三话》这类作品中诗词产生的基本原因。

唐代把诗作到了极致的程度，而自那个时代以后，历代文人便和诗词结下了不解之缘。他们高兴时要作诗，不高兴时也要作诗，不仅以诗言志，以诗写意，以诗抒情，而且还以诗会友，以诗作媒，以诗干仕。作诗的水平如何，成了衡量文人才学的一个重要标准。

明代的科举制度是在唐宋旧制的基础上发展起来的。而唐宋两朝，都曾把诗、赋作为进士考试的内容。例如，宋神宗时，王安石变法，提出恢复学校制度。当时神宗正好对经学感兴趣，对科举的弊病也有看法，便下令朝廷各部门讨论。有人提出在考试科目中废除诗赋而只用策论。苏轼极力反驳，说："自文章言之，则策论为有用，诗赋为无益；自政事言之，则策论、诗赋均为无用。然自祖宗以来莫之废者，以为设法取士，不过如此也。…… 矧自唐至今，以诗赋为名臣者，不可胜数，何负于天下，而必欲废之？"（《宋史》卷一百五十五）

宋神宗采纳了。明代初年，朱元璋和刘基定下考试科目，专取四书五经命题试士，一律作八股文。而八股文要求用排偶体式，用古人语气，这与诗赋的关系仍然很密切。这说明，自唐至明，官方取士，一直比较重视诗赋。而民间也常常用作诗来衡量文人的才学。这在《三话》中也有反映，请看两个例子：

①以诗取士

《余话》卷二《秋夕访琵琶亭记》中提到一个叫刘闻的人，他是元朝的进士。元末陈友谅割据，建立汉朝，他归顺了陈友谅。陈友谅接见他，让他背诵自己写的诗，他便背了一首，但陈友谅对他的诗很不满意，便没有重用他。

②以诗择婿

《三话》中还有以诗择婿的例子。如《余话》卷三《琼奴传》中，王琼奴的继父为她召女婿，要在应选的两人中择一有才者，便命题让二人作诗。苕郎"从容染翰，顷刻而成"，被当场选中。

以上二例都是个别的，因而不能代表官方和民间的普遍情况，但它们却足以说明，当时人把作诗看得很重，凭一首诗就可以决定前途和命运，诗成了衡量文人才学的一项标准。

总之，诗词是《三话》的一个重要组成部分。《三话》中的诗词也是一面镜子，我们可以从中看到当时社会的政治、文化、风土、民情等的反映，也可以从中看到当时文人的心态与处境。

八、《剪灯三话》的借鉴与遗泽

《三话》在中国小说史上确实有继往开来的地位。

在借鉴前人方面，《三话》除主要继承唐宋传奇的风韵以外，还涉及唐以前和宋以后的一些文学作品。因此，从《三话》中既可以看到魏晋南北朝志怪小说的影响，看到秦汉以降流传的神话传说、民间故事的影响，也可以看到元代笔记小说的影响。这一影响，仅从《因话》中就可以看出。如《卧法师入定录》中，讲到南北二斗，即通常所说的南斗星君和北斗星君，说他们"一衣绯，一衣绿，对座弈棋"，主管天下人的生死寿命。这一故事显然是在相传陶潜撰《搜神后记》中《仙馆玉浆》故事的基础上发展而来的。而《唐义士传》《贞烈墓记》《翠娥语录》三篇，又都见诸元代陶宗仪的《南村辍耕录》。

在影响后人方面，《三话》的遗泽主要表现在四个方面：第一，《三话》

对后世戏曲和拟话本影响很大。这一情况，周夷先生在《三话》诸篇的注释中已多指出，如《三言》和《两拍》中的一些小说便是以《三话》中的故事为基础铺张改写而成。第二，《三话》对《聊斋》有直接影响，具体例子将在下文提到。第三，《三话》还影响了明以后的其他文言小说，倡导了一个蔚然可观的灯话小说系列。这在本书第一部分已经说过。第三，《三话》对日本文学产生过较大影响。如《新话》足本在日本流传时间很长，流传地区也较广，江户时代前期著名小说家浅井了意（1611~1690）创作的怪异小说《伽婢子》和《狗张子》，即受了《新话》的影响。日本人盐谷温在他写的《中国文学概论》中曾说，"浅井了意的《伽婢子》是《剪灯新话》的翻译。"第四，《新话》在朝鲜也曾盛传一时，影响深远。

为了进一步说明《三话》在中国小说史上的地位，不妨再举些例子略作分析。

①《新话》卷二《滕穆醉游聚景园记》中，讲滕穆醉酒，夜游聚景园，遇到一美女及其侍女。美人吟诗，滕生续吟，美人自言为鬼，滕生仍不以为然，与之欢好，缠绵三年之久。在唐人张读的小说集《宣室志》中有一则故事曰《谢翱》，讲谢翱善于作诗，一天晚上，忽然有美人乘金车来访，二人作诗互赠，夜阑，挥泪而别。明年春，谢翱下第东归，至新丰逆旅，步月长望，追感前事，赋诗朗吟，金车美人又至，感其情而复答以诗。这与滕穆的故事很有相似之处，二者盖有渊源关系。《聊斋志异》中又有《连锁》一篇，写杨于畏独居，忽于夜间闻一女子吟诗，杨隔墙续吟，后知女为鬼，亦不介意，二人遂为相知。此篇开头部分的基本情节与滕穆故事很相似，殆受其启发而作。

②《新话》卷二《牡丹灯记》，言乔生丧偶，于元宵之夜见一丫鬟挑双头牡丹灯前导，一美人随后。乔生见美人，神魂颠倒，带美人至其家，二人欢会达半月之久。一夕，邻翁窥壁穴，见一粉髑髅与生并坐灯下。明日告生，生惊惧，去访美人住处，于湖心寺见一棺木，前悬双头牡丹灯。原来与乔生幽会的美女是棺木中死鬼。《聊斋志异》中亦有《双灯》一则，言魏生于夜间独卧，有二婢挑灯至，导一女郎。女郎楚楚若仙，与魏生欢爱达半年。后女郎与生别，二婢挑双灯引女郎去。朱一玄于《〈聊斋志异〉资料汇编》中认为，《牡丹灯记》为《双灯》的故事来源之一。

③《新话》卷三《申阳洞记》中，说李生善骑射，一日，逐猎物入山，见妖怪，取箭射之，中妖臂。沿血迹寻至申阳洞，见一老猿，李生杀死老猿及群

妖，救出被劫来的三个美女。猿猴成妖劫持美女的故事早在汉代就已萌芽，焦延寿《易林·坤之剥》中说"南山大玃，盗我媚妾"，大约是一古代传说的梗概。晋张华的《博物志》、南朝梁任昉的《述异志》中均有类似记载。唐无名氏的《补江总白猿传》说，一白猿善劫少女，欧阳纥为防妻被盗而严加警戒，但妻子仍然失踪。欧阳纥寻至上洞，杀白猿，救出妻子及被劫少女。其中，写其妻被盗时的情景说："尔夕，阴风晦黑，至五更，寂然无闻。守者怠而假寐，忽若有物惊语者，即已失妻矣。关扃如故，莫知所出。"而《申阳洞记》中写钱翁之女被盗时，曰："一夕，风雨晦冥，失女所在。门窗户闳，扃镝如故，莫知所从往。"这两段文字如出一辙，说明后者模仿了前者。

④《余话》卷二《田洙遇薛涛联句记》，讲田洙在成都遇唐代名妓薛涛，这与唐人韦瓘《周秦行记》中写牛僧儒误入汉文帝母薄后庙，与王昭君、杨玉环、绿珠等同宴作诗，又与王昭君共寝的故事相似，当是受《周秦行记》的启发而作。

⑤《余话》卷三《武平灵怪录》中，讲齐仲和在一废庵中遇一病僧，又见到石子见、毛原颖、金兆祥、曾瓦合、皮以礼、上官盖、木如愚、罗本素诸人，彻夜作诗长谈。晨，众人悉不见，齐仲和始知病僧乃一泥像，而其余诸人为砚、笔、铫、甑、被、棺盖、扇等物作怪。唐无名氏《东阳夜怪录》中记：彭城秀才成自虚夜间赶路遇雪，求宿破庙中，有病僧留之。又有卢倚马、朱中正、敬去文、奚锐金四人至，众人环坐，竞相作诗论文。此时，又有苗介立和胃家兄弟加入，谈兴大增，气氛热烈。至天晓钟鸣，众人突然消失。成自虚发现所宿处异常，四周察看，方知病僧是驼、卢姓者为驴、朱姓者为牛、敬去文为狗、奚锐金为鸡、苗立介为猫、胃氏兄弟为二刺猬。此外，唐牛僧儒《玄怪录》中又有《元无有》一篇，说元无有独行遇雨，晚宿一空庄。有四人至，谈诗论文至天明，忽散去。元无有起而寻之，唯见故杵、烛台、水桶、破铛四物。这两篇唐人小说与《武平灵怪录》都有相似之处，因此可以认为，《武平灵怪录》是受唐人影响而来。

⑥《余话》卷三《胡媚娘传》，写黄兴于夜间见一狐拾人髑髅戴在头上，向月祈拜，化一艳色女子。女子自称胡媚娘，黄兴以为奇货可居，便把她带回家。后又将她转卖给进士萧裕。媚娘在萧家极为贤惠，不仅聪明能干，而且温柔和顺，甚得长幼欢心。这类狐狸成精、化为人的故事，在晋代即已有之。而唐宋时，狐女故事日益增多，且形象越来越可爱。唐人沈既济的《任氏传》和宋人

刘斧《青琐高议》后集卷三的《小莲记》是《三话》以前较有影响的两篇。《三话》之后，《聊斋志异》中的狐女故事更已多见，且有很高艺术造诣，有关例子不胜枚举。这里仅谈狐狸戴人髑髅拜月而化为美女的细节。《太平广记》卷四五四引唐人段成式《酉阳杂俎》曰："野狐名阿紫，夜击尾火出；将为怪，必戴髑髅拜北斗，髑髅不坠，则化为人。"卷四五一引唐人薛用弱《集异记》曰："忽有妖狐……取髑髅安于其首，遂摇动之，倘振落者，即不再顾，因别选焉，不四五，遂得其一，炭然而缀。乃褰撷木叶草花，障蔽形体，随其顾盼，即成衣服。须臾化作妇人，绰约而去。"宋初僧人赞宁《宋高僧传》三集卷二四《志玄传》中说志玄于月夜"见一狐置髑髅于首摇之，落者不顾，不落者戴之，取草叶蔽神，化为女子"。元末罗贯中《三遂平妖传》第三回亦写到狐狸戴髑髅拜月而化为美女事。这些，无疑都是《胡媚娘传》中这一情节的先驱。

此类例子还可举出一些，罗列下去恐不胜其烦。以上六条材料已足以说明《三话》的承前启后作用。

《西洋记》评介

一、《西洋记》是一部什么样的小说

《西洋记》的全名是《三宝太监西洋记通俗演义》，别名是《三宝开港西洋记》。有时又把它叫作《三宝太监西洋记》或《西洋记通俗演义》。从它的全名就可以知道，这是一部长篇通俗小说。它的作者是明代人罗懋登。

1.《西洋记》的作者

关于《西洋记》的作者罗懋登，人们知道的很少，可以说他是名不见经传。向达先生曾写过一篇《关于三宝太监下西洋的几种资料》，原发表于1929年1月10日刊出的《小说月报》，后收入《唐代长安与西域文明》一书，其中第三部分谈小说《西洋记》，有这样一段话：

> 罗懋登的籍贯行谊，我不甚知道。他所著的《三宝太监西洋记通俗演义·自序》作二南里人，二南里不知道究竟是什么地方，《西洋记》里面所用的俗语"不作兴""小娃娃"之类，都是现今南京一带通行的语言，似乎罗懋登不是明时应天府人，便是一位流寓南京的寓公；只是没有旁的证据，暂置不谈。
>
> 罗懋登大约也是一位爱好文学之士。他所著的书，除了《西洋记》以外，我们知道他还注释过《拜月亭》和丘濬的《投笔记》二书。

不过，赵景深先生于1935年对《西洋记》进行了详细研究，并在向达先生的基础上进一步指出："《西洋记》的作者罗懋登是明万历间人，曾注释过邱濬的《投笔记》，又曾替高明的《琵琶记》和传施惠的《拜月亭》和《西厢记》作过音释，自己也写过《香山记》传奇，可见是个喜欢小说戏曲的文人。他字登之，号二南里人，里居不详。"（《三宝太监西洋记》，载《中国小说丛考》）

罗懋登的《自序》写成于明代"万历丁酉岁"，即万历二十五年，公元1597年，距今整整四百多年了。也就是说，他是明朝后期人，他的《西洋记》大约就完成于那一年。

2.《西洋记》的内容

《西洋记》到底是一部什么样的小说呢？从形式看，《西洋记》共分二十卷，每卷五回，共一百回。因此，从形式来说，它属于章回小说。但是，要想进一步说清楚《西洋记》这部小说的性质，或者说它属于章回小说的哪一类，那就必须了解它的具体情节了。

《西洋记》的大体情节如下：

燃灯古佛预知"东土"（指中国）有厄难，便决定下凡转世，以解救众生。他投胎到杭州西湖畔一个姓金的员外家里，出生以后，父母归天，他便进了寺院，成为佛家弟子。学成后，被称为"碧峰长老"，又称金碧峰。金碧峰因是古佛化身，神通广大，法力无边，做了不少降妖伏魔的业绩。后来他在五台山说法传教。

一日，大明天子（明成祖朱棣）升殿，龙虎山张真人向皇帝提起传国玉玺的事，说玉玺原由元顺帝掌管，明太祖派人追擒顺帝，顺帝赶着白象，驮着玉玺逃到了西洋番国。天子意欲派人去西洋寻找。张真人因为忌恨佛家，便趁机进言：要取玉玺，先灭佛教。天子听信，即时传下一道圣旨灭佛。金碧峰得到消息，从五台山赶往南京面圣。皇帝说，这不干他的事，是张真人要他灭佛的。于是金碧峰便与张真人斗起法来。经过几番较量，张真人都失败了，他不得不拜金碧峰为师。皇帝得知金碧峰的本领，便拜他为国师，并收回灭佛的成命。

皇帝任命三宝太监郑和为征西大元帅，王尚书为副元帅，以国师金碧峰和天师张真人为辅佐，又选派战将，召集兵马。在克日造出宝船之后，一切准备就绪，于是，"宝船千号，战将千员，雄兵百万"，一支人才济济、装备精良的船队浩浩荡荡地出发了。

在去西洋取玉玺的途中，先在红江口遇上白鳝精，又在白龙江遇上白龙精，均被收伏。继而经过软水洋、吸铁岭，来到金莲宝象国。在这里，明军遇上姜老星、姜金定、羊角大仙等以妖术和法宝相抵抗，均战胜。在爪哇国，又遇到咬海干、王神姑和火母禅师等的百般阻挠，几经周折，都被国师和天师——制服。在女儿国，明军遭到王莲英、红莲宫主等人的抵抗，结果是王莲英被斩，红莲宫主被迫投降。在苏门答腊国，明军遭到苏干刺的抵抗，明将用计取胜。在撒发国，又遇到圆眼帖木儿、金毛道长、红毛道长、青毛道长、白毛道长和神奶儿等人的抵抗，明军在天界神佛们的帮助下取胜。此后，宝船队比较顺利地通过了溜山国、大葛兰、柯枝国、小葛兰、古俚国。在金眼国，有西海蛟、盘龙三太子、金角大仙、银角大仙、鹿皮大仙等对抗明军，均被镇压。明军受到吸葛剌国君臣彬彬有礼的接待后，来到木骨都束国，又有陀罗尊者、飞钹禅师等向明军挑战，均被战胜。宝船顺利通过剌撒国、祖法儿国和忽鲁谟斯国，又在银眼国受阻，百里雁、百夫人、引蟾仙师等的抵抗均被粉碎。最后，宝船队经过阿丹国和天方国，到达西天的尽头酆都鬼国。总之，明军经过了三十余国，遇到各种阻挠和磨难，一路上发生了无数次战斗，遇到了各种各样的人物（包括神仙、妖怪和魔鬼），在战胜了所有艰难险阻以后，终于胜利返航。虽然并没有找到什么传国玉玺，却征服了西洋各国，让它们一一称臣纳贡。皇帝此时已迁都北京，看了郑和等人带回的各国"降书"和"贡物"，龙颜大悦，犒赏百官，传国玉玺之事也不了了之。

3.《西洋记》的性质

从以上的介绍可知，《西洋记》的内容十分丰富。可以说是上有天文，下有地理，中有人事。那么，《西洋记》的性质到底是什么？或者说，《西洋记》究竟是一部什么样的小说呢？这要看它的主要特点。总的说，《西洋记》通过对郑和下西洋故事的演义，主要表现的是人、神、魔之间所发生的矛盾冲突，又通过这种种矛盾冲突的产生和解决，表现正义与邪恶的斗争。这就与《西游记》一样，把历史上玄奘取经的故事演义为一场神与魔的斗争。所以，按照鲁迅先生对中国古代白话小说的分类法，它被归于"神魔小说"一类。用鲁迅先生的话说，这部书是"侈谈怪异，专尚荒唐"（见《中国小说史略》第十八篇）。

大凡神魔小说，通常都有一定的模式：人间正义的一方与邪恶的一方争斗，双方都有超人的武功或法宝，有时正义的一方能够比较顺利地获胜，但多数情况是邪恶的一方用妖术或法宝使正义的一方陷于困境，这时，正义的一方就会得到天神的帮助，妖孽被降伏。《西洋记》的主要篇幅是讲神与魔的大战（斗法），所以把它定为神魔小说是正确的。

这里顺便介绍一下《西洋记》的版本情况。据《中国通俗小说总目提要》，《西洋记》有明代三山道人刻本，清步月楼刊本，清厦门文德堂刊本，此后又有上海申报馆排印本，上海书局石印本，上海商务印书馆铅印本，上海中原书局石印本，1985年上海古籍出版社点校本（竖排，上下两册）等。点校本前面有季羡林先生的《新版序》、陆树仑和竺少华先生的长篇《前言》、罗懋登的《叙西洋记通俗演义》，书后附清俞樾的《春在堂随笔》、向达先生的《论罗懋登著〈三宝太监西洋记通俗演义〉》、赵景深先生的《三宝太监西洋记》和《〈西洋记〉与〈西洋朝贡〉》，虽然有个别字误印，但总的说质量较高，且研究资料较全，是目前最好的本子。20世纪90年代，其他出版社还出过几种横排本，但总体上都不及上海古籍本。

二、《西洋记》产生的历史背景

《西洋记》的出现不是偶然的，它是中国社会发展到一定阶段的产物，也是中国文化数千年沉积的结果，更是中国小说演进到一个新时期的产物。因此，下面从三个方面来谈谈《西洋记》产生的背景。

1. 历史背景：郑和下西洋的史实

郑和七下西洋，是发生在中国明代初期的伟大历史事件。

1398年，明太祖朱元璋去世，皇帝的位子由他的孙子朱允炆继承，史称建文帝，即明惠帝。当时，朱元璋的另一个儿子朱棣在北方为燕王，握有重兵。建文帝即位后，朱棣造他侄子的反，起兵进攻南京，历时三年，攻陷南京，夺得皇位，于1403年改年号为永乐，所以被称为永乐帝。永乐帝又称明成祖。他当皇帝期间，中国的经济有所发展，国势强盛。

郑和，原姓马，云南回族人，出身于穆斯林世家。明太祖洪武十五年（1382年），当他还是一个儿童的时候，被平定云南的明军俘往南京，后被分到燕王府，长大后又成为太监。因为他有一兄一姊和三个妹妹，他排行老三，被取名为"三宝"，后人称他为"三宝太监"或者"三保太监"。在燕王发动政变的过程中，郑和表现非凡，屡立战功，所以后来被提升为内廷太监的首领。

据《明史》卷三百四《郑和传》记载，永乐帝之所以要组织船队到海外去，其原因和目的是："疑惠帝亡海外，欲踪迹之，且欲耀兵异域，示中国富强。"但后世中外研究明代历史的学者们，对这一说法提出了许多质疑。当初，朱棣的政变军队攻入南京时，皇宫里烧了一场大火，火灭之后，人们发现几具被烧焦的尸体，一般认为，其中之一便是建文帝。但也有一种说法，说建文帝并没有被火烧死，而是乔装为和尚逃走了。后来又有人说，他逃跑后流亡到海外去了。"疑惠帝亡海外，欲踪迹之"就是这么来的。但是，《明史·郑和传》的后面又有记载说："当成祖时，锐意通四夷，奉使多用中贵。西洋则和、景弘，西域则李达，迤北则海童，而西番则率使侯显。"也就是说，当时明成祖很重视与周边国家和地区的外交往来，多用内廷太监作为使节，不仅派郑和与副使王景弘到西洋（今南洋和印度洋一带）去，还派遣李达到西域（特指今新疆与中亚一带）去，派海童到北方和西北方去，派侯显到西番（特指西藏、南亚北部一带）。只不过郑和和王景弘走的是水陆，而其他人走的是陆路。所以，明成祖派遣使节出使南洋和印度洋一带，不大可能是为了追查建文帝的下落，因为这种捕风捉影的事根本犯不着那么兴师动众，恐怕其主要目的还是出于政治、经济和军事等方面的考虑。从政治上说，明成祖夺取帝位以后，追慕历代帝王，想表现自己治国有方，也希望大明王朝出现"四海晏宁，万国来朝"的局面，同时也为了满足大一统帝国天子的虚荣。从经济上说，明朝在这个时期社会相对安定，经济有所发展，需要进行一些海外贸易。从军事上说，明成祖希望周围小国都能归顺，避免战乱，有必要用比较和平的方式炫耀一下武力。

小说《西洋记》中说皇帝派郑和下西洋是为了追取传国玉玺，即所谓"取宝"，显然没有什么史实的依据，而是为了渲染出一种神秘气氛，刺激读者的胃口。

郑和之所以能够被明成祖选中，可能除了他受成祖的信任和器重外，还因为他立过战功，具有军事才能，又是穆斯林（当时南洋、南亚的一些地方受伊斯兰教影响很大，从海上来华做生意的外国人也大都是穆斯林）。

据《明史》的记载，郑和下西洋共7次，第一次是从永乐三年六月到五年九月（1405~1407年），第二次是六年九月到九年六月（1408~1411年），第三次是十年十一月到十三年七月（1412~1415年），第四次是十四年冬到十七年七月（1416~1419年），第五次是十九年春到二十年八月（1421~1422年），第六次是二十二年正月到洪熙元年二月（1424~1425年），第七次是宣德五年（1430年）到宣德八年（1433年）。前后历时29年。

郑和的船队十分庞大，有62艘船，将士2.7万多人。据记载，当时的62艘船主要分为5种规格：九道桅杆的是最大一种，长达44丈，宽18丈，是主要官员们乘坐的船，也是司令部所在地，即指挥船。其次是装运马匹的船，有八道桅杆，长37丈，宽15丈。再次是一般人员乘坐的船，有六道桅杆。最小的是战船，有五道桅杆。此外还有专门用来装水的水船和用来装粮的粮船等。有62艘大型船只的船队，鱼贯航行于海上，首尾长达十里，这种壮观景象，即使在造船业十分发达的今天也是不多见的，更不要说是那个时候了。当时中国的造船和航海技术的确是世界一流的：郑和船队使用的铁锚，杆长7丈3尺，爪长3丈5尺，环高8尺5寸，要100人才能搬动它。郑和船队还使用了罗盘，每艘都有三重罗盘，每重罗盘都有24个人日夜监测。

小说《西洋记》对郑和宝船队也有描写。第十八回写皇帝视察宝船队道：

圣驾已到三叉河，倒竖虎须，圆睁龙眼，只见千百号宝船摆列如星。每一号宝船上扯起一杆三丈长的鹅黄旗号，每一杆旗上写着"上国天兵，抚夷取宝"八个大字。万岁爷龙眼细观，只见另有四号宝船与众不同。第一号是个帅府，扯着一杆十丈长的帅字旗，船面前挂了几面粉牌，中间牌上写着"大明国统兵招讨大元帅"，左边牌上写着"回避"，右边牌上写着"肃静"。第二号也是个帅府，也扯着一杆十丈长的帅字旗，船面前挂了几面粉牌，中间牌上写着"大明国统兵招讨副元帅"，左边牌上写着"回避"，右边牌上写着"肃静"。第三号是个碧峰禅寺，也扯着十丈长的慧日旗，船面前挂了几面粉牌，中间牌上写着"大明国国师行台"，左边牌上写着"南无阿弥陀佛"，右边牌上写着"九天应元天尊"。第四号是个天师府，也扯着十丈长的七星旗，船面前挂了几面粉牌，中间牌上写着"大明国天师行台"，左边牌上写着"天下鬼神免见"，右边牌上写着"四海龙王免朝"。

小说把62艘夸张为"千百号"，又借助于丰富的想象，大力描写四只主船的外观，写得虽然啰唆，却气势非凡。至于船队航行时的情况，就更加壮观：

每日行船，以四"帅"字号船为中军帐，以宝船三十二只为中军营，环绕帐外。以坐船三百号分前、后、左、右四营，环绕中军营外。以战船四十五号为前哨，出前营之前。以马船一百号实其后。以战船四十五号为左哨，列于左，人字一撇，撇开去如鸟舒左翼。以粮船六十号从前哨尾起，斜曳开到左哨头止。又以马船一百二十号实于中。以战船四十五号为右哨，列于右，人字一捺，捺开去如鸟舒右翼。以粮船六十号从前哨尾起，斜曳开到右哨头止。又以马船一百二十号实于中。以战船四十五号为后哨，留后，分为二队如燕尾形。马船一百号当其前，以粮船六十号从左哨头起，斜曳收到后哨头止，如人有左肋。又以马船一百二十号实于中。以粮船六十号从右哨头起，斜曳收到后哨头止，如人有右肋。又以马船一百二十号实于中。昼行认旗帜，夜行认灯笼。务在前后相维，左右相挽，不致疏虞。

据小说这一段所提供的数字，三宝大人的船队共有1436艘船。而书中关于船队航行排列的描写，虽然在实际的航行中是不可能做到的，但却显得很真实，很周到，很有气派，作者俨然是一个精通军事的指挥家。

此外，书中关于造宝船和造铁锚的故事情节（第十七回），以及船上人员和装备配置（第十八回），看来也是在事实的基础上加工而成。下面这段描写很有意思：

> 每战船一只，捕盗十名，舵工十名，了手（瞭望手）二十名，扳招十名，上斗十名，碇手二十名，甲长五十名，每甲长一名，管兵十名。每五船为一哨，每二哨为一营，每四营设一指挥官，统领指挥以上旧有职掌。坐船、马船、粮船，执事照同。每战船器械，大发贡十门，大佛狼机四十座，碗口铳五十个，喷筒六百个，鸟嘴铳一百把，烟罐一千个，灰罐一千个，弩箭五千枝，药弩一百张，粗火药四千斤，鸟铳药一千斤，弩药十瓶，大小铅弹三千斤，火箭五千枝，火砖五千块，火炮三百个，钩镰一百把，砍刀一百张，过船钉枪二百根，标枪一千枝，藤牌二百面，铁箭三千枝，大坐旗一面，号带一条，大桅旗十顶，正五方旗五十顶，大铜锣四十面，小锣一百面，大更鼓十面，小更鼓四十面，灯笼一百盏，火绳六千根，铁蒺藜五千个。什物器用各船同。

作者如果没有一定的史实作为基础，这些想象是很难发挥出来的，而且作者如果对船舶和武器装备毫无知识，也是不可能写得这样细致、这样全面的。

关于郑和下西洋的史实，有三部书必须介绍。这三部书都是由同郑和一起下西洋的人写成的，因此格外珍贵，也最为可靠。一部是《瀛涯胜览》，作者是马欢。马欢，字宗道，浙江会稽人，回族穆斯林，精通阿拉伯文，因此在郑和的船队里任"通事"（翻译官）。他是个有心人，从一开始就注意记载下西洋时所到过的国家情况，在1416年他就写出了一部分书稿，并作有序言。后来又出国，又不断增加内容，直到明英宗天顺元年（1457年）以后才成书。第二部书是《星槎胜览》，作者是费信。费信，字公晓，江苏太仓人，后来从军，曾四次跟随郑和下西洋。他的书写成于正统元年（1436年）。第三部书是《西洋番国志》，作者是巩珍。他是江苏南京人，只是参加了第七次下西洋的活动，大约是得到马欢的帮助，才写成了此书，因此书中的内容与《瀛涯胜览》很接近，只是文字更高雅一些。此书成于宣德九年（1434年）。这三部书互相印证，互相补充，较全面地反映了当时"西洋"各国的情况，也反映了郑和船队的活动情况，是宝贵的第一手资料，是研究这段历史和当时西洋各国情况的必读书。

《西洋记》的作者罗懋登显然是读到了这些书，至少是读过前两部。所以向达先生说："《西洋记》一书，大半根据《瀛涯胜览》演述而成。"赵景深先生则进一步指出："不仅马欢的《瀛涯胜览》，费信的《星槎胜览》也是《西洋记》所根据的。因为《瀛涯》所载仅二十国，而《星槎》却有四十个地方，比《瀛涯》要多一倍。《西洋记》讲到灵山、昆仑山、重迦罗……等，便都是根据《星槎》的，因为这十余处地方均为《瀛涯》所不载。"为了证明《西洋记》对此二书的借用，赵先生特地举出许多实例作了对照。下面根据赵先生的文章，援引其中两条如下：

第一条，出《西洋记》第三十一回，讲到金莲宝象国，姜金定被砍头，头仍不死，"这个妇人头，原是本国有这等一个妇人。面貌身体，俱与人无异，只是眼无瞳仁。到夜来撇了身体，其头会飞，飞到那里，就要害人，专一要吃小娃娃的秽物。小娃娃受了他的妖气，命不能存。到了五更鼓，其头又飞将回来，合在身子上，也又是个妇人。"

《瀛涯胜览》："其曰尸头蛮者，本是人家一妇女也。但眼无瞳人为异。夜寝则飞头去，食人家小儿粪尖。其儿被妖气侵腹，必死。飞头回合其体，则如旧。"

《星槎胜览》："尸头蛮者，本是妇人。但无瞳人为异。其妇与家人同寝，夜深飞头而出，食人秽物。飞回复合其体，即活如旧。……人有病者，临粪时遭之，妖气入腹必死。"

第二条，出《西洋记》第三十二回，讲到金莲宝象国贡物中有"咂瓮酒"，"此酒初犹以饭拌药，使其自熟。欲饮则以长节小竹筒长三四尺者，插于酒瓮中，宾客围坐，照人数入水，轮次咂饮，吸之至干，再入水而饮，直至无酒味而止。"

《瀛涯胜览》："其酒则以饭拌药，封于瓮中，候熟。欲饮，则以长节小竹筒长三四尺者插入酒瓮中，环坐，照人数入水，轮次咂饮；吸干再添，入水而饮，至无味则止。"

《星槎胜览》："酒以米拌药丸，干和入瓮中，封固，如法收藏，日久其糟生蛆为佳酿。他日开封，用长节竹干三四尺者插入糟瓮中。或围坐五人，量人入水多寡，轮次吸竹饮酒入口，吸尽再入水。若无味则止，有味留封再用。"

赵先生共列出79条材料，还不是全部，不包括向达先生此前已经列出的一些。至于明代万历以前出的其他书籍，罗懋登也曾加以借用，这里就不一一列举了。

总之，《西洋记》的产生是有其历史依据的，它虽然是一部神魔小说，但其中有不少地方是根据史书的记载写成的，尤其是西洋各国的风俗人情、气候物产等。

2. 文学背景：神魔小说大量出现

在罗懋登创作《西洋记》以前，明代已经出现了一大批神魔小说。而神魔小说的出现，则是中国小说发展的结果。下面谈两个问题：

①神魔小说的先驱

在中国小说史上，追溯神魔小说的渊源，恐怕应当从神话传说谈起。比起世界上其他文明古国来，汉文化中的早期神话显得比较零散，但仍然很丰富，充分体现了中国古人的想象力，充分体现了他们对人和大自然的深刻思考，闪耀着他们的智慧之光。那种深刻的思考，神奇的想象，作为中华民族的精神财富，成为千百年来的文学遗产，为历代所继承和发扬。

到了魏晋南北朝时期，由于受到佛教、道教的影响，文学上产生了重要的变化，很突出的一个标志是志怪小说的出现。这是中国小说发展史上的一个重要里程碑。当时的小说主要有志怪和志人两种。志人小说无疑是在中国文学传统的直接影响下产生的，而志怪小说则是中国小说传统与外来文化（主要是从印度传来的佛教文化），相结合的产物。正如鲁迅先生所说，这一时期的文人，绝大多数不是在有意识地进行文学创作。他们是从宿命、迷信、猎奇等角度出发，把一些道听途说的故事当作真实的事件来记录。应当说，这些在当时大量出现的怪异故事，也为后世神魔小说的产生打下了基础。

到了隋唐时代，中国小说的情形发生了革命性的变化，文人们开始有意识地进行小说创作，因而小说的艺术性大大加强了，从而使中国小说以崭新的面貌出现在中华文明的百花园里——那就是唐代传奇的产生。唐代小说以传奇故事为最有成就，而其中有相当一批具有神话色彩，不乏奇异的想象。《柳毅传》《枕中记》《南柯太守传》等，都是这方面的代表，在今天读来仍然能感到它们的非凡魅力。毫无疑问，唐代传奇也为后世神魔小说的出现做了艺术上的强有力准备。

但是，促使神魔小说产生的最直接原因，还应当说是民间俗文学，特别是讲唱文学的影响。唐代变文，宋人说话，宋元以来的拟话本以及宝卷、弹词等，是中国通俗小说（或者说是白话小说）发展的重要阶段。就拿唐代变文来说吧，受佛教的影响很重，其中有不少是佛教故事的"俗讲"。如其中有关神魔斗法的故事，对神魔小说中的某些斗法情节（如《西游记》中孙悟空与二郎神斗法的情节）是有直接影响的，《西洋记》也间接地接受了这种影响。宋代说话、宋元话本中有相当一部分属于"灵怪"类，与神魔小说关系密切，即使那些不属于灵怪类的作品，也常常带有不少神奇的色彩，对神魔小说的出现显然也有重大的作用。

②明代神魔小说的产生

神魔小说这一分类，源自鲁迅先生。他在《中国小说的历史的变迁》第五讲《明小说之两大主潮》中说："宋宣和时，即非常崇奉道流；元则佛道并奉，方士的势力也不小；至明，本来是衰下去的了，但到成化时，又抬起头来，其时有方士李孜，释家继晓，正德时又有色目人于永，都以方技杂流拜官，因之妖妄之说日盛，而影响及于文章。况且历来三教之争，都无解决，大抵是互相调和，互相容受，终于名为'同源'而后已。……当时的思想，是极模糊的，在小说中所写的邪正，并非儒和佛，或道和佛，或儒道释和白莲教，单不过是含糊的彼此之争，我就总括起来给他们一个名目，叫神魔小说。此种主潮，可作代表者，有三部小说：（一）《西游记》；（二）《封神传》；（三）《三宝太监西洋记》。"在这里，鲁迅先生不仅说明了神魔小说命名的理由，也指出了明代神魔小说的代表作，其中就有《西洋记》。

在《中国小说史略》的第十六篇开头，鲁迅先生说了同样的意思，并指出："明初之《平妖传》已开其先，而继起之作尤夥。凡所敷叙，又非宋以来道士造作之谈，但为人民间巷间意，芜杂浅陋，率无可观。然其力之及于人心者甚大，又或有文人起而结集润色之，则亦为鸿篇巨制之胚胎也。"这就是说，神魔小说的产生，是在民间通俗文学的基础上，经过文人的汇集整理和加工润色而形成的。而流传至今的最早的明代神魔小说，应当首推《平妖传》。

继《平妖传》之后，较著名的有《四游记》，这是一个由四部小说组成的小说集，其中包括：a.《东游记》，全名为《八仙出处东游记传》，又名《上洞八仙传》，吴元泰著，讲的是八仙得道和八仙过海的故事，在民间流传甚广；b.《南游记》，又名《五显灵官大帝华光天王传》，讲述华光天王再三转生，大闹天宫与地府的故事，虽为明末余象斗编，但故事早已流传于民间；c.《北游记》，又名《北方真武玄天上帝出身志传》，也是余象斗编，讲述真武帝成道和降妖的故事；d.《西游记传》，杨志和编，讲孙悟空与唐僧等西天取经的故事，但与吴承恩的《西游记》还有些不同，鲁迅先生认为它产生于吴承恩的《西游记》之前。吴承恩的《西游记》影响很大，至今流传不衰，国人无不熟悉，这里已不用多说。至于《封神演义》，也是一部产生于明代的名著。

总之，明代出现了一大批神魔小说，其中包括《西洋记》。而在《西洋记》出现之前，已经有《平妖传》和《四游记》中的若干故事，以及《西游记》与《封神演义》等神魔小说。由此可见，《西洋记》的产生，不是偶然的，也不是孤立的，它是明代神魔小说大潮中涌动而出的一朵浪花。

3. 社会文化背景：三教九流与文人心态

《西洋记》第一回有这样一段话："唯万物林林总总，亿千万劫，便又分个儒家、释家、道家、医家、风水家、龟卜家、丹青家、风鉴家、琴家、棋家，号曰'九流'。这九流中间，又有三个大管家：第一是儒家，第二是释家，第三是道家。"三教九流这个词，在汉语中出现得比较晚，总在唐代以后。"三教"是指儒家、佛家（即释家）和道家，已经没有问题。但"九流"是指什么来说的，汉代有一种说法，而唐宋以后是指什么来说的，当今一些比较权威的辞书（如《辞海》《辞源》和《现代汉语词典》）的解释都比较笼统。如《现代汉语词典》的这一条解释说："……泛指宗教、学术中各种流派或社会上各种行业。也用来泛称江湖上各种各样的人。"《辞海》和《辞源》的解释也大同小异，列出了九个学理流派，但都没有列出具体的说法。罗懋登的这一说法，显然未能包括社会上各种行业的人，也许是他自己拼凑出了的一种说法。其实，九流中的"九"是中国古代常用的极数，表示很多，即书中所说的"林林总总"，是虚指而非实指。三教九流中最主要的是三教，罗懋登把它们比作大管家，很有意思。三教在中国有着很悠久的历史。儒家发源于孔子，汉代被统治阶级定为"独尊"，此后的二千年便成为维系封建社会的最主要纲领，是统治者的政治法宝。佛教（即释教）是两汉之际由印度传入中国的，后来渐渐发展壮大，到唐代完全成熟并演化为中国文化的一部分。道教的起源被追溯到老子，而实际上它是在汉代以后逐渐发展起来的，尤其是在长期同佛教的竞争和融合中逐渐完善起来的。到了唐代，三教鼎立的格局基本确立，谁也吃不掉谁，所以才出现了三教的说法。其实，儒家虽然也被称为儒教，但它与佛、道不同，它不是真正意义上的宗教，而只是一整套的思想体系。之所以也把它称为"教"，是为了相提并论的方便，当然也有教化的意思在里面。从唐代以后，这种三教鼎立的格局一直延续着，虽然有时难免有此消彼长或彼消此长的情况，但总体上的格局不变，即使在蒙古人统治的元朝，情况也大体如此。到了明朝，情况更是如此。正如鲁迅先生所说，三教竞争的结果是"互相调和，互相容受"。小说中，朝廷代表的是儒家，金碧峰代表的是佛家，张天师代表的是道家。这是中国当时文化格局的一种象征。而佛家与道家的矛盾斗争及其调和容受，也是当时社会现实的一种反映。关于这一点，我们后面还要提到。

明代的文人处境，人们可以从小说《儒林外史》中看到概貌，可以说，那部小说对当时的文人心态有入木三分的刻画，对封建科举制度给知识分子的残害进行了有声有色的控诉。《西洋记》的作者罗懋登，虽然我们不知道其生平事迹，也不知道其社会经历，但从小说所提供的有限信息中，也能了解到几分。当时的文人，一般有三种情况，一种是读书做官，一种是穷困潦倒，一种是从文字中讨生活。那时读书的目的是做官，但做官的毕竟是少数，多数人都属于后两种。

罗懋登大约不是个做官的人，属于最后一种。尽管如此，他仍然关心政治和社会，并不因为处境不佳而将自己关在象牙塔里。从《西洋记》可以看出，他对当时的社会是有看法的，对当时国家的命运也是关心的。他在小说中大力描写永乐时代的"太平盛世"，极力赞美郑和下西洋的壮举，显然是对明朝最强盛时期怀有眷恋之情，这与他所生活的时代形成了一个对照。万历时期，在宰相张居正总理朝政的十年里，也就是最初的十年，是明朝晚期比较强盛的一段日子，但仍然比不上永乐时代。从张居正死后，情况就有所变化，变得越来越衰落了。罗懋登对此不可能没有感触，但像他这类没有权势的文人，历来是社会上的弱者，只有在精神世界里他们才是强者。他们著书立说，在很大程度上是为了寄托精神，慰藉心灵，宣泄感受。在封建专制之下，谁也没有胆量直接抨击时弊，却可以在小说中流露出一些不满。例如，《西洋记》的第十六回，在选派下西洋的元帅时，谁都不肯去，永乐帝说了这样一段话："枉了我朝中有九公、十八侯、三十六伯，都是位居一品，禄享千钟，绩纪旗常，盟垂带砺，一个个贪生怕死，不肯征进西洋。"这段话显然不是永乐帝亲口说的，而是作者自己杜撰的。他为什么要杜撰这段话呢？显然是为了贬低朝廷的大臣以树立三宝太监的形象，这固然是艺术上的需要，但同时我们还应注意，作者也借此表达了他对自己时代朝廷官吏的不满。

作者在《西洋记》的序言中写了这样一段话，很能说明问题："开辟之主，贵在宣威；守成之君，戒于好大。二者殊科。今日东事倥偬，何如西戎即序，不得比西戎即序，何可令王郑二公见，当事者尚兴抚髀之思乎！"作者的慨叹不是没有原因的。在万历时代之前，嘉靖皇帝时期（1522~1566年），中国东南沿海的海盗曾经猖獗一时，倭寇对当地人民的骚扰和劫掠成为著名的历史事件，相信，万历时代的百姓对此记忆犹新，心有余悸，罗懋登自然不会例外。另外，序言中所说的"东事倥偬"主要指日本野心家丰臣秀吉侵略朝鲜的事件。丰臣秀吉是公开宣称要征服中国的，但他先从朝鲜入手。于是，1592年夏，日本军队在朝鲜半岛登陆，明朝廷立即着手组织和动员军队，并于1593年初开往朝鲜。中日双方在战斗中各有输赢，不得不坐下来谈判，谈判持续了四年之久，到1597年初期又开始了军事对抗。此时，明朝主张和谈的大臣们被免职，兵部尚书被判死刑，全国动员了一支庞大的远征军，士兵们来自全国各地。在罗懋登写《西洋记》序言的时候，正是1597年秋天，是明朝军队准备进行冬季攻势的时候。因此可以说，他的感慨是有历史事实为依据的。他写郑和与王景弘的功绩，就是发泄对朝廷抗倭不力的不满，而书中永乐帝骂朝中大臣"贪生怕死"的话，也是他借书中人物之口指责当朝的文武官员。这也正是罗懋登创作这部小说的主要动机之一。

总之，从《西洋记》这部小说可以看出，罗懋登作为一个在野的文人，一方面要维护朝廷的尊严，维护封建正统，但另一方面又对社会现实不满，对贪生怕死的官员不满。他虽然有诸多的不满，但却怀着一腔热切的爱国情怀，决不冷眼旁观和逃避责任。由此可知，中国的知识分子历来都有忧国忧民的优良传统，哪怕他们在小说里写了再多的荒唐故事，但骨子里还是以天下为己任。这也许正是儒家所提倡的"修身、齐家、治国、平天下"和"大道之行也，天下为公"思想的延续。

三、《西洋记》的成败得失

《西洋记》在艺术上的成败得失如何，前人有过很多评论。这里，笔者想在前人评价的基础上谈谈个人的看法，希望会对读者有所帮助。下面从五个方面来谈。

1. 前人的评价

这里只重点介绍几位古代和现代前辈学者的看法。

首先是清代俞樾的意见，他在《春在堂随笔》中写道："其书（笔者按：指《西洋记》）视太公封神、玄奘取经尤为荒诞，而笔意恣肆，则似过之。"又说："书虽浅陋，而历年数百，便有可备考证者，未可草草读过也。"他的意见可归结为三点：一荒诞，二浅陋，三可备考证，值得认真阅读。评价不高。

然后是鲁迅先生的意见。他在《中国小说史略》和《中国小说的历史的变迁》中，虽然把《西洋记》作为明代神魔小说的代表之一而列出并介绍，但评价较低。他在《中国小说史略》中说："惟书则侈谈怪异，专尚荒唐，颇与序言之慷慨不相应。"还说："所述战事，杂窃《西游记》《封神传》，而文词不工，更增支蔓，特颇有里巷传说，如'五鬼闹判''五鼠闹东京'故事，皆于此可考见，则亦其所长矣。"与俞樾的看法基本一致，而措辞严厉。

当代学者季羡林先生曾为上海古籍本《西洋记》写过一篇《新版序》，其中他说："罗懋登愤世嫉俗，有感于文官爱钱，武官怕死，为了抒自己的愤懑而写成此书。"又说："大概正因为这部书'文词不工，更增支蔓'所以流行不广，比不上《西游记》和《封神演义》。但是，我们今天的读者，除了如鲁迅所说的可以从中考见里巷传说以外，我觉得，还能够从里面了解到，到了对外国已经有了比较精确的知识的明朝，一个作者怎样把现实成分与幻想成分结合起来创作长篇小说的情况，这也是不无裨益的。书中那些'专尚荒唐'的神魔故事也许还能带给我们一点艺术享受。全书也能帮助某一些人学点尽管不够确切终究还有点用处的地理和历史知识。"这个说法就比鲁迅的意见进了一步，强调并补充了小说《西洋记》的长处：知识性和趣味性。

总的看，以上三位不同时代的学者的意见都是很中肯的。下面笔者就在这些意见的基础上谈谈自己的想法和看法。

2. 奇幻丰富的想象

作为一部神魔小说，《西洋记》在奇幻怪异方面的确如鲁迅先生所说，是"侈谈怪异，专尚荒唐"。但从另一角度看，这种奇幻怪异又充分表现了作者的丰富想象力，这对读者来说也未尝不是好事，因为读者可以从这些奇异的想象中间得到一些消遣享受，也可以从中受到某些启发，拓宽思路。下面举几个例子。

《西洋记》第三十回有一个金莲宝象国女将姜金定作法布下水牛阵的情节：

只见荒草坡前摆列着千百只有头有角、有皮有毛、有蹄有尾、黑萋萋的水牛，成群逐队，竟奔荒草坡前。有一首《牛赋》为证（按，此赋较长，略）……却说荒草坡前摆列着千百头野水牛，姜金定撺弄撺弄，弄得一头牛背上一个小娃子，一个小娃子手里一条丝鞭。姜金定坐在马上，念一念，喝声："走！"那些牛就往前走。喝一声："快！"那些牛就走得快。

这段情节已经很富于想象力，从下文明朝将领的对话中可知，它是受到了古代田单火牛阵的启发而产生的联想。但作者又进一步发挥，在第三十一回里说，张天师请下天神，仍然斗不过水牛阵，原来这些水牛都是真的，而牛背上的娃子是姜金定幻化出来的。于是张天师再次上阵：

天师拿定了主意，收定了元神，竟往海边上走，姜金定只说天师又要败阵，急忙的喝着牛来。天师到了海边上，跨上草龙，早已转在水牛后面，令牌一击，猛空里耀眼争光，一个大闪电，轰天划地，一个响雷公。那些水牛打急了，只得下水，就把些野水牛一并在海里面去了。水面上无万纸剪的小娃娃。天师的令牌又击了两击，那雷公又在海水面上，扑冬、扑冬的又响了几响。直响半日，天师收下令牌，却才住了。可怜这些野水牛活活的水葬功果。

发挥到这里还不算完，作者接着又写出了一个犀牛阵，也是神奇可观。等破了犀牛阵之后，姜金定被捉，砍头处死，故事似乎可以告一段落了，但作者突发奇想，又让她那被砍下的头说话，并夜闯军营闹事。真是一波未平一波又起，环环相扣，颇具吸引力。

《西洋记》第四十五回写明朝军队打败爪哇国，番王宫殿里的后妃、侍从等男男女女共五百人，都被带来拜见三宝元帅，元帅从轻发落，放他们回去，但国师金碧峰却不让他们走：

元帅道："国师叫转来，有甚么话儿吩咐？"国师道："这五百口人都是假的。"元帅吃了一惊，说道："终不然又有王神姑的事故？"国师道："王神姑还是撺弄的邪术，这些人却原不是人。"元帅道："是个甚么？"国师道："你看就是"。即时叫过徒孙云谷，取过钵盂水来，轻轻的吸了一口，照着这五百个人头面上一喷。只见五百个人变

了四百九十九个猴子，只有一个老妈妈儿，却是番王的母亲，倒还不
曾变。

这段情节也很神奇。虽然在神魔小说里，把人变化成动物或者把动物变成
人都是常事，但这里由于上下文的关系，给人以突如其来和变幻莫测的感觉，
使人不能不佩服作者的奇特构思和丰富想象。

《西洋记》第九十七和九十八回也充分体现了作者的奇思妙想。故事说到这
里本来已经接近尾声，三宝太监的船队已在胜利返航的途中。但就在这时，有
许多神明来到三宝太监的船上，讲述了许多故事。例如，第九十八回写道："道
犹未了，一声响，一道气，半边青，半边红，上挂天，下挂地，拦住在船头之
下。"原来是一道长虹。于是，书中趁机发挥，讲述了一段关于虹的典故和传
说。长虹散为大雾，由大雾联想到黄帝战蚩尤和九天玄女；大雾又收缩为松
树，并由此联想到松树的传说和典故；这松树能大能小，翻在水面上，又变成
了一条棕缆；张天师提起七星剑大喝一声，棕缆断为三截，直立起来，变为三
个金甲神；三个金甲神各有名字，分别叫作"宗一、宗二、宗三"，并各自讲
了一个故事。宗一讲述的是金山寺长老和老鼋的故事，宗二讲述的是草鞋怪的
故事，宗三则讲述了一个非龙非蛇的蛟的故事。就这样，作者通过由此及彼的
联想和奇妙的构思，把一个个不相联系的故事和典故神奇地联系为一个有机的
整体，大大刺激了读者的胃口，增加了阅读的兴趣。这不能不说是作者的成功
之处。

在《西洋记》中，像这样的例子还有很多，需要读者自己去阅读和体会。

3. 诙谐幽默的品格

诙谐和幽默是《西洋记》的又一大特色。下面试举几例。

在《西洋记》的第三十回里，国师金碧峰与羊角大仙斗法，时而变化为大
仙的模样，时而变化为大仙徒弟的模样，去骗取大仙的宝物。其中有些情节显
然是从《西游记》里模仿来的，但《西洋记》比《西游记》有所发展，显得更
复杂，更离奇古怪，更轻松随意。应当说，《西游记》已经是充满机智幽默的作
品了，但《西洋记》的幽默与《西游记》的不同，可以说是一种调侃式的幽默，
似乎不大正经，但也常常引人发笑。请看下面这段描写：

> 道犹未了，只见一尺二寸长的和尚带得无底洞来回话。……长老
> 道："你是羊角仙人的徒弟么？"无底洞道："小的是羊角仙人的徒弟。"

长老道："你怎么会三头四臂，三丈金身？"无底洞说道："非干小的
之事，都是师父教的。"长老道："你原来是个甚么出身？"无底洞说
道："小的是个漏神出身。"长老道："怎么叫做个漏神？"无底洞说道：
"掠人之财，灭人之福，妒人之有，窃人之多，如世上的漏厄一般，故
此叫做个漏神。"长老道："你既是个漏神，怎么又来出家做徒弟？"
无底洞说道："只因这如今世上漏神出得多了，漏不到那里去，故此
弟子改行从善，拜羊角大仙为师。"长老道："改行从善，这是你的好
处。我还问你，你羊角洞里还有个行童叫甚么名字？"无底洞说道：
"那是小的师兄，叫做个有底洞。"长老道："他原是哪个出身？"无
底洞说道："他原来是个看财童子出身。"长老道："怎么叫做个看财童
子？"无底洞说道："不怕饿死饭不吃，不怕冻死衣不穿。看着这个铜
钱，一毛不拔，故此叫做个看财童子，一名守钱奴儿。"长老道："他
做他的看财童子罢，怎么也来出家？"无底洞说道："他枉看了这一世
财，不得一毫受用，如今省悟过来了，故此出来出家，拜羊角大仙做
师父。"

从这一段对话里，我们可以体会到那种调侃式的诙谐。虽然这中间不免有
些啰唆，但很明显，羊角仙人的徒弟"无底洞"和"有底洞"的名字都起得古
怪，是经过作者精心策划的，而且作者还通过这两个名字引出"漏神"和"看
财童子"两个概念，又由此引发议论，对社会上那些犯红眼病的人、破坏别人
好事的人，以及爱钱如命的守财奴，作了辛辣的嘲讽。尤其是"这如今世上漏
神出得多了"这句话，充分表达了作者愤世嫉俗和不满现状的思想感情。

再如《西洋记》第三十九回有这样一段话：

王神姑果真的把个葛藤割上几刀，大约三股中去了两股半，那个
藤吊的咭咭响的。天师心里想道："割断了藤，不过只是一个死。他虽
有些妖术，不过一个女流之辈。我虽暂时困屈，到底是个堂堂六尺，
历代天师，岂可折节于他。"正叫做跌死事极小，失节事极大。紧紧的
闭了双眼，也只当一个不听见。

张天师是道教领袖人物，在小说中却受到作者的反复嘲笑和捉弄，这里写
的是张天师在与王神姑斗法失利后，被困在悬崖上的情景，已经出尽洋相。作

者写了张天师的心理活动之后，又补上了一句"跌死事极小，失节事极大"，显然是在借机讽刺明代社会上理学家的虚伪和迂腐，同时还间接反映出作者的某些思想倾向。这也可以看作是本书调侃式诙谐的一种。

在《西洋记》第四十四回，三宝元帅使了一个妙计，让一名"夜不收"（即侦察员、特工）假扮王神姑去捉拿咬海干和番王：

> 王神姑高叫道："我王不要慌张，小臣在此保驾！"番王道："南兵来得紧，怎么处他？"王神姑道："小臣会腾云驾雾，怕他怎么？"番王道："多谢爱卿之力，异日犬马不忘。"道犹未了，一条索把个番王捆将起来。番王道："怎么反捆起我来？"王神姑道："捆得紧才好腾云。"捆到殿上，只见咬海干也是一条索捆在那里。此时正是鸡叫的时候，虽有些灯火，人多口多，也看不真了。咬海干说道："女将军，我和你一夜夫妻百夜恩，你怎么下得这等毒手？"王神姑说道："不是下甚么毒手，捆起来大家好腾云的。"番王道："既是腾云，我和你去罢。"王神姑一手一个，一撤两掀，都掀在马上。又说道："你们都闭了眼，这如今连马都在腾云哩！"却又催上一鞭，马走如飞，哄得那两个紧紧的闭了四只眼，心里想道："这等腾云，不知天亮腾到哪里也？"

这段对话和人物心理活动的描写很风趣，给人以轻松愉快的感觉。

《西洋记》第五十四回还有如下一段对话，虽然有耍贫嘴的嫌疑，但亦不乏诙谐：

> 侯公公道："你在咱门下做个干儿子罢。"王明道："老公公的尊姓，声音有些不好，不敢奉承。"侯公公道："你怕人骂你做山猴子日的么？"洪公公道："你在咱门下做个干儿子罢。"王明道："不敢奉承。"洪公公道："你怎么不肯？又是咱的姓，姓得有些不好么？"王明道："非干姓事。只是公公无子，教我一个单丝不成线，孤掌难鸣。"王公公道："王明，咱和你同是一姓，你在咱门下做个干儿子罢。"王明道："也不敢奉承。"王公公道："你怎么又不肯？敢又是咱没有儿子？有七个儿子，咱有七个儿，数到你是第八。"王明道："干儿子好做，只是王八难当！"

作者在这里好像是随便扯闲话，增添笑料，与小说的主旨并无关系。但读起来却使读者难以忍俊。像这类笑料，小说中时有穿插。正如陆树仑、竺少华二先生在上海古籍版《三宝太监西洋记通俗演义·前言》中所说的，"诙谐，是《西洋记》的特点，颇有可取之处。如上文引录的几位公公的插科打诨，肤浅中尚含有深刻的意义。"由于有意穿插笑料，所以小说中往往也难免出现一些败笔。又如赵景深先生所批评的：《西洋记》的谐趣，实极笨拙，不及《西游记》远甚。大凡会说笑话的人，自己不笑，引别人笑。别人还不曾笑，自己先就笑了起来，其结果一定要失败。……并且，罗懋登的笑话大多生凑，喜欢用经史成语读别了音，引用出来，以引人笑，技巧极为拙劣。"（见上海古籍本附录三《三宝太监西洋记》三）不过，赵先生对《西洋记》的诙谐予以全盘否定，似乎有欠公正。

4. 五花八门的知识

《西洋记》中所包含的各种知识很多，这是应当肯定的。大体上讲，《西洋记》中有历史知识、天文知识、地理知识、军事知识、宗教知识、生产知识、生活知识、医学知识、民俗知识、文学知识、语言知识，等等。作为一部神魔小说，能包括这样多方面的知识，实在是一件不容易的事。由于篇幅的限制，这里不能一一地介绍小说中的这方面内容，而只能举几个例子略加说明。

例如，小说通过郑和下西洋的故事，借用了《瀛涯胜览》《星槎胜览》和《西洋番国志》等典籍中的许多内容，这就间接地向人们介绍了当时南洋、西洋一些地区和国家的地理位置、风俗民情、物产气候、生产贸易等情况。小说中，三宝太监的船队每到一个国家，都要通过一些直接描写或对话，介绍一下那里的基本情况和奇风异俗，这些内容基本上都是来自于以上诸书的记载，作者只是稍微做了文学加工。小说第五十九回有这样一段对话：

> 国师道："黄凤仙，你可曾到那个国来？"黄凤仙道："小的从此前去，先到一个帽山。帽山下，有好珊瑚树。帽山前去，到一个翠蓝山。山下居民都是些巢居穴处，不分男女，身上都没有寸纱，只是编缉些树叶儿遮着前后。"国师道："黄凤仙，你可晓得他们这段缘故么？"黄凤仙道："小的只是看见，却不晓得是个甚么缘故。"国师道："当原先释迦佛在那里经过，脱了袈裟，下水里去洗澡，却就是那土人不是，把佛爷袈裟偷将去了。佛爷没奈何，发下了个誓愿，说道，'这地众

生都是人面兽心，今后再不许他穿衣服，如有穿衣服者，即时烂其皮肉。'因此上传到如今，男妇都穿不得衣服。"

关于这一细节，《瀛涯胜览》是这样记载的："自帽山南放洋，好风向东北行三日，见翠蓝山在海中。其山三四座，惟一山最高大，番名桉笃蛮山。彼处之人巢居穴处，男女赤体，皆无寸丝，如兽畜之形。……人传云，若有寸布在身，即生烂疮。昔释迦佛过海，于此处登岸，脱衣入水澡浴，彼人盗藏其衣，被释迦咒讫，以此至今不能穿衣。"《星槎胜览》的记载是这样的："传闻释迦佛经此山，浴于水，彼窃其袈裟，佛誓云：后有穿衣者，必烂皮肉。由此男女削发无衣，仅有树叶纫结而遮前后。"文中，帽山即今印度尼西亚苏门答腊岛西北海上的韦岛；翠蓝山即印度的尼科巴群岛；桉笃蛮山即印度的安达曼群岛。安达曼群岛上的土著居民，的确如书中描写，是不穿衣服的。但释迦佛的诅咒，只能认为是一个民间传说，这一传说至今还流行于斯里兰卡。另外，小说该回和下一回中关于锡兰国（今斯里兰卡）、溜山国（今马尔代夫）、大小葛兰（在今南印度）、柯枝国（在今南印度）、古俚国（在今南印度）等地的古迹、民俗、物产、贸易等的描写和介绍，也大体与《瀛涯胜览》等书相一致，基本上反映了当地当时的真实情况。小说中，在许多回都有各国进贡的"礼单"，上面罗列出各种物产、珍宝等，也有三宝太监代表皇帝给当地国王的"赏赐"清单，多数都接近于历史真实。这实际上是一种以物易物的贸易行为，历史学家们把这种贸易称作"朝贡贸易"，是明代初期政府对外贸易的基本形式。正由于小说中保留了一些《瀛涯胜览》和《星槎胜览》等古籍中的记载，所以向达先生认为它的有关部分可以用来订正这些书籍因历代传抄而出现的错误，有一定的史料价值。

再如，《西洋记》第八十六回讲到阿丹国（即今阿拉伯半岛上的亚丁），其中有元帅三宝太监与阿丹王的一段对话：

元帅道："盛筵中不设猪肉何如？"番王道："敝国俱奉回回教门，禁食猪肉，故此绝不养猪，亦不养鹅，先代流传如此。"元帅道："贵国中气候常暖，可还有冷时么？"番王道："四时温和，苦无寒冷之日。"元帅道："贵国中何为一年？"番王道："以十二月为一年。"元帅道："何为一月？"番王道："见新月初生为一月。"元帅道："何为春夏秋冬四季？"番王道："四时不定，自有一等阴阳官推算，极准，算定

某日为春，果有草木开放；算定某日为秋，果有草木凋零。大凡日月
交蚀，风云潮汛，一切等项，无不准验。"

这里介绍了回教徒不养猪，不吃猪肉，尤其有意思的是，还介绍了那里
的气候特点及阿拉伯历法。元代和明代，阿拉伯历法在中国是很有名的，史称
"回回历"，中国当时的历法就曾参考过回回历。

另外，这一回还讲到天堂国，又叫天方国，实际上是指现在沙特阿拉伯麦
加城及其周围的广大地区。书中把那里描绘得非常美好，人民"说的都是阿剌
比言语（即阿拉伯语）"，"悉尊教门，不养猪、不造酒，田颇肥、稻颇饶。居民
安业，风俗好善"。"无乞丐，无盗贼，不设刑罚，自然淳化，上下安和"。还介
绍了那里国王及普通人的穿着打扮，尤其详细地介绍了麦加大礼拜寺的建筑艺
术和穆斯林朝拜麦加大清真寺的情况，还写到了麦地那穆罕默德的墓、渗渗泉
等，均与事实相差不远，大抵来自《星槎胜览》等书：

> 到了礼拜寺，只见寺分为四方，每方有九十间，每间白玉为柱，
> 黄玉为地。中间才是正堂，正堂都是五色花石垒砌起来。外面四方，
> 上面平顶，一层又一层，如塔之状，大约有九层。堂面前有一块拜石
> （按，即克尔白），方广一丈二尺，是汉初年间从天上吊下来的。堂门
> 上两个黑狮子把门，若行香进谒的，素行不善，或是贼盗之类，黑狮
> 子一口一个，故此国中再无贼盗。堂里面沉香木为梁栋、栿科之类，
> 镀金椽子，一年一镀，黄金为阁溜，四面八方都是蔷薇露和龙涎香为
> 壁。中间坐着是回回祖师，用皂苎丝罩定，不见其形。面前悬一面
> 金字匾，说道："天堂礼拜寺"。每年十二月初十日，各番回回都来进
> 香，赞念经文，虽万里之外都来。……堂之左是司马仪祖师（按，即
> 伊斯玛仪）之墓，墓高五尺，黄玉叠砌起来的。墓外有围垣，圆广三
> 丈二尺，高二尺，俱绿撒不泥宝石砌起来的。堂左右稍后，有各祖师
> 传法之堂，俱花石叠砌而成，中间各俱壮丽。寺后一里之外，地名蓦
> 氏纳（按，即麦地那，氏为氏之误），有麻祖师（按，即穆罕默德）之
> 墓。墓上毫光日夜侵云而起，如中国之虹霓。墓后有一井，名为阿净
> 糁（按，即渗渗泉），泉甚清冽，味甘。下番之人取其泉藏在船上，若
> 遇飓风起时，以此水洒之，风浪顿息，与圣水同。

　　小说第十七、十八回讲到制造宝船和打造铁锚的情况，包含有一定的生产知识。还有，小说第十六回讲到各种马的名称，第三十六、三十七回的诗中讲到一些曲牌名称，第四十五、四十七回的诗中讲到一些中草药名称，等等，都有一定的知识性。至于各回中的宗教知识，也有很多，其中有佛教知识、道教知识、伊斯兰教知识等，而以佛教知识为最多（详见下文）。

　　阅读一部小说，人们总希望从中得到些收获，要么是审美感受上的满足，包括消遣娱乐，要么是知识上的满足，从中学到东西。《西洋记》可以给人们以消遣娱乐，也给人们以各方面的知识。当然，这些知识有的是正确的，有的是错误的，有的在当时是正确的，在今天则是错误的，有的则在当时就是错误的，有的是经过文学加工的，等等。总之，对这些知识，读者都会有一个正确的估价，也能够正确区分哪些是对的，哪些是错的。但不管怎样，作者的意图是好的，是想把自己学得的知识还之于民，尽管有时是在卖弄学问。这就难怪清人俞樾在读过此书之后有"开卷有益"的感慨了。

5. 千奇百怪的故事

　　这里所说的"千奇百怪的故事"是指穿插在整部小说中，与主要情节关系不大，甚至毫无关系的插话。这些故事是有文学史价值的，即鲁迅先生所说的"特颇有里巷传说……则亦其所长矣。"

　　俞樾的感慨也在很大程度上引发自《西洋记》中的诸多插话故事。他在《春在堂随笔》中说："世间有《牙牌数》一书，言近而指远，占之，亦时有巧合者。余闻许子社言，杭人有为之笺注者，惟其中有'五鬼闹判'一语，不知所出，以问余，亦无以应也。今乃知出于《西洋记》，第九十回云，'灵曜府五鬼闹判'，即其事也。开卷有益，信夫！"鲁迅先生也在《中国小说史略》中对"五鬼闹判"一节做了大段的摘引。可见，五鬼闹判的故事在后世有一定影响，而出处就在《西洋记》。作者罗懋登可能即其首创者。五鬼闹判的故事是这样的：在宝船队西行的过程中，同明军作战而被杀的五个人变成五个鬼，在阴曹地府接受判官的审判；五鬼认为自己死得冤枉，要求偿命，不服判官的裁判，并指责他营私舞弊；判官想以势压人，五鬼并不把判官放在眼里，甚至"连阎罗王也不怕"；他们夺了判官的笔和簿，并与判官打了起来，结果是判官的头巾被打落，衣服被撕破，腰带被蹬断，朝靴被脱去，很是狼狈；最后还是阎王作了判决，五鬼不得不服从。这个故事里多少有一点官逼民反的寓意，有一定的进步意义，写得也很生动有趣。

《西洋记》中还有一个受学者们重视的故事是"五鼠闹东京"，在第九十五回。故事情节是：天仓里面有个金星天一鼠，生有五子；五鼠化名褚一、褚二、褚三、褚四、褚五，下凡来到东京，变幻人形为非作歹；清河县施秀才进京赶考，在店中被褚五用药酒迷倒，褚五变作施秀才霸占施妻；真假施秀才官司打到京城，王丞相断案，褚四变为王丞相；真假王丞相找皇帝宋仁宗，褚三又变为宋仁宗；如此，褚二变为国母，褚一变为包公，出现五对真假难辨的人，乱作一团。真包公灵魂上了西天，从释迦牟尼处借来金睛玉面神猫，捉住了五鼠。这个故事也有寓意：社会上虚伪、假冒的东西太多，常常以假乱真；但假的就是假的，最终会真相大白。因为它寓意深刻，寓教于乐，所以流传甚广。清代，出了一部二卷本的小说《五鼠闹东京》，十分详细地演绎了这段故事。清代小说《三侠五义》和经俞樾改编的《七侠五义》，则把五鼠演绎为人。对于小说《五鼠闹东京》，学者们一般认为它来源于明代人安遇时编集的《包龙图判百家公案》第五十八回。《包龙图判百家公案》中的五鼠闹东京故事与《西洋记》的这则故事基本一致。两书的成书时间也基本同时，因此，很难说罗懋登和安遇时二人是谁抄袭了谁，而很有可能是二人不约而同地取自于民间已经盛传的同一个故事版本。

除了以上两则著名故事外，书中还穿插许多故事，有一些也十分著名。如第一回，先讲了孔子的生平传说，又讲了释迦牟尼的生平传说和老子的传说。第九回，讲了和氏璧的来历及其流传。第十回，讲了个城隍姓纪的故事。第十一回，讲了吕洞宾与白牡丹的故事。第十九回，讲了一条老龙身世的故事和一只老猴身世的故事。第二十一回，穿插了魏征斩龙的故事。第三十四回，穿插了一个鬼子国的故事。第四十一回，穿插了九天玄女与混世魔王的故事。第四十三回，讲了一个唐朝李太爷的故事。第五十二回，穿插了公冶长识鸟语和吕洞宾点石成金的故事。第五十六回，穿插了张三丰半路出家的故事。第八十三回，讲述了隐身毫的来历。第八十四回，讲述了佛母得白牛和四面楚歌的故事。第八十七和八十八回，简单介绍了很多孝悌、忠节、信实、礼义、清廉之士的事迹。第九十一回，用很大篇幅讲述了田洙与薛涛故事。第九十二回，又用很大篇幅讲述了玉通和尚与红莲的故事。第九十四回，讲述了金丝鲤鱼精的故事。第九十六回，用很长篇幅讲了摩伽罗鱼王的故事。第九十七回，讲述了夜明珠的故事。第九十八回，除了前文提到过的宗一、宗二、宗三的故事外，还有宋朝文潞公、陈尧咨及元朝萧叔祥、晏成仔等人的故事。这些故事基本上都是有来历、有出处的，要么是来自古代小说，要么是来自佛经，要么是来自里巷传说。罗懋登的工作是将它们汇集起来，分别穿插于下西洋的主干故事之中，使之成为一个有机的整体。当然，在叙述这些故事时，罗懋登也难免要作点删节、增补、附会和加工。

6. 不足之处

《西洋记》的不足之处也是显而易见的。关于这一点，前人已经作了比较全面的批评，尤其是陆树仑、竺少华二先生的批评，更为全面。归结起来，二位先生对《西洋记》的批评主要有这样几点：一是宣扬轮回报应，荒诞不经；二是有不少庸俗的描写，趣味低级；三是全书偏重于用兵，特别强调华夏正统，是错误的，也不符合历史真实；四是全书对话过多，细节描写和人物性格刻画少；五是多数战役描写杂袭《三国演义》和《西游记》等书，缺乏独有的艺术特色，对战役描写往往不厌其烦地交代过程，文字章法少变化；六是有些插科打诨不得体，甚至不伦不类；七是有些文字与下西洋无联系，属节外生枝。对这些批评，笔者基本上是赞同的，认为是相当中肯的。但笔者还认为，书中最主要的问题有两点，一是思想上的大国主义；二是文字上的啰唆重复。其他方面的不足和缺点还在其次。

关于《西洋记》表现在思想方面的大国主义，上述二先生举有例子，而且书中类似的例子还有很多，可以说是处处时时都有表露，如自称"天朝"，而把别国都称为番国等。这一点在今天是十分有害的，而在那个时期，则是人们的普遍观念，是一种狭隘、愚昧的思想意识。中华再大，如果把自己封闭起来，不同外界交往，也等于坐井观天，夜郎自大。事实上，由于种种原因，明代中后期以来，朝廷实行"海禁"，断绝了与外界的联络，整个清代也基本如此。这样反而使中国更加落后。

关于语言方面的问题，从前面的一些引文中已经可以看出来了，这里不妨再举个小例子。

《西洋记》第四十四回有这样一段话："……一连射了一壶箭不中。中在头上，头上就是火出来；中在眼上，眼上就是火出来；中在鼻上，鼻上就是火出来；中在口上，口上就是火出来；中在面上，面上就是火出来；中在手上，手上就是火出来；中在脚上，脚上就是火出来。并不曾见他开口，也并不曾见他动手。"幸好作者没有再写下去，如果再写额、眉、耳、颈、胸、肩、腹、腰、臀……那就不知要啰唆到哪里去了。像这样的例子还有不少。

四、《西洋记》与佛教

在《西洋记》里，作者多次说出"三教同流""三教原本是一家"这样的话。作为古代的知识分子，他可以说是精通三教了。但是，从书中可以看出，在他的头脑中，除了儒家的地位不可动摇以外，对于另外两教，他本人比较推崇佛教，对道教却时不时地加以贬低。有时甚至把佛教的某一方面捧为最高。例如，在《西洋记》第二十八回，他写道："原来三教中唯有佛门最善。"言下之意，儒教与道教都不如佛教讲究一个善字。这也许是有道理的。同时，他在书中让代表道教的张天师与代表佛教的金碧峰斗法，张天师屡败，受尽了金碧峰的戏弄，最后还得拜金碧峰为师。在下西洋的全过程中，张天师虽然也有功绩，但功绩平平，远远不能与金碧峰相比，每当张天师斗不过妖魔的时候，都是金碧峰出来收拾残局，转败为胜。作者为什么要这样写，是因为他信奉佛教吗？我们不得而知。但有一点可以肯定，那就是罗懋登非常熟悉佛教，熟悉佛教的典籍、教义和掌故。从书中可以明显看出这一点。相比之下，《西游记》和《封神演义》的作者都不如罗懋登了解佛教，就更不要说其他一些神魔小说的作者了。也许正因为他熟悉和了解佛教，知道佛教典籍的浩瀚繁多，清楚佛教教义的博大精深，又知道道教中的许多东西是从佛教那里学来的，所以他才在小说中抬高佛教而贬低道教，所以才设计出张天师拜金碧峰为师的情节。如果不是这样，我们便无法解释作者抬高佛教而贬低道教的原因。

考虑到《西洋记》中有关佛教的内容较多，而当今的读者又大多不很了解佛教，且缺乏这方面的研究文章，所以有必要单独列出一节，以较大的篇幅加以介绍，并作必要的分析研究。下面结合《西洋记》的有关内容，从四个方面来谈。

1. 佛教的地位

可以说，《西洋记》第一至第七回，讲的基本都是与佛教关系密切的内容。这从书的回目就可以看出，列于下：

第一回　盂兰盆佛爷揭谛　补陀山菩萨会神
第二回　补陀山龙王献宝　涌金门古佛投胎
第三回　现化金员外之家　投托古净慈之寺
第四回　先削发欲除烦恼　后留须以表丈夫
第五回　摩诃萨先自归宗　迦摩阿后来复命

第六回　碧峰会众生证果　武夷山佛祖降魔
第七回　九环锡杖施威能　四路妖精皆扫尽

　　《西洋记》以整整七回的篇幅作为全书的开篇，而且以佛教的内容作为全书的铺垫，目的是引出书中的一位主角金碧峰。为了了解金碧峰这个人物的原型，有必要先简单介绍一下明代佛教的地位问题。

　　这还要从明太祖朱元璋说起。人们都知道，朱元璋在参加元末农民大起义之前曾经当过和尚。他出生于1328年，17岁时，正当元顺帝至正四年（1344年），天下闹饥荒瘟疫，其父母兄相继去世，他走投无路，便在安徽泗州皇觉寺出家。1352年郭子兴起兵，朱元璋跟随郭子兴，屡有战功。三年后郭子兴卒，朱元璋接替其位置率军渡江，创下基业，傲视群雄，遂于1367年统一天下，次年建立明朝，改元为洪武。出于与佛教的早期因缘，他建明朝后的第三年（1370年），便召集天下的高僧，以确立佛教的三大流派："禅"（指禅宗，即以禅自悟的一派）、"讲"（解说和宣扬佛教教义的一派）、"瑜伽"（此处指专门为信徒作法事的一派僧人），并将各路高僧分别安排于京城三大寺（天界寺、天禧寺和能仁寺）。次年，朱元璋于蒋山太平兴国寺为元末战争中死去的英灵举办盛大法会。此后还经常听僧说法，并对天下佛寺和僧侣进行管理。也就是说，朱元璋对佛教是比较照顾的。

　　那么，《西洋记》中的金碧峰是怎么来的呢？我们从《新续高僧传》四集卷十八《明五台山灵鹫庵沙门释宝金传》得知，释宝金应即是金碧峰这一小说人物的主要来源之一。据其本传，"释宝金，字璧峰"。出生前，有沙门以观音像授其母，说："谨事之，生智慧儿。"其出生时，有"白光贯屋"。后出家，精研佛理，先去峨眉山，后居五台山。元至正年间大旱，应诏进京祈雨，宝金入城，大雨千里。洪武元年，应诏来金陵，在奉天殿说法。太祖命居天界寺，此后经常与太祖见面。《西洋记》中的金碧峰，名字与释宝金（字璧峰）相近；金碧峰出生前也有"观音大士现身点化"，出生时又有"火光烛天，霞彩夺目"的灵异；释宝金有法术，在五台山居住过，到金陵后受皇帝重视等，都与金碧峰有相似之处。当然，两者不可能完全一样，而且金碧峰身上还必定有其他人物的影子，这都是情理之中的事。

　　在《西洋记》第十回讲的是"张天师兴道灭僧，金碧峰南来救难"。难道明成祖时期，真的发生过兴道灭僧的事件吗？要想弄清历史事实，还得先看看明成祖对佛教的态度。

大约在洪武十五年（1382年），朱元璋招选高僧分派给诸王。分到燕王朱棣府上的高僧是道衍（后以俗名姚广孝闻名）。洪武帝死，建文帝立。此时，道衍即秘密劝说燕王朱棣起兵推翻建文帝，燕王说："如果民心倾向于他，我有什么办法？"道衍说："臣僧只考虑天道，哪里管什么民心？"燕王终于决定起兵，以道衍为军师。道衍便于后苑为燕王秘密练兵，铸造军器。据说，建文元年（1399年），燕王决定起兵的时候，正好刮起大风，下起大雨，屋檐上的瓦都被刮掉了。燕王说："出师前遇到大风雨，是兵家的忌讳。"道衍说："殿下是条龙，正要大风雨，方助得起势头。"起兵以后，道衍帮助燕王运筹帷幄，决胜千里，立下头功。后来燕王即位为永乐帝，仍然对道衍恩宠有加。鉴于明成祖与佛教的这层因缘，他根本不可能做出兴道灭僧的事来。那么，罗懋登便是毫无根据地杜撰了这一情节了？不然。书中的这一情节还是有一定历史依据的。不过那不在永乐年间，而是在嘉靖年间，即在罗懋登生活的万历年间之前不久。

1522年，明武宗死，明世宗即位，改年号为嘉靖。这位嘉靖帝是明代最崇信道教的皇帝。他一上台就开始排斥佛教，而大肆斋醮，事无大小，都要请神。道流方士，如邵元节、陶仲文，都位居一品。据《松窗梦语》卷五记载，嘉靖帝让邵、陶二人不时地举行斋醮，他本人则与后妃宫女们一起穿着道袍，煞有介事地念咒画符，竟达到了"无间昼夜寒暑"的地步。他在位期间，随着年龄的增长，日益笃信道教，时常因斋醮而罢朝，同时也日益排斥佛教。嘉靖十四年（1535年），大兴隆寺毁，他下令不许重建；十五年，下令除去紫禁城中的佛殿，毁掉佛像、佛牙等物；十六年，下令听任僧徒还俗，不许修葺佛寺，禁止小孩为僧；二十二年，毁大慈恩寺；四十二年，不许西部喇嘛僧入境；四十五年，他死前，还下令严禁僧尼说法，并搜捕京城内外寺院的僧人。由此，当时的佛教遭到毁灭性的打击。这离罗懋登写成《西洋记》只有30年的时间，罗氏对此自然是记忆犹新。况且，小说中多处提到，燃灯佛下凡投胎为金碧峰，是为了"解释五十年摩诃僧祇的厄难"，嘉靖帝在位45年，可以粗算为50年。万历年间佛教又重新振兴，罗氏在小说中还佛教一个公道，而对道教加以贬低，也是情有可原的。

2. 佛教的语汇

《西洋记》中的佛教语汇很多，其中有些是比较常用的，已经融合进汉语的常用语汇，至今仍然通行，人们使用起来已经忘记了它们与佛教的关系，甚至有些词的意思也与原先有所不同。而书中还有许多平时人们不常用的佛教语汇，读起来往往感到很别扭，意思也不大好懂，有必要作一些解释。笔者不能在这里对书中所有的佛教语汇都一一加以解释，那样做就不是评介这部书，而是在编一部佛教语汇小词典了。所以，这里只能举一部分例子，略加说明。一方面可以对读者阅读有所帮助，而主旨还在于说明《西洋记》与佛教的密切关系，说明作者对佛教的了解。

书中第一回开头部分就说："无限的经纬中间，却有两位大神通。"这里的"神通"一词，指的是事物，或东西，即太阳和月亮。这种用法不常见，作者的目的是神化这两个天体。第五回说到"神通广大，变化无穷"，三十八回还说到"八仙过海，各显神通"。指的都是具有非凡的本领，如法术、法宝的使用等，不是凡人能具备的。在现代汉语里，"神通广大"和"各显神通"都变成了成语，神通一词的意思也起了变化，不再是神的超凡本领，而是指人的本领，因而可以直接解释为本领、能力。神通一词来源于印度佛教的术语，指修炼（如坐禅）到一定程度后，就会得到某种超越常人的能力，当年佛和他的弟子们都具有神通。在佛教典籍中，神通有五种，一说有六种，因而又被称为"五通"或"六通"。五通有：①神足通（能自由变化），②天眼通（能看穿一切），③天耳通（能听见一切声音），④他心通（能知道众生的心事），⑤宿命通（能知道现在、过去、未来的一切）。再加上"漏尽通"（断尽一切烦恼）则成为六通。"神通"由一个佛教用语变成汉语的现代语汇，应当说是通过神魔小说实现的。

《西洋记》第一回还出现了"亿千万劫"字样。其中的"劫"也是个来自印度佛教的词。原本叫"劫波"，是梵文词kalpa的音译，简称为劫，是个时间概念，又意译为"大时"。根据佛教传说，宇宙从生成到毁灭为一劫，要经过许多许多年。在一劫的末尾，将出现所谓"劫火"，世界要在这劫火中被焚毁，这与基督教和伊斯兰教所说的"世界末日"有相似之处。中国原有"劫"字，意思是抢夺或威逼。但现代汉语中，劫字主要有两个意思，一是抢夺，如抢劫、劫掠等；二是磨难、灾祸，如劫难、浩劫、在劫难逃等。其第一义来自古代汉语，第二义则是佛教这一时间用语的引申和转化。

书中第一、第二十四等回多处说到"面如满月"一词，这也是一个来自佛经的词汇，形容人的脸面长得饱满有光彩。在佛经翻译过来之前，中国人并不这样形容人的脸，而印度人却喜欢用这个比喻。但自从佛经传入后，这样使用的人越来越多，文学作品中比较常见。

从第一回开始，有许多回都出现过"慈悲为本，方便为门"这句话。"慈悲为本"好懂，但"方便为门"就不好懂。这里的"方便为门"，是一个佛教术语，是指采取灵活、实际而有效的方式来向不同认识水平、不同接受能力的人传授佛法，使之都能懂得和理解佛法，从而进入佛教之门。"方便"的梵文为upaya，原意为方式、方法，方便可以说是一种音义结合的巧妙译法。现代汉语里，方便一词的意思已经变了，既不是方法的意思，也不是传授佛法的灵活手段，而是被引申为便利、顺手、宽裕（如手头方便）、解除麻烦（如去方便一下）等意思。

书的第一回有"天花乱落"一词，第二回叫"天花坠落"。现代成语叫"天花乱坠"，通常用来形容一个人特别善于表达和描述，尤其是能把不大好的说得很好，甚至能把无说成有，把坏说成好，属于贬义词。这个词也来自佛经，来自印度古代的神话传说：神、佛或传说中的英雄人物遇到喜庆的时候，总有天上的仙女（天女）撒下花雨（"天女散花"一词就是由此而来），总有天上的各种小神明出来奏乐，有时天上也会自动落下花雨。"天花乱坠"所形容的就是这种美好迷人的景象。

书中第一回提到"善男子善女人"这样的概念，而在现代汉语里有一个常用语，叫作"善男信女"，两者的意思相同。这两种说法都出自佛教，指男女信徒。但善男信女一词今天已不仅仅用于佛教信徒，其他宗教，如道教等的信徒，也常常被这样称呼。"善"字的意思当然是好，是相对于恶而言。作为佛教用语的"善男信女""善男子善女人"，是一种美称。书中第五、第六和第十回还提到了"四众"，提到了比丘僧、比丘尼、优婆塞、优婆夷。其实，所谓"四众"，指的就是善男子善女人（善男信女），具体说就是四种人：一是出家的僧人（又叫比丘，梵文音译，即书中所说的比丘僧），二是出家尼姑（梵文音译为比丘尼），三是在家的男信徒（又叫居士，梵文音译为优婆塞），四是居家的女信徒（梵文音译为优婆夷）。

书中第二回和第三回都提到"慧眼"一词。在现代汉语里，人们也经常使用这一词汇，如"独具慧眼""慧眼识人"和"慧眼识英雄"等，意思是极有鉴别力。佛教有"五眼"这一术语，"慧眼"是其中之一。《西洋记》第三回在提到慧眼的同时还提到肉眼、法眼、天眼、佛眼，正好是所谓"五眼"。佛教典籍对"五眼"的解释是这样的：能看见一切有形的东西，被称为肉眼，是普通人的眼睛；能看透人心的眼被称为天眼，是天上神明的眼睛，修行禅定的人也可以获得天眼；能够看透众生各种欲望本质的，这叫慧眼，实际上是指佛教所说的"智慧"；能够看透世界万物本质的，这种眼叫法眼，或者是指菩萨所具有的普度众生的智慧；佛具备以上四眼，具有一切智慧，能够看透一切，明了一切，这是佛的眼睛和智慧，叫佛眼。由此可知，其中肉眼是具体的，天眼是神化的，慧眼和法眼是抽象的，而佛眼则既是具体的，又是抽象的。

《西洋记》第四回出现了"水中捉月"一词，现代汉语中叫作"水中捞月"。这来自一则人人皆知的寓言，叫作"猴子捞月亮的故事"，但却很少有人知道这则寓言出自佛经。有一部佛经叫《根本说一切有部毗奈耶破僧事》，其中就讲了这个猴子捞月亮的故事。佛教用"水中月"比喻世界上各种事物的虚幻和空无，用猴子比喻那些不依靠佛法而受欲望的驱使去追求世俗满足的人们，说人们所进行的一切世俗追求都如猴子捞月一样，是执着于虚幻，到头来什么也得不到。

《西洋记》第十五回有一句话："法演三千界，胸藏百万兵。"第九十八回又说"一粒粟能藏大千世界"。现在，我们常用"大千世界"这个词，意思是整个世界或包罗万象。这是一个来自佛教的词汇。按佛教的说法，整个宇宙是由许多个"小世界"构成的，一千个小世界叫作"小千世界"，一千个小千世界称为"中千世界"，一千个中千世界被称为"大千世界"。大、中、小三种"千世界"被统称为"三千大千世界"，或简称为"大千世界"，即书中所说的"三千界"。

《西洋记》第二十二等回还有"已超三界外，不在五行中"的说法，这是在《西游记》中时常能见到的说法。这里的"三界"是个佛教用语，有时指天界、地界和人间，但更多的是指"欲界、色界和无色界"。佛教把世俗世界划分为欲、色和无色三种境界和层次，其中以欲界为最低。欲界众生都没有脱离食欲和性欲；色界高于欲界，其众生已脱离对饮食男女的追求，但仍然不能完全离开物质；无色界又高于色界，其所居众生连形体都没有了。"已超三界外"是指达到了佛的境界，不受任何约束。"五行"不是佛教用语，而是国货。

第四十二回说到"三昧中间一股真火"，而《封神演义》等书也常提到"三昧真火"。三昧这个词是梵文词Samadhi的音译，又译为三摩地，原指禅定过程中的一个最高级的阶段、境界或状态，据说在修炼到这个境界时，人的身心与宇宙万物高度和谐一致。神魔小说把三昧神化，指一种无所不能的境界。有时我们在一些文章中也能看到三昧一词，如说"绘画三昧""书法三昧"和"此中三昧"等，这时的三昧则是指事物最内在、最核心的奥秘、要领等。这是对佛教"三昧"一词的引申。

《西洋记》的作者罗懋登对佛教的各种掌故非常熟悉。我们上面提到的那些佛家语汇，有不少也可以看作是佛教的掌故。此外，如佛教传入中国的时间、禅宗初祖达摩东来、中国佛教的法事、僧侣生活、寺院建筑、与佛教有关的民间习俗等，书中也多有提及。例如，书中第一回讲到佛教在东汉明帝时传入中国，是以历史记载为根据的。书中第十回一口气列出了二十个僧职："左善世、右善世、左阐教、右阐教、左讲经、右讲经、左觉义、右觉义、正提科、副提科、正住持、副住持、正僧会、副僧会、正僧科、副僧科、正僧纲、副僧纲、正僧纪、副僧纪。"这些也不是作者的杜撰，而是明代朝廷实行宗教管理、对佛教作僧职级别划分的真实记录。在书中第五回，作者写出了当时寺院里的职务名衔："僧纲、僧纪、僧录、茶头、菜头、饭头、火头、净头"，前三者是寺院里管理和监督僧人行为的，后五者是寺院里的勤杂人员。再如，书中第十六回写宝船："第三号是个碧峰禅寺，一进是个山门，过了山门，就是金刚殿。过了金刚殿，就是天王殿，两边泥塑的金刚，木雕的'风调雨顺'，嵘嶒古怪，杀气漫漫。过了金刚殿，才到了大雄宝殿上，上坐了三尊古佛，两边列着十八罗汉。这十八尊罗汉俱是檀香木刻的，约有七尺多高。后面是个毗卢阁，另有方丈，另有禅堂，中间有一个宝座，尽是黄金叶子做成金莲花一千瓣，团团簇簇，号为千叶莲台。"把宝船造成佛寺，这是作者的想象，当年郑和下西洋恐怕不是这样。但佛寺的制度规模，则是根据现实生活中的佛寺安排的。即使我们今天去参观佛寺，也会发现，作者所描写的正是标准佛寺的建筑布局。如果不是有心人或对寺院建筑有知识的人，是写不出这些的。关于佛教节日，这里也举两个例子。

书中第一回说道："尔时七月十五日孟秋之望，切照常年旧例，陈设盂兰盆会。"这里说的盂兰盆会，是一个佛教节日，也是中国民间流传已久的一项民俗活动。"盂兰盆"是个梵文（ullanbana）音译词，意思是"倒悬"。相传释迦牟尼的弟子目连看见母亲在地狱受倒悬之苦，便求佛解救，佛让举行斋僧集会，以超度其母。这一超度集会便被称为盂兰盆会，在中国又叫盂兰盆节。时间在旧历七月十五日，与中国传统的"中元节"相一致。大约受佛教影响，民间又把这一天称为"鬼节"。据《佛祖统纪》记载，中国南朝梁武帝大同四年（538年）开始举行盂兰盆会，后遂转盛，至今已有1400多年的历史了。

书中第五回又说："四月初八日，浴佛之辰。"相传，佛祖释迦牟尼诞生于四月初八这一天，所以中国民间把这一天叫作"浴佛节"。"浴佛节"又叫"佛诞节"，因佛降生时有龙吐水为之沐浴，所以后人要以这样的仪式来庆祝佛的生日。据《后汉书》记载，早在汉代时中国就开始举办浴佛活动，到两晋南北朝时期则成为全国性的大节日。

这里顺便提一下，书中还运用了不少俗语，都与佛教有关，也很生动有趣，不妨列出一些，如"做一日和尚撞一日钟""阎王法定三更死，并不留人到五更""救人一命，胜造七级浮屠""不看经面看佛面"（现今流行的说法是"不看僧面看佛面"）"有缘千里来相会，无缘对面不相逢""人是衣装，佛是金装""阎罗王不怕鬼瘦"（现今流行的说法是"阎王爷不嫌鬼瘦"），等等。

3. 佛教的教义

先从一些概念说起。

《西洋记》第一回提到了"四谛"，四谛是释迦牟尼创立佛教时提出的基本教义，是佛教人生观的核心内容。他是由四个字来概括的，即苦、集、灭、道。苦是指人生的各个阶段，如生、老、病、死，一切皆苦；集是指造成苦的根源；灭是指通过修炼消灭苦的根源；道是指采取正确的方式和途径达到解脱。

第一回还讲到"四大部洲"，第四十三回讲到"须弥山"，在不少回中提到"赡部洲"，这涉及佛教对世界地理的认识问题。佛教认为世界有一个中心，即须弥山，而须弥山的四周是大海，大海中有四大洲，即东胜身洲、南赡部洲、西牛贺洲和北俱卢洲，不同的佛经又有不同的译法，如有的经把"赡部"又译成"阎浮"（这在《西洋记》中也出现过）。道教受佛教影响，也有类似的说法。

《西洋记》第四回提到了"六度"，这也是佛教的一个基本概念。六度是指六种达到解脱的办法或途径：布施、持戒、忍、精进、禅定、智慧。第五回讲到"先觉觉后，自利利他"，是大乘佛教修行的一条基本原则。笼统地说，大乘佛教主张"普度众生"，小乘佛教（大乘佛教对由印度向南传播的一派佛教的贬称，应称南传佛教）主张"独善其身"。大乘佛教主张通过自身的修行和觉悟去带动别人，使别人也能觉悟，这样，对先觉来说是一种功德，对被带动的人来说也有好处。

《西洋记》第一回还提到"色身"这一概念，第四十三回提到"四大"和"四大色身"，第四十四回提到"四大假象"，这里指的都是人的身体、肉体。"四大"在佛教的教义中本指组成物体的四种要素或元素，即地、水、火、风。如中国古人认为由金、木、水、火、土五行构成世界万物一样，印度古人认为万物（包括人体）是由四大构成的。那么，文中的"色"是指什么来说的呢？

我们读过《红楼梦》，其中常用佛教的说法"色即是空，空即是色"（出《般若波罗蜜多心经》）。不了解佛教"色"这个概念的人，往往会误把这个"色"当作色相的色、色情的色、好色的色，以为贾宝玉等人不过是干了一些色情的勾当，到头来是一场空，这就误读了《红楼梦》。而实际上，佛教的这个"色"通常是指客观世界的一切物质现象及精神现象，尤其是指能被肉眼见到的客观事物和现象。大乘佛教否定客观世界的真实性，认为那是"空"的、虚假的、暂时的，所以才说"色即是空，空即是色"，所以才把人的肉体说成是"色身"，说成是"假象"。

有了以上的认识，我们就好理解《西洋记》第四回中的这两段对话了：

> 滕和尚道："我且问你，读佛书可有个要领处？"弟子道："衣之有领，网之有纲，佛书岂无个要领处？"滕和尚道："要领处有多少哩？"弟子道："只好一个字。"滕和尚道："是一个甚么字？"弟子道："是一个空字。"……滕和尚道："一个空字，能有几大的神通？怎么做得佛书的要领？"弟子道："老师父看小了这个空字。"滕和尚道："怎么会看小了他？"弟子道："我也问你一声。"滕和尚道："你问来。"弟子道："佛爷爷可有忧？可有喜？"滕和尚道："无忧无喜。"弟子道："佛爷爷可有苦？可有乐？"滕和尚道："无苦无乐。"弟子道："佛爷爷可有得？可有丧？"滕和尚道："无得无丧。"弟子道："可知哩。"滕和尚道："怎见得可知哩？"弟子道："心与空相应，则讥毁赞誉，何忧何喜？身与空相应，则力割香涂，何苦何乐？根与空相应，则施与劫夺，何得何丧？忘忧喜，齐苦乐，轻得丧，这'空'字把个佛爷爷的形境都尽了，莫说是佛书不要为领。"

> 滕和尚道："……我还问你，经上说道：'色即是空，空即是色。'怎么是色，怎么又是空？"弟子道："你不见水中月，镜里花，还是色？还是空？"滕和尚道："经上又说道：'无我相，无人相，无众生相。'怎么叫做个无我？"弟子道："'火宅者，只我身'，可是句经？"滕和尚道："这是一句经。"弟子道："若我是火宅，我应烧人。既不能烧，明知无我。"滕和尚道："怎么叫做个无人？"弟子道："'人居色界'，可是经典？"滕和尚道："也是一句经。"弟子道："若人有色界，此土凭何而立？既无色界，明知无人。"滕和尚道："怎么叫做个无众

生？"弟子道："'劫火洞然，大千俱坏'，可是经典？"滕和尚道："这也是一句经。"弟子道："若有众生，应火不坏，既火能坏，明知无众生。"（火宅，佛教把世界比喻成着火的房子，言其充满痛苦）

从以上两段话中，我们可以看到佛教大乘的一些基本观点。其实，《西洋记》中涉及佛教教义的地方很多，而其中以第四回为最多。从中不仅可以得知佛教的一些原理，了解大乘佛教的一些基本观点，还可以体会到中国佛教禅宗的一些所谓"参禅"的要领。那些机敏的对话，那些近乎诡辩的言辞，是唐代以来禅宗"顿悟"的法门。

值得注意的是，书中还有不少与佛教密宗有关的内容。密宗是佛教的一个派别，有关经典早就从印度传入中国。在唐代，由于印度佛教密宗的发展，有不少密宗僧人来华，又有大量的密宗文献被翻译成汉语。元代的统治者信奉喇嘛教（即藏传佛教），而喇嘛教中有显（大乘佛教理论和实践）、密（密宗的理论和实践）两大部分，因此，元代的密宗也风行一时。到了明代，密宗的影响仍然较大，明成祖就曾两度派人专程请来喇嘛僧，并予以显赫封赏。到了明宪宗时期（1465~1487年），藏族大喇嘛扎巴坚赞、扎实巴、锁南坚赞等都被请到京城，并得到"大智慧佛""大国师"和"国师"之类的封号。此后的明孝宗时代（1488~1505年），同样重视喇嘛僧，当时的大喇嘛那卜坚赞为"灌顶国师"。武宗时代（1506~1521年），比前时更甚，曾发给西藏喇嘛度牒（政府颁发的证书）三万，发给汉族僧人度牒五千，以推广密宗。由于密宗当中有更多的神秘色彩，被神魔小说利用就是很自然的事情了。如《西游记》和《封神演义》等，都有密宗的反映。《西洋记》中时常说到"真言密谛"（指密宗咒语、法术），还提到一些神，如观音、天王、金翅鸟等，都表现出密宗的强烈影响。《西洋记》中某些受密宗影响的内容我们还将在下文谈到，这里就不举例子了。

4. 佛教的故事

佛教的典籍浩繁，内容丰富，其中就包含有许多文学故事。如果将这些故事按体裁分类的话，有神话、传说、寓言、童话、民间故事等。如果按照佛教的特色来做初步分类的话，大体上可以分成这样几类：①佛传故事，主要是释迦牟尼的生平故事，即关于他出生、成长、出家、学道、成道、传法和涅槃的传说。②佛本生故事，是以《佛本生经》为代表的那些关于佛生前累世转生为各种人物或其他生物的故事，实际上是佛教徒收集的印度古代民间故事，经过加工和格式化而成为本生故事。③神通故事，又叫神变故事，指佛经中那些佛及其弟子们的神通变化，以及同妖魔、外道（非佛教徒）斗法的故事。实际上是佛教徒们创造的新神话。④比喻故事，又叫因缘故事，是佛经中记载的佛说法时，为了好懂，随时拿来作例子、打比方用的故事。⑤神话传说，指经过佛教徒记录、加工和改造的印度古代神话传说。有时这五类故事很难区分，特别是后面的四类。但不管怎样，这五类故事在《西洋记》中都有不同程度的反映。此外，《西洋记》中还有一些故事不是出自佛经，却有受佛教影响的明显痕迹，我们在这里也予以适当介绍和讨论。

《西洋记》第一回便讲了释迦牟尼的身世，包括释迦牟尼出生、出家、修炼、成佛、传法等情节，基本上与佛经中记载的佛传故事相一致，说明作者是熟悉这些传说的。但其中也有不正确的地方，如说释迦牟尼出生在舍卫国便不对。释迦牟尼出生地在古印度的迦毗罗卫，在今尼泊尔西陲，而舍卫国是释迦牟尼得道后长住（25年）传法的一个地方。不过，书中这一段的舍卫国也可能是作者的笔误，因为在第三十三回还有这样一段话：（宾童龙国国王说）"小国原是舍卫城，祇陀太子施树，给孤长者施园，世尊乞食，俱是小国。"说明作者对释迦牟尼在舍卫国传道的掌故很熟悉，是不应该搞错的。由于《西洋记》是神魔小说，并不要求完全忠实于佛经，再加上佛经本身所记载的佛传故事也有若干个不同的版本，说法并不一致，所以不能要求《西洋记》中的佛传故事句句有典、处处准确。

佛本生故事在《西洋记》中也有反映。例如，第十一回有这样一段话："锡腊太子舍了十万里江山，雪山修行，以致乌鸦巢顶，芦笋穿膝，且又舍身喂虎，割肉饲鹰。"这里实际上涉及两个本生故事（舍身喂虎和割肉饲鹰），都为人们所熟知。"锡腊太子"应当是"悉达太子"的异称。我们知道，释迦牟尼是他出家后的称号，意思是"释迦族的圣者"。他出生在迦毗罗卫，父亲是国王，叫作净饭王，他身为太子，名字叫作乔答摩·悉达多，又称悉达太子。他放弃王位，出家修行，经过六年，才在菩提树下成佛。他生前仅是菩萨，还不是佛，经过五百次转生，五百世的修行，才成佛。他生前的五百次转生，有五百个故事，因而被称为"五百本生"，其中就有这里所提到的两个故事。其一说，佛从前曾转生为一个太子，在一次游玩中，看见一只母虎行将饿死，而母虎身边还有一只小虎等待喂奶。为救助这两只虎，太子将自己的血肉给母虎吃。其二是说，佛从前曾转生为一个乐善好施的国王，两位天神为考验国王，化为一只鹰追一只鸽子；鸽子飞到国王处要求保护，国王同意，便把自己身上的肉割下给鹰吃，以换取鸽子的性命。

关于佛教的神变故事，在《西洋记》中更有充分的表现。例如，第七回讲到金碧峰与妖精斗变："……两个妖精心生一计，径走到御花园里柑树上，摇身一变，闪在那柑子里面去了。碧峰长老已自看见，就远远的打一杖来。他两个又安身不住，却又摇身一变，藏在那御花园里茏葱竹儿里面去了。长老照着这个竹儿又是一杖来，他两个又是安身不住。却只见山上有一群五色的小雀儿共飞共舞，他两个又摇身一变，恰好变做个五色的小雀儿，也自共飞共舞。碧峰长老把个九环的锡杖对着雀儿一指，那些真雀儿一齐掉下地来，只有他两个假雀儿，趁着这个势头儿，一蓬风飞了。"读了这一段，很容易使我们联想到《西游记》中二郎神与孙悟空斗变的故事。而《西游记》中的斗变故事又是怎么来的呢？不少学者都曾经指出，那是受佛经中神通故事的影响而演化来的。在《贤愚经》卷十，有一段佛的弟子舍利弗与六师斗法的故事，唐代的《降魔变文》在这段故事的基础上又加以发挥，使佛经中的斗法故事在民间得到普及。同时，《佛说菩萨本行经》中还有佛与龙斗法的故事。这些故事都与《西游记》中二郎神与孙悟空斗法的情节相似。当然，《西游记》的有关情节不一定直接取自于佛经，但一定是佛经故事长期在中国民间流传和影响的结果。《西洋记》自然也不例外。

《西洋记》第九十六回有一个摩伽罗鱼王的故事。其开头部分是这样写的：

> 土地道："前行海口上出了两个魔王，船行不可不仔细。"国师道："是个甚么魔王？"土地道："一个是鱼王，约有百里之长，十里之高，口和身子一般大，牙齿就像白山罗列，一双眼就像两个日光。开口之时，海水奔入其口，舟船所过，都要吃他一亏。怎么吃他一亏？水流的紧，船走的快，一直撞进他的口，直进到他肚子里，连船连人永无踪迹，这不是吃他一亏？"国师道："有此异事？"土地又说道："非是小神敢在佛爷爷之前打这诳语，曾经上古时候，有五百只番船过洋取宝，撞着他正在张口，五百只船只当得五百枚冷烧饼。"国师道："可有个名字？"土地道："名字叫做摩伽罗鱼王。"

这里的"摩伽罗"，佛经中有时又译作"摩羯"，是梵文magara的音译，本指鳄鱼，但在印度古代被神化为海里的巨魔。上面这段描述使我们想到一则

323

佛经故事，《大智度论》卷七是这样写的：

> 昔有五百估客入海采宝。值摩伽罗鱼王开口，海水入中，船去驶疾。船师问楼上人："汝见何等？"答言："见三日出，白山罗列，水流奔趣，如入大坑。"船师言："是摩伽罗鱼王开口。一是实日，两日是鱼眼；白山是鱼齿；水流奔趣是入其口。我曹了矣！各各求诸天神，以自救济。"是时，诸人各各求其所事，都无所益。

《大智度论》中的这则摩伽罗鱼王故事，可以算是一则因缘故事。两者稍加对比就可以知道，原来《西洋记》的这段故事正出自《大智度论》卷七，只是略加改动而已。

佛经中包含的印度古代神话传说在《西洋记》中也有痕迹。第五回有这样一段描写：

> 那弟子又弄了一个神通，闪在那藕丝孔儿里面去了。这个神通怎么瞒得碧峰长老的慧眼过去？果然好一个长老，一毂碌径自赶进那藕丝孔儿里面。今番赶将进去不至紧，却又遇着里面一个禅师。那禅师道："来者何人？"碧峰道："在下金碧峰便是。"那禅师道："来此何干？"碧峰道："适来有个法门弟子卖弄神通，是我赶将他来，故此轻造。"禅师道："那弟子转身就出去了。"碧峰道："老禅师尊名大号？愿闻其详。"禅师道："不足是法名阿修罗。"碧峰道："何故宿在这藕丝孔里？"阿修罗说道："是我与那帝释相战，战败而归，故此藏身在这藕丝孔里。"

这显然是一段神通故事。但中间突然出来了一个叫"阿修罗"的禅师，很见作者的想象功力。阿修罗与天帝作战的故事，是印度十分古老的神话。在印度最古老的文献《梨俱吠陀》中就已经出现。在吠陀神话中，天帝的名字叫因陀罗，而阿修罗则属于恶魔一类，是天神的死敌。天帝因陀罗率领众神打败阿修罗，几乎成了印度神话中的永恒主题之一。佛教产生以后，对这个神话做了加工，把天帝因陀罗称为天帝释或帝释天，并把他改造为佛教的护法神，让他听命于佛，服务于佛；阿修罗则仍然是恶魔。值得注意的是，在印度古代神话和佛教神话中，阿修罗不是一个，而是一群，但《西洋记》把他说成是一个，又说他是一名禅师，也算是一种发明创造。

下面我们再结合《西洋记》的有关故事谈谈密宗的影响。在《西游记》里也好，《西洋记》里也好，观音菩萨的形象都比较引人注意。其实，自从佛教传入中国，佛教的诸神也跟着传入，其中就有观音。到如今，有人可能不知道释迦牟尼，但没有人不知道观音菩萨。观音在中国民众中的影响是巨大的，要超过释迦牟尼，几乎没有人不知道观音是大慈大悲、救苦救难的菩萨。现在，在人们的心目中，观音的女性形象已经确定，或坐或立，伴随她的总是净瓶和杨枝，但有时也拿着一个鱼篮。《西洋记》第一回是这样描绘她的形象的：

> 体长八尺，十指纤纤，唇似抹朱，面如傅粉。双凤眼，巧蛾眉，跣足梳头，道冠法服。观尽世人千万劫，苦熬苦煎，自磨自折，独成正果。一腔子救苦救难，大慈大悲。左旁立着一个小弟子（指善财童子），火焰浑身；右旁立着一个小女徒（指龙女），弥陀满口。绿鹦哥去去来来，飞绕竹林之上；生鱼儿活活泼泼，跳跃团篮之中。

但是，当佛教初传入中国的时候，观音并不是女性形象。到后来，观音的形象越来越多，到唐代便有了众多的观音形象。观音在唐代以后更加深入人心，也在小说中频频出现，很重要的一个原因是受到密宗的影响。在唐代的开元年间（712~741年），有三位印度密宗大师来到中国，并受到唐明皇的高规格礼遇。他们一方面翻译了大量密宗典籍，另一方面也宣传了密宗的教义和修炼方法。从此，密宗在中国有了很大的影响。观音在密宗典籍中占有很高的地位，也有诸多的形象，如"千手千眼观音""马头观音"和"准提观音"等，都是典型的密宗观音形象。其实，印度佛教发展到七八世纪的时候，已经开始衰落，密宗的兴盛是其衰落的重要迹象。当时，受印度教的影响，佛教密宗吸收了不少印度教的东西，其中就有一些印度教大神的形象被吸收进佛教，加到佛教神明的身上，从而改变和丰富了佛教神明的原来形象。密宗的观音就是一个突出的代表。如"千手千眼观音"来自印度教神明因陀罗（又称"千眼大神"）的形象，"马头观音"来自大神毗湿奴化身之一的海格利瓦（马首人身）的形象，"准提观音"则来自大神湿婆的妻子雪山神女的化身形象。《西洋记》第七十六回所说的"千手观音"就来自密宗的"千手千眼观音"。但《西洋记》第十一回却说了另一个原因："有个妙庄王女，香山修行，为因父王染疾，要骨肉手眼煎汤作引子，就卸下手眼，救取父王，以致现出千手千眼，救苦救难、大慈大悲才证观世音正果。"这个传说，还有鱼篮观音的传说，以及善财童子、小龙女和鹦哥成为观音侍从的故事，都是中国人创作的，出现较晚，大约在宋代以后。宋末元初，有一个叫管道升的人编写了一部《观世音菩萨传略》，后来又有人在此基础上加工演义，编出《香山宝卷》（又名《观音济度本愿真经》）、《鱼篮观音宝卷》《鹦哥宝卷》和《观音得道》等书，在民间广为传播。这对观音形象的最后确立起到决定性的作用，也是《西游记》和《西洋记》等书中观音形象的基本依据。明朝嘉靖年间（1522~1566年），由朱鼎臣"编辑"的《南海观音全传》（又名《观音传》、《南海观音菩萨出身修行传》《观音出身南游记传》等，四卷二十五回）已经在民间有多种刻本流传，罗懋登不会看不到。

《西洋记》里还多次提到托塔李天王、哪吒等，都与佛教密宗的影响有关。当然，《西游记》和《封神演义》对这两个人物都有精彩描写，特别是《封神演义》中的"哪吒闹海"，更是脍炙人口。但追根溯源，这两个人物的出现还是受了密宗的影响。托塔天王的原形是佛教护法神"四天天王"之一的北方天王，叫作毗沙门天王。唐代，毗沙门天王名声很大，这和当时所翻译的若干密宗典籍有关。不空三藏译有《毗沙门天王经》《北方毗沙门天王随军护法真言》《毗沙门天仪轨》等五部。根据唐代人的小说、笔记，毗沙门天王几乎成了唐代某个时期人们心目中的战神，甚至在军旗上都画有他的像，也有人以他的形象在背上刺青。在密宗典籍中，佛教原先的北方天王毗沙门被说成是印度教的财神俱比罗（佛经中有时译作俱尾罗），而且还有好几个儿子。如《毗沙门仪轨》中就说："（毗沙门）天王第三子哪吒太子，捧塔常随天王。"由此，《封神演义》便将托塔天王和哪吒的关系演绎了一番，创造出"哪吒闹海"的新神话。大约是受了唐代人的影响，《封神演绎》用唐初名将、军事家李靖替代了毗沙门，把他说成是托塔李天王，而哪吒还是他的三儿子。在《西游记》中，李天王仍然是一个战神的形象，是天兵天将的首领，每当需要天兵天将同精怪作战时，他就和哪吒一起出战。我们在《西洋记》中所看到的也是如此。

《西洋记》中还有一个受佛教密宗影响而出现的人物，那就是大鹏金翅鸟。金翅鸟在书中被多次提到，但唯有第七十六回写得详细：飞钹禅师与国师金碧峰斗法，飞钹禅师取出一个宝葫芦，从宝葫芦里放出一只名叫"海刀"的怪鸟。为对付这只怪鸟，国师金碧峰从释迦牟尼处借调来大鹏金翅鸟。"这原本是个大鹏金翅鸟，因他发下了誓愿，要吃尽了世上的众生，故此佛爷收回他去，救拔众生。收了他去，又怕他不服，却又封他一个官爵，叫作大力王菩萨。他在佛门中做神道，就叫作大力王菩萨，他离了佛门中到海上来，依旧是个大鹏金翅鸟。""大鹏金翅鸟发起威来，遮天遮地，日月无光，云山四塞。""那海刀先望着他，吊了魂了，哪里敢来挡阵？一时间躲闪不及，早已吃了一亏。""大鹏金翅鸟又大又凶，只一个海刀虽说大，大不过他，虽说狠，狠不过他。一爪抓下去，皮不知道在那里，肉不知道在那里……"。

在印度古代神话里，大鹏金翅鸟是一个群体，他们与龙（蛇）是死对头。在自然界，鹰是蛇的天敌，由此引出双方对立的神话是顺理成章的。但根据印度古代的有关传说（相当丰富而系统），双方的敌对关系又隐约反映出两个不同图腾的部落或民族间的矛盾。佛教也把金翅鸟和龙的对立关系引入自己的经典。在汉文佛经里，金翅鸟是意译，音译为迦楼罗，龙是意译，音译为那伽。随着佛经的翻译传播，金翅鸟和龙的故事也对中国产生了影响。如《南齐书》就有"武帝梦金翅鸟下殿庭，搏食小龙无数"的记载。这不仅反映在正史里，更反映在小说中，如小说《说岳全传》的开头，就讲述了大鹏金翅鸟下凡转生为岳飞（由岳飞的字"鹏举"敷衍而来），而赤火龙转生为金兀术的故事。那么，为什么说《西洋记》里的大鹏金翅鸟故事是受了密宗的影响呢？这还要从唐代说起。唐代翻译了一些有关金翅鸟的密宗典籍，这从一些经名就可以看出。如不空译的《文殊师利菩萨根本大教王经金翅鸟王品》、般若力译的《迦楼罗及诸天密言经》等。此外还有不少密宗典籍也讲到金翅鸟。在印度教文献里，金翅鸟王是大神毗湿奴的坐骑，但又被人格化，不仅具有人的思维能力、语言能力，而且具有非凡的战斗力。密宗把毗湿奴吸收进来，列为天王之一，为佛服务，他的坐骑当然也归佛所有，为佛服务。这就使金翅鸟的故事更加频繁地出现于中国神魔小说。

此外，《西洋记》里还有一些与佛教有关的故事，如第九十二回玉通和尚与妓女红莲的故事，第九十四回鲤鱼精的故事，都相当完整并占有较长篇幅。这两个故事在当时广泛流传于民间，所以在别的书中也能见到它们。如玉通和尚的故事，讲的是玉通和尚受妓女红莲的诱惑而破了色戒的故事。小说史家认为它属于"柳翠系列"的故事，在元代就有流传，王实甫写的《度柳翠》讲的就是这个故事。另外还有徐渭的《玉禅师》、陈葵卿的《柳翠》和吴士科的《红莲案》等等。明代著名文学家田汝成的《西湖游览志》中也有这个故事。田汝成生于1503年，嘉靖年间的进士，可能比罗懋登大不了多少岁。另外，在《清平山堂话本》里有《五戒禅师私红莲记》一篇，在《古今小说》里有《月明和尚度柳翠》一篇，都更接近于《西洋记》里的这则故事。这些都说明这个故事在明代流传很广。不管怎样，罗氏将这个故事收进自己的小说，说明他对佛教有兴趣。而那个鲤鱼精的故事，讲的是鲤鱼精化为人形，来到金丞相府，冒充金丞相家的千金小姐嫁给了刘秀才，后来金府人发现有两个金小姐，请包公断案，观音菩萨用鱼篮收去鲤鱼精。这个故事在明代民间也流传很广，《包龙图判百家公案》第四十四回《金鲤鱼迷人之异》讲的就是这个故事。后世的戏曲也演出这个故事，如著名的越剧《追鱼》。

总之，《西洋记》中有不少与佛教关系密切的故事，上面所列举的并不是全部。加上前面所说它在语言、掌故、教义等方面与佛教的关涉，便可以看出它与佛教的密切关系，也可以看出作者罗懋登对佛教的态度。

五、结束语

以上的讨论虽然依然不够完善，也不一定深刻和完全正确，但通过这个讨论，我们可以大体上对《西洋记》在中国小说史中的地位和作用下一个结论。它虽然不具有《西游记》和《封神演义》那样高的文学艺术价值，但仍然不失为一部值得一读的书。在艺术手法上，它虽然吸收、借鉴，乃至袭用了前人的小说（如《三国演义》《水浒传》《西游记》和《封神演义》等），但作者也充分发挥了自己的创作才能和想象力，有些地方还是很见功力的。作为一部神魔小说，《西洋记》能够起到消遣作用，并能给读者一些启发和各种知识（尤其是郑和下西洋的史料知识），这是它的可取之处。它在吸收和容纳民间传说、故事方面，表现得比较突出，这既是它的缺点，有时难免显得零散枝蔓，但这同时又是它的长处，有些民间故事可以由它而得到保存、流传，成为研究者（尤其是在进行比较研究）的参考。《西洋记》中有关佛教的内容很引人注意，它向人们证明，充分利用佛教知识、佛教掌故、佛教故事等，是创作神魔小说（其实也包括武侠小说）的一条重要规律，因为这是由中国文化的特点决定的。

总之，鲁迅先生把它列在明代神魔小说的第三位，可以说是得其所矣。

索　引